JN164030

口ずさむとき

伊藤幸子

コールサック社

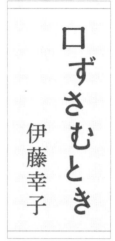

口ずさむとき　目次

Ⅰ　口ずさむとき

Ⅱ 口ずさむとき

Ⅰ

口ずさむとき　1〜100

1　生きる力

健やかに元日をあれ歌詠むは力になると言ひたりし友
宮柊二

新しい年が明けた。師走の、あの忙しさにかりたてられた日々を思うと、年明けの三が日はつかのま、自分をとり戻す心の余裕が得られそう。わけても早朝がい い。

帰省した息子家族の起きてこない朝まだき、師匠の歌を口ずさむ。昭和52年作。「憂ふべき企業の先を語りゆく君が話を沁々と聞く」ともあり、つごもりに先生のお宅を訪ねられたある中小企業の社長さんを思ってのお作の由。今から35年も前の、東京三鷹の先生のお宅で、社会を、企業経営を語り「なんといっても、歌を詠むのは、生きゆく力になりますね」と話す社長さん。ケータイもパソコンもなかったけれど、自然も社会もゆったりとそしてしみじみと人の話を聞くゆとりがあったころ。

この「生きる力」を再確認した本がある。旧臘《きゅうろう》オープンした盛岡市大通のMOSSビルジュンク堂書店にて、折口信夫と寂聴さんと佐藤愛子さんの本を買った。愛子さん『我が老後　まだ生きている』の中の一節。

昔からの読者が尋ねてきて「佐藤先生のエッセーを読むと勇気がわいてくるんです。気力が弱っていても、先生のご本で笑うと希望が持てるんです」と言われ、先生の述懐。

「私の読者には変わった人が多いけれど、気力の弱っているときにこんなものを読んで笑っていたとは。と言いつつ、考えてみればその私もあの寸暇もない怒りの日々に、笑い出したくなるような無駄をして、それを生きる力としていたのかもしれない――」愛子先生大好き。怒って語って笑いがいっぱい。数年前、『血脈』を読み、世田谷文学館まで先生の講演を聴きに行ったこともある。

さて、4歳の孫が起きてきたら、「生きる力」になるような、バアバの話ができたらいいな。何はともあれ、初春雑煮で生きる力を養おう。

2007・1・3

2　法隆寺の材

買ひ得ずて顕《た》ちくるものに法隆寺古材の炉縁《ろぶち》屋久杉の机

鹿野幸子

新春初売りセール。元日から営業の店もあり、日本列島24時間不眠不休の感がある。昔、海辺の町に住んでいたころ、私も2日の初売りに出かけたことがある。目玉品はこたつであった。7時頃《ころ》行くと、もうデパートの前は長蛇の列。限定こたつは私のはるか前の人あたりで売り切れになった。そのとき、一緒に並んでいたあるおばあさんが、「ああくやしいな、来年はもっと早く来よう」と大声で言ってそのまま帰ってしまった。「来年かぁ、ことしまだ2日目だぞ」と、周囲に初笑いの声が上がったことだった。

さて、この歌の作者の欲しい物は、少々趣を異にする。法隆寺の古材の炉縁であり、屋久杉の机だという。炉縁で思い出した。昔、囲炉裏《いろり》の縁を、「ゆりぎ」と言った。炉寄り木、あるいは揺り木であろうか。炉の内側は雲母で囲われ、めらめらと炎が上るとイルミネーションのように輝いた。

数寄者の市には時々意表をつくものが出るらしい。白洲正子さんは法隆寺の勾玉《まがたま》のペンダントをお持ちでよく写真に載せておられた。

私は数年前、歌の大先輩から、奈良薬師寺の古材で作られた文鎮を頂いたことがあった。たなごころにずっしりと重く、木肌のぬくもりがあり、どのような経緯にせよ、これが千年の昔の材かと感じ入ったものだった。

鹿野さんは「五百枚の賀状を書きて若かりき今年は余す三百枚さへ」とも詠まれ、都心でのＯＬ生活の長かった人だがその後、「少しづつ捨てつつ生きむその一つ旅に写真を撮らざることも」と身辺の簡素化を心掛けるようになられた。

晩年に歌集を出され、あとがきに、古い歌稿を何十年分か紛失してしまったと嘆かれた。欲しい物や失った物に執着するのは人間の常。一切無であり空であると経文は説くが、誰しも欲しくて買えなかった口惜しさは相当なもの。私はその度にこの歌を思い出している。

2007・1・10

3　大震十二年

かの時刻過ぎたる薄明竹筒の灯りが描く１・17

木山蕃

　かの時刻、平成7年1月17日午前5時46分に起きた阪神淡路大震災は、犠牲者６４３３人を出す大惨事となった。作者は神戸在住の歌人、平成16年刊の写真歌集『大震九年』所収の一首。『大震一年』川柳集『ゆうサンの赤い鞄《かばん》』と合わせ震災三部作として注目を浴びたもので、１００枚近い写真と1ページ8首組の迫力ある著者第四歌集である。

　犠牲者の集中した神戸市長田町の竹灯籠《どうろう》に灯《あか》りを点《とも》す人々、中央区の雪地蔵の写真、三宮駅前の歪《ゆが》んだビルも、東灘区の天満神社の大鳥居は、すっぽり横木が抜け落ちている。

　それでも人は集まり、祭りを行い、大難を越えた命をことほぎ歌う。「おまつりがうれしいきぶん焦燥感転じてわれも人も節分」「木の鳥居くぐる宮居は幕内に鬼役たちか餅搗《もちつ》く気配」そしてガンバロー神戸、復興の迅速さ。「駅前に巨大ビル建ち新長田震後の景観ここは一変」作者は常によく歩き、ことにも1月17日は未明から、年々変わりゆく街並みをカメラに収め作品を作り続けておられる。

　昭和ひとけた生まれの氏は、長い歌歴に川柳、写真、書、篆《てん》刻、旅、また古くから鬼の研究家としても知られ、第一歌集『鬼会の旅』第二歌集『夢幻門』の世界は、うつつを忘れて時元を超えた空間にいざなわれた。

「たれそれに遇《あ》いに行くあてなけれども赤い帆布の鞄予約す」この赤い鞄が、氏の飄々《ひょうひょう》としたカメラマンスタイルのトレードマークとなり、時実新子さんにスケッチされるまでに愛される。その鞄を背に、ひょいと盛岡駅に降り立たれたときの驚き。「こまちやまびこスニーカー」の、みちのく旅情は「大岩を裂きて累年生い生いし花の桜にことしは出遇う」と烈震列島に北の花を添えられた。

　「子は戦争孫は震災知らぬなり吾は来世を知らず頼まず」すでに大震十二年、生あればこそ今生の花を求めてまた旅心をそそられる。

2007・1・17

4　鳥の嘆き

夭折の神たちの群還りくる遠く飛び立つ鳥の季節に

阿部正路

一冊の本に、激しく魂を揺さぶられるときがある。秋田県ご出身の国文学者の歌集『飛び立つ鳥の季節に』を手にしたときの感動は今に鮮《あたら》しい。Ａ５判濃紺絹地に、河南省漢墓出土の石の朱雀《すざく》画像の表紙。昭和50年刊、第三回日本歌人クラブ賞受賞の美装本である。この場合の「神」はある特定のものならず、夭折《ようせつ》の姉上をはじめ、天地神明「気」の通ずるあらゆるものが象徴されているといえようか。

当時私は茨城に住んでいて、先生の講座講演をよく拝聴した。市では毎月短歌会が開かれ、時々先生にもご臨席いただいたものだった。先生の52年刊『葡萄《ぶどう》園まで』が出ると、呼応するかのように『武蔵野より』という美しい処女歌集を出された閨秀《けいしゅう》歌人や、会を束ねておられた校長先生、文人画家等々皆さん旺盛な創作意欲に燃えておられた日々だった。

昨年夏、北茨城市の歌人より音信あり、長年お世話くださった方の訃を伝え、「短歌会も消滅しました」とあり絶句した。私が茨城を離れてもう二十余年になる。平成13年、阿部先生のご逝去を一番に伝えてくださったのもこの方だった。みんな過去形になってしまった。

なんということ、いつのまにどこに置いてきた歳月かとふり返る。「飛び立てぬ鳥の嘆きを詠める歌年の初めに読みて慎む」数年前の正月歌会に、私はこの歌を出した。当然ながら正月らしからぬこんな暗い歌には一点も入らなかった。

でも、今年も大歳の夜を、やっぱり先生の本を開いて身を慎んだ。山上憶良の「世の中を憂しとやさしと思へども飛び立ちかねつ鳥にしあらねば」が底流にあり、先生の「飛び立つ鳥の季節」へとつながってゆく私の鎮魂歌のつもりである。憶良と同じくこよなく酒を愛し、旅を好み、古希を待たずに旅立たれた歌人の故郷将軍野に、今ごろは白い翼の鳥たちが舞っているだろうか。

2007・1・24

5　福は内

鬼の面つけたる幼な等礼をして校長室に豆撒きくれる

片平桃夫

　ことしのように雪のない冬でも、節分立春と聞けば心が浮きたつ。作者は福島の小学校の校長先生で、奥様も音楽の先生だった由。若いころは「よくもまあ空には雪のあるものよ分校はまた孤島となりぬ」というような僻《へき》地校勤務も単身赴任もされたようだ。

「昔は今よりも雪も多く、しばれたもんだ」と誰もが言う。除雪車も来なかったし、高気密高断熱住宅でもなかったから、痛いほどの寒さをみんな実感として体が知っている。

　いわゆる団塊の世代が小学生のころは三百人も居た私の地域の小学校に赴任される先生方は、たいてい盛岡方面からの方が多かった。最寄りの駅から四キロ、バスもなく（今もだが）お寺や民家に下宿されていたようだ。駅に行く時は、たまたま山の営林署からのトロッコ便でもあれば乗せてもらえることもあったが、それもおそらく定刻発車ではなく、運がよければ拾ってもらえるという話。夏場「真っ白いワンピースのおなご先生が、トロッコに乗って盛岡さ帰っていった」週末風景は、子供心にぞくぞくするような高揚感があった。

「鉄棒に逆さになりて沈む日を見てゐる子らの感嘆の声」まるで時間が止まったかのように、その瞬間の子供たちの表情が鮮やかだ。逆さの位置で見たら、夕日は朝日に見えるかも。ふしぎがいっぱいの歓声をあげる子供たちをしっかりと受けとめる青年教師のまなざし。土曜日も学校に行き、休み時間でも先生は一緒に遊んでくれた。

　しかし五十年も昔の回想シーンにふけってばかりもいられない。「テスト用紙配れば空気重くなり深山の如く静まりてゆく」平成の世は受験シーズンまっただなか。福は内、サクラサク春を呼び込もう。音楽絵画スポーツと多趣味な万年青年の校長先生も、はや傘寿を超えられた由。日本南画院展に出品の「浄雪」を表紙に飾る高雅な歌集、昨年三月刊行の本である。

2007・1・31

6　薩摩富士

ちかぢかと薩摩富士見ゆＪＲ最南端の駅のホームに

海老原秀夫

所属する短歌誌は日本縦断、北海道から沖縄、海外までの作品が並ぶ。宮崎県の海老原さんは大正5年生まれの元駅長さん、時々電話で91歳とは思えない張りのあるお声を聞かせてくださる方である。

「薩摩富士」は鹿児島の南端、東シナ海を臨む薩摩半島にある開聞岳（924メートル）。そのふもとを走るＪＲ西大山駅が日本最南端駅（北緯31度11分）とのこと、私はこの辺りを何度時刻表の旅をしたかしれない。「山野駅日給八拾参銭の辞令を受く昭和はじめの不況のさなか」とも詠まれる氏の初任地はやはり鹿児島で、銭《せん》の単位の時代の若き国鉄マンを思いみる。

沖縄戦も経験され、「征かざれば平均寿命を超えてゐむ千三十六の遺影褪《あ》せたり」と、知覧《ちらん》の遺書に涙する作者。戦後もずっと機関車とともにあった氏が短歌を作り始めたのは64歳のときからという。短歌教室に奥様を車で送り迎えするうちにご自分でも作ってみたら上達が早く、20年後『雪笹』という美しい歌集を出版。東京で出版記念会の折に私は初めてお会いした。

さらに75歳で「ツマベニチョウ」に魅せられて、食樹のギョボクを植える運動を起こし、平成16年には『翔《と》べ！ツマベニチョウ』という10年間の記録誌を発行、マスコミにも大きく取り上げられた。

美しい蝶《ちょう》だ。羽を開くと9～11センチ、羽の上端が橙《だいだい》色というか朱色のまさにツマベニで、雄は羽の下端を黒い斑点でふちどってある。さすが「南西諸島の舞姫」の異名もうなずける。

今、宮崎は揺れている。鳥インフルエンザに脅かされ、先ごろは知事選挙が日本中の視線を集めた。「世の中を茶化せし知事が世紀末茶番演じて消えてゆきたり」と詠まれたのは8年前。「今度は、そのまんま東知事を何と詠まれますか」と尋ねたら、「まさに、百年の孤独ですな」と笑われた。宮崎の幻の芋焼酎「百年の孤独」を味わいに、ぜひ、と誘われ、フェニックスの茂る日南海岸の旅を夢見ている。

2007・2・7

7　木場に雪ふる

朝の木場雪深ければフォークリフトの轍《わだち》の筋を踏みて往き来す

中川志げ子

私は本を読み始めるとき、しおりをいっぱい用意する。それがゆっさりとはさまって、平成五年刊歌集『木置場の音』が書架にある。作者は三重県の十五代続く地主さんの息女で、製材業を営む家に嫁がれ、古希をすぎた今も家業を切り盛りしておられる。

「わが屋号衿に染めぬきし法被着て風強き木場の焼却炉守る」「製材の大鋸《おが》粉が常に降るからに日に幾度も休憩所掃く」また「製材機の修繕を終へ夜おそく退《ひ》きゆく人にタバコを包む」とも詠まれ、経営者の心づかいがうかがわれる。「ふと思へば来る日来る日の繁雑さ木置場ゆ戻るときも小走る」その広い木置場に、「夜の木場の丸太の下に迷ふゆゑ二匹の仔犬に鈴をつけやる」そして「木置場に張りし氷にころびたるさまを親子の猫に見らるる」。

読むほどに、たちまち七首も抽出してみたが、広大な工場の敷地にくり広げられる作業風景が見えて、壮年の「専務」さんの働きに喝采《かっさい》。建材もチップも生産、「津と阿波の境の峠に来かかりてわが締め直すトラックの荷綱」。

伊賀阿波の山中には芭蕉の「猿蓑《みの》」の句碑も立つ。そしてこの方に賀状をいただく時、「三重県一志郡三雲町」の地名に、いにしえの「斎宮群行」のルートを思い、私の想像力はふくらむばかり。平安の昔、帝《みかど》が代わるたびに伊勢神宮に仕える斎宮が交代。京の野宮《ののみや》から伊勢内宮まで五泊六日の「群行」があり、「壱志」は第一の頓宮《とんきゅう》であった。

しかし平成の大合併で今は「松阪市久米町」に統一されてしまった。伊勢に近い順に壱志、鈴鹿、垂水、甲賀、近江国府と辿《たど》る斎宮の旅路は、空を被《おお》いつくす原生林のもと、どんな情景だったのだろうか。

現在国道一号線はこの旧東海道よりはるか西側を迂《う》回して、二本の道路とトンネルで鈴鹿峠を一気に越えると教わった。「まぼろしの伊勢斎宮の跡と誌《しる》す黒き石碑にうすら日しづか」の歌にみえるように、千有余年のまぼろしを今に歴史の里に暮らす人。「休憩の人らに甘酒つぎてをり木場に雪ふる春立つ午後を」と、きょうもほがらかな談笑の声が聞こえてくるようだ。

2007・2・14

8　焼跡派

焼跡派われらを言はず団塊の世代が戦後を拓きしといふ

近藤孝二

今、どこを見ても「団塊の世代」の文字が氾濫《はんらん》している。定年、年金、さらには離婚などと書きたてる。この作者のように「焼跡派」としては微妙な違和感にとらわれることもあろう。

ことし早々に頂いた名古屋市在住の作者第五歌集『断橋』の中の一首。氏はイラン・イラク戦争の只中《ただ》、昭和57年から2年間、某大手企業の技師としてイラクに駐在。「石油プラント建設に関連して、イラク側と日本との軋轢《あつれき》に腐心――」と、第一歌集のあとがきにある。

「霾《ばい》止みて八月をはや逝く夏か砂漠へ下る獅子座さかしま」なんという広さ、ヒトの位置。「脱走兵相次げるとぞ検問の機関銃《マシンガン》まづ対《む》けて近寄る」「砂嵐二日に及ぶあけぐれを飯場とよもし雹《ひょう》奔《はし》る音」「ラマダンの力なき身を部品庫の隅にはこびて睡《ねむ》る幾人」そんな暮らしにも歌声は響く。

「トレーラーを曳《ひ》くと〈ヴォルガの舟唄〉を吾が歌へばみな歌ひたる」「年の夜の乱痴気やがて〈ふるさと〉の斉唱となり涙したたる」企業戦士の強さの内なる心情が切なく伝わってくる。

昭和の終わりにさしかかったころ、「熱帯雨林おほよそ滅せしショウシャ群シベリア森林開発すとふ」の一首に出合い、私は大いなるカンちがいをして恥をかいたことがあった。「ショウシャ群」を、新種の害虫か何かかと思い尋ねたら、「商社群、今や新種の害虫群みたいなものですね」と笑いをこらえて、カタカナ表記のねらいを説き明かしてくださった。

往年の企業戦士も今、喜寿を迎え奥様を介護、「初めてを見てときめきし杳《はる》けき日憶《おも》ひ出でをり靴履かせつつ」と、車椅《い》子《す》に乗せ気軽にスーパーにも行かれる。「レジを待つ四人みながら猫に用犬に用あるものを提げをり」いい時代になった。

しかし「億年の地球資産の石油また尽くるといへり二十年のち」常に日本のエネルギー資源を支えてこられた人の不安は尽きることがない。「貪瞋痴《とんしんち》載せてきりきり自転して今どのあたりわが惑ひ星」作者のまなうらには今も、荒寥《こうりょう》たる土漠の中での任務遂行に燃えていた日々がよみがえる。団塊の世代のその前の、焼跡派の人々の営為を思い、底ごもる声に耳を傾けたい。

2007・2・21

9 「少年」の心

たちざまにけふのさむさと床に咲く水仙にふと手をのべゐたり

秦恒平

「旧臘古稀《きゅうろうこき》を迎え、文庫本歌集『少年』出版を以《もっ》て自祝。京都で、また東京で、二百三十一年ぶりの坂田藤十郎襲名狂言を楽しんだ。妻もこの四月には古稀。けわしい新世紀の老境とはいえ、逃げ腰ではとても…と、夫婦してもうしばらく怯《ひる》まず過ごして行きたい。美しいものや楽しいことと、せいぜい仲良くして行きたい」。作家秦《はた》恒平先生の06年「湖の本」に寄せられた「私語」である。

私は昨年の今ごろ、生まれ日の祝いにさる方より『少年』初版限定本を頂いた。それは表が濃紺、内側が黄色の帙《ちつ》に包まれて、桜色の表紙、限定ナンバーが附され先生の署名落款入り、昭和49年10月刊行の特装本である。この歌は昭和30年、作者19歳の時の作品という。はるかな時を経て、先生は昨年この歌集を短歌新聞社から文庫本として出され、古希のお祝いとされたということである。

京都生まれの作者の少年時代、叔母上に裏千家の茶道を学ばれ、中学生ですでに代稽古《けいこ》までしておられた由。余寒の床の間の水仙にふと手をのばしたのは、ほんのりと上気した女生徒であろうか。上句に硬質な感性が揺らぎ、茶室の静寂をふと揺らした空気の層が見える。

また二十歳のころの作品「逢はばなほ逢はねばつらき春の夜の桃の花ちる道きはまれり」は、岡井隆撰「昭和百人一首」に採られている。幼少期、百人一首はすべてそらんじておられたという文雅の冴《さ》えがゆき渡り、節調、聴こえの良さに口ずさむ楽しみが倍加する。

すでに百冊を超える著書を出しておられる先生はまた、こうも語られる。「古稀を迎え送り、人生の一、二学期を終えたと思っている。8という数字で譬《たと》えれば、もう一つの0がどうまた結べるか気負いはなく、ゆっくり三学期を歩いてゆくだけのこと――」。そして「七十路に踏ン込んでサテ何もなし有るはずがなし夢の通ひ路」と詠まれた（ちなみに短歌作品は『少年』のみ）。

「人生はすべて、創作も生活も人間関係も夢の通ひ路にうかぶ幻影にすぎない」と観じておられる作家の『少年』の心をうけとりたくて、この季節私はまたこの本に遊んでいる。

2007・2・27

10　自由といふは

ひとり来て丘畑打てり野を山を見放《さ》けつつ寂し自由といふは

佐野四郎

ことし、新しい友を得た。あて名「山梨県北巨摩郡高根町清里」と書くうちに、むかし大変よくしていただいた歌人のことを思い出し、古びた歌集をひもといた。こちらは「山梨県南巨摩郡富沢町万沢」の佐野四郎先生。私は地図を見るのが好きで、地名駅名などにすぐ反応する。

　昭和47年3月10日発行、作者第三歌集『白雲集』は坂口安吾の実兄、坂口献吉氏の「白雲」の色紙を巻頭に掲げる格調高い本である。

　そのころ二十代だった私に「奥峡は檀香梅の黄に匂ひ咲き澄むころかその一木知る」ととびらに書いてくださって、さらに栞《しおり》に「だんこうばい」「きに」と、変体がなにもルビが附されてある。当時先生は古稀をこえておられ、下手なひよこの作品にも目をかけてくださった。

　「三人目をみごもる夏も逝かむとすあをき扇風機の羽を拭きつつ」の作品を出したときはすぐお葉書が届き「双児ならまだしも、三ツ児をみごもっておられるか…」と気遣ってくださる文面に飛び上がって驚いた。そしてお返事をさし上げる前に折り返し、「昨日は失礼。三人目を三人児と読んで、これは実に稀有《けう》なことと感じ入り認《したた》めました。小生近ごろ目がかすんできていて失礼しました」と書かれてある。はがきが10円、封書（定型）が20円だったころのことである。

　子育てに追われた二十代三十代のころは一時間でも自由な時間が欲しいと願っていた。そしてみんな巣立っていった今、富士山麓《ろく》に畑を打つ老歌人の「自由」の意味がよくわかる。「晩年にとどむる時間刃のごとく思へど心満つる日ぞなき」と並べて読んでみると、自由とは、憧れていてこそ華、得てみればなんとさびしく、しかも刃のように鋭く迫ってくるではないか。邂逅《かいこう》の友Tさんに、私は甲斐《かい》の古武士の奥方の面影をなぞり「自由の寂しさ」を書き送った。

2007・3・7

11　剣の道

青春を賭けて励みし剣の道失意の時も吾を支へき

佐藤千廣

　太平洋に面したなだらかな海岸線に沿って国道6号線が走る。福島県いわき市平の由緒ある立鉾《たてほこ》鹿島神社の子息であられる氏は、神官、歌人、剣の達人の父上と同じ大学を出られ、10年ぐらい前に高校教諭を退職された。神職は長兄の方が守られ、氏はずっと6号線を走って隣県茨城の高校に通勤。父上同様剣道を極められ、現在教士7段と伺っている。とにかく氏の赴任される高校は男女とも必ず剣道全国制覇をなしとげると語られてきた。

　今、私の手元には昭和60年刊行の茨城県立日立一高の剣道部ＯＢ会創立20周年記念号「阿吽《あうん》」がある。220ページ、どっしりと重い絹布表紙の立派な記念誌で、日立健児の心意気が感じ取れる。剣道部顧問の佐藤先生は数々の優勝旗を背景に、防具をつけた部員と変わらぬ若さで写っている。この本を部外者の私に手渡してくださったときの剣士の面ざしを、日立の沖の漁火《いさりび》のように思い出すことがある。

　その日立一高を離任のとき、教え子たちが「励ます会」を催して歌集出版を強く勧めてくれたという。平成元年刊行の第一歌集『風樹』の後書きには「私が修業を続けている剣道も短歌も、最終的には人間の生き方と重なり合っているものであり、究極の目標は自身にどこかで生きる意味を与え、励ましてゆくことだと思っている――」と述べられている。この歌集は歌壇のみならず教育界、武道界にも好評を博している。

　やがて定年の時が訪れた。第二歌集『雪嶺』は深く己を見つめ、退職前後の心のゆらぎの作品が多く見られる。「職退くは湖底に沈みゆく心地くらく冷たき校庭を踏む」「最後なる授業終りて帰るとき吾を呼ぶ声廊下に聞きぬ」。

　そうしてまた道場に立つ。「わが足の指ことごとく変形す四十余年の稽古《けいこ》に踏まれ」。なんという修業のすさまじさ。神の子、剣の子の裂帛《れっぱく》の気合みなぎる道場の床が見えてくる。

2007・3・14

12　愛はるか

愛咬《こう》やはるかはるかにさくら散る

時実新子

3月10日、川柳作家時実新子先生が亡くなられた。なんということ、2月末に届いた月刊「川柳大学」には新子学長の「朝礼」文が意気高く書かれていて「皆さんも店を閉じないでくださいね。閉店はクセになります。とにかく継続することです」と激励されたばかり。

折しも柳誌長老の方には2月下旬、神戸の先生のお宅で先生とご主人曽我六郎さんとの実にいいツーショットの写真を撮らせていただいたと聞いていたので、突然の訃報に驚いた。

掲載句は作者54歳のときの作。本のサイン会では望まれる句の第1位とのこと。やはり新子先生というとまっ先にこの句が思い浮かぶ。「こんな句の本、人前では開けないでしょう」と先生が笑われると「本音でないとつまらないんです」と女性たちの本音が返ってくるという。

「れんげ菜の花この世の旅もあと少し」も広く人口に膾炙《かいしゃ》した句、49歳の作。「君は日の子われは月の子顔上げよ」これは青森県下北半島の川内町に建立された句碑。平成6年6月除幕式、巨大な自然石の由。「日の子月の子」、先生と名編集長のご主人との睦《むつ》まじさはおびただしいエッセー集に活写されて話題を呼び、新子人気が沸騰した。

それにしても壮大なエネルギー。17歳で親の定めた人と結婚。18歳で母となり2児を得て家業も切り盛りされ56歳でご主人と死別。58歳で再婚、『有夫恋』大ベストセラーとなる。67歳「川柳大学」主宰、70歳で『時実新子全句集』刊行。これは厚さ8センチもある深紅の大冊署名入り、お手紙もいっぱいいただいた。

「古箪笥むかしのお手紙がわんさ」エッセー集の一節に、「棺の中に花は要らない。身内の者もあきれるぐらい手紙やはがきで私の棺を埋めてくれるのを想像するととても楽しい…」とある。まるで喪の日を予感されたかのような一章に彼岸の日ざしもかげってきた。享年78。愛はるか、桜夢幻の十七字――。

2007・3・21

13　職なき朝

むらぎもにひびきて雉子《きぎす》高鳴けり今日よりは職なき朝の目覚めに

菊地新

　年度末、街で花束を抱えた人をよく見かける。若からぬ男性だったりすると、ああ定年か、ご苦労さまと思わず声をかけたくなる。

　大正5年生まれのこの作者は宮城県の大学教授を長く務められて退官、その後平成4年75歳で出された歌集『風樹抄』所収の一首である。長い勤めを終えられて、何ものにも束縛されない朝の静寂を破ってキジが鳴いている。「職なき朝」の感慨に打たれる。

　あとがきに「昭和二十一年、巽聖歌氏が疎開先の盛岡で「新樹」を創刊した。呼ばれるままこれに参加したのはこれまでの情誼《ぎ》からきわめて自然だったが二十五年「新樹」は休刊以後、私は作歌を中絶した。親愛長い巽さんに殉ずる気持もあったし、なによりもそのころの私は戦後のいわゆる新教育の指導に多忙をきわめていた――」とある。

　終戦前後の時代背景、北原白秋の「多磨」解散に伴い、さまざまな歌人集団の興亡の中で、巽聖歌のもとに拠《よ》った気鋭の歌人の述懐として実に興味深いものがある。

　氏は昭和44年、宮柊二主宰の「コスモス」に入会。それからの旺盛な創作活動は一結社内にとどまらず、童謡・作曲コンクール課題詩や数多くの校歌作詞も手がけられ、伊豆沼の湖畔には氏の「白鳥」の詩碑も建てられた。また聖歌や文人墨客が東北に来られると何日もお宅に逗留《とうりゅう》されたともうかがった。

　老境、病みがちの日が多くなられた。「容赦なく老いの日迅《はや》く過ぎゆくと冬雲遠く照ると見てゐつ」「メスをとる医師は子なれば父われを声励まして手術なしゆく」「過去無限未来も無限たまゆらの命が負へる苦もまた無限」。避けられぬ苦患《げん》の中でも白秋、柊二、聖歌を語り春風のような笑みを絶やさぬ方だった。

　聖歌植樹の「新樹」は24年「北宴」と改めこの4月、400号を迎える。その末梢《まっしょう》としてさまざまな場面で頂いた詞華の言霊《ことだま》を大切に受けとめている。

2007・3・28

14　さくらさくら

ただ一度生れ来しなり「さくらさくら」歌ふベラフォンテも我も悲しき

島田修二

春、桜というとこの歌を思う。昭和35年、60年安保の年に初来日の米黒人歌手ハリー・ベラフォンテのステージ。歌手活動と並び、彼の人種差別に対する怒りや黒人の地位向上に心を注ぐ姿勢と、島田氏自身のアメリカに対する感情が交錯して複雑に揺れる。昭和3年横須賀生まれの氏は17歳で江田島海軍兵学校に入学、広島の原爆投下を目撃する。しかし戦後15年、敵国の歌手の歌ではあるけれど、アンコールで歌った「さくらさくら」の旋律は「ただ一度生れ来し」命の器として熱いものがこみ上げる。島田作品の代表作である。

終戦後、19歳で北原白秋の「多磨」入会。東大卒業後読売新聞社に入社、大岡信氏と同期。28年、「コスモス」創刊に加わる。「横須賀の丘に吹く風いちにんのいのちの重み世界に告げよ」「サラリーの語源を塩と知りしより幾程かすがしく過ぎし日日はや」「足を病む汝《な》が三輪車の影曳《ひ》きてかく美しき落日に遭う」戦後の社会情勢、新聞記者としての激務、家族愛等々胸にしみくる作品が多い。

年々仕事も創作活動も多忙を極め、「歌にては生計立たぬかと問はれ立たぬと答ふ立てんと思ふ」というような葛藤を経て51歳にて退職。61年、宮柊二のあとを受けて朝日歌壇選者となる。やがて63年「コスモス」を離れる。

このころ「わが裡《うち》にわが知らぬこと起こりゐて確実に死へ向きて進める」「死にゆける者常に他者みづからの丈《たけ》くらぐらと渚《なぎさ》にうつす」といった内面の昏《くら》さも詠まれるようになった。

平成16年9月12日、自宅で脳出血にて死去、享年76。あの時の衝撃、机上のスナップ写真のほほえみが返らぬ時を封じこめて切ない。同年6月中央誌に氏の「オホーツクの藍《あい》色がいいまた来るさいいものはいい幾度でも来る」が載り、なんという自在な世界と感銘した。ジャーナリストとしての時代感覚と歌人の激しい生を湛《たた》えて、また桜の季節が巡ってきた。

2007・4・4

15　ふりがなの妻

ふりがなのごとく寄り添ふわが妻と春爛漫のさくらみちゆく

布施隆三郎

「どこかに故郷の香りをのせて」上野駅に到着する就職列車。そのころひとり下り列車で青森駅に降り立った人がいた。江戸っ子で大学出たての二枚目英語教師、石坂洋次郎の世界だ。しかしあまりのカルチャーショックに「ハンケチと言ふ吾《あ》を津軽の子ら笑ふ深川育ちはハンカチじゃねえ」と切り返し、青森の四季になじんでいった。

「先生と初めて呼んでくれる子ら弟のやうな妹のやうな」「山の子に山を教はり海の子に海を学びし教師の初め」そうして気がつけば「青森に四半世紀をわが暮らし江戸っ子面《づら》もさびつきにけり」「教へ子の子供と出会ふ教室に昨日さながら若き日ゆらぐ」というような歳月の嵩《かさ》に驚きもする。

昨年十二月、十年ぶりに氏の第二歌集『金砂郷』が出版された。昔は山中から砂金がとれたという茨城県久慈郡金砂郷町は母上の故郷であるという。幼く死別、さらに東京大空襲で身内も散り散りになるといった悲運にさらされる。そして青森。何がそうまで青森に引きつけたのか、二冊の歌集でもまだその謎は不明だが、はや四十年以上も北の大地で暮らして来られた。

「ふりがなのごとく寄り添ふ」妻を得て、還暦近く男児に恵まれ、まさに春爛漫《らんまん》といえる日々。ふりがなのような妻、女性側からは何とたとえればいいのだろう。やがて「定年だ昨日はきのふ明日はあすここしばらくはただ無重力」そして今、「愛ちゃんの学校ですねと羨望《せんぼう》のひと目集まる非常勤われに」という卓球の福原愛ちゃんのいた高校につとめておられる。何度か甲子園球場のスタンドにも座った。ひたすら走り続けてきたけれど「これからは歩けよメロス死者までの距離はそれほどないかもしれぬ」と首肯《しゅこう》。「隆ちゃんはなまってきたよと同級生あたりまへだよわれは津軽衆」と、堂々と答える津軽偏の漢《おとこ》になった。

2007・4・11

16　三春の御典医

投票所に居りて驚く知り人の誰彼のかく老いてゐたるを

佐久間悠

選挙の春、第16回統一地方選挙前半戦が行われた。日本列島を桜色に染めて、新しい政界分布図が出来つつある。私も小学校の投票所に出向いて一票を投じた。みんな知っている人ばかり、でもしばらくぶりに会うと、この歌のように驚いたりもして声をかけ合う。

この作者は福島県三春町で長く中学校長をつとめられ「辞めてより何か仕事をなし居るかなど問はるれば答へねばならぬ」といった感慨を抱いて、「家内《いへうち》のこと長ながと話すひとに対《むか》ひてゐたり人権相談日」の仕事や選挙管理委員などをされていた。

明治44年生まれの氏は「吾が家の祖《おや》は御典医なりといへば薮《やぶ》医者なりけむと子ら笑ふなり」と詠まれる城下町三春の、いかにも「御典医」の風格をたたえた方だった。昭和14年北原白秋を慕って「多磨」入会。この年8月、宮柊二は応召、戦後の混乱を経て28年、「コスモス」創刊に加わり、長い歌歴を有した方である。膨大な作品を世に出すべく先輩友人方に勧められ、平成元年待望の歌集「われの足おと」が上梓《じょうし》された。ほぼ50年分の業績を正・続二巻函《はこ》入りの大変に凝ったものである。

「戊申の役に病院たりし寺院あり境内の隅の官兵の墓」「春もまだ刈田にほふもののなし吹かれつつあさるま白き鶏《かけろ》」「復員の身に下り立ちし駅の朝の吾を思へばまなぶた熱し」「帽をふり〈ラバウル小唄〉うたひつつ友を送りき駅のホームに」いつの世も戦いにひきさかれた人々の悲しみは消えることがない。

美しい滝桜の写真も添えられたご本、天から降り注ぐ花のしぶきの下に立った日の感激が忘れられない。巽聖歌とのご縁も深く「手をあげて改札口に現れし巽先生昭和二十六年の秋」のお話も聞かせていただいたものだった。今ごろは「磐梯に虚無僧の形の残雪が見えてほつほつと春うごきつつ」といった三春の景が思われる。平成14年秋逝去。享年91。

2007・4・18

17　折々のうた

いとけなき日のマドンナの幸《さつ》ちゃんも孫三《み》たりとぞ
　eメール来る

大岡　信

朝日新聞の「顔」ともいえる連載コラムだった「折々のうた」が3月末で幕を閉じた。詩人の大岡信さんが約30年にわたって、古今の詩歌を7千回近く取り上げ、幅広い支持を得てこられたコーナー。今もつい見慣れた場所に詩歌の調べを探している自分に気付く。

79年1月25日の第1回は高村光太郎の短歌「海にして太古の民のおどろきをわれふたたびす大空のもと」で、最終回のことし3月31日、6762回目に登場したのは江戸時代の女流俳人田上菊舎《きくしゃ》の「薦《こも》着ても好《すき》な旅なり花の雨」であった。

氏は、連載の最後はこの句と決めていたと言われる。まさに旅に始まり旅に終わったとかえりみて語られた。

「朝刊の1面だから、その日1日が暗くなるような文章ではいけない。大岡さんという向日的な個性はその意味でもぴったり。スカッとしてピリッとしていた。寂しくなりますね」とのコメントは朝日俳壇選者の長谷川櫂さん。１８０字にこめられた詩魂を思う。

さて、掲載のeメールの歌は、平成16年の宮中歌会始に召人として参内されたときのお歌。その年のお題は「幸」であった。召人大岡さんと岡野弘彦さんは紋付き羽織袴《はかま》、選者の安永蕗子さんも和服、岡井隆、島田修二、永田和宏さん方はモーニング姿で臨まれた。

岡野さんは事前に電話でこの歌を聞き、声をあげて笑われたという。そんな反応を楽しみながら大岡さんは「私は歌会始という厳粛なしきたりに従順にしたがうつもりはありません」という態度の表明としてこの歌を提出したと語られる。つまり「今度の召人の歌は重々しさに欠けているじゃないか」という悪評をむしろ歓迎したい気持ち、ともつけ加えられ、「お色気とユーモアは現代詩においても常にあらまほしき大切な要素」と述べて、日本詩歌の伝統を解釈された。氏の選章眼に選《よ》られた珠玉の秀作集刊行が待たれることである。

2007・4・25

18　運転しつつ

自動車を運転しつつ大声で唄ひをり今はひとりの世界

川辺古一

短歌の世界では自動車を運転する歌などあまり見かけない。これほどの車社会にもかかわらず、団塊世代あたりを境界に、高齢者が多いせいであろう。私も、中年で免許を取ったと言ったらこの作者に「ヤレヤレ、何人殺されるやら」と笑われたものだ。「ぼくは太って、バックのとき、体ねじられないんだよ」とも言われたが、壮年のころは「中央道ひたすら走り風の吹く朝の諏訪湖で顔を洗ひき」というようなエネルギッシュな歌も見られた。

大正15年生まれの氏の、結婚の時のエピソードがおもしろい。昭和28年、宮柊二夫妻の媒酌で結婚、その折先生の詠まれた歌に「娶《めと》らんとする青年が欲しと言ひ贈らんと言ひ釜買ひに出づ」があり、それは川辺青年のことだという。戦後の物資不足のころの台所に、先生から贈られたピカピカのつば釜（電気釜ではなかった）が鎮座している図が眩《まぶ》しい。

川崎市生まれの氏は終生生地を離れず、昭和60年定年まで市職員の務めを果たされた。20年、「多磨短歌会」入会、24年宮柊二より「古一」のペンネームを貰《もら》う。以来「コスモス」の指導者として歌集を8冊、評論集も多く出版、また表千家の茶人としても知られ、日本棋院初段も得られて多彩な方だった。

一方では「聴診器わが胸にあて医師言へり平均寿命よく越えたりと」に見られるように若いころ病んだ肋《ろく》膜炎があとを引き心臓発作に悩まされ「わが余命長くはないといふはさ妙な気持で人づてに聞く」といった場面も描かれた。

昨年3月に頂いた第8歌集『溪声《けいせい》』は巻末に「盛装し駅前広場に人を待つ若人の中にわがまぎれゆく」を据える。あたかもひとつのドラマの「つづき」のように、人ごみの中にまぎれ去る人影を見失うまいと思っていた矢先、氏の訃報が届いた。桜万朶《ばんだ》の春さなか、1年前の今ごろだった――。

2007・5・2

19　彩月洞

この朝明《あさけ》林檎の花の咲く果てや片富士の襞《ひだ》に心放つも

武島繁太郎

岩手の花暦はたっぷりと待ち時間をとって、開花となるや梅、桃、桜一斉に競い咲く。桜が散り始めると、私はこの歌を口ずさむ。

岩手県歌人クラブ初代会長武島繁太郎先生、昭和42年発行の『おくの草桁《くさげた》』の一首。「武島さんほど岩手山を愛し崇《あが》めている歌人を知らない。長年盛岡に居住し、朝な夕な南部富士の山容に接し、格調高いこれらの歌は古典の城に達している」との序文は、中央歌誌「地平線」代表の松本千代二氏。

「新雪の南部片富士の崇高《けだか》さよわが佇《た》ちて見る心孤《ひと》りに」と刻まれた愛宕山の歌碑の前に立たれる先生の写真がとびらに飾られる。私はこの歌の色紙を十代のころに頂き、転勤して歩いても常に鴨居《かもい》に掲げて拝してきた。

もう一枚「佐渡院が黒木の御所の跡どころ丈《たけ》たかく雑草《あらくさ》のおほひたるはや」も、何度か西下台のお宅に伺った折頂戴《ちょうだい》したものである。「彩月洞小さき書庫を鎖《と》ざしゐる鉄扉明るく若葉耀《かがよ》ふ」の情景そのまま、先生のお宅の庭に建つ書庫に招じ入れられたときの感激は、四十余年たった今でも忘れられない。「彩月洞」の表札も先生直筆で、完全防災の書庫の内には、啄木、晶子、白秋、牧水はじめ教科書で習った文学者たちの初版本がぎっしり並び、色紙帖や、短冊函《たんざくばこ》には筆墨の香が匂《にお》いたっていた。

「子等を率《ゐ》て五十六ヶ年履き古りし草鞋《わらぢ》をば脱がむ心残りなく」に見られるように、先生は昭和42年春、56年余の教職を退かれ、すでに傘寿《さんじゅ》をこえておられたが、よく小岩井吟行や、焼走り探訪に出かけられた。ある時は車の手配がつかず、軽トラックで砂利道をご一緒したこともあった。その当時は先生が八十代とは思えず、今あらためて年譜を見て、そんなお齢《とし》だったのかと驚く思いである。

「草桁《くさげた》の霜路をそぞろ往き往かばけだしや逢はむ孤りの我に」。花暦ただ迅《はや》く、彩月洞に照り映えていた若葉のそよぎが慕わしい。

2007・5・9

20　五文字の俳句

潦大潦紅椿

酒井大岳

漢字がたったの五文字、読みは「にわたずみ　おおにわたずみ　べにつばき」。作者は群馬県の曹洞宗長徳寺の高名なご住職で、著書多数、日本ネパール友好協会顧問、盛岡にも毎年講演にみえる快活な和尚さま。

「にわたずみ」は水たまりのこと。春先、水たまりが道をふさいでいた。最近はみな舗装されてこんな光景は珍しいなあと思ったら「潦」の字を思い出した。古語「にはたづみ」は「流る」にかかる枕詞《まくらことば》である。作者は何とも豊かな気分になって歩いてゆくと、もっと大きな水たまりがあって、そこにみごとな紅椿の花が水面いっぱいに映っていた…。

「できましたよ、俳句が！」欣喜雀躍《きんきじゃくやく》、高僧の笑み全開の瞬間である。作者の長い句歴と感性と風景の合致したすばらしい一句。

この句は平成10年3月30日付朝日俳壇の稲畑汀子選巻頭に輝き、全国から大変な反響が寄せられた由。歌人の鬼頭旦氏は「簡潔の中に豊かさ湛《たた》へたる短詩型文学の粋と思へり」と「潦」の句を讃《たた》える歌を全国誌に発表された。

さらに感動的な物語が伝えられる。高浜虚子の「椿子物語」の椿子人形にまつわる話がこの五文字の俳句からひたひたと解き明かされてゆくのである。そもそもは浅草橋の人形問屋「吉徳」の十代目山田徳兵衛さんという方が、虚子先生にお礼の気持ちでご自分の商売物の人形をさし上げたことから始まる。

先生いたく感動され、「椿子《つばきこ》と名付けて側《そば》に侍《はべ》らしめ」と認《したた》められ、夏がくると「椿子に絵日傘もたせやるべきか」の名句が綴《つづ》られる。やがて昭和26年、この人形は虚子の愛《まな》弟子のお嬢さんに貰《もら》われてゆく。そして、平成の今、朝日俳壇を見たといって、そのお孫さんから椿子人形の写真がご住職のもとに届いたという。

酒井大岳著『あるけば咲いている』に、その「椿子」の写真が載っていて、私はいつも心が萎《な》えたとき話しかける。私のにわたずみが再びきらめく予感に震える一瞬である。

2007・5・16

21　曲水の宴

なかぞらに空路は走るまなかひを楊《やなぎ》の絮毛《わたげ》が顫《ふる》へてゆけり

篠　弘

平成14年5月26日、平泉・曲水の宴のときのお歌。篠弘先生は、前年1月より北上市の日本現代詩歌文学館の館長にご就任。当日は快晴の毛越寺にて、古式ゆかしい緋《ひ》色の衣冠姿で臨まれた。

折しも、当日の朝日新聞「折々のうた」には先生の「をとめらはエレベーターに口噤《つぐ》みアスパラガスの束のごとしも」の一首が掲載されていた。私はその新聞を持ち、平泉まで車を走らせた。

匂《にお》いたつ若草のもと、平安絵巻さながらのみやびな宴がくりひろげられ、やがてゆるゆると場面が転換して歌びと方が歩いてこられた。私は思わず「先生、けさの折々のうた、アスパラガスの乙女を拝見しました」と申し上げ、夢中でシャッターを切った。

いい写真が出来上がった。青葉、幔幕《まんまく》、きぬがさのわきに十二ひとえの女性、紫の法衣のお坊さん方を背景に、篠先生がやや緊張の面持ちでこちらに歩いていらっしゃる…。

この写真が、のちに私を驚愕《きょうがく》させた。その年の総合雑誌「歌壇」11月号見開きに「あの頃の歌、今日の歌」と題して、なんと私がさし上げた衣冠姿の先生の写真が載っているではないか。「あの頃」は昭和28年の学生服姿で「貸出しの図書を待ちをるいとまにて書きはじめたり君への返事」の一首。昭和24年4月早稲田大入学、すぐ「まひる野」に入会。30年3月小学館に入社、平成12年春まで、45年間勤務。「私の編集者としての日常にとって、古書店街はオアシスであった」とある。

そして「今日の歌」では「この写真は、この5月26日、平泉・曲水の宴におけるもの。衣冠を身につけた初めての姿はやはり落ちつかない。半世紀を経た青年の成れの果てとはいえ、けっこう楽しかった」と述べておられる。

今年も5月26日、詩歌文学館賞贈賞式、27日は曲水の宴と、心弾む催しが待っている。

2007・5・23

22　バグダッド燃ゆ

日本の黄砂ににごる空のはてむごき戦《いくさ》を人はたたかふ
岡野弘彦

5月26日、第22回日本現代詩歌文学館賞贈賞式が行われた。この歌は、短歌部門受賞岡野弘彦先生の第七歌集『バグダッド燃ゆ』の中の一首。

当日先生は松葉杖《づえ》でご登壇。驚いて学芸員さんに尋ねたら「ちょっと、アキレス腱《けん》を切られたそうです」とのこと。岡野先生といえばいつもご壮健でことにも脚をきたえておられると伺っていたので、松葉杖での移動はさぞ難儀なことと拝察した。

受賞のお言葉で「17年前には当館で講演をしました。またやはりそのころ、桜満開の並木道を早朝一時間ぐらい走りました」と言われ、「でも、賞の選考よりも講演よりも、受賞はうれしいものですね」と笑われる。「この本にこめた思いの底には、われわれ民族の戦った魂をどう鎮めるか、壬申《じんしん》の乱から中世近世現代に至る戦いの不幸な霊を鎮めたいという願いをこめました」と述べられた。「東京を焼きほろぼしし戦火いま　イスラムの民にふたたび迫る」「聖戦《ジハード》をわれたたかふと発ちゆきて　面わをさなき者ら　帰らず」この思いは巻頭に置く「桜の花　ちるをあはれと果てゆきて　少年の友おほよそは亡し」の鎮魂歌に通ずるもの。

「目黒川　夜はの真闇《まやみ》に照りはえて　若木の桜さきいづるなり」この歌を全国誌で拝見したときは驚いた。私もその目黒川の夜桜を愛《め》でてそぞろ歩いた直後だった。「歌こそは　この世の外《ほか》のしらべぞと　身はうつつなく花の下に立つ」そんな囁《ささや》きを聞いた気がした。

「空とぶ夢を　見ずなりてより久しきと　八十《やそ》の朝明《あさけ》に醒《さ》めて　つぶやく」なんというのびやかさ、そして「をみなごよ。内は洞《ほら》ほら　外は統《す》ぷ統ぷ。肌へ寄りきて　われを抱かね」記紀神話の世界はときを超えて今のわれらを豊かに導く。巻末の旋頭歌《せどうか》「若葉の霊」より。「果てゆきし　齢《よはひ》はあはれ　十《と》余《を》りなな《ま》つ　かの子らが沈める海の　あまりま蒼《さを》き」。

2007・5・30

23　馬が尾を振る

しゆわしゆわと馬が尾を振る馬として在る寂しさに耐ふる如くに

杜沢光一郎

昭和40年代、発表と同時に評判になり、たちまち人口に膾炙《かいしゃ》した歌。色紙にもよく書かれ、ご本人もお気に入りの一首。私はこの色紙を25年前に、所属する短歌会の全国大会で頂戴《ちょうだい》した。氏は浦和市の天台宗のお住職でずっと有髪の方である。

先日、5月20日、松本市の美ヶ原高原で大会が開催され、参加した。私は入会は早かったが、全国規模の大会行事などに泊まりがけで出かけられるようになったのは子育てが一段落したころからで、この松本が初めてだった。

なんと、今回懇親会のとき、25年前の大会風景がスライドで映し出され、思いがけず30代の自分と対面しておかしかった。何か賑《にぎ》やかにおしゃべりをしていて、宮先生はじめ、慕わしい方々のお顔が見える。10分足らずの映写が終わり、明るくなった宴《うたげ》の席で、すでに世を去られた幾多の方々の画像が思われた。

いつも大会日程フィナーレには、白秋歌曲メドレーでおひらきになるのが恒例で、わけても杜沢さんの「砂山」は絶品だった。氏の読経にきたえられたお声は深く、寂びさびと心を揺らされたものだった。

今回参加者平均年齢が69・7歳と発表され、90歳以上の方3人が顕彰された。宮英子夫人もそのおひとりである。「これから25年後」と談笑していると、「伊藤さん、あなたはそのときも、元気で参加できるわね」と笑われた。ふっと指を数えてみると、英子先生の90歳にはまだ少し間があるかもしれない。

でも、齢《よわい》ばかり加えても、「四十にて極めずば能は下るべしと世阿弥のいひし四十近づく」と詠まれたのも杜沢さん。第一歌集『黙唱』に、芸の極みをこめられて眩《まぶ》しかった。

氏は今回は身辺お忙しくてご欠席、生者も死者も忙しい。今大会、岩手から来たと言ったら「どんど晴れ」効果に沸いた。「しゆわしゆわと馬が尾を振る」馬の祭りももうすぐだ。

2007・6・6

24　碌山美術館

吾妻とも若き日の母とも迫りきて去りがたくゐつ「女」の像を

松田護夫

松本市のＪＲ大糸線の踏切を越えてすぐの木立の中に、みごとなツタに被《おお》われた教会風の建物、碌山《ろくざん》美術館がある。明治12年、長野県東穂高村生まれの彫刻家、荻原守衛の作品資料が保存公開されている。重要文化財「女」、後ろ手に反った女体の質感が切ない。荻原はこの作品完成直後、30歳で永眠。これは文部省買い上げとなり、切手の図案にもなった。

平成15年刊の松田護夫歌集『市塵』には、「昇華せざる苦悶《くもん》あらはに目を剝《む》けり〝文覚《もんがく》〟すなはち盛遠《もりとほ》の像」など、碌山美術館テーマの作品があり、過日松本で再会して話が弾んだ。私は今回は「女」よりも「文覚」像に強く惹《ひ》かれた。

俗名遠藤盛遠、源渡《みなもとのわたる》の妻袈裟《けさ》に懸想《けそう》し、渡を殺《あや》めるつもりが袈裟の首を斬ってしまう顛末《てんまつ》は幾多の物語に知られている。その後の盛遠の修業のすさまじさを思うにつけても、この「文覚」像の迫力に圧倒される。ロダンのアトリエに出入りしたという荻原の緊密な筋肉の表現は西洋的でダイナミックに迫る。

『市塵』１０４３首、糸魚川市在住の氏の42歳から70歳までの作品群は春秋起伏に富み、装幀《そうてい》も凝っていて、現在珍しい活字の凹凸がしっかりと指に感じとれる本になっている。「ＯＡ機器並ぶる店に筆墨のたぐひはすでに美術品めく」と家業を詠まれ、「新聞社会議室にて先生の予選の歌を控へにきわれは」といった若き日の師、宮柊二について朝日歌壇の選歌に従った折のこともうかがえる。

所属する短歌誌で毎月作品を見ているため、実際会わなくてもその消息は知れているのだが、今は「厨房《ちゅうぼう》の改築はじむ自分のみ長生きすると決めゐる妻が」と頬《ほお》のゆるむ日常が見える。そしてまた「健康法訊《き》かるれば答ふ消閑に池波を読み大江は読まずと」まさに同感。「県境の峠を越えて安曇平《あづみだいら》五月のおそき桜見にゆく」新潟の糸魚川と松本を結ぶ大糸線を時刻表に見ながら県境の峠を思っている。

2007・6・13

25　学校は初夏

はつ夏の路上に会ひて驚きぬ私服の生徒の乙女さびたる

中西正博

春から夏へ、梅雨前の、今ごろの季節はいちばん過ごしやすい。兵庫県川西市在住の氏の第一歌集『遥かなるイデア』所収の一首。平成5年、高校教諭退職の年に出されたもので「人恋ふは真実在《イデア》を慕ふたましひの飛翔《ひしやう》と説けり学校は初夏」というむずかしい歌もある。

あとがきに「私は空港へ行くとしばらく時間をとって、飛行機の離陸を眺めます。飛行機が滑走路を走り車輪が滑走路から離れた瞬間のしばらくの間、まだ完全に空のものとはなっていないが陸上のものでもない時、地上と空の両方のものであると感じるその時が好きです…」とあり、「遥かなるイデア」の手がかりかと思いみる。

「なかなか離陸できません」とご本人は高尚な内省を述べられるが、生徒には抜群の人気で慕われてきたらしい。「マラソンに生徒と走れば六甲の山頂白く雪はかがやく」「タイガースが優勝してもこの宿題やるのですかと生徒ら問ふも」先生も生徒も嬉《うれ》しい大トラ旋風。

在職中「十年に三度切腹し縫合せしぶざまはわれの生き方に似る」という悲運にみまわれたこともあったようだが、75歳の現在「赤き梅干沈む焼酎のそば湯割り飲みて語らふ梅雨の夕べを」のようなひとときも訪れる。夫人も教職を退職され、話題は専ら学校のことか。

「近眼鏡かくれば寂しわが視野よりルノアールの世界たちまちに消ゆ」私はよく、人と別れてからアレ？眼鏡かけてたっけ？とわからなくなることがある。中西先生もスマートで眼鏡なしで、と思っていたが教室では使用されたのかもしれない。ぼんやりとやさしいルノアールの輪郭がいい。

「らんまんと桜花咲く地獄坂のぼりくるのぼりくる新入生が」のエネルギー。誰がつけたか「地獄坂」の呼称が効いて、ひしひしと上ってくる生徒たちのひたむきさが見えてくる。瑞みずと「イデア」輝く初夏の風。

2007・6・21

26　紫陽花時間

桜過ぎ牡丹をはりぬ列島をしだいに統《す》ぶる紫陽花《あぢさゐ》時間
宮里信輝

早春、黄色の花が目覚め、陽春、チューリップ、桜、牡丹《ぼたん》と華やかな色彩に彩られて、しだいに桐《きり》、藤《ふじ》、紫陽花などの紫系に移ってゆく季節。南北に弧をなす日本列島の今を「紫陽花時間」ととらえた作者第二歌集のタイトルである。作者30代後半から40代の、まさに桜の青年期を過ぎて微妙な時空間にさしかかっている「今」を言い得ている。

「人の世の自動車《くるま》社会の隅つこの馬小屋に馬詩のごとく立つ」「蟷螂《たうらう》のごとく身力おとろへし五〇ＣＣ《ゼロハン》バイク坂は押しやる」。自動車もバイクも登場しなかったころは、馬は重要な交通手段だった。それが、そう遠くない過去に家畜としての役割を終えて、今では祭りかロケーションのモデル扱いで馬も詩になる時代になった。上り坂、息切れしてあえいでいるかぼそいゼロハンをカマキリにたとえるとは。機械といえど命の通い合う温かさ。

「地を踏まず胴を支へず水面にぬうつと出でて美を競ふ足」ほんに奇妙な競技が出現したものだ。シンクロナイズド・スイミングの足にからまる視線。くらくらする水の反射がなまなましい倒立画像をひきたたせて光る。

「原爆の落ちきたる跡永久にある広島のそら長崎のそら」「彼方より狙へる核の弾頭のてのひらのうへここも何処も」鹿児島県種子島生まれの作者には広汎《こうはん》な海の歌も多い。「天と地が詠めるひかりの一行詩夜空に立てり春の稲妻」なんという感性、原爆の落ちた跡が、空の一片に永遠に残っているという確信。だからこそ、天と地にかけ渡す光の一行詩に目をこらす。現代の先端企業に身を置く作者が、科学の正確さを熟知した上で、なお畏《おそ》れ、敬う大いなるものの存在を問いかけて説得力がある。

〈宇宙船「地球号」なる一室のあかりを消してけふの日を閉づ〉未生の海の記憶をたたえて、ゆらゆらとたゆたいながら「地球号」の紫陽花時間がすぎてゆく。

2007・6・27

27 歌枕かるいざわ

霧ふかき霧積《きりづみ》へゆく峠路をのぼりて霧の谷へとくだる

内田康夫

夏がきた。わたしの大好きな本に、推理作家内田康夫さんの初歌集『歌枕かるいざわ』がある。当代作家長者番付では常に五本の指に入る軽井沢のセンセイ、名探偵浅見光彦の生みの親である。平成14年刊のこの本には片側に写真と短い解説文、一方には短歌一首五行に記されて軽井沢百首百景が収められ、どこを開いても情感ふかく旅心をそそられる。

そしてわたしの夏の愛読書はもうひとつあり、森村誠一さんの『人間の証明』、これはもう何十年来の感情が身にしみついている。「霧積」はそのキーワード。「母さん、僕のあの帽子、どうしたでせうね？／ええ、夏碓氷《うすい》から霧積へ行くみちで、谿谷《けいこく》へ落としたあの麦稈《むぎわら》帽子ですよ」という西条八十の詩が美しく連なる。「ストーハ（ストローハット）」とつぶやいて息絶えた黒人青年ジョニー・ヘイワードと、犯人を追う棟居《むねすえ》弘一良刑事の息づまる物語。

森村さんが大学生のときに霧積温泉から浅間高原を歩き、山中で、宿が用意してくれたおにぎりの包み紙に刷られていた「麦稈帽子」の詩に見入る。それが二十数年後の「人間の証明」のモチーフになろうとは、氏自身思いもよらなかったことと述べられる。

そして同じく推理小説分野で次々とベストセラーを出される内田さん。今から20年も前の秋、愛車ソアラを駆って奈良県天川へ取材の道を辿《たど》るくだりは、思わず「浅見さん！」と呼びとめたくなる。私は氏の著書はほとんど持っていて、次作が待ち遠しくてたまらない。

「なつかしきテニスコートの思ひ出は雅びのひとの夏の日の恋」「行く方を思ひさだめし分去《わかさ》れになほ振り返る恋のをはりよ」やんごとなき方の恋の町軽井沢、人も景色も温かい。

百首百景、写真も実に美しく韻律の整った歌に癒やされる。でもこの歌のひとつひとつに、いろんな謎がこめられているだろうなと、作者のひそやかなトリックも思いみている。

2007・7・4

28　眉山わが街

眉山《びざん》は眉引くごとく猪の山は猪の伏すごとく見ゆるわが街

岩本益浩

今盛岡で上映中の映画「眉山」を見た。鳴門の海や徳島の街、やさしい眉《まゆ》の山の雰囲気がなんともいえない情感をかもしだしていてさわやかな感動を得た。そして帰ってくるなり、この山を詠んだ歌があったはずと思い、四国九州の方々の歌集を読みあさった。記憶の隅に留まっていればさいわい、日頃《ごろ》ずい分とさがしものばかりしている自分を顧みる。

作者は大正13年徳島生まれで、この歌は平成7年出版の『冬鶯』所収の一首。昭和19年入隊、21年まで南方を転々として帰還、戦後は徳島市役所に定年まで勤務。歌歴も十代から白秋、宮柊二に師事、私はこの方の「徳島市伊賀町」の宛《あて》名を三十年来書き、憧《あこが》れてきた。

映画は、さだまさし原作で松嶋菜々子主演、末期がんの母親を看取る期間の懊悩《おうのう》を海山の景をふんだんにとり入れて、常に眉山の山容が癒やし励ましてくれるという設定である。

実際この山は吉野川の河口に近く、高さも290メートルと、ハイキングコースで頂上から市内が一望できるという。「剣山《つるぎさん》より帰りし吾子がさりげなく新聞をひろぐ畳の上に」こちらの方はかつて吉川英治の『鳴門秘帖』で虚無僧姿の法月弦之丞《のりづき》の勇姿に胸を躍らせたことだった。四国は『空海の風景』でもおなじみで、私はよくそんなことを書き送ったものだ。

そしたら集中に「ふもとの灯樹海にこもり煌《きらめ》くを夏夕空に大き岩手山」と岩手の旅の歌四首も盛り込まれている。昭和61年頃のこと。

「泣虫の我は人形浄瑠璃に泣けてならねば眼をそらしをり」「はらからははらから故にせめぎしか崇徳の院の御陵ひそけく」に見えるようにこの地はまた政争の渦中から幾多の「流され人」も逗留《とうりゅう》したところ。でも目を転ずれば、「阿波踊かしましくして大太鼓ひもじき肚《はら》にじんじん響く」土地である。明日は知らず、生ある限り今日の血潮をたぎらせて、映画のフィナーレもまた大渦潮の乱舞だった。

2007・7・11

29　山男の夏

鬼ケ城の岩壁黒く並み立ちて流動迅き霧を断ち割る

金澤常夫

夏山シーズン到来、岩手山でも過日山開きが行われた。これは会津若松の山男が詠まれた岩手山の景。故地の市役所勤務のかたわら冬山も含めて百名山踏破も達成された由。

「ブロッケンゆくりなく見し昂《たかぶ》りに霧騒ぐ尾根にしばし立ちをり」めったに見ることのできないブロッケン現象、高山での日の出の際に陽光を背にして立つ人の影が霧に映ってさながら光背をもつご来迎《らいごう》のさまという。ドイツのブロッケン峰ならずとも、わが南部片富士山頂で目に焼きつけられた印象の強烈さ。やはり幾度となく足を運んだ者にのみ、神のご褒美が与えられるのだろう。

そしてまたご褒美は無欲の者にのみ与えられる。「銀竜《ぎんりやう》の白き隠花を撮らむとし地に這へば背に雨雫落つ」「山ゆきて人には逢はず橅の木と幽霊茸を撮りて帰れり」銀竜草、図鑑によれば「植物なのに光合成をせず、葉緑体を持たない腐生植物。まっ白い姿に「ユウレイタケ」とも呼ばれる」とある。冬山には雪女が、夏の深山には幽霊茸が山男を招く。「テレビドラマに鳴ける夜鷹の声聞けば突然山に行きたくなりぬ」そんな気持ちをおさえながら「一反の畑持つゆゑに行楽の人に見られて耕耘機押す」日常、「自転車に通りかかれるわが妻へ畑より他人のごとく声かく」さりげなく声をかけあい、実直な夫婦の春秋が描かれる。

ふと目をあげると「尻々顔々々と並べられ何処へ行くのか牛の輸送車」おかしくておかしくて、でも行く先は命の終着駅と思い至ってしんみり。「会津より出荷の柿を積み替ふる郡山駅に焼酎匂ふ」同じ食品供給元でも焼酎に醂《さわ》す柿はいい。会津みしらず、開封の日付が記されて会津びとの思いやりがうかがえる。

平成10年刊の金澤常夫第一歌集『巒《らん》』。定年後、山男の情熱いよいよたぎる夏、「山開き一見さんの顔をして登りてみむか四十年ぶり」のざれ歌を添えて暑中見舞をしたためた。

2007・7・18

30　星の渚

新星の青き光は靴下を編みふける少女のわれを打ちにき

藤田久仁子

最近星が見えにくくなったとよく言われる。昔、学校で習った「夏の大三角形」即ち一等星の牽牛《けんぎゅう》・織姫の二つの星に白鳥座α星が加わって作る三角形。秋はカシオペアの大きいW形、冬のオリオンぐらいなら私にもわかる。

この作者はなんと、新星発見者で、生涯天体の不思議を追いかけて世界をかけ回られた方である。その体験記がおもしろい。大正12年、東京品川生まれの作者は物心ついて以来、満州事変、上海事変、支那事変等常に戦争続きで、学校では勤労奉仕で傷痍《い》軍人の白衣を縫ったりされたという。そのころ40人ぐらいの「鈍行山の会」で天城山に行くことになり、当日に合わせて靴下を編んでいたとある。前夜から編んでいて編み上がったのは昭和17年11月11日午前3時ごろ。「なにげなく窓の外に眼を放つと、東南の黒い崖《かげ》のシルエットのすぐ上、低い空に、ギラギラと瞬く星があって、まっすぐに私に向って光っているのに気がついた。オヤ！私は頭の中で一瞬この時間にこの位置に一等星が昇ってくるはずはないと、窓ガラスを開いた…」（エッセー集『私の星』）

新星は「船尾座《ともざ》新星」と命名され18歳の乙女が世界の「二十億人に先がけて」新星の光をうけとめたと大反響を呼び、日本天文学会より「功労賞」を受賞。その後結婚出産を経ても天体への探求心は怠らず、天文の活動に加え書道、短歌も継続、平成元年歌集『星渚《せいしょ》』を上梓《じょうし》。美しい「天の川」の意味という。

その三年後、思いがけぬ訃報に接した。折も折、私は引っ越しの荷に氏の葉書を二葉、まるで保険証か免許証のように携えていて、そこにご逝去のことをうかがったのだった。驚きのあまり所属の短歌誌に「お星さま」の一文を書いた。「赤道をはや越えにけりみんなみの空に見知らぬ星座きらめく」。今宵《こよい》、お星さま藤田さんの星渚がひときわ白く涼やかに、七夕星をちりばめてまたたいている。

2007・7・25

31　よその女

縁日の人のうしろゆ見て過ぎぬ屋台に烏賊の焼かれて反るさま

織田敏夫

縁日、お祭り、花火と夏祭りたけなわ。盛岡でもいよいよさんさ踊りが開幕、県都の夜空に太鼓の音がこだまする。屋台ではかき氷もわたあめも、オッ、イカ焼か。

ここに歌人の目がとまる。「烏賊《いか》の焼かれて反るさま」を人々のうしろから肩ごしに見ている作者。芳《こうば》しい香りが漂い思わず「うまそうだな」と思わせる歌。香川県観音寺市の氏にこまごまとお便りを頂くようになって三十年余、お目にかかったことはない。地名は「かんおんじと読むのです」と最初に教わった。ご自身難聴の苦を持たれ、「龍はそれ耳ならぬ角にて音聞けばそを語源とす聾といふ字の」また「要らぬこと聞かですむゆゑよからむと人言ふ何ぞ耳廃《し》ひわれに」というような、諧謔《かいぎゃく》のうらに裡《うち》なる哀しみをこめて深い。

「風呂敷を結びてくるるまでを待つ他家《よそ》の女のかくは優しき」この歌を読んだとき、私はすぐはがきを書いた。ご本人には無論のこと知り合いの誰彼に「よその女の優しさ」を説き、その場面を想像して笑った。会合の場か何かでお返し物を包んでくれる人のしぐさを見つめ「よその女のかくは優しさ」と心につぶやく初老の男の顔が見えるようだ。

「腹中にうごく笑ひを怺《こら》へをりすぐに哀しくなるからわれは」「寂しさをこれまで少しも知らずといふ人のなんとも空怖ろしき」氏の歌に接するたび、哀楽悲傷を上すべりしていることはないかと自らを省みる。こんな日は私の手紙はすぐ重量オーバーしたものだった。

「雲纏《まと》ふ塩飽《しわく》諸島にほど近きこなたの島に鳶《とび》きよく啼く」瀬戸内海の風土に生活の周辺を詠む氏の長女はアメリカに移住、「落ちぶれて帰り来る娘と思はねどせめて生きゐてやらなむ吾は」と父親の心情を吐露。

「我やさき人や先なるうつし世に脱ぎて手にかく喪の服重し」二冊の歌集を遺《のこ》し、平成12年春、机に凭《もた》れたまま息たえておられたという。享年80。

2007・8・1

32　盂蘭盆

盂蘭盆の客人厚くもてなさむみ明りと香と冷えし井水に

古屋祥子

「盆と正月」といえば多忙の代名詞。マスコミもまた帰省ラッシュの風景をくり返し映し出し、忙しさをあおる。しかしよく考えるとお盆に訪れる客人とはあの世の人たちこそ主役。そのために盆道を整え、盆火を焚《た》き「香華灯燭《こうげとうそく》」を供える習わしであった。「なのか日」にはうちの方ではことしも早朝からお墓の清掃を行った。このころからお盆十三日を頂点として民族大移動が始まる。民宿化する家庭の主婦は大変だ。彼《か》の客人は何も言わないが新幹線でやってくる者たちへのもてなしは毎食精進料理というわけにもいかない。

この作者は「生れ処を出づるなく老い朽ちゆかむ古き母系の家守われは」という群馬県の旧家の家刀自《とじ》で、二十代から作歌活動を始め喜寿の今、すでに歌集も三冊出版された。「解放を免れし農地一町歩専業に足らず兼業に余る」実情から「家妻をそして農婦を演じをりわれは翔びたき夢を胸処に」というような願いも見えた。

子育ても一段落したころからは海外にも出かけられ、好きな古代史に没頭されて発掘調査なども手がけられる。「木を運び石を担へる民のこと思ふに痛し石の沈黙」「土器破片大切に持つ古代より現在《いま》へもたらす伝言聞くと」このような時間こそ、俗世間の煩雑さを忘れさせ、古代の人々の伝言が聞こえてくる。作者のひたむきな学究創作の姿に打たれたものだ。

「生れぐに上つ毛のくに風のくに風と暮らして風を手懐《てな》づく」上州富士見村にも「回転寿司できて渋滞続きをりわが村はいま都市化の途中」というような日常になった。長く生きてくれば「ひとりづつ呼ばれ世を去る友多し年齢不問順序も不同」こんな場面も多くなる、「軽やかに漕ぐ舟のごと行きたきを老いてかなはぬ希《のぞ》みとはする」と、老境の覚悟を示されて第三歌集『軽舟』のタイトルとされた。実年齢より十年は若い閨秀《けいしゅう》の作品群である。

2007・8・8

33　八月十五日

八月十五日のように泣いている球児

曽我六郎

第89回全国高校野球の日程が進んでいる。青空、浜風、甲子園、「栄冠は君に輝く」の大会歌にのせて、選手たちの入場行進には熱いものがこみ上げる。厳しい練習にもたえて甲子園の土を踏むことができた選手たち、敗退し、泣きながらその土を持ち帰る子らの姿が大映しになる。ここは白球を追う戦場だ。

一方、忘れられない記憶「鉛筆が止まった昭和二十年」「原爆忌水たっぷりと飲んでいる」「戦争の話となって輝く目」と読み進んでくると、したたかに戦争の惨を体験した目が冴《さ》えてくる。暑かった。辛《つら》かった。飢えと恐怖にさいなまれた日々、若さだけはあったか。他人よりも苛酷《かこく》な体験を語るときの目の輝きは一層国破れた同胞の無力感を誘うだけ。

作者、曽我六郎さんは、「トキザネシンコ？たしかわたしの妻ですが」と詠めば「トキザネシンコ？いいえ一人のお婆さん」と応える川柳作家時実新子さんのご主人。平成15年4月刊行の『曽我六郎川柳集・馬』より。まだお元気だった新子さんの「解説」がおもしろい。

「曽我六郎という人は私にとって知識の宝庫、彼の引出しに「無知」はない。根っからの編集者気質《かたぎ》に舌を巻く。その編集者の礎稿に一驚した。そこには同志がいたからである。畏敬《いけい》の念に愛をプラスして心からの祝福を送りたい」とある。

ことし3月10日、新子さんご逝去。私は先ごろ、「川柳大学」誌の長老の方に、新子さんのお墓の写真を頂いた。「妻の骨わたしの骨にふりかけよ」は六郎さんの句。受けて新子さん「墓の下の男の下にねむりたや」と詠まれたのは、死の影などみじんも感じられない「有夫恋」のころだった。「墓訪わず仏ほっとけ花の日に」とは新子さんの名句。私も常々心の救いに口ずさむ。「思春期に戦争を知る幸不幸（六郎）」八月十五日、戦いに泣いた人々の記憶が球児たちの涙に重なって揺れている。

2007・8・15

34　満蒙開拓

挙手の礼きよかりしかな満州の初の教へ子海に爆ぜ死す

藤重静子

昨年11月に刊行の遺歌集『柘榴忌《ざくろ》』。大正5年香川県生まれの作者の令妹、仰木香織さんが姉上の一周忌を期して編まれたものである。

戦争体験をもつ年配の方の本、という印象でページを繰るうちに、四国の若い女教師が満州での教え子たちとの交流を生涯大切に心に刻み、戦後積極的に教え子たちを訪ね、みちのくにも度々足を運んでおられたと知った。

折しも、盛岡タイムス紙で8月15日から3回シリーズで「満蒙開拓志願少年との再会」が大きく取り上げられ、私はわが目を疑った。「満州開拓青年義勇隊」の存在すら知らなかった私は、本紙記事に釘付《くぎ》けになり、白黒写真の戦闘帽の少年兵たちの姿に見入った。

昭和18年、満蒙開拓志願の若者たちが水分村の開拓集落に滞在、入植者たちと寝食を共にし、やがて9月下旬に満州に渡ったという。義勇隊開拓団として活動しようとした矢先、昭和20年8月9日、旧ソ連軍が参戦。その生き地獄の混乱を経て、タイムス紙には三人の80歳近い元少年兵の再会が温かく報じられていた。

さてこの歌の作者は、昭和14年ころ23歳の若さで満州開拓青年義勇隊訓練所の指導員として渡満。ソ連国境近くの勃利で終戦を迎え、凄惨《せいさん》な逃避行を経て21年末、無残な少年兵姿で帰還されたという。かの地で、あるいはこの記事の三人の少年兵たちも、藤重指導員と会っておられたかもしれない。

「牡丹江山中に食《は》みし死馬の肉硬かりしこと会へば語るも」「みちのくの滝沢村に開拓の精神《こころ》徹せるふるき生徒ら」「亡き拓友《とも》に国の鎮めを吹奏し満州を語る会ははじまる」「花輪線老いて初めてたどるなり碇ケ関に子ら待ちくるる」というようなみちのく紀行が胸を打つ。「俘虜《ふりょ》の日の空白こもる五十年けふ金婚の盃を受く」との平穏を得られ、やがてご主人も逝去。思いがけず「満蒙開拓」の記事を目にして、私は今、藤重さんの霊前にこの新聞を捧げたいと思っている。

2007・8・22

35　秋のひかり

御仏のまとひいませし秋のひかりこの身に浴みて斑鳩《いかるが》たどる

仰木香織

整った韻律にのせて、奈良在住の長い作者の日常詠。朝、めざめて二上山を仰ぎ、春日大社の杜《もり》に師、宮柊二の歌碑をめぐり、ふとふりむけば裳裾《もすそ》を引いて万葉乙女がほほえんでいる光景が見えてくる。

　師の歌碑建立にあたっては「七年前発願なしし春日野に師の御歌碑のならむこの年」にみえるように、作者懸命の発願努力、行動力の甲斐《かい》あって昭和60年5月、春日大社万葉植物園の中に宮柊二歌碑が建った。「春日野のいにしへざまに木を草を残す園にて春逝かむとす」と刻まれた新潟魚野川産の大いなる碑は、晩年の師を大層喜ばせ、今はいにしえからそこに在ったもののように、春日の杜にとけこんでいると聞いている。

　平成10年刊の作者第二歌集『水こだま』には、阪神淡路大震災の作も見られ、また「頑張ろう神戸」を合言葉に「若武者のイチロー、平井伴ひて慈父のごとかり仰木彬監督」とオリックス優勝を賛える歌もある。「若かりし修羅をも時は浄化すと姉のごとくに君をよろこぶ」との述懐は、妻たりし日を偲《しの》ばせて切ない。

　繊細で美しい人、うののさらひめみこの再来か、と私はいつも感銘しているのだが、歌道書道はいうに及ばず、小川流煎茶《せんちゃ》常任理事としてお弟子さんも多く多忙の日々。その合間の海外詠も多岐にわたり、いずれも作者の審美眼のゆき届いた作品群に打たれる。

　昭和7年香川県生まれ、因《ちな》みに前回掲載の「満蒙開拓」の藤重静子さんの令妹である。平成17年11月姉上が、同年12月には仰木監督が70歳で逝かれた。「粉雪降るグリーンスタジアムに列なして仰木彬監督を偲びくれます」「大リーガー野茂が田口が、やんちゃくれの清原《きよ》が涙ぐみ献花の順待つ」といった臨場感あふれる鎮魂歌を月々の歌誌に寄せられた。「不可思議な既視感ありてコルドバの古き街角にわが立ちどまる」悲風また既視感と計らの裡《うち》に納めて、いよいよ詩魂冴《さ》える日月かと思われる。

2007・8・29

36　韮の花咲く

韮に咲く花の貧しくこのあした寒き曇の下に揺れをり

關口由紀子

まだ「ウツ」だの「ストレス」だのということばが一般にはびこっていないころだった。昭和59年8月、この作者が39歳で女児と共にマンションから投身という衝撃的な事件は、全国の歌人仲間を驚かせ、悲しませた。当時から歌壇の高齢化が言われ、老いて病を抱えている人も多い中、将来を期待されていた若手女流の自死は時を経ても惜しまれ続けた。

その翌年の夏、新潟県弥彦で所属短歌会の全国大会が開かれ、その会場で彼女の遺歌集『韮《にら》の花咲く』が配られた。白い絹布の表紙にタイトルがしろがねに彫られ、「遺歌集」の三文字が切ない。

昭和20年生まれの作者とはひとつ違いの私は常に誌上で、結婚、出産、育児など共通の素材を通して親近感を持っていた。「整然と五列縦隊に進みきぬジュラルミンの楯《たて》まばゆきばかり」の学生運動の時期もあり、「喜びに憂ひに遠く輝けるかの月面に人は立ちしと」の場面も共有した。「両国の仕掛花火が二階よりよく見えしなり産土《うぶすな》の家」にて育った彼女は、早くに母親を亡くされ、弟妹たちの母親代わりとなって家族の面倒を見られたという。

やがて結婚、そのころの歌に「家庭的な女などと言へり今の世に才無き人と評さるるに似む」があり、平成の「今の世」に読んでも、彼女の感じていた思いがよくわかる。女性の社会参加が叫ばれ、男女雇用機会均等法が施行される以前の時代の切実さが伝わってくる。

「国旗などはためくよりも真白き襁褓《むつき》が風にはためくはよし」紙おむつ全盛の今より三むかしばかり過去の女性たちの満足感。そのかげで「阿佐緒にもノラにもなれず飲食の重たき包みを下げて戻り来」「なしたきをなししは幾つぬかるみを行くかに寂し家なすことの」といった不安感をも訴える。今のようにすぐ、ウツやストレスを医療面から対処できていたならと思うことである。還暦をすぎた彼女と、飲み、語りたかったと、韮の花咲く晩夏の庭を眺めている。

2007・9・5

37　紫苑の花

たけ高き紫苑《しをん》の花の一むらに時雨の雨は降りそそぎけり

齋藤茂吉

その季節がくれば、必ず口ずさむ歌がある。私にとって茂吉翁のこの歌は、半世紀の愛誦《あいしょう》歌といっていいほど心身になじんでいる。

十五の秋、高校一年の放課後の教室だった。担任のO先生に、自作の短歌を見ていただこうと原稿を広げて坐っていた。先生の国語の授業はとても厳しく、ことにも齋藤茂吉を語られるまなざしは熱く、茂吉の歌は何十首も教科書ぬきに読み上げられるのだった。その先生のご評に堪えるには十首ぐらいでは採られるものが一つもないので、たいてい五十首ぐらいは作っていったものだった。その時、いくつの作品にまるがついたのか覚えていないが、先生が「たけ高き紫苑の花の一むらに時雨の雨は降りそそぎけり」と呟《つぶや》かれ、「この歌の良さがわかりますか」と問われた。「この歌がわかったら、また持ってきなさい」と言われ、以来私の宿題となった。

後年、山形に十二年も住むことになった私は、上山市の齋藤茂吉記念館を何度か訪ねた。旧館の頃の方がよかった。「ゆふされば大根の葉にふる時雨いたく寂しく降りにけるかも」と吟ずる茂吉翁の声が流れ、「いたく寂しく」のところがえもいわれぬ情感があった。

九月初旬、出羽の里ではふとした小路に、家々の門先に、紫苑の花が咲き始める。人の背丈ぐらいにも伸びて、明るく純な紫色のその花はまさしく茂吉の歌を想《おも》わせて慕わしかった。そして時雨もよく降った。

今回、久々に茂吉全集を読み返してみた。「紫苑」の作品は昭和21年、茂吉65歳の時のもので『白き山』所収。疎開先、金瓶《かなかめ》村から大石田町に移り住んだ頃である。私の生まれた年に詠まれた「紫苑」の歌。それを茂吉最高秀歌と賛えられた恩師、小川達雄先生に、ようやく宿題の意味が少し判《わか》ってきましたと、まだご報告に至っていない。歳月だけは余りある六十年の時雨を浴びているのだけれど――。

2007・9・12

38　糸瓜忌

魞《ふ》の海に汐みちくれば茗荷子《めうがこ》の葉末をこゆる真玉白魚
正岡子規

明治35年9月19日、東京は下谷区上根岸88番地にて、正岡子規は35歳で息をひきとった。母八重、妹律と高浜虚子にみとられての最期という。「九月十九日午前一時遠逝せり」と記す虚子の「子規子終焉《ししゅうえん》の記」によれば、周知の通り「痰《たん》一斗糸瓜《へちま》の水も間にあはず」をはじめとする糸瓜の俳句三句が辞世の作。死の前日にしたためられたものとある。

それより半月前の9月3日、『仰臥漫録《ぎやうがまんろく》』に残る子規最後の歌三首を読んでみる。全身カリエスの痛みに絶叫するはどの日常ながらも、子規の意識の中ではまだ死には間があると感じていたのではなかろうか。出された お吸物椀《わん》の中には、魞と茗荷がゆらゆら漂い、海草のような葉陰を美しい白魚が泳いでいる。

なんという豊かな世界かと、その介護の思いの深さに打たれる。カロリー計算レシピばかりでは得られない心の滋養であろう。

それはまた、山部赤人の「若の浦に潮みち来れば潟を無み芦辺をさして鶴《たづ》鳴き渡る」の古歌に基づくという論もうべないながら、今の時期、私は庭の茗荷を摘む手をとめる。

ふと、二十年余も以前、根岸の子規旧居を訪ねたことを思い出す。淡い色の木槿《むくげ》が咲いていた。狭い小路をはさんで、書家、中村不折《ふせつ》の家もあり、「子規・不折小路はさみて遠つ世の振り売りの声聞きしかここに」との即吟を得たこともなつかしい。病床六尺、伝染病をわずらっているとはいえ、客人のたえなかったという子規宅周辺に、新時代開化期の文人たちが往来したさまがよみがえった。しばらく佇《たたず》んでいると、低い板塀の内から老いたしわぶきが聞こえてきた。東京下町、まだ茗荷の茂みもあったかもしれない。

平成13年12月、約半世紀行方のわからなかった病床日記『仰臥漫録』の原本が、根岸の子規庵の土蔵で見つかったと話題を呼んだ。きょう、百五回目の糸瓜忌である。

2007・9・19

39　千年待たむ

生まれかはりし妻のいのちを乗せて押す秋あをぞらの下の車椅子

桑原正紀

平成17年4月、脳動脈瘤破裂で倒れた妻を詠んだ桑原正紀第六歌集『妻へ。千年待たむ』所収の一首、ことし5月刊行。夫婦とも昭和23年生まれで、氏は文学者で高校教諭。奥さんは東京下町の私立女子校の校長先生、連日の激務に〈夫婦〉というより〈同志〉の関係と述べられる。

「日曜の旨寝《うまい》を覚ます　絶え絶えの哀訴のこゑや　跳ね起きて見れば吾妻が　蹌踉《さうらう》と頽《くづほ》れゆきて耐へがたき　頭痛訴ふ。たちまちに意識遠のき　応答の全く無くなる。（略）とりあへずいのち拾ひて　幾本もの管につながり　昏々と眠るのみなる。（略）三十年無欠勤の人　妻のため　また吾のため　枕辺に書きて下げたる　公彦の歌こそ慰《なぐさ》。『ねむれ千年、ねむりさめたら一椀の粥たべてまたねむれ千年』点滴の支柱に揺るるこの歌を願文《ぐわんもん》としてとく待たむとぞ思ふ」

巻頭に掲げる五六〇字に及ぶ長歌。古いやまとことばの韻律にのせて、そくそくと心身に迫ってくる。見上げれば、妻の危篤を思いやる友人高野公彦氏の静謐《せいひつ》な短冊が点滴台に揺れている。全文を引けないのが惜しまれるが、これの反歌が「吾妻はや目覚むるならば吾はもや千年待たむ二千年また」とある。

万葉集では「長歌をあわせてうたい得た」歌人こそ一流とあがめられた。日々、半侶の命を見つめる文学者の視線が今、伝統にのっとった長歌の調べに再現したといえようか。

「絶対に治してやるぞ。いつの日か、僕の介護をしてもらふため。ハハ」と笑いにかえて、「授業して妻を看取りて猫の世話して八箇月、年逝かんとす」との日月がすぎてゆく。懸命な治療とリハビリで「たとふれば水に浸かつたパソコンが再稼働始めたやうな奇跡ぞ」といった現状。老いを自覚するにはまだ少し間がある団塊世代の支え合う夫婦の姿。「千年待たむ」心ばえに感じ入った。

2007・9・26

40　月の歌

めぐり逢ひて見しやそれとも分かぬ間に雲隠れにし夜半の月かな

紫式部

9月25日は中秋の名月だった。旧暦8月15日、古来一年で最も美しい十五夜と愛《め》でられてきた。この夜、私は車を運転して帰る道すがら、さやかな月光を追いながら百人一首の「月」の歌を口ずさんでみた。いくつ覚えているだろう。こんなとき、ひとりの運転席は気らくで、声をあげて読むのにちょうどいい。まっさきに口をついたのがこの歌、よく知られている紫式部の歌である。これにはウフッと笑える思い出がある。30年も昔、海辺の町に住んでいたころだった。末子を自転車のうしろに乗せて、よく買い物に行ったのだが、途中スナック風の店があった。その看板が鮮やかな紫色で、たてに白字で「めぐりあい」と書かれていた。

私はそこを通るとき、いつも紫式部を思い、この歌を口にした。「これはね、紫式部の、めぐりあいて…」と、毎回毎回言ったのである。自転車の荷台に乗せられていたのは三歳児。「またか」とも「あきた」とも言えず、母親の気のすむまで、えらく迷惑だったはず。あるとき、またそこを通ると「お母さん、くもがお月さんをくれたんだよね」と言ったものだ。「くもがくれにし」と聞こえていたのだろう。そんな幼児にわけのわからないものを唱えてと、親のつたなさを省みながらも、やっぱり条件反射式にそこに来ると私の「めぐりあい」はくり返された。

ちなみに、百人一首に「月」の歌は十一首ある。式部のこの歌は十五夜ではなく、「めぐり逢ひ」の相手は男性ではない。また結句は「月影」が正しいともいわれる。そして一千年余も昔の大河小説『源氏物語』には、本文を欠いた「雲隠」の巻に光源氏の死が暗示される。

不意に回想がはるかな過去に引き戻され、自分の頑迷さにいたたまれなくなってきた運転席に、「歎けとて月やはものを思はする」と、西行法師の月の歌がよみがえってきた。

2007・10・3

41　酒飲みは

酒飲みはくどしと言ひてしらじらと座を立つときに妻は他人ぞ

大庭新之介

この歌を所属する短歌会の誌上に見たのは昭和52年3月号だった。会津若松の、明治41年生まれの豪放磊落《らいらく》な人だった。お酒が好きで秋鯖《さば》の刺し身やフグのヒレ、鮭《さけ》のはららご、氷頭《ひず》なますなど、如何《いか》にもうまそうな酒肴《しゅこう》の歌が並べられた。私は入会が氏と同年ぐらいだったので、ずい分ご一緒した会場が多かった。

昭和40年代、年二回郡山で歌会が持たれた。大庭さんは磐越西線で磐梯山のふもとから、私は浜辺の町から磐越東線で二時間ぐらいかかり、時には子連れで出席したこともあった。今でも何十年ぶりに会ったりすると、「あなたがおんぶしてた子、いま何歳?」などと聞かれて赤面することがある。

昭和60年刊行の大庭新之介第一歌集には「思ひきや会津馬越《まごし》の簗場にて出羽のをみなと鮎食はむとは」の一首があり、思いがけず出羽（山形）に引っ越していたをみなが登場する。

このときは大庭氏のお招きで、仙台の大御所と会津の大内の宿を見学、会津の女流の家に泊まったのだった。私は勢いこんで「会津晩秋」百首を作り、御大二人は一夜飲み明かしておられたようだ。

そのご両人も今は亡い。大庭氏は二冊の歌集を出され、平成7年夏、脳梗塞《こうそく》で倒れて3年後に90歳で亡くなられた。8年に、それまで歌稿整理途中だったものをご子息がまとめられた『孤高』は、氏の形見となった。

ご子息は私より年長で、あたかも私がはじめてお会いしたころの大庭さんの年齢ぐらいかと、私の思いは混乱した。

生き生きて「先立つは何れか知らず歳の夜の酒酌《つ》ぎくるる妻とをるなり」という静けさ。さすがにそのころは、しらじらと座を立ったりせず、さしむかいで盃《さかずき》を傾けておられたろうか。「悪しざまに詠むにあらねどわが歌に出でくる妻を妻は好まず」とも詠まれ、明治の歌人の大いなる愛の表現を思うことである。

2007・10・10

42　ちろり

世のなかはさてもせはしき酒の燗ちろりのはかま着たり脱いだり

四方赤良

去年のＮＨＫ朝の連続ドラマ「芋たこなんきん」では、よく夫婦で飲みながら語るシーンがあった。その卓上に登場する酒器、ちろり。これは酒の燗《かん》をするのに用いる容器で、銅または真鍮《しんちゅう》製の下すぼまりの筒型、注ぎ口や取っ手も付いているもの。また、ガラス製のもあり。私は昨年オープンしたばかりの東京ミッドタウンのサントリー美術館で「藍《あい》色ちろり」という逸品を見た。江戸時代長崎の産、五弁の花型をした胴部のふくらみといい、すっとのびた注ぎ口、宝珠形のふたのつまみ、思わず手のひらにのせたい思いにかられた。びいどろだから冷や酒用に用いられたのだろう。

さて歌の方は、四方赤良《よものあから》、本名大田南畝《なんぽ》。寛政の改革を批判した才人として知られ、役人としてよりも多くの狂歌を残し名声を高めた。いつの時代にも世直しや批判を叫ぶ者、痛烈な風刺を浴びせる者が出現する。

この歌には「本歌」がある。中世の歌謡を集めて、室町時代後期に成った『閑吟集』は収録歌謡三百十一篇の、編者も著者も今もって不明という一大詩歌謡集である。その第49番に「世間《よのなか》はちろりに過ぐる　ちろりちろり」の句が出ている。総じて「よのなか（人生）はちろり（ちらっと、またたくま）にすぎてしまう」と解されてきた。このことばの畳みこみが素朴で明るく、おそらく節をつけて歌っていたであろういにしえ人たちの声が聞こえてくるようだ。

信長も秀吉も生まれる前から読まれ、口ずさまれてきた歌謡集。生まれ変わり生きついで伝わっていく歌詞にはおのずから最も身近な生活の道具が生きてくる。「ちろりのはかま」にかけて、もっと深く慕わしい世の中がある。

古く「世の中」とは男女の仲を指したもの。そう弁《わきま》えて味わえば、相思相愛の仲といえども、酒の燗がつくまでの寸時にすぎない。だからこそ、二重底三重底の「ちろり」の意味が思われることである。

2007・10・17

43　良寛さん

つきてみよ一二三四五六七八九の十とをとをさめてまた始まるを　　良寛

良寛さんのなんと楽しいまりつきの歌。読みは「つきてみよ　ひふみよいむなや　ここのとお　とおとおさめて　またはじまるを」。今でこそ物の数え方は全国共通「いちにさんし」だけれど、私の子供のころは明治生まれの両親はじめ年配の人たちはたいてい「ひいふうみいよ」と言っていた。

さて誰でも知っている良寛さん（宝暦8〈1758〉年～天保2〈1831〉年）の物語。当時としては74年の長寿を全うされ、ことにも老年期は村の子供たちと日がなまりつきに興じるほのぼのとしたお坊さんとして親しまれてきた。そしてまた、24歳で出家した貞心尼の心もようが手まりをかがる指先にうかがわれる。

この手まりは、ぜんまいの綿を芯《しん》にして丸め、絹糸で幾重にもかがってゆく気の遠くなるような手作業という。貞心尼はさらにその中に、鈴を繭玉の殻に包み入れ鈴まりの工夫をこらした。すべて、恋しい良寛さまにさし上げるためである。良寛69歳、貞心尼30歳の出会いであった。

良寛さんの住まい「五合庵」は、新潟県国上山の真言宗國上寺《こくじょうじ》の小さないおり。私も20年ぐらい前に訪ねたが、老境、あの坂道を上り下りするだけでもさぞ難儀なことと偲《しの》ばれた。

「世の中にまじらぬとにはあらねどもひとり遊びぞ我はまされる」まだ貞心尼に逢《あ》う前の、長いひとり住まいのころの歌。ひとり遊びが好きな私は、そうだそうだと共感する。

さまざまな謎に満ちた良寛さんの生いたちも史実には見えるが、晩年に得た若い尼僧との心の往還は後の世の人々までも和ませる。

「君なくば千《ち》たび百《もも》たび数ふとも十《とを》づつ十を百と知らじを」貞心尼の返歌。良寛さまに教えていただかなければ、十ずつ数えて十が百になるというわかりきった真実にも気づかなかったであろうと上気した頬《ほお》が輝く。とおと納めてまたくり返す時間《とき》の循環性も見えてくる。

2007・10・24

44　お伊勢詣り

旅の空はれぬ心のならひにもけふは天照神《あまてるかみ》のみまへに
小田宅子

「足も軽かれ、天気もよかれ、お伊勢詣《まい》りに行きまっしようや」「ほんなこて、足腰たつうち気の合う者同士の旅や、よござすばい」と、お伊勢まいりに出かけたのは天保12年旧正月16日。北九州は筑前、上底井村の豪商「小松屋」のご寮人《りょん》さん。俳優高倉健さんの五代前のお婆《ばあ》さんという小田宅子《いえこ》の紀行歌集『東路日記《あずまじ》』から、田辺聖子さんの書かれた『姥《うば》ざかり花の旅笠』が実におもしろい。

仲間はというと、52歳の宅子さんに、芦屋の両替商の女あるじ桑原久子さん50歳、ともに筑前地方の有力な女流歌人である。この人も紀行文集を残しており、他に商家の内儀《おかみ》二人、下男三人つごう七人のお伊勢さんツアーで出発した。

九州から何度か船に乗りながらも、陸路は大体一日10里(40キロ)、山路でも7里半歩いたというからすごい脚力と感心する。まずは九州を出て山口に渡り、広島、厳島神社を参拝し、四国で金毘羅《こんぴら》詣りもして大阪、奈良に着いたときは桜の季節になっていた。史蹟の宝庫長谷寺は、源氏物語の「玉鬘《たまかづら》」が夕顔の侍女と再会した名場面として知られる。

かくして旧暦3月9日、念願の伊勢に到着した。およそ2カ月近くもかかった長旅、天候や疲れから「はれぬ心のならひ」に悩まされもしたことだろう。見れば日本中からおまいりの人々が集まっている。あなかしこ、あなうれし。

なにしろ外宮《げくう》は広大、ここから内宮《ないくう》へ向かうのがいにしえからの順路。宿の者が駕籠《かご》を呼んでくれたが「ことがましければ、否《いな》みてかちよりまうづ」とある。やはり歩くのだ。

実は私も、つい先日お伊勢詣りをしてきた。伊勢駅に下り立つや「駕籠」のおでむかえ。60、70、80代の三婆《ばば》はあっというまにタクシーのとりこになってしまった。まあそれもこれも旅の語り草。天を指すご神木の霊気にふれ、内宮の社前に額《ぬか》ずき参拝の宿願を果たして、宅子さんたちの感動を実感することができた。

2007・10・31

45　斎宮の町

鈴鹿川八十瀬《やそせ》の浪にぬれぬれず伊勢までたれか思ひおこせむ

六条御息所

先ごろ三重県で「斎宮歴史博物館」を見学した。松阪から近鉄電車で10分ばかりの明和町斎宮駅で下車、貸自転車店が手荷物預かり所も兼ねている小さな駅である。ここはもともと多気郡斎宮村だったのが昭和30年に隣の明星村と合併して斎明村になった。さらに33年隣接する三和町と合併、「明和町」と改め、由緒ある地名が消えてしまい惜しまれている。

この辺はどこを掘っても斎宮にまつわる史跡や遺物が出てくる土地柄、斎宮の敷地面積は約140ヘクタール、今までおよそ1500棟余の遺物跡が見つかったという。

はるか『日本書紀』の昔から、天皇が即位すると、皇族の姫君の中から卜定《ぼくじょう》により、伊勢神宮に仕える「斎王」が選出される。そして京の「野宮《ののみや》」でおこもりの後、平安宮の大極殿で天皇にまみえる。

この場面が、博物館の映像で見られる。それは美しく清らかな斎王の前髪に、天皇自らお櫛《くし》を差され、「都のかたに　おもむきたもうな」と、深くおごそかに仰せられる。今後天皇が替わられるまで、決して都に帰ってはならないとの意味である。展示室ではこの「別れのお櫛」のレプリカも見た。幅二寸というからごく小さいもの、ごれが黒漆の四寸角の筥《はこ》に納められている。

かたわらには等身大の斎王、随身《ずいじん》、命婦等の蝋《ろう》人形があたかも生身の人間のように配置され、背中の辺りがぞくぞくしてきた。因《ちな》みに斎宮制度が確立した天武朝から660年の間に仕えた斎王は64人という。

『源氏物語』にも、斎王はよく登場する。掲出歌は、自尊心が強く超個性的な六条御息所《みやすんどころ》の歌。「振りすてて今日は行くとも鈴鹿川八十瀬の波に袖はぬれしや」との光源氏の歌への返歌。鈴鹿川で袖が（涙で）ぬれてもぬれなくても、伊勢に行く私のことなど誰が思ってくれるでしょうか、と少しねじれた女心が詠みこまれている。

2007・11・7

46　銀杏の落ち葉

引力のやさしき日なり黒土に輪をひろげゆく銀杏の落ち葉

大西民子

盛岡市上田のキャンパス通りのイチョウが散り始めた。周辺のポプラやカエデが鮮やかに色付いても、この通りのイチョウは遅くまで緑色を保ち、他の木々の落葉を見届けてから自らを黄金色に染め上げる。冬に入る前の華やぎに見とれて黄落の道を歩むとき、私は決まってこの歌を口ずさむ。「引力のやさしき日なり」というとらえ方、生あるものみな土に還《かえ》りゆく自然の法則を自然な日常語で詠みあげて、すんなりと心に入ってくる。

大西民子さん――。現代第一線の女流歌人だった。大正13年5月、盛岡市八幡町生まれ。城南尋常小学校、盛岡高等女学校（現盛岡二高）を経て昭和19年、奈良女高師卒業。20歳にて岩手県立釜石高等女学校教諭となる。

私は今、盛岡のわが母校の先輩の手札型写真を眺めている。制服はわたしのころと同じ、豊かな髪がうなじに垂れて、明るくふくよかな笑顔。

23歳にて結婚、翌年男児を早死産。昭和24年、埼玉県大宮市に移住。奈良で前川佐美雄に師事した短歌を続け、木俣修の「形成」同人となる。長く埼玉県立浦和図書館勤務。昭和47年、40歳で独身の妹が急逝。民子は肉親のすべてを失ったことになる。

昭和50年代のはじめごろ、私は茨城の短歌大会で民子にまみえた。歌集も5冊ぐらい出してさまざまな賞も得られ脚光を浴びておられた。歌会後の懇親会で、不肖の後輩だと名乗ると、やおら私の手を取って「見てあげる」と言われた。「あなた、ねえ…」と、ソプラノのよく透《とお》るお声。あのときの手相占いが20余年後、たしかに当たっていたと気づいた。

「ひとすぢの光の縄のわれを巻きまたゆるやかに戻りてゆけり」あの日頂いた色紙である。王朝風ののびやかな文字、今も墨跡あざやかに私に語りかけてくれる。昭和60年3月、盛岡二高にて「私の歩んだ道」と題して講演。平成6年1月5日、自ら立ち上げた「波濤《はとう》」創刊号の完成を見届けて心筋梗塞のため逝去。享年69。

2007・11・14

47　微苦笑のうた

妻が使うか娘が使うかわからなくなりし厨《くりや》の包丁の音
魚津恭太

11月10日、北上の詩歌文学館にて第4回「現代歌人の集い」が開催された。これは詩、短歌、俳句、川柳の順に、同館にて毎年一分野の「集い」を行っているもので、今回は4年に一度の全国短歌大会である。当日は県内外から約300人の参加で盛り上がった。

選者は菊澤研一（岩手県歌人クラブ会長）、小高賢（現代歌人協会理事）、篠弘（詩歌文学館館長）、俵万智（読売歌壇選者）、花山多佳子（河北新報歌壇選者）の5氏である。

ことしの「現代歌人の集い賞」が右の歌。応募総数1878首の中から選ばれたもので、東京から出席された77歳の方だった。ちなみに大会三賞のあと二首は、「車庫内に吊されている玉ねぎがたびたび我の頭をなぐる」大林義明（岡山）「子の妻の深きお辞儀にわれもまた同じ角度に返していたり」新谷洋子（京都）である。

受付で渡された「入選作品集」を見ながら、短歌の世界も変わってきているると痛感する。昔なら初句から字余り破調の「妻が使うかむすめが使うかわからなくなりし」というような詠み口は、まず敬遠されたものだ。

選評でも言われたが、今は「生老病死」の歌や貧困、戦争、また介護や孫の歌などはともすれば類型、パターン化していて、深く読者に訴えてこない。震災の年には「瓦礫《がれき》の町」の語が氾濫《はんらん》した。今は不況、閉塞《へいそく》社会。孤独や不安感の押しつけの歌は文学としての固有性が得られない。

そう思ってこの三賞を見てみると、包丁の歌にしろ、玉ねぎに頭をなぐられた歌、また息子の嫁さんと同じ角度におじぎをする新鮮なお姑《しゅうと》さんの姿など、思わず微苦笑を誘われる。まさに今の世の中に欠けている「微苦笑」の間をうまくすくい取って成功していると言えよう。俵万智さんの言われる「もしやの連続」の人生に、微苦笑をちりばめながら生きてゆきたいと思うことである。

2007・11・21

48　歌舞伎座の冬

歌舞伎座のうしろに住みぬ冬の空

久保田万太郎

　東京都中央区銀座4丁目にある歌舞伎座は平成15年、「歌舞伎400年」を盛大に祝った。芝居町、木挽町。わたしはこの界隈《かいわい》を歩くとき、いつも万太郎先生のお宅はどこだったのかしらと、歌舞伎座の楽屋口や敷地を巡って空を見上げる。

「なにもかも昔の秋の深さかな」も、大好きな句。明治22年生まれの、氏の心に浮かぶ「昔の秋」の景はどんな感じであったろうか。江戸っ子、浅草田原町の、袋物製造販売の商家に生まれ、慶応義塾大卒、母校の教授に就任。昭和になって、日本放送協会に勤務。戯曲、脚色、演出、劇評他多彩な活躍。文学座で『女の一生』初演出。昭和37年、会話体の短篇『三の酉』で読売文学賞受賞。

　わたしはこの本を読んでいないが、実はこの春「会話体」の小説のとりこになった。ことしの直木賞受賞作、松井今朝子さんの『吉原手引草』である。最初から最後まで、実に歯切れのいい江戸ことばで語られるストーリーにしびれた。鳥肌がたった。

　そして思い出した。このお名前、この文体、それは以前、歌舞伎座の筋書きの中で解説を書かれていた人と思い当たり、心がふるえた。「そうでしたの、あなたでしたか！」と納得。たとえば『浮世風呂』の演物。わたしはこの芝居に度肝をぬかれた。だって、風呂屋の三助(市川猿之助）に恋をしたのが「なめくじ」だなんて。狐や猫なら化けもするが、なめくじの恋とは——。このなめくじ役が、今NHK大河ドラマ『風林火山』で大向こうをうならせている市川亀治郎（武田信玄）だった。そして江戸の湯屋（銭湯）と常磐津や古典のエキスを併せて、庶民の暮らしを生き生きと解説してくれたのが松井今朝子さん。

　さてもさても歌舞伎座の冬。納めの舞台のプログラムも届いた。万太郎先生にはお目もじ叶わなかったが、いつの日か松井さんに、お二人の作品世界の熱い接点のお話を、ぜひ伺ってみたいと願っている。

2007・11・28

49　笹の花

笹に咲く花貧しくてむらさきの蕋《しべ》ひたすらに振るを見てゐつ

吉川禎祐

師走になれば思い出す。仙台の大御所、吉川邸を訪ねたときのことだった。福島の剣の達人に、歌集出版のご相談を受け、間をとりもつような形で、二人で伺ったのだった。

吉川禎祐さん、傷痍軍人宮城療養所に入所した昭和15年ごろから歌作の実力者。17年11月には師、北原白秋の病疫に遭遇し、後は宮柊二のもとに生涯歌とともにあった方である。

「日給が八十円とふ勤め持ち世を憤《いか》りつつ妻は働く」と詠まれた戦後、奥さんは看護婦さんで家計を支えた。子も親も同居、氏は長く結核を病み、生活環境の厳しさにうたれる。

昭和29年、38歳のとき「笹の花」三十首詠にて第1回O先生賞受賞。「貧しくて暗きわが家に只《ただ》ひとつ光る鏡にわれは近づく」というような境涯詠が人々の共感を得た。

さて、昭和63年12月の第一日曜日、わたしと福島の佐藤千廣さんは、吉川さんの茶の間に招じ入れられた。庭には千両万両の赤い実が光り、小鳥がさかんにさえずっている。「あれは紋付鳥《ジョウビタキ》」と教えて下さった。佐藤さんはこの日、歌集の跋文を書いて頂くわけだった。翌春発行予定で、明るい話題にあふれ、退職された奥さんのお話も楽しく、おすしをごちそうになって夕刻までおじゃました。

数日後、吉川さんよりおはがきを頂戴し、こちらがさし上げる前にとあわてたこともなつかしい。「来年も、ぜひ」の結びが明るい。

しかし、12月25日、散歩から戻られて突然心筋梗塞で逝去という知らせ。このときの驚き、混乱。そしてこれほどの実力者にして、一冊の歌集も出しておられなかったことに今さらのように驚いた。選者として全国を歩かれ、人の面倒見は実によかった方だが、ご自分のことはつい後まわしにされてきたのだろう。享年72。

宮城支部の方々のご尽力により、三回忌に全歌集といえる『笹の花』大冊が発行された。巻末に「山川の激つ鳴る瀬に対ひつつ次第に悲し昭和ぞ老いぬ」を据える。吉川さん逝きて13日後、昭和が終わった。

2007・12・7

50　寂しと言はず

言ひかけてああ寒いぞと笑ひたり寂しと言はずわれの禁句の

宮英子

「歌人、宮柊二さんは戦時中、一兵士として中国大陸の戦場にあった。〈ひき寄せて寄り添ふごとく刺ししかば声もたてなくくづをれて伏す〉戦争というものの酷薄な現実を、宮さんは歌いつづけた…」

これは昭和61年12月13日付の朝日新聞「天声人語」である。雪のない穏やかな12月11日、74歳でみまかってしまわれた先生のご葬儀は19日、東京信濃町の千日谷会堂で行われた。40歳になったばかりの私は、焼香に並ぶ列のほとんどが白髪眼鏡の老境の人の群れに息をのんだ。その折の、英子夫人の喪服姿。

またその年の夏、東京虎ノ門の成人病病院にお見舞に伺ったときは、赤いチェックのシャツ姿の先生の車椅子のわきに、水色のワンピースの夫人が立たれる。さらに平成15年春、柊二創刊の歌誌50周年祝賀会では、赤いはっぴで鏡開きをされる夫人にカメラのフラッシュが降り注いだ。

「中国に兵なりし日の五カ年をしみじみと思ふ戦争は悪だ」と詠まれた宮柊二の戦後。そして「七十歳越ゆるは人の一生の限度にあらむわれも越えしが」と嘆じられた先生の叶《かな》わなかった八十、九十代を歩いておられる作者。「みづからを叱りつけたり、もう言ふな、八十歳が何だといふの」という作品を10年前に発表されたときは思わず拍手。ひとりで暮らしていると、よくひとりごとが出る。掲出歌は63年1月のときのもの。先生が逝かれてはじめての冬、どんなにか寂しく、辛い思いをされたことだろう。それを「ああ寒いぞと笑ひたり」と詠まれた心情に打たれる。

「新しき冬の花なり手にふれて散る白き花々旅のひひらぎ」は昨年冬の作。2月が来れば91歳。歌集も10冊を数えた。つい先年まで、柊二の戦地山西省はもとよりシルクロードもたびたび歩かれ、時折娘さんの住むパリに豊かな時を過ごされる。年明け早々には、やんごなき祝《ほ》ぎごともあるやに伺っている。

2007・12・12

51　父であること

独楽は今軸かたむけてまはりをり逆らひてこそ父であること

岡井隆

過日、思いもよらない異空間にまざれこんだ。某大学で行われた「全国大学国語国文学会」に「誰でも聴講できますから」と聞き、気軽に出かけたのだった。ところが会場は、ビシッとダークスーツ姿の学者先生方ばかり。出席者名簿にも「一般」の人はみえないようだ。なんだか「場ちがい」かと落ち着かない心地でいたのだが、なんと、わたしの前の席に歌人の岡井隆先生がいらしてお言葉を賜った。

開会、国文学者の中西進先生のごあいさつで始まり、パネリストとして岡井先生の発表があった。先生は「わたしが招かれる会場は、いつも中高年の女性が多いのに、きょうは実に黒々とした集団で驚いております」と笑われた。現代短歌を支えているのは中高年の女性たち。これからも短歌が存続してゆくとすれば、この女性パワーが大きいと話される。

ご自身、医師としての立場から斎藤茂吉を語られ本日のテーマである「北の再発見」北の風土における文学の独自性を解説された。

なんということ、わたしは前夜、秦恒平さんの長編小説『逆らひてこそ、父』を読み終えたばかり。虚実の間《あわい》の身内観の重さに戦《おのの》いた。その巻頭にこの歌をあげ、「敬愛する岡井隆氏の短歌を小説の題に借りた」とある。昭和57年、迢空賞受賞の『禁忌と好色』所収の一首である。

昭和3年生まれの岡井先生の若き父親なりしころは、こま遊びも普通に見られたことだろう。父と子は今、こまを闘わせているとも読める。ひたむきに回って、触れそうで、逆らって、それでも弾き合い、はね返す父の独楽。

白髪日髯《はくぜん》をたくわえられ黒いコーデュロイ風のジャケット姿の岡井先生。バリトンのお声はよく響き、傘寿の方とは思われない。歌壇関係者対象の講演とはまた違った広く深い文学の本流を真正面から見せて頂いたような気分。「父であること」と言《こと》あげする男うたに感銘し、その謦咳《けいがい》に接して、感動をあらたにした一日だった。

2007・12・19

52　一字の世界

Sの字に蛇干からびて道にあり佐藤のエスで死亡のエスに

佐藤恰當

12月1日刊行の岩手県歌人クラブ編、年刊歌集『短歌いわて２００８』より。死んだ蛇には悪いけれど、一読ウフッと笑える場面。微苦笑のリズムにのって思わず「幸子のSでそこつのSで」とつけ足したことだった。また「わが前を偶然歩くそれだけで命なくせし一匹の蟻」とも詠まれるように、氏の作品世界は常にあたたかく、日常の暮らしの中にふっと心をそそられるものが多い。

若く、折口信夫門の伝統の学府に学ばれ、歌歴も長く、短歌「手」の会編集発行。８月には創刊１００号を迎えられた。高齢化や活字離れの世情に、一字一句がものを言う短詩形文学を存続させる難しさを常に思う。

「一字」といえば、12月12日、ことしの世相を表す漢字が「偽」と発表された。清水寺の森清範貫主のしたためられた巨大な和紙には「偽」の示す無惨な黒い雫が流れ落ちた。

私はこの日以来、さまざまな場面で「あなたの一字は？」と問いかけてみた。福島の退官教諭の方は「憤」と言われる。教育、政界、身辺みなこの一字と、なぜか笑顔で語られる。ある方は「忙」と言い、それは「忘」も兼ね、「寒」「苦」「痛」「嘆」などとめどなく暗い字が続いた。

「私は、シュですな」とM氏。とっさに、私の心に浮かんだのは「朱」。シクラメンの朱、ポインセチアの朱。居合わせた同僚の方は「いや、〝守〟でしょう。わが社の一年は――」というのをふり払い、「いやいや〝酒〟ですよ。古今東西、酒あるのみ」と、悠長に盃を運ばれる姿はなんともいえない役者ぶりだった。

ことしも数え日いよいよあとわずか。私の一字は何だろう。「読」は当然すぎ、読まねば書けぬことわりながら、すぐ「怠」「眠」「食」「太」と、なんともなさけない一年だった。ともあれ「読」は「独」また「毒」にならぬよう、慎んで新しい年を迎えたいものと思う。

2007・12・26

53　木札のかるた

天つ風雲の通ひ路吹きとぢよ乙女の姿しばしとどめむ

僧正遍昭

平成20年、戊子《つちのえね》の年が明けた。歳晩、夜をこめて平成の楽の音が響《とよ》もし、元朝詣りの人々のさざめきがひきもきらず、カウントダウンの若者たちが日付の変り目を告げていた。

古く、つつしんで歳徳神を迎えた静けさにはほど遠い現代のお年越しである。離れ住む家族も集まり、久々に顔を合わせためでたさに酔う。

正月の遊びといえば百人一首。私の思いは変わらない。そして、百人一首といえばこの歌。今、私は実に珍しい木札のかるたを手に取っている。今から7年ぐらい前に、ある骨董《こっとう》市で手に入れたものである。材質は朴か桐。巾5センチ、長さ7・5センチ、厚さが8ミリぐらいあり、四すみが丸くなっている。

この木札に書かれてある文字がすばらしい。普通の紙札なら、一首の下の句が活字で書かれているが、これは墨痕鮮やかに勘亭流の文字が躍っている。例えばこの歌の「乙女の姿しばしとどめむ」は「乙女の」の三文字がでんと座り、あとは細く小さい崩し字で判読がむずかしい。百枚すべてこの様式で「志るも」とか「きり立」「人つて」などなど、判じ文のような文字ばかり。立体感があり、ずらりと並べると壮観だ。これは、まだ家族が起きてこない歳旦の私のひそかなる儀式である。

それにしても、どういう経緯で市場に出されたものか。あの時、雑多な古物のかけに無雑作に、ガムテープで修理された箱があり、ふたをあけてみたら腰がぬけるほど驚いた。古びてはいるが実際使われた形跡はみえない。

ものの本によると、むかし樺太ではさかんに木札のかるたが用いられていたという。その供給地は会津若松の下級武士が、下駄屋の残り木で製作したとの説もある。こんなにも一枚ずつ直筆の木札のかるた。元旦の私の儀式も、孫が学校に上るころになったら、ピシッ、パシッと木札を飛ばして取りあいたいものと夢見ている。

2008・1・1

54　笑顔よき

働きて女のなせるはかなごと孫少年に室ひとつ買ふ

等々力亜紀子

20年ぐらい前にこの歌を所属する歌誌に読んだときは驚いた。たちまち全国規模で「女のなせるはかなごと」が話題になり、わたしなど夢にも及ばぬ世界で、ずいぶんとその年の年賀状の添え書きに使わせてもらったことだった。「わたしもこんな初夢を見たいものです」といったところで夢は夢、彼女の現実の仕事ぶり、行動力のたくましさには常に感心させられてきた。

山口県は防府市をふるさととして、若く、40日余りの新婚生活の後、夫は戦争にとられ戦死。一子を得るも戦後の混乱期、婚家に男児を置き上京。以来、象牙宝飾商の社員として財を成し、また自ら「歌夜叉」とも詠まれる歌道精進の長い歩みを続けてこられた。

ちょうど寂聴さんや佐藤愛子さん方と同年代。あの世代の方々には「戦争」という確たる芯《しん》の示すパワーがみなぎり、才、財、美はもとより、あらゆる面で圧倒される。

「関門橋縁どる灯火消えゆけり満珠干珠《まんじゅかんじゅ》に月押し照れり」の歌から第三歌集『満珠干珠』を出されたのが平成5年6月。洋上の源平古戦場にもなった大小の島を模したた斬新なブックデザインが目を引いた。

「笑顔よきが汝《なれ》の取得と言はれ来ていつも笑顔のスナップ残す」と詠まれるように、全国の歌会に参加され、海外にも身軽に出かけられた。血肉を裂かれる思いで別れたお子さんともやがて時がたち、お孫さんにマンションを買ってあげられるまでになった。

「にこやかな遺影用の写真準備して大歳の夜を安らかにゐる」との心境は傘寿のころであったか。「片手にて広辞苑一巻もてるうち遺歌集の準備はじめおかんか」と、それとなく心づもりをされて平成18年春、それは美しい第四歌集『紅珊瑚』を上梓。今は故郷山口県でお身内に囲まれて豊かな日々をお過ごしの由。「東京都江東区亀戸」の住所で頂いた氏よりの年賀状は30枚を超えている。

2008・1・8

55　だるまさん

横向きの達磨がいてはおかしいか

石垣健

「健さんに会うのが怖かった。健さんは六郎の竹馬の友であり、兄貴的な存在だと聞いていたので、『お前はダメだ』と言われるのが怖かったのである。ところが健さんは無類のやさしさで、六郎の女房である私を受け入れてくれたばかりか、川柳という池にもどっぷりとはまって、とうとう第一句集発刊にまで至ったのだ。」

これは秋田県の川柳作家、石垣健さんの句集『竹』に寄せられた時実新子さんの序文である。平成15年4月1日刊、曽我六郎さんの『馬』と共に大変に凝った函《はこ》入りの句集。それも道理、六郎さんは新子さんのご主人で名編集長として夥《おびただ》しい出版物を手がけてこられた。

ここ一番、まさに竹馬の珠玉集、若竹のみどりの表紙にオレンジ色のみかえしが映える。石垣健さん、秋田県元西馬音内村（現・羽後町）生まれ、同村役場勤続43年を経て退職。新子さんの序文、六郎さんの解説、著者あとがきを備えた一巻。句作十年の中から新子さんの選句にて四百二十句が並んでいる。

さて、「横向きのだるま」の句。平成5年、全国の川柳作家から難関として注目を集めていた「アサヒグラフ」の「川柳新子座」にて初入選、世間をアッと言わせ新子さんの絶賛を浴びられる。

どこにでもあり、誰もが見ているだるまさん。ウーン、横向きねえ…。堂々と、川柳本流、そこに深い思慮をたくわえたユーモアの本質を見せられた。

「神さまに俺だ俺だと鈴を振る」元朝詣り。「自殺率日本一の村で死ぬ」と現実を見すえ、「猛き妻それも天災だと思う」とはいえ「毎日が新しかったなあ妻よ」合わせ鏡の二人と思えば「七十歳未完の夢はまだ続く」。

「世を渡る武器は正調秋田弁」なんもなんもおらが村。西馬音内盆踊りと秋田弁をこよなく愛された新子さんのいない正月も、そろそろ「初づくし」が尽きようしている。

2008・1・16

56　視界ゼロ

白き闇前照燈の灯を吸ひてふぶく未明のああ視界ゼロ

風張景一

雪の新年、寒波の大寒にとじこもりがちの真冬日。雪のない地方の詩歌集を開いてみるが、どこかよそよそしくて共感を呼ばない。天気予報でも、南の地方で日中の気温が「10度以下で寒いでしょう」などと言うのを聞くと、氷点下の大気にさらされている身にはつくづく大自然の気象格差がうらめしくなる。

青森市で、若いころから魚やさんを営む風張さんの歌集『白き画布』は、しばれる北国に、寒波もふぶきもものともせず生活の周辺をたくましく詠まれて心にしみる。鮮魚の仕入れに車を走らせる朝まだき、びゅうびゅうとふぶいている。「トラックを降りれば寒気胸もとをずしんと衝けり未明の埠頭」そこには各地からやってきた男達の太い息が見える。

そしてセリが始まる。「場内のあかり及ばぬ雪の上息づくごとし陸奥湾の鱈《たら》」「手にて振る鐘を合図にセリ人が叫ぶ声ひびく一千坪に」夜明け前の広大な市場に、ひときわ高いセリ人の声、応ずる男達の手指と声にせり落とされる魚。「安価つけセリに負けたる気弱さを見てゐし鱈の冷ややかなる眼」がおもしろい。寒気と怒気にも似た男の一本気がふっと逸れて、値を一段下げたばっかりに負けてしまった俺の心を、しっかり見ている鱈の眼よ。大衆魚タラだからこそ生きる歌。作者の歌には実に多彩な魚たちの顔がいっぱい登場する。

ああそして、「夢見てるやうな黒眼のマンボウの背にセリ人がひょいと立ちたり」なんて詠まれると、食べるのがかわいそうになる。「羨望と揶揄《やゆ》をまじへて夜更けまで友と論じき〈チェホフ祭〉を」青森の生んだマルチアーチスト寺山修司と同年輩の作者。「狭量に生きて来しかな雪玉を宙に放れば雪あかり冴ゆ」と、激しい生を貫いた芸術家と己れの日々を思いみる。

「天窓の硝子に青く冬の空映る午後にて客の混み合ふ」店を家族で守り、今も未明の雪道を走る作者、視界は晴れているだろうか。

2008・1・23

57　異国語

収入のため異国語のフリカティブひびかせてゐるわれのくちびる

大松達知

昭和45年、東京都文京区生まれの作者の第一歌集『フリカティブ』より。平成12年刊、作者25歳から29歳までの作品361首収載。大学を卒業し、都内の中学校の英語教諭となり、結婚もして新しい生活を始めたころの、若く瑞々《みずみず》しい感性の歌が並んでいる。

「フリカティブ」とは英語で「摩擦音」の意味の由。「英語は摩擦音が多い言語で、s、fなどはもちろんのこと、thank you のｔｈ、voice のｖなど、日本語にはない摩擦音が多用されます。ですから日本語を母語とする私にとって、英語を使うときにはこの異質な音を意識することになります。フリカティブは、日々裡《うち》から発せられる不可思議な感情や思考の象徴であるかもしれません。」との「あとがき」に示されるように、現代社会の都市生活者として、教師として、収入の手段ともいえる「言葉」に託す感覚が冴《さ》える。

「生徒らの無作法をいふ老教師の小言ほとんどわれにあてはまる」「だれでもいいわけぢやないけど教室を引き締めるため一人を怒鳴る」などは先生になりたての感慨がほほえましい。「買つてきてあげたわと妻は言ふけれどわが給与にて飲むこのビール」また「ヘッドフォンして英会話聴く妻がときをり神託のごとく声だす」こうして「家庭平和」のしくみも体験してゆくのだろう。「はじめの日左右なかりしスリッパに左右あらはるその〈時〉の嵩《かさ》」のように、歳月が人を馴化してゆく。

「モネの絵を賞むるあまたの異国語にわが日本語の交はりて消ゆ」作者はよく外国に行く。これはボストン美術館での作品。地球規模の人々の営みと、言葉の力を思うひととき。

「受験票の写真と同じ位置にあるホクロを見つつ面接をせり」折しも人生の岐路に立つ十代の若者達の受験に立ち合う作者。遠ざかる自らの青春をも重ね合わせて、時に軽く、時に虚実のあわいのフリカティブをひびかせている教室が見えるようだ。

2008・1・30

58　バレンタインデー

賜《たまもの》のバレンタインのチョコレート鞄にあれば弾む思ひす

平松茂男

かつては2月といえば節分、豆まき、立春が代表的な季語だった。もちろん今も二十四節気に変わりはないけれど、バレンタインデーの関心比重は年々大きくなるばかり。デパートや商店街では歳末商戦が終わると、初売りにかぶせて早々とチョコレートコーナーが目を引き、節分の豆を押しのけたかにみえる。

「チョコレート召し上れとぞ送り来ぬ赤きリボンに飾れる小箱」とともに嬉《うれ》しく頰《ほお》を緩める作者。

大正10年、大分在住の大御所である。現役男性方だと、本命だとか義理だとか、もらった側もお返しの心配などあって、奥様方も心をわずらわせるようだ。

わたしは昔いただいたホワイトデーのお返しが忘れられない。山陰地方の写真家の方に、子供だましのようなハートのチョコを送ったのだが、後日、小さな宅配便が届いた。それはホワイトデーにふさわしく、真っ白いヤブツバキのつぼみの切り枝に、凝った和紙の結び文が添えられてあり感銘した。

この花は次々と咲き、園芸専門の同級生が珍しがって持ち帰り挿し木したら根付いて、またわたしに里帰りしたこともなつかしい。もちろん彼には、本命バレンタインのお返しなどと告げてはいない。長く生きていれば人生こんなおまけの楽しみも増える。

「戦争を体験としてこころふかくとどめゐるもの少数なりや」平松さんの青春は戦地にあり、「過ぎにける景なれど夕の椰子《やし》林に舞ひゐし鸚鵡《おうむ》わが内に生く」「月の差す密林のなかあざやかに彩り描きし老画家ルソー」とも詠まれる。「〈銃を執るな〉兵われ老いて九条の危ふき時にあひし思ひぞ」とは昨年10月の作。

ホワイトデーの品を用意してくれる奥様はすでに亡いけれど「思ひつつ汗垂り歩むいまわれを軸として睦ぶ六人の家族」と詠まれる安らぎにおられる。「壺《つぼ》の焼酎《さけ》汲みし柄杓《ひしゃく》に口つけて飲めばたちまち口中熱し」黒潮の国、火の国のますらおの歌に酔っている。

2008・2・6

59　神の火

遠隔の操作にうごく原子炉の核の鬼火を恐れつつ住む　東海正史

太平洋に面した福島から茨城にかけて、なだらかな海岸線が続く。福島県双葉郡浪江町に在住の作者、企業家で地元の名士。朝日歌壇にもよく原発の歌を寄せられる。気候温暖なこの農漁業地域に隣接する双葉町に「東京電力福島原子力発電所」が建設されたのは昭和30年代の後半だった。

　私が移り住んだ43年の浪江町には、原発で働く人々のための簡易宿泊所がさかんに建てられ、わがやのとなりにはデンマーク人の機械技師の一家が住んでいた。買い上げた民家をまっ黄色に塗ってひときわ目立った。

　「放射能の恐怖か過疎の振興か原発の是非問はれて黙す」「原子炉の冷却水を吐き出《いだ》す辺りにヒトデ殖ゆるは何ぞ」これも現実。県や町当局はくり返し日本のエネルギー危機を叫び、原子力の必要性、安全性を説いた。茨城の東海村の原発基地を見学したこともある。あまりにも静かで清潔で、「安全」を強調されればことさらに恐怖感がつのり、一刻も早くその建屋から遠ざかりたい思いにかられた。

　さいわい私たちの住んだ期間には地震も事故も起きなかったが、かの地を離れてもチェルノブイリ事故とか「臨界」の話彙《ごい》を見ただけでも、核分裂の連鎖反応を想像して怖くなる。

　過疎の町に原子の火が点《とも》って半世紀、よくも悪くもこの一帯は原発ぬきでは立ちゆかなくなってきた。「途方もなきエネルギー持つ原子炉の旧《ふ》りつつ常に何かが起こる」とも詠まれるように、作者の思いは切実だ。

　高村薫さんは平成3年、原子炉を「人間が神から盗んだ火」ととらえ、それを神に返すとして原発襲撃をする小説『神の火』を書いた。驕《おご》れる人間の臨界が描かれて忘れられない。

　さて「路地あひの溝はしりゆくねずみにも年改まる日の光差す」新暦でも旧暦でも年が改まった。平穏な神の火は未来永劫《えいごう》平穏に燃え続けてほしいと念ずるのみである。

2008・2・13

60　ハルビンの空

ハルビンのわが家の空を旋回しラバウルに征きし少年なりき

福光回玖子

過日、盛岡市緑が丘の老人福祉センターにて、中国黒竜江大学副教授の張大生先生の講演を聴いた。「現代中国事情」のお話は大変興味深いものであったが、わたしはまず、先生がハルビンの方であることに引きつけられた。

わたしは例年、旧正月のころになるとひもとく歌集がある。茨城県高萩市で長逝された福光回玖子さんの『武蔵野より』である。厳寒の季節に厳寒の地ハルビンで詠まれた作品を追ってゆくと、背後に戦争の暗雲がたれこめているとはいえ、氷上に遊ぶ子供や自らもフィギュアスケートに興じる姿などが活写されて明るい雰囲気に包まれる。

明治42年生まれの作者は医師のご主人に従い、ソ連国境ポクラニチナヤに4年、その後昭和17年ハルビン満鉄病院に転勤となる。30代で満鉄副参事だったというご主人のもと、東洋のパリといわれていたハルビンで使用人も多く明るい歌が見える。翌18年にはさらに南の鉄嶺病院に産科医長として転勤。

やがてすぐ南の奉天までB29の来襲が伝えられ、掲出歌はそんな矢先のもの。「社宅の庭はアンズの花が盛りだったわ」と何度かわたしも聞かされた。そして、若鳥は帰らなかった。

昭和54年、この本の出版に際してわたしたち手伝った者の間で、実は小さな賛否の声があった。少年飛行兵が白いマフラー姿で福光家を去るときに「おばさんが、おじさんの奥さんでなければいいんだけど…」とささやいた、という部分を削除したらという方がおられたのだ。

すでにご夫妻とも70代末、ご主人は脳梗塞《こうそく》の後遺症があった。「いいの、そのまま載せて」とご本人の声。「あの人もこの人も死んでしまひました風の如くに過ぎし戦ひ」と、婉然《えんぜん》とほほえまれた姿は今でも目に焼き付いている。

銀座の写真屋さんで撮られたという丸まげの画差《おもざし》は息を飲む美しさ。かつてわたしの30代を支えてくれた閨秀の「ハルビン」を、その祖国の教授にお尋ねしてみたい思いにかられた。

2008・2・20

61　御堂関白記

寛弘五年九月十一日午時平安男子産給

藤原道長

先ごろ、上野の国立博物館にて「宮廷のみやび　近衛家１０００年の名宝」展を観てきた。一条天皇、彰子中宮、藤原道長、紫式部等、みな古典絵巻の人々と思っていたのだが、会場に一歩入ったとたん、１０００年の時空がわっと迫ってくる。

入口には近衛家の遠祖、藤原鎌足像の軸がかけられ、以来連綿と続いてきた藤原氏の嫡流で、摂政や関白の重責を担う五摂家の筆頭としてその血脈は今日に続いている。昭和13年、時の首相であられた近衛家29代文麿公の造られた「陽明文庫」所蔵の文物は20万点にも及ぶといわれている。

それら国宝、重文はじめおびただしいお宝が公開されたのだ。文献上でのみ見聞きしてきた『御堂関白記』。日本最古のお公家さんの日記である。干支《えと》や月齢などが朱筆で記されてある具注暦《ぐちゅうれき》に、道長の手で毎日きちんと書かれている。

掲出の文言は歌ではないけれど、私は完全に歌のリズムで読みとった。「寛弘五年九月十一日うまのときたひらかに男子産まれ給ふ」と。１００８年、一条天皇の中宮彰子に男子出生で、外戚としての権勢を確立する道長の上昇気流の筆勢が躍っている。展示品はガラス越しだが、この紙面を道長が指でふれ、あるいは思案の息を吐いたかと、眼前の文字を眺める。日本古来の和紙、筆墨の書類はこんなにも丈夫で後世に残るものかと感じ入った。

道長の和歌も二首、珍しい仮名書きで、長保6年2月6日の条。前日子息頼通が奈良の春日大社にて、雪に降りこめられしを案じての由。「わかなつむかすがのはらにゆきふれば　こころづかひをけふさへぞやる」「みをつみておぼつかなきはゆきやまぬかすがのはらのわかななりけり」（濁点筆者）これは、紙の表に書ききれなくて裏にまで書かれ、そこをめくって展示してあった。

紙面が足りないほどに書きたいことがらのあふれる道長公に惹《ひ》きつけられて、しばらく身動きができなかった。

2008・2・27

62　おひなさま

箱を出て初雛のまま照りたまふ

渡辺水巴

おひなさまの句や歌はいっぱいあるが、一年間の眠りからさめて、今、春の光を浴《あ》まれるういういしさがなんともいえない。待ち待ちて生まれた女児の、初めての節句に贈られた雛《ひな》人形。それは何年たっても箱をあける時、「初雛のまま」のおめみえに心がふるえる。

きれながな目もと、かすかな笑みを浮かべる紅い唇。こんなに小さなお顔の中に、まるで遠い歴史を語るようなまなざし。思いの丈を秘めた情感をただよわせて、いつもおひなさまは見る人々を酔わせる。

かくも美しい雛人形に、深い悲しみを見たのはいつのころからであったろうか。旧暦3月3日、鳥取県八頭郡用瀬《もちがせ》町の雛流しの行事が全国的に知られている。町を流れる千代川で、桟俵《さんだわら》に流し雛用の人形をのせて、身の穢《けが》れや不幸を人形に託して流す習わしで、かつてマスコミでもとり上げられ、ドラマにもなった。雛流しの風習は盛岡でも俳句の世界で行われているようだが、「門跡尼寺」とのつながりを思うとき、山陰地方の風土と伝統がなにか心に粟立《あわだ》つものを誘い出す。

用瀬町と離れていない若桜町の淡島明神はいにしえから婦人病の治癒、安産などの信仰を集め、雛祭りや雛流しの行事も、もともとは淡島信仰から発生しているともいわれる。

NHKの大河ドラマ『篤姫』の原作者宮尾登美子さんによれば、皇女は古来良縁に恵まれぬ運命で、江戸時代の後水尾天皇から光格天皇に至るまで、10代の天皇の皇女は全部で72人、そのうち結婚された方は11人にすぎず、あとはたいてい尼僧となって門跡寺院を継承される習わしであったという。

皇女が幼くして門跡さんになられる際に、なぐさみに人形をつれて寺に入られたこと、また京都の宝鏡寺には「万世伊さん」とよばれる怖い人形の話もある。人に人相があるように、「人形相」もあることとて、来年もいらぬ雑念を帯びない初雛のままで体面したいものである。

2008・3・5

63　雪月花

そちら雪こちら満月花の日に

杣　游

あれは今から8年ぐらい前の春だった。電話が鳴った。「こんばんは　どうしてはりますか?」と胸をつかれるお声。「こちら、雪です。もう、すっかり春なのに」「ホウ、雪ですか。こちらはちょうど桜が満開で、花の満月ですよ。だから、ちょっとお声が聞きたくなって——」と、とりとめもないことを話して切れた。神戸在住のアクセントがやわらかい。

折り返し、葉書が届いた。そこに記されてあったこの句、「ゆう」の落款《らっかん》が押されてある。雪、月、花、みごとに盛り込んだ川柳ならではの名句である。発表と同時に、師時実新子さんの絶讃を浴びられ「いや、あれは、なんというか合作のようなものでして…」と言い訳をして笑われましたと聞かされておかしかった。

平成14年刊の『ゆうサンの赤い鞄』は氏の第一句集。表紙には新子さんのスケッチで、赤い鞄《かばん》を背負った男性のうしろ姿が描かれ、評判になった。新子さんの選による岩手日報川柳欄に、わたしも一時投句していたことがある。ゴシック体で名前が出て先生の選評が頂けると天にも上る心地だった。

昨年3月10日、先生は世を去られた。そしてこの度、杣游さんが先生の追善をこめて新書『天才の秘密』を出版された。氏はすでに歌集3冊、句集、エッセイ集、論文集などあり、今回は時実新子の月刊「川柳大学」編集室におられた体験をもとに、プロ作家の「秘密」に迫る格好の読み物になっている。何より心が温かい。

名カメラマンでもある氏は、新子さんの遺影はもとより、柳誌の歩みをカメラに収め、すてきな新子アルバムに仕上がった。「吾が撮りし遺影の下に合掌しながなすこしおかしな気分」と真情も吐露。「白きもの蔵《しま》う器を壺《つぼ》という」そしてこの句の奥深さに慄然《りつぜん》とした。一般には紅《あか》い花を生けるのも壺。しかし今、氏の目の前にあるものは、白い御骨の壺だという。これが杣氏の秘密かと、わたしはなお一書のめぐりをさまよっている。

2008・3・12

64　春だよなあ

暗き孔マンホールより声響き「春だよなあ」と言ひけるかなや

伊藤　麟

人生「不思議」がいっぱい。私は今、とりはだが立ち、動悸《どうき》している。掲出歌は30年来の愛誦歌。このコラムでまっ先に書きたかったのだが、初出原作を探せなくて昨年の春は見送ったのだった。今しがた、それが見つかった。何より身辺乱雑きわまりない悪癖のせいなのだが、昭和51年7月号の歌誌にこの歌を含む6首が出ていて、奇跡とばかり声をあげて喜んだ。

本名古川一さん。大正5年広島生まれで戦前より北原白秋の「多磨」でご活躍。以来「コスモス」の重鎮として長い歌歴の方である。歌集も6冊もあるのに、この歌はどの本にも載っていない。毎月届く歌誌は何十年分もたまり、その中に埋もれてしまっていたのだった。

何しろ古い話である。私はいつも気に入った歌があると、子供たちの前で繰り返し話していたのだが、まだ舌が回らない末娘がしきりに「はるだよなあと　いいけるかごや」と言って、上の子たちに笑われていたものだった。

昨年の今ごろ、この歌の字句の正確を期したいと思い、氏に、いつごろのお作だったかと手紙でお尋ねした。折り返し「その歌は、私の生徒さん達にも調べてもらいましたが、見当たりません。どうもすみません」と実に簡素なお葉書。90歳にもなられると、時に自作でも忘れてしまわれるのかと、切なく気になっていた。氏は昔から練達の文章家で知られ、彫琢の書簡集は私の宝物になっているのだが、昨年は突然「君はよく引越をする人でした。近くまた本を出すので、転居の時は連絡下さい」とのお葉書を頂いた。「先生、ここは私の生地。もう、どこにも行きませんよ…」と語りかけながら、文字にしなかった。私の怠け心が返信の要を妨げたのである。

そしてすぐ、10月号に「故」と冠せられた作品を目にしたときの驚愕《きょうがく》。8月、91歳にて逝去の由。逝きて2カ月後まで締切作品が誌上を飾る大往生を思い、言い尽くせぬえにしを思い、「春だよなあ」とつぶやいている。

2008・3・19

65　サイロ

サイロ開けば甘酸し雪の方一里

太田土男

平成13年俳人協会発行の、自註現代俳句シリーズ第十期『太田土男集』より。サイロの匂《にお》いを忘れて久しい。「サイレージは、空気を遮断して牧草を乳酸発酵させた牛の貯蔵飼料である。甘ずっぱい香りは牛飼のにおいでもある」と自釈にある通り、サイロの小さな取り受け口を開けば、鼻から目につんと抜ける独特の香りが流れたものだ。うちの庭にもサイロがあった。

振り返ればそう遠くない過去のような気がするのだが、改めて半世紀もの歳月はずい分と身辺の景色を変えていることに気付かされる。牛も馬もごく普通に飼われていた時代の村に、あるときニュージーランドから「ジャージー牛」がやってきた。それはホルスタインより乳脂肪率が濃く、わが地区にも何頭か導入された。おとなしい赤牛だった。

結局うちでは人手不足で牛飼いは無理となり、しばらくの間サイロは他所に貸したりもしたが、のちに取り壊した。そんな原風景もあり「月光も踏み込みサイロ封じたり」とも詠まれる一連の牛の句に何ともいえぬなつかしさを覚える。「サイロつめ」「サイロ開き」は歳時記にまだ市民権を得ていないといわれるが、クリのイガが口を開き始めるころ、村のあちこちで「ベコトウキビ」を砕くモーターの音が聞こえたものだ。

「牧下りる牛越冬の牛に啼《な》く」岩手山ろくでは牛たちは冬はみんな山を下りるが、いつだったか珍事件が発生した。出勤しようと外に出た娘が「キャー、クマがいる！」と大声。まさかと庭に出てみると、ほんにまっ黒い犬よりも大きな、クマよりは背の高い小さな迷い牛がキョトンと目をむいて立っていた。彼女は、あれがUターン第一次カルチャーショックだったと笑う。

川崎市在住の太田土男さん。俳壇賞、俳句研究賞受賞、牧草の研究家としても知られ、また筑波大の非常勤講師もされる大家。今年から俳誌「草笛」の代表となられた碩《せき》学である。

2008・3・26

66　桜満開

一日で幾百万回シャッターが押さるるや千鳥ケ淵の桜に

奥村晃作

花の四月を迎えた。桜前線の北上はそぞろ心を騒がせる。東京では今、満開という。

長女から電話で、「まだ新幹線に乗らないの？」と笑われた。いつも突然新幹線の中から電話をしてあわてさせるのだが、数年前の日曜の朝もそうだった。婿どのの妹さんの出産祝いに行くというのに便乗して、お花見とお祝いといっしょに東京の春を愛でたことだった。

千鳥ケ淵の桜。人、人、人で、本当に幾百万回のシャッターが押されるやら。靖国の桜は外からだけ眺め、九段下から千鳥ケ淵は、花のあわいから仰ぐ空に平和の陽光が降り注ぐ。お釈迦さまの生まれた日に誕生し、その名も「はな」と命名されたみどりごを見てきた日に、千鳥ケ淵の枝はまぶしく輝いていた。

「強風の中にもまるる桜花一ひらすらも萼《がく》を離れぬ」これも事実。花は咲くべくして咲き、決して萼を離れぬ期間がある。寒気温気をくり返し、満を持して咲ききった命の輝き。こんな一瞬、あやかしの桜伝説がよみがえる。しかし、散らぬ桜のあるわけもなく、われに返り、「満開の桜の花を詠んだなら引き続き散る花も詠むべし」とつぶやく作者。「どれだけの距離を飛ぶのか風に乗りちさきピンクの花びらの飛ぶ」と、自在に舞い飛ぶ花びらのゆくえを追う。口語のリズムが軽やかで快い。

現代口語短歌の第一人者で東京都下の高校教諭を退職。「丸三年書き継いで〈完〉と記したり『賀茂真淵論』一千余枚」とも詠まれる文学者で歌歴も長く、以前は文語体で通してこられたが、平成11年刊行の第七歌集より全部新仮名に改められた。その経緯について、「ツール（道具）の変化に対応したのが直接の原因。今の世の中、わたしもキーボードライティングに転じた。何事においても「自然体」を旨とするわたしのおのずからの選択であった」と述べられる。「スノボーのガガガガガのガガ滑り危うくわれは接触を避《よ》く」滑舌の妙、まさに口語短歌の面目躍如の一首である。

2008・4・2

67　新学期

新しき語の説明をしゐるとき空気緊まれる教室となる

後藤美子

新年度、新学期が始まった。新しい環境に心をときめかすのは生徒も先生も同じ。私は高校で「古文」の授業のとき、日本語なのに「新しき語」のような感動を味わった。声に出して読むのが楽しくて、平安女性のような憧《あこが》れの先生の講義に聴き入った。それも道理、その先生は結婚なさったばかりで、時折頬を染めながら「若紫」を語り、源氏の君の恋の歌を解釈された。初々しく眩《まば》ゆい春の教室。

掲出の後藤さんは、長く札幌市で高校の国語の先生をされて退職。「平安の人は切りしよ丑の日に手の爪寅の日に足の爪」と詠まれる。今でも夜には爪を切るものでないと言われるが、手の爪、足の爪を切る日まで定められていたなんて、いにしえ人の生活習慣に驚かされる。古い物語を読むと、よその家を訪問するときには「貧、福、ヒン、プク」と唱えながら、福足から玄関に入ったという記述もある。「祈る意を元に持ちつつ吉凶に別れゆきたり〈祝ふ〉と〈呪ふ〉」この歌もおもしろい。よく時代劇などを見ると、「人を呪わば穴二つ」と言っているのを聞くが、もとは「人を祈らば」で、祈り殺す怨念がこめられて恐ろしい。昔も今も、人の想念の奥深さに感じ入る。

さて、現在の教室を見渡せば、「細く鋭きシャープペン、光るサインペン、絵のごとき文字、生徒は好む」そして「縦書きは国語教科書のみなりと今更に知り深くおどろく」。ケータイ普及でますます横書きに拍車がかかる。

やがて退職。「職業の欄に初めて〈無〉と記し鋭きものが我を貫く」「生徒らの幾十の眼にさらさるる緊張感の時折恋ほし」働いていたころはあれほど欲しかった時間と自由。ほどほどに注がれる視線のシャワーは若さの源でもあろう。「書き終へむことを疑はず買ひたりし十年日記今日より三年目」との第二歌集『十年日記』刊行から10年たった。海外詠も多く、ますます充実の春であろうと思われる。

2008・4・9

68　巽聖歌

白秋を超えむ童謡をぞ願へりし巽先生の戦時偲ばゆ

海住良太郎

「私は昭和15年、故北原白秋先生主宰の〈多磨〉に入会。翌年から現地抑留生活を含め6年間在満部隊に従軍し、帰還後数年間、巽聖歌先生の御庇護《ひご》を受けました。そしてその〈新樹〉廃刊後は昭和42年〈コスモス〉に入会迄20年近く、詩歌の世界と絶縁しました。…」これは昭和54年刊行の海住良太郎第一歌集「凍野」のあとがきである。宮柊二題簽《だいせん》、聖歌夫人野村千春氏の美しい花のデッサン三葉が掲げられ胸を打たれる。

氏は大正8年大阪生まれ、戦後はミシン会社に長く勤められ、その後神戸県民会館勤務。昭和58年病気で逝去、63歳。百箇日には奥様の看護記録を含む立派な遺稿集『じいちゃんのうた』が上梓された。内助の功はもとより、周辺の文人達との厚い信頼関係が伝わってくる。

いうまでもなく「新樹」は現代の「北宴」の前身。昭和21年、日詰に疎開されていた巽聖歌のもとに拠《よ》った文人達のことは今も時折話題に上る。終戦前後の時代背景、白秋の「多磨」解散に伴いさまざまな歌人集団の興亡の中で「新樹」の旗印はきわだったと聞く。掲出歌のように「白秋を超えむ」と熱く語り合う師弟の心意気が思われる。

何にしても私の生れる前の話。北宴歌会でももっぱら聞き役だったのだが、ある年の全国大会に出席の時のこと。各地の「新樹」の旧会員だった方々と知り合い、神戸の海住さんのことも伺った。私は歌誌入会は氏と同年（昭和43年）ぐらいだったが生前お目にかかる機会はなかった。聖歌のことも作品や写真で知るのみである。

「喪の色に熟れし八手の実に吹きて風乾きゐるゆふべなりしか」昭和48年（巽先生逝去さるる）と詞書《ことばがき》の歌。また「水口の詩碑竣《な》るけふを慶べどみちのく遠し病み臥しの身に」と詠まれたのは昭和56年7月。このころから入退院の日々だったという海住さん。どんなにか碑前対面を願われたことだろう。「新樹」のご縁60余年、聖歌35回目の命日を迎えようとしている。

2008・4・16

69　メタミドホス

二〇〇八年一月晦日われは知る毒物メタミドホスといふ名を

風間博夫

先ごろ配本された歌誌にてこの歌に出合った。いきなり平和な食卓を襲った「中国ギョーザ」のニュース。あれは一月だったかと、月日の早さに驚き、あらためて1月31日の新聞に見入った。家中に山積みの古新聞が役立つ。「中国製ギョーザで中毒」の一面大みだし。「殺虫剤混入、450人被害」「千葉、兵庫ＪＴ子会社輸入」と凶々しい活字が躍っている。

それにしても「メタミドホス」という聞いたこともない毒物もこんな風に詠まれると、「毒なれど新鮮メタミドホスといふひびき半世紀以上生ききて」の述懐がよく共感できる。

千葉県に住む団塊世代の作者は、宇宙開発事業団勤務という顔をもつ。歌を作り始めたのは平成5年、宮城県での単身赴任がきっかけだったという。「二〇〇三年二月一日複数の航跡を曳きコロンビア落つ」「テキサスの野にコロンビアの黒焦げのちさき球型タンクころがる」という緊迫した職場詠も見える。

平成17年、第一歌集『動かぬ画鋲』刊行。「ただごと歌」の到達点を示すものとして評判になった本である。「作歌のうえで大切に思っていることは、感動の原点に立つということです。一首に感動を封印できた時の爽快さ。そのために歌を作っているのかもしれません」とのあとがきに見えるように、作者の思いは自在に飛翔する。そして軽みすれすれに、「ウフッ」と笑わせる歌がいっぱいある。

「ミニスカの女子高生の鳥肌となつても元気冬の生足」「虫メガネで拡大したら〈人〉の字の接触部分がむずむずとせり」こう読んでくるとなにか思わず頬がゆるみ、そうしてジワッと納得させられるものがある。

そんな中で本のタイトルとなった「完璧に紙をつらぬきしつかりと壁に食ひ込み動かぬ画鋲」の視点で見てみると、メタミドホスの蔓延する中で昆虫の展翅板《てんしばん》のような恐怖に襲われてくる…といえば「深読み」と笑われるだろうか。柔軟な心の余裕の珠玉集である。

2008・4・23

70　鶴彬

手と足をもいだ丸太にしてかへし

鶴彬

　どこもかしこも桜満開。きょうは一日花を訪ねて走り回り、暮れ方盛岡の友人達を降ろしてひとりになった。まだ花の名残りに酔いながら、もうひとつ訪ねてみたい思いにかられて寺町方面にハンドルを切った。

　鶴彬《つるあきら》の墓である。「長い川柳の歴史の中で、自分の書いた川柳や文章によって官憲に逮捕され、獄中で死に至らしめられた作家は鶴彬たた一人である。昭和13年9月14日東京の刑務所で死去。死因は赤痢とされている。昭和45年詩人秋山清の『近代の漂白　わが詩人たち』によって彬の生涯がはじめて世に知られ、昭和52年『鶴彬全集』が刊行された。このとき、彬の墓が盛岡市本町通光照寺にて発見され、秋山清、一叩《こう》人、大野進の三氏により冥福が祈られた。享年二十九。」

　これは曽我六郎氏の『川柳研究資料ノート』の一節、ほぼ鶴彬の一生を照射して感慨深い。

　光照寺。以前、神戸在住の作家と来た時はお墓さがしに苦労したが、今は「鶴彬の墓」と小さな案内板が立っている。「喜多一二　昭和十三年九月十四日」と喜多家の霊塔に刻まれて、墓前にはまだ新しいお花が上っていた。

　さらにそのあと、松園観音の祀《まつ》られる広い霊苑まで走った。ここに掲出の句碑がある。1・2メートルぐらいの横長の黒御影石の碑面に活字体で三行書き、裏には略歴と「鶴彬を慕う全国の人々の寄金によりここに作品を刻む」と彫られる。本名喜多一二、明治42年石川県高松町生まれ。15歳で川柳を知り作句評論等文才を発揮。昭和12年、掲句を含む創作活動が治安維持法違反として東京中野区野方警察署に逮捕される。このころ日本中を震撼させたファシズムの嵐に作家小林多喜二も拷問獄死。

　苛酷な時代をかけぬけた才人鶴彬の遺骨は当時盛岡に赴任していた兄がひきとり、光照寺に葬られたという。なんという生涯、言葉を失い時を忘れて碑面をなぞっているうちに、桜の梢をかすめて月が昇ってきた。墓地に居るのは私ひとり、それは一点の曇りもない花の満月だった。

2008・4・30

71　給食さん

子の日記に書かれしわれは子育てのまつ只中に生き生きとあり

小坂喜久代

ゴールデンウイークまっただなか、5月は子の日母の日イベントがいっぱい。行楽地には家族づれがあふれる。すぎて思えば、夢中だった子育てのころがなつかしい。掲出歌は母の日の絵日記か何かであろうか、生き生きと働くお母さんの姿が思いうかぶ。

作者は兵庫県明石市で学校給食調理員として長く勤められ、平成8年第一歌集『指ほそくあれ』を上梓。連作「バイク通勤」にて、自治労文芸賞短歌部門受賞。そして同「マンガ大笑」受賞の男性に似顔絵を描いてもらい、それを表紙に使ってなんともほほえましい本になった。

「職員室に〈給食さん〉とわれを呼ぶ　給食さんわれは〈ハイ〉と応える」職員室に居ても、固有名詞ではなく常に「給食さん」と呼ばれる立場。ある日、そこにテレビ取材がやってきた。「千枚のトンカツは豚何頭分？不意の質問にあはてふためく」千人の児童の給食を作る調理師さん達、せめて事前の打ち合わせでもしてくれればよいものを。「念願のドライシステム調理室の青写真竣《な》る震災の後」阪神淡路大震災の直撃からや13年も経過した。

抄中の「バイク通勤」は痛快だ。「後戻り出来ぬ不可思議バイクとふ分身を最も身近に置きて」と詠み、「親指に触るればらんぷ点滅しちつたちつたと左折を示す」おかしくて楽しくて、「チッタチッタ」の語感が実にいい。このひらがな文語表記が如何にも女性の分身としてぴったりとなじみ、私の大好きな暗誦歌。「しんしんと人の恋しき信号の彼方は赤き赤き落日」源氏平家のいにしえから、明石の海辺は名舞台。ときに愛車を止め目をあげると、彼方の海は赤々と染まっている。長い歌歴につちかわれた王朝風の調べにひきこまれる。

そして歌集のタイトルともなった「外し置く結婚指輪彼《か》の時の懐かしきかな指ほそくあれ」の一首。常に子供達の食を預かる自信を持たせてくれた小坂さんの指は、いつお会いしてもはつらつと輝く笑顔のように美しい。

2008・5・6

72　苗代の苗

苗代の苗やうやくに根をおろし定まりし位置に緑そだつる

佐原喜久司

野に山に県外ナンバーの車があふれた民族大移動の喧騒もようやく収まり、気がつけば田んぼに水が入っている。残雪の岩手山を水鏡に映してあちこちで大型農機が作業中。

それにしてもこの歌のように種籾《もみ》を漬け、苗代に蒔き、苗取り、田植え、水見などのこまかい作業は今ではすっかり過去の話になった。折しもわがうぶすな神社のお祭りでは、小学校の全校児童が八幡平市無形民俗文化財「平笠田植踊」を奉納披露した。これが実にくわしい農作業の手順を見せ、何百年もの歴史の重みと保存会の皆さんのご指導に感じいる。

「種まき」では、はっぴ姿の男児達が俵を背負って登場。手をかざし水見、次にザルに入れた籾を蒔き、さらには俵の底を振って見せる芸のこまかさに会場はやんやの大拍手。「早乙女」は着飾った高学年の女の子たち。苗に見立てたバトンのような小道具をあやつってクライマックスの田植えの所作が華やかだ。「箕吹《みぶ》き」の踊りもある。とりどりの扇をみごとな手さばきで見せ、脱穀のさまを表わす。重労働に明け暮れた農村の四季も、今は笑って鑑賞する芸能舞台になった。しきりにカメラのフラッシュが光る。子供たちの笑顔がいい。

「昔は、今は」といちいち言いたくないけれど、巨大なビニールハウスが建ち並び、機械化農業が進み、苗は一括管理だから苗代もなくなった。だからよけい掲出歌のような風景がなつかしく、緑を育てる作業が見える。

福島県いわき市の名主の家で大正7年生まれの作者の歌はいつも身近な生活詠が快い。「ぬり終へしばかりの畔を惜しみつつ豆蒔くための穴うがちゆく」「山沢の小さき流れを跨ぐとき背に負ふ刃物ふれあひて鳴る」も好きな歌。

いつであったか郡山で歌会のとき、自宅で育てたしいたけを頂いた。大勢の人波のかげで手渡しして下さる少年のようなお気持ちに感動した。平成元年歌集『帰雁』出版。翌年いわき市新舞子の会場で、車椅子でお目にかかったのが最後となった。

2008・5・14

73　團菊祭

いまぞ知るみもすそ川のながれには波の底にもみやこありとは

義経千本桜

五月は歌舞伎座恒例の團菊祭。入り口には九代目市川團十郎と五代目尾上菊五郎の胸像が飾られ、この度はわけても市川海老蔵が初役、平知盛を演ずるとあって大変な人気である。

「義経千本桜」幕が開くと、ここは摂津の国、大物浦《だいもつのうら》の船問屋「渡海屋」の奥座敷。幼い安徳天皇と典侍《すけ》の局が大勢の女官たちに囲まれて、知盛からの連絡を待っている。いつも感心するのは、この子役さんのみじろぎもしない間の取り方。激しく動き回るよりもじっと静止画像のような姿勢を保つ難しさを思う。

そんな中、不意にどろどろと不安な太鼓の波音、「夜もはやしだいにふけわたる　松の嵐は強けれど　ひと間のふすま押しあくれば…」と義太夫の太ざおが急を告げる。舞台正面、するするとふすまが開くと、味方の船が一つ二つ、次第にたいまつの明かりも消え、やがて波間に沈んでゆく。平家の衰退紛れもなく、嘆きふためく女官たち。そこに帝の声が響く。「かくご、かくごと言うて、いづくへつれてゆかるるや」。この張りのあるソプラノに場が一気に引き締まる。

『平家物語』では、ここは二位の尼が波の底の都のありかを説くのだが、お芝居の典侍の局（中村魁春）はしっかりと帝を抱き上げる。続く帝の声が哀しい。「いまぞ知る　みもすそ川のながれには　波の底にもみやこありとは」歌うような、叫ぶような声の鋭さ。一般には二位の尼の辞世として知られているこの歌。「御裳濯河」は伊勢の五十鈴川、天皇のみ歌の格を表し、今に伝えられているものである。

かかるところへ知盛卿、「みかどは、すけのつぼねはどこにおわします」と、満身創痍《い》の血染めの姿で現れる。「碇《いかり》知盛」で知られる碇綱に全身をくくり、その綱がぐいぐいと海中に引かれてゆくリアル感。ついに真っ逆さまに足の裏を見せて落下する最期は胸がしめつけられる。これまで幾たりもの知盛を見たが、きょうこの海老蔵知盛に、すっかり魂を奪われてしまった。

2008・5・21

74　やんぬるかな

戦争以外どんな方策があつたのか暫し考へて考へやめぬ

清水房雄

5月24日、日本現代詩歌文学館にて「第23回　詩歌文学館贈賞式」が行われた。詩部門は谷川俊太郎氏（欠席）、短歌は清水房雄氏、俳句が鷹羽狩行氏の受賞だった。鷹羽氏は句業60年、このたび、15番目の句集『十五峯』で「詩歌文学館賞」と第42回の「蛇笏賞」をダブル受賞との記事が同日、朝日新聞文化欄に大きく報じられている。

わたしは毎年受賞者のお話と記念講演を聴くのを楽しみに出かけてゆく。今回最高齢の清水房雄さん。93歳で第十三歌集『己哉微吟』を出され賞に輝いた。タイトルの読みは「いさいびぎん」耳からだけ聞くと何かカタカナ語の音楽の響きともとれる。

大正4年、千葉県生まれ、東京文理科大学漢文学科卒業。教職歴54年、在学中に「アララギ」入会。土屋文明に師事、歌集評論著書多数。いつも「短歌新聞」や総合雑誌で拝見するのが楽しみだったが、今回矍鑠《かくしゃく》としたお姿に接し感動した。白髪、ピシッと背筋が伸びて、さすが長年鍛えられた剣士の風貌《ふうぼう》と感じ入る。

さて「己哉」とは「やんぬるかな」「今となってはどうしようもない」という意味合いであるという。そう思って掲出歌を読むと、あのとき、あの時代、戦争以外どんな方策があったのかと己れに問うている姿が見えてくる。「もしもあの時といふ事それすらに六十何年か過去となりたる」戦後60数年もの歳月を積んだ今、「もしもあの時」ということの無意味さを思う。「暫し考へて考へやめぬ」との独白は静かに自分を納得させて、読む者を引きつける。

「切れ味が鈍くなつては是非もなし爪切ひとつの事といへども」日常の小さな道具、つめきりの切れ味をこんな風に詠みこむ感覚。やんぬるかな、及ばざるかな。

「何だ今ごろ来たかと言ひて笑ひたまふ遠きみ声も聞こえ来るがに」は百歳歌人文明の墓を訪ねた折の由。

「これからも勉強するしかない」と結ばれた受賞の弁に思わず身の引き締まる思いがした。

2008・5・28

75　チャグチャグ馬こ

大きひづめがつぱがつぱと音たてて初夏の鋪道のチャグチャグ馬こ

羽上忠信

緑の風もさわやかに、馬の祭りがやってきた。「雨なしのチャグチャグ馬こ日和なり六月十五日郭公が鳴く」とも詠まれるように、この日は昔から雨が降らないといわれてきたが、最近日にちが変わり、蒼前《そうぜん》さまも微苦笑かと思われる。初夏の鋪道のチャグチャグ馬こ。「がつぱがつぱと音たてて」が実にいい。同じ日、同じものを見ても、心意のありようが詩を研ぎ、風景を光らせる。

羽上忠信さん、この欄にまっ先に登場願いたかった方。長い国鉄勤務の歌、戦慄の戦地詠、こよなく愛された山の歌。父母うからの境涯詠、愛息を喪《うしな》った痛恨の歌、老いて病床の歌の数々。どれをとっても熱いものがこみ上げる偉大なる歌人であった。と、こんな風に過去形で語ることがこの上なくつらい。

「輜重車《しちゃうしゃ》より降ろさむとする屍《かばね》重し哀れ開きし目も凍りゐて」「おのづから火を噴くごとく轟《ごう》々と戦友《とも》がしかばね音たてて燃ゆ」すさまじい戦場詠、「屍《し》衛兵」という任務があったことさえ知らなかった。「匍匐《ほふく》して進みゆくとき土も草も摑みどころなきものと思ひき」必死に守った「国」であったがかくも「摑みどころなき」ものであったとは。「後期高齢者」の方々の惨憺《たん》たる戦争体験記、声もあげず逝った人々の無念の歳月が降りつもる。

「総身を左右に振りて峠登るＤ五一愛しまならうらに顕《た》つ」国鉄勤続38年、常に機関車とともにあった羽上さん。「昼も夜もタブレット受けしわが腕のむらさきの痣あとかたもなし」とも詠まれ、昭和20年ごろから作歌活動。盛鉄文芸の面々は戦後日本の文芸史を華やかに彩ったと聞く。

昭和24年創刊の「北宴」で平成3年まで、編集発行人を務められた。まさにＤ五一、Ｃ五一のばく進のような牽《けん》引力であった。平成13年、81歳にて逝去。翌年遺歌集『鉄路燦々』発行。後日を期して、半世紀にもわたる歌業の集大成をと願ったことが忘れられない。「愛ちやんがチャグチャグ馬この全国版ポスターに載ると妻の驚く」と詠まれたお孫さんも花の乙女となられたようだ。

2008・6・4

76　白大陸

白夜なる白大陸の光と影ありなしにして時うつりゆく
斎藤　正

先月、所属する短歌会の全国大会が横浜で行われ、帰ってほどなく本誌が届いた。そこにこの白大陸南極詠が特選に輝いて載っている。大会は450人ものマンモス会場で、ことにも氏は地元神奈川の実行委員、南極のお話など伺う間もなかったので本を見て驚いた。

折しも斎藤由香さんの『猛女とよばれた淑女』で、茂吉夫人輝子さんの南極旅行記を読んだばかり。「なんで、南極なんですか?」と矢継ぎ早に問う私に、74歳の社長さんは電話口でゆったりと極地の景を語られる。出発はことしの1月2日から、向こうは夏ですからと笑われる。「とほき世の空気の泡を閉ぢこむる氷泛《う》かせり火酒のグラスに」太古の空気の弾けるオンザロック、上戸満面の笑みをうかべて。

斎藤正さん、相模原市で金属加工業を営む社長さん。昨年第二歌集『百度《ひゃくたび》』を出版。「人一能之己百之」（人一度これをよくすれば己これを百度す）の「中庸」からとられた由。

「バブル期に金を使へともちかけしかの銀行に背を向けらるる」「政党の選挙にさんざ利用され末路あやふしわれら零細」と、会社経営の苦悩がリアルに詠まれる。ある時は「夜間工事終へて帰るさトラックのヘッドライトに指の棘《とげ》抜く」社長も社員も一緒の現場詠が心を打つ。やがて報われて「知事賞に添へて戴きし彫金の盾のブルーは神奈川の海」の眩しさ。旅心をそそられるのはこんなとき。「古希にして感慨無量ヒマラヤの山ふところに生れ日迎ふ」気宇壮大な山ふところに無心に遊ぶ。

そんな作者が身を挺して守っているものがある。「首夏の日を我わくわくと過ごすべし初のほたるの光る見えたる」と、長年蛍の保護活動に情熱を傾けてこられた。『ひとつくらいとつてもいいじやん』若者の言ふを窘《たしな》む蛍守われ」なんと美しい響きをもつ「ほたるもり」。現役金属加工の名手は、この世の宝物「時間」の創り方も磨き方もまた卓抜の才華と感じ入ったことである。

2008・6・11

77　あじさい

あぢさゐの藍一色に染まる季憶《ときおも》ひは探し梅雨のあとさき

古沢茂子

降りみ降らずみの湿潤のとき、あじさいの季節を迎えた。しめやかな雨夜の友は、慕わしい本の一冊があればいい。氏は「子も夫も送り孤り住む天沼にあぢさゐ咲けり藍の毬花」とも詠まれるように、戦後を杉並区天沼に宏壮なお邸を守って暮らしておられる。

古沢茂子さん、大正9年長野県生れ。平成2年第一歌集『藍一色』を、同13年『少年のこゑ』を出版。長い歌歴に人生を詠み込まれ感動を呼ぶ。これまで30余年にも及ぶおつきあいだが、旅の夜語りに神秘的な体験も伺うことがあった。飯山市の旧家に「嬢ちゃん」と呼ばれて育った彼女は末子だった由。ある時、旅の占い師のような人が来て、遊んでいる子供達の前で「この子があとつぎじゃな」と、彼女を指して言ったという。大正末期のころである。兄も姉もいるのに、親たちは血相かえてその者を追い払ったという話。後年、姉は18歳で病死、兄もまた18歳で剣道の稽古中の事故で亡くなり、結果的に彼女が先祖の位牌を守る立場にならされたのだと。

さらに因縁めくのはひとりっこのご子息を高校卒業の18歳の春に自死という形で亡くされた悲劇。そして「総会の担当常務なりし夫開会前に突然死せし」と詠まれる場面。作者52歳のことだった。

人にはみな、さけがたい運命のシナリオがある。ひとりになった彼女は「夫と子の位牌を胸に立たむとすインドの聖地巡礼の旅」など、およそ世界中未踏の地がないぐらい精力的に歩かれた。国内各地の短歌会には欠かさず出席、懇親会で歌われる「信濃の国」は絶品で、その臈《ろう》たけたお人柄はいつも私達の憧れだった。失意の私に「寡婦の先輩より」と度々励まして頂いたことも忘れがたい。幾度の悲風を超えて、「メリーウィドウ」と自他ともに認める天性の明るさは全国にファンが多い。

この一、二年、誌上に氏の作品が見えなくなった。近いうちぜひ天沼の嬢ちゃんを訪ねて、あじさいの藍を愛でたいと願っている。

2008・6・18

78　岩手宮城内陸地震

兄弟を地震一つにかたまらせ

吉川雉子郎

6月14日の大地震には動転した。私は朝食の洗い物もすませ、新聞に目を通していたときだった。とっさに岩手山の火山活動かと思い、戸をあけてお山の姿を眺めたことだった。

揺れが収まった直後、仙台の息子より電話があった。お互いの無事を確認して、そのあとは電話も通じがたくなり、時がたつにつれて震度6強の惨状が明らかになっていった。

岩手宮城内陸地震から十日、私は昨日の短歌会に「三人の黒きリボンの額笑まふ大き地震のゆりかへしにも」の一首を提出した。あの日の自分の行動、思いを表現したものである。晩年の母と交わした会話がよみがえる。「おばあちゃん、もし地震とか火事になったら、何を持って逃げる?」と聞くと、即座に「そりゃ、位牌だべ」と答えたのだった。あの迷いのないはっきりした声はまざれもない明治の人のもの、かなわないなあと感じ入った。

私は位牌はともかく、あの強い揺れに、鴨居に掲げてある両親と夫の遺影の額が落ちて来ぬかと座敷に走り、仰いで、三人の穏やかなほほえみに会い、胸をなでおろした。かくもおろおろと恐怖にかりたてられる現世の自分が小さく見えて「空」の世界に思いをはせた。

さて、掲出句は文豪吉川英治の川柳。大正12年、関東大震災の時のもので作者30歳ごろの作といわれる。明治25年、横浜生れ、20代で「大正川柳」の編集幹事となり黄金時代を築く。「貧しさも余りの果は笑ひ合ひ」「世の中におふくろほどなふしあはせ」などの名句はよく知られている。後年、俳句も多作。

やがて大地震後、33歳で『剣難女難』で文壇デビュー。『宮本武蔵』『新平家物語』『私本太平記』など、私の書架にもあふれている。「この先を考へてゐる豆のつる」大作家になられる前の揺れ動く青年の心を見せて私の大好きな句。『忘れ残りの記』は何十回読んだかしれない。その度に心に灯が点り、「豆のつる」のような道しるべを授けていただいている。

2008・6・25

79　ひと日のえにし

いたづらに過ごす月日はおほけれど道を求むる時ぞすくなき
道元

過日、県民会館にて「仏教文化講演会」があった。講師は群馬県長徳寺の酒井大岳先生。「野の道は光る・法句経に学ぶ」と題して、実に奥深いおもしろいお話だった。「法句経」とはお釈迦さまのことば。およそお経は死者のためにのみ読まれるのではなく、生きている吾々の力となる教典との解釈は解りやすい。

「人もし生くること百年ならんとも　おこたりにふけりはげみ少なければ　かたきはげみにふるいたつものの　一日生くるにもおよばざるなり」。たとえ百歳まで生きたとしても、ただ怠けて過ごすならば、奮いたち精進する者の一日分にも及ばないとの意味という。

さらに「よきことをなすに　たのしみをもつべし善根を積むは幸いなればなり」と、老師の声が響く。縫い物をする楽しみ、縫った物を人にあげて喜ばれる悦《よろこ》び。そこに喜び幸せの連鎖ができてゆくと説かれる。

酒井先生のお話には常に市井の会話が描かれる。あるラーメン屋さんに入ったら、店主が「よく降りますねえ」と言い、「そうですねえ、よく降りますねえ」と返した。すると、「これは驚きました。そうはなかなか言えません。くる人くる人に同じことを言ってますが、みんな〈梅雨だもの、あたりまえだろう〉ってね。そしたらあとの言葉が続きませんやね。お客さんのように、そうですねえって調子を合わせてくれりゃ嬉しいですよねえー」

話は受け答えのいかんによって「咲く」のだと説く。これは「咲《わら》う」とも読み、せっかく咲きかけたものを心なく閉じることはない。

絶妙の、会話の奥義である。酒のさかなも気の利いた会話ひとつでうまくもまずくもなるもの。「よく降りますねえ」「そうですねえ」なにも特別なことはいらない。あなたとの会話を丁寧に咲かせる「心」があれば、それが今宵のような濃密な雨夜ならばなおさら、「道」を尋《と》め、求むる「時」にふさわしく、ふるいたつ者のひと日のえにしと思いたい。

2008・7・2

80　開花一瞬

沼のなか蓮のつぼみのいろ紅く開花一瞬かそけき音す
深山克己

千葉県東葛飾郡沼南町の歌人に、「伊藤さん、ことしこそ私の蓮見舟に乗って下さい」と、何度お誘いをいただいたやら。毎日沼を回っていても、蓮の開花の音を聞けるのはめったにないという。平安朝ならぬ平成の世に、蓮見舟をくりだす深山さん。下総の手賀沼のほとりに生れ、農漁業を手広く営まれて地区の役職など繁忙の中、今ごろの季節には決まって歌のお仲間に声をかけて「暑き日を歌のえにしの友等乗せ蓮見の舟の櫂とりてゆく」というような風雅の日々であられたようだ。

「光背の如くに浄き虹を背に蓮咲く沼に網揚ぐるなり」「水揚げの紙幣を整へ数へつつ貼りつく鱗いくつも剝がす」また「戦より還りながらへ故郷の沼にすなどり歌を詠み来つ」とも詠まれる戦争体験者。昭和11年、17歳で横須賀海兵団入団、16年、真珠湾攻撃時には戦艦「山城」に乗り組まれた由。「兵の日の慣ひすべなし七十路のわが早飯を妻は気づかふ」「アルバムをめくりてゆけり古き友おしなべて戦死と赤く誌すを」など歌歴の古い方であったが、あまり赤裸々な戦争詠はみられなかった。がっしりした体格で姿勢よく、如何にも海兵さんの風貌《ふうぼう》らしく日焼けのお顔が目に浮かぶ。

あんなにお元気だったのに、突然訃報を聞いたときは驚いた。平成10年、病院で検査の段階で急逝され、翌年、遺歌集『沼のほとり』が出版された。ご子息からいただいたお手紙に、「父はどんなにか、自分の手であとがきを書きたかったろうと思うと胸が痛みます」とあり、心を打たれた。

亡くなられてはや10年もすぎた。70代の船頭さんに乗せられて、蓮見に興じた方々も等しく齢を加えられた。氏の亡き後、私は一度手賀沼のほとりを歩いたことがある。夕闇の迫りつつある湖面に、花の過ぎた破《や》れ蓮の葉ずれがかさこそと人の足音のように響いていた。そのとき、常に先送りにしてきた私の「蓮見舟」の機会は永遠に断たれたと知った。

2008・7・9

81　天啓のごとく

沈黙の原生林に天啓のごとく轟けりかのドラミング

駒井耀介

7月5日、石神の丘美術館芸術監督の六岡康光さんが亡くなられた。岩手日報元編集局次長さん、6日の朝刊の下段にお名前を拝見し驚いた。「今、私は肝臓癌の治療中です。もう4年です。かすれて大きい声が出ませんが、がまんして下さい。これでも大分よくなりました」と前置きして講演されたのは平成18年10月28日、八幡平市博物館の会場だった。

その日は八幡平市立図書館の恒例の「文学散歩」で、安代町出身の詩人香川弘夫の作品世界を訪ね、「駒井耀介」の筆名で詩人でもある六岡さんのお話に魅了された。土井晩翠賞の香川弘夫を私は知らなかったが、六岡さんが二戸支局におられた昭和47年ころ、よく香川氏のお宅を訪ねられたという。「二人で詩の話はあまりしなかったけど、こくのあるコーヒーをいれてもらって、クラシック音楽を聴いてまさに至福の時でした」と語られる氏の駘蕩《たいとう》とした雰囲気が和やかに会場を包んだ。

平成6年、61歳で香川死去。「彼は、目標とした詩の10のうち、7か8にさしかかったところで亡くなりました。私は彼の意識がなくなるまで手を握っていました。くやしい思いがあったろうと、悲しみました――」

私の講演記録はここで終わっている。すでに世界を異にした眼で読み返すとき、言いようのない切なさに打たれる。

私がはじめて六岡さんにお会いしたのは平成5年の秋、翌年から1年間の仕事の話を頂いたのだった。掲出歌は平成18年9月刊行の歌集『企み』28首中のひとつ。初出は「北宴」平成6年10月号である。自ら癌だと公言し、手術も転移もうべないながら忽然と去ってしまわれた方。享年67。

ことし3月のある晴れやかな会場で、帰ろうとしたら玄関のわきでたばこをくゆらしておられた。「また、水曜日、石神の丘に行きますね」「ああ、仕事を、いつも…」と眼鏡の奥で笑われた。あれが最後になった。ご葬儀から帰り、黒い服のまま佇む庭に天啓のごとく、ことしの初蝉が轟いた。

2008・7・16

82　再起の歌

生きてゐる実感もなく息をひそめ生きゐき二〇〇七年夏は

狩野一男

さりげなく「ただいま」「おかえり」と言い交わしながら、明日もあさっても続いてゆくと信じている日々。その安寧が突然断たれ、目の前に命の揺らぎを突き付けられたときの衝撃。

団塊世代の狩野さんが倒れたとの報は、昨年春、所属する短歌誌の編集後記にて「2月17日、編集実務日。翌日は東京マラソン、この日の朝、狩野君の奥さんから電話で、緊急入院と伺った」と、宮英子さんが書かれている。それ以来、3カ月余も意識不明の状態が続いた。

そして4カ月の休詠ののち、9月号に「三月余のねむりより覚め（クモ膜下出血）といふ病名告げらる」「わがいのちわがものならずありにけり冬から春へ百十日余を」と再起の歌。その目覚めのときは、「覚醒したただちに喋《しゃべ》りはじめしとわれは妻にもおどろかれたり」といった状況だったらしい。奇跡はあるのだ。

4回も手術を受け髪のない頭であれ、重い後遺症もなく、読み書く記憶は損なわれることなく、一層冴え返られたかに思われる。

「ふるさとのゐなかつぷりを頼もしく誇らしく思ひ都市に棲《す》み古る」第二歌集を出されたのは平成14年。氏のふるさととは、今回の岩手宮城内陸地震で甚大な被害を受けた旧栗原郡花山村。「みちのくの花山村の八月の朝ぞら晴れて熊あらはれぬ」「人とけものかたみに畏《おそ》れ棲み分けて平和なりけり村のむかしは」と詠まれる。「のどかなる有線放送流れたりきのふとちがふクマが出ました」笑いを誘う花山エピソード。

「春だもの手をつながうと言ふわれにそぶりつれない連合ひである」とは健常時のつれなさ。奥さんは釜石出身の、人もうらやむおしどり夫婦である。

昨年の夏の、命の瀬戸際を越えてことし8月号には「電車にもバスにも一人で乗れました妻離れできわくわくとをり」との明るい歌が見える。「おそれながら五億年後も一昨日《をととひ》もまつたく二人なのであります」

寄り添い、連れ合い、5億年。2世どころの比ではない。

2008・7・23

83　飛魚のやうに

飛魚のやうに自由な二日間われは貰ひぬ大会に来て

辻林美代子

所属する短歌会が創立55周年を迎え、その記念大会が5月、横浜で開催された。30周年のころは2泊だったが現在はたいてい1泊2日、高齢化が進んでいる。これはその大会詠。

大正13年生まれという作者、栃木県足利市出身、足利高女時代に啄木に惹かれて歌作。昭和19年、陸軍主計中尉のご主人と結婚、「はじめからモンペ穿きの新婚生活」と語られる。

歌集も2冊出され、ご主人のすてきな風景画が表紙や挿絵として一層作品を輝かせている。「何のお八つ食べをらむホーム〈夢の樹〉の長テーブルの端に夫は」と、自由な二日間にも施設の夫を思いやる。「敗戦にともに死なむと言ひしこと覚えいますや絵手紙書く夫」とも詠まれるように、長い長い歳月を歩んでこられたふたり。

戦中戦後の苦も窮乏も耐え越えて、東京に落ちつかれ、家刀自として家運を盛りたて、書道歌道はもとより、ご主人を支え海外旅行も数しれず、それがまた作品に結実される。

「岩手の夜さんさしぐれを教はりぬよろこび歌ひ声嗄らしけり」と詠まれたのは東北大会盛岡の夜であったろうか。観劇も昔から、「銀座にて見かけし紳士の芝翫さんけふ青女房となりて口説ける」「爪先をましづかに上げ白無垢の玉三郎が舞ふ（鷺娘）」等々、イナバウワーの玉三郎の名場面がよみがえる。

「美術館めぐりゆくとき同じ絵にいつか寄りをり夫も吾も老いて」よくこういうことがある。今はどこでもイヤホンガイドを貸してくれるが私はあまり好まない。そうしてゆきつもどりつ、やっぱり好きな絵のところに寄ってゆく。心の満たされる場に好みの同じ人と立つ幸せ。伴侶ならなお倍加されよう。

「むらさきに藤の花笠ひらき初む平安の日々よこのまま続け」このところ毎号特選を飾る氏の作品は静かな祈りと藤壺のような気品を湛えて読む者を豊かな世界に引き入れてくれる。

2008・7・30

84　玉音放送

叫びつつ大人と共に走りけり蟬ごえに顕つ玉音放送
菊池映一

届いたばかりの本を開く時のときめき。目もあざやかな若緑の布表紙に『閑窓』の金文字、菊池映一第十歌集の雄渾な一巻に見とれた。４４０頁、１０５０首の大冊は、量で圧倒させるのみでなく、どのページを繰っても作者の顔が見え、飽きさせず、格調高く心に刻みこまれるものばかり。平成17年春には、３５００首収録の全歌集を出版され、わずか3年でかかる偉業をなしとげられる文学への熱い情熱と尽きせぬ創作意欲に打たれる。

昭和10年生れの遠野市在住の作者。22年3月実施の新学制により、この年代の方々はさまざまな教育現場の混乱を経験された少年期。玉音放送は、敗戦国日本の酷暑の一日の象徴といえよう。

ところで、酷暑といえばうなぎ。「年間に茂吉の食は四十四匹われの鰻は十匹がほど」「笊《ざる》の中に釣りたる鰻のたうつを担ぎ来たりぬ少年われは」という自在な歌もある。うなぎが大好物だった斎藤茂吉の逸話は有名だが、今ではうなぎの国籍がとりざたされたり、うなぎ釣りしふるさとも伝説となってしまった。

「剽軽《ひょうきん》の高見盛を応援す土俵上にて眼鼻をこする」むずかしい精神性の作品群に踏み込むと、思わずこうした目慣れた情景に救われる。幼児のようなひたむきさで気合を入れ、眼鼻をこすって名古屋場所でも大人気の高見盛。勝っても負けても声援がとぶ。

「友にても書架にわが書は見当らず価値観の差は寂しきものを」私の書架には、天井に近い部分は物故者のものが並ぶ。深夜、明りもつけず佇むと、ひそやかな声を聞くことがある。また、探し続けた本が不意にとびこんでくることもある。「戒律は一日一生そして一書老いの放埒《はうらつ》静かに糺《ただ》す」さらに「相対の〈時〉の恩恵笑いあり平和あり死ぬるまで生があり」深い信仰を持たれる方の「戒律」は厳しく重いが、氏の著書はいつでも私の書架の目線の位置によなく親しい一書として納まっている。

2008・8・6

85　高校野球

本丸あと風に落葉の舞ひたちて高校生のこゑの聞こゆる

木俣　修

私は高校野球が大好き。春も夏も、野球放送が始まるとテレビの前に釘付けとなり、スコアまで書いて見入る。ルールも分かっていないくせにと子供たちは笑うが、自作の観戦ノートが何冊もたまっている。

私が興味を持つ一つに、各学校の校歌がある。滋賀県彦根市の近江高校。琵琶湖のブルーをスクールカラーに、ユニフォームも応援席も青いさざ波が打ち寄せる。ことしは8月3日、第3試合で智弁奈良との近畿対決だった。

「みずうみのまち　彦根の空　雲と明かりてうるわしき　白亜の校舎ここにして　窓うち開く若人の　声こそひびけほがらかに　学べよ深くわが真理　ああわれら　近江高校」

私は10年以上も前に初めてこの校歌を聞いたとき、「窓うち開く」のフレーズに新鮮な感動を味わった。たいてい校歌といえば山河清勝、雄々しく向上心をあおるものが多いが、このように「窓うち開く若人の声こそひびけほがらかに」と精神性豊かに呼び掛ける詞を作られた方に注目した。

今は試合が始まると両校の校歌が流れるが、以前は勝者だけだった。私はそれを何回も、古いノートの歌詞を見ては補い、そして、歌人木俣修作詞と知った。木俣先生、明治39年、彦根生まれ。北原白秋の「多摩」創刊に参加、昭和28年「形成」創刊主宰。このとき、岩手出身の大西民子も同人として参加、以後58年木俣師逝去後は民子が衣鉢《いはつ》を継いだ。

8月9日、盛岡大附属高校は8対3で駒大岩見沢高校に敗れてしまった。この駒沢大高校の校歌は「梅檀林《せんだんりん》　梅檀林　時代は正しく飛躍したれり」と歯切れのよいリズム感で知られるが、北原白秋作詞、山田耕筰作曲である。3年前の夏、田中将大投手を擁して日本一に輝いたときは、駒大苫小牧のこの校歌が何度も甲子園の空を揺るがした。

名監督のドラマもいっぱいある。私のスコアブックはその名言集で、はち切れんばかり。第90回大会も終盤になったが、ことしの栄冠は果たしてどこの学校に輝くのだろうか。

2008・8・13

86　送り盆

仏は常に在せども　現ならぬぞあはれなる　人の音せぬ暁に　はのかに夢に見えたまふ

梁塵秘抄

明けても暮れても北京オリンピックの喧噪のなか、お盆の迎え火をたき、4日間仏さまをまつり、送った。ことしは14日が雨にたたられたが、夕方燈籠あげのころは晴れてよかった。昔も今も、うちの地区では新仏さんには四十八燈籠をあげる。お墓の周りに支柱を立てて、新仏さんでなくても20個ぐらいの燈籠をつるすので、お盆の期間中華やかだ。

「なんで、どうして?」と問わない世界。暑くても、手間ひまがかかっても、親がそのまた親のしていたように、盆棚をかき、盆花を供え、赤飯、煮しめなどの供え物を作る。

今は仏さまよりも生者の対応に忙しい。「仏は常にいませども」感ずるいとまもないほどに、夜半までテレビ音響が鳴り続ける。そんな明け方、私はふっと何かの物音に目がさめた。仏間だけに豆電球がともり、家中静まっている。ヒタヒタ、フルフル、室内の空気を震わすかすかな音が絶えたかと思うとまた続く。

電気をつけてみて笑った。玄関に孫の置いた飼育箱で飼っていたかぶと虫が土からはい出して、ひそかにせまい箱の中で跳びはねていたのだ。ひとりで暮らしていると、さまざまな「気配」を感ずることがある。今回のように「正体見たり」ということよりも、不思議な現象の時の方がずっと多い。お盆やお彼岸にはことにもそうだが、だからといってあまりとらわれずに、ほどほどに感受していたいと思う。

さて、送り盆には祭壇飾りなどの盆用品を片付ける。毎年盆燈籠に防虫剤を入れて仕舞うのだが、その時簡単なメモを入れてある。孫が生まれた年のお盆のことや、平成16年には「猛暑とアテネオリンピックと高校野球」と書いてある。平成18年「送り盆、高校野球を見ていたら夕方、秋篠宮妃紀子さまご出産のため早目にご入院とのニュースが流れた」とある。記憶はすぐにうすらいでゆく。「もっと泊りたい」と言って帰っていった孫のことばを書き留めて、私はことしの盆用品の箱を閉じた。

2008・8・20

87　短歌甲子園

説明書　片手に持って携帯と　にらみ合う母メールは打てず
衣斐翔太

ケイタイは嫌いだけれどたまに好き　時と相手で　勝手な私
野口武男

8月21日から23日まで盛岡市アイーナにて、第3回全国高校生短歌大会が行われた。その優勝チーム、各優秀作品はすでに新聞テレビなどで報道済みだが、今回審査員として3日間、会場で高校生達と過ごす機会に恵まれた。

何しろ膨大な作品数である。全国から39チーム127人参加。先鋒、中堅、大将の順で団体戦1リーグは1試合3対戦12分の勝負。22日は午前10時から午後6時すぎまでかかった。選手交替につれ、審査員も配布された時間割表を手に忙しい。

7戦目、この2首がスクリーンに映し出された。「審査員は平等に質問を」と言われているので両者に尋ねる。前の一首はまさに私のことを詠まれているみたい。「これは日常詠ですか?」と問うと「ハイ、母は今もメールが苦手です」と笑う。かたや、どう見ても私より年長と思われる男性の歌。作品内容よりもまずその確認をすると、下館一高の定時制2年生（69歳）の由。「嫌いだけれどたまに好き」の歌柄が瑞々しい。

中堅対戦「生きている　痩せてしまった祖父のひざにそっと座ったあの温かさ」（横沢春菜）「悲しさをごまかすために植えてみた　安い苗木に　もう花が咲く」（久島瑠悠那）この2首は「いのち」テーマのよみ競詠。前者は家族の温かさが素直に詠まれ、後者では「安い苗木にもう花が咲く」の感性に惹きつけられた。

準決勝大将戦「雪の上　父の足跡を踏んで追う　サイズは合わない　歩幅も違う」（盛岡一高　戸舘大朗）「この場所に私の居所　無いはずだ　だから足跡はグリグリつける」（伊予高校　鈴木仁美）題「足跡」の力作である。

白、赤ランプをつけなければならない。非常に緊張し、集中し、高校生達の作品に圧倒された。特別審査員の小島ゆかりさんは、誰に対してもやさしく褒め、必ず自信となる言葉を添えられた。短歌甲子園、全国から集まった十代の心にふれて、私もしきりに歌心をかきたてられた。

2008・8・27

88　風の盆

日暮れ待つ青き山河よ風の盆

大野林火

「水音が聞こえない、そう思って、太田とめは足をとめた。高山線の八尾《やつお》駅近くにある自分の家から、一気に長い坂ひとつをのぼってきた。七十歳をこした身にはこの坂がこたえる。…」高橋治著『風の盆恋歌』の書きだしである。昭和60年初版のこの本を、私は何十回読んだかしれない。

外科医の夫と大学生の娘のいる中出えり子。そして評論家の妻をもつ新聞社の外報部長、都築克亮との切ない大人の純愛物語。作者高橋治氏は59年『秘伝』で第90回直木賞受賞、そのころ朝日新聞日曜版に『くさぐさの花』を連載、超多忙の作家生活。松竹の映画監督の前身から舞台も手がけられ、氏の作品世界には時折ハッとする海外の風の色が描かれる。

「こちら、都築」と、電話に出るパリ特派員の設定。私はこの作品を平成10年秋、帝国劇場で観たのだが、えり子を佐久間良子、都築が永島敏行、太田とめを丹阿弥谷津子が演じた。本で読むのと舞台では勿論違いも大きいけれど、一夜を限りに紅く染まる酔芙蓉の花が舞台ではよく二人の心情を託して観客を酔わせた。

二十数年を隔てて再会したふたり。「としは、どこに置き忘れてきたんたい？」と問い、「好きな人と好きなように暮らせるなら、今投げだして惜しいものはひとつもない」と言う台詞。9月1日から3日間の「風の盆」のためのみに、八尾にふたりだけの家を購い酔芙蓉を愛でる。「唄の町だよ　八尾の町は　唄で糸とる　おわら桑もつむ」と哀切な胡弓の音が響く。

「白麻の蚊帳の中に二人を見つけたのは、九月三日の昼すぎに諏訪町の家についたとめだった。枕元に、えり子の遺書があった――」「夢　幻　うつつ」と染めぬかれた装束をまとい旅立った二人におわら保存会会長がよびかける。「皆さん、おわらを愛した二人のために、どうか踊ってあげて下さい。今夜は命を燃やすお祭でございます――」

夜更けのぼんぼりの灯の間を影絵のような踊り手の姿が揺れる。夢幻うつつの風の盆。私はまだ、うつつのおわらを見ていない。

2008・9・3

89　コーヒーの歌

この朝に珈琲褒めし客ありて一日わが胸に夏の雲湧く
阿部壮作

福島県郡山駅前で40年以上もコーヒー店「珈琲の樹」を営み、朝日歌壇をはじめ各種新聞雑誌に積極的に仕事の歌を発表し続けた阿部壮作さん。お店の常連さんやファンの方達に支えられて平成9年『珈琲の歌百撰』を、11年には濃紺の布貼り美装本『さえら』を上梓。15年には『珈琲の譜・朝日歌壇二百首』を出され、さらに翌年、長年の登山と写真の趣味を形にして『山と遊び風と遊ぶ』の美しい写真歌集を世に送り話題を呼んだ。これら四巻が、今私の手元に遺っている。

阿部さんが、次なる五集目の本のために、「写真があと一枚足りないんだ」と言って山に入られたのは平成17年8月29日の早朝という。それきり、戻ってこなかった。

その一カ月後、朝日歌壇の選者佐佐木幸綱さんが選評で、「吾妻連峰登山の男性が遭難か」の朝日新聞福島版の記事をあげ「阿部壮作さん、まだ生還の報はない」と書かれた。歌壇には氏の安否を案じる投稿が続いた。

それから2年、平成19年5月20日、奥さんのもとに遺体発見の報が届く。下山口までわずか200ｍの場所で、なきがらのそばには愛用の一眼レフカメラがあったという。享年78。

郡山はいつも通過する駅だった。磐越東線も磐越西線も新幹線も、ちょっと降りて「珈琲の樹」に立ち寄る時間が作れなかった。いつも頂くお手紙には若いころのガリ版技術の名残かきっちりした正確な筆跡がお人柄をしのばせた。

「表紙だけ変へてもダメだと会津つぽの伊東さん今日総理の座を蹴る」の歌。先ごろの福田総理退陣劇に、会津魂伊東正義代議士を思い、コーヒーをのみながらの政治談議も聞こえてきそう。「亡き祖父と同じ（与作）の唄ながるなつかしき名よあたたかき名よ」は平成8年4月3日、天声人語氏があたたかく引用された。「煎りあがるブルーマウンテンの香ばしさこんな幸せが晩年にある」生涯現役を貫かれた氏のほほえみの写真立てに、ひそやかな秋の光がさしそめている。

2008・9・10

90　橋づくし

近松の戯作の川を舟遊び

後藤綾子

そぞろ良夜にさそわれて、久々に三島由紀夫の「橋づくし」を読んだ。「…元はと問へば分別の　あのいたいけな貝殻に一杯もなき蜆橋《しじみばし》　短かき物はわれわれが此の世の住居秋の日よ」と、近松門左衛門の名作『心中天網島』の一節を掲げ、玲瓏《れいろう》な三島文学の扉が開く。

陰暦八月十五日の夜、十一時半にお座敷が引けると、新橋芸者の小弓とかな子、料亭「米井」の箱入り娘満佐子、その女中みなと四人で、「橋づくし」の願かけ参りに出かける。花柳界では、中秋名月の夜に誰とも言葉をかわさずに七つの橋を同じ道を通らずに渡りきれば、願いごとが叶うと言い伝えられてきた。

すでに寝静まった銀座の街を、小弓は白地に黒の秋草のちぢみの浴衣で、22歳のかな子は白地に藍の観世水《かんぜみず》を染めた浴衣を着る。満佐子は二人の「予想通り」萩もようのちりめん浴衣である。花街では一般に、夏は萩、冬は遠山柄の衣裳を着ると妊娠するという迷信がある。

三人三様の願いをこめて、さあ、無言で出発。最初の橋が見えてきた。三吉橋、それは三叉の橋なので、その二辺を渡れば二つ分だという小弓に従い、四度手を合せて祈りを捧げる。そこから川沿いに南下して築地橋へ、やがて入船橋、川向うに聖路加病院が見える。ところがここで、かな子が腹痛のため脱落する。

五番目の暁橋にさしかかったとき、今度は小弓の身に不幸がふりかかる。「ちょいと小弓さん、まあしばらくねえ」と呼びとめる声。いくら返事を渋っても、一度他人から話しかけられたら願はすでに破れてしまうのである。

第六の堺橋、第七の備前橋、早く渡りきってしまわねば。満佐子は最後の祈りをしていたとき、パトロールの警官に見とがめられた。こんな時間に、もしや身投げかと不粋な警官の声は鋭い。こうして彼女は泣く泣く無言の禁を破る。図らずもこれまで、全く人格否定のように黙々とついてきた山出しの女中、みなだけが、無言で七つの橋を渡り終えたという結末。ことしの十五夜は9月14日だった。わたしも無言で、ささやかな願いをこめて空を仰いだ。

2008・9・17

91　栗食めば

みつぐりの那賀に向へるさらしゐの絶えず通はむそこに妻もが

萬葉集巻第九

彼岸の入り、親せきのお墓まいりに行った。帰途、山際にクリがいっぱい落ちていたので車をとめておりてみた。あるある、口の開いたいがぐりがそちこちに散らばっているのを拾い始めたら夢中になってしまった。ラッキー、三つ栗だ。オヤ、これはセナカアセか、などとひとりごとを言って笑った。イガの中に、まるまると三つ入っている三つ栗は大当たりで嬉しいが、なかには一粒だけであとは皮だけのやせ栗が添っている物もある。それがあたかも背中合わせの形から「セナカアセ」と呼ばれてきた。思いがけずそんな古語が口をついて母や叔母たちを回想した。

ところでこの「みつぐりの」は枕詞《まくらことば》である三つ栗のまんなかを意味する「なか」にかかる。掲出歌は、式部省の役人の歌で、諸説あるが、常陸説では、「茨城県那賀に向き合っている曝井の水が絶えないように、たえず那賀の地に通おうと思う。そこには愛しい妻がいてほしいものだ」との大意。

また続いて「遠妻し高《たか》にありせば知らずとも手綱《てづな》の浜の尋ね来なまし」の歌も見える。これは茨城県高萩市の手綱。わたしはかつてこの地の住人だった。「手綱の浜の」も枕詞で「タヅネ」を導く。「遠く離れている妻が多賀郡に居るのだったら、そこは知らなくても尋ねただろうに」、いつの世も愛別離苦の嘆きは深い。

さて栗の歌の代表格は何といっても山上憶良であろう。「瓜食《は》めば子ども思ほゆ　栗食めばまして偲ばゆいづくより来りしものぞ　まなかひにもとなかかりて安眠《やすい》しなさぬ」この歌で忘れられないシーンがある。数年前のNHK大河ドラマ「太平記」だった。足利尊氏役の真田広之と、高師直《こうのもろなお》の柄本明の場面。乱世である。苦渋と悲哀を漂わせて、二人向き合って栗を食べている。ほのかな燈火のもと、尊氏がつぶやくようにこの歌を誦《ず》す。栗をつまむ武将の指と、肺腑にしみる声に痺《しび》れた。秋夜、一鉢ばかりの家づとの栗を卓上に、ひとしきりいにしえ人たちに思いをはせた。

2008・9・24

92　秋じまい

阿弥陀堂の廻り廊下に村人らこもごもに来て豆などを干す

山崎あさ

お山に雪が降った。9月27日の朝、わが焼走側はすっぽりと雲に覆われていた。10時から、盛岡大学の公開講座に参加。そのキャンパスで、お砂子あたりまで白くなっている岩手山を見て驚いた。惻々と寒さがしみる。

秋じまいを急がなければならない。掲出歌はことし6月出版の、新潟県糸魚川市の山崎あささんの第一歌集『花ぐるま』の一首。あずき引きは老人の仕事だった。かつて豆引き、あずき引きは老人の仕事だった。かつては知らないが、豊秋の村のみ堂が温かい。わたしはつい先日、ある方に電話をしたら「今、あずきをむいているところです」と言われる。「エッ、あずきごなしは畑でするんじゃないんですか?」と問うわたしに「いや、そんな大量生産でないから、楽しみながらさやをむいているんです」と笑われた。畑のルビーは丁寧に、たなごころにまろばせてこそ輝きを増すのだろう。

「穂孕みし峡田に稗を抜く媼《おうな》吟行のわれらをじつと見てゐる」の風景もおもしろい。お盆前ごろにはこの歌のようにヒエ抜きをしている人を見かけた。わが八幡平市の歌会でも、稲田のヒエが気にかかるという作品があった。

そもそもヒエは稲より茎丈《くきたけ》が高く、稲より先に頭ひとつ抜きん出て穂をつける。その種がこぼれないように、またヒエ田は人目が悪いから、機械化農業の陰で今でもこうした手作業が行われる。さても、こんな赤天気にヒマそうな人々がぞろぞろ行くことよと、見ている働く老人。歌作りの吟行に、作者はいささかの気後れを覚えて立ち止まる。

「両の手に蛍を掬ひまた放ち今宵の夫のいたくやさしも」源氏絵巻のような背景を添えて、同門の指導者のご主人との日常の眩しさ。「拉致事件言ひさしてより言葉絶え真野の入江を車にて過ぐ」一巻530首、新潟といえば拉致事件の数知れぬ行方不明者が思われる。

作者は今、家刀自として「花ぐるま染め抜く藍の麻暖簾《あさのれん》さげてととのふ夏の座敷を」守り「たまに来る孫を無上のよろこびに老いゆく日々のとりとめもなし」とも詠まれる無上の平安の中におられるようだ。

2008・10・1

93　お家さん

海原の景色のどけし大船の風ふくみつつ真帆あげてゆく

鈴木よね

壮大な物語を読んだ。何度も台湾を訪ねておられる文人に勧められて手にした玉岡かおる著『お家さん』上下巻。

日本が開国して日も浅い明治初年に神戸で誕生した「鈴木商店」が時代の潮流に乗って巨大商社に成長してゆくさまがダイナミックに描かれる。

明治10年、神戸栄町の鈴木商店に嫁入りした鈴木よね、25歳の春からこの物語が始まる。夫岩治郎37歳。当時「鈴木の三白」といわれた砂糖、樟脳《しょうのう》、薄荷《はっか》を一手に商い、中でも樟脳は衣類の防虫のみならずセルロイドの原料として貿易の利があった。

その夫が明治37年に急死。よねは42歳で未亡人となる。そのころ日清戦争で勝利した日本は遼東半島、台湾を日本領とする。明治天皇の神戸港における大観艦式や、戦後処理に樺山資紀台湾総督の名も見えて、わたしは改めて近代日本明治の歴史を学んだ。

わけても鈴木商店大番頭の金子直吉と、台湾総督府民政局長後藤新平との会見は息詰まる瞬間である。このときから直吉は、商人といえども国のため天下のために国益をもたらさむという命題を得て、終生私利は追わなかった。常に時代の要請に応えて、世界貿易、米、神戸製鋼、船舶、人絹製造、帝人起業など、今や鈴木商店の手がけない物品はないまでになった。

大正6年、金子直吉の日米船鉄交換契約のみごとなかけひきで3億5千万もの利益をもたらしたことは後世の語り草となった。

よねは「お家さん」と呼ばれ、勲章も何度ももらった。若き日、占いの者に「神戸港に次々と入ってくる外国船をすべて掌中にする」と言われた相が当たったようだ。刀自はまた折に触れ歌を詠まれ、掲出歌はあたかも自らの盛運の海図のようで快い。昭和13年88歳にて逝去。

歴史に残る米騒動も、鈴木の焼き討ちもあった。しかし作者の筆は、鈴木の末裔《えい》たちが今も日本の産業文化の基幹部分での活躍をほのめかして章を閉じている。

2008・10・8

94　原敬日記

老い死なば茲《ここ》に朽ちなん花のもと

原敬

すばらしい本が誕生した。原敬記念館元館長・木村幸治先生の『原敬日記をひもとく　本懐・宰相原敬』（熊谷出版）である。選び抜かれた上質紙、厚さ4センチ、重さ1キログラム、６００ページを越す大冊。発行日が9月29日になっている。まさにこの日は90年前、大正7年9月29日、原敬が第19代総理大臣に就任、原内閣が成立した歴史的記念日である。

10月5日、各マスコミ報道の通りホテル東日本にて「木村幸治氏　出版を祝う会」が開催され２００人余のゆかりの方々が集まり盛り上がった。

木村先生の「原敬日記」との出会いは昭和54年とのこと、実に30年もの間原敬と向き合ってこられたことになる。平成15年、原敬記念館館長就任、16年、原敬の動画を発見され全国的に注目を浴び、大きな話題を呼んだ。18年4月より岩手日報に「原敬日記をひもとく」と題して40回連載。これを柱に長年の原敬研究が結実し、ここに達増知事のご祝辞の「原敬百科事典が誕生した」ことになる。

さっそく読み始めた。おもしろい。明治16年27歳の原敬・貞子の新婚旅行の場面。戊辰戦役最後の戦いを五稜郭で指揮した榎本武揚公使と上海で会うシーンには「賊軍の有能者」たる若き外交官の鮮烈な心情が伝わってくる。

絶妙な原敬外交の舞台はページを追うごとに感動を増し、大正10年皇太子外遊実現。のちに昭和天皇自ら「カゴの鳥」と仰せになった日本を離れての半年間の外遊は庶民の目にも明るく響いてくる。

さらにこのときの動画発見のいきさつを重ねると、寝ても覚めてもつぶさに原敬日記を読み解いてこられた木村先生だからこそ、宰相自ら、今まで誰も見たことのなかった皇太子ご帰還時の歩く姿をお見せになったのだろうと胸が熱くなる。

巻の結びに掲出の句を添えて宰相を悼まれる。「今望みが叶うならもう一度、原敬、あささんに会ってこの本の答え合わせをしたい」と述べられた木村先生。これこそ積年の原敬研究の本懐であろうと思われる。

2008・10・15

95　勧進帳

武蔵坊とかく支度に手間がとれ

俳風柳多留

歌舞伎俳優の松本幸四郎さんが10月15日、奈良「東大寺奉納大歌舞伎」で、歌舞伎十八番「勧進帳」の弁慶を演じて通算1千回を達成されたという。わたしも何回となく観ているが岩手では平成13年と18年に演じられた。その18年には11月23日、秋田県小坂町の康楽館で上演900回、翌日901回目が岩手県民会館での舞台だった。

「勧進帳」は高麗屋《こうらいや》代々得意の芸で、幸四郎さんが初めて弁慶を演じたのは16歳、市川染五郎のとき。以来50年間で1千回に達したことになる。その記念の大舞台が、物語の勧進元の東大寺とは、弁慶感激の涙にむせんだのであろうか。

ところで「弁慶の泣きどころ」というけれど、芝居で弁慶が泣くのはこの「勧進帳」と「弁慶上使」の場面。ことにも義経主従が安宅の関にさしかかり、富樫《とがし》左衛門の詰問に白紙の勧進帳を読み上げるシーンは最高の山場、見せ場である。何度観てもやっぱり高麗屋が一番、真の山伏でなければ答えられない難問もみごとに説き伏せて関を通ろうとした瞬間、「あいや、一人《いちにん》も通すことまかりならじ、かかる山伏のあるまじや」と暗転。

弁慶は、強力《ごうりき》に扮した義経を金剛杖でさんざんにうちのめす。富樫はすでにこの山伏達がお尋ね者の主従だとわかっているのだが、弁慶の熱い心情に打たれて関を通してやる。やがて奥州へと旅立つ義経一行のしんがりに、高麗屋迫真の飛び六方が鮮やかに決まる。

わたしはこの場面を2、3年前にも歌舞伎座で観た。いつもながら弁慶の熱演に胸が高鳴り、最終幕のとき、イヤホンガイドの小山觀翁さんの解説の声が囁いた。「…この場面にさしかかると、かつての宰相であられた方は、はらはらと涙を流されました。これほどまでに主を思う弁慶の心に打たれてでありましょうか。見送る富樫の今生の思いに、まさかの関もあふれたのでしょうか。いつもおひとりでごらんになって、目元を拭きながらお帰りになられました」というその方は宰相を辞してまもないころだった。

2008・10・22

96　身体詩抄

男あり　五尺八寸十四貫　七十五歳五体満足

鷲巣錦司

読むたびに楽しくて、おかしくて、やがてじんわりと心に染み込んでくる歌。タイトルからして「身体詩抄」と銘打って、巻頭に自己総体の歌を掲げ、心身五体一切を詠み込んだ30首で、平成20年の由緒ある賞に輝いた。

「耳順とふ齢を越えて世の音の遠くなりたりけふは立秋」「近視・乱視・老眼・白内障あれど見えるはたのし読めるはうれし」「朝毎に金の延棒流し捨てゐさらひは菊の門を鎖ざせり」まさに循環器たる健康のバロメーターを、俗と品のきわどい均衡で読ませ、自らの生を楽しむ自画像を示されて笑いを誘われる。

作者は静岡市の中学校の元先生。実は昨年の10月、わたしはこの方とお伊勢参りをした。鳥羽の集会の帰路、集団を離れてひとりで外宮の門前に降り立った。そこで氏にお会いした。何十年も同じ誌上で学んでいるので快く話が弾んだ。修学旅行の引率の生徒のように、日本の伝統文化、また神々のあたかも人間世界のようなおとぎ話もうかがった。

帰ってすぐ、氏の新著が届いた。平成2年の退職から18年までの556首の珠である。第二歌集『綿の城』宝集。「長く引く富士の裾野をまろびきて弾みゐるがに望の月浮く」万葉歌人も平安貴族も眺めたであろう望の月を、富士の裾野にたつきする現代歌人の目に描かれる。わたしはこの歌を日々舌頭に遊ばせた。何という端々《みずみず》しさ、限りないあこがれが膨らんでゆく。

この旅の2カ月後、ことしの新年号に氏の大賞受賞を知った。こんなにも運の強いお方と神域をもとおり歩いたことを喜び、神は確かにいますことを知った。あの時、玉砂利を踏みながら「何をお祈りなさいました?」と尋ねると「ウン、なに、感謝ですよ」と言われた。「大きムカデ腹這ふやうな手術痕七年を経てやうやく薄る」という日々もあったこと。

今は「動物より植物をへて鉱物へ近づく過程を悟るこのごろ」なればこそ、命の実感をかみしめた「身体詩」の輝きを思うことである。

2008・10・29

97　柿の落葉

おりたちて今朝の寒さを驚きぬ露しとしとと柿の落葉深く

伊藤左千夫

その季節がくれば必ず口ずさむ歌がある。今、わがやの周りはまさにこの歌の風景。樹齢百年以上の柿の木が三本、他に若木もあちこちに育ち、さかんに葉っぱが舞い落ちる。小判状の幅広の葉は、知れる限りの「あか」色に染まり、風に乗ってつんつんと地を走る。見上げれば岩手山がまた綿帽子をかぶり、今朝の寒さに驚いた。母は文学など全く無縁の人だったが、高校生のわたしが読み聞かせる「さつおさんの歌」が大のお気に入りだった。

教科書でもおなじみの伊藤左千夫。元治元年（１８６４年）千葉県山武郡成東町生まれ、学識の父祖のもとで恵まれた幼少期をすごす。明治16年徴兵検査を受くるも近眼のため免除。18年、22歳で上京。このときふところには現金一円、袷《あわせ》一枚、羽織一枚、書物は『日本政記』『文章規範』『八大家』だけ携えたという。

政治家を志したらしいが初めにつとめた東京市本郷区の牧場が性に合い、やがて牛乳搾取業が本業となる。明治20年、新宿区市ヶ谷の津田牧場とか、本所区茅場町にて乳牛改良社を起こす青年実業家であったようだ。新宿や茅場町で、のんびりと牛が鳴いている風景を想像すると思わず笑いがこみあげる。

26歳で結婚、時代の先端をゆく乳業は好調で、30代には茶道をたしなみ和歌も作り始める。そして明治33年、左千夫は下谷区根岸の正岡子規宅を初めて訪ねる。34歳の子規と37歳の左千夫との運命的出会いであった。しかしその2年後、子規病没。左千夫は子規詩精神の継承と短歌革新の原動力として奮起。「牛飼が歌よむ時に世の中のあらたしき歌大いに起る」はその代表作である。小説『野菊の墓』他評論も多作。

偉大なる師を失い明治41年、左千夫45歳にして「アララギ」を創刊、その土台を不抜のものにした。子規によって開眼された左千夫の文学は大正2年、脳出血にて終焉、享年50。

時代は隔ててもなつかしい大歌人。平成12年秋、わたしは成東町の左千夫生家を訪ねた。手入れのゆき届いた庭にかやぶき屋根の軒をかすめて、柿の木はまだ青葉のままだった。

2008・11・5

98　雪虫

風なくておだしき夕べ庭木より湧き出づるごと雪虫の飛ぶ

浜田虎夫

ことしは霜月最初の亥の日は7日だった。古来陰暦10月初めの亥の日の亥の刻（午後10時ころ）には「亥の子餅」を食べて、無病息災、子孫繁栄を祈る習わしがあったという。茶道の世界では、夏の間は席上に置いて用いた風炉をこの日から実際の切り炉に変える「炉開き」が行われる。また火難よけの日ともされ、季語にもなっている。たまたま今年は立冬に当たっていたが、わがやの「こたつ開き」はもう少し早く、例年文化の日ごろにしている。

この月は空もようが激しく変わり、時雨、木枯らし、みぞれ、雪起こしの雷が鳴ったりもする。でもそんな寒冷前線のあいまに、信じられないようなあったかい日に恵まれることがある。こんなときだ、ふわふわと風花のようなこまかい純白の雪虫がまなさきをよぎる。人肌が恋しいのだろうか、ふしぎと人の肩先や顔のまわりにまとわりつく。

掲出歌は北海道在住の歌人の作。わたしには雪虫で忘れられない場面がある。今から20年も前であったか、わたしは単身赴任の夫のところに行っていた。テレビではゴルフをやっていた。小樽のゴルフ場で、中島常幸選手が打っていた。9月下旬だったように思う。その中島選手の肩から顔をびっしりと粉雪のような白いものがおおう。「ああ、雪虫ですねえ、北海道はもう晩秋ですね…」とアナウンサーの声。振りかざすクラブの先からも、これでもかこれでもかとふりそそぐ雪虫の乱舞、なんとも美しくふしぎな光景だった。

たまに会ったとはいえ、とりたてて話もない中年夫婦は黙って雪虫の渦に見入っていた。たしかその時、中島選手は優勝したのだった。優勝が決まるまで夫はわたしを駅に車で送ってくれなかったのでよく覚えている。

先ごろプロゴルフツアー最年少記録17歳で優勝を決めたハニカミ王子こと石川遼選手の生まれる前の話。彼の回った兵庫県のゴルフ場では雪虫なんて想像もできない場面であろうと思われる。

2008・11・12

99　正倉院展

シルクロードをはろばろ来たる正倉院御物を見むと人波うねる

平井茂

11月8日、近鉄奈良駅に降り立ったのは10時4分、雨が降っていた。あちこちに「第60回正倉院展」の案内板が見える。今日のガイドは東京の娘夫婦、婿どのは幼少期を奈良で過ごしているので里帰り気分のようだ。駅から徒歩10分ぐらいの奈良国立博物館。さっそく鹿のお出迎え、掲出歌は奈良在住の方の作。まさにその人波だが30分ぐらいで入れた。

展示構成は、光明皇后によって大仏に献納された聖武天皇遺愛の品々、今回は69件が出陳、うち18件が初出陳の由。見る物すべて、千三百年の時空をこえてここに在る本物ばかり。

「白瑠璃碗《はくるりのわん》」、照明を落とした会場に、陳列ケースの中でひときわ目立つ位置。新聞やテレビで見て想像していたよりもずっと小ぶりで、卵黄色がかったガラス製の切子碗。外面に六角形の切子を連続して刻み、4段に重なり合って実に細密な蜂の巣のように見える。目をこらすと、器の対面の切子が網目状に映り、さらに下の置き台にも全体像が立体感をもって映る採光になっていて息をのむ美しさ。

いつ知らずケースに顔を押し付けて、同じところをくり返し廻っている自分に気付き苦笑するのだが、どうやら私ばかりではないようだ。この碗は、5、6世紀にメソポタミアからイラン北部で製作された物という。土中からの発掘品でないため当初の輝きと透明度が保たれて、今では世界でただ一つの珍宝とされている。

螺鈿かざりの八角鏡も、刻彫の尺八も、香木、紫檀のすごろく盤、黒柿の木目も鮮やかな両面厨子も、そして今も彩色の残る天蓋にもひきつけられた。激しく動悸し時を忘れた。

長年憧れてきた正倉院展を家族と共に見巡る時間、生あればこその実感を新たにした。かつて夫と来た時は東大寺で翡翠の数珠を買ってくれた。きょう、婿どのは以前奈良女子大の官舎にて家族で暮らしていた日々を語り、大学構内も案内してくれた。そこはまた、来春盛岡に歌碑建立予定の大西民子の母校でもある。人の縁のふしぎさ、さまざまなめぐり合わせに生かされてわたしの大和路は大きな感動にふくらんだ。

2008・11・19

100　牡丹の木

須賀川の牡丹の木のめでたきを爐《かまど》にくべよちふ雪ふる夜半に

北原白秋

わたしの尊敬する歌人に、師匠の歌碑を訪ねて全国行脚をされついに満願を果たした方がいらっしゃる。わたしも長くこの歌碑の再訪を願っていたのだが、ことし5月に叶えることができた。

その規模東洋一といわれる福島県須賀川市の国指定の牡丹園《ぼたんえん》。そこの入り口に、北原白秋の大きな歌碑が建っている。文字は白秋の流麗難解な筆跡ではなく「門人木俣修書」と刻まれ、昭和四十三年五月建立とある。

これは白秋の昭和15年の作品で、没後出版された歌集『牡丹の木《ぼく》』に収載の歌。裏面には園主のしるべから焚《た》き火用にと送られた牡丹のことが細やかに書かれていて興味深い。

冬夜、牡丹の木を焚くという行為には、すぐ宮本武蔵と吉野太夫が目に浮かぶ。吉川英治作『宮本武蔵』風の巻「牡丹を焚く」の章。――武蔵が吉岡一門の伝七郎を雪の蓮華王院で討ち倒した後、遊廓「扇屋」に戻ると、吉野太夫が夜もすがら薪《たきぎ》を焚いている。

「わずか四、五本の細い枝で部屋は白昼色になっていた。その薪から立つやわらかな焔《ほのお》は、ちょうど白牡丹の風に吹かれているようで、時折、紫金色の光と鮮紅な炎とが入り交じって、めらめらと燃え狂うのであった――」

これが牡丹の焚き火。花の王者の芳香の満ちわたる部屋に帰り着いた武蔵の袖には、べっとりと血が染みている。「ヤ、血ではないか」と口走る客人に吉野は少しもあわてず「いいえ、緋牡丹のひとひらでございましょう」と艶然《えんぜん》とほほえむひとこまは、今も暗唱するほどに目に焼き付いている。

この場面を書くために、吉川英治は何度も須賀川牡丹園を訪れているという。花の精気が人を呼び、引き寄せられた人々が次々と作品に昇華させてゆくさまを思うと心が高ぶる。

11月2日は白秋忌、また11月第3土曜日の夜は同園で恒例の牡丹焚火が行われる由。炎の色と芳香と、それは豪奢《しゃ》な宴になるからぜひ来園をと誘ってくださった花守の方との約束が思われる。

2008・11・26

Ⅱ

口ずさむとき
101〜200

101　紅葉鍋

湯気あがる鹿鍋かこみ沁々《しみじみ》と谿に仕留めしさまにはふれず

仲　宗角

鍋もののおいしい季節になった。三重県尾鷲市在住の作者、「猪肉《しし》に柚子したたらせ食むゆふべ聞きつつたのし山の時雨も」の作もあり、「花札を奕《う》ちゐるが見え雨の日の山の飯場は昼を点せり」と、舞台が整っている。

わたしの古い友人も、冬になると猟銃を手に山に入る。湯気たつ鍋を囲むときは、そんな仕留めた時の獣の哀れさなどにはふれないと言っていたものだが齢をとったら猪アレルギーになったと笑う。地産地消もむずかしいようだ。

古くは、ししと言えば食用獣類の総称で、シカもイノシシもカモシカも「シシ」。人々の暮らしと密着しており、花札のモミジの十点札には鹿が描かれ、萩の十点は猪。牡丹に蝶の図の十点札と三枚揃えば「イノシカチョウ」の役がつく。わたしは花札が大好き。中でも、耳をピンと立てた鹿の絵札を見ると妻恋いの「紅葉踏み分け鳴く鹿」に思いをはせて切なくなる。

しかし、それを鍋にして舌鼓を打つのもまた人間のなせるわざ。鹿鍋別称「紅葉鍋」、猪肉は鮮やかな朱色なので「牡丹鍋」、馬肉は「桜鍋」とよばれてきた。四ツ足の脂の浮く鍋も、なんと風流な名が冠せられて思わず頬がゆるむ。

ことし4月、奈良吉野連山のふもとに住み、「吉野の山人」と呼ばれた大歌人、前登志夫さんが82歳で亡くなられた。総合雑誌の特集記事に、仲宗角さんが深い思いを寄せておられる。「前さんの声は遠い凩のようだった。山人の声である。時折過ごす山小屋から、棲《す》んでおられる吉野広橋の山が見える。母堂は天川の人だから私と同じ土蜘蛛の裔《すえ》である…。」

作家内田康夫さんの天川の取材、補陀落《ふだらく》信仰等わたしの憧れはつのるばかり。数年前、仲さんと京都上賀茂神社の社家《しゃけ》の川端を歩いたときはずい分と不しつけな質問責めにして笑われた。「多磨全巻わが持つことのあるときは萎《な》ゆる心をふるひ起たしむ」との、白秋山脈の長い歌歴の輝きはまた、紀州山海のあつあつの鍋料理からのエネルギー補給によるものかとも思われる。

2008・12・3

102　ひいらぎの花

十二月十一日朝、空にまた柊二の髯のひひらぎの花
小島ゆかり

昭和61年12月11日、74歳にて宮柊二逝去。あれから22年も過ぎた。葬儀は少し風のある東京信濃町の千日谷会堂で行われた。あのとき先生を送った夥《おびただ》しい焼香の方々のうち、また数多く世を去られた歳月の嵩《かさ》を思う。12月はひいらぎの花が咲く。昔、茨城の海辺の町に住んでいたときは、ぎざぎざの緑濃い葉の陰に芳香を放って白い小花をつづるこの花に会うと、年の終わりを感じたものだ。晩年、白髯《ぜん》をたくわえられた師のお顔がスクリーンいっぱいに映し出されたような作品。

小島ゆかりさん、昭和31年愛知県生まれ、早稲田大学在学中に宮柊二に師事。歌集『ヘブライ暦』により河野愛子賞、『希望』により若山牧水賞、『憂春』で釈迢空賞。コスモス社内にても桐の花賞、コスモス賞受賞と活躍中。現在青山学院女子短期大学講師、コスモス選者、ＮＨＫ学園友の会講師、ほか新聞歌壇の選者。

昭和58年8月、新宿の京王プラザホテルにて、コスモス創刊30周年記念大会が行われた。そのとき、彼女は第19回桐の花賞を受賞された。６００人もの中高年齢層の中で、純白のワンピース姿の匂いやかな歌姫登場の場面は、二昔余もたった今でも忘れられない。

「わいわいときのこ煮えゆくきのこ鍋、家族はぬくい暗がりである」「父は留守、母は留守がち子供らはきのこのやうに首が寒いか」若く、子育てのころ医師のご主人とともに海外での生活も体験された。そのお子さんも歌人としてデビュー、ゆかりさんの母上も同門の歌人であり、三代にわたるＤＮＡの輝きで知られる。

ことし8月、盛岡で行われた「短歌甲子園」の特別審査員を務められたゆかりさん。全国から集まった高校生たちの作品を丁寧に評され、自信を持たせる指導をされて大人気だった。「玉のごと白湯《さゆ》やはらかし生くる身のもやもやふかい冬のあさあけ」それは確実に春の花芽をはぐくんで、わたしの大好きな一首である。

2008・12・10

103　盛岡ブランド

顔見世や京に降りれば京ことば

橋本多佳子

京都南座も銀座歌舞伎座も、十二月は顔見世公演でにぎわう。盛岡劇場も恒例の「盛岡文士劇」の幟《のぼり》がはためいて、松尾町かいわいはお芝居見物の人々が行き交い華やかだ。

ことしも12月7日、千秋楽の夜に出かけた。わたしの文士劇は、10月のチケット発売日から始まる。その日は早起きをして車で30キロ、チケット売り場に走る。たいてい芝居好きの方が並んでいるのでそこで話に花が咲く。

さて、ことしの演目は現代版が「マイ・フェア・レディ」、時代物は「宮本武蔵と沢庵和尚」である。きょうの席は5列11番、極上だ。花道に近いから、フリートークの畑中美耶子さんに「おめはん、どごがらおでんした?」と問いかけられたらおしょすなあと思ったが無事に通過、このトメさんの滑舌《かつぜつ》は絶品だ。

居酒屋オードリーにやってきたのは滑舌ままならない花売娘、高橋佳代子アナウンサー。そこで美しい盛岡弁を特訓しようと企む客人達。大塚アナ、すっかりスリムになられて、女将トメさんに思いをよせる社長役、Mさんの熟練の役どころもおもしろかった。

時代劇はまた、沢庵和尚の高橋克彦座長のもと、17歳の武蔵を利根川アナウンサーが熱演。なんと、舞台中央の千年杉に高々と吊るされた武蔵を見た時は、猿之助歌舞伎を上回るスーパー演劇と感じ入った。激しい立ち回りに息をのむ。斎藤純さんの佐々木小次郎の役者ぶり。今回は吉岡道場での武蔵が主体だったが、ぜひ巌流島の場も見たい思いにかられた。

ことしは復活文士劇14回目、初回は平成7年「白浪五人男」だった。弁天小僧菊之助は高橋座長、日本駄右衛門を三好京三さんが演《や》られた。なんともしどろもどろでプロンプターの声の方が高くて笑いに包まれたのを思い出す。

それにしても、かくも芸達者な演者達。回を重ねるごとにみがきがかかり、市長自ら盛岡ブランド推奨の名舞台だった。アンコールの拍手が鳴りやまず、舞台と客席ひとつになって、たっぷりと師走の風物詩を堪能した。

2008・12・17

104　二次会

しりごみをした二次会へ来て踊り

高橋散二

忘年会、クリスマスと歳末宴会が続く。酒は社会の潤滑油、「おでん屋でよく会うけれど知らぬ人」ともすぐうちとけて酌み交わす。

私は、酒というと山口瞳を思い出す。直木賞作品『江分利満氏の優雅な生活』は初版で持っているが、ロングセラーの『男性自身』傑作選に、実に含蓄に富む酒の話がある。

「酒の嫌いな常務がいた。宴会場での乱痴気騒ぎなど大嫌いなのだが、これからの二時間ばかり馬鹿になって騒がなければならない。彼はひどい音痴だが、若い社員達に受けそうな歌を一生懸命に歌う。また、飲めもしないのにグラスの酒を一気に飲み干す社員がいる。そんなことはばかばかしいと思う人がいるだろう。しかし、幹事も上役連中もみな一生懸命というときに、私は悲しくなってしまう。こういう会合に参加しないというのもひとつの考え方だが、私はいつのまにか〝万障くりあわせて〟というタイプに属するようになってきている…。」時代は変わっても、サラリーマンの哀歓を伝えて心に響く。

掲出の川柳作家も、大変な酒豪であったという。明治42年香川県生まれ、川柳結社「番傘」同人。たった17文字で人生ドラマを描き出す作品に出会うと、わたしなどうれしくなって誰彼に語りかけたくなる。酒には、泣き、笑いのみでなしに「語り上戸」もあるようだ。

「わる口をいう時女うまが合い」「夫婦げんかしていたらしい屋台店」味付けまでからくなってはいただけない。「小説家妻の嫉妬を五十枚」悪妻は傑作を生ませるというけれど、相方の苦やいかばかり、怨憎会苦《おんぞうえく》の修業道。「始めが肝心一生妻が恐ろしい」と詠んだ散二は昭和46年8月、62歳にて交通事故死。

「しまいかと思えば続くベートーベン」突然終章がもたらされた目に映ったのは、やさしい妻の笑顔であったろうか。「七人の敵にも出した年賀状」敵も味方もないけれど、心せく数え日である。

2008・12・24

105　としとろうぞ

としとろうぞ　鬼が闇夜を触れあるく　みなおし黙りそば啜りあう

小泉とし夫

納め天神、お薬師さま、観音、大師、お地蔵様にお不動様と、神々のお年取りの後、いちばん最後の大晦日。人間のお年取りである。

作者は啄木、賢治の研究家として知られ、盛岡タイムス紙に「賢治の置土産」執筆連載中の岡澤敏男さん。平成17年刊『賢治歩行詩考』で賢治奨励賞に輝いた。ペンネーム小泉とし夫さん、「北宴文学会」編集長。歌集『夜明けのように』『四季の手帳・こいわい』がある。

去る11月20日、「開運橋ジョニー」にて、「小泉とし夫朗読ライブ」を開催。「わが人生81年を歌う」として、誕生日に因む81首の短歌を朗詠された。本紙でも、八木淳一郎医師のギター伴奏で歌う姿が大きく掲載された。

「愛牧舎　どごさいったべ　おせでけろ　おらいつまでも　牛乳屋《ぎゅっつや》のおんちや」昭和2年生まれの作者の仙北町の実家は牧場だった。口語短歌の作風はリズムよく心にしみ通る。

「久しい夜明けのようにさし対う。この日のために耐えきしと思う」「群衆の中をわけ来て　一瞬に目が受けとめる。久しき逢いを」昭和30年代のみずみずしい相聞歌。バースデーライブには、小泉青年の憧れの東京生まれの夫人も同席で、あたたかく盛り上がった。

「子を連れし反戦デモに歩きつかれ　正樹の肩よりゼッケン外す」東京で、ベトナム戦争のころ、「平和を守ろう」と夫人の筆字も闊達に、手作りのゼッケンも披露された。

「あの時は丸太棒だった　首を垂れ　御名御璽《ぎょめいぎょじ》まで床を見ていた」平成18年の話題作。私はこの内容を知らなかった。教育勅語や天皇のみことのりに、あたかも号令のように「御名御璽」と結ばれたという話を聞き、なまなまと歌の力を思い、戦後六十年の時の重さを思った。

「今夜の誕生会は通過儀礼。百首朗読までも続けたい」と語られた小泉さん。さすが牛乳で育った心身は衰えを知らず、執筆取材の健脚には若い者も叶わない。

さてさて今年も今夜かぎり。としとろうぞ、殷々《いんいん》と除夜の鐘が鳴っている。

2008・12・31

106　酔ひてさうらふ

元日にうから十人揃ひたりそれだけでよし酔ひてさうらふ

松尾佳津予

新しい年が訪れた。古く、睦月は稲の実を初めて水に浸す習わしから「実月《みつき》」とも呼ばれたとの説にも、農耕の代がしのばれる。種をまき、水を張り実りを待つ暮らしのころは、ひとつ家にうからやからの大家族。また「親子しまき」で成り立つ社会だった。

それが今はどんどん核家族化され、親と同居なんて珍しがられる時代になった。掲出歌は、そんな現代の平均的な家族の風景といえよう。夫婦ふたりに子供が二人、その子達がそれぞれ二人の子を伴って、総勢十人という直系家族の元日である。

それだけでよし、「酔ひてさうらふ」偉大なる文豪の決めぜりふもピタリとおさまって、如何にもお正月らしいめでたい気分。「はるかなる星より着くと思ひたし名前しるさぬ賀状ふたひら」どっさり届いた年賀状の中には、こんなこともある。せめて直筆で添え書きでもあれば筆跡から想像もつくけれど、これがうらもおもても印刷文字で名前なしだったらどうしよう。

「4Bの鉛筆常に削り持つ無筆跡機器の世に居てわれは」かつて私はこんな歌を歌会に出したことがある。「無筆跡機器」って何だ?どんな機械かと笑われたが、ワープロ、パソコンを使わない私の「造語」である。ことし頂いた年賀状では六割方、無筆跡であった。

さて作者は、昨年「待ち待ちし桜の花の咲きそめぬ傘寿むかへる二〇〇八年」と詠まれ、ことしは81歳になられる。「関節の腫れて琴爪はまらねど掃除洗濯さしさはりなし」と明るく家事をこなされる。東京でエリートのご主人と恵まれた家庭環境のもと、若く、子育てのかたわら大学にも通い、歌歴も長く歌集二冊刊行。

「着なれたるベージュのコートもどりきぬ阿蘇に忘れて隠岐に忘れて」いつも身軽に、気さくに全国短歌大会などに出かけられる作者。「時析に旅して歌舞伎、能を観て暮らせるほどの金あらばよし」の歌境めでたし。

初夢、初旅、初舞台、わたしもまだ松の内、只今いささか酔ひてさうらふ――。

2009・1・7

107　牛の角もじ

ふたつもじ牛の角もじすぐなもじゆがみもじとぞ君はおぼゆる

延政門院

この歌をはじめて覚えたのはいつのころであったろうか。寒夜、大きないろりの灰に父が火箸で文字を書く。何より「牛の角もじ」が面白かった。わたしは、自分も親になったとき、父がしていたように、よくなぞとき形式で子らに四つの文字の当てっこをさせていた。

言わずもがな、ふたつもじは「こ」、牛の角は「い」、すぐなもじ「し」、ゆがみもじは「く」であり、幼児たちは鉛筆やクレヨンを力いっぱい握って喜んで書いたものだった。

正月、今やアラフォーの仲間入りの長女と電話で話した。「丑《うし》年だねえ、牛の角文字に、いつもあなたのこと、思ってるよ」と言うと、「ウン?ナニ、牛の角がどうしたって?」と笑っている。そして、こんなことを言い出した。「こいしく」は古文だから「こひしく」ではないか。「ひ」の方が牛の角と顔のイメージが合ってるんじゃないの、と言う。ウーン、正月早々わたしの冬眠細胞は大慌てで活動開始。

出典は『徒然草』だ。だいたい日常でいちいち出典だの解釈の細部にこだわったりはしない。この歌も、何十年も記憶のままに、ことにも丑年には好んで話題にしてきたものである。今回娘の指摘に改めて、岩波の日本古典文学大系の『徒然草』をひもといてみた。

「延政門院いときなくおはしましける時、院へ参る人に御言づてとて申させ給ひける御歌」としてこの歌を挙げ、「こひしく思ひまゐらせ給ふとなり」と、第六十二段たった五行の章である。延政門院は、鎌倉中期の後嵯峨天皇の皇女。天皇の御所に参上の人に幼い皇女が父上を「こいしく」お慕い申し上げる歌と明記されている。いとけない皇女のご着想だから、牛の角もじは「い」でいいと納得する。

父は明治34年の丑年生まれで1901年、昭和天皇と同年というのが口ぐせだった。どんな人にも青春はある。わたしも昔見たことのある古い書物の中で、父はこの歌を自らの丑にたぐえて記憶したのであろうか。父の没年を越えた今、ぼおっと明るいいろりの灰の父の文字がひときわ「こいしく」思い出される。

2009・1・14

108　百歳歌人

百年はめでたしめでたし　我にありては生きて汚き
百年なりき

土屋文明

百歳歌人、土屋文明。教科書でも習い、常に仰ぎ見る偉大なる存在の方であった。その訃を聞いたのは、平成2年12月8日、通勤のバスの中だった。同年9月18日に満百歳を迎えられたばかり。こんな寒い日に、太平洋戦争開戦の日に、日本を代表する大歌人が亡くなられたかと厳粛な思いにとらわれた。

この作品は、前年、数え年の百歳を意識して詠まれたものといわれる。「めでたしめでたし」は、自らその域に達した者の自然なつぶやきであろう。大らかな自祝の思いに、いやまさる客観性をふまえて、しかし、と一呼吸置き、「我にありては」と息をつぐ。そして「生きて汚き百年なりき」と歌い納める。その崇高孤絶の思いはとても推しはかれないけれど、私もあと40年もしたら、ああこのことだったのかとわかるようになるかもしれない。

私は、文明作品ならなんといっても「小工場に酸素熔接のひらめき立ち砂町四十町《しじっちゃう》夜ならむとす」がいちばん好き。十代の自分の昂《たかぶ》りが見えてくる。昭和10年刊の『山谷集』の江戸川区界隈11首中のものである。

私は上京すると、よく東西線を利用する。門前仲町、木場、東陽町、南砂町と来ると、いつも電車の窓に目をこらして、文明の歩いた町並みを想像する。いたく破調だが「夕日落つる葛西《かさい》の橋に到りつき返り見ぬ靄《もや》の中にとどろく東京を」という歌もある。南砂町をすぎると西葛西、この橋を渡るとき、決まって「揺れますからご注意下さい」と車内アナウンスが流れ、かなり揺れる。

文明には食の歌も多い。「ネギは五分ちぎりコンニャク味噌のたれああたのし今宵は馬肉を食はむ」「身をつくり肝《きも》を煮込みてぶり一尾に半日遊ぶたのしかりけり」読む側も口腹が満たされる。そして「みちのくより帰り来む君われは待つ肥えたる雉子《きぎす》さげて来たまへ」とは茂吉翁のことか。健啖家《けんたんか》の談笑いかばかり。

時移り人変れども「核の争ひ金を取りあひも聞くのみの国にめでたき年来たるべし」と言い置いて逝った百歳歌人のめでたさを思うことである。

2009・1・21

109　春にやあるらむ

冬ながらそらより花の散りくるはくものあなたは春にやあるらむ

清原深養父

雲のあなたはもう春！冬とはいえど、こんなにも空から白く輝く花が散りくるからには雲の上は春にちがいないと心を躍らせる歌人がいた。調べがいい、景色がいい。上空に吹きこんだ春の大気を全身で感受した感動の歌。

古今集・冬の部の作品。ことしは旧正月の元日は1月26日、昔の暦の元日と立春は正確に一致することは少なく、立春が年内になることもさして珍しくない。年内立春の歌として在原元方の「年の内に春は来にけりひととせをこぞとや言はんことしとや言はん」は古今集冒頭に置かれている。

さて、この「ふかやぶ」という珍らかなお名前。清少納言の父元輔の祖父（生没年不明）といわれる歌人で、古今集に18首、その他の勅撰集にも入っている。そして百人一首には「夏の夜はまだ宵ながら明けぬるを雲のいづくに月宿るらむ」がよく知られている。

過日、わが八幡平市の短歌会で新春短歌会を温泉ホテルで行った。定例歌会のあと会食、私は百人一首を持参してかるた取りを提案した。今は子供たちももう遊んでくれないので、きょうは大満足。読みゆくほどに百首にかかわる百の場面がよみがえる。皆さん実に熱心で、上の句ですぐ反応する人、はじめからねらいを定めている人など白熱して時を忘れた。

私のいちばん好きな歌は「難波潟みじかき蘆《あし》のふしの間も逢はでこの世を過ぐしてよとや」三十六歌仙のひとり伊勢の作。潟、蘆、節など巧みに縁語を畳みかけて、切々と女心を伝える。「逢はでこの世を」の気迫に打たれ、いつもこの札をそっと自分の膝元にひきよせる。

気がつけば本日のイベントも終了時間が近くなった。ホテル12階から望む岩手山は峨峨たる鬼ケ城を従えて、まっ白に輝いている。時折雪が風に舞い立ち、雲をひきつれて全山墨絵のようにけぶる。刻々と変化する山容は何時間でも見あきぬ光景だ。降りしきり、冴え返り、ここ八幡平の雲のあなたに春の大気がめぐりくるのは、まだまだ先になりそうだ。

2009・1・28

110　みずはな

水洟《みづはな》や鼻の先だけ暮れ残る

芥川龍之介

寒も明けたが、2月は一番寒い月。インフルエンザもなかなか終息しない。うがい、手洗い、マスクと学校や医療機関などの呼び掛けで、町行く人々にもマスクをしている人が多い。それも新型の紙製の鋭角的なものが普及し、視界のおぼろな雪降りの中ですれ違ったりすると、ざわっと心が波立つことがある。

これは芥川の非常に有名な句。昭和2年、35歳で没年ごろの作といわれ、亡くなる前によくこの句を染筆し、主治医にも短冊を送ったと聞く。「自嘲」と題し、「鼻」の作者の没年の句として読めば、何となく動物的なものの名残を感じさせて、あの深刻な顔写真の奥のユーモア性もうかがえる。みずばなを点じた鼻の先だけに焦点を当てて、惻々と寒さが伝わってくる。

ところで、この句にまつわるエピソードを大岡信さんが興味深く書いておられる。氏は周知の通り、朝日新聞「折々のうた」を何十年と担当されたが、たまたまこの句を掲出したときにご子息の芥川比呂志さんより手紙が届いた由。それによると、「わがやでは〝みずばな〟と濁らずに〝みずはな〟と澄んで読んでいました」と書かれてあったという。それ以来、大岡さんはこの句を語られる際は「みずはな」と言うようにしていると述べられる。さすが、才人の語感の冴えに感じ入ることである。

ついでながら、「ハミズハナミズ」という花がある。これをいつぞや上野の東京芸大の旧音楽学校の門のところで見たときは、思わず「葉見ず花見ず咲く径《こみち》ゆく」との即吟を得て、同行の方々との話が弾んだことだった。これは葉を見るときに花はなく、花見るときは葉のない「曼珠沙華」の異名である。

芥川の名句はいっぱいある。その第一作は「落葉焚いて葉守《はもり》の神を見し夜かな」何と尋常小学校4年生、10歳の作というから恐れ入る。「木がらしや目刺にのこる海のいろ」「青蛙おのれもペンキぬりたてか」などつとに知られている。

春立つ日、余寒なおゆきつもどりつ、ほろりとみずはなのこぼれそうな夕凍みが迫っている。

2009・2・4

111　雪女郎

雪女郎おそろし父の恋恐ろし

中村草田男

何度読んでも考えさせられる句。私の尊敬する作家は、この句をご自分の大学の学生たちに、虫くい形式で答えさせたといわれる。「雪女郎おそろし□の恋恐ろし」の、空白部分を埋める問題。いきなり問われたら、はたして「父」と答えられるだろうか。作者はどんな思いで父の恋を詠んだのだろうか。

実はそんなことを考えたのは、ある一冊の本を読んでのことだった。先月、県民会館でＮＨＫの「週刊ブックレビュー」の公開録画が行われ、参加した。児玉清さんの司会、書評ゲストに玉岡かおる、なぎら健壱、揚逸《ヤンイー》さん、特集ゲスト高橋克彦さんという豪華メンバーで、文士劇でおなじみの利根川真也さんが総合司会だった。

たっぷりと本の話で盛り上がり、各人一冊のおすすめコーナーに移った。そこで、玉岡かおるさんが手にとられたのが、宮尾登美子著『錦』。厚さ3センチもある美装本である。私は玉岡さんの『お家さん』を読んで以来あこがれていたので、その日のうちに買い求め読み始めた。

現代に続く美術織物「龍村」をモデルに、実におもしろい物語。主人公は京都老舗の「菱村の帯一本で家一軒建つ」といわれた職人芸で、法隆寺の「御戸帳《おとちょう》」を完成させ、請われて正倉院宝物《ほうもつ》の修復も請け合う菱村吉蔵。

「おそろしやのぞいて通る淵のいろ」詠み人知らずのこの句は、終生吉蔵のそばに仕えるお仙の、一途な双眸《そうぼう》にたじろぐ男の心象をとらえて意味深い。明治の世、格式のつりあう良家の妻を迎え、事業躍進するうちに東京にも密かなもう一つの巣を作ってしまう。

どんなに輝いていても、落陽の時は訪れる。吉蔵は、本妻には群鶴《むらづる》を織りあげた帯を、東京の愛人には纐纈織《こうけちおり》の一本を贈り、いちばん世話をかけたお仙には何も与えず逝ってしまう。宮尾文学の泣かせどころである。このお仙は、宮尾作品の『蔵』の、やはり旦那さまを恋いつつ添われなかった「佐穂」の役どころとよく似ている。ひしひしと、やっぱり恐い雪女郎。二晩で読み終えて、したたかに『錦』の手応えをかみしめている。

2009・2・11

112 のほほんと

のほほんと生きゐる老の不思議なりきそのふしぎなる
老をいま生く

蓮本ひろ子

一読、「のほほんと生きゐる」って、いいなと思う。老いてゆく自分を不思議だという。大正13年生まれ、神奈川在住の作者の弁がまた味わいがある。「まだ40代くらいのころ、わたしは高齢の方が、もう死を目前にしていながら、何ともあっけらかんと生きているのが不思議でならなかった。現在、わたしは83歳、いつ死んでもおかしくない齢なのに〝死〟は今でも他人事の感がある。これが神の恩寵というものなのだろう」と、おおらかな解放感に満ちている。

生老病死を語ろうとすれば、つい宿命とか宗教めいた話に傾きがち。愛する人を失った悲しみは「それまでの寿命」「運命」と言い聞かせることで自他をなぐさめる。だれでも、何十年と生きてくれば、九死に一生というほどではなくても、命の危うさを感ずることがある。あの時、あすこに行く予定が不意に変更になって命拾いをした、などという話も後になってずしりと心に重りを据える。

還暦は一つの節目。仕事も定年、体力的にも少しずつ陰りが見え始め、一般的には子供も巣立ってまた夫婦2人になったという図式もみられる。そんな中、還暦プラス三つ四つというわたしたちの高校のクラスの一人が突然病気で亡くなってしまった。うろたえて、黒い服で涙の再会ではなく、これからは時々会ってコミュニケーションを深めようと、一夜集まりをもった。

「いささかの毒あるものはたのしきろ酒、煙草はてその他もろもろ」。同作者の作。「ろ」は感動を込めた接尾語。もろもろの毒の魅力、奥深さ。「結婚とふ本採用を手に入れて派遣ではたらく今の女性ら」とも詠まれる今の歌。まさに「結婚とふ本採用」後幾星霜、毒も薬も味わいながら歩いてきた。

「まだ、老後ってほどの自覚はないよねえ」という友にみんな同感。だれがみてもアラフォー集団ではないけれど、そこが老の不思議さであろう。のほほんと、飲んで語って30年後も、まだ老いの実感のない日々であれと願っている。

2009・2・18

113　梅便り

梅の花今盛りなり百鳥《ももとり》の声の恋《こほ》しき春来たるらし
小令史田氏肥人

「天平二年正月十三日、師《そち》の老の宅に集りて、宴会をひらきき」という序を添えて、万葉集巻五に「梅花の歌三十二首」が載っている。「時に、初春の令月にして、風やはらぎ梅は鏡前の粉をひらき、庭には新蝶舞ひ…」と、如何にも風雅な平安貴族たちの宴の様子がみてとれる。この日、大伴旅人邸に集った32人の歌人の梅花詠は、現代人が読んでも気品にあふれ、管弦に合わせた声調までも聞こえてきそうだ。

「梅は鏡前の粉をひらき」とは、鏡の前のおしろいのように白く咲いているとの謂《いい》、その感性にも打たれる。春ことぶれの花を愛で、かんざしのように髪に挿し、また杯に花びらを浮かべて長寿や活力を祈ったともいわれる。

水戸の徳川斉昭公は、領国茨城に「水戸偕楽園」を造り、広大な敷地に梅林を育て、梅干しは地場産業として今に至っている。園内の古道は延々と続き、梅香を運ぶ微風が方十里に漂う。

そんな中、春風のどやかな声で「こちら、梅が満開だよ」と電話をくれたのは黄門さまの国の歌人、バレンタインデーの午後だった。「毎年、この日に咲くのね」と笑うと、「生きてる間に、本命が送られてくるかと思ってさ」と応じて近況を語り合った。

かの地では、桜梅桃李一斉に咲くということはなく、いち早く咲いた梅が花時が長く、追いかけて桃、辛夷《こぶし》、桜、梨など順々に咲いてゆく。「ウグイスはまだ、きないんでしょう?」と言うと、「それも例年の合言葉だね」と笑う。茨城に住み始めたころ、「○さんはまだ、きないようです」という活用に驚いた。

「まさに今、〈春の苑くれなゐ匂ふ梅の花下照る道に出で立つをとめ〉の景色なのね」とハイテンションのわたしに「ウン?それ、モモでなかったっけ?」とひと声。かつて茨城の短歌会ではともに「若手」だったわたしたちも還暦を過ぎ、記憶力があやしくなっている。これは「梅の花咲きみだりたるこの園にいで立つわれのおもかげぞこれ」の、斎藤茂吉の歌といつの間にか混同していたらしい。相変わらずのそこつさで、今年の梅便りは甘酸っぱい名残を引いている。

2009・2・25

114　川柳洗礼

うす雪やウフンウフンとふきのとう

真木　泉

短歌の世界にひたって50年近い。自分の名前、作品が活字となって発表の場を得るようになって、あまりにも平凡な姓名に、ときおり同姓同名の難に遭遇したりもした。先日も「○歌壇のお作拝見しました」なんて言われ、大あわてで否定、さりとて今さら改名も面倒と、現状維持を保っている。

そんな私がもうひとつの名を持った。平成12年3月、岩手日報川柳の選者に当代一線の人気川柳作家、時実新子さんが決まったとき、古い文芸仲間から投稿をしきりにすすめられた。新子さんの地元神戸や、ご主人の故郷秋田の柳人方も岩手柳壇に投句されるという。

その時、本名ではいささかきまりが悪いと思い、「真木　泉」としてみた。篆刻《てんこく》の大家の方はさっそく「泉」の印《いん》を陽、陰刻さらに飾り印まで彫って下さって作品以前に周辺の盛り上りがまぶしくてとまどったことだった。

やっぱり名前がよかったせいか、真木泉サン、ゴシック体でしばしば新子先生の選評を頂いた。これが今となっては私の大きな宝物。H12・5・23日付「右往左往転勤辞令まだこの世」には「まだこの世、と言いつつも作者の心弾みが伝わってくる。思えば忙しいのは元気の証し、それこそが生の支えですよね」と会話体で。H15・2・18「みずひきや賀と喪重ねてこそことし」では「賀と喪重ねて、が人生を端的に語っています。みずひきの黒白と紅白は乖離《かいり》のようにみえて繋がっているのかも」、掲出句には「ウフンウフン」が川柳です」と特急はがきが届いた。

しかし、真木泉蜜月のときは平成19年3月10日、新子先生終焉の日を以て終了してしまった。その折にご主人曽我六郎さんから頂いた追悼冊子に、盛岡タイムス3月21日付の「愛はるか、口ずさむとき」拙文も掲載されている。そこには、私の愛読書を続々執筆中の玉岡かおるさんも深い追悼文を寄せておられる。

思えば川柳洗礼日の浅い私は、短歌のようなマンネリもスランプも知らず、ただ新子先生のご評を頂くのが嬉しかった。あの初々しさがなつかしい。もうすぐ師の三回忌が巡ってくる。

2009・3・4

115 あづさ弓

あづさ弓ま弓つき弓年を経てわがせしがごとうるはしみせよ

伊勢物語

「むかし、をとこありけり」で始まる『伊勢物語』が大好き。在原業平の恋愛遍歴をつづった歌物語、といわれるがいまだ曖昧模糊とした通説一二五段からなる作者不詳本である。

中でも不意に、この歌がよみがえる時がある。弓弓弓、と畳みこむ声調の良さが暗記力を助ける。ただしこの歌、聞こえのよさとはうらはらに、実は悲しい男の嘆きがこめられる。

「男、宮仕へしにとて、三年来ざりければ待ちわびたりけるに、いとねむごろにいひける人に『今宵あはむ』とちぎりたりけるに、この男来たりけり。」ああ、男が単身赴任して三年も帰らなかったので、ほかに、熱心に求婚してくる人に、今宵婚姻しようと約束したその夜に、元の夫が来てしまった…。

このころ、夫が消息不明で三年もたてば他に嫁しても「並ニ改嫁を聴《ゆる》ス」との令もあり、まさにその三年目の悲劇である。「弓」は「月」にかかる序詞。「長い長い年を重ねて、私があなたをいつくしんだように、これからは新しい夫に親しみ、尽くしてほしい」との歌意。そんなことを言われたって、今まで待ちわびていた女心の辛さ悲しさを何としよう。

「あづさ弓引けど引かねどむかしより心は君によりにしものを」(私の心は昔からあなただけに寄せておりましたのに)と返すが、「女、いとかなしくて、しりにたちて追ひゆけど、え追ひつかで、清水のある所にふしにけり。そこなる岩に、およびの血して『あひ思はで離《か》れぬる人をとどめかねわが身は今ぞ消えはてぬめり』と書きて、そこにいたづらになりにけり。」(いたづらに＝死の意)

――私の思いが通わなくて離れてしまった人を引き止めることができず、私の身は死んでしまうようです――と、指をかみ切ってその血で岩に書き遺し、その場で死んでしまったという話。いつの世も、宮仕えの悲しさ、単身赴任も致し方ない。「あづさ弓ま弓つき弓ケータイ」を携えて、新年度異動の嵐が吹き始めた。

2009・3・11

116　彼岸の入り

毎年よ彼岸の入りに寒いのは

正岡子規

毎年春彼岸がくると口ずさみ、広く親しまれている名句。「暑さ寒さも彼岸までというけど、彼岸の入りはいつも寒いねえ」「そうそう、毎年よ、彼岸の入りに寒いのは」こんな会話を交わしているのは、東京市根岸の正岡子規の家。明治26年3月、子規の妹と母堂方との会話。その母堂の言葉をそのまま俳句に仕立てたとして有名な話である。

ことしは3月17日が彼岸入り。その前に墓前の雪かきに出かけた。例年より消えるのも早く、黒土が見えるところもある。花筒の雪を取り除き、墓回りを清めていると、カタカタと卒塔婆を打つ風の音が聞こえてくる。雪の墓地は空気の層が薄いようで、ひとりでいると木々の葉ずれやさまざまなもの音が響く。

先月は親せきにお弔《とむら》いがあった。このところ「おくりびと」や「悼《いた》む人」が話題だが、わたしはどちらも見ていない。小さなころから「死」はどんな人にも逃れ得ないこととして見て育ち、悼み、送ってきた。数限りないしきたりも、今はだいぶ簡素化されてきたとはいえ、先夜も念仏回向が行われた。これは葬式からひとなのかまで、座敷いっぱい大数珠《じゅず》を回して、2人の太夫さんの先導に続き、集まった30人ぐらいで5番までの章を節《ふし》をつけて唱えるものである。

「南無釈迦牟尼仏なむあみだ」と、太夫さんが発声、続いて全員が唱和し、20回。さらに阿弥陀仏、十王、地蔵尊、無縁法界と、順々に祈り上げる。子供時分に刷り込まれた文言はあせることなく、昔は「南無大慈大悲の地蔵菩薩なむあみだ」のところが何とも苦痛だったが、今は「南無地蔵尊なむあみだ」とあっさり短縮された。それも若い人たちには「南無地蔵サン」との声も聞こえて違和感が残る。

人生の通過儀礼、ブライダル産業はもとより、今生のフィナーレまで企業の手で演出される世の中になった。だからこそ、ひたすらに生をことほぎ、死を嘆いて集い、口伝《くでん》のままに経をあげ、念仏を唱えて送るしきたりが、この上なく尊いものに思えてならない。やがて西方浄土よりさわさわと吹きくる涅槃西風《ねはんにし》が本格的な春をもたらすことだろう。

2009・3・18

117　角川全国短歌大賞

帰らずに今朝もフェンスに凭れゐる家出少女のやうな自転車

高井忠明

3月11日、ホテル東京ガーデンパレスにて、「第1回角川全国短歌大賞」の短歌大会および懇親会が行われた。これは角川書店の総合雑誌「短歌」創刊55周年記念として、昨年11月28日締切で募集したものである。私は、うちの方の八幡平短歌会の人達に「東京大会」への参加を熱く呼びかけた手前、出さざるをえなくて、枯木も山の何とやらで締切寸前に作品を出したのだった。

それが自由題で、小島ゆかり選入選との通知が届き、さらにハガキやファクスで大会懇親会への出席を促され上京した。10時すぎ、お茶の水駅に降りたつと、その改札口で北海道の同門の女流とお会いして偶然を喜び今日の入賞を祝い合い、会場に向かった。

第1回ということで主催者側も大変な気の入れようで、若いスタッフの方々がゆき届いた対応をして下さって心地よかった。

応募総数8054首の中から掲出歌が大賞受賞作品。高井さんは兵庫県宝塚市の70代後半ぐらいの方。受賞の弁もやわらかい関西ことばで「はじめ、副賞10万円と聞き、もしや今話題のふりこめ詐欺かと思ってしまいました」と笑わせた。初句「帰らずに」から上の句に自転車を擬人化して、あたたかい作品になっていると高い評価が得られた。

また題詠部門として、現在居住している地域の特色や風土を詠み込む規定の題詠大賞は「ひざまずき原爆死没者名簿に風とおす白き手袋　また夏がくる」広島県の上條節子さんが受賞。ほか全県海外からの作品も並ぶ。

岩手の題詠では一関市の阿部ヒサさんの「白白とガードレールが垂れ下がり地震に断たれしまつるべ大橋」が柏崎驍二選入選。（当日欠席）そして拙作「離陸してしばらく鳴ける白鳥も列整へばしんと飛びゆく」がまぐれで入選した。ひき続き200人ぐらいの懇親会も、旧知の方々も多く実に楽しいものだった。私は、この第1回というのが嬉しかった。思いがけず春一番の朗報にふれて「少女のやうな」感動がよみがえった。

2009・3・25

118　四月一日

木馬ほか天地の廻る四月馬鹿

石原八束

四月馬鹿、とはヨーロッパ起源の風習で、日本には大正年間に伝わったといわれる。詩歌では「エープリルフール」は7音として収めたり「万愚節」とも詠まれる。また、ものの本によると「四月一日《わたぬき》」さんという珍しい姓もある。冬の間綿入れの着物を着ていて4月ともなれば綿をぬいて袷にし、さらに夏には裏地のない単衣にする習慣からという。

この、うそをついてもいい日というのは、昔はあまりなじみがなかったように思う。しかし剽軽なうそで人をかつぎ、座をわきたたせるなら許されもするが、このごろはふりこめ詐欺やら「なりすまし」など油断がならない。

そしてわたしは、このすさまじい「なりすまし」大河小説を読んだばかり。もっとも歴史上、武田信玄も、かの「篤姫」に登場した皇女和の宮も、替え玉説がくり返し語られたものだった。

しかし、時は明治17年、維新の余波のまだ続く日本の近代化の幕明けのころ、アメリカに向けて出航するシティ・オブ・ペキン号の船上からこの物語が始まる。玉岡かおる著『天涯の船』である。

「若様、今日からこの娘が〝三佐緒〟でございます」と、しきりに妹を探す兄に平然と答える乳母のお勝。本物のひいさまはすでに言い交わした男がおり、それを引き裂いて米国留学に出した殿の下命をあわれんで、にわかに乗船のどさくさにまぎれて、小間使いのまだ12歳の少女とすり替えたのである。

19世紀の終わりに命の灯もたえだえに海を渡ったミサオその人を、あたかも実在の女性かと世界の表舞台での晴れ姿を見つめ胸が躍った。

モデルは川崎造船所（現・川崎重工業）の初代社長松方幸次郎。そこに米国留学の同士ミサオとの愛の絵巻が展開されると読者はわくわくしてページをめくる。折しも第一次世界大戦のヨーロッパの状況が活写され、ロンドン、パリ、ウィーンをはじめ芸術の都を生き生きとゆき交うヒロインたち。作者の想像力によって、命を吹き込まれたミサオの航路。決して身替わりなどでない、切なく壮大な生き方に心が震えた。虚か実か、限りない夢を支えに、まさに天地の廻る心地がした。

2009・4・1

119　桜を仰ぐ

花吹雪くぐりてゆきし母と子のかん高きこゑ徐々に遠のく

早川静子

「逃れたきことありて来し川越城本丸御殿は桜に明かる」とも詠まれる作者は、埼玉県川越市で書道塾を営まれる歌人。4月から始まったＮＨＫ朝の連続ドラマ「つばさ」の舞台の住人である。以前「どんど晴れ」のときは、よく電話をくれた福島の友人が「今度は早川さんの川越だねえ」と、また弾んだ声を聞かせてくれた。彼女も福島出身で、3人の中ではわたしがいちばん年下だが10歳くらいずつ離れているのに、姉上たちのパワーにはとても叶わない。

早川さんの第二歌集『駱駝草萌ゆ』のあとがきによれば「昭和六十三年、男の孫が生まれておばあちゃんになった。さあ、これからわたしの新しい生活が始まるのだとわくわくしていた時、宮柊二先生亡きあとの諸々の整理を終えられた英子夫人が先生の追悼のために『山西省』の歌枕をたずねる〈柊二の旅〉を企画されたことを知り、参加させて頂いた」とあり、それからの10年余はシルクロードや山西省、ヨーロッパへの芸術鑑賞の旅等々、多彩な日々を過ごされた。

「カシュガルの日曜の朝バザールをめざす驢《ろ》馬車《ばしゃ》の陸続と過ぐ」この旅の折には、羽衣のような大陸の絹のスカーフをふわりとお土産に頂いた。書の達人の美しいお手紙と共に今も大切にしている。「マロニエの青き実あまた転がれり雨降るザルツブルグ古城への通」「登り来しチュレーラ峠は酸素薄くゆつくり歩いて青い芥子探す」とロマンにあふれ、次々と誌面をいろどる熟女たちの海外詠。天文に興味をもつ女流は流星群や、日食観測に熱帯の孤島までも出かけられた。常に燃えるものを見つめ、追いかけ究める精神に打たれる。

やがて、「六十代終ふれば如何なる日のくるやほうほうと散る桜を仰ぐ」「古稀、こきと呟きみれどどうしてもわれになじまぬ何かが足らぬ」昭和2年生まれの作者の古稀の感慨。さらに10年、足らぬ何かは埋まったのだろうか。「音もなく空《くう》を流るるさくらばなほうけて見つつひと日過せり」傘寿を経て、いよよ華やぐ花の歌、川越の歌姫が思われる。

2009・4・8

120　嘆きをこえて

職を得て心ほのぼのと土筆つむ吾の一生《ひとよ》に春来《きた》るらし
高橋妙子

一冊の歌集を読んで、その背景に慄然とすることがある。散文や小説と違い、こまやかな説明も状況描写もなく、三十一文字だけで独立した世界を構築し、読者の想像力に委ねられるため、時に十分意を汲めないこともある。

北海道の高橋妙子さんの『星のことば』もそうだった。本の帯文の「三十代で夫を亡くし、三人の子を育てる中で、天上の星の輝きはやさしい励ましの言葉として著者の身と心を照らした」でも、まだ形が見えていなかった。

ところが、ある方のこの本に対する解説文を読んで衝撃が走った。「輪禍は愛知県北設楽郡豊根村分地の佐久間ダムでおこった。金沢大学の名誉教授であった慶松光雄氏の告別式に参列して、海老名市の自宅へもどる途中のことである。慶松氏は夫君の山岳部の先輩。直木賞作家、高橋治の作品『名もなき道を』の吉松先生のモデルといわれている。水深約28メートルの地点から車は浮上した…。」

歌集の中に「享年三十五歳に逝きし夫中途半端にわが愛されし」「十七年たちて黄ばみぬ夫逝きし輪禍伝ふる中日新聞」の作品がある。そこから、解説者・布施隆三郎さんは昭和51年7月10日の記事をさがしだしたのである。「数珠もなく喪服も持たず普段着の心乱れて夫を荼毘に付す」「児を背負ひ遺骨を抱き子を二人率ゐて都電に乗りたる記憶」のすさまじさ。

実は先月、東京で高橋さんにも、解説を書かれた布施さんにもお会いした。ずっと以前に本は頂いていたのに、氏の解説を読むまで、その実態を知らなかったのだ。

はるかな時を経て彼女には「わがものとなるべき中古の白き家買ひもの帰りにまた仰ぎ過ぐ」というような安寧の日々も訪れた。「千メートル泳ぎて濡るる髪のまま仰ぐ栗の木花の匂へり」との自由な時間も得られて若々しい。かつて「我が裡《うち》は嘆きのあとの明るさと友言ひにけり言ひ当てにけり」と詠まれたが、嘆きを越えて今はつらつと、成人した子供さんたちのところへ一生《ひとよ》の春を届けておられるようだ。

2009・4・15

121 鳥語の季節

鳥語より聞こゆるものなし春の昼

三宮麻由子

三宮麻由子さんの書かれたものを読み始めて何年になるだろう。「鳥は〝神様の箸休め〟だと思う。野鳥は愛を育むために歌を授けられ、歌うために生まれ、神にいちばん近い天の高みに上がることを許された唯一の生きもの。私にとって、鳥たちのメッセージを聞かせてもらうことで、空が本当にあることを確かめられた…」『鳥が教えてくれた空』より。

たいていの書物の彼女の紹介文には「1966年東京都生まれ。4歳で病気のために視力を失う。上智大学フランス文学科卒業。同大学大学院博士前期課程修了。外資系通信社勤務のかたわらエッセー執筆、著書多数」とあり、略歴と並んでそれは美しく、理知的なポートレートが添えられる。幼少期から親しんだピアノで絶対音感が磨かれ、英語を教わった外人の先生には「見えないからこそ素晴らしいことが分かる」と深く諭された。

小学低学年で、オプタコンという米国製の触読機を使い、楽符と漢字かな交じり文を習得。次にワープロ、パソコンに移行。やがて15歳でアメリカに留学。ユタ州の大自然に触れて、心身一層豊かに成長された。

こんなにも生き生きと未知なるものに挑戦し習熟してゆくひたむきさ、時に俳句ももものされる。ここでは「目が見えないのに」という論理は不要。晴眼者必ずしも清眼と限らず、濁ったレンズで世界の不明を見ている例は計り知れないのだと、自戒を込めて痛感する。

それにしても多彩な才女の、落語の話がまた面白い。寄席に通って聴くだけでは飽きたらず、実際に所作のけいこに出掛けるくだりが『福耳落語』に描かれる。手拭いをたばこ入れに、扇子をキセルに見立てて一服の場面。おっと、それじゃ手のひらに熱い火種がこぼれるって、一同爆笑の渦。笑いっていいな。あれもこれも麻由子さん、実はみんなお見通しなんじゃないかしら。

さてさて春はやっぱり鳥語の季節。うちの庭でも4月13日、うぐいすの初音を聞いた。わたしは鳥語は分からないけれど、初音の日だけは何年分も記録してささやかなわたしの歳時記としている。

2009・4・22

122　上杉節

射抜かれし藩主の兜目に残る甲冑展を出でくれば雨

横尾貞吉

「天の時、地の利に叶い、人の和ともに整いたる大将というは、和漢両朝上古にだも聞こえず。…」「北越軍談　謙信公語類」をエピグラフとして掲げ、火坂雅志著『天地人』が上梓されたのは昨年11月。上中下3巻初版でわたしも発売と同時に読んだ。

そして1月から放送中のＮＨＫ大河ドラマ「天地人」では主人公直江兼続の子役、与六の「わたしは　こんなとこ来とうはなかった！」の名演技が茶の間の話題をさらった。今や中盤に差し掛かり、上杉軍団も米沢に移封も近いかと思われる。

謙信、米沢を語れば血が騒ぐ。雪国の暮らしでも特筆すべき「五六豪雪」と記録に残る昭和56年から12年間、米沢市に住んだ。それまで雪とは無縁の太平洋岸の町から転勤し、子供たちの雪靴を3足買ったら1万円で足が出たという哀しい笑い話を思い出す。

でも、質実剛健、「興譲」の精神は子育てには実に良い土地柄だった。自宅から近い上杉神社には、謙信公の像と共に「なせば成る　なさねば成らぬ何事も　成らぬは人のなさぬなりけり」と刻まれた上杉鷹山（治憲）公の石碑があり、子弟養育の鑑とされていた。

掲出の歌は、山形市の中学校の校長先生だった方。82歳で平成15年鬼籍に入られた。４人の男性兄弟全員が歌人で、すぐ上の錦三郎さんは「空を飛ぶクモ」ほか蜘蛛の研究でも有名な方だった。「持てる力乏しくなれど体育の指導者なれば逆立ちも見す」『戦友』を十四番まで唄ひ終へ山の湯宿の戦友会閉づ」歌会でお会いする度、古武士のような雰囲気でピシッと背筋の通った剣の道も極められた方だった。

米沢は、ゴールデンウイークは上杉祭で賑わうがことしは「天地人」効果で早くも全国から人が押し寄せているという。わたしはかの地を離れてもう15年以上もたつが、今でも「これぞ天下の上杉節」が口をつく。「毘沙門天の旗じるし　われに勝利をたれ給え　のろしは上る春日山　謙信出陣武締式」に始まり、川中島、信玄の死、関ケ原、と歌いあげ、上杉文化のいやさかを祈るものである。音痴のわたしの唯一のおはこ、上杉節五番までの絵巻は何よりの財産となっている。

2009・4・29

123　古草・新草

おもしろき野をばな焼きそ古草に新草《にひくさ》まじり生《お》ひば生ふるがに

万葉集巻十四

空気が乾燥している。春先、防災無線ではしきりに火の始末をよびかけているが、今は簡単に野焼きができなくなった。春耕、田んぼに水が入る前に、うちの地区では恒例の農業用水路の堰《せき》上げ作業が一斉に行われた。私などは一枚の田んぼも耕さず、土地改良区の恩恵に浴してはいないのだが、参加しないとまずいので、その日は早朝から鎌を手に「名ばかり組合員」の役割を果たす。

ことしはあいにくの雨だった。男性達は「どうせ川に入るんだから降っても照ってもおんなじだ」と言うけれど、葦《よし》や枯草を刈り運ぶのに、頭からどしゃぶりの雨を浴びてなんとも意気の上がらない作業だった。

あちこちに積み重ねた枯草の山に「火、つけるか」「いや、高速道路さ煙行くからやめるべ」と、ことしはバーナーでの火つけ担当役の出番はなかった。

年一度の春の共同作業。思えば万葉の昔から、新生の春は心を浮き立たせ、ことにも巻十四東歌は詠み人知らずの素朴な作業歌が多い。掲出歌は「せっかく眺めのいい景色の野を焼かないで下さい。古草に新草がまじって、芽が出たら伸びるように」との解釈。

でも野焼は春の一大行事。民謡「長者の山」では「山さ野火ついた　沢までも焼けるナー　なんぼがわらびっこ　サァサほげるやらナー」と歌われるがこれなども「草がよく芽を出すように春の初めに野の枯草を焼く作業」といわれる。

続く東歌「佐奈都良《さなつら》の岡に粟《あは》蒔きかなしきが駒はたぐとも吾はそと追《も》はじ」。意は「さなつら（地名不詳）の岡にアワをまいて、恋人の馬がそれを食べても、私はソッとも追うまい」。そしてまた「長者の山」では「さんかみやまの　さなづらぶどうっこナー　わけのない木に　サアサからまらぬナー」と歌う。

春の野に、わらびの成長を願い、岡には恋人の馬が粟を食《は》む風景――。一千年など一炊の夢。古草にやわやわと新草のそよぎを見て、おもしろき野に盛る長者の山こそ、サァサ末長くと歌い継ぐ声がこだましている。

2009・5・6

124　きららかに

きららかについばむ鳥の去りしあと長くかかりて水はしづまる

大西民子

5月9日、雲ひとつなく晴れ渡った空の下、大西民子歌碑の除幕式が行われた。朝からぐんぐん気温が上がり、半袖姿の子供たちも通る上の橋のたもと、ハラリと白布が引かれると、匂いやかな民子の筆跡が表れた。掲出の歌である。黒い碑面に文節ごとに彫られた9行の字句は、音符のようにも、また、今しも飛び立とうとする鳥影のようにも見える。

この歌に、世界的なチェロ奏者の平井丈一朗氏により曲が付けられ、盛岡二高の生徒さんたちの歌も披露された。旧校歌の「雪間に匂うしらうめの」の方はわたしの在学中は新曲に変わっていたので今回一緒にはうたえなかったが、先輩方には涙を見せる姿もあって感慨深かった。

民子の興した「波濤」短歌会の方々が全国からかけつけられ、民子の教え子の皆さんや同窓生など、すぐうちとけて話せるふんいきがうれしかった。係累のひとりもいない除幕式というのも珍しいが、わたしは参集のある方と話しているうち、不意に民子の声を聴いた。その方の恩師は民子より7歳ぐらい年下で、お酒が大好き。「民子の酒」の話になると、30代はじめのわたしなどには実にまぶしく刺激的だった。

昭和53年秋、茨城全県短歌大会の折、高萩市で民子にまみえた。洗いたての髪、美しいソプラノで話され、わたしが不肖の後輩だと名乗るとやおら私の手を取られ、「観てあげる」といわれたことを、昨日のように思い出す。そして「ひとすぢの光の縄のわれを巻きまたゆるやかに戻りてゆけり」の色紙を目の前で書いて下さった。それを今回の企画展に提出している。

奈良女高師での民子の足跡も、昨年秋ゆくりなく公開中の同大学を見学する機会に恵まれた。栗色の「百年ピアノ」に、民子の指が躍ったかと胸が高鳴った。

平成6年、岩手日報「詩歌の窓」担当の正月に、民子の訃を知った驚き。わたしの仕事始めは偉大なる先輩の悲報から始まったのだった。人にはいくつか、忘れ得ない接点がある。その度に、深く影響を受けた方の声やたたずまいがよみがえる。きららかに、今日の接点を忘れぬよう、わたしは陽春の初々しい歌碑を目に焼き付けた。

2009・5・13

125　電話のうた

語りたき聞きたきことはさはにあれど君が働く時間といまは

中山礼治

身辺にあふれる文明の利器のなかでも、電話、情報通信の進歩には驚くばかり。家庭での黒一色の固定電話の時代がけっこう長かったが、昭和の終わりごろから、プッシュホンやコードレスや、親器子器などの呼び名も登場した。そしてケータイへの移行。出現から普及までまたたく間だったので、今ではもう随分昔からの必需品のような思いがしている。

掲出の歌は、明治45年生まれの越後の歌人の電話のうた。常に、わたしの口ぐせともいえるぐらいなじみ深いものである。「語りたき聞きたきことはさはにあれど」、さしずめ今ならば、すぐメールを打つのだろうが、「待てよ」と、踏みとどまる。「あの方は、今は働いておられる時間」と言いきかせ、黒い電話を見つめる。

と言っても、この歌に関してはなにも詮索めいたことはなく、歌の師、宮柊二への思いで、初出は昭和52年1月号の歌誌である。さらにまた、宮柊二にも「頼みごと一つを持ちて同齢の越後の友へ電話入れたり」があり、これは中山氏のこと。宮先生の「獨石馬」の「古人が讃へ言ひたるほどのものと思はず見をり瘞鶴銘」の結句「えいかくのめい」について、中山氏は、高村光太郎の詩「鉄を愛す」の中に、この字句のあることを指摘されたという。博覧強記の文人の秘話、すごい世界と心がふるえる。

読み、書いて熱中している時間、ひとつの字句が気になり、話したい、聞きたいと思うときがある。「君が働く時間」をさけて、直接コールがつながったときの喜びは、メール直通の今の世とは比べものにならない感動だ。

「『岩手山の根つこの村のやうですね』中山礼治先生のふみ」私が20数年ぶりに帰郷した時の挨拶状に、誰よりも早くいただいたお手紙だった。「すぐに拡大鏡で確かめました」とあり、あるいはご来駕《らいが》もと期待したことだった。

平成10年春、86歳にて逝去。医師のご子息の一文によると、何事にも慎重冷静な父上に、突然行動される一面がおありだった由。その後しばらく、わたしは電話の短く切れる呼び出し音に心が騒いだ。

2009・5・20

126　新人です

新面目　日々あるべしと素心もて　流れに立つを新人
といふ

橋本喜典

5月23日、日本現代詩歌文学館にて、第24回詩歌文学館賞贈賞式が行われた。詩部門は、長田弘氏、短歌、橋本喜典氏、俳句は友岡子郷氏の受賞、岡田日郎氏の記念講演もあった。

私は、橋本氏の第八歌集『悲母像』を求め、帰宅するなり読み始めた。おもしろくて、おかしくて。会場での偉い先生方の選評は深く、戦中戦後のイデオロギーや洞察力にふれて、賞の重みを認識させられたが、私は私の感覚で、なんておもしろい本だろう、と喜んだ。

昭和3年生まれの作者の、昨年11月11日、誕生日に刊行の『非母像』450首。私はまず、その中の長歌一篇「新人」に心を奪われた。

主人公は歌会に行こうと電車に乗る。隣に座った行商の老女と歌稿を読む作者との場面。

「七十歳《ななそぢ》の前後の年齢か　健やかに皺もなき顔　何となく備はる品を感じつつ　われも笑めれば　老女言ふ。短歌と俳句は　どう違ふんでしょうね　不意打をくらひしわれの、なんとせう、なんとせう」そして「あなたの歌はどれですか　これです　と一首を指せば　引き寄せて読みゐし老女　おもむろに面《おもて》上ぐるや　歌は説明ではないものね　行商の老女に言はれ　ひたすらに頷きをれば　あなたは新人ですね　ああなんとせう。」

「歌歴二十年　たちまちに深傷《ふかで》を負へど　あら不思議心はなんと　爽やかに笑みさへ湧きて　おのづから出でたることば　はい、新人です／一月五日歌の仲間の懇親の　集ひに聞けるこの年の初のスピーチ　大き拍手起れる中に　われもまた手を打ちながら　新人です、新人ですと呟きてゐつ。」

そして反歌が掲出の歌。一字違えば「真面目」大まじめだけれど、一字にこめた作者の真意や面目躍如。

「この姿なにゆゑなると悲母像は戦《いくさ》に死にし若者を抱く」山梨県小淵沢のフィリア美術館を、私もいつか訪ねてみよう。一書を完読し、行きたい、見たい、知りたい願望が次々とわいてくる。「少《わか》き日の疑問の奥に在りしもの解らねばいまだ老いに到らず」との大人《うし》の境地を仰ぎ見て、老いに到らぬ未知への憧れを強めている。

2009・5・27

127　運転免許証

昨夜百花爆《は》ぜたる故郷の空見上げ吾が日常へハンドルを切る

青木陽子

2007年版『現代万葉集』より。おびただしい歌壇人口のなかでも、実際にハンドルを握り車を運転する人の歌はあまり多くない。歌人の高齢化と、免許取得者の多様性、いかにも古い詩型に、ETC搭載の歌などは器に納めきれないのかもしれない。

ところで、きょう6月3日はわたしにとって忘れられない記念日。平成3年6月3日、わたしは一大決心をして自動車学校に入校したのだった。日中は仕事があり、夜間部6時ぐらいに学校のバスが迎えにくる。

その車内のカーラジオで、九州の雲仙普賢岳の噴火を知った。火砕流で死者が出た。あれ以来この日がくると、活火山のマグマが蘇る。

米沢の会社の同僚達は、45歳のわたしにさまざまな反応を示し、上司には「やれやれ、交通戦争に突入か。何人殺されるやら」などとからかわれ、大学入試の娘にも迷惑をかけた。

なにしろ生来の運動神経欠陥と機械オンチ。実車のとき教官に、クラッチを踏めと言われ、「うちの車にはこんなのついてません」と言ったばかりに笑われて、「とんだオートマ奥さん」と申し送りされた。「S型、クランク」のコース。わたしはエスガタと聞けば「絵姿女房」の落語を思い出して笑った。すかさず「まじめに、集中して！」と教官の声が飛ぶ。

タイヤ交換の実技では、学生達の夏休み期間で全国から合宿教習生が来ていて、その若者達に助けられた。従ってわたしはいまだにタイヤ交換もチェーン装着もできない。

仮免で一回落ちて、8月2日、天童免許センターにて「運転免許試験」が行われた。電光掲示板で、自分の番号にパッと明かりがついたときは、本当に天にも昇る心地だった。年齢のくらいお金がかかると聞いていたが、まる2カ月で、年齢より10歳分ぐらいおつりがきた。

まだケータイは持っていなかったが、夫が学校まで迎えにきてくれた。でも、夫は決してわたしの助手席に乗ろうとはしなかった。岩手での暮らしは、車なしでは過ごせない。マニュアル車にも1年乗った。あんなに緊張し、苦労して取った免許証を汚さぬよう、安全運転を心がけている。

2009・6・3

128

わたしはここにいる

カッコーが／淋しくないよ／淋しくないよと／いつものうた／同じ言葉を人間の言葉でくり返す切なさ

宮静枝

6月7日、サンセール盛岡にて「宮静枝詞華選集anthology出版記念会」が行われた。ご案内を頂いたとき、宮静枝さんが亡くなられて、もう3年もたったかと驚く思いがした。

平成15年6月1日には、杉土手の川沿いに黒御影石の立派な詩碑「わたしはここにいる」が建立され、大勢集ってお祝いをしたことがついこの間のような気がする。あの日の宮さんは93歳とは思えぬ若々しいお姿で、黒いドレスに身を包み、よく通るお声で、碑に刻まれた詩を朗読された。

「旅をここまで来た／静かな日だまりだから／過ぎこしは指折らず／あの日より少し悲しく／みちのくの／城下町の川のほとり／わたしはここにいる」（前半略）

今も、切々とあのお声がよみがえる。

訃報を聞いたのは詩碑建立から3年後の平成18年12月25日、翌年2月11日には盛岡グランドホテルにてお別れ会が行われた。

そしてこの度、美しい詩華選集が出版された。「たれもが菜の花畑を征ったので／たれもが心に菜の花を抱いた」との黄色い菜の花畑の写真のカバーがまぶしい。カバーの下は目も鮮やかな緑の表紙。この日、出席者のテーブルはなのはな、ゆり、あじさい、むくげ等々、どれも宮さんが愛し詠まれた花々の名で設《しつら》えられた。

コーラスせきれいの皆さんの「岩手公園」「わたしはここにいる」も、佐藤洸さんの「啄木望郷の歌」そして「昴」に、しみじみと歳月の嵩《かさ》を感じ、さしぐむものがあった。

私は、むくげ（ムグンファ）が咲くと『さっちゃんは戦争を知らない』を開き、声に出して読みあげる。今はカッコー。同、「ふり向けば」の一節。掲出詩に続き、「虹との約束はなかったが／虹に語りたいことが山々あったのに――」との述懐があり、カッコーのうたに連動する。

いい集りだった。ある方は、宮さんに「外息子」といって愛された思い出を語られ、岡澤敏男さんは「なのはなの空をわらべのひとり行くほんのり白い三日月の橋」と献歌を詠まれた。みんな「私の宮静枝さん」をこのうえなく大切に語られる姿に心打たれた。

2009・6・10

129　ローリエの縁

月桂樹の枝を下さい　どうぞどうぞローリエの縁に結ばれて今も

中島やよひ

ことしの春は、歌人大西民子の話題に沸いた。4月9日～5月31日、啄木賢治青春館にて大西民子展。4月26日、「大西民子の世界コンサート」、5月9日歌碑除幕式。さらに8日には川村杏平氏の『無告のうた』民子評伝書が出版され、好評発売中である。

わたしは5月13日付盛岡タイムスのコラム「きららかに」と除幕式の新聞を「波濤」発行人の中島やよひさんにお送りしたところ、折り返し歌集『ローリエの縁』をちょうだいした。

美しい本である。平成20年刊、あとがきに「第二歌集『風木』の掉尾《とうび》に〝山上にアルプホルンを吹くは誰　登つておいで登つておいで〟の一首を置きました。アルプホルンとして聞こえてくるのは大西民子先生の声。（中略）先生の挽歌も思うようにできず、また二年後の夫、その三カ月後の母の挽歌もできず、何のために歌を作ってきたのかとも思いました。そのことは、民子先生も、夫も母も、私が「波濤」に専念することでゆるして下さったように思われました」と、覚悟のほどを示される。

「おし寄する本の渚に起居《たちゐ》してたどきなかりし民子をおもふ」「覚えゐてもうかくるなき電話番号楽しかりしにしあかしとなさむ」挽歌切々。民子展での遺品の中には、中島さん命名の「お助け袋」というかわいい巾着もあった。こまごまとした身の回りの物が入れてあり、外側に安全ピンが三つほどとめてあった。わたしも似たようなことをしているので楽しく眺めた。民子の部屋の写真もあって、そこの電話は、もう鳴らないのだと寂しさがしみた。

「キッチンにしごと見つけてとどまれるわれは何より逃避してゐむ」気がつけば一心にシンクを磨いていたり、おや、「十あまり二つと数へて聞きゐたり鳩時計の鳩はいつでも律義」ひとりの居間に律義な鳩の働きの音。「ブランコの下に楕円の窪みありここ蹴りて子はいづちゆきけむ」わたしの大好きな歌。ここ蹴りてゆきし日より、どこを着地点とするのだろうか。見上げれば「登っておいで」と声がする。そして「どうぞどうぞ、ローリエのえにし」のお声、たたずまい。わたしは中島さんにお会いする度に、民子の雰囲気を濃くなつかしく感じとっている。

2009・6・17

130　ヨシキリの声

梅雨明けのいまだをさなき葭切やこもり鳴きつつその葭揺るる

島田幸造

わたしはヨシキリが大好き。鳴き声からギョウギョウシ（行行子）とも呼ばれ、夏の歳時記の代表格。あのせわしくも懸命な声を聞くと、なにか行動力が促されてやる気がでてくる。

わたしは今、40年前に刊行の歌集を読んでいる。仙台の、故島田幸造さんの『風鶴』である。北原白秋門、宮柊二の高弟。氏とは旧来いろんな会場に同行、いつも大樹の風格の方だった。

「契約金リュックサックにつめて来て山に一人の感情さはぐ」「松山の脂《やに》の香しるき日あたりに喉かはきつつ間縄《けんなは》引けり」昭和30年代の、紙パルプ業界の職場詠。山を買いつけ、道路をとりつけ、地主との契約も今なら信じられないなまなましい場面である。

「鶴の声するどく透る夜の更けを枕はづしてみどり児眠る」「弟と呼ばるるを互ひにいとひつつ双生児《ふたご》の子らが今日もいさかふ」のほほえましさ。昭和30年生まれの兄弟は現在、父上のＤＮＡを濃く継いで、文武に秀で活躍中。

仙台では役職多忙の中、カルチヤー教室も充実し、氏を慕う人々で盛況だった。平成になってからは、「白秋と同病で」と自ら言われる眼疾に悩まれる姿が痛々しかった。

平成14年5月、平泉の曲水の宴の見物席でお会いした。「衣冠束帯で出演なさればいいのに」と言うと「目見えないんだもの、さかずき落としちゃうよ」とまぶしそうに笑われた。

あれが最後になった。あんなにお元気だったのに、その年の11月、80歳にてみまかられた。「進みゆく父の納骨住職の読経に印度のひびきこもれり」「亡き父に見せたきものを冠雪をいただく富士が月光に照る」と、現在静岡在住のご子息、島田真幸さんの挽歌。思えばわたしが初めて島田さんにお会いしたころの年齢にさしかかっておられるようだ。言葉やしぐさの端々に、亡き人の面影がゆらぐ。

「エスカレーター上りゆくときひとり立つわれのかたへを黒き風過ぐ」島田さん晩年の作。心眼にとらえた黒い風、今日もそんな気配があった。重い雲の下、目をあげると用水路の向うの、身をかくすほどもない茂みの中から、ヨシキリが何か意を決したように鳴きだした。

2009・6・24

131 紅花の里

毎日をぶじに生くるが当然の戦無き世に人びと暗し

遠藤綺一郎

米沢を離れて17年になる。花輪線、東北本線、奥羽本線と乗り継ぐ距離感、山形新幹線の開通はまだで、特急つばさが走っていた。山形は何といっても、斎藤茂吉の牙城、歌碑もいっぱいあり、アララギ派の歌人が多かった。

そんな中で、市主催の古典講座がもたれることになった。専業主婦だった私も参加、講師は米沢短大の遠藤綺一郎先生。『徒然草』を教わった。また茂吉の作品と、スライドも見せて頂き、そこに行くのが楽しかった。

その折、先生がよく窪田空穂のことを話されたが、まさか空穂、章一郎門流の歌誌「まひる野」同人でいらしたとは全く知らなかった。岩手に帰郷後は年賀状だけのおつきあいがずっと。間に、喪中のお葉書もあったりしたが、互いに年賀の賀詞と歌を添えて大切に詠み続けてきた。

それが、五月の詩歌文学館賞の贈賞式のあと、橋本喜典先生より「まひる野」6月号を頂き、ページを繰っているうちになつかしいお名前を拝見し、わが目を疑った。「散りぢりになる感傷も遠のきぬ元教師わが弥生三月」「空襲の心配なしに就寝し朝の目ざめを疑はぬ日々」そして「異変には遭はじと決めて出しやれど常に一抹不安を懐く」の心情。常に身辺にあふれる天災人災をきわどくかわしながら「ぶじに生くるが当然」のように思い暮らす日常をかえりみる。戦争をくぐり抜けてきた目にいくさ無き世の不気味な暗さを見すえて心に響く。

月日の過ぎる早さ、先生も古稀は越えられたろうか。猛吹雪の日、講義終了後同方向へ帰るのに、車に同乗を無下に断り、目もあけられない雪道を歩いたことなど、今かがり火のように思い出す。同好の士が二人寄れば歌会ができたのに、何と無駄に時を費やしていたことか。

ことしの賀状には「にこにこと黙って家族の話をば見て居りたりし耳しひの祖母」の歌に添え、「遺伝でしょう、耳は遠くなりました」とある。一別以来二十年近く、お会いしてももうお忘れになられたかもしれない。「まひる野」の歌人の皆さんは、よく長歌を作られる。私も今宵はなんだか心弾み、紅花の里、桜桃の町を詠みこんで熱いリズムに酔ってみたくなった。

2009・7・1

132　写真機

世話ばかりやいて写真の隅にゐる

岸本水府

　時代とともに物価は上昇するばかりだが、写真は安くなったといつも思う。先日、テレビ「徹子の部屋」で黒柳徹子さんがゲストに「あなた、散歩のとき、いつも写真機持って歩くの？」と聞かれ、老いを感じさせない方の「時代のことば」としておかしかった。

　それこそ、写真機と言っていたころの写真代は高かった。そして「記念の日」しか撮らなかった。終戦っ子の同級生が集まると、みんな幼年期の写真が少ないことを言う。少ないからこそ丁寧に保存して、何回でも同じ写真を眺め同じ物語を楽しんだものだ。

　テレビがカラー画面に移行したころには、写真機にもカラーフィルムが普及するがやはり貴重という感覚があった。それが今や、カメラの形態も変わり、撮る、プリント、焼き増しなどの手順もコンピューターがしてくれる。保存も機器の中では永久保存だという。そしてそのころから私は写真整理をしなくなり、カメラも持ち歩かなくなった。

　そんな中、今日はうれしいお手紙を頂いた。6月28日の『岩手人名辞典』出版祝賀会の出席者Aさんより、パーティーの写真がどっさり送られてきた。著者浦田敬三先生と藤井茂さんご一緒の最高の場面が撮られてある。

　思えばこの席で頂いた共著『岩手人名辞典』には、安倍貞任の時代を除いてはほとんどの人々に顔写真が付けられていて、大変親しみのある内容になっている。そして20年ものご労作を世に出されたお二方の笑顔をみごとにとらえたこのカメラマンの腕のすばらしさ。

　あんなに盛り上がったパーティーに、Aさんはカメラを手に会場内をくまなく撮影され、ごちそうも召し上がられないようだった。「世話ばかりやいて写真の隅に」さえご自分は入られず、周りも気がきかないことで気の毒なことをした。

　「孔雀おもふにこれは自分の尾ではない」同、水府さんの川柳。なんとまあ、恩師浦田先生の横でこんなに太ったおばさんの「これは自分の絵ではない」と言いたげな一葉に笑いがふきだす。とはいえ、真を写す写真機の産物。一生の、この一瞬はこの中にしかないのだと、今あらためて見入っている。

2009・7・8

133　運命の人

若きらに語り継がんと被爆せる老いの眼はあの夏の日を追う

謝花秀子

『現代万葉集』２００８年版より。作者は沖縄の人。本集「戦争」の項目に「戦世《いくさゆ》」を詠む「島人《しまんちゅ》」の歌３首が掲載されている。わたしはこの「じやはな」さんの姓にひかれた。

実はこの春はずっと、山崎豊子さんの『運命の人』を読み、6月30日、全4巻が完結した。かつて外務省機密漏えい事件と呼ばれ、知る権利が熱く叫ばれた時代を検証する軽トラック何台分もの資料を読破された上での作品である。「文藝春秋」連載中から愛読していたが、政治権力の固い話も実におもしろく読了した。

折りも折、わたしはわが家の古新聞の山から驚くべき「特ダネ」を掘り出した。平成19年7月の朝日新聞「逆風満帆」で、元外務省アメリカ局長の吉野文六さんの記事である。35年たった今、「沖縄返還密約はあった」と初めて認めたのだ。小説では吉田孫六。昭和47年、3月27日、衆院予算委員会で、社会党の横路孝弘議員が外務省の秘密電信文のコピーを読み上げる。作中では弓成《ゆみなり》記者が社進党の横溝宏議員に渡した文書であり、それは外務省審議官付きの三木昭子事務官から入手したもの。小説でも最高のヤマ場であるが、「情を通じ」と起訴状に書かれて二人は警視庁に逮捕される。

実在のこの元アメリカ局長は「とにかく私の仕事は、沖縄返還協定を国会で批准させること、それがすべてでした」と語る。弓成こと西山太吉記者は毎日新聞社を辞め、昭和53年に最高裁で有罪が確定した。「最初に結論ありき」の判決。密約文書はアメリカではすでに明らかになっているにもかかわらず、政府は否定し続けている。

こうして第4巻は、いきなり沖縄である。失意の弓成亮太は家族とも離れ、バナナ王と呼ばれた福岡の実家にも戻らず、54歳の今、南国の海辺でかつがつに生きている。この巻では沖縄戦の悲惨さや、米軍基地と地域住民との軋轢《あつれき》が生々しく描かれている。

でも、やっと弓成が心を遊ばせる場ができた。読谷村《よみたんそん》のガラス工芸作家、謝花ミチとの出会いである。かつて死のふちを見た二人が、彼女の作った酒器で泡盛を飲む。「花に謝す」日々、ふつふつと高揚感がわいてくるようだ。

2009・7・15

134　百歳社会

百歳の姑のしづかに笑む顔を見つつおのづと涙のにじむ

小原美代

このほど短歌新聞社より『年刊短歌集』第31集が発刊された。登載歌人は1122人、作品総数5829首。なんといっても戦争回顧の歌が圧倒的に多い。歌壇の高齢化、不況、社会不安を思えば、悲惨な戦争を語り継ぐことにより、平和への願いが伝わってくる。

ところで「解説」を書かれた島崎榮一氏は掲出歌とさらに二首を挙げ、「百歳」をキーワードに次のように述べられる。「その暮らし今も質素に変はりなく明治の母は百歳迎ふ・鈴木京子」「不老革命、百歳社会がやつてくる飽きない生の手だて学ばむ・伊藤幸子」を取り上げ「冒頭高齢化社会に触れたが、これらの歌はたまたまあげた。三首とも百歳である。他者の姿ではあるが、力強く頼もしくさえある。老いの愛の歌を考え、老いの文学を語る時代が来ているのかもしれない」とある。

百歳歌人といえば、平成2年に満百歳で現役歌人のまま亡くなられた土屋文明を思う。とりまく時代、環境は変わっても、日々新しい発見があり、軸足のぶれない大樹であった。

私の所属する短歌会でも、90代の歌人が大勢おられる。毎月新作10首を送り、翌々月の掲載なので、投稿後亡くなると2カ月間は、「故」と冠して誌面に載る。現役としてそれが望ましいのだけれど、病気高齢などで休詠されると名前が見えなくなり、その後、亡くなられたと分かることもある。この「後期高齢者」だの「会員自然減」などの言葉の無神経さにぞっとする。

以前、米沢の古典講座のことを書いたが、その先生に新聞をお送りしたところ、「私は古稀どころか、もう傘寿を越えました」とお手紙をいただき驚いた。心の若さが実年齢をはるかに若返らせると実感する。

「目の前で可愛いピンクの傘ひらく淑女を見れば歌会仲間」同歌集の奥田巖さんの歌。こんなかわいい仲間がいたら、「高貴」な高齢の方々も発奮して出席されることだろう。

「ひとつやふたつ持病のあるのは息災の内といふ話に頷き合へり」磯辺美智子さんの作。近未来、万能細胞開発、百歳社会のロングランにはまだまだひと花もふた花も咲かせられそうだ。

2009・7・22

135　夏祭り

山国の雷雨にはてし祭かな

松崎鉄之介

夏祭りがたけなわだ。わたしはお祭り大好き。うちの地区では7月15日、大更の八坂神社例大祭、23日は平舘の地蔵尊のお祭りだった。八坂さんのお祭りは「きうり天皇」と呼ばれ、昔から雨が降るといわれている。子供心に夏だから「きうり」かと思っていたが、古くはやさか（いっぱい）のまが玉の緒を輪にした形がきうりの切り口に似ているからだとか、諸説あるようだ。ともあれ、今年も雨だった。

わたしはたまたま買い物に出ていて、この祭り行列に出くわした。ビニールをすっぽりかぶった山車が一台、ヤーレヤーレの声もにぎやかに、各商店前では音頭あげの声が響く、手を引く幼児もなく、話し相手もないのは寂しいものだと思いつつ、60年も前の父母の話が思い出された。

この子は、せっかく新調の浴衣を着せて連れて行ったのに、山車の人形を見たとたん、火が付いたように泣き、見物どころでなかったらしい。雨のお祭りの「幸子の大泣き」は毎年周囲の大人たちの笑い草だったが、父が逝き、母が逝き、さんざんわがままをした幼児期をもう語ってくれる人もいなくなった。

平舘の地蔵さんのお祭りは楽しかった。今年も大泉院の境内まで、赤い提灯が揺れ、一本町を彩った。ここは子育て地蔵さんとして知られ、わたしの男子同級生は幼児のころ、お祭りに行きたいと言ったらおふくろさんに、「あそごは男が行くどごでねえんだ。腹おっきいおなごだづが行って拝むどごだ」と諭されて、おさい銭をもらえなかったと笑う。ちなみに女子同級生は結婚後、安産祈願に行ったという。

先日は松尾鉱山のお祭りの話で盛り上がった。昭和27～29年ごろ、私は山神さんのお祭りでエノケンや照菊を見た。と、言ったら、それまで花火や演芸会のにぎやかさを盛んに語っていた人が、「照菊って、ダレ?」と聞く。その表情があまりにも無邪気で、還暦すぎとは思えず、あたかも「ボクだけ見ないで損した」と訴える目がおかしかった。

しかし人の記憶とはあやふやなもの。わたしはその友に、しきりに日本髪のあでやかな照菊の舞台を再現しようとして、何か果てしない歳月の向こうから発せられる既視感に、じわじわととらえられてゆくのを禁じえなかった。

2009・7・29

136　文学の森

どぜう喰ひ文学の毒ちらしけり

川村杳平

ふるさと盛岡に、大西民子が帰ってきた。5月9日、上の橋のたもとに歌碑が建立されたが、その「大西民子歌碑建立委員会」事務局としてこん身の働きをされた川村杳平さん。同8日には民子評伝『無告のうた』を角川学芸出版より上梓、全国版で好評発売中である。

掲出句は平成15年刊の第一句集『羽音』より。このときは「序」を長尾宇迦先生「跋」文を故三好京三先生に賜るという栄に浴され、翌年「文学の森俳句大賞」で準大賞を受賞された。

その三好先生の跋文に「このたび川村さんの句集『羽音』を拝見し、改めて俳人としての氏の実力を思い知った。叙景もさることながら、句に流れる物語性が魅力的だ。〈どぜう喰ひ…〉の句では、文学かぶれの不良少年だったわが高校時代がよみがえった。作家の中でも無頼派とよばれる太宰治、織田作之助、坂口安吾らの作品にかぶれ、文学の毒にまみれていたのである…」と讃辞を寄せられた。

長尾先生は「君のただならぬ文章を認めるようになったのは「北の文学」に発表した一連の作家論である。とりわけ、歌人大西民子の人物、歌論は神髄をつき、その文章にも感じ入った」と、あたかも今日の民子評論集への期待と予感を示されて感慨深いものがある。

「寒雀あつめ異郷の民子歌碑」詞書に〈大宮氷川神社参道〉とあり、作者の思いは常にご自分の生地関東と現住の盛岡の間を逍遙《しょうよう》し、イメージを膨らませておられたのであろう。「太宰忌や主一人の古書店主」「馬の目に全身映すサンドレス」「朱の縁の菅笠の波鬼やんま」「凱歌にも似たる羽音の熊ん蜂」どれも一読忘れられない句ばかりである。また、私の「駒形どぜう」の思いは、昔、客の履物をしっかりとひもで結んで預かる下足係さんがおられて、肌身に江戸が感じられたことだった。

さて、8月、川村さんには還暦を迎えられる由。先夜、遅ればせながら新著のお祝い会がもたれた。「恩情と友情の宴梅雨晴れて」と主人公の秀吟。飲むほどに文学の森は深まり、氏の胸には早くも第二句集、第二評論集への思いがたぎり始めたようだ。

2009・8・5

137　追悼の夏

娶らずに戦死せし兄を偲ぶ者八十路すぎたるわれひとりなり

六車フサエ

平成19年8月20日付朝日歌壇より。第一席高野公彦評「一首、戦死した兄を思い出す者は自分一人になった。悲しいけれどこれが現実なのだ。せめてその事を短歌に残しておきたい、との気持ちで詠まれた作か」。第二席佐佐木幸綱評「第二首、若い命を奪われた戦死者の一生、半世紀という時間。読者の心にさまざまな波紋を広げる」とある。作者は奈良の人。

敗戦から64年、追悼の夏が来た。私はこの一首から、歌人上田三四二の小説『祝婚』を思い出し、久々に読み返してみた。主人公は従弟の娘の結婚式によばれてきた。そのもう一人の従兄は戦死、物語はこんな風につづられる。

「北の島で戦死した従兄のことが思いに浮かんだ。司令官以下二千五百の将兵がひとり残らず戦死した中に、新兵の従兄がいたと聞いて、下宿屋のおかみは言った。『お気の毒なことどすなあ。おなごはんの味もお知りやさしませんで――』彼は自分の心を言い当てられたようにギクリとした。交りの薄かったこの二つ年上の従兄について、彼はほとんど思い出というものを持たないが、女に逢う路のめずらかさも覚えぬまま苦しい死に追いやられた哀れは、同世代の非業の死者の数を思う心の核となって消えることがなかった。」

平成元年、上田の死の年に出された短篇。このように死者の悲しみ、生き残った者の悲しみを臨場感をもってとらえることのできる人口は現在では真に「八十路すぎたる」人々のみといえるかもしれない。

今、某テレビ局で城山三郎原作『官僚たちの夏』が放映されているが、一面の焼け野原から復興してゆく日本の経済大国への歩みが興味深い。池田(作品では池内)内閣の流れをくんで戦後政治を作った宮澤喜一元首相も一昨年6月87歳で逝去。日本共産党の宮本顕治もまた同年7月98歳で逝った。歴史とは常に流動する現実の積み重ねである。

2009追悼の夏は、選挙の夏、混沌《こんとん》の夏になってきた。「美しい国」を唱えながら中途で消えた宰相もいたが、64年前の敗戦国民のひたむきな「平和」への願いだけはあせぬようにと祈るのみである。

2009・8・12

138

盆の三日

余儀なくて幾年ぶりか法衣着け檀家回りぬ盆の三日を

宇都宮多恵子

九州の台風情報のテレビを見て、福岡県田川郡の歌人のところに電話をしたのはお盆の直前だつた。浄土真宗のお寺の坊守である宇都宮さんは昭和8年生まれ、昨年歌集『それからの日日』を出版され熟読していたものである。

北九州筑豊炭鉱といえば五木寛之さんの『青春の門』が思われる。田川市には「石炭記念公園」があり、園内には高さ45メートルの赤れんがの2本煙突が百年の歳月を示して建っているという。「あんまり煙突が高いので さぞやお月さんけむたかろ、の煙突ですか?」と問う私に「地元のもんは普段見慣れてますもんで、あまり考えたこともないですけどね」と笑われる。

小倉の豊かな商家に生まれ、進取のミッションスクールに学ばれた後、縁あってお寺さんに嫁がれる。やがて二児を得るも、結婚5年を待たずご主人と死別。その10年後には娘さんを病魔に失い、昭和57年には最後の頼みの綱ともいうべき息子さんを20歳の若さで送られた。3人とも白血病の診断であったと聞く。

作者が短歌と出合われたのは昭和50年、42歳のときという。「一生の紆余《うよ》曲折のはじまりは結婚五年目に夫逝きてより」と詠まれるように、以来30余年、氏にとって歌は常に現世、過去世、来世を自在に往還する何よりの通行手形となったようだ。

ご主人亡き後は「舅僧《ちちそう》の檀家まはるを助けむと法衣も着くる夫逝きしあと」「枕経の帰りの野辺に足とめて花摘みてをり袈裟かけしまま」とのお寺さんの務めが伺われる。

戦後お寺ではよく保育園を経営されているがこの歌集にも随所に宇都宮園長先生が登場する。袈裟を付けてお経を上げ、また早朝から大勢の子供たちの世話をする明け暮れに救われる。

「静けさは即さびしさにつながりぬ夫と子のなきそれからの日日」「小説になる半生と寡婦われら互《かた》みに言ひて酔ひてゐるなり」ほかの誰でもない自作自演のシナリオに、災厄もまた宿世《すくせ》とうべなえる歳月が流れた。氏の元では今、頼もしい後継者にも恵まれ、お盆中手分けして檀家を回られると電話の声も弾み、庭には楠《くすのき》の大樹が芳香を放っていると話された。

2009・8・19

139　つくつく法師

おーしつくおーしつくつく朧おぼろ薄雲溶けて夕べとなりぬ

石川不二子

第43回迢空賞、第7回前川佐美雄賞ダブル受賞となった第8歌集『ゆきあひの空』より。短歌の総合雑誌「短歌研究」4月号に「歌を詠みつづけること」というテーマで、氏の短文が載っている。「短歌研究創刊が昭和7年ならば私はそれより1歳若い。新人賞で中城ふみ子が華々しく登場した同29年4月号に、私も歌を載せてもらえたのだった。新人賞応募を命じられたのは、恩師佐佐木信綱先生。信綱門下となったのは女学校の恩師のご紹介による。中学3年のとき文芸部ができ、短歌を出して以来、歌ばかり作っていた。」とのこと。

長い歌歴の石川不二子さん。昭和8年神奈川生まれ。父は新聞社の学芸部長。母もヨーロッパで2年余暮らした経験をもつインテリの家庭に育つが、東京農工大農学部に進学、結婚して岡山の開拓地に入り農業を営む。17歳から歌を作り、表記の「短歌研究」50首詠では21歳で推薦となる。『乳房喪失』の中城の衝撃作品群とは対照的に大地の息吹の満ちる清新な作風としてデビューされた。

現在76歳の石川さんに、私はお目に掛かったことはないが受賞式の写真など拝見すると、大らかな作品風土を伺わせるお人柄が想像される。

「岡山は何につけても桃太郎老人施設の名も『ももたろう』」「酒にほふ中毒者牧水の屍をおもふ禁断症状の夫のかたはら」「痩せやせて四十五キロの夫の傍雌《かたへ》かまきりになつた気がする」「微睡《まどろみ》のあまき老年の入口に死よりおそろし長く病むこと」こう読んでくると、若き日々のあれほど厳しかった開拓地の暮らしが夢の楽園に思われる。「雌かまきり」の比喩に絶句。

「愚母悪妻さはさりながら植物や漢字につよい雑学博士」の石川さん。「命たすかりし夫と再び諍はむ隣る庭木々あらそふがごと」これも日常、生あればこそ。「あとがき」に、「溜りにたまった歌の中から、夫の死の前後の部分をまとめたのだが、これをもって鎮魂歌集といえるかどうか。わがままな妻をもって苦労した夫に申し訳なく思っている」と述べる。「ほととぎすつくつく法師こぞり鳴く悔しむなかれ悲しむ勿れ」隣りあう季節の夕べの空に、今日も切々と法師蝉が鳴いている。

2009・8・26

140　漫々と秋

くきやかに立ちたる虹の忽ちに消え失せし海漫々と秋
今村寛

振り向けばすぐそこに、懐かしいお顔が見え、声が聞こえる。若く、働いていたころは何をするにも時間に縛られ、睡魔に襲われて読書もままならなかった。

わたしは22歳で全国組織の短歌会に入り、10年余り子育てに追われ、文学の集まりにはほとんど出られなかった。ただ毎月作品10首を送り全国の会員たちの作品を読んではその風土をしのび、高校野球で勝ち進む選手たちの母校を地図で探し当てては楽しんでいたものだ。

30代半ばで、初めて長野県松本市で開かれた全国大会に出席した。初対面でも、毎月歌誌を熟読していたのですぐ打ち解けて、顔を見ていっそうはっきりと作品内容が理解できたり、老成した作風と思っていた方が意外に若かったりと、新鮮な驚きがいっぱいだった。

今村さんは長野ご出身の出版社の社長さん。会員たちは「伊麻」書房からの歌集出版にあこがれた。

大正4年生まれの氏が昭和14年国学院大学卒業のころから歌を作られ、召集。戦後、大学で教鞭を執られてのち印刷会社経営。昭和56年、茨城県藤代町に永住。60代半ばでいらして、わたしもそのころ茨城に住み、何度もお誘いを頂きながらお訪ねする機会を得ずに過ぎた。

平成5年、78歳にして初めての歌集『漫々と秋』をご出版。結社内の叢書13番という若い番号がまぶしい。すでにそのころには会員の叢書ナンバーは４００番を超えていたものである。重厚な美しい一書、私の貧しい書架の稀覯《きこう》本である。

「碓氷嶺《うすひね》に汽車かかりたり深谷にいまだなづさふ昼近き霧」「白雪皚々たりき信濃路に引揚げし昭和二十一年の春」「秋兆す八幡平に入りて来つこののどけきに人を求めて」

こうして読み返していると、ふっと背後にしわぶきのような、くぐもった声の気配がする。

「しみじみと人は言ひしよ何の時何の由《よし》をも詠みき柊二は」今、わたしに惻々《そくそく》と伝い来る周波は、かくも怠惰な心身を打ってやまない。

平成20年3月、93歳にて永眠。「宮さんの思ひ出語れと言はれをりこの身近さを語り得るや否や」そんな思いを、身近さを、わたしもまた語ろうとして、ゆかりの人々をそっと心に引き寄せている。

2009・9・2

141　壊れない国

小さい秋小さい秋と重ねきて壊れさうでも壊れない国

生野玲子

日本列島を選挙の嵐が吹きまくった。なりふりかまわず「刺客」だとか「ぶっ壊す」などと叫んでいた声もやみ、チェンジ内閣が発足しようとしている。昭和3年生れの作者の初めての歌集『ポシェット』には「日々夜ごと総理降ろせの合唱は〝キシヲタオセ〟の声もありしが」の一首もあり、名前だけ替えれば平成の現在そのものともとれて興味深い。

生野玲子さん、全く存じ上げない方である。6月下旬、すてきな湖水色の布貼り美装本が届き、集名『ポシェット』。えっ、何がつまっているのかな、とわくわくしてページを繰ってみたら明るくおしゃれで、弾力性のある作品がぎっしり盛られ、どこから読んでも面白い。

「今流行るポシェット既に青森の遺跡にもあり歩みのほどは」「生き死にの食料入れしリュック今ファッションなれば軽し片掛け」平成7年の阪神淡路大震災のときは大都神戸にリュックスタイルがあふれた。そしてそれは作者にとって戦中戦後の食料運搬の貴重な道具でもあったことだろう。苦を苦と言わず、自らの少女時代をファッション性に回想する。

氏の略歴がまた変化に富んでおられる。両親は鳥取の出で若くして北海道に渡り、作者も大勢の兄姉と岩見沢に過ごす。成人後、長姉を頼り京都舞鶴に移り住み、阪急百貨店に勤めデザインを学び大阪万博のころ結婚。お相手は社会人を含め4人もお子のある自営業の方。時代とはいえその勇気に感じ入る。今では一族20人も集まる団欒《だんらん》のようすが伺われる。

「人間はいつまで同じことを言ふ半世紀経て八月の蝉」「中秋の月下とび交ふEメール言の葉はらり誰の懐に」「南座に〝身替座禅〟可笑しみて世に他人事の浮気こそ楽し」芝居大好きのお人柄がいたるところにしのばれる。

そして「夕映に姉妹と見て来し双子ビル紐育の名残りは瞬時に消され」あのおぞましい9・11テロから8年もたった。「否応もなくここに生れここに生くテロら入るな地震起こるな」真にそう思う。一世紀近くも「壊れさうな国」を見てきた目に、小さな秋の平安の祈り。歌集拝誦の御礼に、秋の京都路を訪ねてみたくなった。

2009・9・9

142　野辺の松虫

あかつきの別れはいつも露けきをこは世に知らぬ秋の空かな
光源氏

9月半ば、なんとも変化に富んだ一日を過ごした。朝、新聞を取ろうとしたら玄関に巨大なクモが逆さになって網を張っていた。アララ、「おみやげ持ってきなさいよ」と笑って追いやり、巣を取り払う。うちの嫁さんに見つかったらすかさず殺虫剤を噴射されるところ、命拾いしたろうがと言いきかせた。

さて昼近く、買い物に行ったら店頭でリンドウや菊が破格値で出ていた。喜んで選んでいるとこれはまた、どこからきたのかオニヤンマがわたしの周りをめぐり肩や髪に止まる。わたしはすっかりうれしくなり「だんぶり長者」になった気分でしばらくとんぼのお相手をした。

日中ぐんぐん気温が上がり、庭の朴《ほう》の木の茂みで法師蝉が鳴きだした。セミはもう終わりかと思っていたら、にわかの夏の戻りに反応したようだ。多分、オニヤンマも、つくつく法師もきょうあたり見納めかなとしんみりする。

そして夜、リーリーと、それは澄みわたった虫の音が響く。やがて鈴虫、コオロギ、松虫、ガチャガチャくつわ虫と、豪華な演奏会。そうだ、そうだ「虫の巻」、今宵は昼かとまがう月明かり。

源氏物語「賢木《さかき》の巻」では、京は嵯峨野の虫すだく夜。光源氏と伊勢に下る六条御息所《みやすんどころ》との哀切きわまりない別離のシーンが描かれる。「秋の花みなおとろへつつ、浅茅が原もかれがれなる虫の音に、松風すごく吹きあはせて、そのこととも聞き分かれぬほどに、物の音ども絶え絶え聞こえたる、いと艶《えん》なり。」

若いころならたちまち暗誦できたのだけれど、忘れの度合いが加速するばかりで情けない。掲出歌は源氏の君から御息所へ「この朝はいつものきぬぎぬの別れと違い、伊勢に離れていってしまうのでこの上なく悲しい」と述べられる。御息所の返歌「おほかたの秋の別れもかなしきに鳴く音な添へそ野辺の松虫」意は、「秋の別れはいつも悲しいのだから、そんなに鳴かないでおくれ、松虫よ」とでも言おうか。

ちなみに王朝の昔から近代まで「虫売り」のなりわいがあったと聞く。源氏の世では松虫とは鈴虫のことだという。「昔を今になすよしもがな」月いとめでたき夜、虫めづる嫗《おうな》のつぶやきである。

2009・9・16

143　黒き葡萄

沈黙のわれに見よとぞ百房の黒き葡萄に雨降りそそぐ

斎藤茂吉

世の中はふしぎがいっぱい。ことにも人との出会いには人智の及ばざるものを感じることがある。あれは7月下旬の暑い日だった。

某デパートで、小走りに店内を来られた女性が、私にぶつかるような勢いで「ねえ、タクシー乗り場どこ?」と聞かれた。「私ね、今から新幹線で上山《かみのやま》に帰るとこなのよ」と早口で。「エッ、上山なら茂吉記念館のお近く?」と私は反射的に聞いた。「そう、お近くもなにも、ワタシ、斎藤茂吉の孫だァヨ!茂太の娘だよ!」と言われるではないか。驚いたのなんのって、それからの会話は感嘆符の連続。

それにしてもお若いので「だって、茂吉先生は昭和28年にお亡くなりですよね」「だから、私が3つのとき亡くなったのよ、私だってもうすぐ還暦よ」と笑われる。新幹線に遅れそうと言いながら、絵を描かれる斎藤恵子さんと名乗られ、茂吉翁の水彩肖像画の葉書をくださって、鳥のように去って行かれた。その間5～6分、新幹線に間に合ったろうか。

私は帰宅するなり『斎藤茂吉全集』を開いてみた。掲載写真の中に昭和26年11月3日、文化勲章受章の際の家族写真もある。和服の茂吉翁ご夫婦、茂太さんご夫妻に孫茂一、章二、恵子さんは生後9カ月ぐらいのようだ。半世紀以上もの歳月を経て、あの時の面ざしは輝子おばあさまの写真に似てみえた。

茂吉翁の二男、北杜夫さんの長女斎藤由香さん著『猛女とよばれた淑女』に輝子夫人を主人公に、斎藤家の大河ドラマが描かれる。昭和39年、北さんの書かれた『楡家の人々』は白黒画面でテレビ化もされた。今改めて読み返してみると、父娘の目から眺めた一族の個性、知性、美と伝統の奥深さに感動する。

輝子夫人は89歳で亡くなるまで海外108カ国も訪ね、南極やエベレストにも行かれた。由香さんは卒論に「斎藤茂吉」を書かれたという。茂吉作品の中で北さんが一番好きなのは「幻のごとくに病みてありふればここの夜空を雁がかへりゆく」とのこと。私も恵子さんに「茂吉の一首」を尋ねたら「ホラ、沈黙の黒きぶどうよ」と即座に答えられた。瞬時の出会いに心高ぶり、葡萄の町上山市の土地鑑がよみがえった。

2009・9・23

144　仲秋の月光

うごけぬ樹と柵出でぬわれ仲秋の月光浴ぶるいみじきさだめ

福井　緑

昭和6年生まれの作者の第六歌集『あをみどろ』を拝受したのはまだ夏の入り口だった。津軽の旧家の跡取りとして家を守り、若いころから創作活動に励まれ著書多数。青森歌壇のみならず全国区の活躍で知られる。

平成9年に頂いた第四歌集『津軽の柵』で「緑藻におほはれて廃《すた》るる池にして岸のすぐりの房みづみづし」と詠まれた池が今回は、「古池に流れぬ水のあをみどろひと代の錯誤泛《う》くごとくして」とあり驚いた。この池は百年も前に父上が造られたもので「傾斜を利用して三段にしつらえた石組みで、上段からは湧き水が流れ落ち、それが中の池、下の池へと回ってゆく仕組みであった。父逝って三十年、夫逝って二十年。屋敷林の伐採、水源涸渇による地盤沈下などで、気が付くと池のコイは一匹もいなくなり、流れ落ちる水は絶えていた」と書かれ、今は思いもしなかった青みどろが覆っているという。

そこに仲秋の月光が差している。よく季節の文章や時候のあいさつに「陰暦では」なになにと枕に振る文体を見かけるが、その例で言えば今年は陰暦5月がうるう月だったため、8月の十五夜が新暦10月3日にずれこんだ。

さらに数字の具体性を言えば「原燃に意気あがる村の高級車『飢餓海峡』の書かれしところ」の意味する縄文の歴史と原子力の世界。昭和29年9月26日、青函連絡船「洞爺丸」遭難の日。同日、函館本線岩内の町では暴風の中、失火のため3500戸が焼失した。水上勉氏はこの事実をヒントに、不朽の名作『飢餓海峡』を書いたといわれる。わたしも何回読んだことか。台風特異日との記録さえもつこの日が巡りくると必ず取り出す本である。

さて、いみじき定めに「柵出でぬわれ」なればこそ、氏はよく海外を回り歴史を検証して世界観を深められる。「象の牙刻みし薔薇のブローチを誰かが付けてわたしも付ける」は一集の巻頭作品。常に輪の中心だった象牙商の女流歌人が慕わしい。そして今、「よみがへりうながして湧く清水あり古代の住人の伝言のごと」泉と月光の霊力を通して、古代の人々の伝言が聞こえてくるようだ。

2009・9・30

145　火天の城

飛驒路より裏木曾に出し林道に車を止めてせんぶりを摘む

伊藤多嘉男

映画「火天の城」を見た。山本兼一の原作を読み、封切を待っていたものである。織田信長の命を受け、安土城を築造した総棟梁岡部又右衛門と、つき従う一統の大工たち。誰も見たことのない七重の天守を支える親柱に足る檜を求めて、木曾上松《あげまつ》の山中を歩く又右衛門と大庄屋甚兵衛。空も見えない深山幽谷のロケーションが身に迫る。

　わたしはこの作品に出てくる地名を大地図にたどりながら、岐阜県の歌人伊藤多嘉男さんの歌集『鉛筆を鎌もて削り』を読み返してみた。氏は昭和4年、瑞浪市生まれで平成8年に亡くなるまでかの地で農業を営まれた。土岐、瑞浪、恵那と地図の山容も険しく、上松を経て北方に御嶽山がそびえる。さらに長野県と境を接し、3千メートル級の山々が奥深く連なっている。

「時ならずうぐひす聴けり御岳の噴煙見むと登る山路に」「収穫を終へし山家が夕焼けに筵《むしろ》をはたくこだま返れり」そしてあたかも「城内は修理中ならし角材を担ぐ大工に道ゆづりやる」の歌も見え、氏が今もご健在ならばすぐに電話でどこのお城か聞いて、ひとしきり映画の話もできたろうにと残念でならない。

「着てゐたる袖無しをそつと吾に被せ夕餉の仕度に立ちたり妻は」まるで画面の又右衛門（西田敏行）の奥さんみたい。大竹しのぶ演ずる岡部田鶴は仕事疲れで居眠りをする夫に自分の羽織をそっと掛けやり台所に立つ。大がかりな作事の喧騒の中で、しみじみと夫婦愛の伝わる場面、静動のめりはりが効果的。

　さて杣人《そまびと》も大工も石工も左官も絵師も、総力をあげて五層七重の大楼閣は完成した。3年の歳月をかけて建築総人員は百万人以上といわれる。そんな遙かな過去世を背負って「三百年伊藤の家はつづきたり長の子戻れ父すでに老ゆ」と詠み「農継げと言はぬ寂しさ思ふべしぼろんぼろんとギター弾く吾子」の現実は等しく農村社会の抱える風景である。

「鉛筆を鎌もて削る生きざまを楽しみてをり農なるわれは」集名に据えた一首。「楽しみて」と述懐する生に感銘。「コンバイン田を出でたれば暫くはキャタピラの跡舗装路に曳く」出来秋あちこちでコンバインの音が聞こえる。

2009・10・7

146　若いうた

何もかも嫌になる日の間間ありて椅子にもたれて椅子となりゆく

秋場祐美子

10月3日、仙台文学館にて「第38回全国短歌大会」が開催された。応募総数３８７６首の中から15選者により入選歌が発表され、３００人ぐらいの出席で盛り上がった。

掲出歌ともうひとつ「百畳の大凧空に静止してわれら引き手の天井をなす」京都の後藤正樹さんの作が大会賞。ほかに2社の新聞社賞として「まはりから少し遅れて年老いた欅も芽ぶく　呼ばれてゐるのだ」掃部《かもん》伊都子さんと「今生の桜はやはり美しとあの世でも見たやうに言ふ母」白井美沙子さんの作品が選ばれた。

選評ではひとしきりこの四作に、各選者が丁寧な感想を述べられた。応募者平均年齢は67・5歳とのこと、出席者も前期高齢集団のようだ。そして短歌は一千年余の伝統文学であり、一般には如何《いか》にも古いという感じがもたれているかもしれないが、最近は文語体から口語体への転換が発想も含めて変わってきているとつくづく思う。

私も、大会賞の「何もかも嫌になる日の間間ありて」というような発想は、心のうちではよくあるけれど、それを作品化して全国大会に出してみようとまでは思わないできた。そこが古いといえるのかもしれない。選評者の小島ゆかりさんは、「たとえばこの歌を、おしなべてうとましき日のままありて、なんていったら湮々滅々。やっぱりふだん着の自分の言葉で述べたから、下の句が新鮮に受けとられる」と話され、うなずく人が多かった。

「百畳の大凧」は滋賀県東近江市で5月に行われる大凧祭りの様子だという。風景の見える壮大な作品をものしたのはたくましい京男だった。「わが家の草食性の狼は都会の森に棲みて年ふる」静岡の鷲巣錦司さんに、数年ぶりにお会いした。お互いに入選を喜びあいながら、若者言葉を巧みに織りこんで若いなあと感じ入った。きっと血管も若いのだろう。

インターネットもケータイもどんどん進化するけれど、「牛蛙おほうおほうと鳴く真昼人間であることもつまらぬ」倉敷市・高橋ひろ子さんのような感慨も抱くことがある。パソコンでは得られぬ感覚と想像力をみがいて、心も血管も若くありたいと願うことである。

2009・10・14

147　病なき日

奥会津八十山なべて紅葉するいのち哀しき季に来あへり　菅野カネ

まだ紅葉の盛り、ことし一番に喪中の葉書を頂いた。年賀状以来のごぶさただったが、春を待たずにご主人を送られた由、心が傷む。

「大波は船首を向けて乗り切ると元操舵手の夫のひと言」の一首より『船首を向けて』という歌集を出版されたのは平成10年春だった。昭和10年会津若松生まれの作者は27年より40年間同市内の病院に勤務。昭和45年より全国誌の短歌会にて活躍。

「手術終へいのち新たなわが夫の帰り来る家拭き清めたり」「予後の夫と短き言葉かけ合ひて障子張るなり秋風のなか」また「残業を減らして母よ病む父のそばにをれとぞ子の便りなり」といった日常のくらしも偲ばれていて、看護師さんの仕事ぶりに感じ入ったものだ。

でも忙しい人ほど時間の使い方が上手なようで、絵画、書道は玄人はだし、たまに歌会でお会いすると手編みのセーターやマイファッションのみごとさで会員たちを羨望させた。

「われながら働き好きの性をかし定年延長線上にゐて」「まろやかに志功が描く女人像、女人に病無《やまひ》きがごとくに」明るくいつも笑みを絶やさぬ彼女に、「幸ちゃんも、あと5キロぐらい太った方いいわね」なんて言われた日がなつかしい。7サイズの服が合っていたころがあったといっても今では誰も信じてくれないけれど、昔も今も病無き日でありたいと願う。

「花嫁のピアノに合はせ歌ひゐるタキシードの子も満更でなし」さまざまに華燭《かしょく》の演出。参列のお客さま方に、新郎新婦の何よりのおもてなし。人生の節目節目にアルバムのページがふえてゆく。「人見知りさるる祖母われ術《すべ》なくて孫の学資の保険かけ初む」こんな日もあった。わがやでもたまに来る孫はことに一歳未満のころは泣かれてばかりいた。でも、才も財もないバアバはこの作者のように学資保険をかけてあげようなどとは思いも及ばず、泣かせっぱなしにしてしまったことである。

あんなに元気だった方が今、「生き死にに真向かひ励みし若き日の或る日わが血に入りしウィルスよ」と肝を病まれ、かつて勤めていた病院に通院されているという。おだやかな小春日和が続いてほしいことだ。

2009・10・21

148　白秋忌

山かげの君が門田の水《み》さび田はまだ凍みつきてくろき刈株　　北原白秋

わたしにはすぎたる稀覯《きこう》本がある。その本を開くたび、著者の息づかいはもちろんのこと、これを手にした人々の思いが感じとれて動悸する。昭和18年11月2日刊の北原白秋第九歌集『溪流唱』である。先年、わたしの還暦のとき尊敬する歌人よりお祝いにと賜ったもので遺筆の題簽《だいせん》に湯ケ島の渓流と白秋の写真が載っている。

これは昭和11年6月、白秋52歳のとき、成城へ移られて半年後、穂積忠氏の撮影とある。広々としたレンゲ畑で、ブチ犬に右手を預けてしゃがんでいる姿。白い帽子がレンゲの花群に置かれ、白い開衿シャツの面ざしもふくよかだ。

そしてこの本には、もうひとつ素晴らしいお宝が息づいていて、本当に私ごときが頂いていいものかと彼の方に念を押したものだ。なんと「北原菊子　東京都杉並區阿佐ケ谷五ノ一」の名刺が挟まれてあり、「穂積忠様　恵存」とブルーブラックのインクで書かれている。

年譜によれば、「大正十年四月佐藤菊子と結婚」とある。白秋と三人の妻については昭和59年瀬戸内晴美著『ここ過ぎて』に詳しいが小説とは違う生身の筆跡には心を揺さぶる力がある。

まずその巻頭に「昭和十一年短歌研究三月号に発表一部改訂さる」と美しい文字。集中菊子夫人のおびただしい書きこみが見られ、掲出歌は赤鉛筆の筆圧がくいこむようなまる印がしてある。「初稿ニナシ」とか一首まるごと初案の作が書かれているものもあり興味深い。

この本が白秋一周忌を期して出版されていることを思うとき、悲傷を超えた夫人の出版への熱意、さらに時代柄資材印刷事情の厳しさも加わり難渋されたようだ。「日本出版配給株式会社　賣價四・六八」とあるのは四円六八銭のことか、決して安い額ではない。

「山中は人に聴きつつおもしろし猿が蟹食み鹿山葵《ししわさび》くふ」白秋のわらべ心をしのばせる歌。詞書に「昭和九年六月初旬、伊豆湯ケ島、天城に遊ぶ。東道は穂積忠なり」と記す。東道とは中国の故事から客の世話人や案内人のこと。この本が菊子夫人から穂積氏に贈られ、その後どんな経緯をたどったものか不思議でならない。少しく黄ばんだ夫人の名刺を掌に、十一月二日白秋忌を迎えようとしている。

2009・10・28

149　ふるさとに生く

落人かそれともわれは陸封魚一生《ひとよ》山峡にありて悔いねど

山内義廣

ふるさとに居ながらにしてふるさと讃歌。さきごろ、岩泉町の山内義廣さんの歌集『北の陸封魚』の出版祝賀会が某ホテルで行われた。ことし5月出版のこの本は「歌林の会」代表の馬場あき子さんの覚えめでたく、岩田正さんの序文に飾られ、粒だつ471首から成っている。歌を始められて12年とのこと、氏の天分は新聞やNHK歌壇、各種文芸雑誌でもめざましい活躍ぶりである。

いつの世も貴種流離譚《たん》にみる落人伝説は、常にその末裔の誇りであり支えであろう。「花の季めぐりて来ればふと思ふ佐藤義清北面の武士」みちのくに何度もきている義清（のちの西行）の生涯は今でも歴史好きの者たちの胸をくすぐる。義経伝説またしかり。

ここで山内さんのふるさと観にふれてみたい。「ふるさとを出奔せずに住み古りてデラシネのごと峡に生きたり」「ふるさとを誰より愛しふるさとを誰よりも憎みふるさとに生く」「ふるさとに生くるは辛き日々にして序列のごとき居場所あるなり」いずれも真正面からふるさとを詠んでおられる。因みに、一巻の中に「ふるさと」キーワードは10％ぐらいかと思ったら17首あった。普通は他郷に出た者が恋しがるパターンであるけれど、作者はデラシネのように山峡に生く、と詠む。デラシネとはふるさと喪失とか根無し草といった解釈か。しかも、ふるさとを愛し、憎み、辛いという。そしてついに「序列のごとき居場所」にゆきついた。そこに到達された今だから言えるのであろう。

「楢《なら》の樹の落葉すすめばゆうらりと月のやうなる蜂の巣の出づ」「カメムシの飛ぶ音そして晩秋の日溜りに妻の豆を打つ音」「老いてゆく母は長閑《のどか》に透きとほり繭ごもるごと物縫ふしじま」集の後半に据えられた「繭ごもる母」のなんというかそけさ。岩田正さんは「ふるさとに生れ、ふるさとに歌い、ふるさとに果つ」と帯文に書かれた。「霜月の小春日和にたつ市の露店のぞきて鋸を買ひたり」私の一番好きな歌。還暦は現代ではまだ人生なかば。比類なきかそけさの中にも、鋸を必要とする峡に生くる日々のさらなる研鑽を祈りたい。

2009・11・4

150　アフリカのうた

サバンナの生命育むスコールに新芽追ひつつヌーの大移動

片野千浪

スケールの大きい歌集を読んだ。ネービーブルーの表紙にタンザニアの地図、燃える夕日の写真が飾られ『アフリカを恋ふ』と横書きのタイトル。昨年11月発行の、昭和12年生れの作者の第一歌集である。

この方を語るとき、つい「脳腫瘍の」と口をついてしまうけれど、病気の歌は「十年前蓋あけられしわが脳の復元見むとCT撮られぬ」の一首のみ。そして昨年は「術後二十年たちましたね。成人式です」と、手術をされた先生にお墨付をもらわれたという。忙しく、健康で行動的な作品群に、世界地図をかたわらに氏の七十年余の風景をのぞいてみた。

「八年のアフリカ生活終へし子を〝アフリカ人〟と級友ら呼べり」「ヨーロッパのお臍と言はるるベルギーで子育てせしは二十年前」「マレーシアのすべてを見むと東西の十三州を訪ね尽しぬ」ご主人の転勤により、昭和43年よりアフリカで8年、50年ベルギー・ブリュッセルへ。平成9年からはマレーシア・クアラルンプールで7年間暮らされた。実際に短歌を作り始めたのは平成3年ということで、ともすれば回想詠になりそうなものだが、ここでは実に生き生きとした体験作品が並ぶ。

折しも、今話題の映画「沈まぬ太陽」を見た。山崎豊子原作、国民航空社員の恩地元を渡辺謙、対極に行天四郎（三浦友和）がいる。カラチ、テヘラン、ナイロビと劇中の恩地のたどる海外ロケの迫力。アフリカの草原を象やライオンが駆けまわる。私は映画館の大音響の中で、終始女性の目で詠まれたやまとことばの一歌集を思っていた。まさに事実は小説よりも奇にして生活者の真の体感に打たれる。

「川岸の水の深みに大小の鰐ひそみをり枯木のやうに」「簡易文字町にあふるる北京にて万葉仮名をわれは思へり」そして「使はずに忘れかけたるフランス語呼び戻しつつムール貝食む」といった日常。現在は東京町田市の小中学校で、外国籍の子供たちの日本語サポーターとして活躍中。「この地球の外に住む術まだあらず陣取り合戦太古より続く」病む地球を地球規模でとらえる作者の愛と気概に満ちた一巻に強く惹かれている。

2009・11・11

151　晩年の子

五十路の母身籠りたれば産め産めと励ます父に吾を産み給う

黒崎善四郎

角川の月刊誌「短歌」10月号に「70歳代歌人競詠特集」があり、16人の歌人が各7首ずつ作品を寄せている。その中に、昭和9年生まれの黒崎氏の掲出歌があり目にとまった。

昭和9年といえば不況冷害、軍部の台頭著しく人心定まらぬ時期。もちろん初産ではないだろう。いくら産めよ増やせよの時代とはいえ、五十代での出産はさぞかし大変だったろうなと思われる。

実はそんなことを思ったのは、先日、わが母校の学習発表会の時だった。全校児童50人に満たない小学校は一部複式学級もあり、劇や合唱が披露され盛り上がった。子供たちのソプラノの声を聞きながら、不意に半世紀も前のわたしの学芸会風景がよみがえった。

終戦子のわたしたち一年生は27人で、演物は劇「一番星の出るまでに」でわたしは迷子の子猫の役だった。黒山の見物客の中で、ふっと目を上げると講堂の一番後ろの戸口に父が立っていた。「アッ、じっちゃんみたいで、しょすな」と思った。さいわい劇は拍手喝采で幕を閉じたのだが、わたしは帰るなり父に、友達の前ですごく恥ずかしかったと強い口調で言った。あの時の父の無言の横顔を今も忘れていない。父は50代半ばであった。

お天気博士の倉嶋厚さんに「父の思い出」という心にしみる章がある。氏の十七、八歳のころ、ひどい神経症にかかられたという。「晩年の子だったから、その時、父は七十近かった。『お前の心配事をタテに並べてみられないか』と父は言った。どうしてもタテに並ばない時は、お前が病気か、自殺ということもあるだろうなあ。自殺は重い病気の後の死なんだよ」との一節。わたしの三十年来の教典である。

平成9年、奥様を亡くされてからの氏の苦しみは筆舌に尽くしがたいものが伺えるが、今はほのかな小春日和と言われる。晩年の子の悲しみは、必然的に親と過ごす時間が短いこと。「じっちゃんみたい」な父の悲しみも今ならよく分かる。まだまだ不明の人生の天気図に、わたしも父がしたように時には小学校の講堂で、生気に満ちた子供たちの声を聞き、エネルギーをもらいたいと思っている。

2009・11・18

152　寿命まで

透析に生かされ生きてせしひとつ蝉のむくろを土に還しぬ　　江田浩之

「昭和52年4月28日、私の転機の日であった。血液検査の結果が思わしくない、入院の準備をしてすぐにでも来てくれとの連絡を病院から受けた。快復の兆しもなく、2カ月後にはついに人工透析を受けることになった。31歳であった」

千葉県の元教諭江田浩之氏の第一歌集『風鶏』のあとがきである。やがて「血液の濾過をしている間、それまでは本を読むことで費やしていた時間を、もっと生産的に何かを創ることに」と考えて短歌を始められたという。

私がお会いしたころは50代ぐらいだったろうか。全く病気の影など見えず明るく笑って歌って、帰宅後歌集を送られて驚いたことだった。しかし「熱出づる悪寒に耐へて屈みをり背中割れたる空蝉のごと」という状況を思うと声もない。

新学期「ゐるだけで楽しきクラスつくりたし我の所信に頷く子あり」また「躁に入る不登校の子に会ふために吾も躁なる今日を選びぬ」真に痛みを受けとめ分ち合ってくれる先生は絶大な信頼感で慕われる。「生と死を分けゐるものは偶然と思ひて歩く石をけりつつ」常に命のせとぎわにあればこそ言い得る処世訓。命を無駄にする若者たちにもまっすぐ響く。

「シンバルを一度たたきしその少女不動のままに曲の終はりぬ」この先生は本当に生徒たちが好きなんだなあと思う。チームの一員としての役割りを果たすこと、それは命令とか理屈ではない精神の純朴さであろう。そこを見ている先生の目に感動を覚える。

「シャッターの徐々に降りきて店内ゆ漏るる明かりの幅縮めゆく」も好きな歌。先日は芝居の幕が徐々に降りくるのを見ていてこの歌を思った。でも私には、時間と明かりの微妙なうつろいをこんな風にはとても詠めない。

私と同年の作者、一病に添いながら「ひとつ生のいづこあたりか雨の降るひと日勤めて帰り仕度す」とつぶやく。そして「主治医は寿命まで生きられます。と応えて下さいました」とあとがきを結ぶ。そう、ご同輩、今が人生のどの辺りであろうと寿命まで歩いて行きましょうと思わずエールを送ったことだった。

2009・11・25

153　見舞妻

ビニールの防護衣を着てマスク付け目と眉のみのわが見舞妻

君島　誠

病気の作品を読むのはつらいが、ここまで客観的に詠まれると、あたかも他人の闘病ノートかと思ってしまう「頸椎の手術《オペ》終へていまおもふこと死の淵に近く近くありけむ」「リハビリの腹式呼吸拙きをピイピイピイと器械が叱る」ことし7月、所属誌の巻頭に見て案じていたところ、翌月号に「ゆつくりと大きく腹で呼吸《いき》しをり呼吸リハビリがいま主戦場」他4首、そしてお名前の上には「故」と冠されてあった。生きて最後の締切日にアナをあけることなく作品を送るというその行為に打たれる。

身体に痛みや不具合が生じると、意志の弱いわたしなどはすぐ音をあげる。奥さんが防護衣を着て入室するという重態時であっても、どこかユーモアさえ感じさせる歌柄がすごいところ。かくまでに「取材」の神経をはりつめて、メモをとり推敲を重ねてゆく姿勢、そして繊細なブルーブラックのインクの文字に精魂をこめる。

作者は大正13年生まれ。茨城在住で平成7年に出された歌集『鳥跡』によれば昭和40年代化学繊維工場建設のためユーゴスラビアに渡られる。「ＢＢＣの日本語放送を捉へ得ぬラジオを切りて友は寝につく」「セルビヤの一青年が狙撃せし街角の位置に残す足形」というような作品群を見ると、日本の勇猛な企業戦士たちの活躍が思われる。苛酷な気象条件や情報言語、物流の就航システムも完備されていないような中で、どれほど苦労されたことだろう。

でも、こんな楽しい歌もある。「飢ゑつづく日々の慰《なぐさ》と唄はしし〈東京ラプソディー〉忘れずいまも」詞書に「海軍軍属増永丈夫氏すなわち藤山一郎氏」とあるように、氏の回想に生の声を聴く。「終戦時、私は陸軍技術少尉で中部ジャワの油井に居た。終戦後、獄中に抑留されたが、海軍軍属であった歌手の故藤山一郎氏と一緒だった時期もある。南国の満月の夜、獄舎の中庭で氏が唄って下さった〈東京ラプソディー〉を忘れることができない」。

夫人も同門で「いそいそと門を出づれど向ふさき病む夫重くせまる現実」は掲出歌と一対の相聞の趣。「死とは何生くるとは何からからと笑ふ写真の実にいい顔」歌集最終ページのこの歌は、作者の自画像詠と受けとめている。

2009・12・2

154　ブルーモスク

タージ・マハール共にたづねむ日もあらむ偶然の力かすかに信ず

北沢郁子

『角川現代短歌集成』より。11月30日刊行の、昭和29年以降現在までの約3万首を収録。生活詠、人生詠、自然詠、社会文化詠の四つの部立と索引による全5巻からなる大冊である。

入手するや、わくわくして頁を繰っていたのだが、日を待たずして大いなる方の訃を知った。12月2日、盛岡での用事をすませた帰りの車の中で、「きょう午後0時38分、日本画壇の第一人者、平山郁夫さんが亡くなられました」と、カーラジオに聞き驚いた。

北進する国道282号線は一本木から西根入口までほぼ直線コース、右手に姫神山が端整な影を曳く。その山頂に、欠くところなき満月が煌々と照っていた。「ああ、先生、ブルーモスク…」と、思わずつぶやいた。こんなに明るい月の光の中で、まっさかさまに沈んでゆく思惟の塊《かたまり》が鏑矢《かぶらや》のように私の目の中を走った。

天下の名画伯平山先生を、あまりにも個人的に述べることは甚だ不遜ではあるけれど、私の片想いは40年余に及ぶ。院展等で先生の大作を拝観すると身動きもできぬ感動を味わい、失礼も顧みずよくお手紙をさし上げた。

平成11年10月、東京芸大の大学美術館が開館。その折の「芸大美術館所蔵品展」は今思い出しても胸がふるえる。平山先生の昭和27年の卒業制作は「三人姉妹」。故郷の瀬戸内海の蜜柑畑で、無花果の木を背景に、3人の妹たちをスケッチして完成させた作品といわれる。戦争をくぐりぬけた目に、頬の紅い三姉妹のおもざしは健康的で、何よりも得がたい平和の証として温かい情感に満ちている。

後年シルクロードの旅では「ブルーモスク」「楼蘭の遺跡」「仏教伝来」等、祈りの世界が深まった。平成18年には「日曜美術館30年展」にも出かけ、平山学長のおられる芸大美術館は爾来私の心のよりどころとなった。鎌倉の先生のアトリエがテレビに映ると、上京のついでに足をのばしてみたこともあった。いつしらず上野の杜を歩いていればきっと「偶然の力」に導かれるだろうと夢見る少女に返っていた。毎年、小正月近くはがき全面に「平山郁夫」の墨跡の賀状を頂く。私は今年も、何の不安もなく先生のあて名を書いたところだった。

2009・12・9

155　さらば義経

源平は絵になるやうに戦をし

岡田三面子

年末恒例の盛岡文士劇を見て、笑って年を忘れる。12月6日、わたしはことしも盛岡劇場の千秋楽の客席に居た。第15回記念公演、演物《だしもの》は現代版「きんらんどんすの帯しめながら」と時代劇「源義経」である。

そしてことしも、嬉しい対面をした。平成18年の千秋楽で一緒だった席のNさんがロビーでしきりにあるご婦人と話しておられた。聞けば当日の主人公、新撰組隊士の鉄之進役の利根川真也さんのお母様とのこと。なんと、今回その再会が叶ったのだ。今宵は利根川義経を応援に、ご家族総出で山梨や岐阜からいらしていて、こちらもNさんと一緒の席。劇の始まる前から芝居好きの話で盛り上がった。

それにしても回を重ねて15回、今や素人の域ではない。「きんらんどんす」の現代劇では全体にゆきわたる「間」のとり方が実に快く、大ベテランの畑中さんの軽妙なトークが舞台をひきしめる。画家の勝治と町内会長と碁を打ちながらの会話はごく自然体で、明日もあさってもこのままの日常がすぎてゆくような安定感があった。まさに小津安二郎の世界到来と感じ入った。そして娘を嫁がせる父親の心情が、大塚アナの飄々とした演技によく表れて思わず涙しそうになった。長年「せりふ忘れ」を看板に、笑いをとってこられたが実はそれもみんな演出上の効果であろうと思われる。客席をどっと笑わせて、内でほろりと心の綻《ほころ》びを覗かせるような熟練の俳優さんに感銘。

さて歴史に残る源平合戦はいずれも絵になる名場面、義経ファンにはたまらない魅力だ。今回は平泉屋形の絢爛さに度肝をぬかれた。髙橋座長貫禄の秀衡公。一族存亡の危うい役どころ泰衡を村松アナが好演。谷藤市長ふんする北条時政の胸のすく剣さばきはさすがだった。

火花を散らす激しい立ち回り。壮麗な甲冑に身を固めた義経の働き、斎藤純弁慶の長槍をさばく音が風を伴って客席まで伝わる。すさまじい戦闘シーンをかいくぐり、長柄《ながえ》に乗った義経迫真の見得には息をのむ美しさ！大喝采。義経主従は衣川で果てず「さらば義経、運命の子よ」と、秀衡の声に送られて平泉を去ってゆく。生きよ義経、花道に未来を恃《たの》む柝の音が鳴った。

2009・12・16

156　イブの予定

歩行者天国に大きツリーの灯る見ゆ今年もイブの予定白紙なり　　京　表楷

「歩行者天国」は「ホコテン」とルビがある。昭和35年生まれの茨城の整形外科医、未婚のころの歌である。平成18年刊行の第一歌集『ドクターズ・ハイ』より。作品は3部に分かれ、若さはちきれんばかりのころにはこんな楽しい歌が並び、作者のブログを見る思い。

「緊急のオペ孤独なり『やるじゃん！』と自分で自分を褒むるを許せ」「明日もオペその次もオペ果てしなく切りまくる日々　汝は誰ぞ」「青光る白衣はわれの戦闘服来なさいどんな怪我人なりと」なんと頼もしいお医者さん。

「歌集名『ドクターズ・ハイ』は造語で、〈医者として夢中で働いていると、時として感じる快感〉のような意味である」と自解がつく。作品は「アドレナリン、エンドルフィンさえ出まくって救急処置中ドクターズ・ハイ」で、「脳興奮物質」、エンドルフィンは「脳快楽物質」と解説。「快感」の意味が心に届く。

日々人の命を見つめる仕事。「治るかと問われて治ると答えたり治るかどうか知らずと言えず」そして「不謹慎と言われてもいい飲みにゆこう力尽くした患者の逝きし夜」この気持ちよくわかる。心からなる医師の通夜酒。朝になれば、もう新しい患者がやってくる。

「時として折れそうになる医師として帆柱のようにあるこの矜持」山崎豊子の『沈まぬ太陽』で航空会社の社員恩地元が、カラチ、テヘラン、ナイロビと10年余もたらい回しにされた時、「このままでは俺の矜持が許さない」と叫ぶ場面がある。帆柱のような男の矜持だ。「癌告知するしかないか迷うときライフワークをさりげなく訊く」ああ私も、もしこんな局面に立つことになったら、尽きかけている命のシミュレーションかと心得よう。

「服をほめ、さり気なくすぐ君をほめ、今日のデートは円満なりき」若く多感ですごうでの先生はクリスマスイブの予定は、もう白紙ではない。周りが放っておかないだろう。

「基本には忠実ながら流麗な父の行書を茶会で掛ける」との作者の環境、たたずまいの伺われる歌。「台湾も満月なりや日の本に生まれしわが子美月と名付く」一集の白眉。どの頁も医、食、美、識、実に豊潤な香に満ちている。

2009・12・23

157　祝婚

おしなべて味ひふかき人の生をあゆまんとするか今日より君は

佐藤佐太郎

　ハードカバーの本がすっかり手ずれがして、どの章も暗唱するほど読みこんでいるものに歌人上田三四二の小説『祝婚』がある。作中病後の「彼」は妻を伴って姪の結婚式におもむく。スピーチの番になり、彼は一首の歌を引いた。私ははじめ、この作品も上田三四二本人の歌かと思っていたが、これは昭和51年「和歌森民男君新婚賀歌」として、佐太郎の歌集「天眼」に収められていると先輩歌人に教わった。

　ここで結婚は「味《あぢは》ひふかき人の生《よ》」と捉《とら》えられている。古く「世」とは男女の仲をさし、人間とは人と人との間柄だが、それの最も密にして微妙なものが味ひふかき夫婦というものか。「だが、どこに完全な夫婦などというものがあるだろう。門扉は静かでも、家の内部に立入ってみれば、何時《いつ》でも何らかの軋《きし》みはあるものだ。不完全は不完全なままで人はそれぞれ結婚において〈味ひふかき人生〉を刻む」。

　「彼」の述懐は人々の心を打ち、華燭《かしょく》の宴はさらに華やぐ。「式の途中で白いウエディングドレスに替えた花嫁と、それに合わせるように白い瀟洒《しょうしゃ》な式服を着込んだ花婿は、父親の挨拶《あいさつ》のあいだに並んで立つ。背丈のほども似合いの瑞々しい白の一対は羽化したばかりの蝶のようで、彼等はいまいっとう性にちかく、しかもあたうかぎり本能に遠い所に置かれているかのようであった」。

　「彼」はさらに「かんかんと鐘鳴りてすずろなり／かんかんと鐘鳴りてさかんなれば／をとめらひそやかにちちはははのなすことをして遊ぶなり…」の詩を心に浮かべ、「彼らがちちはははとなったとき、自分はこの世にいるのだろうか」と思いみる。

　私もつい先月、こんな場面の中にいた。場が華やかであればあるほど、先立った人々の思いがしのばれ、つつがなく未来を継いでいってほしいと願う。いっぱい笑った。笑って一日、笑って一生、笑顔千金の日々であれと念じつつ、時はさらに先へ先へと進んでゆく。この星にふたり会うべく生まれきたえにしのふしぎさに感じ入り、私もけさ作ったばかりの祝《ほ》ぎ歌をあたかも他人の歌のように織り込んで、小説を書いてみたくなった。

2009・12・30

158

年賀状

添へ書きはみな声もちて年賀状

鷹羽狩行

21世紀も10年を迎えた。書くときはおっくうでも、もらってうれしい年賀状。それも印刷定型文のわきに、2、3行添え書きがあると親しく語りかけてくるようで心が浮きたつ。

新しい年の読み初めに、鷹羽狩行句集『十五峯』をひもといた。平成20年第23回「詩歌文学館賞」と、第42回「蛇笏賞」をダブル受賞。昭和5年山形生まれの氏は戦後21年から句作。ほぼ3年に1冊ずつ句集を発行。しかも数字のついた題名で、15冊目の「十五峯」の由。

「七人は重たからずや宝船」また「初夢をさしさはりなきところまで」「七十と三の若さよ宝船」めでたくて、すがしくて。七福神は女人ひとりの位置ゆえに、船が傾いたりはせぬか。傾城はあれど「傾船」は知らず、神々の饗宴はほがらほがらにたけてゆく。「なかきよのとおのねふりのみなめさめなみのりふねのおとのよきかな」のおまじない歌も、今ではお笑いのネタにされるぐらいで、信心もうすれてきているが、よい夢は口外すべからず「夢買い橋」のたとえもある。なにごとも「さしさはりなきところまで」で止めておくのが賢明といえようか。

私は平成20年5月、詩歌文学館賞贈賞式に出席し、鷹羽氏の受賞が選考委員全員一致で決まったこと、総句数437句中350を越える季題が登場し「季題の魔術師」のようだと評されたことに驚いた。さりとてこの本のどこにも難解な句はひとつもない。平明なことばでスーッと心にしみこみ、じんわりと句の奥深さ、あたたかさに包まれる。

「うしろ手に閉めし襖の山河かな」「さかづきの底絵あやしき年忘《としわすれ》」「亀鳴くや人老いて去り富みて去り」朱塗りの盃に鶴亀の絵が酒に浮き出る趣はたまに見かけるが、ある古美術のコーナーで、あやしき底絵を見たときは「眼福」というには若すぎた。さりげなく「人老いて去り富みて去り」の含蓄が人を唸《うな》らせる。

さてさて正月三が日もすぎた。「もの書けるわれを見上げて夜の蟻」の親しさに微笑み、卓の賀状に目を移すと「一回の人生だ。一回限りの文学の力をつくせ」との尊敬する作家の添え書きが私を奮い立たせてくれた。

2010・1・6

159　早口ことば

ひとよねて憂しとらこそは思ひけめ浮名たつ身ぞわびしかりける

拾遺和歌集

十二支を詠みこんだもので、詠み人知らず。「ね、うし、とら、う、たつ、み」までが入り、もう一首「むまれよりひつじつくれば山にさるひとりいぬるに人ゐていませ」とセットになっている。お正月らしい話題に大勢集ったとき披露して大いに笑った。いろは四十八文字もそうだが、よくあんなにだぶらないように、やまとうたに仕立てたものとつくづく感心させられる。

正月芝居の代表格は古来曽我物と決まっているが、アナウンサーの訓練教材に「五郎が五両十郎が十両」といっているのを聞いた。早口ことば、テレビでは市川團十郎さんが「助六」の解説をされていた。歌舞伎座の正月公演を思いつつわたしは成田屋の「外郎売《ういろううり》」を思い起こした。みごとな長台詞がきかせどころ。「ぶぐばぐ武具馬具　三《み》武具馬具　あわせて武具馬具　六《む》武具馬具」など、よくもあれだけ滑舌がきたえられるものだ。

ちょうどそんな早口ことばをひとりでぶつぶつ言っているところに電話が鳴った。兵庫の方で、「じゃ、こんなんはどうです？」と教えてくれた一句。「おもしろしよしやさん　かれまつのゆき」文字にすれば「面白書写山枯松雪」読みは「おもしろし　よしやさむかれまつのゆき」とひねる。姫路は西比叡山と呼ばれている天台寺円教寺のある有名な書写山。あちらでは古くなじんでおられる山だからスラスラ発音されるが、「エッ、しよしやしゃん？しよさしん？」ともつれにもつれて笑われた。彼の方はことしは後期高齢を迎えるので、せいぜい発音を清くしようと言われる。

ところで東北人には実に難儀な言葉がある。「山の猪《しし》　屋根の煤《すす》　小鰭《こはだ》の鮨《すし》に　帯の繻子《しゅす》」これを早口でといわれたら江戸っ子でも口がすっぱくなるかもしれない。「このクギはひきぬきにくい」も言いにくい。

久々に家族のそろったお正月。こたつもせまいばかりに人が集まり会話が弾んだ。わたしはだじゃれが大好き、ことわざもいい。早口言葉はかたずをのんで話者の口もとを見つめたい。昔話も伝説も大歓迎。声をあげ顔を見て、テレビの大画面よりもはるかに楽しい時間だった。

2010・1・13

160　源実朝

世の中はつねにもがもななぎさこぐあまの小舟の綱手かなしも

鎌倉右大臣

正月はなんといっても百人一首を素通りしては暮らせない。意味など知らずただまる暗記して取り札をふやしていった幼時期。定形歌のリズムが快く、時に暗号のようにことばの束が口をつく。そんなとき、いつもこの歌の「つねにもがもな　なぎさこぐ」で混乱し、大人たちに「もがもなってナニ？」と何度も聞いたものだ。

私は今でも百首の作者はとても覚えきれないが、この歌の「鎌倉右大臣」とは言うまでもなく鎌倉三代将軍源実朝。朝廷から右大臣という高位に叙任されている。父頼朝、母北条政子の二男、藤原定家に師事。

歌意は「この海のなぎさをこいでゆく海人の夫婦の、なんと根気よくどこまでも綱手を引いてゆくことよ。世の中も（男女の間柄も）いつまでも変わらないであればよいことだ」と、大方の注釈が一致している。「もがも」は願望の終助詞、デアレバヨイガナアと解釈。

さて、鎌倉は雪だった。建保7年（1219年）1月27日、実朝、右大臣就任拝賀の式を鶴岡八幡宮に於て盛大にとり行う。当日、鎌倉は夕方から急に冷えこみ、積雪は一夜のうちに二尺をこえたと記される。夕刻6時、実朝は長い行列を組んで将軍御所より出発、鶴岡八幡宮へと向かう。

神前での拝賀の式は滞りなく終った。降りしきる雪の中を実朝は大いなる安堵感に包まれて長い石段を下り始める…。歴史に残る名場面、大河ドラマでも芝居でも見た。最も古い大河のときの政子役は岩下志麻だった。

一刀のもとに将軍を弑《しい》したのは、実朝の兄頼家の遺児、公暁。ここに清和源氏の嫡系は断絶、生きながら地獄を見た政子の嘆きが思われる。実朝享年28。因みに百人一首にとられている東国の歌人は実朝ひとりである。

「今朝みれば山も霞みてひさかたの天の原より春は来にけり」実朝の『金槐集』巻頭の歌。「正月一日よめる」と詞書がある。28歳を一期とした青年将軍の頌歌として読めば、大らかな調べの中にも初々しさが心にしみる。私も先年、鶴岡八幡宮に初詣をした。石段をゆく夥しい参拝者の頭ごしに、大銀杏の枝をときおり伝い走るリスたちの姿が見えた。

2010・1・20

161　嫁が君

飾り餅一つ二つとなくなるは嫁が君殿運びゆくらし　栗村住江

特定の期間だけに用いられる忌みことばというものがある。ここに詠まれている「嫁が君」も、俳句では新年の常套語としておなじみで鷹羽狩行さんの「立ち止まりては考へて嫁が君」もよく知られている。なんと、この「嫁が君」とはネズミの別称。特に正月三が日間のネズミをいう忌みことばと解される。

こんな風に既成のことばを作中にとり入れるのはむずかしいが、掲出歌をネズミと知らず読んでしまうと笑いがこぼれる。〈むかし、ある家の姑がよんどころなき用ありて、出かけることになりました。そこでぼたもちに、「人が見たらカエルになれ」と言いきかせ戸棚にしまいました。これを聞いていた嫁ご、大喜びでたいらげて、姑に「なにやら戸棚からカエルが仰山逃げだしました」と告げました〉むかしはネズミもカエルも、時にはキツネやタヌキまで人の暮らしの中に居た。

また、正月三が日に天から降ってくるものを「お降り《さが》」と呼んでいる。雪や雨霰などをさし、去年各地に降ってきた魚やオタマジャクシのことではない。「お降りや杉の青さの中を降る」秋篠光広。「お降りや新藁葺ける北の棟」宝生犀星さんの句の、葺いたばかりの屋根のたたずまいは今ではめったに見られない。

「お降り」よりもはっきり目には見えない「淑気《しゅくき》」というものを、それこそ正月の天地に漂うめでたい気配として詠まれた句。「眼前に富士の闇ある淑気かな」東良子「衿替へて八十の母淑気満つ」山田みづえ。時を経ても俳人たちの感性、詩風に粛然とする。

「歌舞伎座の廊下にながき御慶《ぎょけい》かな」喜多みき子。「歌舞伎座へ妻に従ふ初芝居」中谷静雄。めでたく大海老の載った大鏡餅が飾られ、紅白のもち花の枝が揺れて、華やかに装った人々でにぎわう歌舞伎座。あちらでもこちらでも丁寧な長い御慶が交わされる。「初曽我や敵《かたき》を前に長科白」大堀柊花。客も科白をのんでいる。

小正月16日、地獄の釜の蓋のあく日は当地区では皆でお寺参りに行く。お墓はすごい雪だった。そういえば、中国から花嫁がきたと聞いたのもお墓での立話だった。10年もたとうか、知らぬ間にはるかな時がすぎてゆく。

2010・1・27

162　立春の葉書

立春の明るき街にて投函の葉書それぞれに歓び運べよ　中山きち子

年賀状から寒中見舞まで、寒さの中でも割と筆まめになる季節の中に居る。ふしぎなもので、年賀状の近況につられて手紙を書いたり、本の読後感を綴ったりと、夏の身体機能とは違った静かな充足感が得られて楽しい。節分、立春、光の春だ。ゆうべ、数人の友人とむきあって、親しく話をするように葉書を書いた。歓びのことばは歓びの心に響く。

「朝毎の雨戸を繰りて真向へる三毳嶺《みかもね》とともにわが五十年」とも詠まれる作者は大正8年栃木県佐野市生まれ、昭和11年には東京丸ノ内にて貿易会社に勤務。そのころから北原白秋に師事、同門の葛原繁氏を詠んで「学生服の中の一人にて寂けかりき松本楼の多磨の歌会に」とのお作もみえる。先年、松本楼の若き女性副社長さんが盛岡にみえて「おもてなし」の講演をされたことがあった。私は松本楼ではカレーしか食べたことがないが、ふりむけばつい70年ぐらいの過去に、ゆかりの文人たちが談笑していた光景がうかぶ。

そしていつも私が眩しく思うのは、そうした歌会の場が若い男女の交流の場であったこと。だからこそ、ひっさげてゆく作品は美しく格調高く磨きぬかれたものでなくてはならない。圧倒的に相聞歌が多かった。山河叙景の歌であっても「君と行きたし」の心に弾み、先へ先へと思いが展けてゆく。もちろん孫歌や老病死苦の歌であっても、全体的に若い歌が多く、熱い時代であったといえよう。

「汗垂りて草引く傍へ木に吊りしラジオは源氏物語説く」「丘の上の女子高に下校の鐘鳴るを聴きとめてなほしばし草引く」氏は結婚後もずっと佐野市にて地域の文化活動に従事、平成7年には歌集『みかもね』を出版。筆まめな方で、料紙も切手も王朝の香を偲ばせた。

平成16年「風もなく陽ざし温とし一月六日八十五回目の誕生日今日」と詠まれ、「朝霧に濡れしまつげを瞬きて身は乙女子のごとバイク駈る」も好きな歌。都心でOLをされた大正ロマンの佳人は、私がお会いしたころはもう還暦ぐらいだったが、どこの会場でも細身の洋装で印象的だった。平成20年11月、89歳にて逝去。私は今年も立春の葉書を待っている。

2010・2・3

163　大相撲

初場所も十日の幟きそひをり

木村美保子

節分、立春と季節の分れ目に合わせるように、相撲界が揺れている。テレビは朝から晩まで両国の国技館界隈を映し、横綱の品格や新理事の顔ぶれ、新仕事の役割などを報じている。

私はふと、山本夏彦さんの博識なエッセーを思い出し、古びた本を再読した。当時の相撲は晴天十日で、春場所のことが書いてある。明治37年大相撲春場所は晴天十日で、春場所と夏場所しかない。あとはすべて花相撲で星にならないから、三十を越しても土俵をつとめられたという。

明治37年1月といえば日露戦争の起こるひと月前のこと。大相撲春場所横綱常陸山と荒岩の一番の懸賞に、なんと芸者お鯉の体がかけられるという椿事があった。これは双方力士の贔屓が起こしたことで、お鯉の知ったことではないとはいえ、客の約束は芸者の約束。お鯉は荒岩が勝つことを摩利支天に祈り、果然荒岩は勝った。「荒岩はお鯉に、女房になってくれと言った。荒岩の袂にはその日の祝儀一万三千円がある。百円札ばかりで熱狂した贔屓が投げこんだものである。今日の相撲はお前さんのあと押しで勝てた。その礼だからと荒岩はお鯉に札たばを押しやった。お鯉はむろん取らなかった。かえっていやな気がして立つと荒岩はそれと察して詫びた……」

今から百年も前の大相撲の話。お鯉は知らないが相方の文人黒岩涙香は大の相撲好きで、しかもこの荒岩に千円もする化粧回しを贈っている。さらに黒岩の正妻もまた荒岩をひいきにし、「新聞界ではこのことはよく知られていたが同業のよしみで誰も書かなかった」。

2月4日、平成の大横綱朝青龍は、突然引退した。この日、伝統だの品格を言う親方衆や角界の大勢の人々の中で、朝青龍だけが着物姿だった。私はまたもや山本読本のページを繰る。「お鯉はべつに西園寺老公は着道楽だと聞いて、つくづくと拝見した。大島の蚊絣《かがすり》、それも針でついたようなこまかい絣の二枚着に羽織は黒八丈の無地、袴も八丈の無地、帯はカピタン、金唐革《きんからかわ》の煙草入れ、帯〆は珊瑚の五分玉、紙入れは古代更紗。玄関で帽子をとられ丁寧に辞儀して入る茶人風だった」。桂太郎宰相邸での描写。今日は角界ドキュメントを見ながらはしなくも百年前の様式美に思いをはせた。

2010・2・10

164　未青年

またの日といふはあらずもきさらぎは塩ふるほどの光を撒きて

春日井　建

昭和33年8月、日本の短歌界に新星がデビューした。春日井建20歳にて、角川書店の「短歌」誌に中井英夫の推輓により「未青年」50首を発表。その3年前に中城ふみ子、寺山修司を世に出し、中井編集者の眼力も話題になったと聞く。35年、第一歌集『未青年』刊行。三島由紀夫が序文を寄せ、「われわれは一人の若い定家をもったのである」と絶讃した。愛知県生まれ、両親とも歌人で「どこを取っても貴公子」と万人が認める二枚目歌人である。

代表歌として「大空の斬首ののちの静もりか没ちし日輪がのこすむらさき」がよくとり上げられる。19歳の作者の心のたぎちというか、前衛短歌旋風の時代の波にも乗って人気をさらった。意は、日輪が首を打たれて地平線の彼方に沈んでいった残像として、紫のイメージが描かれる。「水脈ひきて走る白帆や今のいまわが肉体を陽がすべりゐる」の質感に瞠目。

第九歌集まで出している作者だが、平成11年ごろより咽頭癌を病まれ、自らを客観視される作品が胸をつく。「扁桃《アーモンド》ふくらむのどかさしあたり衿巻をして春雪を浴ぶ」「スキンヘッドの少年は人とまじはらず黙然と脱ぐ岩盤のうへ」「湯に首を打たせてラドン吸ひながら屋根の雪おろす人を見てゐつ」作者は秋田の玉川温泉に夏冬二度訪れている。「少年」とは作者自身のこと。

「ふぐ刺しがのどを通るに動悸せり歓楽はいまだ吾を見捨てず」「宇宙食と思はば管より運ばるる飲食もまた愉しからずや」食の歌。ごく普通に食べ、普通の暮らしの何とありがたいことか。「ふぐ刺し」の歌をはじめて読んだとき、私も、自分ののどを下る白い花びらのような感触を味わって声が出なかった。氏は、声を失うことを嫌って手術も遅くまで拒まれたという。ラジオやステージの仕事に追われていたこともあろうが「早朝ののみどを下る春の水つめたし今日も健やかにあれ」と自分で自分を鼓舞する歌も多く見られる。

平成16年5月22日、65歳にて逝去。「その日、私は北上で建さんの訃を聞きました」と、篠弘さんに伺ったことがある。「またの日」はついになく、未青年の日はさらに遠い。

2010・2・17

165　二・二六の日

降りて消え降りてはあはく雪積もり二・二六のかの日ちかづく

樹口圭子

昭和5年大阪生まれの作者にとって、昭和11年の二・二六事件はどのように受けとめられたものだろうか。もちろん、6歳の女児では周りが話したとしても理解できることではあるまい。ただ、この日、大人たちはどんな風にすごしていたかと、興味深いものを読んだ。

「この日は一年前に創設されたばかりの芥川・直木賞の第二回選考会にあたっていた。直木賞選考委員の吉川英治の家は赤坂表町にあり、蔵相高橋是清の家と隣り合っていた。高橋はこの日早朝、暗殺されたのだが吉川は九時頃まで寝ていて何も知らなかった。訪ねてきた客も隣が〝何か取混んでゐるらしいですな〟と言うだけだった。この日は欠席者が多く、3月12日の会合でやっと吉野朝太平記（鷲尾雨工）が受賞と決まった。」阿部達二『歳時記くずし』より。

雪の朝高橋是清、斎藤実内大臣、渡辺錠太郎教育総監が殺害され、鈴木貫太郎侍従長は重傷、岡田啓介首相は妹婿松尾伝蔵大佐が身代りで殺されたため無事だった。事件は4日間で終息、19名が銃殺に処せられた。と、史実は伝える。

毎年この時期になると、いろんなところで「二・二六」の記事を目にする。昨年は奥州市の斎藤実記念館で「最後の一日」を克明に追う企画展が紹介されていた。私も数年前に記念館を訪ねたが、70年もたっても血痕の染む衣類に歴史の残酷さが感じとれた。

また昨年の「文藝春秋」4月号には巻頭随筆に「永田町小学校の二・二六」として、ジャーナリストの中田整一さんの一文が載っている。国会議事堂にも近く反乱軍に占拠された永田町尋常小学校の出来事。学校側最大の心配事は、奉安庫に安置してある天皇の御真影と教育勅語をいかに守り通すかであった由。戒厳令がしかれた27日、現在の自民党本部の辺りの道路を隔てた文部大臣官邸と鉄道大臣官邸にいる反乱軍の動静が記される。

もとより私には戦前の暗黒時代など想像もつかないが、ふしぎと春の大雪の中では歴史の歯車が軋み始めるような気がして、文学よりも奇なる人間の歩みに耳目をこらしたい。

2010・2・24

166　雛の家

落ちてゐる鼓を雛に持たせては長きしづけさにゐる思ひせり　　初井しづ枝

紫波町日詰の大正建築平井邸で開催されているひな祭りに行ってみた。折しも前日納車されたばかりの車の試運転をかねて往復百余キロ、絶好のドライブ日和となった。

時の総理大臣原敬を接待するために、3年がかりで大正10年に完成したという平井邸。伝統と格式の香気に満ちた名家が開放されて大勢の見物客でにぎわっていた。

なんという広さ、二階大広間は44畳、五間半の長押と棹縁はすべて赤松の柾目一本の由。天井板は二尺幅の楠とのこと。新築当時はどんなにか芳香を放っていたものかと見上げる。

「この床の間を背に、原総理が座られて」と縁者のご説明を聞きながら、台湾総督府政局長後藤新平と政商鈴木商店大番頭の金子直吉とのスケールの大きい商談に思いが及ぶ。そんな歴史を背負って、楠は海を渡りこの日詰まで運ばれたのであろうか。すっかり茶色がかっている天井板に、また少し視界のゆがむ大正ガラスに、時の登場人物たちの会話を聞いてみたい思いにかられた。

座敷には古式ゆかしい享保雛も飾られていた。ここには明治よりもさらに古い江戸の様式が息づいている。わけても五人囃子の像の若さに新鮮な驚きを覚えた。目もいわゆる引き目ではなく動きの感じられる表情で、さすがに年代を経ているため笛も鼓もお持ちではない。長持や調度品よりもこまかいお道具類は散逸しやすく惜しまれる。

ふっと、掲出の歌が口をついた。初井しづ枝さん、私は帰宅するなり氏の歌集をさがした。明治33年姫路市のきわめて富裕な商家に生まれ、成人してやはりつりあう旧家に嫁がれる。北原白秋の芸術精神を受けつぎ、その気品と才華は各界の注目を浴び著書多数。昭和51年76歳にて逝去。

そして追悼アルバムの、初井邸での文人達の写真が、まさに平井邸のお庭かと見紛うばかり。昭和29年撮影の女流達はみな着物姿。「目の前に散り来しかろき花びらは受けんとしたる手をそれゆきぬ」と姫路の桜が見えてくる。雛の季に雛の家を訪ね、ゆくりなく過去世の人々の声を聞いて、長き静けさを思った。

2010・3・3

167　惜別の唄

痛む胸庇ひて朝の雪を掻く雪はかすかに反響をもつ　細川甫

きさらぎ寒波の早朝、突然の訃報に驚いた。四十年来の歌の先達、盛岡の細川甫さん。あまりにも身近で慕わしい方だった。「命あるものさまざまな影負ひて訃報は不意に簡潔にくる」「癌型か卒中型かと交ごもに話題をなして仏事にゐたり」と詠まれたのは3年前の夏。不意に簡潔にくる訃報を、誰しもわが身と思わぬところに運命の叡智を見て粛然とする。

実直な方だった。国鉄勤務が長く「轢死者の血糊のにじむ機関車の熱き車輪に灯をともしゆく」「貨車の間をせまく通りて帰るとき熱き車輪か夜霧に匂ふ」「夜の雨に濡れつつ貨車のとどまれり赤き尾灯をレールに染めて」といった職場詠が多く、また農作業にも汗を流す。

「麦藁帽かたむけて撒く石灰に白くまみれて畝をゆく蟻」も大好きな歌。畑おこし、土の中和をはかり石灰をまく作業。あわてふためいて右往左往するアリがいる。アレアレ、お前たち、みんなまっ白になってしまって、体、重たくなったかや。作者はよく孤独な作業を詠まれるが、歌とか文学ではない世界で突如自分の行為がアリを走らせたことに驚く。ひたむきにものごとに熱中していればものの本質が見えてくるという見本のような歌。「歌は人なり」の箴言が思われる。「わが力しぼりて鎌を研ぎゐたり砥石の水の熱き昼過ぎ」ひたぶるに鎌をとぐ作者。三句で切り手の甲で汗を拭い、呼吸を整えるさまが見える。「砥石の水の熱き昼過ぎ」はありのままであろうし実感であろう。巧まずしてこの境地を詠めるのは、研ぐものの資質の違いといえようか。

ものごとに対する観察眼はまた写真の世界でも活躍、休日晴天ともなればよくあちこちに取材に走られた。短歌と同じようにドラマ性のあるものが多く、フォトコンテスト入賞のご常連だった。吟行場面ではいつも撮ってもらい、さらにギター持参で盛り上げられた。

今ごろだと「とほきわかれにたへかねて／このたかどのにのぼるかな／悲しむなかれわが友よ…」と「惜別の唄」をよく皆で歌った。今年まさか、氏を送る歌になろうとは、享年85。四半世紀「北宴」編集委員を務められた。今、すべて過去形での記述がこの上なく悲しい。

2010・3・10

168　盲亀浮木

勾玉の穴の不思議に亀鳴けり

青木規子

世の中には不思議がいっぱい。しかし川柳や短歌の「軽み」の分野とちがい、俳句でこのように真正面から詠みこむのは珍しいのではないか。と、思っていたら「東京に井戸ある不思議秋彼岸」との能村研三さんの句もあった。なんで秋彼岸か、私にはそれが不思議なのだけれど。

ところでつい先日、目のさめるような思いにとらわれた。外出から戻りなにげなくテレビをつけると「水戸黄門」をやっていた。ふだん見ることがなく、チャンネルを替えようと思ったそのとき、白装束鉢巻姿の女人が叫んだのだ。「もうきのふぼく　うどんげの　花咲く今宵があだうちの　好機と心得覚悟せよ」とのせりふ。四国路は道後の湯煙をはすに見てなんとも勇ましい仇討ちの場面である。

びっくりしたのなんのって、エッ、「もうきふぼく」ってこういう口上でも使うものかと、くらくらしながら仏教の本をとりだした。酒井大岳先生の解説による「盲亀浮木」のお話。

「雑阿含経」に「大地変じて大海となる。その時一の盲の亀あり。その寿《いのち》無量にして百年に一度、その頭を出すとせよ。また海中にただ一つの浮木ありて漂流す。この盲亀、頭を上ぐるの時、この木の穴に遇《あ》うこと可なりや」と、お釈迦さまが弟子の阿難に問われた。阿難は、そんな百年に一度だけ浮き上がってくる亀が、大海の小さな浮木になど到底「遇うべからざるがゆえなり」と答える。

ありえない、と言う阿難にお釈迦さまは「この盲亀と浮木は互いに往きて違うといえども、あるいはまた相得ることあらん」（一度は行き違っても、もしかするとさらに百年もの時を経て、両者はまたあえるかもしれない）と諭されたという。海より深い遇いのふしぎさ。この世に再び人間として生まれてくることさえも、盲亀浮木の例よりもむずかしい。私はこれを読む度つくづく時と縁のふしぎさに打たれる。

この日、水戸黄門を見たのも、掲出句に出合えたのも、何か大いなる意志の力が感じられて衿を正す。お彼岸だから、きっとあちらの世界からの発信にちがいない。因縁時節、亀鳴く春はふしぎがいっぱい満ちている。

2010・3・17

169 一周忌

昼ふけて人さまざまにある車中われは珊瑚の数珠をたづさふ

森岡貞香

人はさまざまな旅をする。私がこの歌を知ったころは、故郷に帰るというと仏事のことが多かった。40年代、盛岡発上野行常磐線直通急行列車が走っていて、乗りかえなしで福島の海辺の町に着けた。仙台から先は単線だった。「人さまざまにある車中」の長かったこと。「照りつけてかがやく墓石よりすさりけりへだたりて見るはかなしまむため」にも強烈な印象をうけた。墓石といい数珠といい、大正生まれの偉大なる女流歌人のことは、なぞめいた魅力とともに常に心を占めていた。

「紅茶をばささげて離れにわたりたれ槙の木のへりを流るるにほひ」「離れ屋と母屋のあひを小走りす新聞を届けるただそれのみに」三島由紀夫原作の映画「春の雪」を思い出す。上流貴族の豊かな暮らし、森岡家と三島家のつながりは小説の舞台とほぼ違わないという。

陸軍将校だったご主人と二・二六事件も戦争もくぐりぬけたものの、昭和22年ご主人は病没。一子を遺される。同時代、軍関係の肉親を詠んで社会に印象づけた人々に斎藤史、河野愛子、また葛原妙子の作風もきわだった。

森岡作品の「生ける蛾をこめて捨てたる紙つぶて花の形に朝ひらきをり」「椅子ひとつ余分に置けりこのへやに余分のたれも居らざる日々を」に見る意識の深さ。大西民子は帰らぬ生者に幻の椅子を置いたが、このへやでは亡き人の占める存在感が迫る。

「死にてゆく母の手とわが手をつなぎしはきのふのつづきのをとつひのつづき」99歳の母上を送る歌。そのご長寿家系の森岡さんが昨年1月30日、93歳にて心筋梗塞で亡くなられた。

短歌総合誌の追悼特集で岡井隆さんが書かれている。「数年前から靖国神社の献詠歌選者として森岡さんとご一緒するようになった。（中略）昼食会には神社側の方も同席されるが、その主宰である南部宮司が今年はじめに急死された。昨年の昼食会のメンバーから二人が喪われたことになる。」と記される。

岩手の殿様、南部利昭公は平成16年靖国宮司となられ21年1月7日、昭和天皇崩御20周年式典の直後みまかられた。享年73。一周忌、森岡さんには第九歌集『九夜八日』が刊行された。

2010・3・24

170　春がきた

誰か一人こらへられずに林道を誰れか馳せ行く春が来たのだ

前田夕暮

春がきた！体中にみなぎる春の喜びを高らかに歌いあげて好きな歌。短歌史における口語短歌の幕明けは、大正末から昭和初期にかけて怒濤のように押し寄せた。木俣修著「大正短歌史」によれば、大正13年4月創刊の短歌誌「日光」には、北原白秋、木下利玄、土岐哀果、石原純、川田順、前田夕暮、古泉千樫、釈迢空といった錚々《そうそう》たる歌人が新しい歌を寄せており、口語自由律の短歌運動が提唱された。関東大震災後の、さながら野焼きのあとに新草の生うるがに、新時代の到来を告げるエネルギーに満ちている。

この歌は明治16年生まれの作者が大正12年、「日光」創刊直前に奥秩父で山林経営に携わっていたころに詠んだものといわれる。長い冬が終わって、植林や伐採の仕事をする人々の身も心も軽く明るい表情が生き生きと伝わってくる。壮年期の作者、万葉調の「春は来にけり」ではなく「春が来たのだ」と叫ぶ心情が晴れやかだ。今、読んでも新鮮で楽しい。

同「夕日よ、夕日よ、夕日よと心狂ほしく渦巻きて行く空焼くるかた」大正2年4月、前田夕暮が西洋美術展で、初めてゴッホ、ゴーガンの絵に接した時の歌という。今から百年近くも前に、日本の才人たちが西洋の文化にふれ、カルチャーショックに襲われたさまを思う。

「夜、眠らうとする私の旅愁のなか——奥入瀬が青くながれはじめる」昭和5年、十和田湖畔に宿泊した折の昨。自由律口語運動の中で、表記にも新しい試みがみられる。今はあまり作中に句読点を入れたり、一字あけなども必然性がない限り用いないが、旅愁の余情に、当時の文人たちの工夫がうかがえる。

ところで「日光でおもしろいものを見た」という会話から犯人を追うおもしろい本がある。内田康夫氏の浅見光彦シリーズで「日光」を地名と短歌誌から解きゆく過程が、旅情と歴史と文芸の相乗効果で読む度に発見がある。

「左様なら幼子よわが妻よ生き足りし者の最後の言葉」昭和26年、枕辺のノートに記された最後のことば。いつの世も、新しい風を求める詩人の目がある。だからこそ、時をこえて感動の声が伝わってゆく。

2010・3・31

171　有夫恋

子を生みしことは幻　天高し

時実新子

「女の子も男の子も、わが子の可愛さに変わりのあろうはずはないけれど、女の子を生むということはライバルをこの世に1人ふやしたことであり、男の子は恋人を生むに等しい」とは川柳作家時実新子さんの『じんとくる手紙』の一節。さらに「再婚ですがよろしく」の章には「私は結婚した。世間様から見れば再婚だろうが、ところてんのように押し出された17歳の嫁入りを私は結婚とは思っていない。58歳の新しい出発、初めて自分の意志で結婚する時、私は娘にも息子にも、まだ生きていてくれた両親にも相談をしなかった。死んだ人は日増しに美化され、彼らは父親への敬愛を深めていく。仏壇も早々に息子がかついで持ち帰った…」

少し引用が長くなり、新子さんには眉をひそめられるかもしれない。再婚か——。生まれも育ちも全く違う二人が出会い、同じ道を歩み始めることのふしぎさ。初婚でさえも大変なのに、子もあり家もある二人がさらにひとつの家を作るという「事業」はむずかしいだろうな、と思う。でも、そうして踏み出す新しい道なればこそ、こんどこそ同じ景色を喜びと共に眺め、買物かごを二人でさげて、たえずおしゃべりをして、飲んで歌って…と、私は新子さんに同意し喝采をした。ご主人はいつも「あんたはぼくの親友や」と言い続けられたという。嬉しいだろうな、そんな風にいわれたら。

周囲を見回してみても、レストランなどで互いを見合って楽しそうに話しながら食事をしている図はいいものだ。でも、たいていそんな二人は夫婦でなく、本物の夫婦は黙々と食べ、女性が会計をするという話も聞いた。

どんなに仲がよくても、たった二人だけの人間関係というのは疲れるかもしれない。とりとめもなくそんなことを考えていたら電話が鳴った。東京に住む長女だ。彼女の声より先に「私ねえ、やっぱり再婚しようかと…」と言ったとたん「お母さん、エープリルフールのネタは新しいのにして！」と笑われた。同じ話は聞きあきたと言いながらことしも東京のお花見のおさそいだ。「菜の花の風はつめたし有夫恋」私はいそいそと旅支度を始めた。

2010・4・7

172　さくら咲く

さくら咲くその花影の水に研ぐ夢やはらかし朝《あした》の斧は
前登志夫

私には大切にしている新聞の切りぬきがある。平成20年4月5日に亡くなられた「吉野の山人」と称される前登志夫さんの惜別の記事。カラー写真で20畳ぐらいの二間続きの書斎の中央に、ラフなセーター姿で、右手から窓の光がさしこんでなんともいえないやわらかな表情で立っておられる。その足もとから背後まで、びっしりと本の山、書架にもあふれ、ほとんどは畳にじかに積み上げられて、それがみな現在仕事中の様子に輝いて見える。

父祖伝来25代の山持ちの歌人。大正15年1月1日生まれの氏は、長兄の戦死によって、家業の山林業を継ぐことになり、都会暮らしも長かったこともあり、吉野に定住することへの逡巡があったと聞く。そう思って読めば、さくらの花影の映る水に研ぐ「斧」の刃の鈍い光も見えてくる。美しすぎる花ゆえに、木を伐る道具を結びつける危うさをも見てしまう。

「海にきて夢違《ゆめちがへ》観音かなしけれとほきうなさかに帆柱は立ち」これも代表歌としてつとに知られている作品。故郷脱出を願う氏に、ついに夢を違えてくれなかった「夢違観音」のかなしきまでの美しさ。奈良には遠き海原に、届かぬ帆柱がそびえ立つ。

「山人《やまびと》とわが名呼ばれむ萬緑のひかりの瀧にながく漂ふ」「形象を死者と頒たむわが伐りし木《こ》の年輪のくらきさざなみ」氏の作品には常にいにしえの大乱や神、霊の存在が豊かに息づいている。自らの老いを見つめても「急速にふかまる老を嘆かざれ異界はつねに蒼くけぶらむ」と詠まれる。老いという未知の日、さらにその先の異界さえも蒼くけむる深山の芽吹きととらえる美意識に感銘。

「しばらくは留守になるぞと言ひおかむ、夜の猪　昼の郵便」等しくけものもわれも山の住人。晩年、肝硬変を病まれ、天理市の病院に入退院。そして死の数日前に、医師に退院直訴の手紙を置いて吉野の山に帰られた由。

「われはいま静かなる沼きさらぎの星のひかりを吉野へひきて」総合誌に発表された絶詠。大自然の歌枕の中で、82歳を一期《いちご》に逝かれた稀代の歌人の野辺送りの日には、吉野全山満開の桜が天地のあいろなく輝いていたという。

2010・4・14

173 敗荷

あな寒むとただきりげなく言ひさして我を見ざりし乱れ髪の君

与謝野鉄幹

久々に上野不忍池を巡った。どこもかしこも桜満開、上野の山から下りてきた人波にもまれながら、ようやくかなたの弁天堂をカメラに収めようと池端に立ちどまると、しきりにカモメが視界をさえぎる。池の中央には黒く枯れ沈んだ蓮群《はすむら》が見える。「敗荷《はいか》」だ。

上野にはさまざまな思い出がある。この言葉を知ったのはいつであったか。教えてくれたのは人であったか、本だったか—。永井荷風が、徳富蘆花がと、東京の水辺の自然を詩歌に託した文豪たちの逸話がよみがえる。

「敗荷」は明治31年、与謝野鉄幹の詩で、若き私の暗誦歌だった。今日はそぞろ歩きには騒がしすぎたが、何十年ぶりに思い出した。「ゆふべ不忍池ゆく／涙おちざらむや／蓮折れて月うすき／（略）とこしへといふか／わづかひと秋／花もろかりし／人もろかりし／あゝ何とか言ひし／蓮に書ける歌」。

明治30年代、新詩社の「明星」主宰者の鉄幹は全国から集まる若い詩人たちの頂点だった。敗荷とは破れた蓮の葉。前年、晶子また山川登美子と遊んだ大阪住吉のあづまやを思う。今は晶子と二人、蓮の葉にみんなで即興の歌を書いたことが思い出される…と、なつかしむ。結婚が決まっていた登美子と、晶子の炎のような人生の分岐点が目にうかぶ。それにしても、蓮の葉に筆で歌を書く遊びとは、なんと雅びで甘やかな雰囲気であろうか。

明治34年、鉄幹は前妻と別れ渋谷村に転居。「乱れ髪の君」との暮らしはエネルギッシュで、時代も戦雲に包まれ、晶子の「君死にたまふことなかれ」は民衆の爆発的な支持を受けた。同年発表された鉄幹の「妻をめとらば才たけて」の「人を恋ふる歌」も時代をこえて現在でも広く歌われている。

「さきにほふ千鳥が淵の山ざくら春のふかさは知られざりけり」「あやまれりひとりゆくべきあめつちに人の子の肩手をかけてみし」千鳥が淵の水面には万朶の桜が照り映えて、この花のもとではまさに何が起きてもふしぎではない気がする。鉄幹晶子の世から百年、私は今しも新党を立ちあげて話題の人に、「つるぎの子」の風貌を見る思いにとらわれている。

2010・4・21

174　さよなら歌舞伎座

歌舞伎座へ昔引かれた手を引いて

松永智文

「お名残歌舞伎座特集・歌舞伎川柳」より。２月の募集に８００句をこえる投句があった由。イヤホン解説員の園田栄治氏の選と選評が実におもしろい。前初は６歳のおうちゃん作「かぶきざがたてかわったらまたくるね」。こういうかわいいお客さまが掲出句のような天賞作品へとつながっていくのだろう。「親が子を子が祖父母つれ木挽《こびき》町・小林陽一郎」「受売りは観翁さんの豆知識・ヤッチー」私も大ファン、小山観翁さんの解説は幕間《まくあい》でもイヤホンを離さず聴き入る。高木美智子さんのお声も耳に心地よく、舞台のしつらい、衣裳のこしらえにはメモがまにあわず聞きほれてしまう。

「さよなら歌舞伎座・あと26日」のカウントデーに早朝から並んで当日券を手に入れることができた。今月は各家総出演で最高の顔ぶれ、私はまる一日居続けて昼夜どっぷり、名残の舞台を楽しんだ。演目はみな何回か観ているが芝居は生もの、その都度新しい発見、感動がある。ましてや今回はフィナーレだ。

さてさてここは両国橋に近い大川端。「三人吉三《きちざ》」のそろいぶみ。ほんにうぶな娘と見しが夜鷹のおとせのふところから百両の金を奪い、大川につき落とす。これこそ盗み悪党のお嬢吉三と呼ばれる男（尾上菊五郎）。これを見ていた者、その百両を貸せと迫る。御家人崩れのお坊吉三（中村吉右衛門）のすごみのせりふが肺腑をえぐる。私は播磨屋のお坊吉三は初めて見た。と、そこへ割って入ったのが元は吉祥院の所化《しょけ》で今は盗賊となった和尚吉三（團十郎）である。すごいすごい！同じ板の上で天下の名優の名場面が展開する。

中村屋勘三郎、勘太郎、七之助親子三人による連獅子の呼吸の合った舞い。「かかる嶮岨の巌頭より／強臆ためす親獅子の／恵みも深き谷間へ／蹴落とす仔獅子はころころころ／落つると見えしが身を翻えし／爪を蹴立てて駆け登る…」やがて親子の獅子たちは牡丹の花にたわむれ遊ぶ。豪快な毛振り、百獣百花の王の貫禄に痺《しび》れた。歌舞伎座の二階には数々の名画が掲げられてあるが、私は今回も川端龍子の、青獅子と白牡丹の図にみとれた。「さよなら歌舞伎座、たてかわったらまたくるね。」

2010・4・28

175　寺子屋

梅は飛び桜は枯るる世の中に何とて松のつれなかるらん

菅原道真

　お芝居で、子供がいっぱい出る場面は活気があり笑いがある。歌舞伎ではおなじみの「菅原伝授手習鑑《かがみ》」の「寺子屋」の段。子供が8人もいて、筆を持ち手習いに余念がない。中には体は大きいが「涎《よだれ》くり与太郎」と呼ばれる少々愚図な子も居り、すぐ悶着のタネをまく。やんちゃ坊主たちにまじって、ひときわ目をひく利発そうな子がひとり。菅丞相（菅原道真）の子、秀才だ。

　寺子屋を営む源蔵（片岡仁左衛門）は、そんな子供達を見ても浮かぬ顔。今しも彼は庄屋方に呼び出されて、かくまっている菅秀才の首を討つよう命じられてきたばかりなのだ。道真が藤原時平によって太宰府に配流させられた史実に添っている。

　さて、その子の首実検を行う役が松王丸（松本幸四郎）である。折しもそこに、新入門の子がやってきた。がんぜない子の手をひく母親役は玉三郎。子を預けて去るや源蔵と妻戸浪（勘三郎）は、これを替え玉にしようと相談。

　いよいよ一人ずつ、子供の首実検が始まる。どの子も村の百姓の子なればすぐに親もとに帰されるが、松王丸は、子の数より机がひとつ多いではないかと問う。その時、奥で、菅秀才の首を討つ音がひびく。無惨、哀切の義太夫が泣かせる。自らも病人というこしらえの松王丸は五十日かつらの髪も乱れ、「生き顔と死に顔…」とつぶやき、首を秀才のものと認める。使者達も帰り、一件落着。

　そこに、帰りの遅い子を迎えにきたのが新入り小太郎の母、千代。「うちの子はまだでしょうか」と、おろおろとあたりを見回す母心が切ない。玉三郎の声音《こわね》がやさしく、心細く、不安感をかきたてる。この時源蔵、背後から斬りかかり、「刃鋭《やいば》く斬りつくるをわが子の文庫ではっしと受けとめ…」と、太棹のかなでる名場面。

　筋書きは二重三重に入りくんで、敵と見えしは実は味方とか、あとで諄々《じゅんじゅん》と判るしくみも歌舞伎の醍醐味だ。菅公の歌の通りに三子のうち梅王丸は父の供をして筑紫へ飛び、桜丸は自害し果てた。「何とて松のつれなかるらん」松王丸の心情を、子の日母の日に重ねて、私は笑いと涙の「寺子屋」の場面を思いうかべている。

2010・5・5

176　寅さんの真

お祭りで朝から太鼓で下駄新しく　　風天

俳号「風天」、人気映画シリーズ「男はつらいよ」のフーテンの寅さんこと渥美清さんの句集『赤とんぼ』より。序文を山田洋次監督、跋《ばつ》文をコラムニスト森英介氏の解説に飾られた223句に、こまかい点描の装画が楽しい。師匠もなく、どこの俳句結社にも所属していなかったという氏の自由律の調べはのびやかだ。

昭和3年生まれの氏の東京下谷区車坂のお祭り風景はどんなものだったろうか。ちょうどわたしの地区のうぶすな神社でも、5月3日例大祭だった。小学校全児童による奉納田植踊りや民謡芸能大会で終日にぎやかにすぎた。

「がばがばと音おそろしき鯉のぼり」「ちまき汗かいてまじめそう」「花びらの出てまた入るや鯉の口」いずれも大好きな句。風をはらむ鯉のぼりと池の鯉。あたかもエサのように花びらをのみこむさまを、わたしも何度も目にしてはいるが作品に仕上げるまでに至っていない。ちまきが汗をかいてまじめそう、の感性に脱帽。「初めての煙草覚えし隅田川」「待合の階段裸足《はだし》夏めいて」また「うつり香の浴衣まるめてそのままに」この辺りは隠微な大人のふんいき。下町の待合の、なにやらわけありな芝居の書き割りにも見えてくる。今しも「ヨォ！」と声をあげて、小沢昭一さんや井上ひさしさんの足音も聞こえてくるようだ。

わたしは寅さんが大好き。むかし山形に住んでいたころ、テレビはTBS系が映らなかった。「8時だよ全員集合」もハトヤのコマーシャルも入らない地域と知った時の子ども達のショックは大きかった。笑いを理解しないアンチ・寅さん軍団もいたが、惚《ほ》れっぽくてあたたかくて、マドンナに寄せる純情寅さんの旅日記をわたしもまた熱く語ったものだ。寅屋の日めくり暦を見てはマドンナとのデートを夢みてため息をつく彼の姿が目にうかぶ。明日という日が遠いのは恋の魔力・魅力であろう。

でもでも、「団扇《うちわ》にてかるく袖打つ仲となり」これが寅さんの真、シャイで純で泣かせる世界だ。「赤とんぼじっとしたまま明日どうする」句集名となった作品。人々にいっぱい元気を捧げ続けた自画像か。「お遍路が一列に行く虹の中」「花道に降る春雨や音もなく」等の句を遺して平成8年夏、68歳の幕を閉じられた。

2010・5・12

177　朝目よく

雪の下の熊笹を喰《は》みて太りしか残雪の山を羚羊《かもしか》下り来る

永井保夫

『角川現代短歌集成』より。カモシカをわがやの周辺で見るなんて思いもよらなかった。花の黄金週間は、夫の忌日に当たっていてことしは回忌法要を営んだ。墓前に香華灯燭洗米を供え、そのあとお寺でささやかな会食をした。写真の人は老いることなく、遺された者のみが確実にこの世の滓《おり》を積んでゆく。

翌朝5時ごろ、洗米や供え物や香炉を片付けようとひとりでお墓に出かけた。風はないが洗米を盛った皿はカラスにひっくり返され、花も乱れている。それらを整えて、車にもどると左手の木立に何か動くものがある。

まさか、クマ?と背筋がザワッとしたが灌木の繁みから姿を現したのは枯草色の、犬よりは背が高く、子牛よりは小さいがずんぐりと太ったカモシカだ。車に乗ろうとしたわたしと目が合い、それから悠然と山の小道に消えていった。驚いたのはこっちの方で、エッ、こんな所にカモシカが来るなんてと、本当にびっくりした。昔から鹿は神の使いといわれるが、朝まだき、夥《おびただ》しい霊の鎮まりどころで聖なるけものと出会ったことに、何かふしぎな磁場の深遠な周波が感じられてならなかった。

折口信夫の小説『死者の書』に「朝目よく」という表現が出てくる。小説全体は非常にむずかしく、天武天皇の御子、大津皇子がなさぬ仲の母である持統天皇に疎まれ殺されて、二上山に葬られた経緯から始まる。

ここに描かれる女主人公、いわゆる中将姫が当麻寺に籠《こも》って蓮糸で曼荼羅《まんだら》を織り上げる筋立ては知られているところ。姫の侍女たちはいつも朝の起きぬけに、最初に目にしたことがらで一日の吉凶を占っていたようだ。「けさの朝目がよかったから」と明るい運気を予測したり、水仕の汚れを見たりすると「なさけない朝目よ」と語りふさぎこんだりしたものだという。

姫の目に映る朝目のすがしさは、二上山の秀峰のもと、まばゆいばかりの堂塔伽藍の荘厳さである。そう思って眺めると、けさの岩手山の山頂は、鏡のように研ぎすまされた残雪に朝焼けの名残りが照り映えて、その中でまれに見るカモシカとの邂逅《かいこう》。この上ない朝目のめでたさに、わたしは心からの感謝を捧げた。

2010・5・19

178　夢かうつつか

君やこしわれやゆきけむおもほえず夢かうつつか寝てかさめてか

伊勢物語

いつ読んでも、何度読んでもおもしろい「むかし、をとこありけり」の『伊勢物語』。いにしえのみやび男の代表格である在原業平の愛の歌物語である。私は中でも69段と70段の伊勢神宮の斎宮と、ある男の恋物語のくだりは暗誦するほどに親しく読み込んでいる。

ある男とはもちろん業平自身であり、この時の斎宮は文徳天皇のむすめ、恬子《てんし》内親王といわれる。そもそも斎宮とは、7世紀から8世紀、伊勢神宮に奉仕した内親王のことで、飛鳥時代大来皇女《おおくのひめみこ》から660年間、斎宮制度が続いたとされる。斎宮が都に帰られるのは天皇崩御、または譲位のときのみで、若いみそらを神宮の森に埋められた皇女も多かった。

さてある夜、都の勅使が斎宮寮にこられた。美丈夫で洗練された立居振舞に、斎宮は神に仕える身とはいえ激しいときめきを覚えた。男もその夜、寝つかれなかった。ふと、部屋の入り口がかげった。見るとそこに、少女を先立てて斎宮がおぼろ月夜を背に立っておられるではないか。男はわが目を疑い、まんじりともせず夜の静寂に耐えた。

朝になると、昨夜の少女がふみを持ち来て男に渡した。それがこの歌。「あなたが来られたのか、私が行ったのか、それとも夢かうつつか。寝ている私だったのか、覚めてのことであったか――」という妖《あや》しくも謎めいた歌。

男はすぐに返歌をしたためた。「かきくらす心の闇にまどひにき夢うつつとは今宵定めよ」意は「夢かうつつか、今宵もう一度お目にかかって定め合いましょう」と心のうちを伝えて、自分は仕事に出かけた。（結句諸説あり）

しかし、今宵こそと期待して仕事から帰ると、その夜は国守の招待の宴が夜明けまであり、ついに二人だけの時間は得られなかった。斎宮は男を送るため大淀の港に行き「かちびとのわたれどぬれぬえにしあらば」と上の句を詠み、男が「またあふさかの関は越えなむ」と詠んで悲恋の嘆きにうち沈んだという。昔も今もどんな結界があるにせよ、たゆたいやまぬ恋心は切なく美しい。そんな夢幻の舞台を確かめたくて、私は先年訪れた伊勢の旅路に求めた斎宮土鈴を秘めやかに振っている。

2010・5・26

179 花散つて

花散つて狐は石となりにけり

星野麥丘人

5月22日、北上市にて「第25回詩歌文学館賞贈賞式」が行われた。詩部門は有田忠郎氏の『光は灰のように』短歌は田井安曇氏『千年紀地上』俳句では星野麥丘人氏の『小椿居』が受賞され、記念撮影選評、受賞の言葉、また開館20周年記念シンポジウム等で盛り上がった。

私はさっそく受賞作品集を買い来て読んでいる。ことにも大正14年生まれの星野氏の『小椿居《せうちんきょ》』は、師の石田波郷邸の百椿居にちなんでつけられた集名とのこと。昭和22年より波郷、石塚友二に師事。満85歳の現在なお旺盛な創作意欲に満ちて魅力的な作品が満載だ。

「スカートの丈が短しチューリップ」「雛罌粟《ひなげし》や大人になれぬ症候群」なんとみずみずしい花園よ、と読み進む。「クレマチス痩せてどうなるものでなし」ウフッ！繊細貴婦人の活写的確。「大事ないことはそのまま蟇《ひき》もまた」そうだそうだと、のどの辺りをヒクヒクさせてヒキガエルが笑う。「気掛りといへば気がかり蜘蛛の巣も」私はいつもクモとの出会いに気をつかう。「芍薬に虻来て誤植かと思ふ」エーッ、シャクヤクに濁点ついたら欣喜ジャクヤク、こんな会話を延々と続けてみたい。

「穴惑《あなまどひ》まさかと思ふそのまさか」「同棲のもつれにもつれ鴨百羽」「葱坊主本地垂迹《ほんちすいじゃく》説のこと」虻も鴨も、一時《いっとき》仏の化身かと。さりげなく深い悠久の真がちりばめられて粛然とする。

「花散つて操《あやつり》人形寝かせあり」集中に二句「花散つて」の景。私はこの春、爛漫の花の水辺を歩いた。不忍池の道端ではあやつり人形ショーをやっていて、意気の合った夫婦らしい二人の指先にあやつられて仇討ちの場面が喝采をあびていた。しばらく池を回ってくると、もうかの主人公は静かに息をとめていた。

花は散ったのだ。ふと、この半月ほども、わがやのヤマナシの花に気をもみ、夢うつつの日々をすごしたことを思う。新聞テレビに紹介されたこともあり、千客万来の賑わいに感謝、密々と空を埋めて咲いた純白の花の生命力に動悸した。この世ならぬあの花舞台の演出は、老いたる白狐にあらざるや。「花野にて生れ変れるものならば」あらゆる結界のふっと解かれる予感の宵である。

2010・6・2

180　四ツ白の馬

金木つけ吾が飼ふ駒は引き出せず吾が飼ふ駒を人見つらむか

日本書紀

私には数年来の宿題がある。春、馬の祭りになると思い出し、先人の書を読みあさり、自分で構築したストーリーを検証、再録する。その一つに「馬の四ツ白は凶相か」という謎がある。「四ツ白」とは、鹿毛《かげ》、栗毛《くりげ》をとわず馬の四ツ脚の蹄《ひづめ》から脛《はぎ》にそって白い毛並の馬のことで、ごくまれに誕生する。

これが不吉、馬の大凶相というのである。時は平安時代末期、平清盛20代のころ。ひとつ年長の遠藤盛遠（後の文覚）、また源ノ渡《わたる》は清盛の5歳上、さらに佐藤義清《のりきよ》（後の西行）は2歳年長。これら同年代の青年達の晴れがましい加茂の競べ馬の祭りの日。ここには各自自慢の持ち駒が引き出され披露される。人馬と熱気にむせ返る草萌えの馬場だ。

そこにみごとな下毛駒《しもつけごま》の青《あお》毛馬が登場する。すぐさま鳥羽上皇のお目にとまったのだが、いかんせん四ツ白馬の忌み事がたちはだかった。

この時、同僚の源ノ渡がどうしても青毛の調教をしたいと申し出て、彼に預けられる。これが悲劇の始まりというべきか、彼の美人妻袈裟ノ前を、やがて朋輩遠藤盛遠が殺めて、その首をふところに熊野山中を彷徨する話は現代の吾々にも背筋の寒くなる一巻である。

してみれば、やはり、四ツ白の馬は凶相か。掲出歌は大化改新の舞台、孝徳天皇と中大兄皇太子との確執の時代までさかのぼる。白雉5年（654年）『日本書紀』に記される天皇の御製と伝えられる。「金木つけ吾が飼ふ駒」とは「厩舎の戸に横木をさして大切に飼う馬」との意、学者研究者達はこの馬を、間人《はしひと》皇后のことだと解説される。わが愛する人を他人が見るだろうか、誰にも見せたくないとの本意はよくわかる歌。

『書紀』には四ツ白の馬の表記はないけれど、時代が下がった『平家物語』のころには、俄然四ツ白迷信が生彩を帯びて輝きだす。夥《おびただ》しい権力闘争のあけくれに、ついと都のはずれに出れば捨てられた骸《むくろ》や乞食の群がたむろしている。

そんなに遠い過去ではないのに、村でも馬を見ることがなくなった。馬は姿態の美しさ、賢さはもとより軍馬にも農耕馬にもなった。今年もチャグチャグと鈴を響かせる大行列に、「吉相」四ツ白の名馬を見たいと期待している。

2010・6・9

181　ささがにの

ささがにのふるまひしるき夕暮にひるますぐせといふがあやなき

源氏物語

大地うるおい気温が上がって、一気に夏がきた。夏草の繁るにまかせ、友人達に「原始林」と笑われる庭の草刈りに人を頼んで二日がかりでようやく終わった。蝶も毛虫もミミズもアリも夏の日ざしは快いらしい。

きょうは蜘蛛と、実に感動的な出会いをした。整理整頓ができない私はいつも雑多にものを積み上げて置く。ついと机を離れて台所に立ち、再び戻るとふしぎや、書きかけの用紙がスーッと立ち上がり、少しずれて止んだ。アレ?と目をこらすと、また紙の端が持ち上がり、まるで誰かが読んでいるかのようだ。

エーッ、ナニ?ダレ?とことばにならない空白の時が渦巻く。ぐるりと部屋を見回し、ふと天井を見ると、なんと巨大な蜘蛛が全身全霊で垂直の糸を操っているではないか。アレマア、あんた、私の原稿を一番に読んでくれたの!と大声で笑った。

とっさに「ささがにのふるまひ」の歌がひらめき、われ知らず笑いがこぼれた。源氏物語は「帚木《ははきぎ》の巻」。例の「雨夜の品定め」はつとに有名だけれど、私はさりげなく置かれたこの歌が好きで折々心にとめてきた。

「ささがにの」は蜘蛛にかかる枕ことば。古代、蜘蛛がせわしく動くのは待ち人が来る前兆という俗信があった。従って「蜘蛛のふるまいが顕著で、男の訪問がはっきり予想される夕暮れなのに、昼間をすごして(蒜《ひる》の香が消えて)から来いとは筋目が通らぬことですね」といった内容の歌。女の側からの返し歌「逢ふことの夜をし隔てぬ仲ならばひるまも何かまばゆからまし」。意は「毎夜親しんでいる仲ならば、昼間(ヒルの香のある間)お逢いしても恥ずかしくはないでしょうね」。こんな風に昼間は「まばゆく」思う女のことなど「君達《きんだち》、そらごととて笑ひ給ふ」と、雨夜の若者たちの天衣無縫な会話は続く。源氏の君はことにも「中の品(中流)」の女性に興味を示される。

さてさてわがやのささがに殿には、ほんに驚かされ笑わされた。憧れの源氏の君ならば「暑きに、あなかま(騒々しい)」と静かに微笑まれるだろうか。ささがにのふるまいめでたく、大いなる期待にときめいている。

2010・6・16

182　方代さん

寂しくてひとり笑えば卓袱台《ちゃぶだい》の上の茶碗が笑い出したり

山崎方代

「卓袱台の上の土瓶がこころもち笑いかけたるような気がする」といった一連のなつかしさに包まれる世界がある。作者自ら「生れは甲州鶯宿峠に立っているなんじゃもんじゃの股からですよ」と詠まれ、「放浪の歌人・無用者のうた」と呼ばれるのを拒まなかった。

大正3年、山梨県東八代郡中道町「右左口《うばぐち》」村生まれ。第二歌集の集名にもなっている。私はこの本が話題を集めていた時分、全国誌の誌面でのみ接し、昭和49年の沸きたつ石油危機のころを思い出す。「無用者」と自ら世をすねた風な物言いも、また「呑代《のみしろ》もかせがにゃなるめえしつれあいも探さにゃならないし」と誌上で読んだときは思わず笑いがこみあげた。

方代の生涯は苛酷だった。生家は富士山北麓の農家。老いた両親は眼疾、8人兄弟の末子の彼は太平洋戦争で右眼を失明、左眼も弱視のまま帰還。街頭で靴の修理をしたり港湾労働に出て糊口をしのぐ。家庭ももたず、定職にもつかず、それを苦とせずむしろ自分の文学を確立するという志に燃えていたようだ。

「担ぎだこ取れし今でももの見れば一度はかついでみたくなるのよ」「右の手に鋤《すき》をにぎって立っておるおや左手に妻も子もない」生前、総合誌に載った氏の写真に、書架の前でランニング姿で本を開いている一葉がある。筋肉質の屈強な偉丈夫、そういえば氏の作品群には病老の歌はみえない。この写真家との会話がおもしろい。「放浪するにも金が要るよね。金なんか無いよ、電話もないしさ、なかなか連絡とれないし、方代は居ないと思われてるのよ」と笑い、「トット、トット（ちょっと、ちょっと）」が口ぐせであったという。まだ夕方に間のあるころから鎌倉駅界隈で飲み始め、27軒もの店を回ったとの逸話もある。

昭和47年、鎌倉手広の地にようやく定着、そのころは一日1升の酒を飲んでいたとも聞く。さすがにそんな酒漬けの毎日では体が悲鳴をあげ、ついに60年8月、肺癌のため死去、71歳。「一度だけ本当の恋がありまして南天の実が知っております」「そなたとは急須のように親しくてうき世はなべて嘘ばかりなり」ああ方代さん、嘘でも一度逢いたい人でした。

2010・6・23

183　ハルゼミ

春蟬《はるぜみ》の書屋《しょおく》にあるを憩ひとす

亀井糸游

何年ぶりに春蝉を聞いた。私のいちばん好きな6月、愛車を洗い八幡平へとアクセルを踏んだ。私の所からだと、旧松尾鉱山から樹海ラインへ90分もあれば踏破できる爽快な山岳道路だ。快晴の平日、タケノコ採りの車がそちこちに見えるが全山ひとり占めして心が弾む。残雪の中フキノトウもまだ若い。

藤七温泉を経て松川温泉に下り、ウグイスの声があまりに美しいので車を降りた。すると渓谷一帯にこだまして、ワァーンと耳を聾する声が響いてくる。春蝉だ。それは教科書の蝉の声とは全く違い、この上なく張りつめた太棹の糸を間断なく奏でるような本能的な音だ。この大音響が私をある光景にひき戻した。

ある日、夫と十和田、青森方面へ遠乗りしたときのこと、気のむくまま八甲田まで足をのばしたのだった。前岳、赤倉岳、井戸岳等の山々を地図に見て、視界よきドライブコースは快適だった。ほとんど上ってくる車はなく、やがて「雪中行軍遭難者銅像」の建つ田代周辺の丘陵地帯で車を止めた。

ところが、そこで私はとんでもないふしぎなこわい体験をした。なんだか体がこわばって歩けない。車に酔ったのかなと思い、進もうとするのだが足が上がらない。そして私をとり囲むワァーンという地鳴りのような音。それがまっ黒な集団となって私の体につきまとう。緑色の小さな蝉だ。髪から肩から、目もあけられないほどの大群で襲ってくる。夫もあわてて追い払うが、小動物のすさまじいエネルギーに言葉を失った。集中して襲われたのは私だけ。車に戻ってから夫は「やっぱり生気に満ちた方に行くんだな」と笑ったが、その横顔は妙に寂しく、後味の悪い思いがした。

夫は翌年の春蝉の声を聞くのは叶わず、また、信心のない者が霊山に入ると五体金縛りになって動けなくなると聞き一層恐くなった。

昨日、私は書架に新田次郎著『八甲田山死の彷徨』の初版本を探したが見当たらず、町に出て文庫本を買い直した。もう80刷だ。明治35年1月23日、青森歩兵第五聯隊雪中行軍２１０名遭難、１９９名死亡の事実。文字が涙に曇る。あの日、八甲田からつれてきた一匹の春蝉は今も私の陋屋《ろうおく》で、孫にも発見されず眠っている。

2010・6・30

184 たなばた

恋ひ恋ひて逢ふ夜はこよひあまの川霧立ちわたりあけずもあらなむ

古今和歌集

中国最古の詩集『詩経』に「牽牛・織女」の文字がみえる。そこから派生して、織女が仕事を怠けたため天帝が怒って、牽牛との仲を裂き、天の川を隔てて年に一度だけ逢うことを許したとのラブストーリーが構築された。

こうして七月七日、二人の逢瀬にはかささぎが橋をかけ、星の橋、行き合いの橋、寄り羽の橋などの雅びな詩句も使われるようになった。古く中国の詩人たちに親しまれてきた七夕伝説は海をこえ、日本でもたちまちとり入れられ、奈良朝文人達の教養、また詩歌管弦等の格好のテーマになったようだ。

七月七日、女性達は庭に作った棚に五色の糸を飾り、供え物をあげ「乞巧奠《きこうでん》」の祭りをとり行ったという。またその夜は梶《かじ》の葉に歌を書き、書歌の上達を願ったとも伝えられる。短冊に願い事を書く原型か。現在でも冷泉家の乞巧奠の伝統行事はよく知られている。

さて『万葉集』には七夕の歌は130首を超え、10世紀初めの『古今和歌集』にも巻四に11首まとめて載っている。ちなみに七夕は夏の歌ではなく、秋の部である。掲出歌はよみ人知らず。「ひたすらに恋い続けて、逢う夜は今宵ひと夜のみ。せめて今夜は天の川に霧がたちわたって、このまま明けないでほしいものだ」との切ない思いがよくわかる。

「ひさかたのあまのかはらのわたしもりきみわたりなば揖《かぢ》かくしてよ」これも哀切。「天の川の渡し守よ、あの方が渡ってこられたらもう帰れないよう、かじを隠してほしい」の意。

あい逢いて離れがたい苦が「愛別離苦」ならその逆は「怨憎会苦《おんぞうえく》」。世の中はえてして後者が多くはなかろうか。時代は異なっても、あいながらの苦は思うだに救われない。などなど、つまらぬ雑念に聖なる天の川を汚してはまずい。

「けふよりは今来む年の昨日をぞいつしかとのみ待ちわたるべき」さあ、八日になってしまった。今日よりは、これからやってくる七月七日を、いつくるかいつくるかと待ちわびなければならないと詠む壬生忠岑の、七夕きぬぎぬの歌。いにしえ人達がつきせぬロマンを抱いて眺めた天の川に、私も「恋ひ恋ひて逢ふ夜」の願望を託してみたい。

2010・7・7

185　箱庭療法

年齢《とし》の差だけお前は生きよと言ひし夫聞き捨てにして過ぎし若き日

三木アヤ

このほど所属する短歌会の武蔵野支部の会誌を頂き、目次を見て驚いた。北原白秋、宮柊二門の重鎮、三木アヤさんが今年3月、満90歳にて亡くなられたという。この歌は、15年前にご主人が逝かれたとき、「9歳違いだったから、あと9年はがんばらないと」と言いながら詠まれたものの由。

大正8年香川県生まれの氏の、第一線の女流歌人としての活躍ぶりはつとに知られ、結婚後進学、大学院まで出られて臨床心理士として「箱庭療法」の業績も残された。「八王子に昏れゆく山も空も見て箱庭指導の一日を終る」「鑑別所ただいかつきに出《い》で入りの人影あらぬ戸口明るし」等の専門職と作品の力強さ。

一方、ご自宅杉並区浜田山の自然を愛され、四季の植物の歌も多い。「咲く花をガラス器に盛り株ごとを掘りて給へりクリスマスローズ」は、「三十年前、佐藤達夫先生より戴きしもの」と詞書がある。同『あの花が咲いたよと主人はいいますの』ご夫妻共に今は在さぬ」昭和49年、人事院総裁佐藤達夫氏逝去。夫人も52年に逝かれたが、先生の細密な植物画は毎月私達の歌誌の口絵を飾られたのだった。『佐藤達夫・花の画集』a b 2巻は私の宝物である。2巻ともに佐藤家「雑草園」に寛ぐお二人の写真があり、加えて朗らかな笑顔の三木さんの姿も見えるようだ。

みんな、あちらの世界に行かれてしまった。「積む雪に足をとられて転びたるそれの如くに死はくるならむ」「寒くないか、夜具ひきよせて掛けくれしを憶ひて寂し夫は亡き人」平成10年のお作。そして、今宵これら旧号を開いていたらハラリと一枚の紙片がこぼれた。

「桜川左手に見て進むべし常宿とれずわがさまよひぬ」平成10年早春の拙作。夫が赴任先で死の床につき、水戸駅前に常宿をとっていたのだが、この時は満員で断られ途方にくれた。そんなことも思い出し、三木さんに両腕いっぱいに抱かれ慰められたのが昨日のようだ。

「『お前さん極楽トンボ』とひとりごつ、笑へず泣けず八十歳のわれは」平成12年1月号の4首を以て氏の作品掲載は絶えていた。言い尽くせぬ恩ととり返しのつかない悔いを抱いて、私もまた「極楽トンボ」に憧れている。

2010・7・14

186　ネピアの港

形良き指持つ友が抜く瞬のネピアティシュワルツの調べ
仲田良

過日、岩手県歌人クラブ総会短歌大会の選者を仰せつかった。もとより非力ではあるが自分なりに調べてみておもしろい発見があった。どの会場でもそうだが、応募作品の作者名は伏せて、制限時間内に個々の短評をする。

掲出の一首、私は音楽に疎いけどティシュワルツはあるまいと置き、「ネピア」について知りたいと思った。なにも商標なのだからそんなに深く考えなくてもと言われたりもしたのだが、ある方が電子機器で検索して下さった。

今でこそ柔らかいティシュペーパーは生活必需品になっているが、日本初の箱入ティシュが発売されたのは昭和39年。そして46年、王子製紙がニュージーランドのネピアという町でパルプ事業に乗り出す。その商標が問題になり、やさしいこの町の名が登録された由。

地図上では大小二つの島からなるニュージーランドの北島の東端にイースト岬があり、さらに南側のゆるやかな港に「ネーピア」の名が見える。おお、この湾で熱帯雨林を伐り出し、原木あるいはチップに砕いてはるか日本まで積み出していたというのか。オセアニアの広大な海域はかつて世界大戦の激戦区でもあった。

戦後65年もたち、年々戦争体験を語る人も少なくなったが、『俘虜記』や『真空地帯』『人間の条件』等の作品から受けた衝撃、感動は今に鮮《あたら》しい。山崎豊子のベストセラー『不毛地帯』は元関東軍総司令部参謀、壹岐正が諸事情のなか請われて商社に入り、戦後日本の経済復興に挺身する姿が果敢に描かれる。製紙業界に於ても豊富な熱帯雨林を求めて、多くの企業が海外進出を企てた。

うちの夫もそんな企業戦士のひとりだった。昭和48年夏、原木買付けの社命を受けて、マレーシアに長期出張。その前年あたり航空写真撮影の研修などもさせられて南方行きの準備は整っていたのだった。そして迎えたオイルショックと経済危機。歴史の歯車が軋んだ。

今回、私にこの役がこなければ知ることもなかったネピア港。ティシュや生活用紙開発とネーミングの妙もうなずける。不意に、熱帯の原木のようにまっすぐに生きた夫を思い出して目頭が熱くなり、手元のティシュを引きよせた。

2010・7・21

187 岡本かの子

年々にわが悲しみは深くしていよよ華やぐ命なりけり

岡本かの子

岡本かの子といえばこの歌。寂聴さんが美しいハードカバーの『いよよ華やぐ』を出されたのは平成11年。長寿社会を反映させて、80代から90代の超元気現役女性たち3人の恋物語で話題を呼んだものである。読み進めれば寂聴さん自身の体験らしい場面描写や、すぐそれと知れる古今東西の文人達が目にうかぶ。

私はこの本にしばらく遊び、やっぱりかの子本人の世界に返りたくなって、彼女の昭和13年作の小説『老妓抄』を何十年ぶりに読んでみた。おもしろいのなんのって。昔、普通の主婦感覚で読んだときは、一般の常識的な生活とは違う粋筋《いきすじ》さんや花街の世界にアレルギーが先立った。幾重にもねじれ、継がれ折り重なって密々と織り上げられる「愛」という名の極上の反物を見る目が磨かれていなかったと省みる。

平出《ひらいで》園子という老妓は語る。「何人男を代えてもつづまるところ、たった一人の男を求めているにすぎないのよね。いかに運の籤《くじ》のよいものを引いたとて、現実は切れ端は与えるが全体像はいつも眼の前にちらつかせながら次々と人間を釣って行くものではなかろうか」と言わしめる筆力。人間の業、渇仰《かつごう》の姿か。

仕事であれ恋であれ混り気のない一途な姿を求めてきた老妓は、このところ和歌に打ち込み『いよよ華やぐ』の一首を添削してほしいと作者に頼む…という章で物語は終わる。

もうひとつ私が掲げたい作品に「美しき容姿のみめで て夫としぬこのぜいたくにまさるものなし」かの子23歳頃の歌がある。大正昭和初期の漫画家岡本一平と大恋愛の末明治43年結婚、翌年長男太郎出産。「夫としぬ」の歌は兄大貫晶川にあてた書簡集に収録。かの子の美形好みと大空に言挙《ことあげ》している得意の顔貌が伺える。

常々かの子は「芸術は生活の奴隷ではなく生活の王者の饗宴である」と主張し、後年はさらに仏教文学者としても名をなした。また一時期、夫の外に二人の若い男性とも同居して話題になったりもした。

芸術至上主義を貫いたかの子は昭和14年、脳充血にて逝去、50歳。老を知らず、夫一平より9年も早く旅立った。多摩霊園の岡本家の墓には、太郎制作の「太陽の塔」に似た小像が建つ。氏も平成8年、85年の生を閉じられた。

2010・7・28

188

戦争は悪だ

中国に兵なりし日の五ケ年をしみじみと思ふ戦争は悪だ　　宮柊二

毎年8月になると、「戦争の記憶」が語られる。文芸、映像、音楽、旅、食、愛恋、環境等すべての面で、いやおうなく対峙しなければならなかった時代の苛酷さを思うとき、からくも迎えた終戦の半年後の生まれ日をありがたいと思う。常に砲弾にさらされ、空襲に怯える暮らしが私の生まれる数ケ月前まであったことを、先立った多くの人々に聞いてみたい。

「たたかひの最中《さなか》静もる時ありて庭鳥啼けりおそろしく寂し」「弾丸《たま》がわれに集りありと知りしときひれ伏してかくる近視眼鏡を」「ひきよせて寄り添ふごとく刺ししかば聲《こゑ》も立てなくくづをれて伏す」「亡骸《なきがら》に火がまはらずて噎《む》せたりと互《かたみ》に語るおもひ出《い》であはれ」昭和27年刊『山西省』より。

宮柊二という名を知り、すさまじい戦争詠を目にしたときの衝撃は忘れられない。戦場に於ける正義とは、国を守るとはこういうことなのだと心身の奥底から噴き出す傷みと悲しみにひしがれた。

大正元年新潟生まれの宮柊二は昭和14年、27歳にて召集され、まる4年中国山西省の戦場に戦った。18年、会津若松にて召集解除。19年、滝口英子と結婚。さらに20年6月再度召集、茨城へ移駐。8月、軍解除帰還。

掲出歌は昭和59年1月3日、朝日新聞に発表された作品。これは柊二最晩年の61年5月に刊行された歌集『純黄』に収載されている。53年に第九歌集『忘瓦亭の歌』を出版後すでに9年もたっていた。この間種々の病魔に襲われ、温泉療法や鍼灸治療にも通われるが「予断を許さぬ覚悟」を強いられて「柊二が健在ならば、もっと特徴のある編集構成になったかもしれない」と、英子夫人の「あとがき」が身に迫る。

昭和52年には65歳で、第33回芸術院賞を受賞され「おほけなし人に潜《かく》れて詠みきたる旧兵隊に賞をたまはる」と詠まれた。昭和61年12月11日逝去、74歳。千日谷会堂でのご葬儀は風の強い日だった。戦後41年、40歳の私は会場にあふれる老境の人波にもまれがら、生涯の師をお送りした。「晝間《ひるま》みし合歓《かうか》のあかき花のいろをあこがれの如くよる憶《おも》ひをり」大好きなネムの花が今を盛りと咲いている。

2010・8・4

189　被爆歌人

原爆をわれに落とし兵の死が載りをれば読む小さき十六行

竹山広

「昭和20年1月に竹山は喀《かっ》血。その後下痢が続き、腸結核を疑われて浦上第一病院に入院した。8月9日は午前10時に兄がリヤカーを引いて迎えに来るはずだった。（中略）この日は朝に出た空襲警報が長く続かず、話に夢中になっていると飛行機が自分の真上に急降下するようなものすごい音で近づいてきた。ほとんど同時に閃光が走り、衝撃音が爆発し、建物が身震いした。迎えに来るはずだった兄は隣人が防空壕を掘るのを手伝っているとき被爆、真っ白に塗られたチンク油を寒がりながら8月15日に亡くなった。」

ことし3月30日、被爆歌人竹山広さんが長崎の自宅で亡くなられた。90歳。短歌総合誌は各誌丁寧な追悼特集を組んだ。少し引用が長くなったが、これは角川の「短歌」7月号に寄せられた三枝昂之氏の一文である。

父祖の代からの敬虔なカトリック信者の竹山氏の数々の業績は周知のものであるが、私は20年8月9日の原爆投下時の長崎市民のリアルな暮しの一端を知りたくてこの文に注目した。

竹山はその後、自分の眼裏《まなうら》に焼きついた一人一人の死者を歌に詠もうとした。しかし死者たちは8月9日の姿のまま、夢の中でも竹山に助けを求めた。恐ろしくて彼は「もうできん」と歌を作ることをやめてしまった。10年後、また大喀血をして入院。時代が進み、ストレプトマイシンに救われて、以後は被爆体験を踏まえて戦後社会への批判警告を積極的に詠み込んでゆくようになる。

平成14年5月、第17回「詩歌文学館賞贈賞式」が北上市で行われた。この時の短歌部門の選考委員は宮英子さんで、受賞者竹山さんともども80代とは思えぬ若々しいスピーチで会場を沸かせた。私は「長生きをしてよかった」と笑うお二人の写真を何枚も撮らせて頂いた。

「目覚めたるかたはらに妻の顔のある当然とせしこのさいはひや」うらうらと花の香りの漂うなか、奥様が洗濯物を干している間に、眠ったままに逝かれたという。「あな欲しと思ふすべてを置きて去るとき近づけり眠つてよいか」と遺言のように詠まれた90年の終幕。魔の閃光に貫かれた静謐《ひつ》な歌人の新盆である。

2010・8・11

190　鈴虫

心もて草のやどりをいとへどもなほ鈴虫の声ぞふりせぬ

源氏物語

酷暑の日々、高原の別荘地は活気づく。ふだんは閉まっている門扉も開かれ、さっぱりと草刈りもされて、家々の灯がふえてゆく。昨日、ある別荘に遊びに行った。東京からこの八幡平温泉郷にいらして週末をすごされる声楽家のご夫妻のお宅。ここで笑い話に興じた。

あれは6月はじめだった。東京に戻られる先生に私は鈴虫をおみやげにさし上げた。先生の車は超高級外車。傘寿とは思えないハンドルさばきで毎週のように通われる。

翌週、私は鈴虫が都会の暑さに弱っていないかと電話で聞いてみた。あの時の先生のあわてようは、今思い出してもおかしくなる。ウン、とかアッ、と叫ぶなり受話器が置かれた。ややあって、「伊藤さん、生きてましたよ、鈴虫！」と折り返し電話。「ごめんごめん、すっかり忘れていました。あわてて車を見たらいました、いました！ちゃんと生きています」とのこと。なんと、まる1週間も炎天下の車の中で、たった3片のキュウリと土床にもぐってよく生きながらえたものだ。

私はすぐさま山荘に走り、３匹の鈴虫と対面。先生も涙ぐむほど喜んで下さった。そして、今度帰るときはまた忘れるといけないから、やっぱりあなたが育ててと返された。そっとキュウリを2本下さるので「エッ、これ、養育費ですか？」と大いに笑ったのだった。

こうして鈴虫たちは今、私と共に暮らしている。日中はさすがに暑いのか静かだが、夕方ともなるとそれはにぎやかだ。切々と、生の証明を根かぎり奏でる。明方に鳴く時もある。

まだ寝足りない未明に鳴かれると、ふと古典の世界に思いをはせる。大冊『源氏物語』の鈴虫の巻。2千円札の絵柄の巻だ。「鈴虫は心やすく、今めいたるこそらうたけれ」（鈴虫は親しみやすく賑やかに鳴くのがいじらしい）と源氏の君がおっしゃるので、出家された女三の宮の心はゆらぐ。

掲出歌はそんな宮に源氏の君が「ご自分からこの世を疎ましく思い捨てられたあなたですが、やはり鈴虫と同じく今も美しいですよ」と讃えられ、鈴虫の宴はたけてゆく。耳をすませば鈴虫と共に、華やかな殿上人達の管弦の音が聞こえてくるようだ。

2010・8・18

191　河野裕子さん

たとへば君　ガサッと落葉すくふやうに私をさらつて行つてはくれぬか

河野裕子

河野裕子さんが亡くなられた。お盆14日の各新聞は写真入りで、「12日夜、京都市の自宅で乳癌のため死去」と告げている。12日は大型台風4号が西日本を直撃、日本海側を北上した。

私はお盆さなかの早朝に、自分と同年齢の第一線女流歌人の訃に接し、言葉を失った。重篤とは聞いていたが今までも何度も持ち直し、執筆も続けてこられたので、本当に驚いた。

思えば長いこと、氏の歌を読んできた。私が宮柊二門に入会した22歳のとき、すでに河野作品は眩《まばゆ》い存在で、昭和44年には第15回角川短歌賞を受賞。掲出歌は47年出版の第一歌集『森のやうに獣のやうに』の代表歌である。

のちに結婚される永田和宏氏の「あの胸が岬のように遠かつた。畜生！いつまでおれの少年」と共に「一瞬に金無垢の炎と燃えあがれる語感の魔を秘めている」と、作家秦恒平先生を唸《うな》らせた。

また先生は、河野作品の「たつぷりと真水を抱きてしづもれる昏き器を近江と言へり」を絶讃、しばしばご自分の小説『冬祭り』『みごもりの湖』等に引用された。

琵琶湖は悠久の時間を抱いて沈黙する「昏き器」。その湖の南岸に育った彼女が、対岸生まれの細胞生物学者永田氏と結ばれたというのも、綾なす縁《えにし》のふしぎさといえようか。

氏の第十三歌集『母系』で、迢空賞と斎藤茂吉短歌文学賞をダブル受賞した昨年、角川の「短歌」9月号で「河野裕子のすべて」という特集を組んだ。普通は受賞者本人に終始するものだが、ここでは「私のおかあさん」と題した三人のお子たちのエッセイが目を引く。

長男の永田淳、長女永田紅、そして長男の妻の植田裕子さんの、心あたたまる文章がいい。家族全員歌人という稀代の歌道の方々の、それぞれの遠近感が実に親しく、今、あらためて故人となられた人の豊潤な世界を思う。

私が最後に河野さんとお会いしたのは一昨年春、角川の全国短歌大会の会場だった。美しい和服姿で声にも張りがあった。「時間切れとふあらざる時間が加勢して成りたる稿がまだ熱《ほめ》きゐる」と呼応して「あなたにもわれにも時間は等分に残つてゐると疑はざりき」と背の君の歌。64歳、残酷な時間がかけぬけていった。

2010・8・25

192

和泉式部

わが背子は駒にまかせて来にけりと聞きに聞かする轡《くつわ》虫かな

和泉式部

先夜、来客があった。伸び放題の庭の草むらでは、さかんに秋の虫たちが鳴いている。車のエンジン音が聞こえると、あんなににぎやかだった合奏がピタリと止み、やがてかすかにガソリンの匂いを残して去ってゆくとまた鳴き始める。私は村の野暮用をすませて帰って行く白い車を見送りながらしばらく立っていた。

昼の猛暑をぬぐい去って、涼風と、空には望月のすこし欠けた明るい月光が照っている。「わが背子は駒にまかせて来にけり」か、と口ずさみ、ひとり笑った。千年の昔も今も、恋しい人を思い逢いたい気持ちは同じはず。夜半、愛馬のくつわを取って駆け来れば、手綱を結わえる間にもガチャガチャと、駒のくつわそのものの音のように、いちずに聞かせるクツワムシたちよ。男が女のもとに「通い婚」であったいにしえの邸宅には、馬止めの柵や馬繋ぎ石や水飲み場なども備え広大だったようだ。

平安朝の昔、藤原道長の娘、中宮彰子の局《つぼね》には紫式部をはじめ、才色兼備の女流達が今をときめく魅力的なサロンを形成していた。和泉式部もそこの名花のひとり。文才と美貌《ぼう》に恵まれ、のちの世までも恋多き女性といわれた。

「夢よりもはかなき世の中をなげきわびつつあかし暮らすほどに」という美しい書きだしの『和泉式部日記』には今読んでも魂のふるえるような女心が綴られる。そして「かをる香によそふるよりはほととぎす聞かばや同じ声やしたると」にこめられた激しくも哀しい恋。ともに冷泉院の皇子である兄、弾正宮《だんじょうのみや》と弟師宮《そちのみや》を愛してしまった経緯がある。

兄宮がはやりやまいで亡くなられたのは26歳、その一周忌がすぎたころの、式部の歌である。「橘《たちばな》の香に昔人をしのぶより、今のほととぎすの声を聞きたい。はたして彼の人と同じ声であるかしら」と。かくて「同じ枝に鳴きつつをりしほととぎす」の弟宮もまた、5年後に逝ってしまう不運の人である。

「もの思へばさはの螢もわが身よりあくがれ出づるたまかとぞ見る」「捨てはてんと思ふさへこそ悲しけれ君になれにしわが身と思へば」等名歌多数。いっそ出家をとも思うが「君に馴れにし身」が辛いと訴える和泉式部の日記や歌の筆力に、残暑に萎《な》えた身も蘇《よみがえ》るようだ。

2010・9・1

193 鏡台

鏡台のうつむく癖をもてあまし

岸本水府

連日の暑さに思考力著しくダウン、てきぱきと体も動かない。残暑のけだるさを引きずって「お盆疲れ」と笑いながら医者に行った叔母がそのまま入院、半月もしないで世を去ってもう三回忌がくる。87歳だった。

その叔母に見せて笑った川柳がこれ。大正生まれの叔母の、身の丈に合った小箪笥の上に何十年も置かれて叔母の起居《たちい》を映し続けてきたものだ。全盛の松尾鉱山に新居を持ち、手入れのゆき届いた調度品の中でも飴《あめ》色に磨きたてられた鏡台は昔乙女の夢を集めて光っていた。

「かがみぁ　なんだがおじぎしたがるおんや…」と叔母が言いだしたのはいつのころであったか。長方形の鏡面を両側の細い枠でとめてあるだけだから、両手で支えてやってもしだいに「おじぎ」し始めるという。そのとき私は修理用のドライバーではなく、バッグから古い川柳の文庫本をとり出したのだった。

岸本水府（明治25~昭和40年）三重県生まれ、川柳界最大の「番傘」誌を主宰。明治大正昭和の世相を真正面から詠み、また大正年代「福助足袋」の広告部で次々と新企画。「足袋は福助」の有名なキャッチコピーを作ったことでも知られる。漫画家岡本一平と意気投合、「漫画とは世態人情を穿つ絵を言ふ」として川柳の呼吸さながら互いを刺激し合う面も見られた。

銀幕のスターのような風貌の水府の、私は新婚のころの川柳が大好き。大正8年27歳で小田勝江と結婚。「綿帽子とればわが家の初めなり」「かんざしの鶴がふるへて初仕事」「寝る段になつて女に用がふえ」大正の、母親と同居の新婚生活がスタート。夫は会社づとめも創作活動も忙しい。「この部屋にふるるべからず原稿紙」「火種吹く母も大分年がより」そうしてこの家にも嫁姑問題がふき出す。

歳月の澱《おり》はおそろしい。かつてはあんなにいそいそ帰宅していたのに「今は留守が気になる帰り方に変わった」と水府自伝に見える。やがて決定打「姑《しゅうとめ》はわが母親と別な人」と詠む。長命で文運めでたき柳人の若き日の作品に、叔母も私も声をあげて笑った。いつのまにか私も「姑」になったけれど、叔母の鏡台は変わらず「うつむく癖」のまま笑う二人を見つめていた。

2010・9・8

194　酒の歌

徳利の向こうは夜霧、大いなる闇よしとして秋の酒酌む
佐佐木幸綱

「昼間のうだる熱気の記憶が、アスファルトから立ちのぼる夕暮れに、表戸を外したいつものカウンターへたどりつき、コップのひやを、なみなみと一杯。口からお迎え、減ったところに受け皿にこぼれた酒をつぎ足し、またお迎え。コップのひやはほんとうにやさしい。最初から最後まで同じ顔で付き合ってくれる。なぜこんなに〝ひや〟にこだわるのかといえば、夏バテの体には、体温より少し低い室温の酒がなによりうまく感じられるからだ。」

ほんに暑い夏だった。自然冷房の自宅に堪えがたくなるとよく図書館や書店に逃げこんだ。涼しく広い書店の天井までの書棚を見上げ、あれこれ物色する。そうして行く度に買った杉浦日向子さんの文庫本がたまった。ウン、ウンとうなずきながら読むうちに「ひや酒」の引用が長くなった。彼女こそ、本当の酒のみ。

テレビの人気番組の江戸文化解説者としてもおなじみで、粋な着物姿で絵師であり小説家であり、その博識な言動は常に人々を癒しの風に包みこんだ。

掲出歌は酒豪で知られる現代歌壇の幸綱氏。「とっくりの向こうは夜霧」、なんと魅力的なフレーズ。また「長生きはめでたしとのみ言えざれど酒飲むための一生長かれ」「人肌の燗《かん》とはだれの人肌か　こころに立たす一人あるべし」とも詠まれる。おそらくほろ酔い気分で作られたか、歌だから言える本音であろう。若山牧水全作品のうち、「酒の歌」は３６７首あるという。「私もなんとか、牧水に近い数の酒の歌を作りたい」と書いておられたことがある。

おとなり中国では杜甫の詩に、李白を詠み「李白は一斗、詩百篇／長安市上、酒家に眠る／天子呼び来れども船に上らず／自ら称す、臣はこれ酒中の仙と」とある。酒は豪快に、飲むほどに酔うほどに、詩心昂揚を望みたい。

さて、上戸はあまり食べずに飲むと聞くが、日向子さんもその口で、体に悪いと知りつつ嘗め物ぐらいでの飲酒が多かったようだ。何か一品と問われれば「塩ご飯」と答えて、平成17年、47歳の若さで旅立たれた。あちらでも「めでたやな下戸の建てたる倉もなし、上戸の倉も建ちはせぬけど」と、ごきげんで杯を運んでおられるだろうか。

2010・9・15

195　幻想

幻想をわれら生きたりしのみなりや〈戦中〉永く〈戦後〉短し　　田井安曇

昨年1月発行の第十二歌集『千年紀地上』より、これは2000年夏の作。作者は昭和5年長野県生まれ。戦後、土屋文明に影響を受け、昭和27年より東京下町の公立中学校教諭。近藤芳美主宰「未来」で活躍、本歌集にてことし第25回詩歌文学館賞を受賞された。

その5月の贈賞式には、俳句部門の星野麥丘人さんと同時受賞。なんとお二人はかつて20年間も職場の同僚であられた由。「世の中こういうこともあるのか」と壇上笑いに包まれた。

「作らずにおればたちまち三十日経《ふ》かくのごとし詩は日常ならず」「暁の時間を飛ぶがごとく居き書くというはかなり魔との取引」創作活動の心がまえ。暑いとか疲れたといって書かずにいればたちまち時間はすぎてゆく。

選評で小高賢さんは「田井さんは政治と文学を正面から引き受けた歌人」と評された。「湾曲する日本のある時期を生きいるとまざまざと吾は思わねばならぬ」「わろき仕置は温厚の面持をもちて来る死にし小渕氏生ける森氏二人」固有名詞をはっきり出して、まさに今の日本の総理決定の瞬間などは、氏の手法ならどのように描かれるだろうか。さまざまな薫習《くんじゅう》、人物月旦《げったん》の詠み口に興味が注がれる。

「いとけなく寄りしふたりに子が生まれ死に死に死にて妻は生きにき」「二十九にて亡くなりし重吉に九十余の登美子を待ちて石を並ぶる」衝撃的な歌を詠む。「生まれ生まれ生まれ生まれ　生の始めに暗く／死に死に死に死の終りに冥し」とは空海のことば。

そして吉野秀雄に「重吉の妻なりしいまのわが妻よためらはずその墓に手を置け」の歌がある。さらに「これやこの一期《いちご》のいのち炎立《ほむらだ》ちせよと迫りし吾妹《わぎも》よ吾妹」との哀切な『寒蟬集』の前妻への挽歌。

私は文学史上でのみ、八木重吉の詩や吉野秀雄の偉業を読み鑑賞の域を出ていないが、年を経てあらたな一巻に、別な角度から光が当てられているのを見ると胸がふるえる。恋をし、結ばれ、必死に生きて遺された作品群。怠惰な日々にこうしてこの本を手にとり、作中人物たちと会話し得た僥倖に感謝。「黙《もだ》ふかく人はこの世を罷りゆく次ぎつぎて次ぎ齢に別なし」おくつきに彼岸の陽光が照っている。

2010・9・22

196 秋の七草

梨棗黍に粟継ぎ延ふ田葛の後も逢はむと葵花咲く

万葉集

万葉集巻十六に「作主のつぼびらかならぬ一首」としてこの歌がある。読みは「なし　なつめ　きみにあわつぎ　はうくずの　のちもあわんと　あおいはなさく」。「黍」はキビ、キミとも言われ「天平宝字八年三月　伎美二升」などと見える。もちろん今でもキミ、イナキミの通称あり。一読忘れがたく、私などは意味も深く考えぬまま、次々とその植物を思いうかべて、畑のキビ、アワを眺めていたものだ。

ナシ、ナツメと花咲き、キミにアワが続いて実る意味をかけ、逢うことのさらに続いてほしいとの願いをこめる。「延ふ田葛《くず》の」は枕ことば。クズのつるが一度分かれてもまた合うように「のちも逢はむとアフヒ（葵）が咲いている」ととる。「君に逢ふ日」を願う一心がかくも濃く強いこと、葛の生命力にたぐえて秀抜だ。万葉びとの花暦、ここでのアオイは葛のあとにきているので冬葵、寒葵の説が一般的。

見る花よりも収穫の秋、アワ、ヒエにまつわるおもしろい話もいっぱいある。「アワまき」などと誰が言ったか、大らかな艶笑譚《えんしょうたん》を小耳にはさんだ乙女子のまっ赤な耳朶《じだ》が目にうかぶ。

いささか品下ったところで、梨花一枝、「白楽天」に遊びたい。「漢皇色を重んじて　傾国を思ふ」に始まる七言百二十句の「長恨歌」。「後宮の佳麗　三千人／三千の寵愛　一身に在り」と歌われた楊貴妃の波乱の詩。絶世の美女を得たばかりに帝はまつりごとを怠り、安禄山の乱にて楊貴妃は殺された。後に仙女となった楊貴妃を、白楽天は「玉容寂寞涙欄干／梨花一枝春雨を帯ぶ」と詠みあげた。時も国も異なれど、「梨　なつめ」と歌い出す万葉人にも、梨花を愛でる品高き感性が伺いとれる。

さて秋の七草といえば、山上憶良の「秋の野の花を詠む二首」がある。「秋の野に咲きたる花を指《および》折りかき数ふれば七種《ななくさ》の花」として「萩の花尾花葛花なでしこの花女郎花《をみなへし》また藤袴朝貌の花」が有名だ。春の七草ほど語調がよくないので私は勝手に「萩尾花桔梗なでしこをみなへし葛藤袴秋の七草」と変えて暗誦。「朝貌」は今の朝顔、また桔梗ともいわれるが、やっぱり改ざんは憶良さんに悪いかと反省している。

2010・9・29

197　カンナ眼にしむ

ひとときの安らぎもなき明け暮れに娘が求め来しカンナ眼にしむ　林きみ

盛岡市上田の岩大通りで、丈高いカンナのひと群が咲いている。そこを通る度、八戸に生きた女流歌人の歌を思い、思い出すことで長い交わりのご恩返しにでもなればと考える。

歌集『カンナ眼にしむ』、平成14年11月刊行の濃紺絹貼り表紙に黄のカバー付美装本。

この年は、それまで長編ミステリーを精力的に書いておられた高村薫さんが、全く路線の違う『晴子情歌』上下巻を出され話題を呼んだ。70年代半ば、遠洋マグロ漁船で働く息子に、母親晴子が百通をこす旧字旧かなの手紙を書いて圧巻だ。大阪生まれの氏がかくもみごとに青森弁を駆使してぐいぐいと迫る。私はついこの大河小説と、息の長い林作品をだぶらせて鑑賞していることに気付く。

大正4年生まれの林さんの「あとがき」によれば「母の実家は岩手県の一小村で、元士族のせいか盛岡から師を招き、祖母は幼少から読み書き和歌などの教育を受けた人でした。」とあり、きみさんが生まれたのは八戸市の老舗の呉服屋だった由。大正ロマンの世情から、戦前戦後のめまぐるしい転変は、ことにも当時の女性達には堪えがたいものがあったと思われる。

「追憶は悲しきものか年ふればなほ鮮やかに吾をさいなむ」思い出し、さいなむ記憶の辛さとは、掲出の「ひとときの安らぎもなき明け暮れ」の緊張感とも併せ、たじたじとなる。

やがて5人の子を連れて離婚。「人生の半ばを過ぎて職を得し喜びすでに金にはあらず」と詠む昭和37年。青森日赤病院に勤め、老年まで働く歌がみえる。「心ひらき語ればすぐに入りてくる人の情もときにうとまし」人づきあいのむずかしさ、心の均衡を保つ修練を見る。

私が親しくさせて頂いたころの林さんは、一切の苦を感じさせない大らかな明るい方だった。5人の子のうち中年男子2人までも急死という逆縁にも会われた。「逆縁は悲しかれども子の一生見届け死ねるを幸せとせむ」との覚悟。そして「他人はみなわれの年齢を知りたがる達者なことは不思議なことか」と笑い、「日々たまる雑事のメモを消してゆくこのささやかな老いの征服感」のいさぎよさ。一昨年、93歳の生を閉じられた。母の手紙を読むように、なつかしく情深い一巻である。

2010・10・6

198　茸日和

樹の間より神のほほゑみ零《こぼ》れたり茸日和《きのこびより》の山道をゆく　　内藤明

『角川現代短歌集成』より。〈菌類〉の項に「概念を重たく被り耐えているコンイロイッポンシメジがんばれ」との渡辺松男作品もある。きのこシーズンたけなわだ。たしか、三好京三さんの『子育てごっこ』に、にぎやかで楽しい「きのこがり」の場面があったはずと思い、ひさかたぶりにさがしあてて読んでみた。なんておもしろいんだろう。

「ひ弱なわたしや低学年組は勾配のなだらかな山を歩き、健脚の夫は高学年組を引き連れて、しめじだけではない馬喰茸《ばくろうだけ》とか猪鼻《いのはな》とか呼ばれる、かさが経三十センチにもなる香茸《こうたけ》を求めてずっと奥に入りこみます。しめじなどという高級なきのこは、この分校に勤めるようになってからは、裏山で手軽に収穫でき、山にのぼって林の中を徘徊したり、つつじ株の蔭をのぞいたりしていると、ひどくのびやかな気分になることができました」とは分校の女先生の述懐。収穫がシメジ、香茸から金茸、銀茸に変わってゆく10月も半ばごろの豊かな山の描写がいい。

昭和50年代、放送作家きだみのるが11歳の少女をつれて、前沢町にやってきた。「無学年」と称して、一度も学校に入ったことのない子を、衣川村の奥の大森分校に入学させる三好先生夫妻。村の子供たちとの生活を描いた『子育てごっこ』で51年、文学界新人賞および直木賞を受賞された。

「別冊文藝春秋」に発表された「親もどき」では、きだみのるの実像らしきものが見えて興味深い。どうしたわけで78歳の彼が11歳の少女をつれて放浪し続けるのか。分校の男先生の目には、さながら平成の長寿大国のゆくすえが映っているようで考えさせられる。

「〝人間はね、現役でなきゃ意味がないよ。現役のままぱったりさ。そうしたら、子供の世話になるという屈辱なぞ、味わわんですむ〟いかにも颯爽としていたが、きだみのるは子供の世話にならない代わり、他国の他人に自分で選り好みしながら世話になっているのであった。」

そういえば三好先生から頂く年賀状にはいつも「生涯現役」と認《したた》められていた。私は2度、友人たちと前沢のお宅に伺った。2度目の時は「煩悩即菩提」と彫られた墓前だった。世を去られてもう3年、神のほほえみの茸日和が続いている。

2010・10・13

199　いい日曜

いい日曜だつたと思ふ何もせず籐椅子で本を読んで寝てゐた

辻林美代子

命とは、時間のことだとよく言われる。すぎて思えば、いい日曜だったと言える一日。目に見える何かをしたわけではない、はりきって研修学習行楽をこなしたことではない。「何もせず籐椅子で本を読んで寝てゐた」一日、そこにえもいわれぬ充足感を感じとれる心の豊かさに感じ入る。私など、つい無為にすごしたと悔やんでしまう。

辻林美代子さん、多発性脳梗塞《こうそく》を病まれるご主人を介護しながら穏やかに暮らす日常を、第三歌集『さくら小紋』にまとめられたのはことし8月。美しく上品な花柄の表紙、見開きにはご主人製作の欧州風の街の絵が飾られて魅力的だ。

大正13年生まれの作者、「八十歳祝ぐと賜はる鉢の蘭黄の大輪を夢のごとつづる」「病む夫も無事八十四近間なるホテルにふたりの祝盃挙ぐる」こんなハッピー・ツーショット。「〈事件記者〉かのなつかしき演者らのひとり見出でつ脳外科の椅子に」東京在住の氏はよく、銀座で芝翫《しかん》さんを見かけたとか文人の誰彼と行き会われた歌を詠まれる。大変な歌舞伎通としても知られ楽しい作品がいっぱい。

「染五郎の赤毛の仔獅子駆けぬけぬおくれて頬を風がすぎたり」「日に一度魂しぼる演技して日常《つね》いかならむ役者といふは」作者自身は「エプロンをしたままヨハン・シュトラウス聴きつつ観つつうたたねをせり」と、飾らぬところがなんともほほえましい。「リン、ロンと楽隊めぐる時計買ふ病みつつ米寿迎へたる夫」ちっとも暗さのない日常、「このごろは下手になりたり腰入れて気合で返す厚焼玉子」お料理得意な作者、気合が入っている。そして「書も泳ぎもダメになりしと言ふ吾に〈料理があるさ〉と夫が呟く」いいなあ！女にとって最高の強み、料理の腕をほめられて、これ以上のしあわせがあろうか。

老々介護といいながらも明るくのびやかな日々をすごされていたが、ご主人は昨年4月、90歳を目前に逝かれた。「〈ねがはくは花の下にて春死なむ〉花の吹雪に逝きたり夫は」を含め辛い挽歌は多くない。あたかも源氏物語の「雲隠《くもがくれ》」の巻のように、美しい幻に偲ぶのみである。「いい一生だった」とかえりみる豊かな世界にあこがれている。

2010・10・20

200　白秋のゆかり

白秋と柊二の山に向きあへど山裾をいまださ迷ふに似つ

久保節男

日々、確実にはるかな歳月がすぎてゆく。今、私は明治31年から7年間の北原白秋の「伝習館中学・北原隆吉学籍簿成績欄」を見ている。1学年の成績は15科目平均80点、174人中16番。2学年90点台の5科目は皆文系である。

明治30年8月、島崎藤村の『若菜集』発刊、与謝野鉄幹「明星」創刊はこの33年4月のこと。ところが翌34年3月30日、沖ノ端大火に見舞われる。沖ノ端漁港対岸からの飛火で北原家の11棟の家屋と酒倉、新酒2千石余が大砲を撃つような破裂音をあげて燃えさかったという。これが因で北原家は倒産に傾いてゆく。このころ撮影の弟、鉄雄との共に学帽学生服姿の写真を見る。トンカジョン(兄)チンカジョン（弟）と呼ばれて育った富裕な少年時代が伺われる。

昭和50年代、米沢市在住の私に、自著『北原白秋研究ノート』を下さったのは福岡で、伝習館高校の先生をされた歌人の久保節男さん。父上の仕事の関係で、大正8年山形市に生まれ、米沢興譲館高校を卒業。東京の大学を出られ、のちに父祖の地九州に帰られた。うちの子供たちが在校のころ、「藩学創設３００年記念式典」や昭和62年には新校舎竣工の慶事があり久保さんはそのたびに後輩のいるわが家に立ち寄られた。

山形は斎藤茂吉の牙城で、白秋系の歌人は少なかったが、時折みえる遠来の、白秋高弟のお客様は何よりの喜びだった。

「御柩に別れて罷る応接間此処に先生と〝おしん〟も見けり」昭和58年に放映された連続テレビ小説を、久保さんは三鷹の宮柊二先生のお宅でごらんになった。なにしろ、山形だ。先生の逝去は昭和61年12月、ご葬儀では会葬の人波の誰よりも背の高い氏の姿はよく目立った。

大会などでお会いする度に「柳川に来て」と、何度お誘い頂いたことか。いくら偉丈夫でいらしたとはいえ、年の嵩《かさ》にはかなわない。平成18年春、87年の生を終えられた。

氏に賜ったさまざまなおみやげがある。長男にはプラチナのボールペン、小さかった末娘には柳川伝承の手毬を、またある時は「宮内庁御用達」のそれはすばらしい箸置を下さった。有田焼の五客の異人さんの表情が愛らしく桐の箱に収まっている。11月2日の白秋忌には、写真、色紙他、数冊の稀覯《きこう》本と白秋ゆかりの品々を机上に、ゆかりの方々を偲びたいと思っている。

2010・10・27

Ⅲ

口ずさむとき 201〜300

201　モチベーション

モチベーションなどといはずにやる気と言へ愛想よろしき草食男子

後藤美子

「たつた五度気温ひくければさやさやと皮膚がよろこぶ札幌二十七度」とも詠まれる作者は、札幌市在住のもと高校教諭。「千人針国防婦人会外食券衣料切符預金封鎖傷み呼ぶ死語」の作もある。「千人針」は、先月の岩手芸術祭短歌大会でも詠まれていたが、言葉の持つ固定観念が古さ暗さにつながり、パターン化して、今では死語になりつつあるようだ。

「モチベーション」の語を頻繁に聞くようになったのは、スポーツ番組中継が始めだった。大相撲解説の舞の海さんが、「こんな風にモチベーションをあげていくんですね」などと言われるのを聞き、思わずカタカナ語辞典を引いてみたことだった。

そこには〈動機を与えること・動機づけ・刺激〉とあり、モチベーターとして〈動機づけをする人・人にやる気を起こさせることを仕事としている人〉と出ている。まさに「やる気」の一語でいいではないか。私は大拍手をして大いに笑った。よく児童教育の講演などでは「やる気のある子に育てよう」のスローガンが掲げられた。もちろん「草食男子」などの語の生まれる前である。

言語の嵐といってよいほどに、他国語、新語造語の類が押し寄せる。夏の参議院選挙の折には、ある新党党首が「アジェンダ！」と絶叫する姿が見られた。またある著名人は「岩手はポテンシャルが高い」と言われ、一瞬何が高いのか理解に苦しんだことだった。それほどまでに他国語に変換発言する方が楽なのだろうか。

先ごろ、話題のベストセラー姜尚中《カンサンジュン》さんの『母―オモニ』を読んだ。ＮＨＫの「新日曜美術館」の司会者としてもおなじみだが、父祖の地韓国の原風景を背景に、熊本の地でさまざまな差別の障壁を越えて生きゆく姿が感動的だ。

昭和25年生まれで、時代の風を共有できて幾度も涙した。一巻に綴られる言語が美しい。会話は、ほとんど熊本弁で韓国語もまじる。そこには真の「ことだま」と言える原始の響き、力がある。ひとたび体外に発する言葉には、その者のもつ魂がこもると実感させられる。そして「うすぎぬのとばりふうはり下りて来て音なく木々を濡らしゆく雨」の後藤作品の香ぐわしさ。期せずして日本の両端の風土に、降り注ぐうすぎぬの雨のとばりが見えるようだ。

2010・11・3

202 ムシカの日

〈無鹿〉とは音楽の謂《いひ》町の名に選りて理想郷夢見し宗麟

宮添忠三

短歌の全国誌を読んでいると、さまざまな発見、教えられることが多い。大分県の作者のこの歌に接したとき、私はエッ、ムシカってナニ?と驚き、すぐ音楽の大家に、また博学の文人に、さらに九州の歌人に教えを乞うた。

「ムシカ?ああMUSICAね。ドイツ語で、その歌の通り音楽、ミュージックの意味ですよ」と、すぐピアノの月刊誌「ムシカノーヴァ」旧号を下さったH先生。同日頂いたピアノ音楽誌「ショパン」旧号にはピアニスト水上裕子さんと作家村田喜代子さんの対談が載っている。お二人とも九州ご出身。平成13年『人が見たら蛙に化《な》れ』ですっかり村田ファンになった私は、この小説の裏に隠されたテーマのひとつがサリエリと知って驚いた。モーツァルトに対する称賛と嫉妬の感情にさいなまれるサリエリの葛藤が村田作品の陶器や骨董の目利きに通ずるものがあるという。目利きだが自分では造れない苦悩がサリエリと同じとの述懐に、芸術の悲壮性を見る思いがする。

さて、「宗麟」とは大友宗麟のこと。戦国時代の武将で天正5年、島津勢との対戦に宮崎県延岡市郊外の「無鹿」に本営を設けた。やがて豊臣秀吉の九州征伐へと歴史は動いてゆくのだが、宗麟は妻と共にキリスト教を信仰し、キリシタン大名と呼ばれるようになる。

そんな壮大な歴史を辿《たど》って眺めれば、無鹿の地に即、音楽!と反応し、理想郷を夢見た大名の洗練、高邁《こうまい》な精神文化につくづく感嘆する。この地名について、今しがた宮崎市の歌人に電話で聞いてみた。「嬉しいねえ、岩手の地からお声が聞けて。ええ、無鹿、今も延岡の字名《あざな》に残っていますよ。ぜひ来てみて下さい」と弾むお声。氏はツマベニ蝶の研究者として著名な海老原秀夫さん。今月23日の祝日に満94歳を迎えられる現役実力歌人である。

そして、ムシカの本を下さった音楽の大家林芳輝先生は、このほどわが八幡平市の市民歌を作曲なさって11月3日、披露演奏会が盛大に行われた。氏の江戸川乱歩賞候補作『ショパンの告発』に実名で登場する白井眞一郎先生は、八幡平温泉郷に昨年オープンした「藤田晴子記念館」の館長さん。東京芸大では林先生の先輩でいらして、今回、ともにムシカの大家の謦咳《けいがい》に接し感動の一日だった。

2010・11・10

203 銀杏落葉

踏み行くは惜しとふ浄き声きこゆ地に照り明る銀杏もみぢ葉

砂田彫子

イチョウもみじの季節になった。さながら順序が決まっているかのように、カキもポプラもホウの葉も落ち、カツラの丸い葉も散った。やや遅れてイチョウの太幹がやおら合図の声をかけたのか、一斉に散り始めた。空も大地も光の渦。カラマツの針でなく、ホウ葉の広すぎる面積でなく、銀杏葉のどこにも尖った角のない純黄の質感が実にいい。

「ワァー、きれい。踏むの、もったいねえ！」と銀杏落葉に歓声をあげたのは登校の子供たちか。作者は常臥《とこぶ》しの障子ごしに聞いている。大正3年、鳥取県倉吉市生まれの砂田彫子さん。小学5年生、10歳の時発病、16歳ごろには歩行不能となり、以来50年余病臥の身となられた。

終戦後、知人のすすめにより白秋門に入会。「多摩」解散後は「コスモス」短歌会員となる。私は直接お会いしたことはなかったが、常に周囲の方々から、まるで隣町で療養のような気安さで「彫子さんがねえ」と語られるのを聞いた。

「ペン持てどもてどほろりと零《こぼ》れ落つはがき一枚書きなづみつつ」「些細なる用頼まむを幾たびかためらひてのち耐ふるあけくれ」それでも母上がご存命中はよかったが、40歳の時死別。「数へ年十九の秋ぞさりげなく共に死なと言ひましき母」この「さりげなく」の意味。背筋にゾクッと冷たいものが走る。

「あな眩《まぶ》し春陽あまねき大空に空中婚なす蜜蜂の群」「胸熱き恋をせしやと人問ふに無しといらへつさびしかれども」母上亡きあとはヘルパーさんの介護でひとり暮らし。仰臥のお写真は二重まぶたの童女の明るさだ。

「褐色の艶帯びてあり五十年わが手となりしこの苦《にが》こ竹」の歌30首にて、昭和57年、大きい賞を得られた。「苦こ竹」とは、周辺の人に作ってもらった孫の手のような竹棒で、寝ていてさまざまな用を足されたという。

そして63年冬夜、予期せぬ凶事。自宅からの出火により全焼、焼死、74歳。全国の会員に衝撃が走った。私はその数カ月後、山形の陸羽西線で偶然鳥取県警の方と乗り合わせ、導かれるように聞かされた倉吉火災の顛末《てんまつ》に言葉を失った。弔問に行けなかった私に何よりの供養となり人生の奇縁に感じ入った。掲出歌は砂田家跡に建立の歌碑に彫られたものである。

2010・11・17

204　戦車とネギ

月のない夜の環八に運ばれる戦車見ており葱下げてわれ

奥山ひろみ

第2回「角川全国短歌大賞」作品集より。自由詠大賞受賞作。応募総数6884首から選ばれたもので、ことし2月の選考会には、河野裕子さんも7人の選考委員のひとりとして元気に発言されている。

一読、東京の夜の環状8号線を搬送される戦車とネギのとり合わせの妙に感じ入った。作者は練馬区駐屯地のすぐ近くにお住まいで、障害者施設に勤務。帰宅は夜9時ごろという。たまたまその時間帯に戦車を積んだ大型車を見てそのまま詠まれたとのこと。歌歴10年、短歌が日常とひとつになっていると評された。

この賞には自由詠と、各都道府県の特質を詠む題詠部門の二つがあり、後者大賞には「〈入れてんか〉半歩詰めては一人増《ふ》ゆ梅田地下街立ち呑み串屋」大阪府の武富純一さんの作品が選ばれた。作者の弁として「二十数年通っている串屋が舞台。歌を作ることは暮らしの一部になっていて、大賞をもらったよと店に報告に行かなくては。今は短歌抜きの人生は考えられない」と笑う。如何にも大阪人。景色や芸能、災害等も風土色には違いないが、この市井の人々のわきたつ活力が実にいい。

他に私が惹《ひ》かれた作品に、米川千嘉子選者賞の次の一首がある。「都会でもなく田舎でもない〈つくば〉の地息子を育てたりハイブリッド風に」山川澄子。おそろしく破調。語呂は悪いがなんとも味があり、「ハイブリッド風の息子」の表現に頬がゆるんだ。

つくば学園都市。まるで映画にでも出てくるような無機質な人工都市として不評のころもあったが、今は環境も住む人々も歳を重ね、奥行きある学園街になっているようだ。ハイブリッド車はガソリンと電気の、異質な物の組み合わせによる未来型エコ自動車として注目されている。しかし女親としては、息子も含めて何かもやもやとした未知の部分がもどかしい。

「くれないにのぼる炎の艶めける牡丹焚火の夕闇の空」佐藤祐禎選者賞、黒澤正行。福島の須賀川牡丹園では、11月第3土曜日の夜、恒例の牡丹焚火が行われるという。私は、えもいわれぬ芳香と故事来歴に基づき幾多の文人墨客の集う豪奢《ごうしゃ》な炎をこの目で確かめたいと願いつつ、まだ果たせないでいる。

2010・11・24

205　ぼく、牧水！

わが妻よわがさびしさは青のいろ君がもてるは黄朽葉《きくちば》ならむ

若山牧水

小さな旅の予定があり、車中で読もうと角川の『ぼく、牧水！』新書版を買った。若山牧水記念文学館館長、伊藤一彦さんと俳優の堺雅人さんの対談集。これが実におもしろくて、旅に出る前夜すでに読み終えてしまった。「困ったな」と思いつつ、やっぱり旅の荷に入れ、車中でも二読三読。どのページを開いてもひきこまれ、話しことばのやさしさと、伊藤館長さんの専門歌人の奥深さ、堺さんの演劇人の生き方に魅せられて感動した。

言うまでもなく、牧水といえば旅を愛し酒を愛した超有名歌人。「幾山河越えさり行かば寂しさの終《は》てなむ国ぞ今日も旅ゆく」を、伊藤氏は「さびしさを歌っているけれど、あくがれが牧水の基本だと思う。あくがれがあるからさびしさがある。コインの表裏みたいなもの」と分かりやすく説かれる。

明治18年宮崎県坪谷《つぼや》生まれの牧水。東京から飛行機で2時間、列車で1時間、車で1時間半という南国の風土。そして伊藤先生は宮崎南高校で「現代社会」を教えていらして堺さんはその時の教え子という関係の由。さらにお二人とも牧水の早稲田大学の同窓で絆が深い。

年代的には北原白秋も九州柳川で明治18年生まれ、石川啄木はその1年後に生まれていることを思うと、現代日本の詩才のそろいぶみに目がくらみそうだ。

私は、牧水の「白鳥は哀しからずや」や「白玉の歯にしみとほる」酒の歌も好きだが「今ははやとぼしき銭《ぜに》のことも思はずいつしんに喰《く》へこれの鰹を」の豪勢な食の歌が大好き。

伊藤氏の解説、「残りのお金はないけど、明日のことは考えずにカツオを食べよう。人生、昨日のことも取り返しがつかないわけではない。物語を作り替えればいい」。「一寸先は闇」というけれど「一寸先はバラ色」ともなりうる可能性を示される。

堺さんはNHK大河ドラマ「篤姫」で徳川家定を演じて「今日撮ったシーンをくよくよ考えるより、明日の台本を読む」と言われる。何か大きい力を与えられたような気分で旅の終わりに、上野の森を歩いた。西洋美術館横のユリの大木がさかんに黄葉を散らしていた。掲出歌の己々の心に宿るさびしさの色を思い、短い旅だったけど長い物語を反芻《はんすう》して佇《たたず》んだ。

2010・12・1

206　新しい冬

あたらしい冬となりたり。復活におもむく我か或《ある》はほろびか

狩野一男

「宮城県切つてのゐなか、栗原郡花山村が俺《オラ》好ギデガス」と詠まれる作者の故郷栗原郡は、平成20年6月14日に発生した岩手宮城内陸地震によって、潰滅的な被害を受けた。「大地震わがふるさとを急襲し後《おく》れてわれをウツがおそひき」とは、前年2月クモ膜下出血で倒れ、3カ月も意識不明の状態から奇跡的な生還をとげた経過を示すもの。あいつぐ災禍に、心身の打撃いかばかりかと思いみる。

平成20年10月刊行の作者の第3歌集『栗原』には「人生の中ほど過ぎて　猛烈に生きたきねがひ、卒然とわく」「老前と老後の間《あひ》をさまよへるわれにつれなきむさしのの空」といった心の叫びが詠まれる。そして「焦《あせ》るかな五十四歳焦るかなナジョニモカジョニモ、どうにもかうにも」の歌。昭和26年生まれの氏とは、会えばいつも岩手宮城の方言にどっぷり、ナジョニモカジョニモ切なさを分かち合う。

ことし4月、井上ひさしさんが亡くなられた。「作家・劇作家井上ひさし氏が亡くなりゐなくなつてしまつた」「妻の里釜石のこといろいろと教へてくれた井上ひさし氏」と、所属短歌誌に哀悼の歌群。「釜石市平田《へいた》町なる妻の家無人となりて幾年経つる」ともあり、見廻せば無人の家がふえている。

井上氏はよく「恩送り」と言われた。米沢市郊外の川西町で幼少期を過ごされた氏は、恩というより「しうち」の日々ではなかったかと推察されるのだが、のちにどんな会場でも故郷大事の思いを語られた。生あれば、川西町の遅筆堂文庫で山形、宮城、岩手のみちのく放談をしてみたかった。「喫煙をわれは止《や》めしが喫煙の人をこよなく理解せむとす」肺癌で命を落とした井上さんに、一病を抱える氏はやんわりと禁煙をすすめられただろうか。

「地震より二年過ぎつつ今もなほ動きゐるとぞふるさとの山」自然の威力に圧倒され、自らも「たましひが愚若愚惹《ぐにゃぐにゃ》になる東京の夏の百日《ももか》を恋もせず堪ふ」といった日々だった。いま、「妻と我ふたりぼつちで年を取る二〇〇九年よでは左様なら」と詠んでから1年たった。先日の歌会では、艶のあるステッキもダンディの風格を増し、心弾みのあたらしい冬を迎えられているように見えた。

2010・12・8

207　酒、山頭火

しぐるるやしぐるる山へ歩み入る

種田山頭火

自由律、放浪の俳人として人気の高い山頭火。代表作「うしろすがたのしぐれてゆくか」を始め、「分け入つても分け入つても青い山」「やつぱり一人がよろしい雑草」「やつぱり一人はさみしい枯草」等、いつのまにか人の心深く入り込み、特異な句境を広げてゆく。

すでに伝説の人になりつつある俳人だが、その生いたちから生涯をたどってみると、「歩かない日はさみしい／飲まない日はさみしい／作らない日はさみしい」とつぶやく内面の弱さを抱えた酒徒の面影がゆらぎ立つ。

本名種田正一。明治15年、山口県防府市生まれ。近隣の人々から「大種田」と呼ばれるほどの素封家で、「しようさま」と慈しまれた幼少期をすごす。そんな中の突然の母の自殺。父竹治郎の遊蕩が原因で、32歳の母が井戸に身を投げた衝撃は11歳の彼に焼きつき、終生つきまとうものとなった。

明治35年早稲田大学に入学するが神経衰弱で退学、家は破産。のちに彼は「最初の不幸は母の自殺。第二は酒癖、第三は結婚、そして父となったこと」と書く。結婚し、子にも恵まれたなら人並みに暮らせば不幸の影などさす隙もあるまいと思われるのに、血が騒ぐ。

妻子を捨て、関東大震災も体験し、大正14年、熊本の禅寺にて出家得度。すでに44歳になっていた。だがここでも方向変換してしまう人である。永平寺で本式の修業をつむようにと望月義庵和尚に一切の用意をしてもらったのに彼の足は本山に向かわず旅路を選びとる。酒が禁じられる修業は堪えがたいとばかりに、彼の流転は大正15から昭和7年まで及ぶ。

「昭和七年、私は故郷のほとりに私の其中庵を見つけてそこに移り住むことができた。私は酒が好きであり水もまた好きである。（中略）これからは水のやうな句が多いやうにと念じてゐる。淡如水——それが私の境涯でなければならないから。」「其中日記」より。

九州四国、山陰山陽と行方も定めぬ旅の幾年。昭和15年秋、山頭火は松山の句会に居た。10月11日早朝、俳人達がかけつけたとき、なんと心臓麻痺で息たえていたという。享年59。生前の作一万句、句集7巻。「ここにかうしてわたしをおいてゐる冬夜」しぐれの夜はひとしお身にしむ山頭火の世界である。

2010・12・15

208　嵌め込みパズル

伐採にさま変りせるわが山や欠けし嵌込《はめこ》みパズルのやうな

楯明香江

栃木県で女性の山林経営者、帝国造林㈱代表取締役を長年つとめられた方の第三歌集『嵌込みパズル』より。「楔《くさび》打つ音ひびきたり杉群に黄のヘルメット動くと見れば」「落したる鋸《のこ》さがしゆく杉群につねには見えぬ下草もみぢ」等、日々の仕事の歌が綴られる。

日常の騒音に遠く、深山にこだまするくさびを打ち込む音と黄のヘルメットの鮮明さ。そして童話「金のオノ銀のオノ」を思わせる豊かな世界。年を経て伐採された区域はまた異なった林相を見せる。作者はそれを「嵌込みパズル」ととらえた。「さかしまになれば杉たち悲しまん伐子《きりこ》は斜面にさながら倒す」という作業工程を見守る。「倒されし杉ら傾《なだ》りに整然と並びてあるは伐子のこころ」との互いの心をつなぎ合わせてパズルの隙間が切ない。

私などはよく、同じような日月のくり返しと思いたがるのだが、「わが早く老いゆくものを植付けし檜のうへに日月《じつげつ》遅々たり」という風に詠まれると、うろたえて身辺を見回す。だからこそ「思ひきや六十路を越えて山小屋に月を浴みつつ雑魚寝するとは」昭和8年東京生まれの氏の健やかさ、本格山歩きも海外も、芸術鑑賞は自らも箏を奏で舞台に立たれる。

「役者ざかり團十郎の男性音われの裡なる音叉ふるはす」歌舞伎、人形浄瑠璃、洋楽にも、また古典文学取材の歌も魅力的。すべて物語の中に生身の自分を織り込み再現されているゆえと思われる。「團十郎の男性音」とはさすが、なかなか吐露できぬ表現と感じ入る。

「母在らば遊び人足と呼びまさん仕事やめはた妻罷《や》めしわれを」集の後半に、母上またご主人への挽歌が組まれる。「ゆらぎゐる夫の生命に三人子とともに二夜をひたと添ひたり」「結城《ゆふき》紬着て写真の夫はほほゑめり酒こぼすかと惜しみ着せざりき」平成19年、背の君を送り、その後社長職をご子息に譲られた。「私の歌は体力勝負の中から生まれた」と書かれるが「いためたる肩をかばひて泳ぐわれ尾鰭にすすむ魚族となりて」と、しなやかな体力は実年齢よりはるかに若やいでみえる。「風花を頬に受けつつ尾根沿ひの地境の蔓はらふ年の瀬」やっぱり敏捷に鉈《なた》をふるって伝来の山を護る「遊び人足」かと思われる。

2010・12・22

209　いのちのはて

湯豆腐やいのちのはてのうすあかり　久保田万太郎

火のそばで熱燗をかたむけていると、ゆらゆらと湯気をたてる湯豆腐。湯気の向こうには問わず語りの会話に満ちてゆく人が居ればそれでいい。されど師走の夜半、おもむろに酔いの回ったまぶたをこすり、見上げてみても湯気の向こうに人は無く、鍋のたぎつ音ばかり。

明治22年浅草生まれの万太郎さん。小説家、劇作家、俳人、ＮＨＫ勤務等の多彩な活躍で知られるが、氏の作品以上に謎とロマンに彩られた生涯を送られた方である。ここには句兄弟ともいうべき「生豆腐《なま》いのちの冬をおもへとや」の一句もある。「いのちの冬」のときはまだ家庭を捨ててまで一緒になった女人と命の灯を点していられたのだろうが、ほどなくその人にも死なれてしまう。さきに長男を喪《うしな》い、愛する人にもとり残された孤独地獄が見せた「いのちのはてのうすあかり」であった。

「顔見世の京に入日のあかあかと」自らの戯曲や脚本は新派で演じられたり、昭和12年には「文学座」を結成。京都の南座十二月興業は「顔見世」として先ごろもマスコミを賑わしていた。写真で見ると、六代目中村歌右衛門に似て見える人気文化人であった。

「べんたうのうどの煮つけの薄暑かな」「蕎麦《そば》よりも湯葉の香のまづ秋の雨」氏はまた大変な食通としても知られる。当時グルメなどという語はなかった。食の奥義を知ればこそ、ウドの煮つけを喜び薄暑の気品が生かされる。次の句は、湯葉を結んだ形が女の島田髷《まげ》に似ているので「おかめそば」と言われている由。「麻布永坂のさらしなの句」と通人たちの語りぐさ。新蕎麦よりもまずハッとした湯葉の香にすかさず一句をものしたその感覚に打たれる。

「長閑《のどか》なるものに又なき命かな」如何ようにも解釈できるが句意は難解。そんな中、山本健吉さんの一文を読んだ。「――季節の好みも好き好きである。とつくづく思ったのは亡くなった久保田万太郎氏から〝私は五月はきらい〟と聞いたときであった」とあり、「なんで？」とは問わない。やがて昭和38年5月6日、梅原龍三郎邸での会食中、鮨の赤貝を喉につまらせて、まさかの急逝。73歳は若すぎた。氏の5月が嫌いなわけを知るべく、その5月に逝かれたふしぎさを胸に、私はこれからも万太郎作品を読み続けたいと思っている。

2010・12・29

210　書き初め

年賀状に自詠一首を毛筆に書ける習ひは友の奨めし　笠原忠勝

新しい年の読み初めに、何を手に取ろうかと書架を見上げる。わがやの本たちのすみかは年末も年始もなく、乱々とひしめいている。そんな中、旧臘《ろう》頂いた新潟の方の第四歌集『爽』がしきりに私を呼んでいる。本を拝掌の折、一読してゆっさりと栞がはさんである。

おのおのの家の正月風景。ことしもどっさり年賀状が届いた。新潟の中学校の校長先生をつとめられた笠原氏より頂く年賀状は毎年、流麗な筆字で歌が認《したた》められている。今まで30首ぐらいは頂いているはずである。

「新年の遊《すさ》びに妻と筆を執り共に認む天与と二字を」「健やかに妻あり娘あり纏《まと》ひ寄る孫二人あり天与ならずや」昭和9年生まれの作者、年あらたまった座敷で奥様とふたり、書き初めをされる。それも思いをこめて墨痕あざやかに「天与」と書かれるという。気宇壮大、折目正しい生活の秩序が伺われる。

「元旦のお笑ひ番組半ば倦《う》み倦みつつテレビを離れずにをり」「三日目はさすがに酒も億劫と言へば老妻得たりと笑ふ」なんとめでたいお正月。地デジテレビの高画質はいっそう人をひきつける。どの局も男も女も派手な着物姿、おめでたづくしの琴の音にほろ酔いで見なれたタレント達の画面につきあっている。

「腹の立つ流行語なり〝想定外〟東電またも言訳に用ふ」正月も三日目あたりになると、お酒もおっくう、洪水のような言葉の乱れも気にかかる。昨年突然浮上した「断捨離」などは新陳代謝への意識改革を迫られて考えこんだ。

「職持たぬこの八年の病歴を痛《や》む腰を撫で数へてゐたる」「休煙が千二百日超えたりと面白くもなく寝床で数ふ」愛煙家にとってタバコと別れる辛さは大変なものらしい。この「面白くもなく」がはたから見ればおもしろい。病歴を数え、休煙日数をかぞえているうちに、しだいにニトロ常備薬を持ち歩くようになられて、タバコとは訣別されたようだ。

「何やらむ晴れがましさに満たされて元朝礼拝の奏楽を聴く」作者はまた聖堂に夫人と並んで賛美歌を歌われる敬虔な信徒。おお、外には「寒気団夜明けに去りし沖の方《かた》雪きらきらと佐渡島見ゆ」まぎれもない越の国の海鳴りが聞こえてくるようだ。

2011・1・5

211　雪、凍《し》ばれ

降りつづく雪に道幅狭くなり車が人の後に従ふ

松田一夫

なんという大雪の年明けだったことか。大みそかには朝から晩まで、片時も休まず降り続けた。見る間に降りつもり、車庫に行くさえも腰まで雪をこがなければならない。国道筋でも雪の重みで立木の枝が裂け倒木が多数みられた。

松田一夫さん、大正元年北海道留萌市生まれ。昭和22年より旭川市旭町にてコマヤ薬局を営む。こんなに大雪でしばれる時期には、明るい南国の風土に遊びたいと思うのだが、やっぱり実感の伴った北国の作品に惹かれ読みつぐ。

岩手山焼走りに近い私の地域では、たちまち1メートル余の雪壁ができて、道幅がせばまる。「車が人の後に従う」光景、わだちに乗りきれない軽自動車はよくハンドルをとられる。

「観衆の去りたる川原風寒く踏まれし雪のてかてか光る」「雪の降り凍ばれてすべる舗道往き身の重心の移動が不安」この不安感、バランスをとって歩く絶妙の運動神経が必要だ。

「朝食後にんにくエキス服《の》む慣ひ四十余年ますます元気」「香料のホワイトローズ身につけて若やぐ心昔も今も」なんとも楽しい健康法。さすが薬局経営者、「眼覚しを止めてまた寝る愉《たの》しさは卒寿の今も延々つづく」というあたり、まるで若者の生活パターンだ。めざまし時計を止めてまた寝る喜びとは、老いると眠りが浅くなるなんて誰のこと?と笑える。

20代はじめごろから短歌を作り始め、白秋門での作歌活動。長い歌歴、歌集4冊刊行。「最低気温四十一度の朱鞠内《しゅまりない》ダムの工事に人あまた死す」「ダム竣りて水奪はれし山里は蕎麦をつくりて日本一なり」私はこれらの作品から、日本大地図で朱鞠内の土地をさがした。以前、井上ひさし氏の『四千万歩の男』を読んだ時も地図を片手に辿ったことを思い出した。如何にも寒そうな天塩山地の奥深く、朱鞠内川、朱鞠内湖がある。日本一のそばも自生しそうだ。

「岬《さき》山の岩場に一羽棲む鷲か遠くはゆかずわが頭上舞ふ」「眼のみえぬ老妻拾ふ辺りまで落花生撒く二人の追儺《ついな》」孤高の鷲も節分の妻も常に作者と共にある。「朝まだき外の新聞凍みてゐつ鋼《はがね》のごとく折れば音する」この感性の鋭さがあればこそ、「雪、凍ばれ交互につづく北に住み九十六歳歌を楽しむ」と詠まれる生の楽しさ、尊さにつくづく感じ入ることである。

2011・1・12

212　進士登第

眠る時間約《つづ》めてわれは学びをり学べばかすかに湧きくる希望

吉村睦人

『角川現代短歌集成』より。同、木下孝一「生きてあらば汝《なれ》も受けけむ共通一次試験日の朝つもる白雪」の歌も見え、ともに昭和60年ごろの作品。現在のセンター試験の前の世代である。受験生にとっては年が明けると進路決定の関門が待っている。自然条件の最も厳しい小寒大寒に積雪も頂点、インフルエンザも猛威をふるう。

さて、正月あけ、たっぷりした夜長の時にまかせて大作、浅田次郎さんの『蒼穹の昴』を読んだ。わけても「科挙登第」の章にわくわくする。「日本は中国から多くのものを吸収したが〈科挙〉と〈宦官《かんがん》〉の制度だけは採用しなかった」と、陳舜臣さんが解説されているが、この本には優秀、屈強な宦官が大勢登場する。

それは別として、科挙の試験に挑む若者の姿に、やっぱり浅田文学の真髄にふれ、その発揚《はつよう》性、泣かせどころに泣かされた。

時は大清国光緒12年陰暦3月9日（西暦１８８６年）科挙本試験の朝がきた。河北梁家屯の地主の次男、梁文秀は今しも北京順天貢院にて問題集と答案用紙をうけとった。これから第三場まで、九日間にわたって難解な答案を書き続けなければならない。独号舎での極度の緊張から発狂する者もある。文秀の隣室の受験生はなんと70年余も試験に挑み、病み衰弱しかかっているのにすさまじい気迫で答案を作成する。そしてこの老人は「四書題も詩賦も最高の出来ばえ」と大満足。机にうつ伏したかに見えたが再び目をあけることはなかった。

夢かうつつか最終日の朝、文秀は科挙第一等の星「昴《スバル》」にふさわしい大文章を仕上げていた。夜半にあの老人に骨子を教わったような気もする。意識の混濁が妄想を呼び、もしや換巻（盗作）ではないかと悩む。大体老人の存在さえ虚実不明で、読みながら動悸をおさえきれない。

筆記面接等、一万人余の挙人《きょじん》が命を削って競いあった試験は終わった。やがて礼部衙門の前に文秀の合格発表を見た父梁大爺は、ふるえる指で男子出生の際銅貨に鋳込む「進士登第」の四文字をまっさおな空の高みに書くのだった。四巻からなるこの物語は、さらに老占い師の予言のように、清王朝中枢に及ぶ大スペクタクルを展開するのだが、ここでは若い血潮のたぎる受験風景に心を奪われた。

2011・1・19

213　初場所

玉串を捧げるやうに魁皇は力水渡す呼吸《いき》荒きまま

海老原光子

さまざまな話題性、名取り組みに沸いた大相撲初場所だった。1月9日の初日には天皇ご夫妻もご観戦で場内満員御礼の笑顔の渦。そして千秋楽、結びの一番は前日優勝を決めている横綱白鵬に大関魁皇。魁皇に力水をつけるのは西の把瑠都が負けたため、控えの力士が肩脱ぎで行う。38歳の魁皇、負けこそすれ、出場回数1419、通算勝星1035勝という途方もない記録を更新中。古式、伝統、様式美を重んじる角界に「玉串を捧げるやうに」力水を渡す力士を詠む歌に惹かれる。

宮崎県在住の主婦、海老原光子さんは昭和22年生まれ。所属する短歌会の3千人の中で、「入会5年以内で50歳以上の会員」を対象とした新人に贈られる賞を2008年に受賞。「還暦の私に子らのくれし薔薇五日の後にわらつと解けり」「海坂ゆ上り来し陽はおほあくび天衣無縫に灘《なだ》を染めたり」「ぐぐぐんと空が背伸びをしたあした彼岸花咲いたさつさと咲いた」この自在さ、天衣無縫の作品世界。

私は実は光子さんを知るよりずっと早く、父上海老原秀夫さんの歌になじんでいた。そして拙コラムの6回目に「ちかぢかと薩摩富士見ゆＪＲ最南端の駅のホームに」を抽き、鹿児島の、日本最南端駅の駅長さんを紹介したのだった。平成19年、折しも宮崎は東国原英夫知事が初当選。そしてことし、1月20日、任期満了となり知事は去られた。4年前のあのとき、電話で「まさに百年の孤独ですな」とつぶやかれた氏の声を昨日のように思い出す。

家業のように、家族で同じ趣味をもち、発表の場も同じという例は珍しいともいえるが海老原さん親娘の作品はいつも温かく胸を打つ。「何処ででも生きてゆけるさ五千メートルの凍土に放牧のヤクの群見ゆ」と娘が詠み、「つつがなく青海チベットの旅を終ふ九十一歳まだまだいける」と父が応える。元駅長さんを先立てて海外旅行にも気軽に出かけられる。

雪と寒波にとじこめられていると、南国の花便りは何よりも嬉しい。「むらさきの桜と呼びて祖国《くに》恋ふる移民ありしジャカランダあふぐ」以前頂いた燃えるような紫の花の写真は私の宝物。実物を一度も見たことのない花を訪ねて、いつか日本最南端まで旅をしたいと憧れている。

2011・1・26

214　ニン月や

ニン月やひたひたひたと締切りが

滋酔郎

やっと節分、立春の2月を迎えた。思えば浮き足だったジングルベルの師走から「ゆく年くる年」「こぞことし」と季節のあいさつ、枕ことばも変わりばえのしないものばかり。その誰もが知っている名句を、江國滋さんの『きまぐれ歳時記』に読んで己が不明を恥じ、年初めにひとつ知恵袋の嵩《かさ》が増えたかと笑った。

「去年今年貫く棒の如きもの・昭和25年、虚子76歳の作で昭和を代表する名句中の名句。だからこそ多くの歳時記編者がこぞって採録しているわけだが、すべての歳時記に載っているのならいまさら載せることはない。…」として、「おん脈よおん体温よ去年今年」滋酔郎さんの句が並ぶ。他ならぬおん自ら「名刺がわり」と言われる江國氏ご本人の作である。昭和64年新春は昭和天皇のおん病篤く、まさにこの句の通りの明け暮れだった。毎年の慣用句として引かれる古い革袋ではなく、鮮やかに皆に共通の風景が見える「去年今年」だ。

さて2月、滋酔郎さんの解説によれば「俳句ではニン月とも用い、四ン月もある。だったら五ン月、九ン月と呼んでもよさそうなのにそれはない」と言われ、私もことあるごとに「ニン月」の例句をさがしているが不明。氏は、文筆業で31日と28日締切の差を述べる。「ひたひたひたと」になんともいえない焦燥感があり、逃げる2月が惜しまれる。

「ニン月はわが生まれ月…」滋酔郎さんなら何と納められるだろう。私は日頃、覚えにくくて忘れやすい失敗ばかりくり返し恥のかきっぱなし。さながら結句は「恥多し」で決まりか。あれ?「命長ければ恥多し」と言ったのは荘子ではなかったか。いつとはなしに心に刻み、それは長く生きていれば恥も多くなろう等と当然の通俗言と軽く考えていたものだ。

しかしものの本によれば、昔、尭が華の地を巡視したとき、村人が尭の寿命と富と子孫繁栄を祈ろうというのを辞退。曰く「子多ければ心配多く、富めば事多し。命長ければ恥多し」と応えたという話。諸説あるが荘子はこれを「三患至るなく、身常に殃《わざわい》なければ何の辱《はじ》かこれあらん」と諭したとされる。ことしはあまりの大雪に疲れて初夢の覚えもない。夢も見ぬ熟睡の夜を重ねて、長生きも芸のうちと心得て、恥多き長命を祈りたいと思う。

2011・2・2

215　阿古屋

玉三郎扮する阿古屋うつくしく琴弾きしのち胡弓奏づる

山田ひさ子

「景清を慕ふ阿古屋が奏でゐる琴の音かなし琴責めの段」とも詠まれ、歌舞伎「壇浦兜軍記」阿古屋の場面描写である。平成20年1月3日に91歳で世を去られた東京の山田ひさ子さんは戦前の国文科出身の典雅な教養に満ちた﨟《ろう》たけた歌人だった。

きょうは盛岡で映画「わが心の歌舞伎座」を見た。芝居町のたたずまいと数々の演目、役者さん、スタッフ、大道具さんや床山衣裳裏方さん奈落の底まで全部見せてくれる集大成に惹き込まれた。なんといっても、去年4月30日でとりこわされたのだから、人も建物もロビーの空間にもなつかしさがこみ上げる。

玉三郎の「阿古屋」を私が見たのは平成12年の初春大歌舞伎だった。平家の勇将、平景清は源頼朝暗殺を企てるが果たせず姿をくらましてしまった。その景清詮議の指揮をとるのが秩父庄司重忠（中村勘九郎）。この重忠は景清の愛人阿古屋に縄もかけず、拷問もしないで三種の楽器を並べ、順に弾けと命ずる。

琴、三味線、胡弓。絃や管の楽器は邪心があると音色が狂うこと、即ち阿古屋が景清の居場所を知っていれば必ず音が乱れるはず。一心不乱に弾く阿古屋の心情に嘘はなく、神韻縹渺《ひょうびょう》たる三絃の音色に魂を揺さぶられた。正真正銘の生演奏、玉三郎さんは二十歳ぐらいから三曲を歌右衛門さんの指導で習われたという。中でも三味線が一番むずかしく、演奏に気をとられて、景清を慕う気持ちが稀薄にならぬようつとめられる由。ぴんと張りつめた名人芸の披露のあいだ、じっと同じ姿勢で聴く勘九郎（今は勘三郎）さんの息遣いにも見惚れた。舞台は生《なま》もの、もう一度見たいと思う場面がいっぱいある。今回、まさに願っていた琴責めの阿古屋を大映しで詳細に見られて最高の感激を味わった。

歌舞伎座完成まで3年、といってももう1年たとうとしている。閉場式にはあんなに生き生きと張りのあるお声だった中村富十郎さんが1月3日、81歳で逝かれた。一昨年「もう飛び六方はむずかしい」と言いながらもみごとにつとめられた「勧進帳」が見納めになった。本当に映像でない真の天王寺屋さんを、新装の日の歌舞伎座でもう一度見たかった。

2011・2・9

216　早春花

遠き日の遠さ見つめる夜寒かな　　　台水

「台水吟。台水といってもどんな俳諧師だったのか知る人はおそらくないだろう。そのはずである。台水とはさんずいに台、つまり私の名前を二字に分解した冗談まじりの俳号にすぎない」として、作家高橋治さんの著作集はさまざまな花の色、風の色に彩られて読者を心地よく酔わせてくれる。

氏は昭和59年から朝日新聞日曜版に「くさぐさの花」のコラムを持たれ、季節の花と俳句と目のさめるような文章を掲載されていた。「一回が四百字そこそこの短文なので、一字の節約や取捨選択に七転八倒することがある。古今の名句の中からあさるのだから、拙作を混入させるなど不遜のきわみ。しかし花の日程が決まっているので、恥は承知で拙作でとり繕うこともある」と、密かに舞台裏を明かされる。

ところがこの台水吟がおもしろい。「なにもかも昔の秋の深さかな」の久保田万太郎作品を引き、これは立ちどまる句だと解かれる。こうして二作並べると、限りない生命の連鎖が見えてくる。作者は昭和4年の世界大不況の年に生まれ、五・一五、二・二六事件の嵐の中で成長された。立ちどまり、自然の移ろいに目をやれば確実に己が身に積む時の嵩に気付かされる。今のこの日がたちまち「昔の秋」に変わる迅《はや》さ。立ちどまって見えてくる生の輝き。

「閨《ねや》の灯に影ほの揺るるシクラメン」台水さん、「この花には強烈な別名がある。曰く〈豚の饅頭〉など」としてその口直しに艶っぽくご自分の句を入れられた。おみごと。うつむいて、耳まで紅く染めた閨の花の初々しさに言葉もない。「シクラメン花のうれひを葉にわかち」こちらは万太郎さんの句境。「心臓形の葉を叢生《そうせい》し、そこから立つ花茎に蝶形の篝火のような花をつけ早春花として親しまれる」と、ずい分と心情的な解説をつける歳時記もある。

温暖の地、千葉生まれの氏が旧制第四高等学校に進み、金沢の雪を体験される。昭和22年の冬、食料事情の悪化で2月に帰郷された。その折のすさまじい吹雪の体験や、のちに映画監督としての海外生活を経て、昭和60年、不朽の名作『風の盆恋歌』が誕生した。「二人の恋の究極は死、それも相対死。ラストシーンは純白の町で」と作者の長年の構想が結実した。「風の色散りて野末の桜草」台水さんの花暦、桜草の春が待たれることである。

2011・2・16

217　来る、来ない

来むといふも来ぬ時あるを来じといふを来むとは待たじ来じといふものを

大伴坂上郎女

万葉集巻四相聞の部より。こむ、こぬ、こじの読みが5個もある。私はこれを読むたび舌がもつれ、頭がこんらんし、あたかも滑舌のリハビリかと笑うのだが、時に自分の記憶力を確かめる意味でひとりつぶやく。

意味は「来るつもりだといっても来ない時があるのに、来ないつもりだというものを来るだろうと待つことはすまい。来ないつもりだというものを」（岩波日本古典文学大系）。

この女人は、万葉集編集の大伴家持の叔母。奈良時代きっての女流歌人で収載歌多数。同じ恋の巻に「恋ひ恋ひて逢ひたるものを月しあれば夜は隠《こも》るらむしましはあり待て」とも詠まれる。「恋しく思い思いして、やっと逢ったものを。月が見えているからまだ夜は深いでしょう、もうしばらくそのままでおいで下さい」そして詞書きに、いらつめとお相手の安倍朝臣蟲満《むしまろ》はいとこ同士で「相語らふこと密《こまか》なり。いささかたはぶれの歌を作りて問答をなすとぞ」と記される。

その流れで読めば、来るのか来ないのか、待つのか否かの一首も笑って解釈できようというもの。「来じといふを来むとは待たじ」がなんともいえぬ女心で、来ないといってもあるいはとの心の揺らぎが見てとれる。このひたむきさが哀しくて、おかしくて。やっぱり「来ないといっているのだもの」と自分で自分に納得させるまでの期待、推量、逡巡の間合いは現代にも十分通ずるみずみずしさだ。

さて、そんな呪文をとなえているところに郵便物が届いた。神戸は南京町の春節祭の写真がどっさり。広場をうめる春衣の人々と、金銀極彩色に飾りたてられた巨龍をあやつるスケールの大きい祭りの場面だ。昔から海外への航路が開け、今に続く中国の旧正春節を祝う伝統と大衆の熱意が伝わってくる。

ふっと、１３００年の時をこえて、万葉人達と大陸文化の交流を思う。むらさき野ゆきしめ野ゆき、即興で詠み、応えて綴る歌垣。きっと彼女たちも現代版メールを発信していたにちがいない。深刻でもいやみでもなく、ちょっとすねてみたつぶやきを次々と消し去って、また新しい恋を求める。機智と情愛いっぱいの豊かな万葉ワールドがまばゆく輝いている。

2011・2・23

218
花役者

千年の佛千回の花役者

松本幸四郎

光の春、やっと念願の句集が手に入った。一昨年刊行の、松本幸四郎さんの『仙翁花』。文庫本サイズの朱色布貼り表紙に家紋型押し、上品な函入り句集である。てのひらにのせて、一頁一句のゆったりした余白を楽しみながら豊潤な舞台を見るような思いにひたる。

巻頭の一句、千回の花役者。「平成二十年十月、東大寺」と詞書にあるようにこの年、10月15日、幸四郎さんは「東大寺奉納大歌舞伎」で「勧進帳」に出演、弁慶役の上演通算1千回を達成されたのだった。

句集には、千回にたどり着くまでの地方公演の様子が四季の旅日記さながらに描かれて旅心をそそられる。「奥入瀬の青葉ひかりのなかにをり」「五月雨の御堂の前の役者かな」「五月雨に露けき袖や幸四郎」と、思わず大向こうから声がかかりそうな場面だ。どんなにか過密なスケジュールの中、移動だけでも疲労を伴いそうなものを、行く先々の風物に注がれる視点の温かさ、細やかさ。さらに各土地の神々、地霊に捧げる深い祈りの姿にも打たれる。いにしえからの国々を巡る「わざおぎ」の原点でもあろうか。

「あとがき」がまた感動を呼ぶ。幸四郎さんのご両親の話。危篤の父上の足をさすりながら母上が、まだ婚約中のころバレンタインチョコレートを巡業先に送ったことを回想。「あれはどこだったかしらね?」「…松江だよ」「ああ、そうだった、松江だったわね」と、二人の会話のあとに「父が思い出したその瞬間、母は少女のようにはにかんで、何とも麗しい空気が病室いっぱいに広がった。これが俳句だと思った…」。江戸時代から続く歌舞伎役者の嗜みで高麗屋さんの俳句、絵画は斯界《しかい》の名峰として知られる。幼少時からの厳しい稽古や芸風に磨かれた感性の輝きであろう。

幸四郎さんの弁慶みちのく公演を私が見たのは18年11月24日、岩手県民会館の舞台で901回目の時だった。「今年また神にまみえむ冬の旅」「山荘の机のうへに仙翁花《せんのうか》」は花の姿が高麗屋の紋に似ているところから句集名にされた由。私の机には以前歌舞伎座で求めた「幸四郎」銘入りの短冊型マッチ箱がある。紫地に朱、金の瑞雲をあしらった図柄で「幸不幸混ぜて降りくる春の雪」とつぶやきながら、時々一本擦っては「幸」の明りを点してみている。

2011・3・2

219　先生の異動

最終の授業終へたるわれに在る上へつづき下へもつづく階段

岡崎康行

新潟県在住の元高校教諭の第二歌集『片隅の椅子』より。「人は誰にとっても、自分の住んでいるところは地球の片隅である。だから私は今もこれからも、片隅を生きるしかないと思っている。そのためのゆったりとした椅子を据えて坐ることにしよう。そうすればいつでも立ち上ることができる」とのあとがき。

昭和15年生まれの作者、「片隅の椅子にひとりの影はゐてフラメンコ続く未明の五時へ」と詠まれたのは、氏の傾倒されるスペインの詩人、劇作家のフェデリコ・ガルシア・ロルカのゆかりの地、グラナダやマドリードを訪ねた折のことという。退職後に憧れの地を訪ね、地球の片隅、心の片隅の再確認を果たされたようだ。「未明の五時」の異空間を思いみる。

さて学校の四季。この本には掲出歌をはじめ、たくさんの若者たちの姿が詠まれる。「反論のこゑを待ちつつ教室にわれはこころの水溜めてをり」生徒の反応を期待しつつ授業を進める先生。はっしと応える声のために先生の心も満ちてゆく。「朝の廊下走り行きたる少女ありそのあふり風長き髪の風」「明かりみな消えた校舎を見上げると教室の窓は壁より暗い」「さよならと言ひて駈けゆく生徒らの一団は知らずわが辞むること」日中、何百人という生徒らにはちきれんばかりの校舎も、夜の暗黒はことに窓の暗さに無人の寂寥を見る。

3月の「先生の異動」は切実だ。新聞の隅から隅まで目を通し、生徒自らの卒業、進級また新しい先生への期待など、それは時折春の嵐にも似て人々を揺さぶる。「さよならと言ひて駈けゆく生徒ら」の明日に、送り出す先生の明日を重ねる。

「行つて来ると玄関を閉めてふつと思ふ後ろが閉ぢらるるといふこと」なにげないこの歌。同じように「閉め行きし客の知らざる些事として戸が跳ね返りわづかに開く」「自動ドア閉ぢかけてまた閉ぢかけて閉ぢ切ることのなかなかできず」期せずしてドア三首。前二首は人間が閉め、あとの一首は自動ドア。しかしこの機械の扉にこそ、意志のようなものが感じられてならない。巣立ちの春、ほんの少しの偶然と、ゆるがぬと信じる意志の力で、目前のドアが開きかけ、閉じかけているようだ。

2011・3・9

220　グランドの霧

犬を呼ぶアルトの声の流れきて静かに移るグランドの霧

小野寺洋子

岩手県歌人クラブ編、年刊歌集『短歌いわて2005』より。この年、各10首350名の応募があり、小野寺洋子さんの「霧」他3名の作品賞が発表された。昭和6年生まれ、短歌全国誌「長風」と岩手の「北宴」に30年余を刻む長い歌歴の実力派歌人だった。

私は今「だった」と、過去形で語ることの残酷さにうちのめされている。あんなにもたおやかで俗塵のない歌人のたたずまいがこの冬1月の深夜に、眠ったまま終焉されたことにいまだに信じられずにいる。

「ひび入りしまま使ひつぐマグカップいつよりか運逃しやすくて」「運がふと後姿を見せし日も入日はいつもと同じかがやき」そして数年前「わが干支の羊の根付つけし鍵終章のドアいかに開くるや」の歌は、県公会堂の月例歌会でパーフェクトに近い高点歌となった。端正なスーツ姿の洋子さんに「終章のドアなんて」とみんな軽く明るく笑った。歌会の日は朝方少し体調がすぐれない時もあったりで、好摩のお宅に私が車で迎えに行き、盛岡まで走る。渋民街道は信号も標識もなく、何度通っても右、左?と彼女に問い、その度笑って教えてくれた。彼女は50年近い運転歴でどんなにか助手席でハラハラされたことだろう。心臓の持病がおありだったがはたに感じさせることはなく、スポーツの歌も多かった。

「秋たけし緑濃きターフを疾駆するディープインパクト光まといて」「ひしと抱くボールと共に走り込むラガーマンは春の日集め」など、ことにも名馬の話になると馬主さんかと思わせるほど専門的で熱く燃える人だった。

「一息にどんな蓋でも開けくれし大き掌還る梅雨寒の朝」若く、死別された背の君のことはあまり語られず、大き掌は大き悲しみを包んで静かにほほえむ姿が忘れられない。

「北宴」誌上にずっと作品を寄せられ、晩年となった平成22年8月号に「ひとひらも未だ散らざる桜花樹下に佇み深く息なす」「振り向かず行かんと思うその先はラベンダー畠しばらく続く」等7首が絶詠となった。花の春を待たず、振り向かず逝ってしまわれた洋子さん。陽気がよくなったらまた歌会のお誘いに、好摩方面にハンドルを切りたくなりそうだ。もうすぐお彼岸の入りである。

2011・3・16

221　大震十日

原発の現場汚染の過去をもつ身に障りなく大根を引く

松本文男

「福島県双葉郡浪江町権現堂字順礼川原」の地に8年間住んだ。常磐線岩沼、相馬、原町、浪江、いわきからさらに茨城までのなだらかな海岸線は温暖で豊かな平地が広がる。私が結婚して、この浪江町の新居に着いたとたん、昭和43年5月、北海道を震源とする「十勝沖地震」が発生した。電話も通じず恐怖にかられた時の思いが、今、まさにおしよせている。

浪江町は3月11日の巨大地震大津波で千人近い行方不明者と伝えられ、さらに東京電力福島第一原発の事故により避難、屋内退避を指示された。地震と津波と放射能の三重襲撃、この大災害をまのあたりにして言葉もない。

松本文男さんは浪江町内でもさらに海岸に近く、大正10年生まれでことしもご夫婦連名の年賀状を頂いた。掲出歌は氏の壮年期のころの原発基地で働いておられた過去を詠んだもの。昭和40年初頭、太平洋岸の過疎地帯に次々に建設される原子力発電所は将来の日本の電力をになう国家プロジェクトにわきたっていた。「トーデン」で働く男達は羽振りよく、うちの隣りにはデンマーク出身の電力技師の一家が住んでいた。田や畑地はみるまに基地の労働者用宿泊施設等の建築ラッシュを招いた。

「原子力は二十世紀が生んだ人類の知恵」ともてはやされ、折あるごとに原子力の必要性安全性が喧伝された。今思えばぞっとするが、原発基地の見学会に幼児をおぶって参加したこともあった。そこはすばらしく清潔な明るい環境で、パネルやさまざまな映像を見せられ、燃料棒や核分裂のしくみを解説されたが「安全神話」をくり返し強調されるほど一刻も早くこの空間から逃れたいと思った。

「原子炉の炉心ではその泡が飽和状態になるとき、逆に一気に流体抵抗がなくなって沸騰水の驀進《ばくしん》が起こるときがくる」とは高村薫さんの小説『神の火』の一節。何度読んだかしれない。

私は今、40年も前の新居の風景を思い出し、かの地で知りあった朴訥な歌人を思っている。子を産み育て病院にもおせわになって、そこの院長先生に「歌を作る患者さん」ときかされた方が松本さんだった。「砂あらし海へと翔《かけ》る風道の巨木の椿花わきたたす」「田植機の老いたる馭者は向う丘の遅き桜を目安にすすむ」「川鮭の今日の簗《やな》漁終りたりこぼれ腹子に月の光《かげ》差す」といった東男《あずまおとこ》の心情がたまらなく恋しい。大震十日余、氏の生存、再会の日を祈るのみである。

2011・3・23

222　口述筆記

消息の絶えゐし生徒避難所よりわれの安否問ふ明るき声に　佐藤千廣

震災より九日目の早朝、電話が鳴った。「ああ、生きていましたか?」というお声。今ほど切実にひびくこともなかろうと思うありがたさで心にしみてくる。いわき市在住の高校の先生。定年後私立高校の講師をつとめられ、地震のときも授業中だった由。氏のご自宅は津波は来なかったといわれるが、原発事故のため自宅退避させられているという。

電話が通じたのが奇跡と喜ばれ、氏の町の郵便局は機能していないので、短歌作品を東京に送れない。なんとか締切日までに届けたいので岩手経由で出してもらえないかとのこと。すぐさま電話口での口述筆記が始まった。

「瓦礫分け拾ふ写真に笑む兄は行方不明なり津波去りて三日」「壊滅の街の異臭の中ゆけば行方わからぬ兄のまぼろし」「段差、地割れ、潮の匂ひの残る道初心者のごとハンドル握る」4Bの鉛筆で書き取りながら涙があふれる。

十首、声のままにひたすら書き、復唱する。この間五分ぐらいか。きょうは退避といったって肉親の安否が心配だから探しに行くと言われて携帯電話は切れた。

私は急ぎ清書をすませ、申しつかった通り「大震にて通信郵便が不能になり、岩手の友人に送稿依頼しました」との文言を添えて地震詠草を八幡平郵便局より投函した。

まだ何度も余震があり、テレビは全局大震の惨状を映し出す。思い余ってテレビを消し、佐藤千廣歌集二冊を読み始めた。『風樹』のあとがきに胸を打たれる。「短歌について父と話ができたのは、死の寸前であった。妻を喪った悲しみを詠んだ歌を、私が書きとめた時である。『歌は二度も聞いたら書きとめられなければだめだ』と叱られた。父の若き日のように、同じ国語教師の道を目指す私に期待をかけてくれたのだと思う。…」なんと哀切な口述筆記。

氏は「神官の子に生まれ来て神木の実を拾ひては飢ゑをしのぎつ」ともあるように由緒ある立鉾《たてほこ》鹿島神社のお生まれで、剣の達人としても知られる。「雲間よりすぢ引きてひかり降る畑にあかく熟れたるトマトを捥ぎぬ」「温暖化汚染の地球あかあかと今年最後の満月照らす」等、氏の丹精こめた家庭菜園も突然の放射能汚染に悲鳴をあげているという。国も狭《せ》にあまりにも温暖化や原子の火に頼りすぎたようだ。「うつとりと春を頬張る思ひもて桜餅食む日向の縁に」こんな穏やかな日が、なんでもない日常が恋しくてたまらない。

2011・3・30

223　満塁ホームラン

白球を追ふ少年がのめりこむつめたき空のはてに風鳴る

春日井建

「まだ見たい」「もっと見たい」と息づまる思いで観戦したセンバツ高校野球。「私たちは16年前、阪神淡路大震災の年に生まれました。…人は仲間に支えられることで大きな困難を乗りこえることができると信じています…」と、堂々と、切々と選手宣誓を行った創志学園(岡山)の野山慎介主将の声は、3月23日快晴の甲子園の空に響いた。未曾有の東日本大震災から12日、大会旗は半旗が掲げられ、開会式の冒頭には震災の犠牲者に黙祷が捧げられた。従来の入場行進はなく、32校整列、アルプス席でのブラスバンドや華やかな応援合戦も禁止。「がんばろう! 日本」のスローガンがまぶしい。

私は高校野球が大好き。今大会も全試合自己流のノートに書きつけて、食事の間も惜しんで見続けた。どの回もドラマがあり、年来の記録ノートに親しい監督さん方を画面に拝見すると数年前の勝負でもすぐよみがえり、対戦チームとの試合運びを思い出す。解説者もスピーディーに選手の心をつかんで励ましてくれる。

さて大会3日目1試合目は日大三高と明徳義塾高校。どっちにも勝ってほしい強豪チームだ。7回裏で4対4の同点になり、8回表、守りの日大三高に乱れが見えたりでこのとき、キャッチャーの鈴木貴弘くんが顔に打球を受けてしまった。どよめき、一時中止。誰かかけよって何か拾うさまが見えた。まさかコンタクトレンズかとも思ったが、のちに歯が2本抜けたと聞かされた。小休止の後再開。8回裏、負傷した鈴木くんがタイムリー2ベースで逆転というすさまじいゲームだった。

今大会からカウント表示が審判コールにならって「BSO」とされ「スリーボール、ワンストライク」などとアナウンサーも言いにくそうだった。放送中何度も地震があり震度が示され、画面両側には福島原発、放射線測定値などが常に明記される。もちろん途中変更や放映打ち切りもあり、異例ずくめだった。

4月3日の決勝戦は東海大相模と九州国際大付属高校。久々に元東北高校の若生監督の采配に痺《しび》れた。6対1、準決勝の対履正社戦で史上初の満塁ホームラン2本も打った東海大相模チームに勝利の栄冠は輝いた。まだ冷たい春風のもと、やっぱり球児達のユニホーム姿はいい。「生かされている命に感謝して全身全霊で」プレイするとの宣誓にたがわず、大きい感動をもらった大会だった。

2011・4・6

224 あり通し

七曲《ななわた》にまがれる玉の緒をぬきてありとほしとは知らずやあるらん

枕草子

東日本大震災から1カ月が過ぎた。大震後、季節の移ろいも狂ったかにみえて、ざわざわと寒気が襲う。あの地震のときは、あまりの揺れに外にとび出した。うちの敷地には、夏中壮健なアリ達が居を構えて精勤しているのだが、彼らの目ざめは早かった。それもいつも見る小型のではなく、まっ黒い大型の頭と腰を振ってそれはせわしく這《は》い回る。

私はものにつまずいてうずくまり、庭にとめていた車の前輪にもたれて激しい揺れをやりすごそうとした。その私の目の先を黒いアリが2匹、さかんに行きまどう。例年ならまだ雪のあるうちは出てこないのに、やっぱり地層の振動に起こされたのだろう。巣の奥の主《あるじ》に命ぜられて偵察にきたのかもしれない。

停電したまっくらな夜も怖かったが、電気がついてテレビに映し出される惨状には気が遠くなりそう。常に揺れているような浮遊感の中で、気がつけば「あり通し、あり通し」とつぶやく自分がいる。むかし読んだ記憶の断層がゆるゆるとほどけてゆく。

たしか『枕草子』ではなかったか。昭和40年と購買年月日のある『岩波日本古典文学大系』を久々に手にとり頁を繰ってみた。それは清少納言の「ものはづくし」的短文とは異なり、身近の説話篇のようななつかしい世界だ。

嘘か真かふしぎな蟻通《ありとほし》明神の話。「昔おはしましける帝」が若者だけを大切にして、老人は不要のものとし四十をすぎると殺されてしまった。ここに一人の中将あり、孝心厚く七十近い両親をひそかにかくまっていた。当時唐土《もろこし》の帝がわが国を征服しようと難題をよこす。

三問中ことにも難問が「七曲りにわだかまる玉に緒を通せ」とのこと。答に窮している帝にかの中将が、老親に知恵を授かり言上する。曰く「大きい蟻の腰に糸をつけて、その先に緒を結び、かなたの口には蜜を塗りてみよ」とて蟻を入れると蜜の匂いにつられて、くねくね曲がった玉の出口から出てきて「まことにいとよく緒は通りけり」とはずむ筆運び。

かくして以後、老人はうやまわれ、かの中将は大臣にまで出世した由。さらに死後は「蟻通の神」として祀られているという。掲出歌は「七曲りの玉に糸を通したのはアリだということを唐土の帝は知らないだろう」（諸説）と明るく伝えている。さてもわが家のアリの君たちは、ゆきつ戻りつの寒さでまたねぐらにこもり、二番寝を決めこんでいるようだ。

2011・4・13

225　真野のかやはら

みちのくの真野のかやはら遠けども面影にして見ゆといふものを　笠女郎

花の季節を迎えても、東日本大震災での被災地、加えて福島原発事故の被災には1カ月すぎても不安が消えない。3月末からは各地の避難所から、大規模内陸移動や集団疎開も始まった。福島では第一原発から20キロ圏内に出された避難指示に従って、県外避難も余儀なくされた。原発の膝元、双葉町では町ぐるみ埼玉県加須市に移転、南相馬市から群馬県に逃れた人々もあるという。

限りなく沈みこんでゆくテレビ画面にいたたまれず、私は古い児童図書の箱をあけてみた。私にしては珍しく、目当ての本がすぐ見つかった。昭和50年刊の「第22回青少年読書感想文全国コンクール」の課題図書『虹のたつ峰をこえて』である。大正12年福島生まれの新開ゆり子作、大正15年生まれの北島新平挿絵で、緻密な聞き書きによるリアルな一巻だ。

時は天明4年（1784年）の夏、陸奥の大方の藩では連年の凶作飢饉で、農民の大半を死なせてしまった。同じころ、栃木や茨城では越中越後より働き者の百姓衆を招き入れて藩再興につとめていた。そこで相馬藩でも、真宗信仰を許し寺も建てる約束で移住民を募ることにした。その先ぶれに越中の寺に生まれた二人の少年が先達に従って富山の砺波《となみ》をふりだしに親不知を越え、糸魚川、小千谷、会津若松を経て福島の相馬まで23日間で踏破する。命がけの探検隊の気概だ。

江戸時代、百姓法度《はっと》の定めがあり、農民は勝手に生国から他に移るのは禁じられていた。しかし、この若い僧たちの幾度もの越中、相馬の往還により準備は整った。やがて文化10年（1813年）ついに越中から相馬への移民第一陣27名は、虹のたつ峰をこえて300里の行程を全うしたのである。食糧と鍋釜を持ち、赤児を背負い、むつき（おむつ）を笠の房に下げ、と道中記は苦労の中に笑いも添える。

こうして相馬地方には続々と北陸からの移民が入り、総勢1800家族を迎え豊かな風土に生まれ変わったと、物語は告げている。

200年前に移住した愛着の地に、今回容赦なく津波と放射能が襲いかかった。掲出の萬葉集歌「真野のかやはら」とは相馬郡鹿島町（合併前）の一帯。常磐線鹿島駅のホームにはこの歌碑が建っていた。急行「もりおか1号」が走っていたころである。今では記憶もおぼろ、この読書感想文もまた、子どもたちは全く覚えていないという。親の私だけが忘れがたく、今、36年も昔の本に言い知れぬなつかしさを感じている。

2011・4・21

226 方丈記

おもひやる心やかねてながむらむまだ見ぬ花のおもかげにたつ

鴨長明

「また同じころとかよ。おびただしく大地震《おほなゐ》ふること侍《はべ》りき。山はくづれて河を埋《うづ》み、海は傾きて陸地をひたせり。土裂けて水湧き出《い》で、巌割れて谷にまろび入る。なぎさこぐ船は波にただよひ、道行く馬は足のたちどをまどはず。…」これは元暦2年（1185年）7月、京都方面を襲った大地震の記述。鴨長明の『方丈記』の一節である。さらに続けて「そのなごり（余震）しばしば絶えず」として、余震が3カ月以上も続いたと書かれている。

「ゆく河の流れは絶えずして、しかももとの水にあらず」の書きだしで、誰もがなじんでいる名文『方丈記』のメインテーマは災害と無常観。平安末期から鎌倉時代にかけて、わけても治承年間は事が多かった。

平家の世、治承元年京都大火、2年、徳子中宮が皇子を出産。その後、辻風も吹き、福原遷都もあった。1年もしないで都は京に戻るがやがて平家滅亡へと続き、長明の視線と筆がありありと世相を描きだす。

長明は久寿2年（1155年）賀茂神社の神職の生まれ。社家の伝統として和歌や音楽を幼少から習い、ことにも琵琶の名手と嘱望された。また建築設計にも明るく、折り琴、継ぎ琵琶の考案製作もする。そもそも方丈庵は、かけがねだけで組みたてた可動式住居だったという。

50歳にて出家。ただし仏道修行というよりも執筆活動のためだったという説を聞けば、遁世者《とんせいしゃ》長明の謎も見えてくる。この出家のいきさつに「もとより妻子なければ捨てがたきよすがもなし」と記すあたりの身辺は不明。常に「和歌」「管絃」「往生要集」の三点を座右に、日野の地の方丈庵を出なかった。

実はこの度の大震に、まっさきに東京在住の長女の婿どのより『方丈記を読む』（講談社）を贈られて読み、現代社会と酷似の状況に驚いた。歌人馬場あき子さんと国文学者松田修さんとの対談集で、長明について熱く語られる。

昭和60年代初頭、まだ50代のお二人が文学、芸能、宗教、歌道、政道、世俗万端にわたって語られるさまは、長明も西行も、清盛も後鳥羽院も眼前におわすような存在感だ。

「縦横の機智、快い飛躍、虹のような連想力、博識、論理の構築の勁《つよ》さ」と馬場氏に注がれる松田氏の讃辞は、そのままお二人の息合いとして凝縮されている。今生に叶わざりしことながら、拝眉拝聴したかった。近世文学研究者松田修先生は平成16年春、77歳にてみまかられた。末世か新生か、おもかげの花が揺れている。

2011・4・27

227　夢たがえ

海にきて夢違《ゆめちがへ》観音かなしけれとほきうなさかに帆柱は立ち

前登志夫

夜来の雨音がようやく止んだひきあけの間に、夢を見た。亡き母がいた。それも今、息を引きとらんとする枕辺に、いまわの静寂が満ちていた。そのとき不意に母の表情が動き、目をあけて私を認めると、ほのぼのと笑って「ナニ、ステラ（何してる）？」と問うたのである。驚き、喜び、手にじっとりと汗を握って目がさめた。

母の夢はたまに見るが声を聞くことはなく、凶事でなければいいがと離れ住む子供達に電話をした。「災害のテレビ見てるからよ。なにも、生き返った夢ならいいじゃない」と皆笑う。

よく、吉夢は人に語るべからずといわれる。北条政子の「夢たがえ」は広く知られている。妹が「どこか高い山に登り、左右のたもとに日と月を入れ、三つの実のなった橘《たちばな》の枝をかざす」という夢を見た。それを聞いた政子は「唐の鏡と美しい小袖をひとかさねあげるからその夢、私に売って」ともちかける。こうして彼女は夢を買い、源頼朝将軍の御台所となった。

さらに古い時代の『宇治拾遺物語』には「夢買ふ人の事」としておもしろい話が出ている。「昔、ひきのまき人といふ男、夢をみたりければ」夢解きの女の所に出かけた。すると先客がいて、占い師は「これはよき夢、必ず大臣に出世なさるはず。あなかしこ、人に語り給ふな」とご託宣《たくせん》。客は大喜びで着ていた衣を脱いで女に与えて帰っていった。

これをものかげで聞いていたまき人は、「今の客の夢を吾《われ》に売ってくれ」と頼みこみ、「先客と露もたがはぬ夢語り」をして、衣を置いて帰る。夢たがえはみごと成功。まき人は学問に励み精進して遣唐使にまで選ばれ、帰朝するや本朝一の学者、大臣に昇進したそうな。

さてこの「ひきのまきと」とは、「きびのまきび」であるという。養老元年（717年）第9次遣唐使にはこの吉備真備、阿倍仲麻呂、井真成《せいしんせい》らが一緒とされる。18年余の在唐期間を経て、真備は無事帰国できたが仲麻呂は望郷の念やみがたきまま唐の高級官僚となってかの地に骨を埋め、真成は36歳で唐の西安で病没した。

平成17年秋、この井真成の墓誌が日本に里帰りして大きな話題を呼んだ。上野の国立博物館で公開された方形の蓋付《ふたつき》の墓誌を見た時の感動は忘れられない。「姓は井、通称は真成、国は日本…」と刻まれた端正な文字。「日本」の魂を背負って海を渡った若者達の血がたぎる。茫々と活字の海を漂う私に、どこからともなく「ナニ、ステラ？」と問う声が聞こえる。

2011・5・4

228　明日への祈り

運不運　とにかく生きていなければ

渡辺美輪

このほど東日本大震災川柳集『明日への祈り』現代川柳臨時増刊号を頂戴した。4月20日刊「現代川柳」編集発行人の曽我六郎さんの「あとがき」を読む。「3月11日夕刻から、時実新子の5回忌の集いを営む予定で、柳友たちが会場の準備にあたってくれていた。午後3時ごろ、当日出席予定だった各マスコミ関係者達からあいついで〝仙台方面大地震、各社緊急体制に入ったので新子忌には不参〟との電話があり、新子忌は中止とした」とあり、16年前「平成七年一月十七日　裂ける」の句を作られた時実新子さんのもと、阪神淡路大震災句集『悲苦を超えて』を発行した体験を述べられる。

「あの時のように、この大震災をみんなで詠みたい。川柳作家ならば詠まずにいられないだろう。がんばって小冊子を作りたい…」との渡辺美輪さんの提案で116人の作品が集まり完成したこの句集。明るい海の青色の表紙、86頁の軽装判である。阪神西日本在住の方が多いがみな「あの時」の自分をリアルに留め、緊迫感に満ちている。

「天も地も揺れる地球が身もだえる」夕凪子。「あれよりもひどいとはるか神戸から」野口多可。「見たくないはずの悪夢にくぎ付けに」小西松甫。「流されたポストよ人の魂よ」加藤修。「しぶとくも天地に生きる放射能」曽我六郎。「大津波歎き原発憤る」杣游。岩手を詠まれた二句。「春の陽を分けたき人のいる岩手」菅沼けい子。「ふるさとは震える声で岩手です」清水釦。青森、福島、宮城から「心走っているがガソリンがない」岡田千加子。「ある日凶器に変わる壁の裏切り」安斎みぎわ。「奇跡の娘生還　亡兄に守られて」三浦昌子。「仙台市荒浜地区で哭くカラス」山河舞句。

私は毎年3月10日の新子忌が近づくと「うららかな死よ　その節はありがとう」と刷られた追悼集を机上に、種々のご著書を読み返すのを習いとしてきた。今年は『花の結び目』から「詩は別才にあり。作らざる書かざる詩人がうようよ居る中で、書くという作業は一つの天分である」として、才華の昂《たか》ぶりに惹かれた。また「れんげ菜の花この世の旅もあと少し」を引かれ「発信基地を自分に置いている限り、一句は百行の文よりも雄弁」との章にも感銘。78歳で逝かれた新子さん、今回の大震にあわれたらどんな風に詠まれたろうか。うち続く余震に、菜の花の黄もくすみがちである。

2011・5・11

229 メール元年

突然に書きしメールが消え失する悲しみもあり老の学びは

岡崎つぎみ

昨年春、出版と同時に評判になり、続々と版を重ねている本がある。シルバーエイジのケータイ主題の小説、黒井千次さんの『高く手を振る日』である。今や日々の暮らしの中で、ケータイは片時も手放せぬ物となった。

主人公は昭和ひとけた生まれの70代の同級生。友の葬儀の会場で何十年ぶりに顔を合わせ、再会の連絡に「ケータイは?」と問う女性。妻に先立たれた嶺村浩平は、未亡人の稲垣重子にひと通りケータイ・レクチャーを受ける。

さっそく近くに住む娘を呼び、ケータイを購入した浩平。娘から実地の指導をうけて、必要最小限の扱い方は覚えることができた。そして、前に教えられたメールアドレスを打ち込み、おそるおそる重子へのメールを送信した。〈そのごいかが?めーるそうしんだいいちごうです。これでとどくのか?〉「液晶画面に現れた小熊が健気にポストに走り、跳び上るようにして手紙をその口に投げ入れる絵が現れた。送信しました、という文字が現れても浩平はなにか不安で落ちつかなかった」〈おめでとう。成功しました。新しいお友達ができたみたいで嬉しい〉〈おあいしたい　げんきになったしげこさんに　はやくあいたい〉

追いすがるようにボタンを押して、彼はメールをくり返した。手紙のやりとりや電話とちがい、自分の言葉が裸になって相手に駆け寄っていくのを感じた。時間も距離も超越してメールに没頭する浩平。

「貴女に薦められなければ、今でも携帯電話なんて持たなかったろうな」「でも、メールって本当のことを言い過ぎるのかしら」「危険かな」「大丈夫よ、貴方のメールは全部ひらがなだもの。何を言っても遊んでいるみたい」…

二人ともたえず人生の「行き止まり」感覚につきまとわれている。でもまだ十分明るい夕光《ゆうかげ》の中で初々しいメール交信は夢のよう。

実は私にとっても、昨年春はメール元年だった。まずはケータイ電話会社で「お客さまサービス係」さんの前に立つ。「件名入れますね。ここ、五十音です」「じゃ、ア・イ・幸子」「ハア?」とふしぎがられる。こうして打った発信文に「愛・幸子さんの〈ようかんをア〉ってナニ?」と、長女のメール。「ようかんをありがとう」のつもりだったのに、どこかのボタンを押し違えたらしい。浩平さんと重子さんはあんなに早く上達できたのに、やはり食い気だけでは無理かと苦笑、今に至っている。

2011・5・18

230　喜善の話つこ

百年前佐々木喜善は話つこずうずう弁で語つたんだべが

及川棱

5月1日、渋民文化会館姫神ホールにて「啄木祭第二十七回短歌大会」の選者を仰せつかった。応募作品133首、これを6人の選者で分担して選評を述べる。応募締切が3月末日で、大震災の衝撃の作品も多かった。

そんな中で、この作品に出会った。昨年は『遠野物語』発刊100周年だった。私は八幡平温泉郷にお住まいの長尾宇迦先生に、署名入り『幽霊記』を頂戴し読み込んできた。先生は昭和39年『山風記』で、第二回小説現代新人賞受賞。この『幽霊記』は昭和62年の直木賞候補作品である。

選考委員の井上ひさしさんは「(幽霊記の)熱気ある筆はときどき筆者をして〈これこそ小説だ〉と叫ばしめた」と賞賛。五木寛之さんは「行間のどこかに縄文文学の歯ぎしりがする」と述べ、田辺聖子さんは「うーんと唸りたくなるような小説、書き出しから読者は心をつかまれてしまう」と選評された。

明治43年「此話《この》はすべて遠野の人佐々木鏡石君より聞きたり」と『遠野物語』の序文に記す柳田国男。折しも同年夏、東京西大久保の小説家水野葉舟邸に暑気払いとて集まった文人達。三木露風、北原白秋、前田夕暮、それに佐々木鏡石(喜善)の5人で酒をくみかわす。飲むほどに『遠野物語』談議が熱を帯びる。

ある家の隠居が死んだ。通夜の晩、亡くなったはずの老女がきて「あなやと思ふ間もなく、二人の女の坐れる炉の脇を通り行くとて、裾にて炭取にさはりしに、丸き炭取なればくるくるとまはりたり。」この「くるくると」が文学だと主張する仲間に「は、白秋さん、そ、それは、そのくるくると廻った、というところは、そもそも、ぼ、僕が話して教えたものですじゃ」と意気込む喜善。『遠野物語』は、実は、自分が書くべきものではなかったか。柳田に遠野の「話の蔵」を開けわたしてしまった悔いに、終生とらわれる喜善だった。

この暑気払いの時の写真がのちに世に出た。しかしそこには「左より三木露風、水野葉舟、一人おいて北原白秋、前田夕暮」とあり、喜善の名はなかった。彼は五人の写真の中で白く浮き上がっている自分を見て「お、俺は、ゆ、幽霊になってらじゃー」と叫ぶ。「その時、死は突然に、そして静かに喜善をおとなった…」享年47。長尾文学の神韻である。眼前に、ゆらりと喜善の長い影法師が傾《かし》ぐ。「喜善の話つこ」は、なまってどもって難解だったようだ。

2011・5・25

231 しろがねの花

桜花時は過ぎねど見る人の恋の盛りと今し散るらむ

作者未詳（万葉集・巻一〇）

天変地異の春、ことしは花の季節が遅かった。千年に一度の震嘯《しんしょう》といわれるが、千年前のいにしえ人たちは、地が裂け、海が盛り上がる場面に居合わせたら、どんな行動を取ったろうか。雲の動きや風の音に、また身めぐりの動植物の生態にも、現代人よりははるかに鋭敏な感覚を備えていたと思われる。

この歌、大意は「桜の花は、時節が過ぎたわけではないのに、人々の盛んに賞美するのは今だと判断していまこそ散るのであろう」（岩波日本古典文学大系）。「恋の盛りと」に関しては「桜の花は、もう散らねばならない時だというのではないが、自分を見てくれる人が、最も美しいと思っている時は今だと判断して、今散るのだろう」との中西進さんの解説がわかりやすい。恋の絶頂即《そく》、美の絶頂との解釈。絶頂の美、絶頂の生命をもつ桜は古代、決して短命とか散りぎわを賞されたわけではなかった。

さて5月も下旬、わがやのやまなしの花が散り始めた。例年5月3日のうぶすな神社の祭礼には満開になり、祭りをひきたたせるのに今年は半月余も遅れた。樹齢百年をこえているが、年末の豪雪で太い枝も折れてしまった。ざっくりと裂け目をさらす傷口を見ると、花守《も》りの媼《おうな》としては居ても立ってもいられなくなる。それでも時がきて、純白の花が天蓋をなして噴き上げ、咲きしだれ、生々しい傷口も隠して咲き満ちた。

季節の遅れは農事の遅れに連鎖して、ようやく田植の最盛期を迎えた。人も車も早期から忙しく行き交う。遠景に公民館の屋根上にまで咲き盛るやまなしの花は、これぞ「時じくの」白花を見てほしいと叫んでいるような気がしてならない。私は憑《つ》かれたように、花の老木の周りを歩き廻る。

一歩ごとによみがえりくる光景がある。昭和50年、大宅壮一ノンフィクション賞と田村俊子賞を受賞の、吉野せいさんの『洟をたらした神』の作品世界である。福島は梨の産地。阿武隈山脈南端の開拓地で昭和5年の冬、生後7ケ月の愛児、梨花を死なせてしまった痛恨の手記。75歳のあとがきに見える夫、三野混沌、草野心平、山村暮鳥、串田孫一さんらもみな故人になられた。過去世を偲《しの》ぶまっ白い花の渦に眩《くら》んで見上げると、甘い香りに誘われてあまたの蝶が寄ってきた。と、見る間にふっと空気の層がきらめいて、しろがねの花吹雪が嵐のように舞い立った。

2011・6・1

232 運転歴

最終電車の運転士さんの奥さんがクルマでぽつんと迎へに来てゐる
清水良郎

「短歌生活2号」角川現代短歌集成賞より。本日、偉い先生の送迎に盛岡駅まで車を運転した。帰途、自動車学校の教習車のうしろについてしまった。「ワァー、先生方も大変だなあ」と思いながら、わが運転歴をかえりみた。

忘れもしない私が自動車学校に入校したのは、平成3年6月3日、雲仙普賢岳噴火の日だった。昼は働いていたので、夕方5時すぎ、学校のバスに乗せられて教習所へ。その日、バスのカーラジオで九州の火山噴火、火砕流で多数の死傷者の出た惨事を知ったのだった。

山形は米沢市で、45歳の会社員の免許取得奮戦記は今思い出しても恥と笑いがいっぱい。本人大まじめのところが何よりおかしい。第一、マニュアル車とオートマ車の違いも知らず、「クラッチって何ですか?うちの車にはその踏むとこ、ついてないんですが」なんて言って教官たちに笑いのタネを提供したことだった。

教習課程も進み、ある日教官が「え・す・が・た」と、S型走行を指示されたのに私が過剰反応して噴きだした。なんのことはない落語の「絵姿女房」を思い出したのである。

むかしある男、それは美しい妻を得て、仕事にも行かず嫁さんの後をついて歩くので、妻が絵姿（似顔絵）を持たせた。男は大喜びで畑に行くが、風にあおられてせっかくの絵を飛ばしてしまった。それが城下見分の殿さまの目にとまり、召しだされてしまう。ところがこの嫁ご、殿の御前では笑うことのない女だった。そこへ桃売りの男（実は夫）が現れて、「笑うた笑うた」めでたしめでたしというお話。

私は今日、助手席の大先生に噺家きどりでこの「絵姿女房」を語った。偉い方の偉いゆえんは決して「その話、知ってます」なんて言われないこと。「語り手によって、味わいが異なりますから」と春風駘蕩、快い雰囲気に包まれる。

いつのまにか私の運転歴も20年になった。入校日からまる2カ月で、天童市の免許センターで検定合格のランプがついた時の感激は今でも忘れられない。ふとした旅のご縁で知り合った鳥取県警の方には即日「合格おめでとう!」と電話をいただき驚いた。

ハンドルを握って20年、一日として運転しない日はない。「絶対に他人を乗せるな、家族もだ」との夫の口ぐせを遺言のように思い出す。車はこの上なく便利で、たまに助手席がふさがると有頂天になるけれど、全方位点滅信号に注意して安全運転を心がけている。

2011・6・8

233　たづかづえ

常磐なすかくしもがもと思へども世のことなれば留《とど》みかねつも

山上憶良

「柿と茗荷《みょうが》は相性がいい」とは明治の両親の口ぐせだった。昔から庭の柿の木の下には茗荷が群生し、秋の口腹を満たしてくれた。そして「梨とフキ」も合うらしく、緑の大盃に散るまっ白な梨の花の風情は遠い祖《おや》たちの心を偲《しの》ばせる。

そのフキが刈りごろを迎えた。丈高く深い緑の茎のみずみずしさを喜ばれて、立ち寄る方々にあげることも多い。ところがあまり切れる鎌がない。去年のフキ刈りにはさかんに使ったのだから、その後どこかにいってしまったらしい。「ツカダ（道具）をそまつにするな」と両親にとがめられているようで首をすくめる。

鎌ではないが、万葉歌人憶良さんに「たづかづゑ」という言葉があったはずだと思い、さがした。長歌である。「手束杖　腰にたがねて　か行けば　人に厭《いと》はえ　かく行けば　人に憎まえ　老男《およしを》は　かくのみならし　たまきはる　命惜しけど　せむ術《すべ》もなし」対照的な愛の歌として「乙女子の寝所の板戸を押し開いて、乙女の玉のような手をさしかわして寝た」と詠んだ日もあったのに、今や老いてしまって、たづかづえ（手に持つ所が丁字型になった短い杖）を腰にあてがってあゆむ老人。あっちに行けば人に嫌われ、こっちに行けば憎まれる。年をとった男はこんなものだとつぶやく。

掲出歌はこの長歌についた反歌。「岩石のように不変でありたいと思うけれど、移ろいやすい世であるから年も命も引きとめられない」との意味。老人問題、意識、現代にも十分通じる心模様と思う。

憶良は渡来人。660年百済に生まれ、4歳の時百済が滅び、父憶仁（医者）に従い日本に渡る。27歳の時、父死亡。隋一の知識人でありながら、日本の官僚組織に組み入れられるには相当難しく、長く写経生だったと伝えられる。

憶良の「貧窮問答の歌」や子を思う歌には現代の私達が読んでも身につまされるものが多い。でも当時としては74歳の長寿を全うした彼の老、病の歌に今、強く惹かれる。若く、恋人に会えぬ嘆きの「孤悲」もあったが、刻々と年を重ね、体も弱ってくる。それをたった一人で受けとめねばならぬのだ。「手束杖腰にたがねて」歩く老人憶良が見える。彼は時に「生きていられれば鼠《ねずみ》だっていい」と言い「ああ、はづかしきかも。我何の罪を犯してか、この重き疾《やまひ》に遭へる」と書く。転々と乱れる含羞《がんしゅう》の心こそ、紛れもなき老いの姿といえようか。

2011・6・15

234　或る楽章

たちまちに君の姿を霧とざし或る楽章をわれは思ひき

近藤芳美

20世紀後半の歌壇に大きな影響を与えて亡くなられた近藤芳美さん。平成18年6月21日に93歳の天寿を全うされて早くも5年たつ。この降りみ降らずみの梅雨期になると、私は有名な掲出歌を思い、先日もある音楽家の方と話した。「或る楽章」に専門家としての反応を示される。

この歌について、短歌総合雑誌の近藤芳美追悼号でゆかりの方々の座談会での発言がおもしろい。近藤さんが「昨日は中学生から、電話がかかってきてね。〈或る楽章〉というのは先生、何の曲の、何楽章でしょうと言うんだ。それで、『何でもいいんだ。君の好きな曲ならいいんだ』と答えてあげたよ」と言われたと回想される篠弘さん。

昭和23年2月出版の第一歌集『早春歌』。「私たち、こういう歌作れなかったわよね。戦後の我々にとっては飛びきりな美しい技術で、あこがれの一つですね」と馬場あき子さん。「彼は植民地育ちで、職場が最初に朝鮮半島に行っている。あそこはいわゆる西欧的というか、ユーラシア的で大陸的。ああいう感じは植民地独特の文化」と説かれるのは岡井隆さん。

同年に出た『埃吹く街』も明るい相聞の歌があり、読むたび心を揺さぶられる。「水銀の如き光に海見えてレインコートを着る部屋の中」「赤きコート又着ることもあらざりき吾らに長き戦ひのとき」コート二着。それをまとう窓外は戦争の背景。「枯草の夕日に立てり子を産まぬ体の線の何かさびしく」「漠然と恐怖の彼方にあるものを或いは素直に未来とも言ふ」恐怖の彼方にあるものを未来と言う、とのとらえ方は平成の今も胸をかすめる思いである。

93年の生涯に残されたおびただしい作品群。戦争に二度も召集され、「怒りをいえ怒りを抒情の契機とせよ今つきつめて〈詩〉といえる営為」氏は戦後はずっと新仮名遣いを通された。伝統ある朝日歌壇でも切れ味のいい選評と常連さんの作品を読むのが楽しみだった。

80歳をすぎても老いを詠まなかった人。桜井登世子氏のエピソードが笑える。ケア付マンションに転居しようとして「ぼくも88になりましてね。そろそろ老後のことを考えようと思って」と言って周りの人々を笑わせたという。「マタイ受難曲そのゆたけさに豊穣に深夜はありぬ純粋のとき」音楽、芸術を愛し洗礼も受けられて、晩年はバッハのマタイ受難曲を聴きながらすごされた由。近藤芳美主宰の「未来」誌掲載最後の歌となった。

2011・6・22

235　七月の山

七月の真青《まさを》き空にぐいと出す焼け爛《ただ》れたる巌《いはほ》の拳《こぶし》

来嶋靖生

夏山シーズン到来。7月1日は各地で山開きが行われる。この歌、「平成十年七月、上高地より焼岳へ二度目の挑戦」と詞書にある。上高地は、長野県北アルプス南部の登山基地。焼岳（2455メートル）の噴火でせきとめられた大正池、田代池、明神池などが連なる景勝地でいわおなす西穂高岳、奥穂高岳、槍ケ岳へとつながり、夏冬登山家たちをひきつけてやまない地帯だ。

昨年短歌総合雑誌9月号に来嶋氏の「帝釈山に登る」と題した20首を読んだ。「夜の明けてなほ降りつづく山の雨ひとときは堅く締むる靴紐」「この里に幾世生き継ぎ来し民を目守《まも》り来れるこの大檜（檜枝岐《ひのえまた》）」「傘傾《かし》げ行く眼にやさし言葉には為難《しがた》き色に咲く姫小百合」これらの作品に私は日本大地図を広げ、若く福島県民だったころの地名に発熱するような思いを抱いた。「ひのえまた」川沿いの細い道や、うす桃色のヒメサユリ、帝釈山地は今もおぼろになつかしい。

平成15年刊の歌集『暁』によれば、山頂で心筋梗塞の発作に襲われ、九死に一生を得る体験をされた由。「下らむとリュックを負へど眩暈《めくるめ》き歩まむとする足たぎたぎし」「〈下山は無理よ。動かないで。こんなところで死なないで〉と妻」との衝撃的な作品もある。

「たまさかに七十年を経しいのち猶《なほ》し生きよと大地近づく」氏は昭和6年大連市生まれ、昭和21年父の郷里福岡に帰る。著書多数、歌壇各賞多数受賞。氏の述べられる「高齢化の現状」に励まされる。一昨年の総合誌に「まず70代の作者が多いのは当然として、80代後半から90代の人の歌が珍しくなくなった。次に目立つことは、6、70代の初心者が多くなっていること。歌の巧拙以前に、作歌が生きる喜び、励みになっていると言ってよい」と書かれ、個々の作家を上げるまでもなく、歌つくるゆえに長生きもできるとの論は受け入れやすい。

ところで、氏の実に楽しい音楽談話がある。「昭和45年、河出書房の『世界音楽全集』は初回『ベートーヴェン』が実に35万部のベストセラーになった。私は企画担当として地方を回り、もっぱら第二楽章を聴かせた。華やかな第一楽章より、絃のピチカートを伴ったフルートのソロはまさに魔法の働きをした。私にとってはこの第二楽章は、意気盛んなりし日の思い出の曲なのである」と、全文紹介できないのが残念だが、はねる音符が見える文体である。「頂に立たむと勢ひし日々ありき山は頂のみにはあらず」今、七月の山が眩しい。

2011・6・29

236　ひとと逢ふ

ゆるやかに着てひとと逢ふ螢の夜　　桂信子

ひとつの作品を読み、作者を知り、その人の生きた時代を知って、あらたな発見、感動に包まれることがある。今、私は桂信子さんの作品世界から、まるでごく親しかった人々の輪にまぎれこんだような思いにとらわれている。それまでは何の接点も持っていなかったのに、ただ作品に流れる同じ魂の色合いとでもいうような、ハッとさせられる部分が重なっているのだ。

桂信子さん。大正3年大阪生まれ。祖先は信州伊那の城主という。書画骨董や芸術性の洗練された家風に育ち、早くから詩歌の道も学ばれた。「俳句との出会いは向うからやってきた」と述べられるが、昭和13年、憧れの日野草城に師事。信子さん23歳のときの由。

結婚は25歳で、お相手は桂七十七郎《なそしちろう》さん。「ひとづまにゑんどうやはらかく煮えぬ」「夫とゐるやすけさ蟬が昏れてゆく」しかし、幸せは長く続かなかった。ご主人は外国航路の汽船会社のパーサーで、帰国すると喘息を患うようになり、なんとこの結婚生活は2年にも満たなく、喘息発作で夫君に先立たれてしまった。

掲出句は昭和23年作、第一句集『月光抄』所収。氏の代表作として知られる。すでに夫亡きあと7年も経過。「やはらかき身を月光の中に容《い》れ」「ふところに乳房ある憂さ梅雨ながき」この身体的感性に瞠目する。昭和24年のまだ混沌の世相に女身の疼《うず》きを詠みあげた。

そして、次の句に出会った。「夫とゐて子を欲りし日よ遠き日よ」ああ、これは、みちのくの女流歌人、原阿佐緒ではなかったか。そう、私の書架に、今日はすぐ見つかった。「君とゐてわが生まま くの子を欲しと思ふ日のありかなしき極みに」原阿佐緒、東北大理学部教授石原純博士との同棲期間の時の歌である。大正12年、関東大震災の東京は大惨事だったが二人の住む千葉県保田海岸の靉日荘は無事だった。ここでの愛の日は昭和3年まで続く。明治20年生まれの阿佐緒は昭和40年代まで家族のもとでながらえた。

関東大震災を経て戦争を経て、信子は夫を喪ってますます句作に打ち込むようになる。「寡婦ひとり入る青蚊帳ひくく垂れ」「いなびかりひとと逢ひきし四肢てらす」青蚊帳、螢、稲妻の光が連鎖する。そして「ひとり身にいきなりともる晩夏の灯」これが人生。無垢で強靭な生あればこそ、いきなりの発光にも堪えられる。「雪たのしわれにたてがみあればこそ」雪原を駈ける若きたてがみ、生命力盛んな句を遺し、平成16年12月、満90年の生を閉じられた。

2011・7・6

237　クモとともに

大蜘蛛とともに住み古る木の家の絶えて厭はしといふにもあらず　　安立スハル

わがやではクモは家族のようなもの。ことに夏場はいたるところで存在感を示し、あるじが殺戮行為に及ばないことを察知して暗躍する。けさも、いきなり玄関ででくわした。それも私の顔をねらって巣を張っていたか、じんわりとまぶたに白い糸がかかった。

「これ、わらわは弓の名人などにはならぬぞ」と一笑、如何にも古い「名人伝」を、こんな起きぬけの場面で再現している自分がたまらなくおかしい。私の語りぐせが始まった。

古代中国趙《ちょう》の都に住む紀昌《きしょう》という男、天下一の弓の名人になりたくて、名手飛衛の下に入門した。この修業が笑える。まず、まばたきをせざること。紀昌は帰宅するや、妻の機織台の下にあおむけになり、マネキと呼ぶ道具が目とすれすれに上下左右するのをじっと見つめる。二年間もこの修練をするうち、彼のまぶたは閉じるべき筋肉の使用法を忘れ、やがて両のまつげの間には小さな蜘蛛が巣をかけるに至った…。昭和17年発表の中島敦絶筆の『名人伝』である。のちに賞賛される芸の深遠云々よりも、私には蜘蛛が巣を張る目の話が忘れられない。

ひとしきり蜘蛛たちとの会話を楽しんで、机上を見ると「金輪際わからぬといふことだけがわかり居るのみ六十五となる」の一首を引き、ぶあつい『安立スハル全歌集』が開かれている。私は自分の65歳の誕生日に、コメントをつけるつもりだったのが過ぎてしまった。

あんりゅうスハルさん、本名で生まれた時から変わらず。大正12年京都生まれ、16歳頃から作歌。18歳にて「多磨」入会。22歳の時、画家の父上逝去。このころから肺結核で長期療養に入る。私が入会した昭和43年ごろは体力的にも充実され、歌壇、新聞選者等に大活躍で、全国大会などでも遠く仰ぎ見る存在の方だった。

でも作品がちっともとりすましたところのないなんとも新鮮な発想でユーモアがあり、比喩も卓抜で一度覚えたら忘れられない歌が多かった。「馬鹿げたる考へがぐんぐん大きくなりキャベツなどが大きくなりゆくに似る」安立作品代表歌。「いつもいつも善き人なればむらむらと厭ふ心湧けりあぁすべもなし」そして「長生きをするといふのは知る人がどしどし死んでゆくといふこと」97歳の母上を看取られた感慨もこめ、自身は生涯独身で平成18年、83歳にて永眠。「大空に星の逢ふ夜ぞ花活けてこんな古家も美しくなる」大蜘蛛とともに住み古る家の縁側で、今生の星の逢瀬をご一緒に眺めたかった。

2011・7・13

238　震災歌人

号泣して元の形にもどるなら眼《まなこ》つぶれるまでを泣きます

加藤信子

2011年7月15日号「週刊ポスト」を買ってきた。ここに、ジャーナリスト三山喬さんの岩手・福島・宮城――三十一文字に込められた魂の記録『震災歌人をさがして』の渾身のルポルタージュが掲載されている。

震災の日から3カ月たった宮古市田老地区の加藤信子さん宅の敷地で、黙とうを捧げる加藤さん、田代時子さん、友人の鈴木京子さんの写真が痛々しい。そこにあった町の姿は消え、3人の足もとから先はやませの霧に被われて茫々とした津波の爪痕が続くのみである。

今回取材に訪れた三山喬さんは、今年3月『ホームレス歌人のいた冬』を刊行。「人は極限状況に置かれたとき、表現という形をとることができれば、絶望や自己嫌悪の淵に落ちこんでしまうことなく、生きる力をよみがえらせる第一歩となるのではなかろうか」との思いを強くしたとあり、私はこの本を2晩で読み終えた。

はてしもない都会の人波の中に、たった一人のホームレス歌人をさがし続けて1冊にまとめたところで、今度は途方もない人命を攫《さら》い、日々の暮らしを根こそぎ奪いさった大震災に遭遇した。「短歌という三十一文字の表現は、〝魂の言葉〟となる。絶望の淵に立たされた者の歌は、歌を詠む行為そのものが生きる営みとなる。私はこの旅で、極限の言葉のもつ力に触れてみたかった」と語られる。

この日同行した鍬ヶ崎の田代時子さんも歌人で和菓子やさんのおかみさん。被災後、生家のあった地区もすっかり景観が変わっているという。「思い出が思いおこせない津波跡がれきの脇にタンポポの咲く」切ない光景である。「思い出が思いおこせない」喪失感はいかばかりか、ましてや思い出を語りあう人々を永久に喪った嘆きははかりしれない。

今、盛岡タイムス紙で「東日本大震災・北宴特集」が毎日掲載されている。一人7首から14首、個々の体験、感覚が表現されて圧巻だ。加藤さん田代さんは古くからの「北宴」同人である。私は今、県内外の方々にこの震災詠の新聞をオビ封で送って喜ばれている。加藤さんは「歌を詠む気持になったのは、一ヶ月以上たってから。三月いっぱいは避難所暮らし。一気に落ちこんだのは夫と宮古の集合住宅に移ったころで、何もかも失ったと泣きました…」でも「歌が心を癒やしてくれる。今はそのことに感謝しています」とのこと。本当に何ものにもかえがたい心の叫びであろうと思われる。

2011・7・20

239 和歌の家

こぬ人をまつほの浦の夕なぎに焼くや藻塩の身もこがれつつ
権中納言定家

和歌《うた》の家、藤原俊成の子。いうまでもなく『新古今集』『新勅撰集』また『小倉百人一首』の撰者。その作者の自撰歌で、古来人気の高い歌である。「淡路島松帆の浦」の歌枕にかけて「来ぬ人」を待つ心さわぎを表す。夕なぎのたえがたいむし暑さ、息苦しさのなか、たちのぼる藻塩を焼く煙のかがよいが「身もこがれつつ」にひたよせて私の大好きな歌。それにしても、こんな盛夏にかるたの歌とはと、自分の季節感覚にとまどっていたら、思いがけない訃報を拝見した。

7月12日、平安・鎌倉時代の歌人、藤原俊成・定家を祖とする国の重要文化財冷泉家の、冷泉布美子さんが94歳でお亡くなりになった。大正5年7月17日生まれで、冷泉家24代為任《ためとう》夫人であり、昭和61年為任氏逝去後はずっと「時雨亭文庫」理事長をつとめられた。

歌人道浦母都子さんの著書『聲のさざなみ』によれば布美子さんの「和歌の家」継承のいきさつが興味深い。22代冷泉為系《ためつぎ》氏の四女として生まれた布美子さんは、三人の姉上方同様他家に嫁ぐ身とばかり思っておられた。ところが兄上23代為臣さんが戦死され、冷泉家初めてのお婿さんを迎えての24代継承であった由。

その描写がくだんの書に美しい。「終戦の翌年、2月1日、公家の西四辻《にしよつつじ》家の次男公順《きんまさ》氏と布美子さんは結婚の儀をあげた。公順氏は赤い袍《ほう》と冠、布美子さんは、大正天皇の御生母が、布美子さんの母恭子さんに下さった袿袴《けいこ》におすべらかしという有職《ゆうそく》による挙式だ。為臣さんを亡くされ悲嘆の父、為系氏はお二人の結婚を心から喜び、安心されたかのように翌年（昭和22年）不帰の人となられた」。

冷泉家の当主は代々男性、しかも歌の精神は一子相伝との伝統を守り続けてこられた。それまでは御文庫の中にさえ入れなかった女性が布美子さんの代から和歌の家精神伝授の要となられ男系文化の歴史を変えられた。

京都は同志社大学のかたわらに、８００年の風雪に耐えて建つ冷泉家。今でも時折定家直筆の歌学書が発見されたり、一昨年は「冷泉家の和歌守展」が話題を呼んだりしている。私は定家というと「紅旗征戎《こうきせいじゅう》は吾が事に非ず」の文言を思う。治承4年（１１８０年）から書き始めた『明月記』に、19歳の定家の述懐である。源平合戦のさなかでも、自分は権力闘争とは無縁の、文の人であるという強い自覚がみてとれる。歴史は今に新しいと再確認の夏の宵である。

2011・7・27

240　八月は逝く

八月は逝く　いくたびも逝く　逝くものを　残して逝きしうつせみも逝く

山中智恵子

8月がくるたびに、この歌を思う。山中作品というと「むずかしい」と全身で反応し、それでもわからないなりに惹かれて読んできた。ことに盛夏のこの歌は私のつきせぬ暗誦歌だ。なんと「逝く」が5句すべてに詠みこまれ、まさに日本の8月を被いつくしている感じ。

山中智恵子さん、大正14年名古屋市生まれ。昭和20年、20歳で終戦、学徒勤務先から帰郷。26年まで中高校の教職。21年に前川佐美雄に師事、29年「短歌研究」50首詠に応募佳作入選。因《ちな》みにこの時『乳房喪失』で中城ふみ子が華々しくデビューし、石川不二子さんも名を連ねられた。32年、第一歌集出版後、塚本邦雄を知り、前衛短歌の方向性を意識される。

平成18年3月、17歌集もの偉業を遺し、心不全にて他界80歳。もう5年もたったが、このころ春日井建、塚本邦雄といった日本を代表する前衛歌人たちが世を去られた。

その年「短歌研究」6月号で〈山中智恵子追悼特集〉を組んでいる。石川さんの短文に、「春の獅子座脚あげ歩むこの夜すぎ　きみこそはとはの歩行者」をあげ「〈春の獅子座〉はわが偏愛の一首である。山中さんの歌はむつかしいが〈恋〉でみんな解けると、馬場あき子さんが教えて下さった」とあり納得した。

70年安保、学園闘争のさなか、山中智恵子歌集『みずかありなむ』を大学ノートに写して読み合ったと回想される永田和宏さんと河野裕子さん。永田さんは「ひとなくてひぐらしをきく夕ごころあるかなきかに生きてあらむか」を、河野さんは「さくらばな陽に泡立つを目守りゐるこの冥《くら》き遊星に人と生れて」を抽出、激しく生きた先輩歌人を偲ばれた。

「青人草《あをひとぐさ》あまた殺してしづまりし天皇制の終《をはり》を視なむ」は道浦母都子抽出歌。「散文で述べたらすぐ街宣車が来るのでは？短歌でしか、山中智恵子でしか言えない一首」とおさえる。

「雨師《うし》として祀り棄てなむ葬り日のすめらみことに氷雨降りたり」昭和天皇大喪の礼は2月24日、新宿御苑で行われた。まる一日雨降りだった。「雨師」とは雨乞いの霊力をもつ人。「昭和天皇雨師としはふりひえびえとわがうちの天皇制ほろびたり」とも詠まれ、まさに昭和の歩みは山中本人の歩みであった。

厳しい歌、難解な歌の中で、私の好きな合歓《ねむ》の歌「記憶こそ夢の傷口わが夏は合歓のくれなゐもて癒されむ」もろもろの傷口もやんわりと包んで、くれないの合歓の花が揺れている。

2011・8・3

241　あちらの世界から

人魂の出たあとへ来る漢方医

『川柳研究資料ノート』より　村田周魚

夏だから怪談、というわけではないがむし暑さと度重なる地震に眠りが浅くなっている。そんな中で佐藤愛子さんの『冥途のお客』を読んだ。氏の超常体験は有名だが、そのどれも、特別霊体質の者でなくてもあり得る感覚だと実感する。実際にふしぎなものが見えたり、音が聞こえたり物の移動とかがあるわけではないけれど、私などたいてい自分のかんちがいに混乱することが多い。

きょうはある集まりに出かけた。車で走行中、急ブレーキではないのに助手席から資料を入れたバッグがころがり落ちた。駐車場で中身を点検し、会場へ。ところが講義が始まったのに筆入れがない。おかしいな、たしかに助手席の床から拾い、しまったはずなのに、しかたなく1本の小鉛筆でがまんして書いていた。カラーボールペンに、ライトブルーの万年筆、消しゴム、研いだ鉛筆他、愛用品がないと不便だ。

愛子さんは旅先でダイヤのネックレスを入れた小銭入れを失ったと書かれている。それはずっと続いている霊のしわざで、何カ月かたってネックレスは元の小銭入れに戻っていた由。さもありなんと納得させる筆力に感じ入る。

炎天下、講義終了するや車にもどった。すると運転席のすきまに、筆入れのストラップの子犬が首を出しているではないか。「なんだ、いたの、なんでワンワン吠えないのよ！」と笑ってしまった。

もと古書店主の直木賞作家、出久根達郎さんの書かれるものも、ザワッとさせられる話が多い。何よりそのふんいきがいい。神田須田町の汁粉屋さんでのこと。男の二人連れが黙って汁粉を食べていた。「Sさんが、口の中が甘いからさっぱりさせましょう、と近くの蕎麦屋に誘ってくれた。するとそこでも、先ほどの二人連れと出くわした…」まではいいが、カミさんに言うと、エッ、そんな人達はいなかったと言い張った――。思わず汗の引くお話。

愛子さんの周りには、いつも遠藤周作さんや川上宗勲、中山あい子さん方が訪れて、にぎやかに歓談しておられるという。そして「死後の世界はあった。大体君の言った通りだ」と狐狸庵（遠藤）先生が言われたとか。そこからは人間界がよく見えているらしい。なんでもない日のくり返し、無事安寧の中できょうの失敗談のような、ウフッと笑えるひとこまは自戒をこめて、あちらの世からの発信と思いたい。お盆、もうすぐあちらからお客さまがやってくる。

2011・8・10

242　自分の歌

「自分の歌」を詠めと言はすに心鳴りてノートに題せり恥なく今も

遠藤綺一郎

机上に置けば、ごく普通のA4ノートかと紛う本。肌色に普通横罫をかたどった表紙に、横書きで『歌集自分の歌』とある。先ごろ頂いた米沢市の故遠藤綺一郎先生の遺歌集である。集名は師、窪田章一郎の言による由。

私は一昨年夏、「紅花の里」と題してこのコラムに書き、詩歌文学館で橋本喜典先生のご尊顔を拝したことから、歌誌「まひる野」同人の遠藤先生とのつながりに思いをはせたのだった。「先生も古稀は越えられたろうか」と書いた私に橋本先生は「遠藤さんは古稀どころか傘寿もすぎました」とお返事を下さった。

そのときに、すぐ米沢行新幹線に乗ればよかった。米沢市大町の広い一軒家に12年も住み、子育ては上杉藩の質実剛健の郷土愛に支えられてありがたかった。専業主婦だった私は古典講座で遠藤先生にお目にかかったが、歴史の町の女性多数の教室は実に楽しかった。「〇〇さんはきょうは、ござんねえな（おみえにならない）」という会話が普通に交わされ、微妙に尊敬、謙譲語の織りなす武家社会が生きていた。

でも、あの豪雪は苦痛だった。「流雪溝矢と流るるをたのしみて夜半老妻と雪捨て遊ぶ」と遠藤先生は詠まれるが、各町筋を音をたてて流れる流雪溝は幼児を持つ身には恐怖だった。

「ここは昔正門なりき興譲館高校趾にいしぶみの立つ」

藩校のこの高校に通った子供たちの苦労話はいつも雪が何よりの敵だった。「しなやかに身心保つは意志ならむゴーゴー踊れるこの老博士」口語短歌の先人大熊信行氏を詠まれた一首。

岩手の「北宴」編集長の小泉とし夫氏は、はるばると米沢まで調査にいらしたことがあり、博士のお墓をご一緒に訪ねたことだった。今宵、こうして遺歌集をめくっていると、次々となつかしい場所や、人々とのふれあいがよみがえる。

この歌集にはまた大きな悲しみが載っている。平成19年1月、孫大作さんが京都精華大学1年の時、路上で何者かに刺され絶命。いまだに犯人不明ということである。

「特甲幹の教育はそも何なりし今に集ひて心かよはす」

大正14年生まれの先生は東大を中断して、特別甲種幹部候補生の訓練を受けられた。のちに東大卒、山形県下の教諭、米沢短大教授。平成22年1月逝去、84歳。848首の大冊にふれ、橋本先生の慈愛の解説を読み、私は今つくづく会いたい時、会いたい人に、ためらっていてはいけないと痛感している。

2011・8・17

243　江戸の町

江戸の町偲ぶよしなきビル街に玄冶店《げんやだな》跡の碑文つつまし

土屋好男

「勤めする土地を知りたく昼食あと阿佐谷の町あてどなく行く」とも詠まれる作者は、長く東京都下の郵政の職に励まれた。「寒々と月明り射す構内に狸棲むなり楽し職場は」の歌には〈郵政省中央レクリエーション・センター〉の詞書がある。都会のまんなかにもタヌキが棲む話。どこもかしこも開発されつくしているようでも、歩いてみるとけっこう自然が残されて樹木や泉が大切にされている。

古地図によれば、日本橋の東、新和泉町の北側と南側の間に〈玄冶店〉と呼ばれる狭い路地がある。玄冶店は天正年間の医者、岡本玄冶の名に因む所で、慶長9年、徳川家康の奥医師となる。のちに和泉町の一郭に屋敷を与えられ、それが玄冶店のいわれという。いやそれよりも、歌舞伎お富与三郎の「源氏店の場」が広く知られている。文化文政年間の、一町足らずの路地につきいたゆかしい名の跡地がなつかしい。

「浮彫りに江戸期の美女の並びゐる雅叙園の廓は夢ひらく彩」一度行ったら忘れられない目黒雅叙園。昭和6年細川力蔵によって創設され戦争直前まで拡張工事がなされた。黒漆に螺鈿《らでん》、色鮮やかな浮き彫りの派手やかさ、百段階段の豪華さに圧倒される。

「世田谷の名うての人出のボロ市に値切りて購《もと》む革の鞄を」「至芸とも親しみ見たるボロ市のバナナの叩き売り去年今年なし」世田谷在住の作者、ふりむけばよどみない口上に、大道芸の神髄があった。

大正12年生まれの氏には「侵略の意識などなく励みたる兵たりし日の夏がまた来ぬ」「復員の貨車より見たりき広島の焼跡に炊《かし》ぐ親子らしきを」といった戦争詠もみえ、戦後は広く芸術文化の造詣も深く、海外詠も多く詠まれる。

そしてことし6月、第二歌集『鵜の岬みち』を刊行された。「海よりの風をさへぎる篠衾《しのぶすま》ありて蒸し暑し鵜の岬みち」第一歌集のあと30年余の７０８首が収められた大冊である。明るい夏のあさぎ色の絹帖りの表紙に、著者撮影の岬の遠望写真が重厚なカバーとなっている。

「差し交す枝のいづれか音もなくわくら葉散らす段葛《だんかづら》ゆく」ひと昔も前か、全国大会の帰途、鎌倉の鶴岡八幡宮の参道の段葛をご一緒に歩いたことがあった。ともに同じ景色を見ても、心が澄んでいなければ、わくら葉を散らす風のさやぎも感じとれない。「満洲に兵たりし身が八度目の亥年を迎ふ梅咲かせつつ」と詠まれてから4年、相変らず老いとは無縁であられるようだ。

2011・8・24

244 うなぎ茶漬け

粉山椒つーんと香るあつあつの鰻茶漬は小名浜の味

高橋安子

連日の暑さで食欲もなくなるころおい、粉さんしょうをつーんと香らせて、うなぎ茶漬をかきこむ食卓。いいなあ、食べたいなあとやおら空腹感をかきたてられる。どんなに暑い時でも、これさえあればごはんが食べられるという秘伝の一品があると心強い。海に遠い私の村では、冷蔵庫もなかったころは本当に畑の蛋白質にのみ養われる日々だった。食を語ればアッというまに60年ぐらいの食卓ビデオが再生できる。アレルギーだの賞味期限などの発想はなく、すべてもったいない精神に満ちていた。

大正14年郡山生まれの高橋さんは結婚後も福島県下で、中学校教諭、昭和57年から4年間カナダで暮らされ帰国。平成18年歌集『茄子の花』出版、趣のある表紙絵も自筆でナスの花を描写されてすてきな装幀になっている。戦争をはさんで、職業と家庭を守られての日々、「真剣に手を挙げてゐる子ら見つつ一人を指すに瞬時ためらふ」を巻頭に置く。

「山の子の教へくれたる片栗の葉のお浸しは素朴で旨し」「君がため虎杖《いたどり》の葉の刻みしを煙草に巻きし戦後も遠し」イタドリの葉は刻んだことはないが、ヨモギの葉を揉んでいた古老の姿は記憶にある。誰も禁煙を言わなかった。

定年後、転機が訪れる。「移住すとバンクーバーに来て七日どこへ行くにも夫と連れ立つ」作者には在職中、一ヶ月間の文部省派遣海外教育事情視察で欧米を廻られた経験があり、カナダでの暮らしも抵抗はなかったようだ。毎月の歌誌に載るカナダ短歌は氏の洞察力のゆき届いた記録詠風で楽しかった。「カナダにて我の作れる押し花絵日系人の祭に人呼ぶ」「思ふさま白人教師と話したき願ひに真夜も辞書を引きゆく」熱い向学心のこもる歌。高橋さんと旅をすると、その身ごしらえのスマートさ、荷は最少限に、そして必要な物は完ぺきにいつでもとりだせるようにできるしまつのよさに感心させられる。

２０００年にはご主人を送られ、86歳となられた今、親しい方々にもずい分先立たれた。「朝のヨガ逆立ちのまま柊を見れば逆さに花の散りゆく」「近未来北半球に果てんわれ今宵は南十字星《サザンクロス》を仰ぐ」あるいは今ごろも、どこか地球の裏側にでも行っておられるか。「柚子皮の薄切りせしを蜜に漬け白磁の皿に盛るは清しも」このユズ菓子の作り方を教えてもらう約束だった。先日の強震見舞かたがた、久々に電話をしてみよう。

2011・8・31

245 迢空忌

くりやべの夜ふけ　あかあか火をつけて　鳥を煮魚を焼きひとり楽しき

折口信夫

9月3日、ことしも折口信夫、迢空忌が巡ってきた。明治20年大阪生まれ、昭和28年、胃癌《がん》にて没、66歳。あまりに大きい山脈ゆえに幾多の学者研究者の書かれた文献も膨大なものだが、残暑の中ことしは池田弥三郎さんの食物談義に引きこまれた。

「迢空折口信夫先生は、無類の食いしんぼうで、ふだんから癌で死ぬだろうと言っておられたが、亡くなる一週間前まで実によく食べておられたから、ご満足だったろうと思う」と、晩年の箱根の山荘の暮らしを述べられる。

「ご満足」はどうかと思うが「静かなる昼食《ひるげ》をしたり。いやはてに　そばのしるこをすすろひにけり」は三田の昼休み時間に池田さんのお伴で永坂の「更科」へ行かれた折の作とのこと。そばのしることは、しるこの中にもちではなくそば切りかそばがきを入れたもので、学生達には人気がなかったらしい。

昭和28年という年は、2月に斎藤茂吉逝去。3月2日の葬儀に折口は身の衰えを覚えつつも出席。6月3日は堀達雄の葬儀、弔詩を捧げる。8月、箱根の折口宅に角川源義（角川書店主）氏来訪。その車の運転手に折口は「雪しろの　はるかに来たる川上を　見つつおもへり。斎藤茂吉」の色紙を与えたという。これが折口最後の揮毫作品と『折口信夫伝・岡野弘彦』にある。

死の半月前、折口と客人、側近の人々との写真を見る。『新潮日本アルバム』には28年8月16日の一葉があり、浴衣姿の折口の両わきに角川源義、岡野弘彦さんがおられる。折口はやつれもなく、まさかほどなくこの世を去られる人とは思えない。今から58年前、黒い丸首シャツの岡野さんは20代か、師弟の視線がひびきあう。

折口は生涯めとらず、養子に迎えた藤井春洋も、硫黄島にて玉砕。後年藤井の故地石川県羽咋《はくい》市に父子墓碑建立。折口の戒名は生前の筆名「釈迢空」。生をも抱えこんだ死を肯定していると解釈される。いうまでもなく「釈」は釈迦の弟子であるとの表明。さらに祖父の系譜につながる飛鳥坐《あすかにいます》神社の出自が生の支えとなったようだ。

この羽咋での三年祭の写真に、池田弥三郎、伊馬春部さんの顔も見える。池田さん宅には春洋さんの実兄より、鴨が送られてきたという。年に一度鴨鍋をして、折口父子を偲ぶと聞いて、自分で撃って届けてくれた由。「食物誌の著者たるにふさわしい人に、私は折口先生以上の人を知らない」と書かれる。当代随一の健筆健啖家なりし故池田弥三郎氏昭和50年ごろの話である。

2011・9・7

246　祝敬老

我のこと知らぬ曾孫が我に笑むパンダか何か見てゐるやうに
北口博志

孫の子、ひこ孫に恵まれる人生のよろこばしさ。いつのまにか長寿大国となった日本で、3世代、4世代同居といった家族構成はどんどん減ってきているようだ。この作者も、子供さんたちはみな親もとを離れ、たまに帰省されるのを待っている。

子供の結婚のころは親もまだ若く、はじめて新しい家族となる人を迎える時の心弾みは当人たちの初々しさが反映して、家の輝きを実感する。結婚というスタートは、舅《しゅうと》、姑にとっても新しい暮らしの幕明けである。

こうした人生の通過儀礼もいくたびか、きょうは曾孫がやってきた。おお、やわやわと、ふくふくと、じいに笑いかけてくるではないか。おお、そんなにおかしいか。汝《なれ》の目にはこのじいも、パンダかなにかのように見えるか…。三代の時空を隔てて「我に笑む」血脈の喜び、やがてじんわりとまぶたが熱くなる。

大正13年生まれで宮古市在住の北口博志さん。昭和8年の三陸大津波も、昭和35年のチリ地震津波も経験された。「チリ津波襲ひし高浜部落見き倒壊家屋累々茫々」と詠まれ、「警報を訓練と知り慌てざる幼き日に津波ありけり」と体験を詠む。「冬季と晴天の日は津波がない」との言い伝えも崩れ去る自然の威力。

若く、石桜岩手中学に学び、社会に出られてからは土建業に各地を廻られる。日本の経済成長の一翼をになない、人をたばね絶大なる信を築かれた。また終戦後、岩手に疎開して文芸誌「新樹」を興された巽聖歌のもと、短歌を発表。のちの「北宴」の礎となられた。全国誌「長風」にも鋭意力作をつらね、後進を唸《うな》らせる。何より毎月の歌会に遠路車を運転してかけつける熱意に敬服させられる。

「つるはしやスコップ握り土掘りし手をもて削る細き耳搔き」北口さんの耳搔き作りは有名だ。私もいっぱい頂いているが、氏の耳搔きを使うと良きことさわに（いっぱい）聞こえるようで今や私のお守りだ。斎藤茂吉に「あたらしく耳搔買ひて耳を搔くふるぶるしくなりて毛の生えし耳を」があるが私のウフッと笑える愛誦歌。今宵も目をとじて耳の快感にゆだねよう。

「震災に失せたるものを戻さむと未来屋書店に辞書を購《あがな》ふ」この度の大震災では北口さんもしばらく内陸に避難されたという。老境での厄災、でもふり返っていては前に進めない。未来屋書店で辞書を買って、さらに東道の範を示されるよう、祝敬老に杯を掲げたい。

2011・9・14

247　名編集者

休息のつもりが死亡記事となる

曽我六郎

「曽我六郎さん（現代川柳研究会代表、川柳作家の故時実新子さんの夫）８月24日、心不全で死去、80歳。葬儀は親族で営まれた。お別れの会は後日開く予定。奔放な作風で知られた時実さんを支え、神戸で川柳結社を主宰した」８月25日、朝日新聞神戸版に掲載の曽我六郎さんの訃報である。旧知の柳誌「川柳大学」の重鎮の方より、曽我氏重篤のことは聞かされていたが、葬儀の走り書きといっしょに、黒線の引かれた９行の死亡記事のコピーを頂き言葉を失った。

平成19年３月10日、時実新子さんが78歳で亡くなられたときは、全国のマスコミにとりあげられ、週刊誌大の35ページの追悼集が編まれた。『有夫恋』で社会現象をひきおこした柳人を偲ぶゆき届いた冊子は、さすが名編集長たる曽我氏のお手なみと感じ入ったものだった。

私は「六郎さん」「ゆうさん」と呼び合いながら新子さんを師と仰いで、まるで家族のようなふんいきの編集室の様子を聞くのが好きだった。家老格の杣游《そまゆう》さんは、非常に個性的なプロ作家ご夫妻の側での体験をもとに、新子さんの一周忌には追善集『天才の秘密』を出版。撮りためた慈愛の写真もふんだんに掲載して、味わい深い一巻になっている。

昭和62年、58歳の新子さんと２歳下の六郎さんの再婚のころから、上げ潮のようにお二人の仕事に拍車がかかり大繁忙期を迎えられる。月刊「川柳大学」誌を主宰、『時実新子全句集』はじめ夥《おびただ》しい著作集を出版。講演、連載、テレビ出演等に全国をかけめぐられた。

そんなとき、六郎さんの癌発症、新子さんは自ら「つくしんぼ」と諾《うべな》い介護をつくされる。やがて平成15年、六郎さんの句集『馬』刊行。「曽我六郎という人は私にとって知識の宝庫。私が一を問えば十の答を出す根っからの編集者気質に舌を巻く」と新子さんの賛が輝く。

「べつべつに好きな魚を食う夫婦」、岡山生まれの新子さんと秋田産の六郎さん。食の違いは自我の尊重でもある。「墓の下の男の下にねむりたや」と妻が詠めば「妻の骨わたしの骨にふりかけよ」と応える夫。「老いても美　男必死の身づくろい」ともに今生の審美眼が冴える。

平成20年、六郎さんの渾身の『川柳研究資料ノート』が出版され後進の蒙《もう》を啓かれた。「百歳になっても編集者でいるか」「もちろんよ」と弾んで答える妻の待つおくつきに帰られた名編集者の姿がたまらなく慕わしい。

2011・9・21

248　秋分の日

秋分の日の電車にて床にさす光もともに運ばれて行く
佐藤佐太郎

その季節がめぐってくると、必ずひもとく本がある。口ずさみ、そらんじていた記憶を確かめ、あらたな感動を得て思いのままに渉猟《しょうりょう》する。記憶は時に光とも影ともなり、憧れは一途な稚《いとけな》さと気付くことも、また時を経て理解の領域が広がる嬉しさもある。

佐藤佐太郎の「秋分の日」の歌。この「床にさす光」に射すくめられたのはまだ少女のころではなかったか。真東向きのわが生家は秋彼岸の中日には、仏壇の真正面に日が射し込むと聞かされて育った。低い萱葺き屋根の軒をくぐって、低い朝日が射す特別の日が私の秋分の日であった。床の拭き掃除は好きでなかったが、朱く射し込む朝の光は全身で感じる「大いなるもの」の存在感に満ちていた。

あらためてこの作品収載の佐太郎第五歌集『帰潮』を見ると、昭和25年「秋分の日は昏れがたの空たかき曇《くもり》となりぬ庭のうへ青く」と並び、また「武蔵野の石神井《しゃくじゐ》の池秋分ののちの光は親しくなりぬ」ともあり、翌年には「秋彼岸すぎて今日ふるさむき雨直《すぐ》なる雨は芝生に沈む」の作も見える。作者42歳の時のこの集の後記に「重い断片、光る瞬間」との記述がある。実体的なものに信を置く眼は、単純なもの意味なきものの断片の中に、光る瞬間を発見するの意と汲んでいる。

第六歌集『地表』には「秋分の日の午後の坂くだりゆくわが靴に砂きしむ音して」と、より生活実感の親しい歌がある。同昭和28年「盛岡郊外」として「ゆふぐれの寒くなりたる丘のみち栗山大膳の墓をとむらふ」他4首、さらに十和田、平泉と旅の歌が続く。

明治42年宮城県柴田郡生まれで学齢前に茨城に移り住み、成人以後はずっと東京在住。昭和62年、79歳で亡くなられるまで13歌集、評論集等著書多数。昭和20年「歩道」創刊主宰、斎藤茂吉を生涯の師と仰ぎ、茂吉から継承した写生の道を貫き絶大な人気を博された。

佐太郎の厖大《ぼうだい》な作品世界の中から、ほんの一部を見てきたけれど、好きな作品はいっぱいある。「街ゆけばマンホールなど不安なるものの光をいくたびも踏む」「ただ広き水見しのみに河口まで来て帰路となるわれの歩みは」等々後者は昭和50年、脳梗塞の療養中に銚子市の病院からひとり杖をついて利根川を見に出かけられた際の作という。各フレーズに刻まれる心拍数や呼吸、歩幅まで見えてきて、読む者をしんと立ちどまらせる深遠な一首になっている。

2011・9・28

249　米は新米

稲つけばかがるあが手をこよひもか殿のわくごが取りて嘆かむ

萬葉集巻十四

見はるかす田んぼ、黄金波うつ出来秋を迎えた。ふくいくと垂り穂の香りに包まれると、豊葦原《とよあしはら》みずほの国の幸を思う。萬葉集東歌《あずまうた》には朝廷貴族の端正な歌とは趣を異にする民衆の労働の歌、方言、民謡、地方色豊かな動植物たちがいっぱい登場する。この歌も、大意は「毎日稲をつくので、あかぎれするこの手を今夜も御殿の若殿がお取りになって嘆かれることだろうか」と訳される。若殿と使用人というような垣根越しに労働を通したたくましいエネルギーがくみとれる。

「おして否《いな》と稲はつかねど波の穂のいたぶらしもよ昨夜《きぞ》独り寝て」続く東歌「ゆうべひとり寝たのでおちつかなかった」と言いたいばかりに長く言葉を畳みこむ。「おしていなと」が稲にかかり、波の穂を引き出し、いたぶるというゆれ動く心に結びつける。一つの言葉にいくつもの意味を重ねて本音を導く心、作者未詳である。

「あらき田の鹿猪《しし》田の稲を倉につみてあなひねひねしわが恋ふらくは」こちらは忌部首《いみべのおびと》黒麿の歌。あらたに開墾《かいこん》した田で鹿猪の荒らす山田の稲を、しかも長く倉の中に積んでおいたように、ひねひねしく（ひからびて）なったものだ。私の恋は、というぐらいの思いか。

ところでこんな古歌を読んでいたら、八代目坂東三津五郎さんの『食い放題』に、同じような表現があり思わず頬がゆるんだ。いわずと知れた大変な食通の方の著書である。

「米は新米に限る。古米は駄目だ。それも三年も四年も倉庫に入れといたのに外米をまぜられては、口や舌が拒絶するのは当然だ。秋の味覚の王者は本当は米かもしれない。なぜ昔から、新参者とか新しく入ってきた見習いの者を新米というのだろう。新米はおいしくて貴重なものなので、新参りがシンマイになったのだろう。…」

生涯に12冊の本を出された八代目の、生前に出版を予定していた最後の本。幼少時からの「美食」の歴史が語られ、どこから読んでもおもしろい。昭和50年冬、京都の料亭でフグの毒に当たり落命された。享年68。

「飯《いひ》はめどうまくもあらず寝《い》ぬれども安くもあらず茜さす君が情《こころ》し忘れかねつも」これは詠み人知らずの恋の歌。「ごはんを食べてもうまくなく、床についても不安で眠れない。ただあなたの心ばかりが忘れられない」と訴える切なさ。恋と食との関りは、新米古米にかかわらず千年の昔から不明であるようだ。

2011・10・5

250　からくつわ

海へやや曲りて聳《そび》え鷹柱　　鷹羽狩行

敬愛する読書家の友人に貸してもらって読んだ本『白鷹伝《はくようでん》』。山本兼一さんの著書はかつて『火天の城』を読み、映画も見たが今回もたちまちひきこまれて二晩で読み終えた。

時は戦国の世の浅井長政の小谷城。「今日は死に日和になりそうだ」とつぶやく鷹匠、小林家次のひとことから物語の幕が開く。文庫本のとびらには台架《だいぼこ》に据えられた威厳のある白鷹の絵が掲げられる。それも諏訪流第十七代鷹師・田籠《たごもり》善次郎氏による細密な図版でわかりやすく、さらに専門諸道具の解説図が期待感をふくらませ鑑賞を助けてくれる。

鷹の数え方も、一据《もと》、百据ということ、片塒《とや》は一歳、諸塒は二歳など初めて知った。そして主人公「白鷹からくつわ」の描写。「欽明帝の御代のこと、宇治の宝蔵にて唐渡りの轡《くつわ》を虫干ししていたところ、大きな白鷹が飛来し、そのくつわをつかんで飛び去った。のちにくつわは富士山麓の鷹の巣にて見つかる。重い鉄のくつわ、あれほどの鷹でなければ宇治から甲斐まで飛んで来れまい。それ以来白鷹は時折欽明帝の前に現れ、帝は鷹に導かれて反乱鎮撫をなしとげた。あの白鷹はその末裔《まつえい》である」と記される。

家次は白鷹に惚れ、一生女色を絶つと願をかけ、ついにトリモチの仕掛けで生け捕りにすることができた。こうしてからくつわと名付けた白鷹を左拳《こぶし》に据えて、家次は山野を駆け、乗馬のときも常に安定した位置を保たせる。

小谷城は滅び、天と地とそのあわいに棲《す》むものたちの興亡のなかで、時の権力者の顔が鷹匠の目を通して描かれる。「信長は鷹よりも隼《はやぶさ》に似ている」ととらえ「秀吉は鳶《とんび》みたいな男。悪食《あくじき》で死肉でも大根でもくらう」と言われれば妙に納得してしまう。

それにしても鷹師たちの行動力のすばらしさ。空を飛ぶ鳥を追いかけてやぶをこぎ、山を登り、抜群の視力に鷹の餌となる小動物も捕獲する。鳩袋、口餌籠《くちえかご》はいつも満杯だ。

やがて信長も歴史の波間に遠ざかり、今、老齢の秀吉が朝鮮出兵のため肥前名護屋に到着した。家鷹（家次改め）も一緒だ。

その時、数千、数万の鷹たちが一斉に上昇気流に乗って旋回しつつ舞い上がった。「鷹柱」だ！家鷹は拳のからくつわを空中に放り上げた。好きな所へ飛んで行け――からくつわはそれきり戻ってこなかった…。息づまる一巻の掉尾《ちょうび》に、私は鷹羽狩行さんの一句を刻印のように記憶の底からすくいとった。

2011・10・12

251　百たびの雪

渋民を出でてかへらぬ一人ありひばの木に降りし百たびの雪
柏崎驍二

10月8日、北上市にて「第26回詩歌文学館賞贈賞式」が行われた。短歌部門は、岩手県歌人クラブ会長の柏崎驍二さんが受賞され、岩手歌壇はもとより中央、県外からも大勢の文学愛好者がかけつけて大盛況だった。

昨年9月刊行の第六歌集『百たびの雪』は同年詩歌文学館20周年記念展「啄木に献ずる詩歌」での一首が集名になったとのこと。「あとがき」に引かれている啄木の「ふるさとの寺の畔《ほとり》の／ひばの木の／いただきに来て啼きし閑古鳥！」この歌とはまさに一対の贈答歌となって感動をよぶ。啄木没後100年、そして作者の歌歴50年、文学館20周年と記念すべき節目の年の大いなる賞で祝賀ムードに包まれた。

選考委員代表の沖ななもさんは「啄木は岩手を出て帰らなかったが、柏崎さんの作品はじんわりと醸し出される粘着性が魅力。地元を離れなかった頑固さが貫く確かなものがある」と評された。

私も今、机上に氏の6冊の歌集を読んでいる。「しろがねに光れる魚よ妻が国紀州のはやき潮《うしほ》を知るか」は第一歌集『読書少年』で「干魚カンピンタンの唄うたふ国はも恋ほし汝が生ひし国」に通う美しい相聞歌。昭和47年のO先生賞受賞作は今も動悸を覚える作品群である。ちなみに氏は三部門の短歌作品賞と評論、随筆の「コスモス五賞」すべてを獲得された。

「昨日描きし薔薇一本の花も葉も今日すこし暗し一日老いて」「登山靴のデッサンをわれらしてゐたり部屋の小窓に夕日を溜めて」氏はまた絵画も玄人はだしでファンも多い。

ことしは震災という思いもよらなかった「時」の断層にのみこまれた。はてしない喪失感からようやく立ち上がり、命の歌をつむぎだす。大震半年、短歌研究社の「第四十七回短歌研究賞」にも柏崎さんの作品が選ばれた。津波は最悪だったけれど、この度の詩歌文学館賞とのダブル受賞はこの上ない快挙である。

受賞作「息」20首、受賞第一作「海境」50首が輝く。「くわんざうもぎしぎしも梅雨に茂りつつみちのくはいまみちのくの息」「裏側の見えざる丘の草斜面をのぼりゆくごと七十《ななそ》ちかづく」大船渡市三陸町生まれの氏には「ながされて家なき人も弔ひに来りて旧の住所を書けり」と悲痛な場面もさけられない。「海荒るる日と凪の日の感情をおのづからもち海境《うなさか》に住む」そこに生まれ合わせた者として、みちのくの息を長く後進に示して頂きたいと願っている。

2011・10・19

252　あどかあがせん

児もち山若かへるでの黄葉《もみづ》まで寝もと吾は思ふ汝は何どか思ふ
万葉集東歌

下句の読みは「ねもとわはもふ　なはあどかもふ」一首声に出して読んでみると、なんともいえない調べのよさに心がほぐれてゆく。「児持山」は群馬県伊香保温泉から見える山。意味は「あの児持山のカエデの若葉が秋になって黄葉するころまでも、お前といっしょに寝ようと思うが、お前はどう思う?」と問いかける歌。「寝もと吾は思ふ」は如何にも率直だけれど、名のある貴族や君達《きんだち》の技巧に飾られた歌よりもすんなり心にひびいてくる。

「上毛野《かみつけぬ》あその真麻《まそ》むらかき抱き寝れど飽かぬをあどかあがせむ」同じく作者未詳の東歌。上毛野の麻群を刈りとったものを抱きかかえて運ぶ労働のさまが思われる。麻はいわゆる麻薬気も少しあり、昔はうちの辺りでも栽培されていた。刈り口がみずみずしいと何となく酔うようだといわれたものだ。背丈を越す麻のたばは、さながら人間の胴ほどの太さになり、さかんな陽光の中、甘やかな香りに包まれると「あどかあがせむ(どうしたらいいんだろう)」とつぶやきたくなるのもうなずける。

今は麻を見ることもなくなった。あのなまぐさいような生薬のような香りは、今どこかの植物園でもめぐりあったらハッと気付くだろうか。麻を刈り、繊維をとるためにしばらくの間苗代に漬けて腐食させたようだ。処々断片的な幼児期の記憶に、つむいだ糸を入れるカゴを「オボケ」といっていた。それがおかしくて、糸を口にくわえて両手であやとりをするようにオボケにためてゆく母たちの作業をあかず眺めていたものだ。すっかり忘れていた光景が、万葉の歌の中に描かれていた。「麻苧《あさを》らを麻笥《をけ》にふすさにうまずとも明日きせさめやいざせ小床《をどこ》に」ことばがむずかしいけれど「をけ」という道具は古語辞典に図解されている。糸をよりあわせて口から吐く作業を「績《う》む」ということもある。歌意は「麻苧をそんなにふすさに(いっぱい)つむがなくても、明日が来ないのではないから、さあ床に入ろうよ」と若い心が弾む。「きせさめや」は諸説「来」と「着」の解釈がまじっている。

「秋山の黄葉を茂み迷ひぬる妹《いも》を求めむ山道《やまぢ》知らずも」こちらは柿本人麿の、妻の死を悼む挽歌。意は秋山の黄葉があまり茂っているので、迷い入ってしまった。恋しい妻を尋ねゆくにも道がわからないと嘆く歌。死んで葬られることを秋山に入るとする観念が哀切だ。現世も、生あればこそ、紅葉狩のふみでもくれば「あどかあがせむ」、山道知らずも——。

2011・10・26

253　藤田晴子記念館

蔽はれしピアノのかたち運ばれてゆけり銀杏のみどり擦りつつ

小野茂樹

『角川現代短歌集成』より。秋たけなわ、もみじも銀杏も色づいて全山紅葉に染まっている。八幡平温泉郷は先ごろの山賊祭りに始まって、週末ともなると県内外の車がくりだし、別荘の戸窓も開いてにぎやかだ。

そんな一角に「藤田晴子記念館」がある。大々的に宣伝もしないため地味だが、おととし10月16日にオープン以来、稀代のピアニスト藤田晴子さんを慕ってお弟子さんやファンの方々が全国から訪れている。（金・土・日開館、冬期閉館）

藤田晴子さん、大正7年東京生まれ。法律学者の父上の留学に伴い大正12年から6年間ドイツに暮らし昭和3年帰国。東京府立第一高女の時、名ピアニスト、レオ・シロタ氏に師事。昭和13年、日本音楽コンクールピアノ部門で優勝。さらに昭和21年、女性で初めて東京大学法学部に入学。のちに国立国会図書館主事となられ、憲法学者、音楽評論家として活躍された。

そんなすばらしい方がどんないきさつで、わが八幡平市にほほえんでいらっしゃるのか。聞くほどに人のご縁のふしぎさを思わずにいられない。この「藤田晴子記念館」館長の白井眞一郎先生は現在81歳。東京芸大卒業後、東京文化会館館長を務められ、声楽家としてのご活動では藤田さんの伴奏で歌われたとのこと。

その白井先生が戦後購入された八幡平温泉郷の土地をいたく気に入られ、折々愛車で通われて、今では東北の地理に大層お詳しい。

平成13年、藤田さんが83歳で亡くなられたとき、お子さんもなく、東京の藤田邸がとりこわしの危機と知り、八幡平移設を決意されたという。こうして藤田さんの居室そのままに、ピアノも書籍も調度品も運ばれて記念館として再現された。「ああ、先生だけがいらっしゃらない」と、お弟子さん方がなつかしまれるとのこと。

私も時々遊びに行くが先日、「白井先生、あのドイツのピアノ、燭台が6本もあってすごいですね！」と申し上げるとびっくりして、「まさか、左右2本だよ」と打ち消される。「じゃ、確認！」とホールに入ってみたら、そこにはなんと4本の黄色い蝋燭が立っていた。「おかしいな、いつも見てるのに」と不審顔。「よかったなあ、ムキにならないで。これは引き分けだ」と大声で笑われた。

すべて象牙の鍵盤である。蝋燭が倒れないかと心配する私に、先生がやさしくキイを叩かれた。それは錦織りなす「もみじ」だった。後世を託された藤田先生のポートレートがピアノの上で、一瞬またたかれるのが見えた。

2011・11・2

254 超高齢化社会

階段を手摺にすがりのぼるとき足でのぼれとあたまは命ず　　竹山広

11月もなかばをすぎると「喪中欠礼」のはがきが届くようになり、落葉帰根の寂しさに襲われる。「天寿を全うし」と冠せられるのは今では80代ならまだ若いと思う感覚、また実年齢を聞かされて驚いたりもする。

厚生労働省によれば、日本は平成19年、超高齢化時代に突入したという。昭和30年、男性63歳、女性67歳だった平均寿命が平成21年には男79、女86歳まで伸びたと発表されている。60歳で定年を迎えてもその後、20年から30年もの自由な時間があるということ。日ごろの健康志向に裏づけられて「元気な老年」がふえてくるだろう。

本屋さんには「老い」のテーマの本がいっぱい。そんな中で歌人小高賢さんの『老いの歌』が実におもしろい。「91歳の妻が101歳の夫を詠んだりする時代。これほど〈老い〉を内側から詠むなんて1300年の和歌の歴史でも初めての事態でしょう」と語られる。

土屋文明は平成2年、100歳で亡くなるまで現役歌人であり続けた。被爆歌人の竹山広さんは昨年3月30日、90歳で亡くなられ、「あな欲しと思ふすべてを置きて去るとき近づけり眠つてよいか」は万人に記憶される愛誦歌。掲出歌同様「足の機嫌とりつつわれは歩まんになにとぞ先に行つて下され」も明るく、あたまと足が別物のような感じで笑える。

ひとけた、といっても大正6年生まれの宮英子さんの若さ、行動力にはいつも驚かされる。「半年も逢はぬ曾孫林檎《アルマ》ちやん走つて跳んでおしやべり四歳」をはじめ、毎年お一人でフランスに飛んでひこ孫と遊び、芸術を愛で、たっぷりと豊かな時をすごされる。超高齢化社会では孫は普通、曾孫ぞろぞろのめでたさである。

「屈《こご》むとし立つとしわが身を支へ来し杖を寿命《いのち》の杖とし思ふ」昭和57年76歳で亡くなられた木俣修の作。宮柊二も晩年は会員に贈られたあかざの杖を愛用された。

さて先日は県公会堂で、所属の短歌会があった。13首、その内の5人が80代の現役歌人だ。私の左側には被災地宮古から車でかけつけた北口博志さん「青年の就活婚活に悩む世に老い人たちは生活死活」。右側には女流の柴田キヨさん「わが昭和八十余年プリズムの悔と誇りの光は消えず」と堂々の境涯詠。そして私の両わきに、つやつやと光る杖が2本たてかけられている。思わず私もこれからの老後に立ち向かうべく、襟を正したことである。

2011・11・9

255 千両役者

木枯しの中に楽日の役者かな

松本幸四郎

10月10日、千両役者中村芝翫《しかん》さんが83歳で亡くなられた。歌舞伎女形の筆頭で人間国宝。11月4日にはフジ系テレビで「勘三郎涙の復帰」を見て、数々の名場面に斯界《しかい》の名峰としてそびえた偉業を思った。いうまでもなく芝翫の長男は中村福助、次男が橋之助。次女の婿殿が中村勘三郎であり、万朶隆盛として知られる。

この芝翫ファミリーが一堂に会した演目を観たのは平成15年の師走芝居だった。「歌舞伎四百年」と銘打って各家勢揃いのそれはみごとな舞台で仮名手本忠臣蔵「道行旅路の嫁入」。

折しも富士の遠見に杉並木の街道。花道から「母の心もいそいそと」母戸無瀬《となせ》を芝翫、娘小浪《こなみ》が福助。小浪は、大星由良之助の息子力弥の許嫁《いいなずけ》だったが、大星が刃傷に及んで破談になった。母親は娘の思いを叶えさせようと、大星親子の居る京都に旅立ったのである。

そこに奴《やっこ》の可内《べくない》（橋之助）が通りかかり、滑稽な踊りを見せ、母娘もすっかり魅せられて笑みをこぼすという場面。福助の初々しい娘ぶり、芝翫の老女の身のこなしに世話やきぶり。橋之助の次々にくりだす踊りに大喝采。

この日は夜の部が「狐狸狐狸《こり》ばなし」。当時の勘九郎が夫伊之助を、福助が妻おきわを演じて舞台せましと飛び回るご両人のサービス精神に涙が出るほど笑った。どんでん返しの妙味もたっぷり味わった。

平成17年4月には「十八代中村勘三郎襲名」披露公演だった。このときの「京鹿子娘道成寺」は今思い出しても動悸を覚える。口上は芝翫が仕切り、めでたく格調高いものだった。

その勘三郎が病んだ。あまりにも忙しすぎて、体が悲鳴をあげたのだろう。去年から耳鳴りめまい等の難病といわれ8ヶ月間療養される。その間大震もあり、長男勘太郎に孫も生まれた。そして7月、松本市にて復帰公演。8月は大阪歌舞伎座で「お祭り」を踊る。さらに10月は勘太郎の「勘九郎襲名」前祝パーティーもあった。

復帰公演のテレビでは、一門最古参の中村小山三《こさんざ》が90歳で舞台をつとめ、若い人達を指導されていた。生前の芝翫さんと話すときの、ビデオのえもいわれぬふんいきがすばらしい。舞台上のみでなくお二人をとりまくすべての時間が「芸術」の域と感じさせてくれた。

「さよなら歌舞伎座」公演から1年半すぎた。「3年後、新装なった歌舞伎座で！」と再会を期し、あんなにお元気だった芝翫さんの天国への花道を思うと切なく残念でたまらない。

2011・11・16

256　大相撲九州場所

四股を踏め裸をさらせ胸さらせ孤独をさらせ国技館の灯　　岩田正

『角川現代短歌集成』より。同「抱き合ひて落下をしたりそのままにしておけばいいに軍配上がる」とも詠まれる大相撲九州場所が中日を迎えた。さまざまな記録を残して引退した魁皇（現浅香山親方）のあとを追うように、9月の秋場所後に新大関となった琴奨菊を迎え、2場所ぶりに4大関が揃った。ことにも日本人で4年ぶりに大関に昇進した琴奨菊には地元九州の熱い声援が連日寄せられる。

ところで、女性初の「横綱審議委員」を長年つとめられ、朝青龍との軽妙なやりとりで知られた内館牧子さんの相撲の話がおもしろい。エッセイ集『きょうもいい塩梅』に笑った。曰く「大相撲の魅力は〈格差〉である。十両以下は大銀杏という髷《まげ》も結えず、化粧廻しもつけられない。国技館の照明にも差があり、下位の力士は薄暗い中で相撲をとっている。またテレビの画面に出る四股名《しこな》の書体が違う。十両力士は勘亭流だが幕下は単なる活字。廻しは木綿でさがりも吟味されない」。

この番付、序列は「前相撲―序ノ口―序二段―三段目―幕下―十両―前頭―小結―関脇―大関―横綱」と、完ぺきに積み上げられる。折しも5日目、新十両インタビューは平成元年生まれの旭日松だった。入門から6年、化粧まわしには「夢」と美しい銀文字が輝く。「十両になって変わったことは？」の問いに「来月から給料がもらえます」とうれしそうだった。

相撲の合間の横綱インタビューでは「夢」のテーマに白鵬は「父はモンゴル相撲の横綱なので、自分もと願い、日本にきて親子横綱の夢を達成できた」とにこやかに語られる。「夢は大きく、人生は一度」と、この大きい人に言われるとテレビさじきにも勝負の神のご託宣《たくせん》がもたらされそうで神技《しんぎ》の妙に打たれる。

さて本日なか日。注目の全勝琴奨菊にはモンゴルの一敗力士鶴竜が組まれた。解説には浅香山親方と佐ノ山（元千代大海）親方が坐り、福岡国際センターは割れんばかりの琴奨菊コール。立ち合い、ジリッ、ジリッと土俵にめり込む足の感触まで伝わってきそう。速かった、熱かった。琴奨菊の圧力をかける組み手の深さ、上手を引いてまっすぐの投げに、鶴竜の体が落ちた――。

8戦全勝は白鵬と琴奨菊の2人だけ。内館牧子さんは「世の中でいちばんおいしい焼トリは相撲を見ながら食べるそれ」と言われる。さあ、私も早く焼トリを買いに走ろう。

2011・11・23

257　三島忌

散るをいとふ世にも人にもさきがけて散るこそ花と吹く小夜嵐　　三島由紀夫

「昭和45年11月25日午後零時5分、三島由紀夫、陸上自衛隊市ヶ谷駐屯地で割腹」という衝撃的な事件から41年たった。あの日、私は生後80日にも満たない赤児を抱いてテレビに見入っていた。昼のニュースで「三島が自衛隊に乱入」と言い、自衛隊の建物のバルコニーではちまきをした三島の演説のもようが映された。「天皇陛下万歳」と三唱したとも言われたが私はそれははっきり記憶がない。

ただ父親の平岡梓氏のインタビューに泣いた。「割腹とはびっくりしましたが、どうなっても命があればいい。ただ筆をとる右手だけは無傷であってほしいと祈っていました…」と、淡々と語られる貴族のような風格に打たれた。

三島没後、さまざまな方々によるおびただしい本が出版されている。講談社編集部の川島勝氏は「昭和四十五年十一月二十五日は、風のないどんよりした曇り日だったが、午後から時々太陽が雲間から顔をのぞかせていた。私は混乱した意識のまま早速大森馬込の家に向かった。そこには長女紀子の姿はなかった」と平成8年刊の『三島由紀夫』に述べている。

三島夫人瑤子さんは日本画家杉山寧氏の長女で昭和33年、20歳で結婚。翌年長女、37年長男威一郎誕生。

川端康成は、三島の遺体と対面したと一部で報じられたことは否定して「ただ驚くばかりです。こんなことは想像もしなかった。私が三島夫妻の仲人をしたのですが、奥さんにはまだ会っていません。もったいない死に方をしたものです」と語ったと、編集者中川右介氏の一書に記されている。

昭和45年という年代は昭和の爛熟期。昭和天皇ご壮健、内閣総理大臣は佐藤栄作、自民党幹事長は田中角栄。中川氏はさらに「越山会の女王」を書いた児玉隆也と三島の関係に触れている。

当時の「女性自身」誌は田中の女性問題を追いかけており、編集長代理の児玉は三島事件のショックで戦意喪失してしまう。児玉にとって三島は人生の師だった。この後昭和49年文藝春秋11月号に立花隆と一緒に「田中角栄研究」として掲載され田中政権を揺さぶった。時代はめぐりことし同誌11月号に「田中角栄の恋文」が載っている。

児玉隆也はとうに亡く、政界の表裏を彩った人々も伝説となりつつある。いまだ生あれば、86歳の文豪の手にケータイ、パソコンが繰られているだろうか。歳月の束が明滅している。

2011・11・30

258　源氏絵巻

おもかげは身をも離れず山ざくら心のかぎりとめて来《こ》しかど

源氏物語

このほど朝日新聞出版より「週刊絵巻で楽しむ――源氏物語」が創刊された。54帖、全60冊創刊号は「一帖桐壺」の巻である。なんという豪華さ、朝日新聞の「いつかは読みたい本」ランキングでもトップのこの古典が11月22日から発売されている。目をみはる「源氏絵」の美しさ、今回出版にこぎつけるまでの学者、研究者、海外調査チームの方々等の談話も誌面で報じられている。

何といっても目にとびこんでくる物語の生活実感に圧倒される。今までも断片的に絵巻や展覧会の図録等で見ていたが、こうして一冊のページを繰りながら長大な大内裏《だいだいり》の全容を目にすると息づまる感動を覚える。

まずとびらを開けると「桐壺の基本知識」「人物関係図」がカラフルに、現代版のイラスト入りでわかりやすく解説、実に楽しい。「いつの時代であったか、ひときわ帝のご寵愛を受けておられた更衣《こうい》がおりました」あまたの妃たちの羨望嫉妬に苦しみながら皇子を出産。

絵巻では、帝は御簾《みす》の内側で更衣に抱かれた光君とご対面。しかし更衣はその後、里さがりのまま息絶えてしまった。

本集には、尾崎左永子さんの解説で、帝と桐壺の更衣の贈答歌が載っている。「限りとてわかるる道の悲しきにいかまほしきは命なりけり」〈限りある別れと知っていても、あの世に行きたくはない、本心は生きたいのです・更衣〉「尋ねゆくまぼろしもがなつてにても魂《たま》のありかをそこと知るべく」〈楊貴妃の場合のように人づてでも、更衣の魂のありかを知ることができるように・桐壺帝〉

やがて母の桐壺更衣にそっくりな藤壺女御が入内《じゅだい》した。そして12歳の光源氏は元服し、16歳の葵の上と結婚。一方亡き母上に似ているとはいえ「大人になり給ひて後は、ありしやうに御簾の内にも入れたまはず」と、もう以前のように藤壺の宮とは会えなくなったのだが、この巻で早くも大きな暗雲がたちこめる…。

私は今、昭和39年の購入年月日のある『岩波日本古典文学大系』をつき合わせて読んでいる。一途に原文ととりくんでいたあのころにこのような写真、図解、豊富な資料があったらどんなに助かったかと動悸をおさえきれない。掲出歌は10代からの暗誦歌の「若紫の巻」、54帖シリーズではもう少し先のこと。毎週配本でも1年がかり、大層丁寧な鑑修で、これならむかし乙女にもついていけそうだ。日々新しく、毎回待ち遠しくてならない。

2011・12・7

259　忠臣蔵

風さそふ花よりもなほわれはまた春の名残を如何にとかせん
浅野内匠頭長矩

平成24年は赤穂浪士討入りから310年になる。「頃は元禄十五年師走の十四日、折から降りしきる大雪の中、目指すは本所松坂町の吉良屋敷。統領大石内蔵助良雄が打ち鳴らすは一打ち二打ち三流れ、これぞ正しく山鹿流の陣太鼓。四十七士の面々が表と裏の門をば打ち破り、吉良の屋敷へ乱入したり…」

師走の芝居は「忠臣蔵」赤穂浪士討入りの場面である。徳川家康が幕府を開いてから百年、その元禄14年3月、江戸城松の廊下で浅野内匠頭長矩《ながのり》が吉良上野介義央《よしなか》に刃傷《にんじょう》に及んだ。浅野は即日切腹、浅野家断絶赤穂の領地は没収。相手の吉良側はお咎めなしの裁決に喧嘩両成敗の法度に背くと庶民の反感を呼ぶ。

この刃傷の原因については諸説入り乱れ、今もって「分からない」と結論づけられる。浅野内匠頭の遺書の不自然さ「かねて知らせ申すべく候へども今日やむ事を得ず候故、知らせ申さず候、不審に存ずべく候」の文言だけ。さぞ不審に思っているだろう、とのみ書かれた書状を届けられた国許《もと》の家臣たちの思いやいかばかりであったろうか。

さて討入りは「寅の上刻」つまり15日の午前4時ごろとされている。まだ夜明け前の奇襲作戦であれば陣太鼓など打たない。「卍巴《まんじともえ》と降る大雪」といわれるが、大雪は前日の13日だった。従って残月の明るさに提灯もいらないほどだった。また吉良屋敷のある松坂町も、そのころにはなく、元禄事件以降の町名の由。本当は「目指すは北本所十二の橋通の吉良屋敷」これでは語呂悪く、芝居のふんいきが出ない。

そして12月15日、吉良上野介の首級《くび》をあげ本懐をとげた大石内蔵助ら一行は泉岳寺で、内匠頭の墓前に報告。大石は「あら楽し思ひははるる身はすつる浮世の月にかかる雲なし」と心境を詠んだ。その翌年2月4日、細川家下屋敷にて切腹、行年45。因みに主君浅野内匠頭は35歳、吉良上野介は61歳であった。

さて「忠臣蔵」人気にふれて、小林秀雄の言として「文士劇で忠臣蔵をやった時、正宗白鳥さんが『こんな連中のやるのをともかく見ていられるのは不思議だな。忠臣蔵は不思議な芝居だな』と言った」と、秋山駿さんが書かれている。

本や歌舞伎、映画テレビでもおなじみの「忠臣蔵」。盛岡文士劇でもぜひ見てみたい。すご腕脚本家による名優達の名場面が、きっと大向うをうならせるにちがいないと信じている。

2011・12・14

260　談志のはなし

惜別や初冬のひかり地に人に

赤城さかえ

11月21日、古典落語の第一人者、立川談志さんが亡くなられた。マスコミに報じられたのは23日、大相撲中継の4時5分ごろ、ニュース速報が入り、驚いた。夜のニュースでは「百年後のメッセージ」に「ことによると、生きてるかもしれないよ、おれ」と精悍な表情で語られるビデオの姿が印象的だった。

昭和11年1月2日、東京小石川生まれで75歳。私はことにひいきというほどの熱烈なファンではなかったが、あの早口でよどみなく語るはなしが好きだった。「談志」ブランドの大きさはとうに落語界を越え、テレビ舞台マスコミの寵児としてもてはやされた。

師匠の「浮世根問《ねどい》」をなまで聴いたのはいつであったか。新宿紀伊國屋書店本店で遊び、その4階ホールで談志一席を聴いたのだった。「眼光炯々《けいけい》と」と感じたのが第一印象で着物の衿がピシッと崩れず、声になんともいえぬ粘りがあった。鍛えたというよりも練り上げられた艶といった感じの色気があった。

「根問」というだけに、ものごとを根掘り葉掘り問う話。「嫁入り」のわけなんて、隠居の答は「男の目ふたつ、ナァ、女も目は二つ。だから合わせて四目入り」とか何とか、なにしろ若き師匠の、これでもかこれでもかと畳み込む話芸に椅子を揺すって笑ってしまった。

平成21年冬、岩手県民会館で児玉清さんの司会の「ブックレビュー」公開放送があった。そのとき、出演者のおすすめ書籍の一冊『人生成り行き―談志一代記―』を買い、折々読んでいる。当代随一の演芸の目利きといわれる吉川潮さんとの対談聞き書き形式で、談志誕生から立川流創設25年まで、そこにしのび寄る病いの影までも書かれた本である。おもしろくて、おかしくて、この生き生きとしたなまの会話が実にいい。

「初めての高座は昭和27年4月の新宿末広亭の昼席で〝浮世根問〟をやりました。うまかったですよ、あたしは」とご満悦。高校一年生で柳家小さんの弟子になり、29年二つ目、38年真打に昇進。後に政界にも進出、そのころの話はきわどくはらはらさせられる場面がいっぱい。

自ら自分の噺をこしらえては壊す作業をくり返し、「イリュージョン（幻想）」や「非常識」を根底にしていると語る師匠の意気に打たれる。「高齢初心者」と笑いながら、現代を生きる苛立ちを表現し続けた天才噺家を、今、平成の点鬼簿《てんきぼ》に加える悲しみを思う。

2011・12・21

261　お大師さまの日

風垣の穴出入る客や大師講

五十嵐牛喆

師走もおしつまってくると、お大師さまの話を思い出す。むかし、12月になると、さまざまな神さまのお年取りがあり、さまざまなものを供えて祈りをささげた。8日はお薬師さまのお年取り、10日は金毘羅さん、11日がおいなりさん、18日は観音さま、そして21日はお大師さま、24日が地蔵さん、28日がお不動さまのお年取りと定まっていたものだった。

むかし、といっても60年もの歳月を重ねると、詳しい日にちは大分おぼろで、まして大方旧暦でお祀《まつ》りしていたと思うので、今は季節に合う新暦の日を当てているようだ。

日頃農耕に明け暮れていても、こと神さまの行事だから、いとも丁寧に敬虔に神棚を清め、お供えをしたものだった。それは豆であったり、二股大根であったり、あずきがゆの日もあり、えびすさまの日は尾頭付の魚があげられた。子供心に、おもちの日がうれしかったが、おいなりさんのお年取りには粉もちでなく、ちゃんと臼《うす》でついたもちを供える習いであった。

ところで食通の故池田弥三郎さんの『私の食物誌』に「大師講」の話が出ている。「お大師さまが諸国を回っているある晩、ある老婆の家を訪れた。老婆は貧乏でお大師さまにごちそうできなかったので、隣家からこっそり小豆を盗み、それで小豆がゆを作ってさしあげた。しかし老婆は片方の足をひきずって歩くため畑にその特徴ある足跡が残ってしまった。お大師さまはあわれに思って、その夜、雪を降らせて足跡をすっかりかくしてやったという。それで大師講の日に降る雪を「跡隠しの雪」といっているとのこと。

また、今年9月に急逝された辺見じゅんさんの『花子のくにの歳時記』にも美しく哀しい話がいっぱいつまっている。「秋田や岩手では旧暦の11月24日を〝オデアシコさまの日〟と言い、この日はあずきがゆに一尺五寸ばかりの葦《あし》の箸を添えて神さまに供える習いだった。オデアシコさまには24人もの子供がいて、それぞれに長い箸であずきだんごを食べさせた」と書かれている。これは私には一番なじみ深い話に思われる。しんしんと降る雪の夜、家族仲よく息災にオデアシコさまのお年取り。24人もの子らに囲まれていたら、どんな困難でも乗り切れそうだ。こうして日一日と神々のお年取りをすませて、いちばん最後に人間のお年取りが待っている。来む年は初松風の澄みわたるよい年でありますように。

2011・12・28

262　初春の雪

初春の初子《はつね》の今日の玉箒《たまばはき》手にとるからにゆらぐ玉の緒
大伴家持

「天平宝字二年（７５８年）正月三日、孝謙天皇、王臣等を召して玉箒を賜い、豊の明かりをきこしめす」その時、右中弁大伴家持の作った歌。正月の初めの子《ね》の日、宮中では新年の宴会を催す習わしだった。「玉ぼうき」は古く正月初子の日に蚕室を掃くための儀礼用のほうきで、飾りに玉がついているもの。天皇御みずから玉箒を以て蚕卵紙を掃かれ、また鋤鍬《すきくわ》を以て農耕の所作をなされた。そうして豊作を祈願され邪気を払われてのち、歌を召された家持の会心の作とされている。「ゆらぐ玉の緒」は玉箒の玉を貫《ぬ》いた緒がゆらいで鳴りひびくという視覚聴覚清らにめでたく整っている。

さて、天平奈良のいにしえから、正月に降る雪は吉祥慶事とよろこばれた。萬葉集巻17には葛井諸会の作として「新《あらた》しき年のはじめに豊の年しるすとならし雪の降れるは」他、雪の新年の歌が多く見られる。時は天平18年（７４６年）「白雪さはに降りて、土に積むこと数寸なり」と萬葉集に記されている。温暖な奈良地方では正月に10センチ以上も積もったら大さわぎであったろう。そこで左大臣橘諸兄は大勢の役人をひきつれて、元正天皇の御在所に雪見舞に参上する。

天皇大層喜ばれ、雪見の宴をひらかれた。そしてこの雪を題として歌を詠むようご下命があった。さっそく葛井が件《くだん》の歌を「新しい年のはじめに、豊年のしるしであろう、こんなに雪の降るのは」と、声調よく歌いあげた。（萬葉時代の読みはあらたし）この時、家持も「大宮の内にも外《と》にも光るまで降れる白雪見れど飽かぬかも」と詠んだ。「大宮の内も外も雪明かりがしてこんなにきれいに降る雪は見ても見てもあきないなあ」と如何にも正月らしく、天象を愛で、天皇の徳を称《たた》え、居並ぶ百官の健勝をことほいだ。

しかしいつも思うのは、こんなふうに諸行事毎にその場で題詠を拝命し、臨場感ある歌を余裕で作りあげ、朗々と披露に及ぶ才智。うたげは一層盛り上がり、日頃の感性学識が輝いてやんやの喝采を得られたことだろう。

萬葉集４５１６番最後の歌は家持の「新しき年の始の初春の今日降る雪のいや重《し》け吉事《よごと》」である。「新年のはじめの今日、めでたく降る雪のように、いよいよ吉事の重なりますように」因幡国守（鳥取県）となって初めて迎える正月の景。３尺の積雪にも嘆かず、歌は言霊《ことだま》とひたすら吉事を祈る歌人の姿である。

2012・1・4

263　小町伝説

花の色はうつりにけりないたづらにわが身世にふるながめせしまに

小野小町

年末年始の喧騒の中で、なんとも雅びな心弾む本に出会った。『百人一首　21人のお姫さま』戀塚稔氏の著書である。その表紙にアッと思った。小町だ、草子洗いだ、とわくわく。王朝の姫君が、うるし塗りの角盥《つのだらい》で草紙を洗っている図が美しく、真剣なまなざし。たらいに墨の流れた液のさままで見てとれる。

小倉百人一首は、天智天皇、持統天皇詠で始まり、後鳥羽、順徳の在世の両院の御製で終わっている。いうまでもなくこの二組はともに親子である。この構成は如何にも天皇家に対する敬意の表れであろう。

百人百首、みな自分の得意札、ひいき札があって当然、ふだんの会話にも思わず耳になじんだ字句が口をつくことがある。掲出歌は「言葉の色を巧んで重ねている点で百首中屈指の芸には相違ない。話題にも作者はこと欠かない。六歌仙の紅一点、弁天様なみの美女。深草少将を嘆き死にさせたり、大伴黒主《くろぬし》の詐術を見破ったり、全国にあまねく小町伝説と墓所を残した」とは「好き嫌い百人一首」で述べられる秦恒平先生のお説。

その「大伴黒主の詐術」が古筆草子をつのだらいで洗う場面である。京都一条のあるやかたで歌合《うたあわせ》が行われた。小町との組み合わせになった黒主はその前夜、召使いの男に、小町が明日発表する歌を盗んで来いと命じる。召使いは小町の家の縁の下にもぐりこみ、小町がしきりに口ずさむ歌を頭の中に刻みこんだ。「まかなくに何を種とてうき草の波のうねりね生《お》いしげるらむ」（なんで根もない浮き草が波の間に生い茂るのでしょう、私もはかなくも生きております）これを主人に伝えたのである。

当日、歌合の判者は小町の勝ちと告げた。そこに黒主は「この歌は私の父の作。証拠の歌帳だ」といって小町を盗作と決めつける。しかし、先の召使いが苦労して盗んできたのに報酬がなかったのに腹を立て、詐術をあばく。

そこで小町は立ち上がり、黒主の歌帳をつのだらいの水にさらした。召使いの言う通り、「まかなくに」の歌の墨は流れて、小町の名声はさらに上がったことだった。

小町の伝説を主題とする謡曲、物語は「七小町」ともいわれこの「草子洗小町」は今も京都市上京区に「小野小町草子洗井戸遺蹟」の石碑あり。しかし若くあれほどもてはやされた佳人に、老惨の姿は読む側も辛くなる。「わが身世にふる」時の速さにしんと心が鎮まる思いがする。

2012・1・11

264　映画の醍醐味

夜もすがら水鶏《くひな》よりけになくなくぞまきの戸口に叩きわびつる

紫式部日記

映画「源氏物語」を二度見た。先月、封切日に見て、期待にたがわぬ豪華絢爛な平安絵巻の世界に圧倒され、再度物語の細部を確認したくて年明けの映画館に足を運んだ。クイナの場面をもう一度見たかったのだ。薄明の画面に激しく水面を叩くような鳴き声、アッ、クイナだと心が騒ぎ、しだいに近づいてくる男性の姿に目をこらす。誰あらん、この君こそ土御門《つちみかど》邸の主、藤原道長その人である。ハッと身構えるは紫式部、霧のような、夢のような愛の場面の美しさ。

『紫式部日記』でも私はこの部分が大好き。夫、藤原宣孝の没後、一条天皇の中宮彰子に仕え、『源氏物語』を書いたといわれる紫式部。女児賢子(のちの大弐三位)を育てつつ彰子サロンにつとめていたある夜、彼女の局《つぼね》の戸を叩く音がする。

「おそろしさに、音もせで明かしたるつとめて(早朝)」、掲出の歌が置かれてあった。「せっかくお寄りしたのに、戸をあけてくれないので、一晩中泣き泣き戸を叩いていましたよ」とあり、筆跡からすぐ道長とわかった。

「ただならじ戸ばかり叩く水鶏ゆゑあけてばいかにくやしからまし」紫式部の返歌。(ただごとではない叩き方でしたけど、ほんのつかの間ばかり戸を叩いただけの水鶏さんに、戸をあけたらどんなに後悔することになっていたやら」と、拒絶する。

映画では紫式部を中谷美紀、道長役は東山紀之で「あけずばいかにくやしからまし(拒絶しない)」の趣で、それなりに納得できる筋立てだった。中宮彰子の父藤原道長は今や「この世をば我が世とぞ思ふ望月の欠けたることもなしと思へば」と詠いあげる権力の頂点に立った。

総工費2億円ともいわれる琵琶湖畔に建設された「土御門邸」のオープンセット。丸柱の太さや柱間の間隔まで当時の資料通りに、太さ1尺の丸柱を200本も使ったとのこと。また、光源氏と頭中将が「青海波」を舞う場面は「えさし藤原の郷」での撮影の由。源氏「紅葉賀」の巻では二人の舞を桐壺帝が絶賛された。それが鮮やかに再現、映画芸術の醍醐味である。御所の政庁を埋めつくす紅葉のきわみに、源氏(生田斗真)、頭中将(尾上松也)の絶世の舞であった。やがて橋の両側から紫式部と源氏の君が歩み寄り、すれ違うラストシーン。向こうにはあまたの牛車の片車輪の図。行く来《く》さ、そくそくと一千年の人の息合いに酔いしれた。

2012・1・18

265　うぐひすの宿

勅《ちょく》なればいともかしこしうぐひすの宿はと問はばいかがこたへむ　大鏡

百人一首の代表歌といえば、伊勢大輔《たいふ》の「いにしへの奈良の都の八重桜けふ九重ににほひぬるかな」がよく知られている。寛弘５（１００８）年ごろ一条天皇の中宮、大東門院彰子に仕えた。『源氏物語』が書かれた時代、女房としては紫式部は先輩、和泉式部は後輩の間柄、知性感性の磨きぬかれた才女サロンだ。

その一条帝の御時、奈良興福寺から宮中に桜が奉《たてまつ》られた。毎年恒例のようで「今年の桜の受取人は今参り（新参者）の女房に」ということで、伊勢大輔が仰せつかった。彰子中宮の父、藤原道長が「黙って受け取るものではない、歌を詠め」と命じ、その場で彼女の詠んだ歌がこれである。上の句の四つの名詞を「の」で結び、八重桜と九重の対比、けふと京等、内裏の繁栄を高らかに詠みあげて絶賛された。

ところで「奈良の都の八重桜」と並び、梅を詠んだ忘れがたい故事がある。「大鏡」に見える文徳天皇の時代より14代、１７６年間の歴史を物語風にかな文で叙述した歴史書である。「いにしへを聞き今を見る」とて、なにしろおん年１９０歳の大宅世次と１８０歳の夏山重木両翁の、超高齢者対話集風で実に面白い。

時は村上天皇の御世（９４７年）のころ、清涼殿の梅の木が枯れてしまった。「よい梅の木をさがせ」と命じられた夏山重木は「ひと京まかりありき」（京都中歩き回って）物色、ある家でみごとな枝ぶりの梅を見つけ、有無を言わせずその木を掘り、内裏へ運ぼうとした。すると下女が出てきて無言のまま短冊を梅の枝に結んだのが掲出の歌。

「天皇の勅命ですから梅の木はさし上げます。でも春になってうぐいすが〝私の宿はどこ？〟と問うたら何と答えればいいのでしょう」と美しい女文字でしたためられていた。これはと思い調べたところ、なんと今は亡き大歌人、紀貫之の娘であった。村上天皇はいたく恐縮されて、すぐに梅の木を返されたということである。

そしてこの逸話が戦前「尋常小学唱歌」として「三才女」のタイトルで収められている由。その歌詞一番に「色香も深き紅梅の　枝に結びて　勅なればいともかしこし　うぐひすの問はば如何にと　雲ゐまで　聞こえあげたる言の葉は　幾世の春かかをるらん」と詠まれる。因みに三才女とは伊勢大輔、小式部内侍、貫之の娘のことと伝え、重木なおのちの世までも世相を映す鏡の語りを続けられたという。

2012・1・25

266　小籠包

愛を言う小籠包《しょうろんぽう》に汁溢れ　　金子喜代

新暦でも旧暦でも年改まり、すがすがしく淑気《しゅくき》の日々を送る中、1月23日は旧暦の元旦だった。この日、中国では春節のお祝い日で、テレビに横浜中華街の場面が映った。時折爆竹がはぜ、歓声があがりにぎやかな楽曲が響き、獅子舞も見えて盛り上がっていた。いろんなものを食べ歩く老若男女、その中に「小籠包」と書かれたのれんの下で、パック入りのものを買ってその場で食べる人々がいた。

なんというタイミング、私はこの日、届いたばかりの「現代川柳」誌を読んでいた。そしてこの「小籠包」の句に出会い、ウン?おいしそう!と反応したのだった。私のイメージでは「きょうこそ愛をうちあけようとしたのだけれど、アツアツの小籠包をほおばっていて、アラアラ、汁があふれてしまったわ、どうしよう!」とあわてふためく乙女のさまが見えた――。

まるでそんな私に実物公開するがごときテレビの画像、私はすっかりうれしくなって、尊敬する神戸の柳人に祝春節の電話をかけてみた。「やあ、おめでとうさん。今、元町の中華街から帰ったところです」と、疑問の「小籠包」をくわしく説明して下さる。私が「タコ焼きみたいで6個ぐらい入ってて、汁がひたひたで」と言うと「そうそう、味はブタマンみたいで、台湾風と上海風があります。一パック千円ぐらいかな。送りたいけど汁があるからねえ」と笑われる。「小籠包は昔は春節の食べ物でしたけど今は年中ありますよ」とのこと。

私が神戸を訪ねたのはひと昔も前の秋口だった。元町のにぎわいは異国情緒にあふれ、人ごみに疲れを覚えたが、小籠包は食べなかった。やっぱり春節のめでたいふんいきの中で、汁をたらしながら食べるものであろう。その方が言われるには、ことしの春節は中国人の観光客が多いという。それも集団で春節の休暇を利用して来ているようだとのこと。東京でも秋葉原や盛り場には中国からのお客さんが大量に商品を買う風景がみえた。

同じ金子喜代さんの作に「るるぶ買い逢う口実を探すゆび」とある若さ。おしゃれな「るるぶ」誌をこわきにはさんで旅を夢見るひととき。でも「食べ終えてしまえば二度と逢えぬ仲」とも詠まれるあたり、自在な生のふしぎさが伺える。食べることも逢うことも、ドラマ性を秘めて魅力的。「忘れぬようときどき吼える龍の背《せな》」とはくだんの春節の君、杣游さんの年初の句。思わず「小籠包を食べに行かむか」と下の句をつけてみた。

2012・2・1

267　玉ぼうき

酒飲めず何にて心癒すべし「酒は憂ひを掃《はら》ふ玉箒」と

入蔵多喜夫

「山梨県甲府市屋形」のおところから年賀状を頂くようになって40年になる。甲州街道甲斐のご城下、ライトブルーのモンブランの筆跡が目にあたらしい。昨年はうさぎの羽根つきのほほえましい絵柄に「老骨に鞭打つてまで頑張らない少し油を注してがんばる」とあり、初笑いの頬がゆるんだ。そしてことしはこの「玉ぼうき」のお歌。図案化された「龍」の墨痕あざやかに、両端には古式の料紙の流紋が描かれている。

ところでこの「玉ぼうき」が酒の異称ときくいわれをはっきり知らずに来た私は正月早々恥の「かきぞめ」をした。その出典を自分で調べることなしに、甲府の先生にお尋ねしたのである。なんという不しつけな、またあまりの常識知らずにあきれられたと思うのだが、まだ正月気分のぬけきらぬうちに、大層ご丁寧なお手紙で教えていただいた。

「〈酒は憂ひを掃ふ玉箒〉は、宋代の詩人蘇軾《そしょく》の〈洞庭春色〉の漢詩の中に出てきます。蘇軾が〈洞庭春〉と銘打った酒をもらい、飲んだところ、これはまさに〈掃愁帚《そうしゅうそう》〉だと感じ入り〈愁ひを掃ふ玉箒〉と詠んだ詩といわれています。辞書にも「玉箒」の項に〈飲めば心配ごとをはらい除くから酒の異称〉と出ています。拙作は、大病の前までは少しばかり酒も飲めて、愁いをやることもできたのに今は…との嘆きが実感としてあります」と、諄々《じゅんじゅん》と説かれてある。

「苦も怨もみな忘れたり心臓の大き手術もそのうちにあり」と詠まれ「ちちはは知らぬ齢に入りてゆく七十五歳爾後の茫々」とも詠まれる作者。「詩人《うたびと》になれず虎にしなりつるは我かと沁《し》みて〈山月記〉読む」との深い精神性に感銘した。唐時代、かつての秀才二人が再会した。袁傪《えんさん》は政府高官、もう一人李徴《りちょう》はなんと虎になっていたという度肝をぬかれる物語。昭和17年、33歳で世を去った中島敦の作品は今に新しく、平成21年は生誕百年で、友にあてた遺書として話題をよんだことだった。

さて節分には甲府の三大祭りの一つ「大神《だいじん》さん」の追儺式が行われた由。また横近習《よこきんじゅ》大神宮の獅子舞は、武田信玄の父信虎の代よりうけつがれているという。2月10日には南アルプス市で「十日市祭り」と綴られる。「さくら花咲けるかなたの甲斐駒にうすむらさきに残雪にほふ」との甲斐盆地は、もうふた月もすれば「洞庭春色」の景の訪れかと想像している。

2012・2・8

268　中国の古都

没りつ陽の赫く染めたる巷《ちまた》にしおとがひ薄き顔と往き会ふ

鈴木英夫

「揚子江の岸から約五十メートル乃至一〇〇メートルほど離れて、ほぼこれと平行に走る街のメーンストリート、戦火による破壊の跡は、まだ完全に癒えていないが、東西に長いこの大通りの、ほぼ中央に位置する四辻の、粗末な時計台があるあたりを中心に、かなり賑やかな日本人たちの商店街が出来上がっている」との描写は、昭和14年、前年の漢口攻略戦から立ち直ったころの、中国九江市街の様子を述べた文章である。

一昨年10月、98歳で亡くなられた医学博士であり歌人、文明史家、評論家、小説家等多彩に活躍され著書多数。明治45年2月9日、神奈川県高座郡座間村生まれ、神奈川の穀倉地帯で代々地主さんの家系。昭和12年、25歳にて軍医中尉として召集。「昭和13年の正月は、西湖で名高い中国の古都杭州で迎えた。この街に入ったのは暮の二十五日、飢えと寒さでがたがたふるえていたが気持ちは不思議とのんびりしていた。三日になると正月用の酒のおくれが届いた。火力発電が復旧し、ほんの僅かの時間電燈が点り上海放送のラジオが〈青空〉の曲を鳴らした…」と伝える。

太平洋戦争よりもさらに古い中国との戦争を書かれた随筆集『しろつめ草』と『コスモス一万本』を、鈴木英夫先生の誕生日と前後して読み返した。ご著書のとびらにはいつも歌がしたためられてあり、前者には「甘棠湖《かんとう》秋はや冷ゆる水に来てあそべる鴨の連れもあらなくに」とあり平成11年10月9日の日付が入っている。掲出歌の「おとがひ薄き顔」とともに、私にはそのころ悲風吹き荒れた時節でもあり、先生のお気持ちに力づけられた。医は仁術そのものの先生に救われたのは私ばかりではない。

ある方は箱根で行われた全国短歌大会でにわかな発熱に、急きょ鈴木先生の診察を受けられて、事なきを得たとのこと。医学博士ご臨席の短歌会はなんとも頼もしいことだった。

先生は終戦まもないころより自転車での往診をされ、中国の故事にならって「三上」つまり「馬上、枕上、厠上《しじょう》」にて文章を練る例に「車上」を加え、鈴木四上説を実践された由。でもある時、布に包んだ往診鞄を荷台につけて「車上創作」中、駐在さんにヤミ屋かとまちがわれた笑い話もあり、時代を感じさせられる。晩年まで診察を続けられ、自宅にて永眠。私の座右のご本には先生のご筆跡が躍っている。

2012・2・15

269　しらぬひ筑紫

しらぬひ筑紫の山の若みどり瀬戸を隔てて見ればうるはし

木原昭三

日中でも氷点下の気温の日々にうずもれて、南国の陽光を恋いながら重厚な歌集を読んだ。昭和3年生まれの元高校の先生の第三歌集。「しらぬひ」は「筑紫《つくし》」の枕詞で「知らぬ日（多くの日数）を尽くして行く地」の意から「筑紫」は「九州の古称。また筑前、筑後を指す」と解説される。

「きさらぎの朝の空に土降るを風邪ひきの眼に茫と仰げり」「黄砂舞ふ空にひかりを失へど春の夕日の紅《こう》美しき」春先、東北にも黄砂が降ることがあるが、車の窓が黄土色に汚れているのを見て気付く程度。九州では春到来の通過儀礼とみなされているようだ。

「呼び慣れし炭焼一区の字《あざ》の名も住居表示変更に消ゆ」平成になってからことに市町村合併が進み、古い町名が消えた。木原さんのところも「福岡県糟屋郡宇美町炭焼一区」で長いこと年賀状をさし上げていたのだが平成13年から「貴船」と変わった。もっとも私の所も、平成17年から「八幡平市」となり、市とはいえあのころはずい分と深山幽谷のイメージと見られて観光質問を頂くことが多かった。

「ゴッホ展観むと出で来て太宰府の寒風とどろく苑を横切る」先年開館した福岡国立博物館に、ぜひ一度と思いつつ私はまだ果たせずにいる。絵画、音楽、また信仰厚い氏の歌集にはどこを開いても高い芸術性にひきこまれる。「民族の誇は斯くといふまでにスメタナの交響詩〈わが祖国〉響《な》る」「生きてゐるうつつが奇蹟と称《たた》へたりピアノの哲人ルービンシュタイン」ショパンもベートーベンも随所に出てくるが、この2人の音楽家に作者の思い入れと哲学が感じとれて、チェコ、ロシアへの時代性と祖国の背景を重ねとった。

「虫干しにならべしおもて百余り二百余の眼が天井凝視《みつ》む」集中にいくつか奥様の面打ちの歌がある。「檜木より生まれ給ひし俊寛の面《おもて》の愁ひ、春のわが家に」この世界の特異性。春のわがやで百個の能面の虫干しとは、二百余の眼の凝視とは、思うだに背筋がふるえる。

そして「自《し》が打ちし十寸髪《ますがみ》付けて〈逆髪〉を演ずる妻が橋掛り来る」と詠まれる。自作の面を付けて摺り足に来る妻、それを見守る夫。ひと筋の橋掛りが虹のような輝きを見せるか。演者の緊張感と見巧者の祈りが舞台の上に交錯する。「充実の歌集読む間に時は逝き冬のひと日は寒く暮れたり」まるで今の私の心情そのもの、充実の一書を机上に熱い興奮に包まれている。

2012・2・23

270　うるう年

一年の日かずが多いこの年は暦にきみの誕生日あり

有川知津子

4年に1度の閏年《うるう》、きょうは「一年の日かずが多い」2月29日。閏年は西暦年数でも4で割って余りの出ない年であり、オリンピックの開催年、またアメリカ大統領選挙の年。日本では「神武天皇即位紀元」つまり「皇紀」年数が4で割りきれる年が閏年となっていて、ことしは皇紀2672年である。

誰しも新しいカレンダーを貼るときは、まず自分の生まれ日を見るのではなかろうか。私も今月が誕生月。でも2月生まれって、他の月よりも2、3日少なかったり、不足感覚にとらわれて、この歌のように「日かずが多い」と思ったことはなかった。この作者は、新年の暦に、いつもはない2月29日がある!と喜び「きみの誕生日」をことほいだ。

この歌を所属の短歌誌で読んだのは8年前。彼女は当時30代の長崎の女流歌人で、いつも瑞々しい発想に頬がゆるみ、若い感性をうらやんできた。

そして今年1月、一連の有川作品18首が発表された。連作は作者の資質はもちろん、構成、バランス、テーマ性等々高い水準が求められる。何よりおもしろくなければならない。彼女は、親しい友人の結婚式に招かれたらしい。「今、仮に彼女のことをI《アイ》と呼ぼう白きスニーカーのやうな花嫁」から幕があく。「くいくいと銀の小駒《こはぜ》を掛けゆけり緊張気味のわれの足くび」「18の齢のちがひそのままに手をかさねあふ先生とI」「花よめの母のかたこと日本語にわれのにほんごかたこととなる」こう読んでくるだけで、華やかな結婚式場が見え、異国の花嫁、Iさんと18もの年齢差をこえて結ばれたカップルの姿が想像できる。

「新郎が目下の趣味をたづねられほがらほがらと言へり『Iです』」「Iさんとは杜甫の詩をともに読んだりも…言ひて気づきぬシは忌みことば」スピーチのマナー、死や別れ、去るは禁句。さりげなく世間智もふまえて「海峡に空砲ひびくゆふぐれをわれは衣裳の帯解いてゆく」とうたい納める。「Iイーチェンたとふればさう水踏みて逢ひたくなれば逢ひにゆくひと」一篇の詩を読むやさしさに似て、イーチェンの語感の奥深さ。「雨のふる音さへちがふ外つ国をさびしと言ひしIなりにしを」そのさびしさをかけがえのない友情で埋め「目下の趣味」と愛でられる新郎とめぐりあった。よんだりよばれたり、微妙にゆれ動く女心をかいまみて、これからは4年にひとつずつ加齢できたらなあとつぶやいた。

2012・2・29

271　震災命日

あの道もあの角もなし閖上《ゆりあげ》一丁目あの窓もなしあの庭もなし

斎藤梢

「嗚呼《ああ》、三月十一日二時四十六分の前後で割れる普通の暮し」「閖上とふ美しき名の漁港なり　ここから二キロが壊滅の報」宮城県名取市在住の斎藤梢さん。あの震災の日から1年たとうとしている。まさにあの時間を境として、生死を分け、暮らしの拠り所を失い、眼前に起きた惨事を信じがたいまま時を積み重ねてきた。

この1年、全国でおびただしい震災詠が詠まれてきたが斎藤さんはこのほど「遠浅」と題した30首詠で、所属の短歌誌の第58回O先生賞を受賞された。折口信夫に因む伝統ある賞である。昭和35年弘前市生まれ、大学時代から作歌活動。福島出身のご主人と結婚、宮城県に住む。「三月十一日の夜、〈素直懸命に〉という木が次々と、心の中に立ちあらわれました。その言葉の木は今も、私を支えています」と語られる。

「さへぎるものもなくて視線は海に入るどこに消えたかひとつ集落」あの日あの夜、私は携帯ラジオがつかなくて、ひと晩中庭に停めた車のラジオを聞いていた。大津波で陸前高田はカイメツと伝えるのを聞いた。漢字が思い浮かばなかった。一昼夜経て、電気、テレビがついた時の衝撃。

「〈たくさんの死にん見ました〉作文の一行目から始まる記憶」「思ひ出すことに怯える子供らに怖かつたことを聞くのが治療」そうだろうなあと思う。ゲームや映像ではないあまりにもむごい現実にたじたじとなる。「あきらかなかなしみとして手が触れる耳の小さな喪章オニキス」黒い石のイヤリングを外すことなく過ぎる日々。「診察を待つひとびとの会話にもある〈流された〉その主語思ふ」本当に沿岸の人たちと話していると「流された」会話が多い。そのひとつひとつに物語も愛着もあるのだけれど、どれだけ汲んであげられるのだろうか、無傷の自分がうしろめたい。

「福島産の西田敏行胸に手をあてて歌へば桃のやさしさ」春日八郎も、民謡の原田直之さんも福島生まれ。でも「ふるさとがフクシマと呼ばれゐる夏に夫は黙つて働きてをり」こうカタカナ表記されるようになって、チェルノブイリの恐怖と並んでしまった。「かなしみの遠浅をわれはゆくごとし十一日の度《たび》のつめたさ」作者自身一被災者として、より悲運の人々に寄せる思いが毎月11日のなぎさの冷たさと表現された。まだ寒い祥月命日がめぐってくる。

2012・3・7

272　癌を抱く

癌を抱くと。かかる日が来て受け容れてそれも忘れて冬の花咲く
秦恒平

衝撃的な本が届いた。秦恒平先生の「湖の本」110巻、「千載和歌集と平安女文化上」3月14日号の「上巻序に代えて」に絶句。これは昭和61年創刊の「秦恒平によるもはや入手しにくい原稿、版の絶えた単行本を主として年に四、五冊、同じ装丁の簡素な形で」刊行されているもので、もう26年になる。いつも先生直筆の流麗な栞がはさまれてあるのだが、今回は「我愛其静ご機嫌よう」とパソコン文字で初めて頂いた。

「ちょうど十年前、二〇〇二年六十六歳の正月にわたくしは〈ろくろくと積んだ齢《よはひ》を均《な》し崩しもとの平らに帰る楽しみ〉と歌っていたが、十年後の今年正月五日、聖路加病院人間ドックは、疑いようのない胃癌を発見し、二月十三日に入院、十五日には手術と決せられた」とあり、胃全摘と胆嚢切除をされて、三月十日退院予定と書かれてある。

先生は、古今和歌集に始まる平安八代集の中で、七番目の千載和歌集が歌風として「好き」と言われる。よく「好き嫌い百人一首」とか、源氏より平家が好き、後鳥羽院より後白河院が好き等と書かれ、ファンを熱くさせられる。

後白河院は崇徳院の実弟。母親は絶世の美女待賢門院璋子《たまこ》で、鳥羽天皇の中宮なのに白河院の子を産んだとされる。しかし老齢の白河院崩御のあとは璋子と崇徳母子の無惨な境涯となり、崇徳帝は讃岐に流され46歳で憤死される。

さて、藤原俊成に『千載和歌集』の撰を命じたのは後白河院。『梁塵秘抄』も遺された。大河ドラマ「清盛」には時折「遊びをせんとや生まれけん」というさざみのようなフレーズが流れるが、それも後白河院の手厚い芸能保護のたまものかと思えば歴史が近くなる。

清盛と西行は同年齢。23歳での西行の出家の原因は璋子への恋ともいわれるが、秦先生は「西行にとって璋子は母にも近い拝跪《はいき》と讃仰の対象だった」と解かれて素直にうなずける。そして絢爛の源氏絵巻を推進したのは璋子かとの説にはまさにこの方をおいてあり得ないと納得した。保元、平治の乱からさらに治承、寿永の動乱へ。中世の足音が近づいてくる。

「逢ふと見しその夜の夢の覚めであれな長きねぶりは憂かるべけれど」私の好きな西行の歌。「何度も何度も何度も飽かず読みまた読んで、ひたすら〈私の思いに適う〉秀歌を編んだ。千載和歌集の精髄はこれで足りると思っている」と、362首の秦恒平撰に静かな断定を下された。

2012・3・14

273　機縁の章

操觚者《さうこしや》を父にもちたる運命にもの書くむすめ書かざるむすめ　小池光

震災忌もすぎ、今日は彼岸の中日。残雪も多く風は冷たいがだいぶ日が永くなった。春分の日は太陽が真西に沈む日で、菩薩となるための修業項目とされるお経の意味を思う。もっとも私などはただ単に般若心経262文字を暗誦しているにすぎないが、それでも習慣で唱えているうちに気持ちがおちついてくる。

先日、3月9日には盛岡タイムス社の元社長奥寺一雄さんのご葬儀が営まれた。お元気でいらしたころはたまに会社におじゃまして、中国のお話を伺ったりしたものだった。

祭壇にはおだやかな遺影の両側に、本のページを開いた形に生花が飾られて、あたかも読みさしの行間のようにとりどりの花でふちどりされていて胸がつまった。ご遺族の方が「兄の指は、ペンを握った形に曲がっていました」と述べられ、目頭が熱くなった。昼時間にも、おにぎりを片手に原稿を書いておられると伺った現役時代のことを思い、操觚界（新聞雑誌業界）にみなぎる覇気と緊張感に打たれる。あんなにも、日中友好の翼の旅にもお誘い下さったのに、行けずじまいだったこと、今さらに悔やまれる。

お弔いの帰路は寂しい。玄関のものかげに自分用に用意して置いた清め塩で身を清め戸をあけると、一冊の本が届いていた。親しく鮮やかなご筆跡、なんと群馬県の高僧酒井大岳先生より『心があったまる仏教』新刊書である。エッ、こんなにも大きな空洞を抱いて帰った玄関に「心があったまる」ご本が待っていてくれたなんて、私は着がえもせず頁を繰った。

驚きはさらに続く。周知のように先生は国内外に活動の輪を広げられ、昨年からは震災復興のために被災地を頻繁に回られている。そこで実際に会われたたくさんの人々との交流があったかくて、読んでいてじんわりと癒やされ、思わずウフッと笑える場面も出てくる。おむすびの話、うめぼしの話、タヌキの恩返し、ネパールのサイも、戦争も震災も、そこにある一個の石でさえも、心を寄せれば石の言葉を聞くことができると説かれる。そして「機縁」の章に目がさめる思いがした。

私はよく嬉しい偶然に会うことが多いが、それらも会うべくして会った「機縁」であると、拙歌を引いて書いて下さった。今回も当代一線の歌人小池氏の一首を記憶していたことと、元社長さんの告別式、そこに酒井先生のご本と、かくも同じ日に春風のご恩を賜ったことに、彼岸此岸の大いなる機縁感謝を感じている。

2012・3・21

274　昭和の子

教へ子の母たちなべて若かりし顔浮かべども老いてを知らず

橋本喜典

春、巣立ちの季節を迎えた。卒業の子らも先生方も、そして保護者たちも今、晴れわたった空の下、通いなれた校舎をあとにする。生徒にとって担任の先生はひとりだけれど、先生は何十人もの生徒とその家庭を毎年見守ることになる。「母たちなべて」もちろん先生も若かった。終戦子の私達もたまに集まるが、いつも「先生の記憶力」の話に盛り上がる。「出来の悪い子ほど忘れないというからなあ」と、また純朴なむかし話に笑い合う。

「あのときはなに愉しくて生徒らと笑ひたりしか黒板の前」「初出勤の朝戴きしチョーク箱いづれはわれの柩に入れよ」昭和3年東京生まれの橋本先生の初出勤の朝とは、遙かな時を経て第八歌集『悲母像』に収載。平成21年、第24回詩歌文学館賞受賞のご本である。

そして今年2月、先生の編集になる歌誌「まひる野」に「車寅次郎すなはち田所康雄さん昭和三年生れ辰年」のお作を拝見。折しも「文藝春秋」2月号では「同級生特集」を掲載。先生と同年の年男年女には渥美清を筆頭に、手塚治虫、渋澤龍彦、土井たか子、兼高かおるさんのお名前も見える。昭和のあけぼの期に生まれ、満州事変、太平洋戦争へと続く暗雲の時代、結核の蔓延、思想弾圧もあった。著名有名無名にかかわらず「戦友」感覚が芯にある。

「ちかちかと燠《おき》またたくに炭足して息吹きかけし昭和の子われは」「何のための戦争だつたか　戦争をせぬ国になつた　そのためだつた」熱い思いと若い命を絶たれた苛酷な青春をすごされた世代の声が切ない。

ここに戦後65年、関東大震災から88年、阪神淡路大震災から16年、海が裂けた。先ほど届いた角川の「短歌」4月号に、橋本喜典巻頭作品「再びの悲歌の時代」28首を読んだ。「大海の底ひの裂けて百万の魚の眼は何を見て絶えにけむ」「原発に追はれ追はれて住む土地の〈名産〉と書かれし山芋かなしも」そして「再びの悲歌の時代に生きてわれあかるき歌を詠みたくおもふ」と静かな決意を詠まれる。

大震一年、「樹木らは季《とき》にしたがひ何事もなきかのごとく一処に立てり」中央誌「歌壇」4月号の巻頭作品。「教へ子」の歌と並んで「四季の花の名札見ながらわが家へは煉瓦模様の道を来たまへ」と明るくよびかけて下さる。「帰り来ぬ人に帰れと呼ぶこゑのかへらぬ海に雪が降りゐる」生あればこそ、一別以来茫々のときを隔てても再会の夢が叶うと信じている。

2012・3・28

275 巌流島

一代の五尺に足らず絵巻物

吉川雉子郎

天気が不安定で寒い春、吉川英治の『宮本武蔵』を読んでいる。平成初期に発刊の吉川文庫80巻で、どの巻をとりだしてもつい惹きこまれ、今回もとうとう巌流島まできてしまった。

「慶長十七年四月に入ったばかりの頃である。泉州堺港からは、その日も赤間ヶ関へ通う船が旅客や荷を容《い》れていた…」武蔵の使命は、細川家の長岡佐渡の斡旋《あっせん》で、佐々木小次郎と積年の試合を果たすことであった。

場所は、御城下の地では混雑がまぬかれまいとの見越《みこし》から、海上がよい、島がよいとなって、赤間ヶ関と門司ヶ関との間の小島、穴門《あなと》ヶ島とも、またの名を船島ともいう所と決定した。この辺りの海上は、平家物語の古戦場とも重なり、潮の満ち引きが重要な鍵となる。

4月12日、武蔵は赤間ヶ関の廻船問屋小林太郎左衛門宅に身を寄せ、翌日はあるじと、船島まで供をする佐助の二人に遺す絵を描き始める。長いときをかけて、佐助には柳に白鷺《さぎ》の図を、あるじには破墨《はぼく》山水の一枚を仕上げ、ようやく決戦場へと出発した。

13日、大分時刻が遅れている。それでも武蔵は小舟の中で不要になっている櫂《かい》を削り、小次郎の「物干竿」より一尺長い四尺一寸八分の木刀を作り上げる。さらに懐紙をとりだして幾十本かのこよりを縒《よ》り「紙縒襷《こよりだすき》」にたもとをくくった。その身じまいの潔さは胸のすく思い。

日は中天に近かった。「武蔵、怯《おく》れたか、策か。約束の刻限はとく過ぎてもう一刻の余もたつ。われは最前からこれに待ちかねていた」と言い放った言葉の下に、小次郎は鐺《こじり》を背へ高く上げて小脇の大刀物干竿をぱっと抜き放つと同時に左の手に残った刀の鞘《さや》を浪間に投げ捨てた。ここに天下の名台詞「小次郎、負けたり!」と相手の肺腑を刺して一声、「勝つ身であれば、なんで鞘を投げ捨てむ。鞘は汝《うぬ》の天命を投げ捨てた――」

長い気持ちのする瞬間、櫂の木剣は正眼に持たれ、物干竿の長剣は上段に返っていた。武蔵は一朶《いちだ》の雲を見ていた。今は雲と自身のけじめを、はっきり意識にもどしていた。ついに戻らなかった剣士は巌流佐々木小次郎。

こう読んでくると、64歳で没したとされる武蔵と、明治25年生まれの吉川英治が10代から辛苦を連ねて32歳で作家として自立した生いたちと重なって見えたりもする。平成の春4月13日の決闘の小島は晴れているだろうか。昭和35年文化勲章を受章。雉子郎名で俳句川柳も多作。昭和37年、70歳にて逝去。

2012・4・4

276　かちざむらい

をやまんとすれども雨の足しげくまたもふみこむ恋のぬかるみ

大田南畝

狂歌の天才、大田南畝《なんぽ》、本名大田直次郎は徳川家直参の御家人である。禄高は七十俵五人扶持、微禄ながら両親は南畝を高名な師匠につけ、漢書や和歌を学ばせてくれた。

そして17歳で父と同じ徒士《かちざむらい》になったが父は3年後53歳で隠居して余生をすごした。そのころすでに南畝の『寝惚《ねぼけ》先生文集』という詩文集が出され評判になる。江戸の文化文芸、風俗習慣、時事諸般にわたる超文化人である。

その南畝先生が恋をした。『あとより恋の責めくれば』竹田真砂子さんの新刊書が実におもしろい。事の起こりは南畝がふと口ずさんだ俗謡の一節「女郎のまことと玉子の四角あれば三十日《みそか》に月が出る」で、世の中にあり得ないものを三つ揃えた男好みのはやり歌である。この日歓談のメンバーは長老の平秩東作《へづつ》、37歳の南畝、そして25歳の山東京伝の3人で、とりあえず南畝宅で一杯ということになった。

なにしろ京伝に縁談がもちこまれたのだ。祝わず飲まずにいられようか。ここからは「妻をめとらば」談になり粋や堅気や廓《くるわ》情緒に惹き込まれるがあまり入れこむと父の「たわれ歌はやめよ。本業大事に昨日と同じ今日を続けよ」との声が聞こえ「ごもっともに存じまする」と言い続ける南畝だった。

さて南畝の本業「かちざむらい」の役目を本書を読んで知った。徳川家が江戸に幕府を開いて三代将軍の頃までは警護の職も物々しく、一朝事あるときは御前に人垣を作って非常体制をとる役目が課せられていた。そのために全員無紋の黒羽織を支給され、変事には将軍にも同じ羽織を着せかけて徒士の群にまぎれこませ、その存在を消す手順ができていた。しかし泰平が続き、徳川将軍も十代を数える昨今、かちざむらい本来の出番がなくなった。

この警護について、先ごろ某新聞で要人を守るSPの記事を読んだ。「SPはセキュリティーポリスの略で、要人を守るのが仕事。警視庁警護課所属、警護中は原則スーツ着用。拳銃や無線を素早く取り出せるよう上着のボタンは外している」とあり「SPが前面に立つ見せる警護で安全を計る」とのこと。現代版無紋の黒羽織かと印象深かった。

父子二代無事こそ大事の南畝に昨日と違う日が訪れた。「淀みきった沼の底を流れて行く極彩色の泥絵の具がそこだけ避けていくような、そこだけ小さな風が吹きぬけていくような」女人、三保崎との恋はここから始まる——。

2012・4・11

277 古書のなりわい

ゆく春の書に対すれば古人あり　高浜虚子

平成22年4月9日、作家で文化功労者の井上ひさしさんが亡くなられた。その年に刊行された『井上ひさし全選評』を、三回忌の今年も読み返している。昭和49年から平成21年までの各新聞出版界等の賞や公募の著書担当の評文で厚さ6センチをこえる大冊である。

今回は平成5年の第108回直木賞、出久根達郎さんの『佃島ふたり書房』を、当時の感動を思い出しながら読みふけった。まず、平成5年「オール読物」3月号に受賞作初掲載。前年にハードカバーで初版出版。どちらもすっかり古びているが私の大切な宝物、今まで何十回と手にとっている。

「積もるほどではないが、やみそうにない。チリンチリンと鐘が鳴って、出船である。乗客は梶田郡司のほかに、初老の男がひとりだけ」この書き出しがたちまち話題になった。東京佃《つくだ》の渡しが消える昭和39年の世相を背景に、生年月日が全く同じ郡司、六司という二人の男性の古書店員の話。

この時の直木賞選考委員は田辺聖子、黒岩重吾、山口瞳、陳舜臣、渡辺淳一、平岩弓枝、井上ひさし、藤沢周平、五木寛之の九氏である。満場一致、受賞記念対談で山本夏彦さんが「選考会では一議に及ばなかったんですってね、おめでとう」と絶賛された。

井上評は「いかにも玄人の、プロならではのとの言い方も出来るが、作者の駆使する言葉そのものがおもしろさと美しさを備えており、父親探しという主筋のめぐらし方も巧み」とし、黒岩さんは「人間管野スガの描写や関東大震災が圧巻で最後まで読者を飽かせない腕力は貴重」と評される。

出久根さんは昭和19年茨城生まれ、中学卒業後集団就職で上京、月島の古書店員を経て昭和48年自らの古書店「芳雅堂」を開業。平成4年刊『漱石を売る』には高円寺の同店の室内風景と住所印がカバーデザインになっている。

十数年前、久慈アンバーホールで井上、出久根両氏の講演会があった。井上さんは何度も聴いたが出久根さんは初めて。生いたちから古書のなりわいを語られて後半、昭和の店頭宣伝の流れから、やおら「オイッチニの薬売り」の歌を歌われたのだった。涙を見せられて、私は帰宅するなり直木賞作品を読み返した。そして今日も、梶田が女あるじ千加をおぶってこの歌を歌う箇所に泣いた。まさに「読書は御代《ごよ》の御宝《おんたから》」と出久根さんの一書に教わった。

2012・4・18

278　歌の力

天と地に呼び交はしたる合唱《コーラス》の高まる時しいのち耀《て》り合ふ

太田眞紗子

『２００９年版現代万葉集』より。

４月15日、山田町中央公民館にて「いざ起て！岩手人」コンサートが催された。六本木男声合唱団倶楽部（三枝成彰団長）主催、山田町、盛岡メンネルコール（木村悌郎会長）、松園シルバーダックス（達増崔夫会長）の共催によるもので、山田町出身の「六男」団員の波岡寛さんとのご縁と伺った。

雲ひとつない青空を映して、海は平和に凪《な》いでいる。午前11時ごろ会場に到着。昼食後すぐステージ衣裳に着がえ。黒スーツに蝶ネクタイの40人の団員の皆さん勢ぞろい、壮観だ。リハーサルが始まった。本日のプログラムは「希望の島」「遥かな友に」「婆やのお家」「般若心経」の四曲。木村先生の指揮で発声。本番さながらの緊張感がみなぎり、今回初の試みといわれる「般若心経」では、指揮者の合掌と団員の所作まで細かく確認事項がある。「メンネルコール」は平均年齢80歳といわれるが「歩く時は背筋をのばして」と言われ皆さん大笑い。

さて午後１時20分開演、７００席満員の熱気。スペシャルゲスト露木茂さんのごあいさつで始まり、そのあと沼崎喜一山田町長が「まさか露木さんの司会でここに立てるなんて」と笑わせた。１９９９年に結成された通称「六男《ロクダン》」は日本のプロ、アマ男声合唱団の中で最も活発な活動を続けている一つ。芸能界や政財界の著名人が多いことでも有名で、今回は辰巳琢郎さんもテノールを担当されている。現会員は２３０人、今回は69人が山田町のステージに立たれた。

全員あざやかなグリーンのネクタイで整然と、若い指揮者初谷敬史さんを注視する。「兵士の合唱」の迫力。「希望海」は２００１年のえひめ丸の海難事故をテーマに「帰れ帰れ九人の命」と歌う切なさが被災の海に重なった。「まだ／夢の向こうに行くには早すぎる／ぼくは祈っていたんだよ」の「天涯」には胸がつまった。「なぜ地球は丸いか／死んでいる別れた人どうしが／またどこかで出会えるように／神様が地球を丸くしたんだよ」こんなにじかに「祈っていたんだよ」と伝える歌の力のすばらしさ。

そして六男、岩手の合同合唱「いざ起て戦人《いくさびと》よ」の大ステージ。深く豊かで荘厳に満ちた奏楽。壇上の１１０人の思いが熱い周波となって客席を打つ。生あれば、生きてさえいれば、こんないい日にも会える。フィナーレは永遠の「ふるさと」。平均年齢百歳までも、生涯現役で歌の力を愛し信じたいと思うことである。

2012・4・26

279　本屋大賞

「あゝ面白かつた」思はずわれに声洩れて三浦しをんの小説を閉づ

橋本喜典

ことしの第9回「本屋大賞」は、三浦しをんさんの『舟を編む』に決まった。書店では紺地に銀色のタイトル文字のこの本が塔のように積まれて「いちばん売りたい本！第一位」「30万部突破」などと扇情的に紹介されている。

それが本当におもしろいのだ。この賞は「売りたい本が直木賞に選ばれない」という書店員の不満から始まったといわれ、なにかひたむきな熱意が感じられて、これまでの9作みな期待にたがわず読者の心をつかんでいる。

昭和51年東京生まれのしをんさん。平成18年『まほろ駅前多田便利軒』で第１３５回直木賞を受賞。彼女の場合は先に直木賞を取っており、人気売れ筋上々で話題だったが直木賞作家が本屋大賞に選ばれたのは初めての由。

私がこの作家の本を読んだのは「まほろ駅前」のタイトルに引かれて、読みだしたらおもしろくて一日もかからず読み終えた。まさに「ああおもしろかった」と声が洩れた。

ここは東京南西部の郊外の、神奈川県へ突き出すような形の町。そこの便利屋多田啓介の所にころがりこんできた元高校同級生の行天春彦。ついでながらこの「行天」の姓に、山崎豊子さんのベストセラー『沈まぬ太陽』の仰天四郎のビッグネームをふり払うのに苦労した。

軽トラック一台を商売道具に、かかってくる電話依頼にどこへでも出向く二人。チワワの世話を頼まれたり、庭や納屋の掃除、塾に通う小学生の送り迎えもする。軽トラを見て「だっせえ車」と文句を言うのをおさえ、親も周囲も少年に無関心な心の砂漠を描き出す。

行天と暮らすようになって「誰かの内心の動きを推測してみるのは久々のこと。他人とくらすわずらわしさと面映ゆいようなわずかな喜び」を思い、「誰かに必要とされるってことは、誰かの希望になるってことだ」と風来坊の行天に言わせる。現代人のシャイな閉塞感がさりげなくぬぐわれてゆくような感じだ。

『舟を編む』はある出版社で新辞書「大渡海」を作る話。「馬締《まじめ》光也」という院卒の27歳の社員の奮闘ぶりが実におもしろくおかしく、「辞書は言葉の海を渡る舟」との思いが熱い。たとえば「揃う」の正字俗字の違い。「月」の二本棒が斜めか否かなんて気にもとめなかった。頭が混乱するとマジメさんが「ヌッポロラーメン」を作る。笑いは脳の栄養だ。私も辞書を読むのが大好きだが、かくもしをんさんの筆力、読者サービスにさすが本屋大賞と感じ入った。

2012・5・2

280　俳人の夏帽子

おもかげは浅き廂《ひさし》の夏帽子

戸板康二

昭和38年5月6日、久保田万太郎さんが思いもよらぬ事故で急逝された。私も何度かこのらんで書かせてもらったが、その度に万太郎ファンの方々に電話や手紙を頂き、いろんなエピソードを教えて頂いた。氏はいうまでもなく、小説家、劇作家、演出家等総合的な知識文化人であり、ご自分では「余技」と称された俳句でいっそうの人気を博された。この日、梅原龍三郎邸での会食中、鮨の赤貝をのどにつまらせて絶命、73歳を一期とされた。

掲出句は万太郎さんの没後、偲ぶ会として文壇句会が催された折の作品とのこと。戸板氏の回想録に胸が痛む。「私は昭和10年から38年まで、久保田万太郎という作家に親炙《しんしゃ》したが、その間19年からの足かけ7年間は最も接近した期間である。というのは、久保田先生が社長の「日本演劇社」という雑誌社で私が編集長だったからである」とのいきさつから身辺挿話がまるで小説のように、いや小説以上におもしろい。戦後まもなくのころ、横須賀線の終電に来るとよく永井龍男、横山隆一、今日出海といった人達に会った。そんな時、他人のおもしろい噂をきくと万太郎さんは「そんなことをしたのは誰だと思う？」と訊くのが癖だったという。その時は知ってても「サア？」と首をかしげるのがマナー。この、立ちどまって「誰だと思う？」と、うれしそうに肩をゆすりその名前を明かす時の表情が忘れられないと述べられる。送っていって送られて、戸板さんは「先生」と書かれるがそのつきあいの深さ、深くても溺れない師弟の恩情のほどの良さが快い。

明治22年生まれの万太郎さんと大正4年生まれの戸板さんの水魚の交わり。文芸、芸能、食べ物、酒、お二人の日常会話が今の世にちっとも生彩を失わず、むしろ瑞々しい活気にあふれている。「先生は酒が好きだった。ふしぎに弟子筋の人々も、一人として酒の飲めない者はいなかった。また先生は自宅では黒衿の袢纏《はんてん》を着たりしていたが、外出時はほとんど背広で帽子を用いた。それが大体ひさしの浅いソフトまたはパナマであった。鞄は持たず、風呂敷包みだった。その包みを抱えて、足早に道をゆく先生の姿は、まだ目にあざやかに残っている――」足早に世を去られて半世紀。

『俳句・私の一句』の本のあとがきの日付は平成5年1月21日。そしてとびらには「戸板康二先生はこの本の編集が終った直後、平成5年1月23日に急逝されました」とある。78歳。今生にまみえたかったお二方の句境を思うのみである。

2012・5・9

281 春の雷鳴

卓上にひろげし白紙かげりつつ遠ざかりゆく春の雷鳴

松坂弘

『角川現代短歌集成』より。

「春は強風の季節。冬は北風だが春になると南風の勢力が強まり、北と南の寒暖両気団が日本付近で勢いよくぶつかり合うようになる。するとそこに前線ができ、低気圧が発達。低気圧が通ると雨や雪が降り、南風が吹き、北風が吹き返す。春の天気が変わりやすいのはこのためだ」これはお天気博士の倉嶋厚さんの『お茶の間歳時記』の一節。

そして異常気象についても「気象の異常はよくあることで、氷河時代というのはきわめて長い周期の気候変動で現れるもので、それがきても人類の末日には決してならない」と説かれる。気象学も異常気象との戦いの中で発展し、人類は必ずこれを克服するとある。

昨年の大震災はいうまでもなく、各地に起こる集中豪雨や大雪、竜巻、液状化現象など、未来への不安材料がいっぱいだ。この本が発刊されたのは昭和50年。45年の「万国博」にもふれていて「動く道路、電機自動車、テレビ電話、その他電子計算機を利用したさまざまの装置―70年万博に並んでいたあの中のどれがどのように育ち、またしぼんでゆくのか、未来はバラ色とばかりは限らない」と。今の世に読むと、携帯電話のおもかげもないこと、宇宙開発、医療技術、映像文化、バイオ開発、エネルギー問題等々今昔の感に打たれる。はたして未来はバラ色だったのであろうか。

実はこんな不安感を語らいながら5月6日、「啄木祭短歌大会」にわが地区のシニア歌人たちを私の車に乗せて渋民文化会館に赴いたのだった。行きはよく晴れていて、時間通りに到着。啄木節子夫妻の写真が掲げられた会場で、百五十人余りの歌人たちと久闊を叙して盛り上がった。

ところが、会が進行し昼ごろからだんだん暗くなり、午後には雷鳴もとどろいた。私はカミナリが何より怖い。わが家の古い梨の木は落雷で幹が裂け、その後も屋敷内に何度も落ちて電気器具を破損している。

会は佳境に入り、啄木祭賞は「杖をつく母を疎みし遠き日よ墓のめぐりの梅つぼみもつ」(折居路子)他各賞が決まり表彰された。啄木没後百年、かくも盛大に「啄木祭」として人々が集まり、祝う日になったことを喜ばしく思う。

さて雨の中無事帰宅して、見ると梨の木の下の秋田蕗《ふき》が散弾銃を浴びたように穴だらけになっていた。激しく雹《ひょう》が降ったという。落雷でなくてよかったと、私は思わず梨の老木を撫でた。

2012・5・16

282　二人の妻

これの世に二人の妻と婚《あ》ひつれどふたりは我に一人なるのみ

吉野秀雄

五月は子の日、母の日、祝日と、国民総連休大歓迎で親も子も心浮きたつ日々である。帰省子も引きあげたあとに届いた母の日の花。ことしはピンクの紫陽花だ。この、こんもりとした花を見ていたら一篇の詩を思い出した。

「しばらくは／親子四人他愛のない休息の時である／そのうち奴さん達は／倒れた兵隊さんの様に一人二人と寝入ってしまう／私達は二人で／子供の枕元で静かな祈りをしよう／自分の心に／いつも大きな花をもっていたいものだ／その花は他人を憎まなければ蝕《むしば》まれはしない／この花を抱いて皆ねむりにつこう」昭和2年、29歳で没した八木重吉の作品。

このとき残された妻とみ子は、重吉の第二詩集『貧しき信徒』を刊行。さらに昭和12年、長女桃子が肺結核のため14歳で死亡。15年には長男まで15歳で亡くなった。

一方、このころ歌人吉野秀雄家でも大きな不幸に見舞われていた。明治35年高崎生まれ、慶應義塾大学在学中に結核にかかり中退。会津八一、正岡子規のもとに学び鎌倉に住む。大正15年結婚、四児を得るが昭和19年妻はつ病死。

この時の「短歌百余章」は魂の叫びとして後世に伝わる。「病む妻の足頸《あしくび》握り昼寝する末の子をみれば死なしめがたし」「をさな児の服のほころびを汝《な》は縫へり幾日か後に死ぬとふものを」「をさな児の兄は弟をはげまして臨終《いまは》の母の脛《はぎ》さすりつつ」母の足くびを握って昼寝する幼児の表現には、私も子育ての頃を思い何度も涙した。42歳で旅立つ無念を思いみる。

「これやこの一期のいのち炎《ほむら》立ちせよと迫りし吾妹《わぎも》よ吾妹」「真命《まいのち》の極みに堪へてししむらを敢《あへ》てゆだねしわぎも子あはれ」子への愛、そして夫への愛、性は聖なる命の輝きを示す。

時は移り重吉没後、子にも先立たれた未亡人とみ子は、重吉が死亡した病院で働いていたが、のちに吉野家の家政婦となる。やがて昭和22年10月26日、重吉の命日に吉野秀雄と再婚した（夫45歳、妻42歳）。自宅の応接間で簡素な結婚式をあげ、そこで吉野は誓詞がわりに掲出歌を読み上げたという。続けて「重吉の妻なりしいまのわが妻よためらはずその墓に手を置け」「われのなき後ならめども妻死なば骨《こつ》分けてここにも埋めてやりたし」とも詠まれる。二人の妻であり二人の夫の複雑なめぐり合わせに絶句。「ためらはずその墓に手を置け」の祈り切実。吉野大人、昭和42年6月、迢空賞受賞。7月13日、自宅にて永眠、65歳。

2012・5・23

283　詩歌文学館賞

寒日を重ね重ねて強霜《こはじも》はひしひし金の芝侵すなり

佐藤通雅

　ことしの「詩歌文学館賞」受賞作『強霜』より。5月26日、北上市の詩歌文学館にて贈賞式が行われた。詩部門は須藤洋平氏の長いタイトル「あなたが最後の最後まで生きようと、むき出しで立ち向かったから」、短歌は右の歌集、俳句は宇多喜代子氏の「記憶」だった。東北六魂祭と重なったためか、例年より聴講者は少なめだったが充実の一日だった。

　佐藤通雅さんは水沢市生まれ、仙台在住の69歳。宮城県の高校勤務、平成15年定年退職。河北歌壇選者、宮沢賢治学会理事、児童文学の著書も多く、重厚な評論集『宮沢賢治　東北砕石工場技師論』は第十回宮沢賢治賞を得られた。

　『強霜』は昨年9月刊行。「3・11を境に一時は溢れるように歌が湧きました。しかし〝震災歌人〟とか〝震災歌集〟のような形で時流に乗る気になれず、収録しませんでした」とあるようにこの第九歌集には平成17年から22年までの550首が収められている。感銘歌を抽出、書き写したら129首に及んだ。二読三読するたびに増えてゆくことだろう。

　「はやて行きこまち入りきてやまびこの去りたるのちをつがひの土鳩」「片平のヒマラヤスギは屋根越えて天に触れ風の流れを捕らふ」「どうしても固有名詞が出てこないあるかたまりとしてそこにあるのだが」私の好きな歌。「子ら置きて帰ればサッカーボールにも一夜の長き時間あるべし」「予期せざるときに切れたる電球を外すときまだ温もりのあり」授賞式での選評で小池光さんがあげられた歌。また、毛筆で「正法眼蔵」を毎朝書かれるという歌もあるが、私は「乳房《ちぶさ》をふたわけにせるショルダーのひと一途にて地下ゆあらはる」「床《とこ》とよむか床《ゆか》とよむかこの一首相聞なればやはり床《とこ》ならむ」に頬がゆるむ。浄瑠璃本は床本《ゆかほん》、舞台は「床《ゆか》に上る」と聞いた。蔵王の峰を「ふたわけざまに」茂吉翁も喜びそうな眼福の歌。

　「長髪を洗ひて天日干しにする間に読む歌の大方よろし」詠むでなく読む歌。長髪が特徴の氏は今回は束ねずに肩に垂らしてご登場。

　「〈いつきてもおかしくない〉とけふもいはるいつとはいつか地震よこたへよ」「近いうちに必ず来ると予知されし地震寸胴《ずんどう》のやうな雲だな」まだ大震前の作。それを体験してしまった今読むと、さらなる未来の天災かと不安になる。大震一年、よく「言葉を失う」というけれど、表現者は言葉を失ってはいけない。言葉を信じようと、この贈賞式フォーラムで勇気づけられた。

2012・5・30

284　一茶の日記

名月をとってくれろと泣く子かな　　小林一茶

5月21日早朝、各地で金環日食が観測された。私は観測グラスもなく肉眼で空を仰いでいたがふと、一茶の名句を思い出し「そうか、水面なら」とひらめいた。早速台所のボウルに水を張り、出窓に置いて太陽を映してみた。おお、刻々と欠けゆく太陽が水面に輝く。7時、7時半、鳥たちが空を舞いざわざわと鳴く。水面の太陽はくっきりと輪郭を描き、出窓の向こうの朴の葉には欠けた日輪が映っていた。

まさに、負うた子に教えられた体験。私は思いがけないこの天体ショーの感動のさめやらぬうち、一茶の本を取り出した。田辺聖子さんの『ひねくれ一茶』平成4年刊の初版本、今まで何度読んだかしれない。20年もの間に読む側も年を取り、一茶の文学に対する熱い情熱や、信濃は柏原村の生家におちつくまでの肉親との相剋など感慨深いものがある。私はいつも、読んだときのメモをはさんでいるが、中年のころは、ずっと生家を離れていた一茶が今さら弟の継いでいる家土地を半分よこせと言い立てる無謀さに辟易《へきえき》したこともあった。

65歳で没した一茶の年代の今、読み返すとまた別な角度から老いの哀しみや、ひがみの要因のようなものも見えてくる。一茶といえばすぐ「われと来て遊べや親のない雀」や「雀の子そこのけそこのけお馬が通る」などあったかい童心の句が浮かぶが自画像は複雑だ。

文化11年、諸国俳諧行脚《あんぎゃ》をしていた一茶も「これがまあ終の栖《すみか》か雪五尺」と詠み、故郷柏原に帰った。ただちに嫁をもらわねばなんねえと「五十聟天窓《むこあたま》をかくす扇かな」と詠む。一茶52歳、花嫁お菊は27歳。日灼けして健康そうな、きゃんきゃら（おてんば）嫁ごはあれほどいがみ合った義母や弟にも受け入れられた。

「楽しみ極まりて愁ひ起こるはうき世のならひなれど」と、一茶の日記はその後の悲運を綴る。文化13年一茶54歳、長男千太郎生後28日で没。57歳で長女おさと1歳で没。61歳には妻も病死。なんと結婚後10年の間に、子を4人と妻までも喪ってしまった。

それでも64歳の一茶は3度目の妻、やをを迎える。今度こそ幸せな一生を再生したかった。しかし文政10年夏、柏原村大火で83戸を焼失。一茶の所も土蔵のみ残りそこで暮らすが、11月19日、3度目の中風発作にて死去。65歳。「露の世は露の世ながらさりながら」一茶没後、妻やをは一子を得て係累を伝えた。一代記のはかなさ、名月をとってやりたい親心が偲ばれる。

2012・6・6

285　ようこそ！岩手へ

夜半すぎて歓迎の雪が降りはじめ岩手最初の朝をむかえつ
今川篤子

短歌誌「まひる野」6月号より。私はこの日を待っていた。実は4月1日、「まひる野」編集人の橋本喜典先生より大変うれしいお葉書を頂戴したのだった。このコラムに橋本先生のお歌をしばしば引用させて頂き、そのご返信に「盛岡タイムスの〈口ずさむとき〉で〈昭和の子〉拝読。三誌と歌集からも引かれて昭和の子の私を浮き彫りにして下さいました。四月一日、〈まひる野〉の歌の仲間の今川篤子さんという女医さんが東京の病院から〝志をもって〟遠野の病院に赴任します」とあり、私は眩しい思いで頂いている旧号を読み返した。

そんななか、届いたばかりの6月号に、岩手・今川篤子さんのお作6首を拝見、「ようこそ！岩手へ」と歓声をあげた。「いくつものこぶしを天に突き上げて枯れ枝の火花を放てる銀杏」「わが家から早池峰山を探さんと四方《よも》の山々見渡しやまず」けさはまた「きらきらと朝日を浴びて雪の舞うこの地にはじめてゴミ出しに行く」と、新任地での生活のページが開かれた。東京から〝志をもって〟いらした先生。5月号には元の職場の皆さんとの惜別の様子が詠まれ胸を打つ。「あたたかき顔顔顔に囲まれてこの瞬間に手を合わせている」「枯尾花もう誰もいない神経内科の研究棟のガラスにうつる」ワァー、さびしそう。どんなにか慕われて、去りがたかったことでしょう。でも「新任地に伝説あれば口々に河童に気をつけよと言いくるるなり」なにしろ遠野だもの。

「ねこにはねこなりの悩みがあらむ前足に頭をのせて思索の時間」「大好きだと言うとゆっくり目を閉じるおだやかな顔日だまりの猫」先生の伴侶はネコちゃんか？いや暑苦しいことは置いて、今川先生の作品世界には猫のテリトリーが実に品よく楽しく描かれる。

3年前の秋には「工業都市の診療所」との意欲作7首が目を引く。「この地では病気の原因鑑別にまずは酒を疑うと知る」「栄養と休養の指示も守れない貧困に何も処方のできずに見送る」社会の底辺に目を据えて説得力あり。

「歌つくればわかってくれる人ありてそのほほえみに感じるつながり」がんばりすぎて疲れた日にも、歌のつながりに緊張を解く。岩手の暮らしにもそろそろ慣れていらしたころだろうか。遠野の病院を訪ねてみたい。「歌のつながり」というよりも「認知症の検査施行するわれが目のすみにちらと日付確かむ」との今川先生の診察を受けるのが先かもしれない。

2012・6・13

286　草ばうばう

自動車をロックしてふつと思ひたり忘却といふ閉ぢ方のこと

岡崎康行

平成24年4月25日発行の新潟県在住歌人の第四歌集『草ばうばう』を贈られた。昭和15年生まれの元高校教諭、近年は毎年のように歌集や評論集を出され充実の仕事ぶりが伺える。現代社会では、ことにも地方ほど自動車の必要性が高い。本歌集にも実感を伴った車の歌が多く見うけられる。

「信号を待ちつつうしろのトラックのエンジン音に押されてゐたり」「山道を曲がりきるときわが車カーブミラーにによろつとふとる」「ころがりし果ての形か道の辺にホイールキャップひとつ伏したり」等々、どれも運転者の体験をふまえて共感できる。走行時のリズムに、自分では乗っているつもりなのに、不意にうしろから不機嫌そうなトラックのエアブレーキ音が響くと不機嫌が伝染してしまう。初心者のころはふためいてアクセルを踏んだものだが今はミラーを見返す余裕が生まれた。

そして「ニョロッと太る」の画像に笑った。本当にそう、山岳道路のきついカーブだと、おもむろに近付くミラーにはドライバーにそっくりな肥満車体があえいでいる。また以前はよくホイールキャップが落ちていたりした。

さて、車を降りて自動キイでピッとロック。ああ、この感じを作者は「忘却という閉じ方」と見る。パソコンでは前後の関連などおかまいなしに不要事項は「ごみ箱」に放り込む。忘却、消去、無機質な感情の流れは行き場を失ってさまよう。「探しゐるかうもりがさは無くしたる記憶がなくて本当にない」それは「巻7を欠きたるままにチェホフ全集すきまなく書架に並びてゐたり」の喪失感にもつながるか。傘も記憶も無く、書架には入るべき一巻のすみかさえ無い。

そんなときは「妻や子のこころの中へ転居するそんなのいやだウォーキングする」と、さりげない解決法。体を動かし汗をかけばみるみる活性化してよみがえる細胞。そして「開け閉めの割と自由な容れものが六十八歳のわたくしである」と見きわめる。それはまた「われの名が呼ばれてゆつくりと立ちあがる名にわたくしを当て嵌《は》むるべく」なんと、多様、豊潤、自在な容れ物であることか。

「花散りて地中にもぐる堅香子のもぐりしあとの草のばうばう」集名になった一首。万葉の昔からいちはやく春をことほぐ紫のカタクリ。花すみし春の「草ばうばう」、古語のひびきにそこはかとなく地根の連鎖が想像される。

2012・6・20

287　お寺さんの四季

せつ子来るせつ子もう帰る吾の名の飛び込んで来る亡《は》母《は》の日記帳
酒井せつ子

4月23日付朝日歌壇より。作者は群馬県の曹洞宗長徳寺の大黒さんで、高僧酒井大岳先生の奥様である。もとより酒井先生は朝日俳壇の年間最優秀賞も受賞されたご常連で著名だが、年明けからのご夫妻のご活躍には目をみはるばかり。この「せつ子来る」の歌は選者共選の星印に輝き「老母の日記を亡きあとに開く。娘の名の頻出に思いがこもり哀しい」と馬場あき子評に余情がこもる。娘が嫁いで孫が生まれても、やっぱり「せつ子来る」であり「せつ子帰る」なのだ。ジワッと涙がわいてくる。親が子の名を呼ぶ頻度は、その子が親になっても変わらず、私も息子に対して、孫の前でも「お父さん」と呼ぶのに気がひける。同居家族ならまた別かもしれない。

「容赦なく降り積む雪を掻き分け来嫁《く》ぎし猫が炬燵に眠る」3月26日付の作品。お寺には猫好きのご夫妻に愛されて猫がいっぱいいるらしい。「嫁ぎし猫」の居場所があたたかい。

ところでこのお寺からさいたま市に嫁がれたのはお嬢さんの齋藤紀子さん。「万緑を掻き分け寺へ帰りけり」と秀吟をものされて5月28日大串章選にて「万緑に覆われた寺。〈掻き分け〉〈帰りけり〉に味わいがある」と高い評を得られた。群馬県吾妻町の由緒ある萱葺きのお寺さんと伺い、代々仏道詩道を究められ、梅檀林の芳《かんば》しさが想像される。先生のご著書はすでに60冊を超え国内外の旅も充実されている。

6月12日、恒例の仏教講座が岩手県民会館で開催された。酒井先生は開口一番、おととい10日の朝日歌壇で、富山市の松田わこさんの〈すごい虹出てるよしかも二重だよ勉強してる場合じゃないよ〉をあげられて「すごい感性ですねえ、大人はなかなかこうは詠めません」と絶賛された。この日の演題は「わが俳句と人生」として自作26句をもとにあざやかに詩歌の世界に導かれる。先生17歳から60余年の句作曼陀羅に生きる力を賜り圧巻だった。

酒井先生は常に「人に喜ばれる悦び」と諭される。今回は「創る喜び」を諄々と説かれた。そうして6月18日、「猫の子を丸洗ひして妻機嫌」の句に感じ入った。「〈丸洗ひ〉が上五下五に両掛り」と金子兜太評に輝く。「見てもらひたきひとに見せ雛納む」はせつ子さんの句。先生のご著書にはよく「句をさずかった」とある。お寺さんの四季、猫も鳥も、見てもらいたい人もいっぱい。新聞歌壇俳壇にまたどんなお作を拝見できるか楽しみである。

2012・6・27

288 蛍の巻

声はせで身をのみこがす螢こそ言ふよりまさる思ひなるらめ

源氏物語

夏到来、蛙の声が遠く近く、夜の更けるまでひびいている。さて、寝ようかと家中の明かりを消すと玄関のあたりがぼおっと明るい。ウン？と目をこらすとひとしきり点っては消え、また光る。ホタルだ！

私はうれしくなって外にとびだした。立木の向こうに潤《うる》むように上弦の月がかかっている。そしてわがやの玄関のガラス戸の桟《さん》に、二匹のホタルがとまって交互に淡い光を明滅させている。それがけっこう明るいのだ。

ああこれならば、いにしえの姫ぎみの面影が几帳《きちょう》ごしの螢の光に見えた場面も納得できると、私は寝るのをやめて古典の世界に思いをはせた。源氏物語は夕顔、玉鬘、螢、常夏《とこなつ》と、次々に魅力的な巻が展開する。

源氏の君が、夕顔の生んだ玉鬘を養女として六条院に引きとったのは35歳の秋。かねて弟の兵部卿宮が玉鬘に思いをよせているのを知っている源氏はここで螢を使ってあざやかに恋の場面を演出する。原文では「宮は妻戸の間に、御しとね参らせて、御几帳ばかりを隔てにてちかきほどなり」と場面設定。そこに源氏の大臣《おとど》が「寄りたまひて、さと光るもの」を放たれた。姫君は驚き、扇で顔を隠されるがそのご様子はほのかな光をうけて「いとをかしげなり」と描かれる。さもありなむ、螢よ、黒髪よ、姫君よと心ふるえる行間だ。

昨年12月創刊の週刊「源氏物語絵巻」はもう27巻を数える。「螢」の巻は25巻、目のさめるような美しい写真がオールドファンを楽しませてくれる。妻戸もしとねも几帳も一目瞭然、カラーで室内調度品も細密に説明がゆき届いている。「女性を訪ねるときは、まず妻戸前の簀子《すのこ》に坐って女房にとりつぎを頼み、許されると妻戸の間に入った」とあり、室内には空薫物《そらだきもの》をして芳香を漂わせるともある。

私が持っている岩波日本古典文学大系の昭和34年月報に、塩田良平先生の「玉鬘」解説が旧かなで載っている。「ところで私どもの年齢になると玉鬘と源氏との関係がまことに面白い。源氏の恋物語は玉鬘の巻あたりから下り坂になり、受身の形となってゆく。そして最後の打撃は最愛の妻紫の上の死となって、彼は孤寂な心境にとり残されるのだが、今や人生の残照を浴びてゐる男の悲しい喜びがこの巻にうまくとらえられてゐる」との感懐が味わい深い。掲出歌は兵部卿宮の贈歌に応えた玉鬘の返歌。言うよりまさる思いが熱く瞬いている。

2012・7・4

289 畑中良輔先生

ことともなげに中村紘子が卓の上にショパンの左手といふを置きたり
辻下淑子

『角川現代短歌集成』より。

5月24日、偉大なる音楽家、畑中良輔先生が90歳で逝去された。昨年6月には八幡平温泉郷の藤田晴子記念館に3日間ご滞在でお元気でいらしたことを白井館長さんより伺っていた。その折、館長さんより頂戴した畑中良輔著『音楽少年誕生物語』『音楽青年誕生物語』『オペラ歌手奮闘物語』の三部作が実におもしろい。音楽界では昨年9月には、元藤原歌劇団総監督テノール歌手の五十嵐喜芳氏を喪った。私には全く別世界のトップスターの方々と思っていたが、藤田記念館に遊びに行くとたちまち往時の舞台裏のお話が聞ける。事実なるがゆえに小説よりもはるかにおもしろく、失礼とは思いつつメモを取る手に力が入る。

「畑中さんは、ブルちゃんと呼ばれててね」と白井館長さん。「エッ、太っていらしたんですか?」「いや、すぐかみつくからサ」と笑われる。大正11年北九州市門司生まれの畑中先生は琴、三絃の師匠の母上、父上の尺八、姉の箏という音楽環境のもとで成育。中学四年の志望校提出の時「東京音楽学校」と書いたこと、その後のまさに青雲の志を遂げんと邁進されるさまが著書の端々にあふれている。

2000年1月号から「音楽の友」誌連載の音楽物語は、昭和15年4月東京音楽学校入学を果たし、戦時色の濃くなってゆくさなかでの軍事教練のこと、そのころの東京での物価や町の様子が実体験として読者をひきつける。

「入学したら〈冬の旅〉を、などという望みは教練合宿で息つく間もなかった。軽井沢での一週間の辛い軍事教練も何とか終り、全員が校舎の玄関前に整列、解散。一斉にドドドッと皆が走った。各自一目散に走ったのはなんとピアノの練習室だったのだ。一斉にピアノが全校に鳴り始めた。平生ピアノをさらうのを逃げ回っていたような連中までが、狂ったようにピアノに向かっている…」

昭和23年12月、帝劇でモーツァルトの〈ドン・ジョバンニ〉が日本初演。そのマゼットが畑中先生の輝かしいオペラデビューである。ドイツのグルグリット先生に「ルックミー、マゼット!ルックミー、ハタナカ」と鍛えられ、「オペラ稽古の地獄」と書かれて笑いを誘う。著者と共に日本のオペラ活動に携わった人々との感動の物語。終章近く、ピアノを前に大きいリボンをつけた中村紘子さん8歳ごろの写真が出ている。畑中先生の教え子達、遙かな時の流れが見える。

2012・7・11

290 丹田呼吸

夏痩のつひにイエスに及ばざる

上田五千石

高齢者と仕分けをされる年代になったら、とみに姿勢が悪くなったような感じがする。はた目にもそう映るらしく、過日、声楽家の先生より「丹田呼吸」の本を頂いた。「釈迦が説いた健康法〈調和道協会〉の会長は現在日野原重明先生が三代目の会長として頑張って居ります。是非お読み下さい。白井眞一郎」とあり、医学博士村木弘昌著『健心・健体呼吸法』なる一書である。

「むずかしそう」と思ったが「まあ読んでごらんなさい」とすすめられて読み始めたらおもしろく、すぐ実行したくなるご本。まず「現代人が忘れた〈正しい息の吐き方〉」とある。そして「怒責《どせき》」「昏沈《こんじん》」という語が出てくる。その怒責とは、典型的な悪の呼吸法。いきむことで、これは強いストレスにさらされているうちに怒りが蓄積し、心身が強い興奮緊張状態におちいって命とりになることがある。

さらに昏沈とは道元の言葉で「暗く沈んだ心の状態」のこと。ストレスに負けて悲しみ不安の気持ちの切りかえができぬままノイローゼになってしまうと述べられる。

なんだかページを開いたとたん、思い当たることばかり。だからこそ、正しい呼吸法をと読み進むと「不老長寿の薬を製造するところが実は人間の体内にある」という。それこそ「丹田」であると。釈尊が考案し、近世に白隠禅師が実践した丹田呼吸こそ七凶四邪の入りこむ余地のない平常心を育てると説く。

ならば、その呼吸法とは――。吸うより吐くが大事。肺には肺胞が左右で約3億もある。炭酸ガスが充満しているので、まず吐いて空っぽにする。「丹田呼吸は、みずおちに深い括《くび》れをつくりつつ、息を吐きながら強い腹圧をかける呼吸法」として図解もされている。

さて、その実践もかねて日野原重明先生の「丹田呼吸」の講演が7月7日、八戸市で開催の予定。その日はオペラ歌手畑中良輔先生（90歳）の「お別れの会」が青山葬儀所で行われ、東京芸大後輩の白井先生はご欠席を大層残念がられていらしたと伺った。同時期、畑中先生と活躍されたソプラノ歌手大谷洌《きよ》子さんも5月8日、93歳で逝去。クラシック音楽評論家吉田秀和氏は5月22日、98歳の訃報が伝えられた。惜しみて余りある生ではあるけれど、舞台活動をされる芸術家の方々は総じてご長命のように見うけられる。まず実践、私も丹田呼吸を修得して「長寿の芸」を学びたい。

2012・7・18

291　セミたちの朝

病む父に朝勤行の四時告げぬうしほのごとくひぐらしの鳴く
斎藤絢子

セミ、というと私はまっ先にこの歌を思う。作者は昭和14年茨城県生まれ。「四十五年足なえを支へくるるもの食よりも短歌よりも飼ふこの兎」とも詠まれ、松葉杖をつきながら生家のお寺さんで今も澄んだ歌境を詠んでおられる。「病む父に朝勤行の四時告げぬ」という一日の始まり。私がこの歌を記憶したのは30年も昔だったか。

国道6号線沿いの太平洋岸の町に4年間住んだ。日立市の北方で、大手製紙会社の立地する小市で、後年会社が撤退し、NHK朝のドラマ「梅ちゃん先生」の戦後風景のモデルになっていてびっくりした。かつて経済成長期の企業門前町は、隆盛を象徴するかのような雲をつく紅白縞のえんとつの下、5階建のまっ白いアパートが林立し、その庭は自動車展示場のようにマイカーが光を弾いていた。

いつの世も、すぎてから見えてくるのが歴史であり、自然の脅威に身動きがとれなくなったりもする。エネルギー革命が叫ばれ、宇宙開発が進み、バラ色の未来であったはず。

私は、あの高浜地区の海沿いの4キロ余りの小学校の通学路が好きだった。松林では早くからセミが鳴いた。先ごろ、故日高敏隆さんの『セミたちと温暖化』の本を読み返した。日本で初めて動物行動学という研究分野を打ち立てた方。どの章を開いてもひたすら地を這う虫やカラスやカエルの会話がきこえる。

たとえばハルゼミの項。「ハルゼミの鳴き声はヒグラシのように遠くまで響く声ではなく、ミンミンゼミの力強さでもない。エゾハルゼミはもっと奇妙だ。ミョーキン、ミョーキン、ケケケ…と、実際こんな風に鳴くのである」。そして「昔、明欽というお坊さんが、空からミョーキン、ミョーキン、死ね死ねという声を聞いて悟りを開いたという話がある」との解説。なんというおかしさ！ハルゼミは松川温泉郷では盛夏でも鳴いている。「カラララミーンミーン」と鳴くと標準語の本には書いてあるが私はやっぱりミョーキンさんが好きだ。

いっぱい笑ったあと、しんと考えさせられる章。小鳥の活動は昼夜の光周期によって決まるという。ところが多くの昆虫は地温が高いと目ざめるので、夜明けが早くなっても寒い春はエサ探しに苦労するらしい。ことしはセミたちの活動が遅いようだ。茨城のお寺さんではどうだろうか。絢子さんの兎ちゃんのご機嫌伺いをかねて今宵あたり電話をしてみよう。

2012・7・25

292 天空の診療所

一昨年折りし右足かばひつつ一切経山のガレ場を登る

阿部壮作

「平成24年7月20日初版印刷」と刷られてある本をその日に入手した。大変に博識で読書家の友人にすすめられて発売を待ちかねていた『サマーレスキュー』、秦建日子さんのご本である。私は父上の秦恒平先生には三十年来の「湖の本」のファンなのだが、昭和43年生まれのご子息の作品は初めて。2004年に小説家デビュー以来、テレビドラマの脚本をはじめ今や大忙しの流行作家になられた。

本書は、初めにドキュメンタリーありきで「天空の診療所」の副タイトルが示す通り、2500メートルの高地に開かれた診療所の日々が描かれる。どれほど注意をよびかけても事故は起こる。滑落した登山者や高山病等で動けなくなった人の救助に走り回る男たち。山の診療所に来るからにはみな医師達だが設備も資材も乏しい中で、人力で救命に当たる姿がひたむきで素朴で胸を打たれる。

昭和47年ごろの山の描写、田中角栄総理のころのわきたつような列島改造計画。そして山で吸うたばこの箱に「健康のため吸いすぎに注意しましょう」なんて書いてあると笑う男たち。愛煙家たちはどこでも堂々と紫煙をくゆらせていた。新宿西口には47階建の京王プラザホテルが出来て高層建築が進んだ。

私はこの小説を読みながら、時代の振り子が新鮮に輝くのを感じた。医療現場で心身ズタズタになっていた若手医師倉木泰典は、新品の大きなザックを背負い、真新しい登山靴をはいて松本駅に降り立った。ガレ場、クサリ場、チングルマの花畑、急斜面、さらに急斜面…こうしてたどり着いた山小屋に、オーナー小山雄一が待っていてくれた。

急患が運びこまれた。崖から滑落して左下腿を開放骨折の42歳の男性。悪天候でヘリは飛べない。輸血用血液がないから「力ずくで」診療所のスタッフ全員で夜明けまで、動脈を交替で圧迫し続けよう、今はそれしかできない。

「急患の名を呼ぶ、手を握る。患者は立派な医療機器に会いに来るわけじゃない。医者に会いに来るんだ」という倉木医師の言葉。

抽出歌は、平成17年福島県吾妻連峰登山中に遭難したコーヒー店主阿部壮作さんの一首。78歳で「山はもうこれで終りにする」と言って写真をとりに行かれたという。山で生気をとり戻す人もあれば永遠に眠る人もある。天空の診療所にはまた新しい日が昇る。循環する命のふしぎさ、やさしさに打たれた一巻である。

2012・8・1

293　のうぜんかずら

風を呼び風と遊べる朱の房の凌霄花《のうぜんかずら》の影に我れ寄る

山本啓子

『2011年版現代万葉集』より。のうぜんかずら、盛夏の雲の峰にすがらんばかりに強烈な存在感を示す花。この花の名を戒名に眠る作家の忌日が巡ってくる。「凌霄院《りょうしょういん》梵海禅文居士」立原正秋。昭和55年8月12日、食道がんで54歳の生を閉じられた。私は今年も夏の始めごろから立原作品を読み返している。24巻の全集には、詳しい年譜があり、大正15年韓国生まれ。父親は禅僧で安東市の天灯山鳳停寺にて、5歳の正秋は「梵海禅文」と名付けられ雲水達と生活をともにした。その年、父の自裁に会う。四書五経を読み、千字文を手本として書をよくし、剣の道にも秀で古武士のような生活信条を身に課した。

私が氏の作品に引き込まれていったのは昭和48年、日本経済新聞に連載された『残りの雪』が初めだった。それまで経済紙は夫専用と思っていたがこの連載小説はおもしろく、夫よりも先に目を通すのが習いとなった。今回読み返してみて、完璧な美意識の人、坂西浩平と人妻里子との「大人の恋愛小説」にまたしびれた。「少しいびつな李朝の壺」としていつくしみやまぬ男の嘆息が伝わってくる。

引き続き昭和52年から『春の鐘』連載。作者50代のころ、脂ののりきった働き盛りの筆が冴え、連載をいっぱい抱えておられた。『残りの雪』では白磁の壺に美を確認した読者を、さらに深い世界へといざなってくれた。鳴海六平太と石本多恵の古寺大和路の探訪は居ながらにして歴史文学美術のカルチャー教本ともなった。

古寺金堂の釈迦三尊、五重の塔を横切って回廊を通り、経蔵の前から講堂に行く。「仏さまにどうにもならない悩みを預けたんだ」「仏さまは預っておくとおっしゃったの？」「さあ、それは聞いてみなかったな」春陽の中であたたかい二人の会話。『残りの雪』以上に明確な愛の形を展開した作品になった。ずっしりとした掌の中で確かな手応えの生の「作品」を創り上げる男の目が澄んでいる。二人だけに聞こえる鐘の音――。

酒豪とグルメで知られた作家。「私の酒はお茶と同じだから、日本酒に換算して四升から五升までなら常と変わらない。五升を越したらすこし酔ってくる。そんな時はめったなことは言わないようにしている」なんてすごい話。しかもたばこを手にされている写真が多い。33回忌の文士の命日、「信じられるのは美しかないだろう」と、凌霄花の美が揺れている。

2012・8・8

294

ゼロ戦闘機

特攻機飛びたち征きし滑走路狭くみじかし夏草のなか

中島央子

『角川現代短歌集成』より。

平成18年発刊よりすでに100万部突破の百田尚樹著『永遠の0《ゼロ》』を読んだ。「僕は号泣するのを懸命に歯を喰いしばってこらえた。が、ダメだった」と、故児玉清さんの解説にあるように、本当に魂を揺さぶられ、泣いた。戦後67年、茫々の歳月を隔ててなお、ページを繰れば戦闘機の轟音が聞こえる。

太平洋戦争初期の零戦の威力は圧倒的だった。「ゼロファイターは本当に恐ろしかった。信じられないほど素早く、その動きはこちらが予測出来ないものだった。まさに鬼火、そしてゼロとは空戦をしてはならないという命令が下った」と、戦後何人もの連合軍パイロット達が語ったという。そこには飛行中に任務遂行をやめて避退してよい場合として一、雷雨に遭遇したとき。二、ゼロに遭遇したとき、と記されてあったとのこと。

なぜ「零戦」と呼ばれたか。零戦が正式採用になった皇紀2600年（昭和15年）の末尾のゼロをつけた新鋭戦闘機だったからで、正式名称は「三菱零式艦上戦闘機」である。これはすばらしい飛行機で、旋回と宙返り能力がずばぬけていてスピードが出せた。しかも航続距離が桁《けた》はずれで、三千キロを楽々と飛んだ。当時の単座戦闘機の航続距離はせいぜい数百キロだったから、日本は世界最高水準の戦闘機を作り上げたことになる。

この小説の主人公、宮部久蔵は大正8年東京生まれ、昭和9年海軍入隊、16年空母に乗り真珠湾攻撃。その後は南方を転々とし、終戦の数日前に神風特別攻撃隊員として戦死。昭和16年に結婚翌年女児を得るも、ほとんどを戦地ですごし妻子との団欒《だんらん》もなく特攻機に乗る日がきた。大隅半島のまんなかに位置する海軍鹿屋基地から出撃の朝、奇妙なことが起きた。

宮部少尉は飛行機を換えてほしいと申し出る。宮部の飛行機は零戦五二型、相手の予備士官のは旧式の二一型。「特攻は十死零生」の作戦、それでも部下に性能の良い方の飛行機を与えようと思ったものか。

ところがこの五二型はエンジン不調で喜界島に不時着し、部下はただ一人生き残った。大石賢一郎少尉23歳、早稲田大学生。大どんでん返しで戦後宮部未亡人と結婚。その孫姉弟が実の祖父を知りたいと、宮部の戦友達からの聞き書き形式で成った本である。運命のふしぎさ、死ぬための訓練ばかりの「永遠の零」が切ない。

2012・8・15

295 愛走れ

墓訪わず仏ほっとけ花の日は　　時実新子

お盆、生者も死者もワッとおしよせ、たちまち帰っていった。スイカもメロンもとうもろこしも大勢で豪快に食べてこそ盛夏の味。「死者の欲限りもなくて供物門」とも詠まれるように、カラスの欲も加わってお墓の周りは騒がしい。「ふりかえるときにふりむく仏あり」も好きな新子さんの句。私などはお墓の守りもぞんざいで「仏ほっとけ」がお題目になっているようで反省しきりである。

昭和62年刊行の時実新子句集『有夫恋』はベストセラーとなり「おっとあるおんなの恋」の副タイトルとともに「川柳界の与謝野晶子」ともてはやされた。平成8年には月刊「川柳大学」を創刊、後進の育成につとめられた。

夕方、仏間の祭壇も片付けて網戸の風を通しながら、新子さんの著書をとりだした。真紅の表紙の全句集をはじめ小説、評論エッセイ集など私のお宝だ。ふとある一冊から数葉の写真がこぼれ落ちた。平成12年刊の句集『愛走れ』の「時実新子先生サイン会」の案内状と、新子さんを囲む角川春樹社長、ご主人曽我六郎さん、「川柳大学」重鎮の杣游さんの実にいいふんいきの写真で声まで聞こえそう。

あとがきに「今年（平成12）二月、角川春樹氏とお会いする機会があり、その日を境に霊気も加わったような気がしています。もの心ついて以来、私は自在にあの世とこの世を往き来してきましたが、それを本気で理解して下さったのが春樹氏でした」と書かれ、豊潤な蜜の香のような瑞々しい作品群を発表された。

「稀にある美しい日が今日だった」「犬走れ使いに走れ愛走れ」「妻ならず恋人ならず藍浴衣」「無頼派に無頼ゆるされ横座り」そして「休筆は死ゆえ死んではならぬゆえ」いくつもの連載をかかえ、テレビ出演や講演に全国をかけめぐられた。ご主人の癌手術もおちつき、六郎さんは編集者として妻を支える日々。濃密な日常の描写が本音はつらつでおもしろい。

夫と朝の散歩の途中、バッタをみつけた新子さん。つくづくと顔を見て「あんた、メガネのかけにくい顔ね。近眼になったらどうするの」と言ったとたん、夫は氏を憫笑《びんしょう》した。ああ、この平凡さは何だ。「米粒の耳を接着剤でつけてやろうよ」と言う男ともう一度結婚したい…。

そんな機智と愛情をいっぱいに育てておびただしい著書を生み出してきたお二人の終焉の日。新子さんは平成19年3月10日、78歳で、夫六郎さんは昨年8月24日、80歳で逝かれた。一周忌、きっと彼の世でも本音の会話が弾んでおられることだろう。

2012・8・22

296　甲子園決勝

投手と等身大の影あざやかにマウンドを這う甲子園決勝　　酒井素子

『角川現代短歌集成』より。

暑い夏、オリンピックも高校野球もお盆も終わった。8月23日、決勝戦を前にして「日本でいちばん長い夏」になると思うと語った大阪桐蔭高校のピッチャー藤浪晋太郎くん。相手は青森光星学院、春センバツの時と全く同じ組み合わせとなった。双方とも手の内を知りつくし、ことにも光星学院は去年も8月20日、決勝戦で日大三高と対戦。ホームラン攻勢に破れ、優勝旗を手にすることはできなかった。その日大三高は一回戦で聖光学院（福島）に敗退、小倉全由監督の表情が目に残った。

私は高校野球が大好きで、ルールもよくわからないのにテレビ観戦を欠かさず、観戦ノートが何年分もたまっている。画面に「白球の記憶」名場面が流れると、そうだった、あの選手のあの守りでチームを救ったとか、監督さんの言葉がよみがえる。歌手やタレントの名はすぐ忘れるのに高校球児や解説者、監督さんたちのお名前はフルネームで出てくる。

今大会では常総学院の木内幸男監督を数年ぶりに拝見した。今は佐々木力監督にお任せでご自分は一般席からの応援だった。大きな声で精悍なお姿は年齢を感じさせない若々しさ。

大阪桐蔭は西谷浩一監督、光星学院は仲井宗基監督。ともに42歳、ともにキャッチャーご出身で、選手の持ち味を生かされ話題だった。

思えば春のセンバツでは3月21日、開幕ゲーム第三試合で花巻東が大阪桐蔭と当たった。大谷翔平投手、エースで4番、193センチの長身で、197センチの藤浪ピッチャーと、あらゆる面で好敵手といわれた。大谷くんは夏大会には出場できなかったものの、閉会式の高野連会長の講評では「花巻東の大谷投手を見ることができなくて残念」と言わしめた。10時30分から始まった決勝戦。序盤どちらも点が入らず、4回ウラで桐蔭、白水健太くんのホームランが流れを変えた。まさに「一球同心」を合言葉に藤浪くんのストレートの伸び、スライダーの切れが凄さを増した。5回ウラ、守りのミスで桐蔭に2点入り3対0となる。光星の天久《あめく》、田村、北條の顔ぶれも去年から3回目の決勝とあってすっかり目になじんでいる。

正午すぎ、銀傘《ぎんさん》の大きな影がセンターまでのびてきた。揮身の力で闘ってきた両チーム、満塁の場面が何度もあった。攻守きわどく、ついに3対0で大阪桐蔭高校が春夏連覇の偉業をなしとげた。今年も大優勝旗は東北に届かなかったが、日本で一番長く感動的な試合だった。

2012・8・29

297　絵巻の人々

露しげきむぐらの宿にいにしへの秋にかはらぬ虫のこゑかな

源氏物語

平成20年の「芸術新潮」2月号にて「源氏物語千年紀記念特集・国宝源氏物語絵巻全56面」の一挙掲載があった。紫式部の時代から百年後のころに制作されたこの現存最古の源氏絵は「天皇になれなかった皇子の物語」として話題をよんだ。

私の年中行事、たえがたい残暑とわずかに暮れ方の空の高みに澄んだ秋雲のひとひらを見る時間帯に、ひそかに魂を揺さぶられる数冊の本をひきよせる。ことしは、びっしりと活字の組み込まれたハードカバーではなく、大きな紙面の豪華な絵柄がワッと目にとびこんでくるこの源氏絵巻に没頭した。

なかでも柏木一、二、三の絵巻。「一」の場面は中央に光源氏の正妻女三の宮が産後日が浅く、口元を袖で被い臥している。その枕元には父朱雀院（太上天皇・光源氏の兄）が沈痛な面持《おももち》で坐られ、大きい数珠が膝に流れる。何かハッと驚くさまに数珠がはらりとこぼれたようだ。それもそのはず、女三の宮は「をとこ君生まれ給ひぬ」とあるすぐのちに朱雀院に「かくおはしまいたるついでに、尼になさせ給ひてよ」と願い出る。なんということ、源氏の君は「これまでにも出家を口にされたがそれは物怪《もののけ》のしわざとなん」思っていたと話される。しかし、今、眼前のみどりごは自分の子ではなく、柏木との不義の子ゆえに出家を強く望む女三の宮であり、背信と怨みの渦巻くなんともいえない六条院の人物俯瞰《ふかん》図である。

「柏木二」は、密通を源氏の君に知られたことにより、柏木は強く追いつめられて死の病いにとりつかれる。臥している柏木も、見舞いの夕霧も黒い烏帽子をかぶっているのが異様に映る。いまわのきわで何を語り合っているのか。遺してゆく妻落葉の君を頼むと言い、光源氏に申しわけないことをしたとくり返すのを聞き、夕霧は、女三の宮の生んだ薫君はもしや柏木の子かと疑う。その場面の、柏木の掛け布団のような着物の袖口が鋭い紅色で目を貫く。

私はでも、続く「横笛」の絵柄が好き。夕霧と妻雲居雁《くもゐのかり》の子育て奮闘記。子だくさんの妻が豊満な胸を開け授乳のシーン。つぶつぶと肥えたる肌まで透けて健康な女人像。ところが深夜急に「つだみ（嘔吐）」をして苦しがる乳児。夫が夜遊びをして部屋の戸をしめ忘れたため、そこから悪霊が入りこんで赤児をおどしたとつめよる妻。たしかに部屋の戸が少し開いている。霊も涼も自由に出入りして、短い夏の夜が更けていく。

2012・9・5

298　箸墓幻想

うつそみの人にあるわれや明日よりは二上山を弟背《いろせ》とわが見む　　大来皇女

9月3日、IBCテレビで「浅見光彦シリーズ31」〈箸墓幻想〉を見た。内田康夫原作のこのシリーズはたいてい見ているが、ルポライターで主人公の浅見光彦役の沢村一樹は今回で卒業という。私は榎木孝明の浅見役のころ、ファンクラブに属していたことがあり、『イーハトーブ殺人事件』のときは花巻のロケ会場までおしかけたりもした。撮影の合間に巧みに現場のスケッチをされて感嘆の声が上がった。

永遠の二枚目独身33歳の浅見光彦、行く先々で事件が待っている。今回は奈良、二上山のふもと、当麻寺を宿にしていた邪馬台国の研究家小池拓郎が失踪する。内田康夫さんの原文に惹きこまれる。「大和の人々にとって、三輪山の日の出と二上山の落日は、稲作農耕生活のリズムと共に信仰の対象。二上山の雄岳雌岳の中央に赤々と沈む太陽はその彼方に死後の世界を想像させた…」と大和の風景に語らせる。

この本では一巻十章にすべて万葉集の歌が引かれ、十一章は「死者の書」をとりあげて釈迢空の「にぎはしく人住みにけり。はるかなる木《こ》むらの中ゆ人わらふ聲」をあげている。

６８６年、天武天皇崩御の翌年、大津皇子謀反の嫌疑で24歳で処刑。持統天皇は大津の怨霊を恐れ、なきがらを二上山に葬った。まして日本武尊《やまとたけるのみこと》や卑弥呼の時代となれば、壮大な建国のドラマが想像される。邪馬台国畿内説、また北部九州説も根強い。

畝傍《うねび》考古学研究所の小池にとっては、せめて三世紀初頭の土器でも発掘されればと連日発掘現場に通うのだった。卑弥呼の墓の可能性の高いとされる箸墓は、日本書紀に「この墓は日《ひる》は人作り、夜は神作る」とある。「山より墓にいたるまで、おほみたから相つぎて、たごしにして運ぶ」と記される。

読み進んでゆくと、そんな古代の人々の思いがのりうつったように、戦前戦後の混乱期の中、長井、河野、溝越家の6人の男女の相関図が見えてくる。ドラマでは小池に毒入り飲料をのませた河野美砂緒が娘と二人、どこへともなく去ってゆく。このラストシーンは全作に共通する内田作品の死の美学のあらわれである。

あとがきによると、平成12年3月28日、奈良県桜井市の「ホケノ山古墳」から「画文帯神獣鏡」が発掘され、ここが日本最古の前方後円墳と証明された由。作者にとっては小説と史実が同時進行の形で、浅見の予知能力もいよいよ冴えたであろうと想像される。

2012・9・12

299　な忘れそ

な忘れそ　日本のことば　日本の美　平成悲歌の時代の一己

橋本喜典

晩夏の日ざしのなお盛んなる9月1日、短歌誌「まひる野」編集人の橋本喜典先生の第九歌集『な忘れそ』が発刊された。なんという美しい重厚なご本、表紙は泊昭雄氏の写真集『カワタレ』の風景とのこと。薄明の、ほのかながよいの空が一巻のさきわいを暗示して静謐《せいひつ》な思いに包まれる。

ことし3月に先生より頂いたお手紙に「私は秋までに、次の歌集を出すつもりですが震災命日に作った歌を最後に置こうと思っています」とあり、私はこの日を待っていた。とびらを開き、動悸して書き写し、読み進むまま豊潤で起伏に富んだ作品世界に惹きこまれる。

平成20年からの510首を3章に分けられて、昨年の大震からのは1年間の作品で構成されている。「大津波逃げて逃げて逃げて　助かりました　いのちのこゑは受話器の奥に」電話の声が命の声として、呼吸のリズムをそのまま聞きとり書きとられたようだ。「防護服の白きに固め放射線下にたたかふ人らの顔は見えざる」「放射性物質といふを誰も見ずあのうつくしき雲にもまじるか」目に見えて、目を覆う惨ばかりか見えざる災厄にも怯える日々。「地震の歌たちまちにして日常となる歌詠みの慣性こはし」非日常であるはずの地震、戦争をくぐりぬけてきた体験がよみがえる。

「八十歳と一日の朝ジーンズのかくしに待機する万歩計」「赤信号無視する一人を見ながらに辛抱づよき人々とゐる」昭和3年生まれの作者の日常。なんとすてきなライフスタイル、信号無視をしない辛抱強さを学びたい。

「戦闘帽が制帽となりし中学校にわれら入学す昭和十六年」「徴兵検査・成人式無し昭和二十三年われはわが歌の一歩を踏みし」その時代に生まれ合わせたばかりに苦難の道を歩まざるを得なかった世代。「敗戦後十七歳の思ひしこと　大震災後八十二歳の思ひゐること」だからこそ「な忘れそ」（忘れないで）と叫びたい気持が沁みてくる。「な忘れそ戦争の惨　な忘れそ原爆の惨戦争を忘るるなかれ　原発を正眼には見よ…」と4ページに及ぶ長歌「希望」に圧倒される。巻末に「現代はあの敗戦から再び迎えた悲歌の時代。私はこういう時代に歌を詠む一己《いっこ》の存在である。それを忘れることなく、生きている限りは詠《うた》い続けようと思う」と記される。「誕生日に眼鏡と靴を新調す詠まむがために歩まむために」の心新しく、11月には84回目の祝い日を迎えられる。

2012・9・19

300　子規の日課

草花を画く日課や秋に入る　　正岡子規

ことしも獺祭忌《だっさいき》が巡ってきた。明治35年9月19日、東京市下谷区上根岸八二にて、正岡子規はカリエスが悪化して35歳の生涯を終えた。この夜、母八重、妹律、高浜虚子らに看取られて午前零時すぎ息をひきとった。そのとき母は強い調子で「サア、もう一遍痛いというてお見」と語りかけたという。子規には麻酔の効なく「二六時中只の一秒も苦を忘らること叶はず」との凄まじい闘病生活だったと伝えられる。掲出句は子規最晩年の作。子規の日課は「草花帖」を描くこと。絵は水彩で「この日課が病床の唯一の楽しみ」と励んでいた。

「ごてごてと草花植ゑし小庭哉」明治31年10月号の「ホトトギス」にこの庭のことを「我に二十坪の小園あり。園は家の南にありて、上野の杉を垣の外に控へたり。場末の家まばらに建てられたれば青空は庭の外に拡がりて、雲行き鳥翔る様もいとゆたかに眺めらる」と書かれ、糸瓜《へちま》も芒《すすき》も鶏頭も植えられている。

さて、私はこのほど30年ぶりぐらいに子規庵を訪ねた。9月15日、明治神宮で全日本短歌大会が開催され出席。翌日、東京在住の長女夫婦と根岸の町に遊んだ。猛暑の屋根ごしにチラチラとスカイツリーが見えた。婿どのはスマホを手に江戸文化の解説が詳細だ。

私が初めて子規庵を訪れた昭和の日も暑かった。新宿京王プラザで短歌大会があり、帰途数人の歌人達と根岸に行った。道を隔てて書家の中村不折邸もあり、今は書道博物館になっている。「子規・不折小路はさみて遠つ世の振り売りの声聞きしかここに」他数首、拙歌集に入れたことなど思い、歳月を感じさせられた。

子規病臥の部屋の外には折しもへちまが10本ぐらい揺れていた。竹籠には子規の愛したウズラも飼われている。明治32年、高浜虚子からつがいのウズラをもらい、楽しみに写生していた由。すでに一羽は死んだが、寂しそうなので二羽として描いたとか。本日の「子規遺品展」には身近の文房四宝を始め、曲がらなくなった立て膝を出せるよう丸くくりぬかれた座机や、ランプ、黒眼鏡など体温の伝わる物ばかりだった。

この部屋に布団が敷かれ、書籍や雑品が置かれるさまを想像すると、子規の名付けた「獺祭書屋」のいわれも納得できる。獺《カワウソ》は魚を捕ってもすぐ食わず陳列して遊ぶ習性があり、子規は乱雑な室内をカワウソの祭になずらえたという。糸瓜忌、獺祭忌、子規忌―。私も帰宅したら先ずは整理整頓を心がけてカワウソに笑われぬよう清き日課としたいものだ。

2012・9・26

Ⅳ

口ずさむとき

301〜416

301

書かばやわれは

震災にて世を去りし人空襲にて殺されし人書かばやわれは
来嶋靖生

9月15日、明治神宮参集殿にて「第33回全日本短歌大会」が開催された。応募総数１１１０組（2首1組）の中から大会三賞、選者賞、秀作賞、優良賞、奨励賞が発表され、拙作もささやかな栄に浴したので出席した。

三賞は次の三氏。文部科学大臣賞「海霧《じり》はれてクナシリ見ゆる午前四時二百頭の牛牧へ追ひ込む」札幌市　渡邊秀雄。毎日新聞社賞「閉校の花壇に残る水仙の数は去りゆく子らより多し」群馬県　眞庭義夫。日本歌人クラブ賞「結論は出せぬ会議と見定めて一人二人と口閉ざしゆく」仙台市　角田正雄。もちろん1組2首ともに高水準が求められる。

出席者には本日の入賞作品集が配られ、選考経過発表、表彰、講演と進んだ。会場には現代短歌新聞社の方々や各出版社の新刊案内コーナーも盛り上がっている。

講演は来嶋靖生氏。「昨日の歌今日の歌」と題して、この大会詠をはじめ、過去の震災や戦争詠にもふれ、実作者の胸に深くしみこむ内容だった。関東大震災では「まざまざと天変地異を見るものかかくすさまじき目にあふものか」と詠んだ佐佐木信綱の歌。「投げ込むや筵《むしろ》のかばねもんどり打ちすなはちあらず焔の中に」土岐善麿の歌のすさまじさ。ムシロは普通の用途を越えてなきがらを包む悲惨さ。

そして戦争の歌にふれ、「天皇に仕へまつれと吾を生みし吾がたらちねは尊かりけり」今西修軍曹の歌他、若く散っていった戦意昂揚の切なさは時代の不幸として今に記憶される。

今回の作品集には天変地異や戦争といった非日常の不安感よりも日々の暮らしを見つめた破綻のない作品に注目が集まった。角田作品の会議の歌などは、複雑な内容の停滞する空気を詠み込んで、見逃しがちな現代の社会詠かと思う。政治、原発、教育等問題は山積だ。

私は休憩時間に講師の歌集を2冊買った。来嶋靖生第十歌集『梟《ふくろう》』。平成16年から19年までの４００首を収める。昭和6年大連市生まれ、戦後福岡に在住。著書、歌壇各賞多数。健脚で知られ、国内外の山岳踏破。「早池峰の森の奥処をさまよひて人に知られで啼くや梟」「遠く見てあくがれし姫神の稜線を今ぞ来りて踏み下り行く」親しく岩手の山々にも登られて氏の愛される音楽とともに愛誦歌がいっぱいある。「死ぬまでに今ひとたびと思ふこと幾つもありて老いゆくものか」だからこそ、「書かばやわれは」と静かな覚悟がにじみ出る。

2012・10・3

302

内館源氏物語異聞

手に摘みていつしかも見むむらさきの根にかよひける野辺の若草　源氏物語

クラクラとめまいのしそうな本を読んだ。内館牧子さんの『十二単衣を着た悪魔』。「源氏物語に革命を起こす、紫式部への果たし状！」と刺激的な帯文に引かれて扉を開くと、そこは「源氏物語と疾患展」なるイベント会場。主人公、伊藤雷《らい》は大学卒業を目前に就職活動の真最中。四歳下の弟水《すい》は賢弟だ。このアルバイト中に雷は突然異次元空間に放り込まれる。

おお、ここは千年の時空を越えた「源氏物語」の世界ではないか。しかも弘徽殿《こきでん》の庭だという。さまざまな訊問に「高麗《こま》から来た陰陽師、伊藤雷鳴《らいめい》」と名乗る。今の帝は桐壺帝。帝と正妃弘徽殿女御の間に生まれた第一皇子が「一宮」、その弟が光源氏だ。源氏の母親は教科書でよく暗記させられた「女御更衣あまたさぶらひけるなかに、いとやむごとなききはにはあらぬ」桐壺の更衣。このところ帝は更衣を寵愛し、弘徽殿女御としては彼女への嫉妬と、皇子が将来皇位につけないのではないかと思い悩む。それで雷鳴は、しばしば女御の祈祷に呼ばれ、紫式部の書いた筋書き通りに未来を占い当てて絶大な信を得てゆく。

私はこの内館さんの「筋書き」につくづく感じ入った。源氏物語に登場する華やかな女性たちはみな魅力的で心理描写もゆき届く。しかし弘徽殿女御の人となりは何も書かれていないし、あるのは気性の強い意地悪な正妃のイメージだけだった。そこへ、21世紀から来訪した陰陽師雷鳴に心を開き、語らせる手法に作家の本領を見る。たとえばこんな会話「私は〝恐い女〟と言われるのは嫌いじゃない」と女御。「〝可愛い女〟にはバカでもなれる。しかし〝恐い女〟になるには能力が要る」なるほど。ただ一千年前の男達にはやはり恐い女はけむたがられたようだ。この辺が弘徽殿悪評の元かもしれない。

そして光源氏の述懐が読者をひきつける。なんと、光君の理想の女は実母でも藤壺中宮でもなく弘徽殿大后（加階）だと語らせる。「可愛いだけの女、体だけの女はすぐあきる。優しくて細やかな女はうっとうしくなる。教養と知性に富んだ女はやがて肩がこってくる。男にすがって頼りなげな女の所には通わなくなる。大后様はいくら一緒にいてもあきない…」。

そも桐壺の更衣にそっくりな藤壺、藤壺に生き写しの紫の上。すぐ身代わりを見つける男達の心を見透かし、自分の立ち位置を見失わなかった人。「内館源氏物語異聞」に感銘納得しつつ、紫の根に通うゆかりの深さに酔っている。

2012・10・10

303　なぬがなんでも

病院にひとりで行つてきたること妻にほめられ、友にわらはる　　狩野一男

平成24年10月10日発行の歌集『悲しい滝』を頂いた。昭和26年生まれの狩野一男さんの第四歌集、56歳から60歳にあたる385首を収載。「この歌集は東北、および東北出身の〝我〟に特化した歌集であり、その負の連鎖の集」と自解されているが、「全体を通して、東北に対する愛と信頼の心を貫いたつもり」との心にしみる歌がちりばめられている。

「東北の酒飲むときに東北の者たるこころ澄みわたるかも」ここに至るまで、実は氏にとって長く苦しい闘病の日々があり、「たばこ酒やめてきちんと日に三度のみぐすり飲むしあはせにならむ」を巻頭に据える。

「雪の朝、寝床で突如壊れしがそれから四年生きて還暦」「脳神経外科集中治療室にて四か月弱《じゃく》ねむりゐしわれのいのちは」「脳手術四回受けしでこぼこが白く目立つよわれの素頭《すあたま》」という重篤な病床詠がある。本当に4ヶ月間も眠り続けた人が「覚醒しただちに喋りはじめしとわれは妻にもおどろかれたり」の予後の快調さには聞く者みな驚かされた。

そして平成20年6月14日の岩手宮城内陸地震。「岩手・宮城内陸地震の影響で崩壊されしか白糸の滝」から集名にもなった『悲しい滝』を思い、私はひとしきり氏の故郷、宮城県栗原郡花山村（合併前）の地図を辿った。花山ダムをさらに登ると温湯《ぬるゆ》温泉や湯ノ倉温泉、小安峡といった渓谷が続き、滝も随所に見られそうだ。

さらにその3年後、「2011年3月11日（金）14時46分ごろを忘れじ」と詠まれる日。「ありて無きごとき故郷となるなかれ妻の釜石われの栗原」ともに故郷を離れ、東京在住40年をこえた。栗駒山地は崩落の惨事、釜石は津波にさらわれた。「大地震わがふるさとを急襲し後《おく》れてわれをウツが襲ひき」故郷喪失の欠落感はいかばかりか。

この年、3月大地震、5月に氏は還暦を迎えられた。「脳神経外科的目処《めど》の五年ほぼ過ぎむとしつつもう大丈夫？」と疑問符を残しつつも編集の仕事にも復帰できた。かつて病院にひとりで行けた喜びを妻と分かち合い、ときには「この家は妻も猫《モネ》こも言ふことをきかぬと妻を怒れり我は」という日もあった。感情の波間にも猫のモネコは常に二人のそばにいて会話を楽しんでいるようだ。「禁じられし帰郷なれども来む年は何《なぬ》がなんでも我戻《おらかへ》つぺや」二読三読、心がふるえた。氏の強い帰郷願望の遂げられんことを祈ってやまない。

2012・10・17

304　水戸の殿さま

朽残る老木の梅も此宿のはるに二たびあふぞ嬉しき

徳川光圀

出版と同時に大きな反響を呼んでいる冲方丁氏の『光圀伝』を読んだ。あまねく日本中に知れわたる葵のご紋の黄門さま。しかし史実に基づく水戸のご老公の人となりについてはあまりに知らないことが多すぎると、このぶあつい本の人間模様に感じ入った。750ページ、飛び飛びに読んではついていけない。なにしろ東照権現家康公の孫にあらせられる。父頼房は将軍家康の第十一子として伏見城に生まれた。関ヶ原合戦の3年後、家康と側室於万《おまん》の方の子で家康62歳、於万は24歳の時のこと。

光圀は寛永5年（1628）水戸の城下に生まれた。頼房の長男頼重、次男亀丸は早世、三男が光圀。幼時期長丸、子龍《しりょう》と呼ばれていた。母谷久子は側室。7年前に生んだ頼重のときも、光圀のときも、頼房は懐妊を喜ばず「水にせよ」と指示したという。頼房には久子の他にもあまたの側室があり、11人の男子と15人の女子に恵まれたと伝える。

光圀6歳のとき、水戸家の世子に決められた。病弱とはいえ、兄頼重を讃岐高松藩に移送のことが、のちに兄の子を水戸に迎えるという光圀の「義」の形になってゆく。読んでいて「何で？」といくつも疑問がわくのだが「正妻を娶らぬことが、義となるからです」などと言わせる。兄が水戸家を継ぐべきだったので、せめて娶らぬことで兄への詫びとしたいというひたむきさには今の世からは理解しがたい面である。

やがて18歳ともなると、はじめて『史記』の伯夷伝を読んで感動し、学問への情熱がたぎり、『大日本史』編さんのため、全国的に資料収集を行うことになる。あたかも強烈な磁場を求めて、史学国学の士のみならず、星を観測する安井算哲も登場する。

私は映画『天地明察』（冲方丁原作）も見たが、そこには壮年の博学者光圀公が青年達に日本の未来を語る姿があった。いつの世も、時代に先がけて研鑽を積む若者たちは頼もしい。

この作品で読者を異様な興奮に誘うのが、臣下藤井紋太夫を光圀自ら手討ちにする場面。「大義なり、紋太夫！」と迸《ほとばし》る殺気のもと、鋭い刃先が肺から心の臓を貫いた——。

水戸市は歴史を感じさせる古い町だ。掲出歌の梅は光圀誕生梅として、水戸家の墓地瑞竜山に育つ。私が西山荘を訪ねたのは30年も昔か。さんざしの植え込みが青々と、萱ぶきの軒近く静かな円窓に影を落としていた。

2012・10・24

305　ただ一つの和歌

春ごとに花のさかりはありなめどあひ見むことは命なりけり
詠み人知らず

「咲弥《さくや》は蔵人が婿入りしたその夜に、結婚したことを後悔した」というショッキングなプロローグから、壮大な物語へと誘い込まれる本がある。葉室麟さんの『いのちなりけり』。さらに二人の会話をきけば「さくや」のいわれを問う婿殿に「私の名は、このはなさくやひめにちなんだ名」と答える妻に「ほう、どのような姫でござろうか」と不審がる夫。ああ、この方は書を読まぬお人のようだ…。

今度は妻が夫に尋ねる。「蔵人さまの好まれる和歌は？」と問い、答えられないでいるとなんと「蔵人様がこれぞとお思いの和歌を思い出されるまで寝所はともにいたしますまい」と言い、さっさと部屋を出ていってしまった。

ところは佐賀、鍋島藩の支藩の一つ。口下手の蔵人はそれでも機嫌よく、武士でありながらメグスリの木から目薬を作って売ったりして平安な一時期。旅に出る前のこの辺りが楽しい。

作者は、この作品の執筆で念頭にあったのが、森鴎外の短篇『ぢいさんばあさん』だと語られる。私はこの芝居を平成14年4月、歌舞伎座で観た。美濃部伊織を勘九郎（勘三郎襲名前）、妻るんを玉三郎、悪友甚右衛門が橋之助という絶妙のとり合わせだった。人もうらやむおしどり夫婦がふとした事件から夫は越前に、妻は江戸でついに37年も離れて暮らすことになった。

そうして伊織71歳、るんは66の春、やっと二人は再会する。「だんなさまか」と声をかける妻、しばらく見合って「るん…か」と問う夫。私は今でもあの二人の場面を思い出すと涙がわいてくる。作者自解の弁で、互いに思いをつないだまま離れ、巡り合う夫婦というものを描きたいと思っていたと知り、胸が熱くなった。

この小説での咲弥は、水戸家の奥女中として勤め、光圀公は「御色白く御背高く、美男の聞こえあり。鉄の火箸もねじ曲げる」ほどの強力《ごうりき》で聞こえた。やがて将軍綱吉との軋轢《あつれき》、柳沢保明との確執、紋太夫の手討ち等、光圀62歳での隠居までさまざまの曲折があった。

そしてただ一つの和歌を求めて、蔵人の旅も長くなった。彼は祝言の夜には答えられなかったが離れ住み、「ただ咲弥殿に伝えたいことがあるということだけわかった」と語るのを聞いた僧清巌は「伝えたい、聞きたいことがあるのを恋というのだろう」と微笑む。好きな歌は「命なりけり」、命とは出会いと見つけたり。深い豊かな「愛」の大河に歌の道、剣の道、男の情の一途さに唸《うな》らされた一巻である。

2012・10・31

306　兎に出会って

木枯しとならんか光に降る木の実ぴしぴし受けて兎の菜を蒔く

斎藤絢子

平成11年発行の歌集『光と風と』には「あとがき」の前に「兎」と題した短いエッセーが添えられている。「兎に出会って四十年近くになる。小中学生の妹や弟が飼い始めたものが、いつか足なえの私のペットになった。餌を欲り兎が足を打ち鳴らすとき、立てぬ足は立ち上った。車椅子を降り、松葉杖をつき、必死で草とりに歩いた。〈わが子〉として五年余つき合った兎が急死した夜、つきあげるように歌が生まれた。兎は私に歌という杖を与えてくれた――」とある。

作者は昭和14年、茨城県の日蓮宗のお寺さんの生まれで、四年生のとき右足の骨髄炎を病み、重い障害を持つ身となられた。ご両親とも歌人で敗戦直後から地域の人々と本堂での歌会が活発に行われていたという。作者も昭和40年ごろから全国紙の新聞歌壇に投稿。みるみる常連になられ30年余で入選歌は３６０余首を数え、一巻にまとめる運びとなられた由。さすが毎週厳しい選を通られた歌群だけあって胸を打たれる作品が揃っている。

「日溜りへ音なく移るとび虫の身に固まりて冬の泥負ふ」飛び虫、枯れ草などの下に住む小さな昆虫がかすかな泥を負っていると詠む。「月明かる茗荷林の葉のゆらぎ小綬鶏の子のつと駈けあるく」地を這う視線には茗荷《みょうが》の草丈《たけ》も林のように見えると笑う。「筑波嶺は雪の降りしか里の陽に渡りくる鳥らたなびくがごと」万葉集東歌には「筑波嶺に雪かも降らるいなをかも」と白雪になぞらえた美しい歌がある。伝統と品格の示す風土性が光る。

「父逝けば朝勤行の刻を告げ尾長らは軒の花ざくら揺る」昭和49年父上の逝去。私はことし盛夏、この欄で絢子さんの「病む父に朝勤行の四時告げぬうしほのごとくひぐらしの鳴く」を書いたのだったが、こちらは生前の父の勤行の時を告げるかのように、尾長らが桜の枝を揺するという哀切な内容。蝉も尾長も「行」を思わせるゆき届いた作品となった。

「数百のあそぶ蜻蛉《あきつ》を揺すりあげ揺すりあげつつ萱群を刈る」「杖の跡の土穴くらきにこぼれいん栗のつぶら実思ひてねむる」私の大好きな歌。晩秋の空を舞うとんぼ、「揺すりあげ揺すりあげつつ」の、できることをする喜びが伝わってくる。彼女の暮らしも歌も、決して停滞しない。杖がつけた小さな穴に、栗のつぶら実がこぼれ、やがて芽を吹く春がくる！　歌集にはさまれて兎を抱くポートレートが眩しい。

2012・11・7

307 柿日和

柿色に柿はなりつつ法隆寺　　坪内稔典

正岡子規の研究者として知られる坪内稔典氏の新刊書『柿日和』を読んでいる。昭和19年愛媛県生まれの氏の著作集は『子規のココア・漱石のカステラ』『柿喰ふ子規の俳句作法』等々一読忘れられずじんわりと心がぬくもってくる。たとえばご自分のお名前にふれて、大阪の十三《じゅうそう》駅で見かけた病院の看板。「胃下垂、胃潰瘍、腸捻転」とあるのを見つけ「あ、僕がここにいた！と心の中で挨拶した」というようなユーモア性にあふれている。

柿好きの子規は大きな樽柿を16個も食べたことがあるといわれるが「つりがねの蔕《へた》のところが渋かりき」を見ると思わず笑いがこぼれる。「つりがね」という柿をもらったお礼の気持を述べた句という。わがやにも古い柿の木が3本あり、ゴルフ球ぐらいの実が天高く実っている。これが渋いのなんのって、稔典さんの表現をお借りすれば「舌がひりひりし、口の中がもわもわごわごわし、吐きだしてもそのひりひりごわごわは直らない」と、実感がこもる。それでも何度か霜に当たり樹上で熟しきると極上の甘味になるが、タネが多く現代っ子達には不人気だ。母は湯に漬けて渋抜きや皮をむいて干柿作りもまめにしていたものだが今は小鳥を喜ばせるのみでなさけない。

「渋かろか知らねど柿の初ちぎり」加賀の千代女の句を、子規が「初契り」と表記、解釈していたと、私は本書を読んで知った。「渋いかどうかちぎって食べてみよう」が一般的だが子規は、もいだという意味ではなく、互いに契るととっていたらしいとのこと。

「照柿の石段まひるまの無音」（佐山哲郎）稔典さんは「照柿《てりがき》」を新しい季語にしたいと言われる。髙村薫さんの平成6年のベストセラー『照柿』は圧巻だ。書下ろし1400枚を、ことしも照柿の季節に読み返した。まだケータイもメールも登場しない時代、公衆電話やテレカが必需品だ。

「太陽精工株式会社羽村工場」に勤める野田達夫はこの長編の底に脈打つ照柿を「そうだ、照柿。あれは西日を浴びた熟柿が持つ色の名だがあれは老朽化した炉の断末魔の悲鳴の色だ」と熱処理の浸炭炉《しんたんろ》を凝視する。警視庁警部補の合田雄一郎、検察庁の義兄加納祐介、そして熱病のような夏。平成8年には三浦友和、田中裕子、野口五郎らのテレビドラマの新聞切りぬきもはさまれてあり時代がよみがえる。「ああ、見事。日があたってまさに照柿ですね」と「柿日和」の書き出しが美しい。

2012・11・14

308　阿弥陀堂だより

冬に入る野仏の辺に柴束ね

吉野義子

「食って寝て耕して、それ以外のときは念仏を唱えています。念仏を唱えれば大往生ができるからではなく、唱えずにはいられないから唱えるのです。もっと若かった頃はこれも役目と割りきっていましたが、最近では念仏を唱えない一日は考えられなくなりました。子供の頃に聞いた子守歌のように、念仏が体の中にすっぽり入ってきます」

これは長野県の、周囲を山に囲まれた六川集落の阿弥陀堂の堂守、おうめ婆さんの日常である。一方、この地で生まれ、祖母に育てられた上田孝夫は中学に上る時点で村を出て、父親に引きとられ東京で大学を卒業後、嫁さんと故郷に戻ってきた。

南木佳士さんの小説『阿弥陀堂だより』が今時期に読むとなんとも心があったまり、読んではふり返り、落葉の道を踏みしめては木々のささやきに耳を傾ける。

同級生で才女の妻、美智子は難関を突破して東京の大病院で最先端医療に従事する女医さんだが激務に心身を病み、自らの療養も含めてこの山間の小さな診療所勤務を希望したのだった。孝夫の祖母はすでに亡く、残っている古家でしばらくは農耕手伝いなどをしながら、月一回配られる谷中村の広報を読む。

この村には昔から阿弥陀堂があり、堂守がいる。それは身寄りのない老婆の役目で集落全体の仏壇である阿弥陀堂に住み、村人の総代として毎日花や供物をあげ堂の管理をする。その代価に村人は米や味噌を届ける。男が堂守になることはない。「昔っから」そうなっている。

おうめ婆さんは「九十六だか七だか、わしにもよく分らねえでありますよ。九十すぎてっからは、人が言ってくれる歳がわしの歳だと思うことにしているであります」と笑う。

広報に載る「阿弥陀堂だより」の小さなコラム担当の女性は、実は喉のガンを患っており、声帯を取ってしまって筆談で、おうめ婆さんの話を聞きに山を登ってやってくる。時々美智子先生もおうめさんを往診し、寒くないかと問うと「あったけえところを知らぬ身でありますから、寒いかどうかも分からねえであります。野沢菜の漬け方を教えてという人も居りますが、食ってみたい野沢菜漬の味を体が知っていて、そのように漬けるだけ。万事いいかげんなのであります…」とほがらかだ。

96歳のおうめさん、43歳の孝夫と女医先生、24歳の広報担当員。私は今すぐにでも四人をよびとめて、「阿弥陀堂だより」の配信を頼みたい思いにかられた。

2012・11・21

309　月の輪草子

夜をこめてとりのそらねははかるともよに逢坂の関はゆるさじ　　清少納言

今年から11月1日が法制的に「古典の日」と決定された。寛弘5年9月11日、中宮彰子ご出産、11月1日は敦成親王誕生五十日のお祝いが盛大に催された。行事もたけたところに「左衛門の督《かみ》、『あなかしこ、このわたりに若紫やさぶらふ』とうかがひ給ふ」との記述が『紫式部日記』に出ていることからこの日に決定されたという。２００８年には源氏物語千年紀の話題も多かった。

その11月1日、卒寿の作家の渾身《こんしん》の書下ろし小説が発刊された。瀬戸内寂聴さんの永遠の清少納言『月の輪草子』である。真紅を基調に黒髪と烏帽子と蔀《しとみ》の一部が金色の月の輪に浮かび上る意匠のあでやかさ。見開きも真紅、カバーの下の表紙には紅に白抜きの図案。カバーがちょっとずれるとエナメル様の本体が「出《い》だし衣《ぎぬ》」のように見えかくれする。私は読む前に、もう動悸《どうき》し始めていた。

歴史の長い流れの中には、世代の交替する潮目というものがあるようだ。清少納言たちの生きた世でいえば、一条天皇の御代であっても定子中宮から彰子女御へと微妙に移ろうものの影が見える。「高級貴族の兄弟は必ずといっていいほど仲が悪い」との作中清少納言の感想はそのまま世相を反映。「誰もが自分の娘を後宮に入れ、今上帝の寵《ちょう》を受けお種を宿し、皇子を産み、その皇子を一日も早く東宮に立て、やがて帝位につける」というコースが高級貴族達の生きる願望であった。

藤原兼家の四人の息子達を見てもあまりにも欲と権勢と出世レースのすさまじさに目を覆いたくなる。道隆、道綱、道兼、道長の立派な兄弟が、関白道隆の病気以来衰亡の坂を辿る。道隆逝去後、その弟道兼もまた七日病んで他界。こんなにも次々と人が死んでゆく日常を嘆く間もなく末子の道長のところに関白職が吸われていった。

幸福も不幸も、なぜかこの世には束になって訪れると語る清少納言。思えば一条天皇11歳、定子15歳で入内。清少納言は28歳から10歳下の中宮に仕えてきた。しかし宮は3人目の出産直後、25年の生を終えられた。やがて後宮は彰子中宮の時代へと移ってゆく。

あるじ亡き後の長い生涯に清少納言は「私が九十…とな。あの世とやらで、今更誰に逢いたいとも思わない。生も死も、一度きりですましたい」と呟いて擱筆《かくひつ》。清少納言もできなかった寂聴師珠玉の金字塔に感銘した。

2012・11・28

310 南畝先生

衣食住もち酒醤油炭たき木なに不足なき年の暮かな

大田南畝

災厄と飢饉と政治的迫害に遭ったとき、江戸の文人たちはどのように身を処していったのだろうか。天明3年（1783）8月7日、狂歌師平秩東作《へづつとうさく》は58歳の身を奮い立たせて東北、蝦夷地の旅に出発した。

「九月一日、沼宮内、二戸、伝法寺（十和田）を経てようやく陸奥湾を望む野辺地に達した。弘前あたりは飢饉が特にひどく、牛馬はもちろん犬も草木の根も皮も、屍《しかばね》を切り取って食する者もいる。ある里などは人みな死に絶え、弔う者がいないため死骸は鳥獣の餌となる」弘前の郡内だけで死者は七、八万人に達するらしい。

百万もの人口を抱える江戸は米穀の値が高騰し、予想もつかない騒乱になるのではないか。早晩世情不安に煽《あお》られて狂歌文芸どころではなくなるような気がする。

高任和夫著『嵐の後の破れ傘』に見る世相。江戸中期、田沼意次の時代から寛政の改革へと続く中、平秩東作、大田南畝《なんぽ》、山東京伝の三文人の旺盛な創作活動に刮目した。

天明4年春、江戸に帰った東作は還暦の祝いもすませた天明6年8月、政変を聞かされる。「徳川家治公がみまかられ、田沼さまが罷免された」というのである。同年9月家斉が14歳で第11代将軍となり、蝦夷地探検は中止される。

天明8年7月、田沼意次70歳で死去。数々の事業を行った東作もまた寛政元年（1789）3月8日、64歳で没した。

東作は大田南畝の恩人であった。19歳のとき最初の狂歌集『寝惚《ねぼけ》先生文集』を出せたのは東作に見いだされてのことで、狂歌の世界に踏み入ったのも彼に誘われてのことだった。

しかし今、松平定信の粛清が進んでいる。御徒《おかち》役人直次郎（南畝）は突然上司によばれた。「世の中に蚊ほどうるさきものはなしぶんぶといふて夜もねられず」の狂歌は「そちの作か」と詰問。松平公の政治姿勢は生真面目なものだけに一部反発をもつ者もいる。

南畝は以後言論統制の波が静まるまで狂歌や戯作《げさく》をひかえ、本業の徒士《かちざむらい》に徹し53歳で大坂銅座への単身赴任も長崎奉行所詰にも従った。

私は今回で3度南畝さんを書き、没年を見届けた。75歳で現役のまま逝った人。文も酒も女も愛し、三保崎という恋人も手に入れた。しかし真に魂が救われるのは書いているときだけ。そう「筆魔」にとりつかれてしまったとつぶやく南畝先生をこれからももっともっと読み、知りたいと思っている。

2012・12・5

311 身替り座禅

たとふれば独楽のはぢける如くなり

高浜虚子

12月5日、歌舞伎俳優の中村勘三郎さんが亡くなられた。40代で「平成中村座」の芝居小屋をニューヨークまで持っていき、次々とエネルギッシュに活躍しておられたのに、病に倒れられた。ことし6月に食道がんを公表、7月手術からずっと入院加療中に肺炎を発症、あまりにも早い訃報に驚いた。

「文藝春秋」6月号に「病を得て初めてわかったこと」として8頁にわたるインタビュー記事が載っている。「よく考えてみると、一昨年は歌舞伎座さよなら公演の最終の四月興行に一部二部三部全部に出演していた。そのあとコクーン歌舞伎、「佐倉義民伝」本番、7月「文七元結」…それでやめりゃいいのに名古屋御園座で父(十七代目勘三郎)の追善舞踊会。やめりゃいいのに次の日金沢へ行って踊って、やめりゃいいのに次の日海外に行った―」すさまじい日程と超人的な行動力。

一昨年の歌舞伎座さよなら公演は私も4月4日、昼夜観劇。勘三郎、勘太郎、七之助の豪華三連獅子の激しい舞台に息を呑んだ。このときは九十歳近い小山三さんがかみしも後見をつとめられた。身長より長い髪を振り、三人の息をひとつに、見ても見ても見あかぬ場面。獅子の慕い寄る牡丹からしたたる露を表す鳴物も、動と静のはざまにしみた。この上ない子息たちとの連獅子を、私はこの先何年も見続けられると信じていた。

平成17年春は、十八代目中村勘三郎襲名披露公演を観た。この日は「京鹿子娘道成寺」に酔いしれた。白拍子花子を勘三郎。芝翫、左團次、勘太郎、團十郎、海老蔵他の大舞台。

ここは花盛りの道成寺。女人禁制なれど、金の烏帽子の花子が舞い始める。「恋の手習いつい見習いて　誰に見しょとて紅かねつきょうぞ　みんな主への心中立て…」次々と衣裳の早変わり、踊りのみごとさ。手拭いにそっと滲ます口紅も笠も鞨鼓《かっこ》も、花子の身を揉む哀れを表白して切なく余韻を引く。

5日早朝からの勘三郎さんを悼むテレビ番組には、天性の明るい笑顔が映し出される。歌舞伎の世界には「身替り」の話が多い。「身替り座禅」の勘三郎さん。狐忠信の躍動感、「狐狸狐狸ばなし」の伊之助。ああそんなどんでん返しがあったら「実は、ちょっと休養しててさ」と、来年の歌舞伎座オープンの舞台に中村勘三郎満面の笑みを見たかった。休むことなく回り続けた独楽の澄みきった芯が悲しい。

2012・12・12

312　小沢昭一的こころ

その場しのぎに生きてきてまた師走　　変哲

年もおしつまってから聞く訃報はひとしお寂しい。12月10日、俳優・エッセイストの小沢昭一さんが83歳で亡くなられた。私はTBSラジオの「小沢昭一的こころ」が大好きで40年来聞いてきたが先月あたりから過去の収録ものが流れるようになり気になっていた。

著書もいっぱいあるが平成14年刊『散りぎわの花』には年末の過密な仕事ぶりが書かれてある。「若いころから仕事はたくさんきたので、子供ができてからも朝昼晩働いて徹夜で仕事して、撮影所やラジオ局のロビーで仮眠して、また朝の番組なんていう生活でした。大晦日の夜に帰りゃいいのに、俺たちには除夜の鐘なんて関係ないと突っ張って、西村晃さんと夜通し話してたりしました…」

また平成3年刊の『もうひと花』にはコンビニの話で笑った。今から20年も前のころ、まだ「コンビニエンス・ストア」なるものが珍しかったころのこと。小沢さんはこの新商店が大好き。「今さっき、かの店でスポーツ新聞と武田鉄矢印のキツネうどんと焼きそばを買ってきました。コンビニエンス・ストア略してコンストは、私にとって一銭もらって駄菓子屋にとびこんだ子供時分の風景なんです。アッ、〈パンスト〉っていいますから〈コンスト〉っていう略称あってもよろしいでしょう！」そういえば盛岡では「ローソン」出店が早かったからしばらくコンビニ総称のように使われていたようだ。でも「コンスト」ってやっぱりおかしい。

昭和4年巳年生まれの氏の「二〇〇一年元旦」の章。「遙かなる次の巳年や初み空」「これはタウン誌「うえの」に本年巳年生まれの句として載せてもらったもの。おそらく次の巳年には永の眠りに入っているだろう。それでよい」この時はまだ72歳の現役年男でいらした。

小沢さんは俳人・変哲としても有名で「天は二物を与えずといいますが小沢さんの場合、役者であり俳人であるだけでなく、放浪芸の研究者であり、歌手としてCDもたくさん出し、もの書きを加えると天は数えきれないほどのものを与えている」とは辰濃和男さんの解説。「椎の実の降る夜少年倶楽部かな」を絶賛される。「背で囲み背で話し合う焚き火かな」「凩《こがらし》や芸の渡世の幸不幸」も私の大好きな句。東京やなぎ句会の方々との論談風景も覗いてみたい思いにかられる。「その場しのぎに」生きている日々、「またあしたのココロだー」と、ラジオの声にあしたもあさっても元気をもらいたかった。

2012・12・19

313　あれから四十年

きみまろが「あれから四十年ッ」と語るとき沼の藻のごと女らさやぐ

栗木京子

まっ赤なタキシードに金色の扇をかざして、漫談家の綾小路きみまろさんが舞台中央まで出てくるとやんやの喝采。ほめたりけなしたり、さんざん客をいじり回すのだが、あやういところでひともわれもホッと救われるという形のステージを作り上げる人。わけてもこの数年、初老の夫婦に的をしぼった「あれから四十年！」が大ブレークした。小腰をかがめてひざに手をのせ、アゴをつきだして歩くさまはオーバーにもせよ自分の姿勢の悪さを反省させられて、一人歩きの時はつい周囲を見回し、背をのばす。

「あれから四十年」のフレーズは、まるで目の前に採りたての夕顔をごろんと放り出されたような強烈な質感を指し示す。「きみまろの漫談たのし〝抱きしめて〟が〝ドア閉めてッ〟に変はる四十年」ああ、あの時はと甘いとろける声のエコーが降るばかり。それなのになんという歳月の残酷さ、愛憎格差の激しさ。これでもかこれでもかと具体例をあげて攻めまくる笑いのマシーンにふと、「奥さん、あんたのことですよ！」と言われてハッとする。

「食べて飲み笑ひさざめくをみならの肩の厚みをわれも持ちをり」同感。昭和29年生まれの栗木さんはまだお若いが、年齢とともに肉置《ししおき》が豊かになってきた私など、まさに身の置きどころもない。男性なら胸板の厚みは隠れた魅力とも聞くが女の肩の厚みはどうであろうか。

「きみまろのCD聴けば爆笑のなかに携帯の着信音まじる」舞台でも講演会でも開演前に必ず「携帯等は電源をお切り下さい」と注意されるがそれでも鳴りだすことがある。また家族に迷子防止のために持たされたケータイの、止め方がよくわからなかったという老人の笑い話もある。暮らしの中の小道具が期せずして時代背景を映し出す。

きみまろさんの叫ぶ40年前は、こんなにも自画像を見るような笑いが横行してはいなかった。他人に笑われないようにという見えざる規範が常に心を律していた。

平成の世も来年は四半世紀を数える。先ごろ届いた短歌総合雑誌はみな2013年新年号だ。その中の「歌壇」新春詠の「四十年」と題した栗木作品16首に感動、共感、大いに笑った。思えば去年3月に私たちは「中学卒業50年同級会」を計画中に震災で中止。もうすぐ2年、来年こそ会って笑って食べて飲んで、「あれから50年」を語りあいたいと思っている。

2012・12・26

314 どッこも悪くない

粲々と降りつぐ雪のめでたさよあたらしき年の第一日を　　宮英子

平成25年、癸巳《みづのとみ》の新しい年が訪れた。震災からまる2年、新政権発足の年明けである。願わくは四海波静かなれと祈るのみ、降りつぐ雪に新しい足跡を記すように、私は今年の読み初めの一冊を手にとった。

宮英子さんの『青銀色《あをみづがね》』昨年11月発行の95歳の第十一歌集である。「年ながくわがひとり守《も》る柊《ひいらぎ》館《やかた》古木につどふ白き花々」昭和61年宮柊二先生亡きあと26年、東京三鷹におひとり住居。ひいらぎは古木になると葉のトゲも丸味をおびて、群がって咲く白い小花がふんわりと芳香を放つ。ひとり暮らしの不安もなくはないけれど、この花の香に似た端正な暮らしのたたずまいに、齢を重ねる尊さを教えられる。

「高齢の我儘なれど許されよ。見たい行きたい。見ようよ、行かうよ」かつては80代ごろでもシルクロードやアジア各国、また娘さんの住むフランスにも毎年行かれて豊かな佳什《かじゅう》を見せられた。「古物商の青銀色《あをみづがね》のガラス瓶なみだ壺とぞシリアを旅して」はそんな得がたい旅のひとこま。集名にもなった愛らしいガラス器の写真が添えられてある。

「迂闊にも長く生きしは我が器量ならず日々が連続偶然めいて」ととりたてて長寿の秘訣などにはふれず「医者通ひだけの日常変化なれど〝どッこも悪くない〟と診察」に笑った。いいなあ、九十歳すぎても「どッこも悪くない」なんて。「うかつにも長生きして」、「なに、偶然のようなものですよ」とほほえまれる姿。

「九十歳越えてもまだ生きるのかい、詰《なじ》る夫のこゑいづこより」「充分に生きたりこのあと如何せむ思へど今はおなかが空いた」この二首を並べてみると、さながら現実の夫婦の会話みたい。夫は「まだ生きるのかい？」と揶揄《やゆ》気味で、妻は「このあと如何せむ」とは思えど孤独地獄に陥ることなく「おなかが空いた」と切りぬける。昭和初期東京生まれの男子中学生のモールス通信特訓を書いた手記を読んだことがある。「イトーがイ、路上歩行がロ、ハーモニカがハ…オナカガスイタ」というものである。戦時下、必死で切実な緊張感をストンと落とす呪文のようでなんだかおかしい。

「今日はよき為事をしたり忘れゐし古歌のことばを調べととのへて」「新しく冬となりたり栗羊羹うすく切りゐるほどの仕合せ」巻末近い作品。あとがきに「生誕百年の柊二へ贈る私の最後の歌集」と記される。ことしは年女、百寿の先までも新しい境地を期待したい。

2013・1・3

315 箱根駅伝

遙かより小旗のゆれの移りきて今駅伝の五位走り去る

小澤光恵

『角川現代短歌集成』より。

1月2、3日、第89回箱根駅伝が開催された。第1日は東京大手町から神奈川芦ノ湖までの往路5区間108・0キロに20チームが参加。毎年恒例の正月駅伝、私はことしは例年より集中してテレビ桟敷を楽しんだ。

結果のみ言うならば、往路を制した日体大が首位を譲らず、合計タイム11時間13分26秒で30年ぶり、10度目の総合優勝を果たした。1987年に箱根駅伝のテレビ中継が始まったというが、正月三が日に放映される華やかさが、ご年始客の出入りする家庭の茶の間にすっかりとけこんで今や初春風物詩となっている。

私はそんな中でも5区の小田原―箱根間のコースが好きでたまらない。スタートで注目を集める1区、2区は鶴見から戸塚。3区は海岸線を走り、たえず風向きに左右される。今回は二日間とも強風に悩まされたようだ。

毎年テレビで見ていると、耳になじみの地名もなつかしい。花の2区の「権太坂《ごんたざか》」は1・5キロもの上り坂。今、平和なこの道をその昔は甲冑《かっちゅう》に身を固めた坂東武者たちが走ったかと、そんな歴史も偲ばせる道。時折ヘリコプターからの空撮で美しい湘南海岸が見える。津波も雪もなく、白い波がしらがのどかだ。相模湾って広大だなあと画面に見入る。

1月3日午前8時、私は箱根駅伝復路のスタート地点を見つめた。3・1度、雪はない。芦ノ湖で号砲。前日トップの日体大がスタート、2分35秒差で早稲田が続く。前日のひたすら上りの標高600メートルを今日は下らなければならない。カーブが多い。うちの方の松川温泉から八幡平へ向かうルートと似ているのではないかと思う。歩くさえ大変なのに選手たちはたえず時間と体力と気力との真剣勝負だ。

標高600メートルの「小涌園」が見える。国道1号の最高地点は標高874メートル。5区20・7キロの間には東京都庁の3倍もの標高差があるという。

そして「函嶺洞門《かんれいどうもん》」のトンネル。これもテレビで見るたびに、いつか訪ねてみたいと願ってきた。川に面したトンネルはスノーシェルターにも似たまだらな日の影が躍っている。そこも鳥のようにかけぬける選手たち。

5区を制すれば箱根を制すとの伝説通り、ことしは日体大がみごと優勝に輝いた。どの大学にもドラマがある。大手町のゴールにかけこんでくる選手たちと一緒に、私は二日にわたって山越えをしたような快い疲労感に包まれた。

2013・1・9

316 めくら暦

暖かく暮れて月夜や小正月

岡本圭岳

正月気分もたちまちのうちに三が日がすぎ、松飾りも外され小正月を迎えた。一陽来復、冬至からこのかた朝の太陽が明るく眩《まぶ》しい。なんとも慌ただしかった歳末の日々、昔ならば神々のお年取りでさまざまなしきたりに従ってこまやかな年用意があった。私の地区では師走なかばにはお年取りのおふだが配られる。老人会の当番のおばあちゃんが来ると、ああ正月の準備をしなくてはと思う。

現代は神々よりも人間の年越しツアーがにぎやかだ。歳徳神のご招来よりも離れ住む子孫の到着時間に気がもめる。「カレンダーを吊る位置曲がりゐるやなど声かけあへば楽しきものを」思わず口をついて出たことば。家族の来るまでに脚立に上って丈長い歌舞伎カレンダーを吊る。「ねえ、曲がってる?右?こっち?」などと声をかけ合いながらの作業ならどんなに楽しいかと、気づけば歌になっていた。

みんなの目につく所に「めくら暦」を貼る。これは重宝して他県の方々にご年始に送り喜ばれるがその際少し解説を加える。絵暦、あまりに判じ物で初見では意味不明と思われる。

まずタイトルに、塀と井の字を背中に負う男の絵。そしてお重が二つ、星が五つと今年の巳の絵柄。これで「塀井背《へいせい》二重五年」と読む。八十八夜は、お鉢《はち》が一つ、お重が一つさらに鉢と矢で鉢重鉢矢。5月2日ごろだ。次に笑えるのは荷物をかついだ怪し気な男の図。解説では盗賊が荷を奪う、荷奪いつまり「入梅」。私はこれを幼児期、としよりたちから「荷をベッと投げるがらニュウベエだ」と聞かされてずっとそう信じてきた。でもよく見ると投げるではなくかつぐ絵だ。自分で解説が読めるようになって、そうか、荷うばいかと知り大いに笑った。

珍しく花の絵。ほんのりまるい芥子《けし》の花に濁点でゲシ、6月21日夏至の表示。二百十日は銭《ぜに》束二百文と砥石《といし》と蚊の図柄。これは四年生の孫との会話でもややこしい。ゼニってこんなに束になってたの?トイシってナニ？そうだよなあ。しかも私はあらぬことを考えた。「虫ヘンに文って、ブンブン飛ぶのはハエなのにね。カだったらどうして虫ヘンに火か夏でないんだろう?」どうやら江戸の狂歌「ブンブといふて夜もねられず」がこびりついているらしい。「飛んで火に入る夏の虫、虫ヘンに火か夏を書いてカ。おばあちゃん、新漢字を作れば!」と大笑い。昔も今も笑いは最高の常備薬。巳年めくら暦は最高の笑い暦になった。

2013・1・16

317　ページワン

「ページワン」父の笑顔が浮かびたりあの大晦日は何十年前　　千田正平

1月12日、盛岡市立図書館にて恒例の新春短歌会が開催された。あちこちで御慶《ぎょけい》を交わす和やかな雰囲気、着物姿もみえて正月らしい華やかさに包まれる。この世界も高齢化が進み出席者が減る傾向にあるが、詠草プリントに従って全員発言が年の始めの親睦を深め、選者が講評を述べて学びの度を深める。

昼すぎには本日の天地人賞も決まり、参加者互選の高点歌賞や選者賞も決まって表彰された。入選作はすでに各新聞等で取り上げられたが、私は、この「ページワン」の正月のトランプ遊びに注目した。しかし何十首と並ぶ詠草集で、各自好きな歌を5首投票するのだが、この作品には点が少なかった。まさか「ページワン」を知らない人はあるまいと思うが、家族で遊んだ風景が忘れられているのだろうか。現代では家族が声はりあげて「ページワン!」なんて叫ばないのだろうか。

わが家では正月中トランプやかるた取りに興じた。手札がどんどん減っていって、二枚になった切り札が「ページワン」であり、納めの札を何と言ったか。うちの仙台の孫は「ノムサイ」と言う。私は子供のころ「ノーサイ」や「ストップ」と言ったように思う。

厳粛なる短歌会の果ててからそのことを言うと、作者の千田さんが「ノーサイだよ。ノーサイドのことだよ」と教えてくれた。そういえば「もう、ノーサイドにしましょうよ」と言って総理の座に座った人がいたっけ。

「あの大晦日は何十年前」、長く寒い冬の夜の遊び。トランプよりも紙質も悪かったが、十二支の絵札もなつかしい。また少し固くて厚味のある花札の手ざわり。干支や季節の花暦を遊びの中から感じとり、大人の会話を背のびして聞きかじったころが思われる。「花のいらん」だの「それは六日のあやめだよ」なんてタイミングよく言ってみたくてたまらなかった。欲ばると無情の雨流れの番狂わせだ。

私の大切にしている本に松田修著『日本刺青論』があるが、その表紙に鮮やかな花札が使われている。松、桐、坊主の二十点札、猪鹿蝶が居て日本の祝祭的世界が描かれる。まつろわぬ者たち、異端史研究の第一人者の追い続けた記紀以来の「刺青」の歴史。それは何か秘密めいた闇の精神史を思わせてひきつけられる。

花札で小学生の孫のまちがいやすいのは萩と藤、松と柳の形状。私もいつか「祖母の花札」と、彼に思い出される日がくるだろうか。

2013・1・23

318　デジタル世界

小さき点ひとつなくてもE・メール送信拒むデジタル世界　　宮里信輝

贈られて匂いたつような本を開く。何がうれしいといって、こんな新鮮な喜びがあろうか。年明けて、耳も千切れるような寒波、それがやや緩んだかと思うと絶え間ない積雪。例年ながら雪国の暮らしは気が重い。

そんな日々、1月29日発行の歌集『花迷宮』を頂いた。鹿児島県種子島生まれの作者の第三歌集である。平成7年からの8年間、年齢的には45歳から53歳までという働き盛りの作品620首が収められている。

掲出歌と並んで「宛先の住所に誤字のある手紙とどきて笑ましアナログ世界」がある。平成の世は「によきりによきり雨後の筍より増えるコンビニ、スーパー、パチンコ店」「冷蔵庫開ければ水のペットボトル指定席占む時代《とき》は移りて」「元日もバイトの長女、長男を見送り始む平成十年」と、平成初期の物流機構の変化。コンビニの建物自体が全店同規模の斬新性で24時間営業と、あのころから人々のライフスタイルが変わり始めたように思う。元日営業はあたりまえになり、水も買う時代がきた。

「また今年いち年たのむと年始酒酌めり身内《みぬち》の五臓六腑へ」「子供らにいぶかしがらる鯨《くぢら》肉食べ大きくなりしと夕餉で言へば」生活様式も食習慣もずい分変わった。クジラ肉を、今はとんと見かけなくなった。缶づめはあるが、サリサリとした塩クジラはすっかり忘れられてしまった。これらの作品世界に分け入ると、思わず「ご同輩」と声をかけたくなる。

「種子島は米二度とれる〝多禰《たね》の国〟日本書紀にもしるされし国」「千挺の銃のはじめに一挺の〝ポルトガル銃〟展示されたり」作者の生地種子島は常に日本史の要諦であった。やがて都会に出られた氏の目に映ったのは「東名《とうめい》高速は日本の動脈前後左右大型トラックがんがん走る」そして「車窓風景、駅名も良し須磨、塩谷、垂水に舞子、朝霧、明石」と、氏の長く暮らされた神戸、須磨明石周辺が美しい憧憬として描かれる。

集の後半に「消費止まり物流止まり収入下がりみんなあぎとふデフレの世界」他世情不安も詠まれる。歴史はくり返し、さながら先ごろ政府の発表した脱デフレ金融政策が思われる。

そして吉野。「下千本、中千本をのぼりゆくひと足ごとに花の迷宮」「五十年歩き来たりてみ吉野の花迷宮にまよひさまよふ」の世界。ゆきゆきてなお迷宮の歩をとどめず、さらに奥千本の花景色を見せていただきたいと願うものである。

2013・1・30

319　春一文字

相撲部にゐたのだと言へば眼を見張り笑ひだす人十中九人

橋本喜典

さまざまの話題に沸いた大相撲初場所だった。今場所のポスターは「両国に熱い雪が降る」だったが突然の大雪もあり、名横綱大鵬さんの逝去には本当に驚いた。千秋楽には人気力士、高見盛が引退を表明し寂しくなった。10日目、1月22日の土俵では、砂かぶりの席に内館牧子さんのお顔も見えた。テレビさじきは取り組み力士の全容はもちろん、見物客たちの表情を見るのも楽しみだ。

短歌誌「まひる野」編集人の橋本先生は、昭和3年生まれで昨年辰の年男でいらした。平成20年刊の歌集『悲母像』に掲出歌と「押さば押せ引かば押せ押せと厳しかりき人生必ずしもと知るは後の日」が並んでいる。でも、先生がまさか相撲部に?と信じがたかったのだが、うれしい初便りをいただいた。

「…さて、明日からは大相撲。ぼくは戦時下の中学で相撲部にいたのですよ。三段目の千寿錦という力士（のち戦死）に指導されました。三年の一学期まででした。…」とあり、本当に、戦争がなければあるいは錦絵のようなおすもうさんが誕生していたかもしれない。

角川の「短歌」誌1月号に先生の「龍に寄せて」7首と新年の抱負が出ている。「蒼天にハンカチーフを振らんかなまた会ふなけむ辰の年さらば」「龍に乗りて病は去れよわが胸の歌の泉は涸るることなし」、エッセイに「慢性閉塞性肺疾患という病名をもらってしまい、私はこの胸に〝名月〟を宿してしまった」と記される。「影法師のようについてくる病い」は切ないけれど「過ぎてゆく時々刻々の去年今年また新しき扉はひらく」と、思いは新鮮だ。

1月27日千秋楽を見終わって私は先生に「箏の目入りて初場所千秋楽瑕疵《かし》なき星の並ぶ横綱」と即詠《そくえい》をさし上げたところ、折り返しすてきな初花のお便りを頂戴した。それは目も鮮やかな桜色の「春」一文字の切り紙である。「開いて立てて下さい」とあり、はらりと開くその一瞬にパッと江戸の「春」がたちのぼった。ああ、と声をのみ、四面体の春の気にひたった。

なんという香ぐわしさ。机上に立てて眺めると、宮殿の幾層の屋根の反り具合にも似て、側面の字体からは高楼のきざはしがうかがえる。どんなに根をつめる剪紙《せんし》の技法であろうか。師のこまやかな手作業の、紙の剪《き》り口、折り山のみずみずしさに、息嘯《おきそ》の苦は及ばなかったろうか。何にもまさる春ことぶれの、「春」一文字に感動の息をためている。

2013・2・6

320　奈良の大仏

すめろぎの御代栄えんと東なるみちのく山に黄金花咲く

大伴家持

出久根達郎さんのエッセイ集『書棚の隅っこ』に「面白い本は書棚の中央ではなく、片隅に息をひそめている」として、古書店の味わい深い話を披露されている。書棚の最下段にかれこれ25年も追いやられていた本が、自店の通販目録に1万2千円と出したら14人もの注文がきたという。著者は、その本の値段よりも「私がこの一年に読んだ本は、大抵が書棚の隅の本なのに気がついた」と記される。

　なんという偶然、私は先日、まさに27年ぶりに書棚の隅っこで、忘れがたい本と対面した。昭和61年5月20日初版、杉本苑子著『穢土荘厳《えどしょうごん》』である。天平期を描く壮大な歴史絵巻、定価1200円の上下巻。書棚の隅っこに押し込んでいたせいでだいぶ汚れているがページを繰ってみる。活字が小さい、むずかしい。フルタイムで働いていたころで、よく読み通したものだと自分に感心してしまった。

　天平勝宝4（752）年4月8日、奈良の大仏造立開眼の物語。私は床に座りこんで読み始めたが、天智、天武、持統帝からの蘇我氏の血脈が藤原氏へと移ってゆくこみ入った政争が描かれる。時間軸と世相と次々に起こる天災人災。一年に年号が二度も変わったり、今回は自分なりの人物配置を書きだして読み進む。

　神亀元（724）年、天武天皇の孫、長屋王《ながやおう》が藤原宇合《うまかい》の指揮する中衛府の兵に急襲され、一族滅亡にいたる。神亀6年「天平」と改まり、聖武天皇、皇后に藤原夫人光明子を冊立。天平5（733）年、旱ばつ、大地震、しかもこのころ裳瘡《もがさ》が蔓延《まんえん》した。日食も見られ、平城京は疫神《えきじん》のほしいままの地となる。聖武天皇の気ウツが昂《こう》じ、遷都をくり返す。

　天平17年、諸願をこめて奈良の都で大仏造営にとりかかる。「おん丈《たけ》五丈三尺有余。蓮の花の上に趺坐《ふざ》するお姿を思い描くだけで沈みがちな帝の精神は久々に鼓舞される。聖武帝今、四十五の分別ざかり――」と読者も胸をなでおろす。

　やがて毘盧遮那仏《びるしゃなぶつ》発願から9年、工事に携わった者260万人。折しも陸奥国小田郡《おだのこおり》から黄金産出。「天平感宝」と改元、国中が沸いた。しかし量が少ないため大仏の頭頂部のみに鍍金《ときん》することになった。ふいごの砲吼《ほうこう》、たたらのきしみ、水銀使用のメッキ作業は毒ガスで「気絶《いこ》え」の人足が続出。奈良盆地一山工房と化して、鋳込みの火力と人々の怒号のるつぼが展開する。超大作だが読みだすと、燃える溶鉱炉の熱気から離れることができなくなる。

2013・2・13

321　長谷川等伯

画家が絵を手放すように春は暮れ林のなかの坂をのぼりぬ

『角川現代短歌集成』より　吉川宏志

「雨だった。長谷川又四郎信春（等伯）は草鞋《わらじ》のひもをきつく結び、古ぼけた蓑《みの》をまとった。上背は五尺八寸近い長身なので蓑をまとうといっそう大きく見える…」これは安部龍太郎さんの直木賞受賞作『等伯』の書き出しである。「なんでも描いた、なんでも描けた」マルチ画家の上下巻、カバーも装幀も国宝「松林図」の重厚さに彩られて身がひきしまる。

昨年暮れに、敬愛する読書家の友人にすすめられていたがようやく正月明けに購入、すでに8刷と版を重ねている。それが今期直木賞を受賞、さすが友人の炯眼《けいがん》に驚いた。「文藝春秋」3月号（2月10日発売）では「等伯の岩絵具」と題して安部氏の巻頭随筆が、四百年前の絵師に直接取材しているような臨場感を抱かせてくれる。たとえ史料が少なくとも残っている絵に向き合えば本人の実像にたどりつけるという述懐に納得した。

また同誌「この人の月間日記」には、清水寺の森清範貫主さんの1月17日の項にひきつけられた。「安部龍太郎氏の『等伯』で思い出したのだが、等伯の息子久蔵が絵馬〈朝比奈草摺曳図《くさずりびき》〉を清水寺に奉納したのが観音縁日の天正二十年卯月十七日であった。久蔵二十五歳の時の作。現在重要文化財に指定されている」とある。清水寺は寛永六年に全焼したがこの絵馬のみは残ったと伝えられる。

信春は天文8年（１５３９）能登七尾（石川県七尾市）に生まれ、幼くして染物屋であり絵仏師の長谷川宗清の養子になる。生家奥村家も養家も法華宗(日蓮宗)の熱烈な信者で、信春も数多くの仏画を描き、26歳ごろの「鬼子母神十羅刹像」は哀切だ。図録で見る本像は顔料もはげておぼろだが、抱いている赤児の横顔と両腕、手指のふくらみがみずみずしい。

信春から「等伯」と号するのは天正17年、51歳のころ。戦国時代のまっただなかで、きわめてわかりやすいヒーローが続々登場。信長、秀吉に見る能や茶道、絵画芸術の熟してゆく過程、為政者と芸術家との相剋《そうこく》に息をのむ。

作中、堺の日禛《にっしん》上人尊像を描く場面がある。等伯は珍しく下絵に10日もかかった。「描けないからではなく、描き終えるのが惜しいのである。日禛の求道心と対話しながら尊像を仕上げていく至福の時間を終らせたくないのであった」と心情を吐露させる。絵筆を持つ画家とそれを文章力で再現する作家。まさに「読み終えるのが惜しい」と叫びたい一書である。

2013・2・20

322　いつもなあなあ

春めくや人それぞれの伊勢まいり

詠み人知らず

「やあ、みんな、ひさしぶり！半年以上もごぶさたしたけど、元気だったかな？俺に会えなくて、さびしさに泣いちゃってた子もいると思うけど、涙は拭いてくれ」と威勢のいい挨拶は、晴れて中村林業株式会社の正社員となった平野勇気のパソコン文章。といっても実際はネットにも接続してないパソコンに向かって書いてるだけの彼の秘密のファイルだ。

三浦しをんさんの小説『神去《かむさり》なあなあ日常』及び『神去なあなあ夜話《やわ》』。つい最近、はたちになった主人公、平野勇気は横浜っ子で高校卒業後、三重県中西部の山奥の神去村の住人になった。「神去村にはなにもない。遊ぶ場所も、コンビニも、服屋も食い物屋もない。あるのは村を何重にも取り囲む緑の山また山…」の環境にいきなり放りこまれたショック。「俺は林業なんかむいてねえ、帰りてえなあ！」とあがく「なあなあ日常」は同情と笑いに包まれる。

村人の口ぐせは「なあなあ」で、たいてい語尾に「な」がつき「ゆっくり、のどかに」とのニュアンスがこめられる。たまに怒りの口調には「どこに行っとったんねいな」と語尾がはねる。見習い勇気は、山仕事の天才ヨキの家に居候して中村林業の仕事に従事する。ヨキの妻みき、母親繁《しげ》ばあちゃん、犬のノコが勇気の新しい家族だ。おやかたさん（社長）の中村清一、妻祐子、息子山太は小学1年生。祐子の妹直紀《なおき》は神去小の先生。勇気より少し年上だがこの村で唯一彼の胸をときめかせる女性。

神去村から大阪まで山間部はほぼ中村家の持山という環境で、百年単位の時が流れる。その中で植林や間伐、枝打ち伐倒搬出など、冬場の雪起こしまで休む間もなく班構成で働く日々。ケータイなど通じず、若い女の声なんて忘れそう。

「ヨコハマって、ええとこか」と聞かれた勇気。「そりゃそうだよ、店だって遊ぶとこだっていっぱいある…」と、答えようとしてやめた。でも、俺がいなくてもだれも気にしない場所だ。高校の友達は手紙も電話もよこさないし、みんな自分の生活で忙しいんだ。両親だって孫に夢中で、古株の息子なんか放置プレイ中なくらいだ。「アレ？横浜ほどじゃないかもしれんが、神去もええところや」と、やんちゃな山太の水鉄砲の標的から逃れて走る勇気。ノコが盛大に尾を振って追いかける。

魂をゆさぶる神事のために千年杉の伐倒もあり、大祭も山太の神隠しも、勇気のケガもあった。でもいつもなあなあ、人も山も輝く春を迎えようとしている。

2013・2・27

323　天河伝説

あさぼらけ有明の月と見るまでに吉野の里に降れる白雪　　坂上是則

2月下旬、テレビで浅見光彦シリーズ『天河《てんかわ》伝説殺人事件』を見た。内田康夫作品は百編以上手元にあり、「後鳥羽伝説」「平家伝説」隠岐、戸隠、高千穂伝説等々歴史上の名場面をたぐりながら、現代人のひき起こす多様な事件簿を読んできた。中でも私は、奈良吉野の奥の天河の地をめぐる能の家の物語にひきつけられ、何度読み返したかしれない。

テレビでは今回から光彦役が速水もこみちになり、前任の沢村一樹同様すらりと背の高い好青年。ファミリーは母親を佐久間良子、警察庁刑事局長の兄は風間杜夫である。季節的には晩秋で、吉野の山容に桜は見えない。本を読みながら、ぜひ見たいと思っていたのが天河神社の五十鈴《いすず》と由緒ある能面だった。

東京新宿の高層ビルの前で、事件は起きた。階段を一歩踏み出したところで、男は不意に胸をおさえて立ちどまり、人波の底に沈んだ。その時、男の手にあった桐の箱が投げだされ、リリーン、リリーンと転がる物体。それは「親指と人さし指、中指の三本で三つの鈴の間を結ぶやや湾曲したブリッジの部分をつかむとしっくりと手の中になじむ。手をほんのわずか動かすだけで、鈴は玄妙な音を出す」と表現。読む側にはすっきり形状が見えないが、これが天河神社のご神体の五十鈴だという。

画面より私の憧れの地、吉野の風景の中に神韻渺茫《しんいんびょうぼう》の天河神社の「気」が伺える。いにしえからの神々の領域の中に、俗悪な衆生《しゅじょう》の思わくがからむ。吉野は能謡史蹟の宝庫だ。

さて本日は能、水上流宗家水上和春の七回忌追善能が行われる。渋谷南平台の能楽堂で、和鷹は祖父和憲に「道成寺」を演ずるに当たり「雨降らしの面」着用を許された。室町時代の作といわれる恐ろしい大蛇の面。古来これを用いると雨が降ると聞かされているものだ。

これも今回テレビで見ることができた。もちろんフィクションだけれど、角を持ち、蛇体の証拠とされる舌のある面を、原作を片手に食い入るように見入った。五十鈴も面も、小説では不明の部分が視覚でとらえられた。もしその面の裏側に、即効性の強い毒物が塗られていたとしたら――確実で緻密な人間の罠《わな》。

筋書きは「道成寺」の舞台上で釣鐘を上げてみると、御曹司はつんのめるように息絶えていた。客の誰もが、かつての父のように心臓発作かと想像した。しかし「雨降らしの面」は演者だけを残して、いずこともなく消えていた…。

2013・3・6

324 解体新書

雪どけのにはかに人のゆききかな

高浜虚子

長い冬ごもりから解かれて、燃えるような向学心のたぎる一書を読んだ。吉村昭著、昭和49年刊の『冬の鷹』である。明和8年（1771）3月4日早朝、千住骨ケ原刑場において刑死人の遺体の腑分けが行われた。町奉行に観臓《かんぞう》の願いを出し、許可されたのは豊前中津藩医前野良沢《りょうたく》（48歳）、小浜藩医杉田玄白（38歳）、若狭藩医中川淳庵（32歳）の三名である。

良沢は、一昨年長崎に遊学し、その折購入した高額のオランダの腑分け書「ターヘル・アナトミア」を持参。すると玄白も同じ書物を提示、驚嘆する。この時代、オランダ語修得は至難のわざで誰も読めなかった。

本日の受刑者は50歳ばかりの老女。執刀は90歳の老人だが、驚くほど正確に皮膚も筋肉もあざやかに切り開かれてゆく。「これが腎、これは胃」と老人が説明するのを良沢たちは奇妙な横文字の書物と照らし合わせている。

さらに刑場に野ざらしになっている腰骨、頭蓋骨、手足の骨格等も解剖図と見比べて、「いささかも違いませぬな」とうなずき合う。

刑場を出た三人は黙々と隅田川辺を歩いた。玄白が興奮さめやらぬ息を吐き「この解剖書をオランダ通詞の手を借りずに、われらの力で解読してみようではござらぬか」と提案。二人とも即賛同、明るい声が弾けた。

良沢は満足だった。独学でオランダ語を学び「ロングは肺のこと、心臓はハルト、胃はマーグ、ミルトは脾臓」と、一日十語ずつ読み、書き暗記し、玄白と淳庵もそれに倣った。

「人間の一生には、生命を賭しても悔いぬ対象が眼前にあらわれることがある。その対象にぶつかる者は稀《まれ》であり、幸運というべきである。玄白も淳庵もその稀な幸運に遭遇したことを意識して至難な仕事に一身を捧げようとしている」との章が胸にひびく。

翻訳は困難をきわめたが、2年後『解体新書』がついに完成。日本最初の西洋医学書だ。

江戸時代後期、天災も政変も、言論出版の統制もあった。しかし、熱くひたすら蘭学研究にうちこむ良沢と、翻訳、出版、弟子育成に、また政界医学界との接渉に奔走する玄白の人間像が対照的。解剖書の絵は秋田藩の小田野直武がひきうけ、今に残る名著となった。

玄白の作ったオランダ医学の天真楼塾は有名で、一関藩の大槻玄沢は塾の支柱となった。良沢は80歳、玄白は85歳まで、己れの信じて悔いなき対象のために生命を燃やし続けた。

2013・3・13

325　春分の日

永すぎる春分の日の昼も夜も　　江國滋

「病床不変世間は彼岸の入りにして」「再手術を告げられてゐて彼岸寒」の句も並ぶ平成9年2月より8月までの、江國滋さんの闘病句集『癌め』より。昭和9年東京生まれ。慶応大卒、新潮社に入り「週刊新潮」編集。41年から文筆専業となり、滋酔郎の名で句作。俳句紀行文、随筆評論著書多数。

「告知」と題する平成9年2月6日「豆撒いてより三日後にわれは癌」「残寒やこの俺がこの俺が癌」一読、ことばを失う。「この俺がこの俺が」の叫びがこたえる。詞書にて「矢吹外科病院にて、早朝、小松崎修先生の内視鏡検査。その場で食道癌と宣告される。先生の第一声〝高見順です〟」と。「寒き春たつた五分で癌患者」の入院、闘病が始まった。

「あたたかきかな採尿の紙コップ」「花粉症？俺の病気に較べれば」「毛布に鼻うづめ〝癌め〟とののしる夜」「ない煙草はさむ仕種や春の夜」酒も煙草も人生の欠かせぬ友だった。

手術は渡辺先生の説明によれば「腹を縦に、首の下を横に、背中を斜めに三ヶ所を切る」とのこと。「三枚におろされてゐるさむさかな」「水飲める日はまだ先のこと菜種梅雨」。

水を飲む訓練開始、術後36日ぶり。「春の水すんなり喉を越しにけり」「二ヶ月のすべてが四月馬鹿ならば」朝の日課、回廊を散歩して「癌と癌目礼して過ぐ試歩の春」「俺以外みんな仕合せ啄木忌」「はるかぜのやうに瀬戸内寂聴尼」水晶の数珠で傷跡をさすって下さった。

のちに、鷹羽狩行さんの弔辞に、寂聴さんとの句会のことが描かれる。某日、狩行、江國両氏は京都寂庵の帰りの新幹線で両吟句会。狩行さんが「姫はじめなき寂庵の」と詠みあげ、下句に迷っていると江國さん、見事に「乱れ籠」とつけて「姫はじめなき寂庵の乱れ籠」と決まったとご披露。この句は滋酔郎、狩行の合作にしておこう、いつか寂庵にこの句碑を建てようと話された由。何の憂いもなく、未来の予定を語りあった日々がなつかしい。

滋酔郎日録は夏を迎え「夏痩せて四度のオペにたじろがず」「激痛の波に夕凪なかりしか」「夏旺《さか》んわが癌モルヒネ段階に」と予断を許さない容態になった。癌の痛みは容赦なく、モルヒネ段階も本人が知っているのがつらい。

「あすをだれが予見できるか原爆忌」死を直前にした8月5日の句。そして8日、立秋翌日「おい癌め酌みかはさうぜ秋の酒」を辞世とする。「敗北宣言」の前書きがある。8月10日、力尽き62年の生を閉じられた。

2013・3・20

326　さくらにあそぶ

亡きわれの記憶のために妻を率《ゐ》てさくらにあそぶさくら寂しと

上田三四二

昭和60年刊の第五歌集『照徑』より。上田さんといえば「ちる花はかずかぎりなしことごとく光をひきて谷にゆくかも」がつとに有名だが、昭和49年刊の第三歌集からほぼ10年後、医師である氏は自らの病根の深いことを知り、作品の整理を急がれる。昭和59年夏、前立腺腫瘍、手術。「明日知れぬ身といえば誇張になるが、歳月を頼むことのかたきをおぼえる私は一年を単位として生き、それをさらに半年に、三ヶ月に、今日の二十四時間にというふうに無常の自覚にわが歌のついの姿を見ようとしている」と記す。

この集の「夜桜」の項には咲き競う桜百景が目を奪う。「ぼんぼりに灯が入りて花のくれてゆく花は宴《うたげ》のひとを隠して」「けふの日のすぐれば三百六十五日の間逢ひがたくしてさくら咲くなり」「地上には人みそらにはかぎりなきひかりをつつむ花ひしめきぬ」の奥深さ。

寒波の冬をのりこえて、光の春に心を開き桜の開花予想にときめく心情。まさに「三百六十五日の間」逢いがたくして待った花の季節。ことし、東京上野公園では3月16日桜開花を告げ、たちまちのうちに満開と放映された。

昭和61年病床詠に「右霊安室左リニヤック室いたはれ左にまがるいつの日までぞ」「体ふかく照射されをり細胞を灼きて身内のきよまれとこそ」と、身内に巣くう癌《がん》との闘いは厳しいものになってゆく。「右、霊安室、左、放射線治療室」まるで東海道中山道の指標のように左、生存の道をたどる患者の姿が見える。

「顔容の潮《うしほ》引くごとくあらたまるいまはのきはをいくたび診《み》けん」作者は医者である。おびただしい「いまはのきは」を見てこられた。今、この世を離れゆくその瞬間に立ち会うことを業とされる医師の仕事を思う。

「わが病みしのちの一年に歩みそめし児を抱《いだ》きあぐもみぢの道に」「軽快に階段をふむ子の足音きてねむれば世はこともなし」「癒えたるがごとき錯覚にしばし居り雲生れ雲の白きかがやき」長病みの日々、軽快に階段を踏む若者がいて、歩み始めた幼児がいる日常は、ふとしも病気全快のような錯覚をよぶ。

「われの亡きのちにて妻のやすらがん或る悲しみもそこにまじへて」愛別の悲しみはいつか歳月が癒やしてくれる。「われの亡きのち」の妻を思い、その記憶のために万朶《ばんだ》の桜を仰いだ夫と妻。昭和から平成に替わった日に世を去った歌人、66年の生涯だった。

2013・3・27

327 連句の世界

たそがれの医院まで来てざる碁打つ

井上ひさし

おかしくておもしろくて、大まじめで滑稽で、知らず知らず大河の波にのみこまれるような連句の世界がある。それも当代一線の作家の方々の巻かれた「とくとく歌仙」に堪能させられた。時は今から20年余もむかし、大岡信、高橋治、丸谷才一、井上ひさしの四氏。所は山中温泉の某亭が恒例で、実にきらびやかで奥深い名句が並んでいる。

ちなみに連句の形としては、三十六句つないで仕上げる三十六歌仙が一般的である。きまりで大事なことは、発句（最初の五七五）はその場での正客が詠み、脇句（次の七七）は主人側がつけること。五句目は月を詠みこむ月の座、三十六句の中に月の句が3回、花の句が2回との約束事がある。

おや、ここでは、かなり停滞しているもよう。「ポスターがばたついてゐる月の駅」と月の座の大岡さん。これを受けて丸谷さん、人がいない駅の感じで、尺八に凝っている駅長の図はどうだろう。「虫とあはせて尺八に凝る」としてみた。いい感じに風も感じられる。

次は井上さんの番。尺八を吹いている駅長は凝りすぎて、首を痛めたので医者に行こうと考える。そしてできた「たそがれの医院まできてざる碁打つ」このストーリー作りの話は常に井上氏遅筆の理由かとも思われ興味深い。

「ざる碁」に続けたのが大岡信さん。「またも自慢の逆転ホーマー」いいなあ。「わしゃ、前にねえ、逆転ホームランを打って」と、その話ばっかり。私はこの句は岡目八目的かと思ったが正統「遣句《やりく》」の技法らしい。一座が停滞したり、ややこしい句の運びになりそうなとき、ポンとその場から離れた景色を投ずる重要な役割。大向こうをうならせる機知とタイミングがものをいう。

さてさて三十六句も終幕が近づいた。「陣取りの筵《むしろ》ならぶ花の山」と井上氏。そこへ即座に「残雪遠く桜鯛釣る」と会心の挙句《あげく》を付けられた高橋治さん。「今回、出来がいい」と喜ぶ丸谷さん。「わかることとできることとは全然別」と笑う高橋さん。まずは一座のご連衆《れんじゅ》、めでたく一巻まき上がったようで、このあとの花月のうたげが楽しみなことだ。

井上ひさしさんは平成22年4月9日、75歳で、丸谷才一さんは昨年10月13日、87歳で亡くなられた。共に山形生まれ、今頃は天界の花筵で「難しいことを易しく、易しいことをふかく」と談笑しておられるだろうか。

2013・4・3

328　愛球ノート

円くまるく体ちぢめてゐたる捕手伸び上がりたり三振をとりて

『角川現代短歌集成』より　斎藤祥郎

春の私の最大の楽しみ、センバツ高校野球が終わった。前日の済美高校対高知高校の3対2の接戦とは違い、17対1という大差である。

「夢叶《かな》うまで挑戦」とは、済美高校、上甲正典監督のことば。大きな横断幕が応援席にはためく。4月3日午後0時30分、第85回センバツ決勝戦の開始。快晴、2回表で済美が1点を先制し、その勢いが続くかと思ったが5回ウラ、浦和学院の猛攻が始まった。

ノーアウトで打席に立った西川元気くんのヒットから、続くピッチャーの小島和哉くんがやや高めを長打。小島くんの待っていた球で、変化球が真ん中にとびこんできた。相手方のエラーやデッドボールで満塁、たちまち8安打、7点もの高得点になった。アルプススタンドは赤いメガホンや赤いジャケットに埋め尽くされ怒濤《どとう》のようにゆらめいた。さらに6回ウラでも2点入り、3日連投の済美の2年生安楽智大ピッチャーは降板、涙を見せた。

私はその3日連投も観戦。4月1日、対岐阜商高戦では8回ウラ満塁押し出しなどで6点をあげて逆転勝利を決めた。2日の四国勢同士の対戦では高知高校の4番打者和田恋《れん》くんの名前がフルネームで響いた。和田誉士人くんと2人いるためもあるが8回ウラではピッチャーもつとめ緊迫した展開だった。

思えばおととし、震災のときの選抜大会は胸が痛んだ。被災後12日目に開幕、大会旗は半旗が掲げられ、黙祷《もくとう》がささげられた。その間にも余震があり、放射線情報が画面に掲示され不安だった。この年からカウント表示が審判コールにならってボール先行に「スリーボール、ワンストライク」などと発声されてぎこちなかった。今では何ら違和感がなく慣れてきた。

私は今、平成16年のセンバツ大会の自分の愛球ノートを見ている。9年前の4月2日、準々決勝は済美対東北高校。3月30日の対大阪桐蔭戦ではダルビッシュ投手が投げて3対2で勝ったが、2日には真壁賢守くんが投げ、済美高校がサヨナラの逆転ホームランで勝利。このとき上甲監督は56歳、東北は若生正広監督だった。

決勝戦は愛工大明電と当たり、済美の2年生ピッチャー（名は伏せる）に「勘九郎に似ている！」と走り書きがあり笑える。数々の名場面があり、ドラマを生む球児たちの活躍。すぐ4カ月後の夏の大会が待たれる。

2013・4・10

329 九州民謡

みづからに退職の日を定めたりささやかなれどおのが意気地ぞ

島田修二

御所湖の対岸の山ぎわに、今しも日が沈もうとしている。4月12日夕方、高い雲が黄金色の帯を引き、刻々とあかがね色に、やがて燃えるあかねの色に変わってゆく。

本日、この没《い》り日を見届けたのは、九州からいらした女性2人と尊敬する文人と、運転手の私の4人。けさは思いがけぬ名残雪で、木々も道路も真っ白になり慎重に運転した。

文人のKさんのライフスタイルは洋々だ。65歳で退職後、早くも次のステップにギアチェンジ。あくなき探求心と知識欲を満たすべく行動される。何より机上のプランではなく、自ら学びの場を求めて海外にも赴かれる。

こうして数年前に知り合った九州の2人の閨秀《けいしゅう》が岩手に来たいと聞き、ほぼ1週間のみちのくプランを作ってあげたというのである。飛行機の時間、宿泊ホテルの予約、観光スポットや移動時間の調整など、ゆき届いている。

ただ盛岡市内観光の「アシ」がないため、私に運転依頼が来たのだった。朝9時、盛岡駅前滝の広場に集合。おお、映画のロケーションのようなハグの再会。私も全く初対面の気がしない。まるで、きのうの続きのように、日常の会話が交わされる。私は「続き」が大好き。「完」ははるか先のこと、きのうの続きで、あしたもあさっても続く日常がいい。

盛岡市内ではKさんの案内で、岩手銀行（旧盛岡銀行本店）と岩手医大の啄木、賢治の詩歌碑を見学。もりおか歴史文化館やもりおか啄木・賢治青春館を見て、プラザおでってで昼食。この間、天気が定まらず岩手公園では白いものもちらついた。

プランが桜にはまだ少し早く、石割桜もつぼみだけで残念だったが、人混みのない分、運転は楽だ。一路、小岩井方面へ。このころには雲も晴れて岩手山が顔を見せた。車中、会話のあいまに民謡をご披露する皆さんで盛り上がる。

網張からの峨峨《がが》たる岩手山に襟を正し、小岩井農場の土の感触も確かめて、今宵の宿に到着した。日没の余韻にひたり、民謡お国巡りが再開。九州民謡、刈干切唄や稗搗節《ひえつきぶし》、五木の子守唄等々。「おどんが死んだちうて誰が泣いてくりきゅ　裏の松山蝉が鳴く」「蝉じゃござんせん　妹でござる　妹泣くなよ　わしゃつらい」…もちろんKさんの南部民謡もみごと。

「Kさんはすぐ原稿に書くからねえ！」と笑われたが、今宵の「完のない歌物語」は、お二人の旅の続きの無事を願って、運転手がこっそりネタを頂戴してしまった。

2013・4・17

330 卒業後五十年

卒業後五十年経たる校庭に枝垂桜の記念樹を植う

山本寛嗣

「山口県阿武郡阿東町地福上」の年賀状を頂くようになって40年余、平成22年からは山口市と変わった。あまたの偉人、政治家を輩出しているお国柄だが私は未踏の地、時折頂くお手紙で断片的に山口県の輪郭を思い描く。地図では海に遠い内陸部を走る鉄道山口線の津和野の手前辺りに「地福上」の地名が見える。標高の高い山やトンネルが多い。

昭和17年生まれの作者の通われた地福小学校は現在、山口市立さくら小学校となり、「新入学児童の数より来賓のわれらが多し入学式に」というような過疎の地になっているようだ。

このたび、そこに住む作者の処女歌集『野火の炎』が出版された。大変に歌歴の長い方で山口県立山口高等学校1年生のときからで、昭和40年には全国誌に入会。代々続く家を守り、45年間のサラリーマン生活を経て地域の要職もこなし豊かな風土を詠みあげている。

「辛夷《こぶし》咲く季を目安に籾を蒔く今年は全山一斉に咲く」「わづかなる時間さくのみ稲作の水管理して勤務に出づる」コブシの花は全国的に農事暦の目安になっているらしい。わが集落でもこの時期共同で堰《せき》上げ作業が行われる。私などは「名ばかり農家組合員」だけれど、時間と手間が足りないと「施肥むらの如実に出でて稲の葉に青はだらなる濃淡のあり」と、心が痛むことになる。

「あかあかと野火の炎の燃えたちてそこのみ著《しる》く輝き保つ」集名にもなった野焼きの一首。山野や土手の草焼きはのどかな春の風物詩だったが、今は煙がドライバーの視野を妨げるほか消防法もうるさくなった。

さて秋ともなれば、山のけものたちとのせめぎあいが始まる。「猪の熟れ田をよこぎる跡しるく朝の見廻り時におそろし」「去年よりは猿の集団数を増しガードレールの上を走れる」等、鳥獣被害対策としてイノシシには12ボルトの電流柵で、サルは花火で追い払うという。

そんな中で小正月の子どもたちの行事「トイトイが文化庁にも知られけり藁《わら》の馬もて冬の家巡る」他、伝統の重要文化財の紹介もある。

集の中には、国内外の旅行詠も多く、所属結社の全国大会には欠かさず出席。岩手にも何度も来られた。「月見坂樹下の道を登りゆき弁慶堂なる小堂に出づ」また「うすもやの入江のあたり源平の舟隠しとぞ屋島より見る」との洋上の古戦場が目にうかぶ。今年もどこかの旅の途中で、ひとつ景色を眺めたいと願っている。

2013・4・24

331　名句を生む名人

花曇かるく一ぜん食べにけり　　久保田万太郎

ようやく暖房なしでもすごせる季節になった。花曇りの朝、「かるく一ぜん食べにけり」と、一日のスタート。かるく、さわやかに、自分の行為がそのまま句になる暮らし。久保田万太郎さんは、しばしばこの欄でも書かせてもらっているが、句を読みその世界に分け入るごとに新しい発見がある。

けさ、私はパンにみそ汁、卵焼き、キュウリ漬けぐらいで済ませたが「パンにバタたっぷりつけて春惜しむ」の万太郎句を思い出していた。「玉子焼それも厚焼花ぐもり」って、まるでけさの私の食卓のよう。もっとも厚焼き卵は得意の分野ではないけれど。

昨年12月に亡くなられた小沢昭一さんに、万太郎さんとの味わい深い一文がある。古い話である。小沢さんの結婚式の時、他の会場から帰られる万太郎さんを追いかけて色紙を書いてもらった由。万太郎さんは、タクシーに半分身体《からだ》を入れながら、そのままの姿勢でさっと書いてくださったという。「菊が香やかたみに思ふことひとつ」の色紙。のちに小沢さんの母上に「ポツポツと墨が散ったような、汚れたのがまじっていたけど、捨てたよ」と言われ卒倒せんばかりに驚いたとある。小沢さんは、この痛恨事よりも、あんなふうに人に乞われて、さっと色紙にしたためられるようになりたいものだと思ったとのこと。そしてお二人の接点はこの時だけだったと伝える。

小沢さんの語る「万太郎発言」がおもしろい。万太郎作「東京に出なくていい日鷦鷯《みそさざい》」に誰かが「先生、みそさざいが居ましたか」ときいたら「見なけりゃ作っちゃいけませんか」と答えられたとのこと。「だからといって、見ない句を正当化しようなんて思っちゃおりません」と小沢氏の述懐。「やはり見なきゃダメでしょう。でも、この毒づきにはつい拍手」とする氏の心の振幅に私もつい拍手。

一日一句を心がけ、遊びだからこそまじめで、俳句は趣味か?と自問する小沢さん。そして「湯豆腐やいのちのはてのうすあかり」の万太郎の絶唱を思う。愛人の急逝のあとのタウン誌「銀座百点」の忘年句会の即吟だ。

食事雑談しながらでも名句を生む名人のわざ。昭和38年5月6日、73歳を一期とされた万太郎さん。昨年暮れ、半世紀を隔てて再会のお二人。小沢さんは一茶の「これからが丸儲《もう》けぞよ娑婆《しゃば》遊び」が憧れだったのにと、花曇りの下界を眺めておられるだろうか。

2013・5・1

332 楽し句苦し句

鯉のぼりたためば目玉だけになり　永六輔

平成23年7月5日刊行の「東京やなぎ句会」５００回『楽し句も苦し句もあり五・七・五』が実におもしろい。「十七日は句会の日」が合言葉で毎月句会を開き42年という。

その第一章が「永六輔さんの交通事故」。平成22年11月の句会終了後、乗ったタクシーが新宿で別のタクシーとぶつかり、救急車で病院に運ばれたとのこと。「全治2週間は軽傷、３週間は重傷、その上が重体。治療と取材を同時にした」と笑わせると柳家小三治さんが、「今聞いた話は、私はマクラではやりません。これは永さんのネタですから」と言い、それにしても「話聞いてるうちに、それから、それからってワクワクしてくるねえ！」と笑われる。もちろん全治2週間以内の軽傷談なればこそだ。

永さんの俳号は「六丁目」。「独楽《こま》廻れ廻って廻って止まるんじゃない」「葉脈が生命を唄う桜餅」薄紅色の桜餅を包む桜の葉っぱに脈打つ葉脈をこんなふうにとらえる眼力につくづく感銘する。「この辺に梅林があったんだよ　あったんだ」は「老人が、〝あった〟といったら、〝ありました〟と言ってあげましょう。ボランティアです」とやさしい自釈の弁。「この亀は啼くよ啼くよと大道芸」そう言われれば、今にも啼くかと亀から離れがたくて。ああ見えて彼はけっこう逃げ足が速かった。

５００回に寄せて、小三治さんが長い句歴から「悟りの境地」を書かれている。「うまい句を作ろうとしない。他人に感心されようとしない。自分だけのあの時、あの事を詠む」として「昔こたつといふ弟子がをりました」の自作をあげてある。小三治さんの一番弟子だった人がやめていったことにふれ、「あの頃の青年将校のようだった自分」を思い出すという。一句のもつ背景、ドラマ性に引きこまれる。

「さくらんぼ一つつまめば二つかな」入船亭扇橋さん。「ひやむぎの中のさくらんぼ嫌いなり」永六輔さん。「ころんでも開かぬ手の中さくらんぼ」加藤武さん。「山形じゃないのに旨いねさくらんぼ」小三治さん。一座のみなさんの手の中をいったりきたり、珠玉の果実が詩句の粒々を磨き上げる。　「はや慣れて暮春《ぼしゅん》の肩のランドセル」小沢昭一さん。５月、そろそろランドセルも肩になじんできたころか。「未来とは硯を洗う幼い手」六丁目さんは歳時記を持ったことがないと言われる。「行く春やただわけもなき急ぎ足」先蹤《せんしょう》を求めず、みずみずしい暮春の行く手が思われる。

2013・5・8

333　子の日母の日

母を想う日のわがこころすなおなり　　サトウハチロー

「たけのこごはんが姿を消すと　豆のごはんが顔を出す　どっちのごはんの上にも　かあさんが　ぷっくぷっくと顔を出す」

これは昭和46年に書かれた「サトウハチロー」回想記に収められた「母が残していったもの」にある詩で、「ボクは5月の生まれなのです。よくよく母の日に縁のある男にできているのです」と述べ、掲出句をよく書かれたという。

八郎の妹、佐藤愛子さんは「八郎の詩というのは、私はあまり認めていなかったのですが、〝象のシワ〟を読んだときに、なかなかやるじゃないの、と思いました」として、「シワでできてる大きな象　みてると悲しくなってくる　たまらないように　なってくる」をあげ、大きな象が抱える悲しみを思うとある。

子の日、母の日、5月の喧噪《けんそう》の合間に、愛子さんの『血脈』上中下巻を読み返した。平成13年1月初版、第48回菊池寛賞受賞の3400枚の大作だ。65歳で雑誌連載を始めて12年間、それは若いころにはわからなかった面も見えてきて、人間の抱えるさまざまな矛盾も許せる年齢だから書けたと述べられる。父佐藤洽六(紅緑)が亡くなって50年がすぎていた。

大正4年秋、「服部坂を風が吹き上ってくる。風に向って八郎は坂を下りて行く。」そこへ、三浦という下端役者につれられたシナが洽六邸へと上ってゆく。『血脈』の書き出し。八郎、洽六、シナ（のちに愛子たちを産む）の出会う場面。父、洽六の女性関係といったら、本妻ハルとの間に4男1女。外腹に2男、大正10年離婚、シナと再婚。早苗、愛子生まれる。このころには八郎も結婚、子らが生まれていた。愛子さんが、「佐藤家の系図はヨコに長い」といわれるように、複数の妻や子が連なっている。

先年、私は世田谷文学館で「佐藤愛子展」を拝観、「自作を語る」記念講演も聴いた。『血脈』を登場人物になりきった気持ちで書き上げたこと。そうすることで彼らを理解し、愛することができたという。身内の恥を「暴露」というとむごたらしいが、ただ真実に向かって掘っていっただけで、今、それが鎮魂になっているかもしれないと結ばれた。

洽六の息子たちは八郎以外、自殺や原爆死もあり、横に広がる系図の枝葉はそれぞれに茂り、ラストシーンがやさしい。ハチローの孫恵《めぐむ》がにこにこ顔で愛子叔母の前に現れる。これまでの荒ぶる血は、衰微することでようやく鎮まったかと眺める絶妙の夕景である。

2013・5・15

334　立花隆の書棚

一生に人の読む本は知れたもの思ひ思ひ過ぎぬこの幾年か

『角川現代短歌集成』より　落合京太郎

2013年3月10日発行の『立花隆の書棚』を読んでいる。「読む」というより「見る」のが楽しみな本。厚さ5センチを超える650ページの大冊だ。表紙も背表紙も中身も、書棚に横に寝かせた本のすみかの写真が目を奪う。

20年前に、ネコビルと呼ぶ氏の自宅兼仕事場を造ったとき、蔵書数をざっと数えたら10万冊を超えているとみた。地上3階地下2階だが、ここにあるものですべてではない。ほかにも目的ごとに区分けした資料やインターネットの情報のプリントアウト類など、書棚に入りきれないものも膨大な量に上るという。

辞典のように厚く重い本、第一章「ネコビル一階」、二階、三階、地下一階というふうに七章まで、本の置き場を章立てにしているのも興味深い。三階東棚と南棚の四つ折写真は圧巻だ。この本の群を読み、吸収し、整理してゆく作業。もちろん助手の方々も大勢おられるだろうが、「あの棚の、あの本は」と語り出す立花さんの心弾みがどのページからも聞こえてくる。

たとえばアシモの項。ロボットやコンピューター関連の棚、「オンライン・コミュニティがビジネスを変える」「コンピューターには何ができないか」などの本の背文字が見える。人工知能でせいぜい可能なのは、ホンダの作ったアシモのようなロボット。しかし実はすべて舞台裏で人間が操作しているのと同じ。ロボットの脳ではなく人間の脳であり、研究が進めば感覚神経の接続面も可能になるという。私などの理解の外の世界でも、知らず知らず立花書架にひきつけられる。

氏は一時期、フランス中部ブルゴーニュのニュイ・サン・ジョルジュの隣村に家を持っていて毎年夏はフランスで過ごされたという。『ブルゴーニュ公国の大公たち』を読んだことがあるとないとでは、ヨーロッパの捉え方がまるで違ってくると説かれる。

政治家の質を見分ける章の「職業としての政治」には現役の政治家が続々登場。マックス・ウェーバーが「距離感をちゃんととれることが、政治家にとって最も大切な資質」と強調していることにふれ、「聞きかじりで引用する人は本質的な意味を理解していない」と述べられる。何をどう読んでいるか。書き手、読み手の知識の水深が計られることである。氏の執務室には携帯電波が不通という。歴史の断面たる書棚がそびえ立つのみである。

2013・5・22

335　わりなきもの

心をぞわりなきものとおもひぬる見るものからや恋しかるべき
清原深養父

岸恵子さんの話題作『わりなき恋』を発売日を待ちかねて買い、即日読了した。国際舞台で活躍する69歳のヒロインと一回り年下の男性との激しい恋物語。筋を追って恋の行方を見守るのもいいが、背景の大きな世界史に私はいたく心を揺さぶられた。1968年の「プラハの春」の時、主人公伊奈笙子はプラハに居たという会話。ドプチェクの革命と終焉《えん》がたまたま乗り合わせた飛行機の隣同士の座席の男女の話によって眼前に再現される。

また、「スパイ・ゾルゲ」の臨場感。笙子は急な出張で上海に渡った。彼女は昔、「上海の蘇州河に架かる橋の上でゾルゲに会った」と言っていた日本共産党の川合貞吉に会いに行ったことを思い出す。案内の23歳の中国人女性に、ゾルゲの人物像を説明する笙子。「ゾルゲは、ロシア人とドイツ人とのハーフで、世界平和を夢見て、ドイツの新聞記者として日本に赴任。実はスターリンを信奉するロシア側のスパイだった。太平洋戦争の終わり近くに捕らえられて絞首刑になった」と言うと、その外白渡橋《ワイバイドゥチャオ》の見えるレストランに案内された。

ゾルゲは国際的なスパイだが、同時にジャーナリストでプレイボーイでもあり、さまざまな顔をもっていた。本人によく似た俳優、英国のイアン・グレン主演の映画「スパイ・ゾルゲ」を、私は平成15年6月封切りと同時に4回も観た。日中戦争から太平洋戦争へと突入してゆく昭和10年代の世相がリアルに描かれる。映画は昭和16年10月15日、新聞記者、尾崎秀実が逮捕され、3日後にゾルゲ逮捕の場面から始まる。2人はこの3年後死刑に処された。

ダイナミックな上海ロケや、ゾルゲの子供時代や第一次世界大戦に参戦して足を負傷するベルリンでのロケもある。スパイたちの移動とともに日本中で情報収集した活動が思われる。銀座4丁目の、戦前の風景を私はCG映像によって既視感のようになつかしく感じとった。

さて、これらの風景もドラマも、篠田正浩監督、岸恵子さんたちにとっては決して既視感ではなく、現実に歩んでこられた80余年の道であり、皮膚感覚なのだろうとあらためて思う。

『わりなき恋』の会話がいい。「たかだか六十代を終ろうとしている女二人に乾杯!」と声をあげ〈アミティエ・アムルーズ〉に共感。「日本的に言えば、わりない仲になる前のプレリュード（前奏曲）ね!」と杯を重ねる。さりげなく口ずさむ歌が古今和歌集の掲出歌である。

2013・5・27

336　曲水の宴

曲水や豊頬女官目もと酔ひ

岡部六弥太

5月26日、平泉町毛越寺にて第27回「曲水の宴」が開催された。一昨年世界遺産に登録され、震災復興への願いをこめて、今年は「歩み」を歌題に、岩手から6人の歌人が出詠した。いつもはテレビで見る行事、それに自ら出演するなんて恐れ多く気が昂ぶった。

当日は無風快晴の曲水日和に恵まれ、宿泊ホテルより毛越寺に向かう。「藤浪のゆたかなる坂下りゆくけふ曲水の宴にはべらん」ふとも唇に浮かんだ歌。私の大好きな藤浪の坂道、こんなふうに歌を授かった朝目の景に感謝。

9時から毛越寺の庫裡《くり》広間にて着付けが始まった。一関市の若い会社員の女性が十二単を召される。私たちは袿姿《うちぎ》。朱色の袴に鴇《とき》色の袿、山吹色の襲《かさね》の色目が鮮やかだ。今年は女性の装束を新調とのことで生地が固く、着付けの皆さんは大変苦労されたようだ。

正午、本堂前に整列。拝礼記念撮影。十二単の初々しさ、男性歌人は衣冠、狩衣姿。品《しな》高い冠に威儀を正し、扇を手に黒い木沓《ぐつ》も艶めいて、近寄りがたい平安貴族の趣である。

ここから龍頭、鷁首《げきしゅ》船に乗りこみ、大泉が池をゆったりと渡る。とろりと蒼《あお》い水面を叩く櫂《かい》の音がやさしい。水の上で水音を聴く涼しさ、時と人と風景の得がたい接点だ。

やがて遣水《やりみず》のほとりに着き、6人各々の絹傘の下に座る。1時すぎ開演。十二単の姫君により「本日のお題は、歩みでございます」と歌題が披露された。そのあと特設舞台で、雅楽「催馬楽」に合わせて毛越寺延年の舞「若女」が奉納された。

そしてゆるゆると場面は移り、遣水におもむろに羽觴《うしょう》が浮かべられた。さあ、筆を整えて想を練らなくては。硯の海に陽が照って、墨が乾いていきそうだ。短冊を手に持って書く難しさ。座っている茣蓙《ござ》の先の芝草をしきりにアリが行き来する。小さなクモもいるようだ。そんな雑念を振り払って、やっと書き終えて扇を胸の前に立てた。

すると童子《どうじ》さんが静かに寄ってきて、羽觴の杯をさされ、私はうやうやしく御酒を頂戴した。髪をみずらに結った童子たちは、みなお寺さんのお子さん方の由。長年伝統の行事に仕えて落ち着いた所作に敬服した。

詠み終わった歌は宮中歌会始の講師《こうじ》、近衛忠大様と坊城俊在様のやんごとなきお声にて、古式ゆかしく披講され、うっとりと聴き入った。雲ひとつないみちのくの浄土庭園にて歌を奉る今日のご縁に感動と感謝の念でいっぱいだった。

2013・6・5

337　石油のために

火を吐ける煙突の群れ黒々とコンビナートいま逆光の中
『角川現代短歌集成』より　谷岡亜紀

「明治44年6月20日、鐵造は九州の門司で〝国岡商店〟を旗揚げした。二十五歳だった」という壮大な一代記を読んだ。出光興産の創業者・出光佐三をモデルに、2013年本屋大賞第1位、百田尚樹作『海賊とよばれた男』上下巻。主人公国岡鐵造の95年の生涯は、そのまま日本産業史として学ぶところが大きい。

鐵造は明治18年福岡県宗像郡赤間村生まれ。この年、日本国政史上初の内閣が誕生し、伊藤博文が初代総理大臣に就任した。明治40年、鐵造は神戸高商（現神戸大学）3年生の夏休みに東北旅行に出かけ、仙台、盛岡、花巻と回った。

このとき、花巻の地元新聞に油田に関する記事が出ていた。秋田市の八橋という所で油田が発見され、この年から開発が始められたというものだった。彼はすぐ秋田に赴き、日邦石油の技師に精製技術等を熱心に学んだ。

明治のころは石炭が花形産業であり、ガソリンを燃料とする自動車は明治41年には日本に9台しかなかったという。それでも鐵造は、将来は石油が日本を支える重要産業になると信じていた。

25歳で独立した国岡商店の店員は彼を含めて5人。日邦石油から機械油を卸してもらい、関門海峡で商売をする。ポンポン船と呼ばれる小型漁船に軽油と、鐵造の考案した機械油を組み合わせて伝馬船に乗って運んだ。昔から難所の海峡をこぎ回る国岡商店の商売を、他の石油特約店たちは「海賊」と呼んで恐れた。

大正3年、鐵造は満州に渡る。東洋一のマンモス企業「満鉄」に、国岡商店の車軸油を売るための雪原での不凍油の実験光景はすさまじい。この不凍油は、秋田の道川油田、豊川油田の原油の性質を利用、細心の研究が実った。

関東大震災、満州事変、五・一五事件、二・二六事件、そして太平洋戦争へと進む昭和史。官民企業も個人も窮乏と忍耐を強いられた暗黒の時代。

昭和15年秋、鐵造は上海の海軍航空基地に行った。そこでゼロ戦闘機の「宮部」の名札の航空兵とすれちがう。彼は、百田尚樹のミリオンセラー『永遠の0』の主人公である。

「石油のために戦い、石油がなくて敗れ、今、石油によって支配されてはならない」と、鐵造の思いは老いてもなお熱く、昭和28年春「アバダンへ行け」と店主の矢は放たれた。1万キロも離れた極東からイランへの航路、ホルムズ海峡も突破する日章丸を、私は息づまる思いで世界大地図にたどりながら読了した。

2013・6・12

338　生死を分けて

春の風吹きても凝固したままの泥の厚さよ仙台平野

斉藤梢

ことし6月10日発行の歌集を頂戴した。宮城県名取市在住の斉藤梢さんの第二歌集『遠浅』。昭和35年弘前市生まれの作者の、平成9年から24年までの作品４５９首が収められている。

震災より2年、ページを繰るとどうしても生々しい地震、津波の作品に目を奪われるが、津軽生まれの作者が福島の男性と巡り合い、宮城で新しい暮らしを始める日々の明るさがいい。

「唇にマフラー触るる雪の日は息をさへぎるやさしさのあり」「いちにちは摩擦に満ちて店員の声にて言へり『いらっしゃいませ』」また「十七歳、二十一歳、そしてわれ三つの音ですする鍋焼き」との家族構成の日も長かった。

そして「七北田川《ななきたがは》流るる町に新しき姓さづかりて寒ぶりを買ふ」「われの子がきみの子になるこの春は花より幹に注ぐ桜雨」仙台市の南部名取川の北方に、荒浜を経て太平洋に注ぐ七北田川。「新しき姓さづかりて」の初々しさ。ナイスミドルの、幼児ではない子連れの新しいファミリーの景色が新鮮だ。「思ひ出は作るものにて三人で並ぶスタジアムこの晴れた日に」わかりあえる男親っていいな。

「過去形で頷《うなづ》くことの多くなり満ち欠けて月の満ちる紙婚式《かみこん》」「苗字にはもう慣れたかと聞く夫と息子に注ぐは辛口〈じょっぱり〉」真珠婚、ダイヤモンド婚にはほど遠い紙婚の会話。私は婿取りなので旧姓を語る友人たちをうらやましく、まぶしく思っていたものだ。

そんな市井の平安を破って、運命の日が訪れた。「嗚呼、三月十一日二時四十六分の前後で割れる普通の暮し」東日本大震災、あれから2年。生ある者にのみ数えられる月日、「閖上《ゆりあげ》とふ美しき名の漁港なり　ここから二キロが壊滅の報」私はあの夜「陸前高田が壊滅」と聞き、「かいめつって、むずかしい字だ」と朦朧《もうろう》とした頭で思っていた。

「避難所の三十一万人に含まれて車泊のわれら市役所駐車場」「生き残りしわれが手にとる新聞に被災地の昨日残されてをり」「生と死を分けたのは何　いくたびも問ひて見上げる三日目の月」当日、二日目、三日目と時は過ぎてゆく。生死を分けて、昨日の惨事は過去となる。人知の及ばぬ運命の不思議さ。

「満月があまねく幸《さち》をそそぎたり　かつての屋根にいまの更地に」集の巻末の一首。さえぎるもののない視野の先に煌々《こうこう》と満月が昇る。被災直後からの日常をつぶさに書きとめた一巻、作者53歳の春である。

2013・6・19

339　生々流轉

夏服を着よトランプのジャック達

有馬朗人

夏がくれば思い出す。そのたび声に出しながら、こたつの遊びの時期までジャックの装束は忘れてしまう。きょう、私はまたこの句を口ずさみ、トランプの４人のジャックたちを卓上に並べてみた。ウーン、たしかに冠をかぶり、金髪のカールも重々しく第一礼装の貴公子さん。スペードとハートの２人は横向き、クローバさんだけヒゲがなく、少し憂い顔に見える。サア、夏がきた。こんなハイネックの重装備は脱ぎ捨ててクールビズはいかが？

これは元東大総長、理論物理学者で俳人の有馬朗人先生の第一句集『母国』の句。昭和46年刊、師山口青邨さんが序文を書かれ、「二兎を追ふほかなし酷寒の水を飲み」をひかれて「原子物理学というむずかしい学問と俳句の二兎を追い、母国を離れてしみじみ母国を思われたのであろう」と述べられる。

去る5月25日、北上市にて「第28回詩歌文学館賞贈賞式」が行われ、俳句部門は有馬先生が受賞された。私は今年は行けず、受賞句集『流轉』を注文したいと申し出ると、すでに絶版とのこと。すぐ文学館にかけつけ、まる一日閲覧室で読み、書き写した。

第一句集から40年余、「今年八十二歳になったが、まだ我ながらのんびりしている」とあとがきに記され「私は生々流轉という言葉が好きである。私の基本的な自然観であり人生観である」と述べ、国内外全く変わらない平常心で生活し、作句されるという。

「母音よく響く五月や地中海」「浮いてこぬ者もあり浮いてこい」「遙かなる十字架に裂け通草《あけび》の実」「ヨルダンの岸の焚火の濃かりけり」など、次々と書き写しながら興奮する。

「漱石の鬱ロンドンの夜霧より」ここで私の連想は少しそれる。かつて「漱石幻想」を書かれた歌人阿部正路先生の『子規庵追想』に有馬先生が跋文を寄せられた。この本に阿部先生のご署名をいただいた日のことと、お二方のご交情の深さを思うと、このたびの贈賞式に、すでに阿部先生のお姿の亡きこととの生々流轉に胸がつまる。

一歳違いの青春の日々、ともに文学と最先端の科学技術を研究されて、互いの著書を献本し合われる姿に打たれる。ふっと目を上げると、閲覧室の外の池にさざなみが立っていた。「山帽子苗にしてよく風呼べり」文学館のヤマボウシは今まっ盛り。また先生は「鳥も船も渡り行くもの皆白し」とも詠まれる。一巻読了、さあ白服の貴公子のもとに帰ろうか…。

2013・6・26

340　記憶遺産

あしたづのよはひしあらば君が代の千歳の数も数へ取りてむ

藤原道長

6月20日の新聞に「国宝2件　記憶遺産に」との大きな記事が掲載された。ユネスコの記憶遺産に、「慶長遣欧使節関係資料」（仙台市博物館資料）と藤原道長の自筆日記「御堂関白記」の国宝2件が登録されたというものである。

記憶遺産は1992年にユネスコが創設。「真正」「世界的に重要」「唯一」などの要素を満たすかどうか、専門家らが2年おきに審査し、ユネスコが最終決定するもので、世界遺産、無形文化遺産と並ぶ三大遺産事業とされている。

その「御堂関白記」に私は感動の声をあげた。先月、平泉の「曲水の宴」の際、参宴者には毛越寺の近くのホテルが用意され、懇親の場が持たれた。宮中歌会始の講師《こうじ》をなさる近衛忠大さま、坊城俊在さまはじめ殿上の皆さまと咫尺《しせき》の場でお話を伺う機会に恵まれた。

「近衛さま、陽明文庫を拝見しとうございます」と私は失礼をもかえりみず、くつろぎのあいまに申し上げてみた。私は平成20年、国立博物館で「陽明文庫70周年記念特別展」を見学、近衛家一千年の名宝を心に刻み、必ずや京都の陽明文庫を拝観したいと念じてきた。

まさか、その直系の方に、藤原道長をはじめ日本の古典文学の源流をお尋ねすることができるなんて、夢のようだった。「御堂関白記」は日本政府が推薦、ユネスコは「世界最古の自筆日記であり、重要な歴史的人物の個人的記録」と指摘。まさに真正、唯一、世界的に重要かつ貴重な宝物である。

さて近衛家では藤原鎌足より数えて1300年の歴史を経て、近衛家と称してからすでに31代の今日に至っているという。歴代の古文書、古記録、古典籍その他、奈良平安時代からのもの20万点が陽明文庫に収められている。

5年前、国立博物館で拝観した「御堂関白記」。ガラスケースの中に「寛弘五年九月十一日」の項が開かれて片側に重しが載せられてあった。これが道長公の真筆、ご筆跡！「十一日午時平安男子産給」と見える。私はすぐ歌の形でつぶやいた。「寛弘五年九月十一日午《うま》の時平らかにみこうまれたまふと」と、自作というにはあまりに恐れ多いけれど、年号等の覚えの悪い私にしては恰好の記録詠となった。

中宮彰子ご出産後、敦成親王五十日の祝いの11月1日が「古典の日」と定まったのは昨年のこと。古典が好きで、奇しくも今年は毛越寺の古式の行事にはべらせていただいて、あの日の緋袴《ひばかま》、袿《うちぎ》衣裳の感触を思い出している。

2013・7・3

341　天才ピアニスト

煽られし楽譜を拾ふ時の間にドビュッシーもわれは逃してしまふ

大西民子

夏を迎え、八幡平温泉郷の別荘地が活気づいてきた。きょうは草ぼうぼうのわが家の庭に千葉ナンバーのベンツが停まり、「伊藤さん、玉ネギだよ」と半年ぶりのお声。ここから温泉郷まであとひと息、千葉県長生郡の白子玉ネギ10キロネット詰めを下さって休憩もせず立ち去られた。音楽家、藤田晴子記念館の白井眞一郎館長さんである。

これから行って別荘兼記念館を開けて掃除をしなくてはと言われて私に小冊子を下さった。館長さんの地元の「房総通信」と藤田晴子さんの資料だ。これが深くて史実の重さに驚嘆、私の全く知らなかった日本国憲法の、戦争直後の占領本部内でのやりとりが書かれていて読みながら動悸《どうき》してしまう。

まず「世界」誌1993年の記事。1947年に発布された日本国憲法は、戦後連合軍総司令部の草案をもとに制定されたものである。

しかし、人間の平等を保障する14条と婚姻における男女の平等を規定する24条が、総司令部に勤務していたベアテ・シロタさんという22歳の女性文官によって起草されたというのだ。

私はあらためて昭和31年刊の藤田晴子著『楽の音によせて』を読み返した。大正7年、法律学者の長女として東京に生まれた晴子さん。12年から昭和3年までドイツに滞在。帰国後はレオ・シロタ氏（ベアテさんの父）に師事。昭和12年第6回音楽コンクールピアノ部門第1位。昭和24年東京大学一期生法学部卒業。華々しく演奏活動を行いながら国会図書館勤務も続けられた。

5歳上の晴子さんとベアテさんの会話がおもしろい。ベアテさんが日本国憲法の条文を書いた一人だと告げると、「じゃ、ベアテさんが男女平等の憲法を書いて下さったおかげで私が東大に入れたことになりますね。戦前は東大は女性を入れなかったんですよ」と笑われた。若くたぎる向学心が伝わってくる。

その藤田晴子さんに後事を託された白井館長さん。現在のお住まいである千葉県一宮町のお隣にこの「房総通信」発行者の宇野靖治さんがおられ、以前岩手で牧師さんをされていたというのである。私が現実にお目にかかっているのは白井館長さん（83）だけ。でも、藤田晴子さんの居室、ドイツ製のピアノ、おびただしい著書の書棚等の遺品のあいまから、天才ピアニストの雰囲気や気配が伝わってくる。記念館の開いている夏の期間、せっせと通って音楽を愛する方々のお話を伺いたいと思っている。

2013・7・10

342　影も目高

影も目高　　河東碧梧桐

先月末、ドナルド・キーンさんの講演を聴いた。30年も前に東京で聴いたことがあったが90代なんて思えない若々しさ。私はこの日、ふしぎな出会いに恵まれた。なにせ自由席なので2時間も前から県民会館に並んだ。

すると私のうしろで熱心に文庫本を読む青年がおられた。背の高い外国の方で、私も好きな帽子の絵のカバーの本だ。小一時間もたったころ、お互いにカバーを外して本を見せ合ってびっくり。私はぐいぐいと読める今話題の佐村河内守の『交響曲第一番』、そして彼の本はなんと『荷風の俳句』とあった。「エーッ、日本文学お好きなんですか?」と問いながら、きょうは日本文学の講演だったと笑った。

会場の席も中央の前から4列目で、キーンさんの表情もお声もよくわかって楽しかった。キーンさんは啄木の日記が実にいいと例をあげながらわかりやすくお話しなさった。永井荷風の日記も有名だ。私は初対面の青年のあまりにも流ちょうな日本語に驚いたがそれも道理、シアトル出身で、アメリカの大学で日本文学の大学院生とのこと。盛岡で短期英語講師をされて来月には帰国されるという。

「河東碧梧桐さんのおもしろい俳句があります」と静かに、「影も目高」とつぶやかれ、「これも俳句ですかねえ」と笑われる。「じゃ、5文字の俳句でこんなのは?」と私はすぐ群馬県の酒井大岳老師の「潦大潦紅椿(にはたづみおほにはたづみべにつばき)」をご披露した。

「かわひがしへきごとう」なんてスラスラと出る会話にうれしくなって「まるで、キーンさんの再来ですね」と言ったところ「とんでもないです。キーンさんは偉大な方、足元にも及びません」と謙遜される。私はこの「とんでもない」を「とんでもありません」でなく一語で話される正確さに感動を覚えた。

あれから半月、また発見があった。1989年刊の池田弥三郎さんの本を読んでいたら、「影も目高」の句が出ていた。「これはいわゆる新傾向の定型律ではなくて、非定型律で、もう四、五十年も前に読んだが今に印象に残っている」とあり、人と本と句との縁に感じ入った。

久々に美しい日本語を聞いた。しきりにメモをとられる彼の筆跡は小さめのスペルだった。キーンさんは「ぼくは記憶が絶対的なものと思っているので日記はつけない」と語られたが、私はきょうの記憶を大切に、隣席の文学者が何年後かに日本で基調講演をされる日が来るかもしれないと期待している。

2013・7・17

343　今は昔

まれまれに古典のこころしずくせり夜を徹したる
四照花《やまぼうし》の前

『角川現代短歌集成』より　坪野哲久

「今は昔」と語り始める『今昔物語』の世界に遊んでいる。「橋と幽霊」いつの世も霊を語るにふさわしい橋の夕暮れ。紀遠助《きのとおすけ》という下級武士が京の務めを終えて美濃へと帰る途次、琵琶湖のふちの瀬田の唐橋にさしかかった。

「橋の上に、女の裾取りたるが立てりければ、遠助、怪しと見て過ぐるほどに」、たったひとりで褄《つま》をとって外出着姿でたたずむ女。読む者をたちまち不気味な世界にひき入れる。

瀬田の唐橋、私は新聞紙大の日本大地図を広げて、京都粟田口から大津をめざす。現在は唐橋と並んで東海道線や新幹線、国道1号や名神高速道の交通網が混む。昔も今も日本有数の交通の要衝だ。そもそも壬申の乱では、この瀬田の橋は大海人皇子《おおあまのみこ》軍と大友皇子軍との奪い合いの対象だった。歴史の舞台をいろどった保元、平治の乱や治承、寿永、元弘、応仁の乱など合戦のたびに戦略上の拠点となった場所。

今しも瀬田の橋に来かかった遠助をよびとめる女に「あやし」とは思えど馬から下りた。美濃まで行くと言うと女は言づてを頼みたいという。女は絹に包んだ小筥《こばこ》を出して「方県《かたがた》の郡《こおり》の里の橋まで持っていってほしい。そこに女人がいるので渡して下さい」と頼む。そして「決してはこを開けぬよう」と念を押す。ワァー、やめればいいのに、供の者たちにはこの女人の姿は見えず、馬から下りてぽつねんと立つ遠助をふしぎそうに眺めていた。

方県郡は岐阜県本巣《もとす》郡とされ、遠助の里、生津《なまつ》の地から遠くない。遠助はやっとわがやに戻った。うれしくて忙しくて、はこを届けるのを忘れていたが、納戸にしまっておいたままなのを遠助の妻があやしむ。さては他の女にやるみやげかと「嫉妬の心いみじく深かりける女」、遠助の留守にはこをあけて見た。

ワァー、見なければいいのに、上等の絹に包まれたはこの中身は、何と抉《えぐ》り出された人間の目玉があまた。それと、えもいわれぬモノを「多く切り入れたり」という場面。

「なぜ開けたのだ。見るなと言われていたのに」となじる夫。早く返さなくてはと、遠助は頼まれた橋に行ってみた。待っていた女は「見たな」とばかり鋭くにらみ、遠助は逃げ帰ったもののそのまま死んでしまった。

現代人と変わらぬ愛憎の奥底を描きだし、「人の妻の嫉妬の心深くそらうたがひせむは、夫の為にかくよからぬ事のあるなり」と結ぶ物語。恐ろしくておかしくて、なんだか元気の出る説話である。

2013・7・24

344　キーンさんの著作集

夕されば潮風越してみちのくの野田の玉川千鳥鳴くなり
能因法師

ドナルド・キーン著作集第一巻『日本の文学』を読んでいる。先ごろの講演会でカタカナの署名入りの本書を買ってきた。565ページの大冊、その中に「いつか岩手県の盛岡で行われた〝おくのほそ道〟の会で、私はこれを少なくとも60回読んだと言いましたら、みんな驚いていました」とさわやかな会話風で読みやすい。氏は教師として30回は学生たちと読み、予習と合わせると60回といわれ、芭蕉は永遠に私の心を豊かにしてくれると説かれる。芭蕉は能因法師のこの歌を知っていて、野田の玉川を知りたかったであろうと、「古人の跡を求めず、古人の求めたる所を求めよ」の文言を「彼が何を求めてそこへ行ったか」を念頭において旅をしてきたと解釈される。

私は昨年3月に日本国籍を得られたときのキーンさんの大きい写真全面記事の新聞を大切に取ってある。「自分を日本の文化に同化させたい」との思いはニューヨークのコロンビア大学で日本語を学び始めた17歳の頃からという。

アーサー・ウェイリーの翻訳で初めて『源氏物語』を手にされた氏は、源氏の何にひきつけられたのか。氏の述懐は熱くなめらか。「紫式部は美に関して非常に敏感だった。彼女の一番の特徴は、人間の心理をよく知っていること。だから何度でも読める。彼女は永遠の美を創造したのだ」と、作者の心情を説き明かす。

彼女の描く光源氏は、「音楽家が一つの曲だけにとらわれず、いろいろな曲に挑戦するように、彼の一番の芸術は恋愛だった」という。一般に日本の宮廷貴族たちは詩歌管弦をはじめ高い芸術性に富み有職故実《ゆうそくこじつ》を重んじていた。キーンさんの、ヨーロッパの恋愛との比較がおもしろい。モーツァルトのドン・ジョヴァンニは女性と関係を結ぶのは一回きりで、召使いにその名を記帳させてあとは終わりとあり、笑える。

大学在学中に太平洋戦争勃発、戦後日本文学を学び53年京都大学に留学。55年からおととしまでコロンビア大で教壇に立ち、日本とニューヨークを往復しておられた。日本名、鬼怒鳴門（キーンドナルド）、この名刺は「人を笑わせたいときに使う」とのこと。ご専門は近世文学で博士論文は「近松門左衛門」の由。

「大学生になるまで、日本といえばペリー提督が開いた国というくらいの知識しかなかった私が、今は自分の魂を日本のために使っている。それは大変な変化です」と書かれるキーンさん。91歳、さらなるご加餐《かさん》を祈りたい。

2013・7・31

345　近視眼鏡

弾丸《たま》がわれに集りありと知りしときひれ伏してかくる近視眼鏡を　　宮柊二

宮柊二第二歌集『山西省』より。昭和14年8月に召集、18年10月の召集解除までの4年間の作品374首を収める。作者27歳から31歳までの、中国山西省で八路軍とよばれる中共軍を相手に戦ったすさまじい戦場詠である。

ことし5月、コスモス短歌会選者の杜澤光一郎さんの評論集『宮柊二・人と作品』が出版され反響を呼んでいる。

宮柊二は大正元年8月23日生まれで、昨年の誕生日が生誕百年であった。昭和61年12月11日に74歳で逝去、昨年は27回忌を数えた。

昭和11年、浦和市（現さいたま市）生まれの杜澤さんは高校卒業の29年、「コスモス短歌会」入会、作歌活動も60年とのこと。第一部「作家論・作品論篇」から第二部「秀歌鑑賞篇・宮柊二の一〇〇首」まで429ページの大冊である。

師弟関係の濃密な一門からの出版物というと、それなりの意識で見てしまいがちだが、この本にはそうした硬さは感じられず、私などは戦場詠や当時の社会情勢に見識不足の面を大いに勉強させられる。

表題歌は「弾丸」にはルビがふってあり、「近視眼鏡」は杜澤説として「きんしがんきやう」となっている。歌意は「敵陣から撃ちだされる銃弾が自分ひとりに集中していることに気付いた。自分はとっさに地べたにひれふして軍服の胸のポケットから近眼鏡をとりだして無意識のうちに掛けた」ととれる。

歌の表現法をいえば、初句六音とか「集りあり」等の不自然さは残るものの、兵隊服のポケットにあった近視眼鏡に、杜澤氏の思いが深まってゆく。のちに、昭和56年刊行の『宮柊二短歌集成』には、私も持っているが「きんしめがね」とルビが付されている。杜澤説では他の歌で「ありありと眼鏡《めがね》に映る岩の間に迫撃砲弾を運ぶ敵の兵」等があり、これはふつうのめがねではなく、望遠鏡か双眼鏡のことらしいとのこと。宮先生は掲出歌に対しては当然「きんしがんきょう」と読んでくれると思ってルビを付けられなかった。それをのちの編集者が「きんしめがね」としたらしい。

そういえば今だって免許証書き替え時には「がんきょう使用じゃないですね」と聞かれる。私は生まれてこの方、眼鏡は使用したことがない。「たたかひの最中《さなか》静もる時ありて庭鳥啼《な》けりおそろしく寂し」激しい迫撃戦のさなか、おんどりが啼いた…。こんな静寂は、思うだにおそろしい。戦争は悪だ――。

2013・8・7

346　滅びの美学

春なればいまひととせを生きんとてふるきみだうにこころあづけぬ　　立原正秋

「壬生《みぶ》家には二人の息子がいたが、長男は第二次大戦で戦死し、まだ若い寡婦と一人の娘が残された。寡婦はその器量をのぞまれて他家に再婚して去り、残された娘の昌子は父方の祖父の手で育てられた」これは立原正秋の、昭和39年「新潮」5月号掲載の「薪能《たきぎのう》」の書き出しである。立原38歳、芥川賞の候補作としてつとに有名。「大事な物ほど見失う」といわれるが、このハードカバーの本を見失い、54年刊の文庫本をまた読み返している。

没落した旧家のすえの壬生時信は、戦後毛織物の輸入商の店をたたみ、鎌倉にひきこもる。次男は戦争には生き還ったが21年、鎌倉駅前でつまらぬことからアメリカ兵と争い、ピストルで射殺され、やはり美しい妻と息子俊太郎が残された。翌年、寡婦は子連れで再婚。しかし俊太郎は新しい父になじまず、9歳の時逃げ帰った。こうして長男の子13歳の昌子と次男の子俊太郎の2人の孫は、昌子が嫁ぐまでの12年間を祖父の家で寝食をともにした。

日本語には「身二つ」とか「血を分けた」兄弟とか、血道、血脈、血族等々直接的な表現が多い。血を分けた兄弟の、すこし薄まった「いとこ」の男女という関係はどんなものだろう。いとこのことをうちのあたりでは「兄弟なし子」といっているが、「兄弟産《な》し子」の意味か、奥深い方言と思って聞いている。それも男女のいとこ同士、兄弟よりはわずかによそよそしく、全くの他人よりはずっと深い部分でわかりあえると信じこむ情感が慕わしい。

やがて昌子が25歳で結婚した2カ月後、祖父が79歳で亡くなり、俊太郎には30坪の能楽堂が残された。「能を観るとか仕舞をやるとかは、女がわが身につける贅沢のひとつである。そのようにして身につけたものを見世物にしたり、あるいはそれで暮しをたてようとしてはならない」とは生前の祖父の口ぐせだった。

俊太郎は大学時代からサッカーをやり、稲村ケ崎では能面を彫り、鎌倉の源氏堂に気ままに展示して手堅い贔屓《ひいき》もできていた。

鎌倉薪能の日が訪れた。祖父につれられて大和路を歩いて出会った篝火《かがりび》が思われた。父も母も祖父もみな遠く、今血族といえるのはふたりだけ。こんな悲しみを知り、こんな愛を知ってしまった上は、それ自体の激しさゆえに滅びるべきではないか――。

炎の色に絡み咲くのうぜんかずらの凌霄《りょうしょう》忌、8月12日は立原正秋34回目の忌日であった。

2013・8・14

347　釣果ゼロ

くろぐろと暮れはてにけるひとところ鯉の動かず水みゆるなり

太田水穂

お盆に帰着した孫につきあって、一日釣り堀に遊んだ。私にはあまり興味のある場所ではない。この炎天下、まして盆に殺生でもあるまいにと思いながらともをした。孫は5年生、ビクやタモを持ち、いろいろな小物を入れたウエストポーチをつけて、いでたちはなかなかだ。

岩手山の裾野に、もともとあった堤《つつみ》らしいところに手を加えたものか、立地条件が良く車もいっぱい停まって大入りのようだ。孫は釣りざおを借りて、ぶどう虫30匹の餌を買い、喜んで釣り始めた。大小10カ所ぐらいの池に豊富な水が流れこみ、脇には柳やカシワの木が茂り、水面に緑の影を落としている。

藻や水草の間を縫ってヒラヒラと魚影が見える。オヤ、向こうの男性のさおが力強く反応、バシャバシャと大きな魚が釣り上げられた。釣り人たちのじゃまにならぬよう岸辺にたたずみながら、ふと、魚の身になって考えてみた。

「むかし、三井寺に興義といふ僧ありけり」この人は絵が巧みで、釣り人に銭を与えて釣った魚を絵に描いてはもとの川に戻してやっていた。そのうち自分でも川に入って大小の魚と遊ぶようになった。これを見た大魚が「御坊はかねて放生《ほうじょう》の功徳多し。かりに金鯉《きんり》の服を授けて水府の楽しみをせさせ給はむ。ただし、餌の香ばしきにくらまされて、釣の糸にかかり身を亡《ほろ》ぼすことなかれ」と言ったかと思うと、興義の身は「鱗《うろこ》金光を備へてひとつの鯉魚《りぎょ》と化しぬ」ああ、ついに魚になれた！と喜ぶ興義。

どのくらい日時がたったやら「にはかにも飢ゑてものほしげなるに、たちまち文四が釣糸を垂るるにあふ。その餌、はなはだかんばし。我は仏の御弟子なり。されど今はたへがたし。つひに餌を飲む。文四すかさず糸を収めて我を捕ふ」かわいそうに興義の鯉は寺に運ばれ、まないたに乗せられ料理される寸前、目がさめた。

興義は生き返り、すぐ文四の所に人をやって聞いてみると、まさに大魚を今、さしみにするところだった。実は興義は7日も前から絶望状態だったが、わずかに心の臓あたりが温かいので葬らずにいたら、にわかに息を吹き返したと一同恐懼《きょうく》したことだった。（雨月物語）

さて、わが家の太公望はといえば、2時間近くも釣り糸を垂れていたが、本日の釣果はゼロ。「岩手の釣り堀は相性悪い」とぼやくことしきり。「きっと魚に変身した徳の高い坊さんが泳いでいて、きみの餌は遠慮して食べなかったんだよ」となぐさめるのに苦労した。

2013・8・21

348　長寿コメント

聖書読み新聞読みてらつきようを甘酢漬にし昼時となる

関とも

短歌総合誌「歌壇」9月号に、特集「80歳からの短歌人生」が組まれて80歳以上100歳までの32人の短歌3首と「長寿の秘訣」コメントが載っている。大正2年から昭和8年生まれの方々のご長寿コメントがおもしろい。もちろん短歌雑誌に指命されているのだから、長寿の秘訣は歌作りと答えるかと思いきや、32人中8人のみで、それよりも「日々忙しい」と答えた人が圧倒的に多かった。

巻頭エッセーで87歳の春日真木子さんは「老いて成熟、老いて豊穣なんてとんでもない。若い時の無邪気さ、柔軟さはない。直観力、想像力も衰える。社会とも人間関係も希薄になる。そこから脱出のために、見方を変えよ、言葉を選べと自らを責めたてる。でもよくよく考えてみれば、この苦痛こそが生きる証ではなかろうか。老いとは生き続けること、書くことは生きることへの闘いである」と断言される。

32人中、男性は15人で、禁酒禁煙、定期検診を50年という人もあり、女性では「むやみに検査しない」という人もいて私もその口だ。「悲喜こもごも、ただなんとなく生きてきた」というのも90歳代の男性のいつわらざる実感であろう。

掲出歌の関ともさんは、窪田空穂門下の「まひる野」同人で第六歌集も出された実力者。「聖書読み新聞読みて」という東京の戦後の暮らしの安定と、らっきょうを漬ける主婦の生活の秩序が心身の健康を支えられたようだ。

「若からぬ息子と妻女ら老《おい》われを誘ひて小さき冬の旅する」「遠き日に憧れし箱根のホテルにて家族五人が過さむと行く」今年4月の作品。私は今回の特集を読むまで、関さんが95歳とは思わなかった。「生涯に登りし山の三十を越えたることに吾と驚く」という活発な作品もあり、壮健世代の方と想像していたものだ。95歳の作者の息子さんの運転で、箱根に行かれる習慣も、戦前からの豊かな文化の積み重ねが想像されて映画のワンシーンを見るようだ。

同じく95歳の女流の二作。「わが泣けば背なの娘も激しく泣き出でて征く夫を送りきあかときの駅に・三好けい子」「反戦の火種となりゐぬ痩せこけて復員したる夫のあの日が・笠原さい子」戦後68年、100歳の半藤義英さんの作品「たたかひを経たるおもひの奥処《おくが》占《し》む人生行路戦前戦後」そして長寿の秘訣は、「百歳坂を越えた時、未知の扉があり無数のレールが続いていた」とある。ああ、私の好きな「続」の世界。未知の扉よ、永遠なれ…。

2013・8・28

349　選者の色紙

「上手《うま》いねと言はれるうちはまだだめだ」柊二先生或る日宣《の》らしき

武田弘之

8月25、26日、東京京王プラザホテルにて「コスモス短歌会60周年記念大会」が開催された。私は入会45年目だが京王プラザは3回目ぐらい、昔は５００人ぐらいの参加で、２泊３日のスケジュールだった。今やすっかり高齢化して参加者も往時の半数に減っている。

30周年のサヨナラパーティーのときは、このホテルの30階で「乾杯」のとたんゆらゆらと地震に遭い怖かった。お元気だった宮柊二先生はじめ、なつかしい方々のお顔が浮かぶ。

昭和7年生まれの武田氏は、ことし3月まで当短歌会の編集長をつとめられ、去年は白秋没後70年、また宮柊二生誕１００年等の記念事業をすすめられた。その氏の「コスモスの60年」と題した講話が実におもしろかった。

氏は「学研」の社員で、昭和29年11月はじめて宮先生に会われたときのことから話された。当時「高校コース」進学雑誌に短歌欄を作ろうという企画があり、宮先生に選者をお願いすることになった由。「12月、宮先生の、新日鉄の高井戸の社宅に行きました」と話されると、私など写真でしか知らない竹群のわきの宮邸を思いわくわくする。

しかし、先生はその要請を断られたという。先生は28年に「コスモス」を創刊されたばかりで大忙し、朝日歌壇の選もされていた。そして青年武田氏は「コスモス」をもらって帰り、しだいに短歌創作へと気持ちが傾かれる。

この辺りのお話になると、宮英子夫人もニコニコして聴き入られる。本年96歳、最前席で半世紀にわたる元編集長とのやりとりに拍手で応えられる。かくして30年4月号より「高校コース」に宮柊二選の歌壇が誕生したことだった。

側近ならではのおもしろいお話もいっぱい拝聴した。43年からコスモス編集部に入られた氏は、宮先生にいちばん叱られたという。会員のKさんが先生の真似がうまく、「川辺はいないか、武田をよべ！」と、髪をかき上げながら大声を出されると、会場は笑いに包まれた。重鎮川辺古一さんは平成18年80歳で亡くなられた。

会員にとって選者の色紙が頂けるとうれしいが、この掲出歌について武田氏の述懐がある。先生宅で著名な歌人の色紙を拝見の折、それはまるで小学生の字のように幼く見えた。でも先生は「それがいいのだ」と言われ、氏はその口吻《こうふん》を詠まれた。では見るからに「下手だね」と思う私など何としよう。もう一度京王プラザに戻って勉強し直したい思いにかられている。

2013・9・4

350　雪加の声

くまもなく声は揺れつつ絶えだえに雪加の鳴けばいのち想ほゆ
　　　　　　　　　　　　　　　　　　　近藤孝二

晩夏、一冊の美しい歌集をいただいた。名古屋市の近藤孝二さんの第六歌集『雪加啼く』である。私はこの「せっか」という鳥を知らず「電子辞書に雪加啼く声を二度三度聞きて歌集の礼状を書く」と、わが机上を詠んだ。雪加とは「スズメ目ヒタキ科ウグイス亜科の小鳥。草原に棲《す》み黄褐色で尾を扇状に開く」とあり、その鳴き声も聞いた。

3首組み、519首を収めるこの本は下段3分の1ぐらいに17行の随想も組まれ、歌とエッセーの豊潤な世界が展開される。「…再びたどる皆瀬川べりの路は一面の青葦が揺れに揺れ、その空のどこからか雪加がヒッヒッ、ヒッヒッと、はかない声を絶え間なく降らすのであった」というが、電子辞書の声はチッチッという合間に舌打ちのような音が混じる。形状を大体把握して、知多半島また新四国八十八カ所霊場巡りの旅の歌を味わいたいと思う。

「田の水のぎらりと揺れて写りゐしすずめのとうがらし花影消えつ」「しけ土にみみずのいろの茎もたげたかさぶろうも花つけにけり」「零余子《むかご》なむ採りてあそぶにうつつなし鶲《ひたき》火を打つ本堂の上に」「ががいもが葉脈しろき千の紋岸に織り敷き秋たけにけり」なつかしい名前の植物たち、ひらがな表記が余情と物語性を加える。もうすぐ、むかごも取れるだろう。

217ページの巻末に「植物名一覧」が表記されてあり、231種の植物が図鑑のように並んでいるのも本書の特色だ。氏は昭和5年生まれ、第一歌集『獅子座さかしま』は昭和57年ごろのイラン・イラク戦争のただ中に現地赴任された緊迫の職場詠が話題を呼んだ。若く、野鳥の会の探訪や植物分類学の研究などの多彩な活動が作品世界を彩っている。

「蟬しぐれ浴びて師と在りかくばかりかなしきものか遊びといふは」近藤さんが師と呼ばれる方は「私淑した加藤秀次郎先生の新四国巡礼知多半島植生調査行にあえて随行した」と述べられる研究者。当時80歳を超えておられて、随行された氏が今、その年齢にさしかかっているとして、この集を「亡き師、亡き妻に捧ぐ」と記されている。

私は今、氏の6冊の歌集を広げている。その1冊に「榛名湖の波止に拾ひしヒルムシロ手帳に乾き葉の透くあはれ」のメモ紙がはさまれていて、二昔も前の吟行風景が思われる。氏の筆跡は往時のまま、「かくばかりかなしきものか遊びといふは」ふと、蟬しぐれが遠ざかる。

2013・9・11

351　名月や

名月や坐にうつくしきかほもなし

松尾芭蕉

元禄3年（1690）8月の名月の夜は、芭蕉の門人たちが、粟津義仲寺の無名庵に集って月見の句会を催していた。このとき翁は発句に「名月や兒《ちご》たち並ぶ堂の椽《えん》」と「名月や海にむかへば七小町」そして掲出句、さらに「月見する坐にうつくしき顔もなし」の4句を出し、門人たちに推敲の経緯を説いたと伝えられている。初めは琵琶湖の湖水に向かって謡曲七小町などの幻想美を詠んでいたが、しだいに華美をとり除いた「坐にうつくしきかほもなし」の境地を得て満足する。「こうこうと照る名月のもと、座中いずれも美しい顔はなく、ただ侘《わび》しい月見の席である」と、月光の美を強調している。

芭蕉といえば「名月や池をめぐりて夜もすがら」が有名だが300年余を経ても人々の心に新鮮な感動を与える作品には、くり返し推敲し、時には切り捨てる潔さもなくてはならない。元禄4年は8月が閏《うるう》月で、名月を2度見られたという。

「名月はふたつ過ぎても瀬田の月」閏8月18日、蕉翁が弟子たちと瀬田の水面に舟を浮かべて夜すがら放吟したさまが伺われる。「二度も名月を愛でたけれども、なんといっても瀬田の名月は最高よ」との声が聞こえる。

「米《よね》くるる友を今宵の月の客」吉田兼好が『徒然草』に「よき友三あり、一には物くるる友」と興じたのをふまえ、翁のユーモア。わが茅屋《ぼうおく》にも時々取りたての野菜が届く。朝露もみずみずしく、物はあれども人の影なし。礼のすべもしらずこうべを垂るるのみ。けさは見事なゴーヤが3本。心あてにお礼の電話をすると「いや、おれでねえ。沖縄の方から来たんじゃねえか」と大笑い。なんだかバツの悪い思いに恐縮した。

「おもかげや姨《うば》ひとり泣く月の夜」これはまた、信州姨捨山伝説の悲しい老女。私など全然草取りさえしないのに、四季、頂き物に養われている果報者、深謝の日々である。食い扶持《ぶち》を稼げなくなったら山に帰るという歴史と経験から得た人間の定理がそびえたつ。

知っているようでおぼろな芭蕉の生涯、正保元年（1644）伊賀上野（三重県）生まれ。29歳で郷里を離れ、江戸での暮らしが長くなる。『奥の細道』はじめ漂うように旅に出て元禄7年、51歳にて病没。「他郷すなはちわが故郷」が口癖であったという。私は元気な芭蕉の、この月見の句会が大好き、何度も推敲する思案顔が浮かぶ。9月19日は十五夜だ。

2013・9・18

352 水見舞に水

突然に烈しくなりし山の雨木々よりひびき草より響く

『角川現代短歌集成』より 小澤光恵

このたびの台風18号による被害状況はすさまじかった。9月15日から16日は朝から日本縦断の台風情報が流され、京都の名所渡月橋の濁流に目を奪われた。勢力衰えぬまま北上を続け、16日午後3時半のニュースでは、八幡平市松尾地区で1時間に48・5ミリという観測史上初の記録が全国版で発表された。でも夕刻には台風は宮古沖を遠ざかると伝え、大相撲秋場所では両国の静かになった夕空が映った。

ところが八幡平温泉郷地区では16日夜から断水だという。私はその時点でも、自分の家周辺が何でもないので、台風が去ったあとは暑いと思うぐらいで日常の暮らしに戻っていた。

今回、温泉郷で災難に遭われた方がいらっしゃる。藤田晴子記念館の白井眞一郎館長さん。15日、台風の先頭をきって千葉県からベンツを駆って到着。豪雨で12時間余もかかったという。銘菓アンテワーズを届けてくださってそのまま記念館に向かわれた。

それからの難儀、自宅で温泉が楽しめる別荘地帯も断水で毎日給水車に頼ることになった由。館長さんは温泉はわが西根地区に入りに来られ、日中は盛岡に出かけたりして過ごされた。

池田弥三郎さんの『暮らしの中のことわざ』の中に「水見舞に水」という項がある。天保10年生まれの、氏の曾祖母が安政2年の江戸の大地震のとき17歳で、そのころの災害のことを語られたという。「水見舞に持って行くのは水だよ」と、池田氏の幼少期に聞かされたとのこと。本所、深川の方にある親戚ではよく水浸しになり、こんなに水だらけなのに飲み水がない。安政の大地震は真夜中だったので洗い髪で寝ていた女性が倒れた家の梁《はり》に髪をはさまれて焼け死んだともいわれる。「女は洗い髪のまま寝てはいけない」とは最低限の身だしなみとして現代でも心がけたい。

9月21日付の盛岡タイムス紙で「温泉打撃、紅葉観光に影響」と大きく報道。初めてマスコミで温泉被害の全貌を知った。私は新聞を記念館に届け、館長さんと松川温泉を見に行った。深い谷川いっぱいに水があふれ、小屋を押し流し、巨岩や流木がもまれるさまがうかがえる。まだ足元がずぶずぶと埋もれて恐ろしい。切断された送湯管、排水溝からは白い蒸気が噴いている。まる一週間、落ち着かないまま、22日早朝、館長さんは千葉へ帰られた。未曾有の水見舞いに酔える水でもさし上げればよかったと悔いている。

2013・9・25

353　最後の将軍

この世をばしばしの夢と聞きたれどおもへば長き月日なりけり　　徳川慶喜

安政2年（1855）10月2日夜10時すぎ、江戸の大地は突如跳ね上がるように揺れた。震源地は亀戸から市川の間で、典型的な直下型地震、マグニチュード7くらいといわれる。地震とともに火災も発生、死傷者は20万人ともいうが正確には不明。倒壊家屋は約10万戸、江戸の民家のほぼ3分の1が焼失した。

この大惨事をもろに受け、自然と人事の荒海を生き抜く人々の大河小説、林真理子さんの『正妻』（上下巻）を読んだ。8月、発売を待ちかねて買い、江戸時代後期の公家と武家社会の相克や、入りくんだ人脈の複雑さに感じ入った。本書と年表を頼りに、自分なりの人物相関図を作成、時間をかけて読み解いてみた。

林真理子さんの文脈は読みやすいのだが、あまりに歴史の根幹部が茫漠《ぼうばく》すぎて、はぐれそうになる。そんなときは、ゆるゆるとした京ことばに救われる。初めて異人を見たときは、「なんと、おいぼいぼさん（粗末）」と驚き、京から江戸へお輿《こし》入れした姫さまを「おさびさびさせぬよう」（寂しがらせぬよう）とか、体が「お弱さん」「この間まで、おするするさんであらしゃった（ご壮健）」など、「おつむがお弱さん」な私など思わず笑った。

徳川15代将軍、徳川慶喜。天保8年、水戸藩主徳川斉昭の七男として江戸屋敷に生まれる。文久2年、将軍家茂を補佐して幕政を担う。慶応2年、家茂没後将軍位を継ぐが翌年、大政奉還、徳川幕府の幕引きをした。

日本史の教科書の人物に背景が添えられ、世界の中の日本の立場が羅針盤を求めて揺れ動く。黒船来襲、尊皇攘夷の嵐、天変地異。

安政2年12月3日婚儀、その15日後の吉日、2人そろって家定将軍に祝儀の報告に参上する。「私、一橋徳川慶喜従三位左近衛中将は、このたび大納言一条忠香娘、一条美賀と無事結婚の儀、とどこおりなく終りました。これもすべて上さまの御恩恵と御礼申し上げます」と言上。このとき花婿19歳、花嫁は21歳だった。慶喜は常々「わしは将軍にはならん」と言い、また「わしは女に大層好かれるのだ」と正妻の前で言った。あまたの側室愛妾はあっても正室はただ一人。美賀子に実子は育たなかった。

それから幾星霜。明治の代となり妻が乳がんの手術を受けるとき「わしにはそなたがいなくては困るのだ」と嘆く慶喜。掲出歌は大正2年、慶喜の辞世、享年77。振り返ればまだ大正の代に最後の将軍の姿を見て、深い感動に包まれた。

2013・10・2

354

作家の使命

戦争といふ苛酷なる現実が学徒われらに襲ひかかれり

『現代万葉集２０１２』より　泉谷純明

小説家山崎豊子さんが亡くなられた。第一報を聞いたのは9月30日の夜、クイズ番組の終わりごろだった。その時は速報のように短く、詳しい情報を知りたいと思いながら読みさしの本に目を移す。私の卓上にはそれも『華麗なる一族』中巻が開かれたまま。

10月1日の朝日新聞で「山崎豊子さんを悼む」浅田次郎さんの追悼文を読む。ずっとビジネスマンのための小説を書き続けてきた山崎さんに、浅田さんは「今、ドラマで話題の銀行小説よりも、『華麗なる一族』の方がマニッシュ（男性的）で硬派だと思う」と書かれている。そうなのだ。私は今、社会現象を巻き起こしている『半沢直樹』をテレビで見て原作も何冊か読み、そうして阪神銀行頭取万俵大介の世界に帰ってきたのだった。

はじめて「金融界の聖域」といわれる銀行を素材にした小説。昭和47年、週刊新潮に2年7カ月にわたって連載されたものである。48年4月10日初版の上巻は、司修さんの装丁で細密な花の重なりの中心から片目が鋭くにらんでいる。黒、赤、緑の豪華な表紙の3巻、字が細かく二段組みで、現在読むのに苦労する。

山崎文学の50年、中国もアフリカも沖縄も、氏の筆力にいざなわれ、氏と共に旅をした。『不毛地帯』は昭和48年から5年がかりで5千枚。元大本営参謀、シベリア抑留、帰還後商社マンの主人公の名は壹岐《いき》正。このときの取材のダイナミックな日程。ハバロフスクからイルクーツク、バイカル湖そしてモスクワからテヘランへ、イランの油田地帯を歩く。それからの『沈まぬ太陽』そして『運命の人』への行程。シベリア取材がすでにイランの「赤い不毛地帯」を予見させ、政治の歯車がロッキード事件への導入を予感させる。「夢中で書いてきた」と言われる作家の常に時代を鋭く見抜く視線に圧倒される。

２００９年6月、『運命の人』が完結した。膨大な資料調査に寡作の人と言われて久しいが、とうとう十年一作と苦笑。『運命の人』の弓成《ゆみなり》亮太はじめ氏の小説には印象的な名前が多い。恩地元、行天四郎。これは財前五郎の弟分だからと解説。でも『華麗なる一族』の家族は鉄平、銀平、一子《いちこ》、二子《つぎこ》、三子《みつこ》と素朴だ。

芸能人には引退があるが芸術家にはない。最近まで週刊誌に小説を連載、09年刊『作家の使命　私の戦後』の中に「原稿用紙を持ったまま棺に入る覚悟」と書かれる。9月29日逝去、享年88。

2013・10・9

355　岩手芸術祭音楽会

汗が一滴若きピアニストの額《ぬか》に垂るわがせぬ楽《がく》のうつくしきかな

前田透

10月5日、「第66回岩手芸術祭～岩手芸術復興支援フェスティバル」が開催された。岩手県民会館にて午後0時35分開場ということで、私も2時間ぐらい前から並んだ。前日はうれしいことがあった。4日付の新聞で「岩手芸術祭・県民文芸作品集第44集」の入賞発表があり、旧知の黒澤勉さんがある部門の芸術祭賞に輝いた。すぐ電話でお祝いを申し上げると、全然知らなかったと言われ大喜び。偉い先生なのに、つい同年齢の親しみで笑ってしまう。

私は芸術祭入場整理券が2枚あるので、現地集合することにした。「文化庁地域発・文化芸術創造発信イニシアチブ3・11復幸音楽会」と銘打って、記念式典のあと音楽会。3部構成で歌の絆、民謡の絆、音楽の絆として「復幸」に変えるべく高い芸術性と総合プロジェクトの完成美に感じ入った。

ステージ映像では高田松原の啄木歌碑や、「ひょっこりひょうたん島」も映り、スクリーンの前で大槌小の児童たちによる金管バンドの演奏。昭和の風景がよみがえり、井上ひさしさんもひょっこり覗いているかなと思われた。

今や全国区の福田こうへいさん、臼澤みさきちゃんはじめ南部民謡の切々たる生命力は万人の胸を打つ。たった2曲のこうへいさんに「アンコール！」の声をかけそびれた。また、津波のときはスタコラ逃げよとの「スタコラ音頭」も披露されて軽妙な踊りに拍手。津波てんでんこの涙を笑いに変える歌の力。

テノール独唱による復興への歌声「アヴェ・マリア」そして「朝の歌」はジョン・健・ヌッツォさんの歌。陸前高田出身のメゾ・ソプラノ菅野祥子さんの「春なのに」。これはウィーンから故郷を想って作られた曲と説明があった。

「ピアノコンチェルトによる名曲への誘い」若いピアニスト佐藤彦大《ひろお》さんの演奏は、前列3番目中央の席からよく見えて、額の汗も息つぎの表情も体温までも感じとれるようだった。

さて、復興支援オリジナル曲「ふるさとの風」が本会場で初めて発表された。工藤玲音さん（盛岡市玉山区出身）作詞、さだまさしさん（今回はビデオ出演）作曲、渡辺俊幸さん編曲のスペシャルオーケストラの大ステージ。「ふるさとは　夢の旅立つところ」であり「夢の帰るところ」と歌う。そして「風よ風よ風よ　ふるさとの風よ　愛しき人を守りたまえ」とのリフレインがさざなみと化す。濃密な時間、私は何度もこみ上げるものを押さえ、動悸《どうき》しやまぬ感情を全身で包み込んだ。

2013・10・16

356　野村記念講座

あかつきの別れはいつも露けきをこは世に知らぬ秋の空かな　　源氏物語

10月13日、あらえびすホールにて「第31回野村記念講座」を聴講した。第1部は林望先生による『謹訳源氏物語』の講演。本書を3年8カ月かけて、全10巻完成され6800枚を書き上げた解放感に満たされておられるようだ。「講演のあと、歌も歌います」と言われ、お話ししたいことがいっぱいという大変にエネルギッシュな先生。私は先生のご本は読んだことがなく『謹訳』も、書店や書評で気にはなっていたが、今回、あらためて先生の原文朗読と解釈の妙に打たれた。なんといってもバリトンの厚み、深みのあるお声で『源氏物語』を朗読される。こんな至福の時に恵まれようとは、「后《きさき》の位も何にかはせむ」の心境だ。

資料として「葵《あおい》」「末摘花《すえつむはな》」「夕霧」「賢木《さかき》」の巻を先生が原文でゆっくりと読まれる。私は昔からこの原文の魅力がたまらなくて、ひとりで声をあげて読んでいても動悸《どうき》するのだが、今回はまして、しびれるようなバリトンのお声。「男君はとく起きたまひて、女君はさらに起きたまはぬ朝あり」と、情景描写も初々しく、想像力のかき立てられる場面である。

先生は、源氏物語が分かりにくいのは、主語不明、尊敬・謙譲語が入りまじり、さらに複雑な人物相関図。官位官職、寝殿造り等の建物の構造や生活習慣まで、理解しにくいことだらけだけれど、高水準の恋物語であると解説。おもしろい恋、男の気持ちを如実に描写していると、たとえば雨夜の品定めであり、夕顔若紫さらに源氏の子らの世代まで、切なくも激しい恋模様が描かれる。

思えば千年前であろうとも、感性全開の思いの器の深さには何ら今の世と変わりはないように察せられる。そんな余韻を漂わせながら、第2部はコンサート。90分も講演なさっても素晴らしいお声で歌われる。

私は、先生の詞による「あんこまパン」にひきつけられた。そして当日買った先生のご著書『いつも食べたい！』を読んで雷に打たれたように驚いた。「大バリトン歌手であった畑中良輔先生が忽然《こつぜん》として世を去ってしまわれた（2012・5・24）」と書かれ、先生の歌われるのは決まって「あんこまパン」だったとのこと。

私はこのプログラムをすぐ藤田晴子記念館にお届けした。4年前、開館の時は畑中先生も滞在され「ブル先生の日々是好日」にイラスト入りで書かれている。林望先生の歌に、私はお目もじかなわなかった稀代の声楽家の面影をしのび、感動を新たにした。

2013・10・23

357 馬琴の家

世の中の厄をのがれて元のまま還すは天《あめ》と地《つち》の人形《ひとがた》

滝澤馬琴

「滝澤家は神事が多かった。信心深い馬琴の指示に従って弁天に祈る巳待《みまち》祭、庚申《こうしん》祭、密教に関する星祭、甲子《きのえね》大黒祭、稲荷祭などそのつど餅、茶、昆布などをお供えする。家のなかは神さまだらけ、おまけに占いの関帝籤《せん》も登場する。馬琴だけではなく、息子宗伯も妻百《ひゃく》も神事に凝っている」

ここは江戸の戯作者《げさくしゃ》、滝澤馬琴の家である。みちは文政10年（1827）春、21歳で嫁入りしたばかり。夫宗伯30歳、このとき馬琴は60歳。大伝奇小説『南総里見八犬伝』に着手して14年、人気沸騰いまや中間点にさしかかっていた。

群ようこさんの『馬琴の嫁』を読み、いっぱい笑い、元気をもらった。といっても江戸時代後期。吉宗の享保の改革、松平定信の寛政の改革、さらに浅間山の大噴火、大飢饉《ききん》と世情不安は増すばかり。そんな中での学問芸術の飛躍の原動力となった人々を思う。

さて、これほど信心深い家なのに、絶えず病魔につきまとわれる。夫は神経質で頭痛持ち、外出すると風邪をひき持病の腰痛で寝込む。姑《しゅうとめ》も腫れ物ができたり、癪《しゃく》が起こり年中騒動をくり返す。そのたびに見舞いや介護の人らが出入りし、馬琴も霍乱《かくらん》に襲われたりする。

それでも翌年、みちは男児を出産。馬琴は大喜びで大丸に行き、赤ん坊のものを買い膳を整え親類縁者うち集い、明るい声があふれた。ちなみに馬琴の最初の住まいは現在の九段、ホテルグランドパレスのあたりという。

彼は精力的に仕事をこなし、創作も家業の薬屋も使用人の手配もし、宗伯と百は互いに病み癇症《かんしょう》に苦しむ。

あまりに病気が続くのである日、みちは占いに見てもらう。「あなたは今はおさえつけられているが、あなたの苦労はきっと世の中で大きく報われるときがくる」と占われた。

馬琴は常に家の者の気持ちをひとつにしようと考えをめぐらせる。それにしても病弱な宗伯に安息の日は訪れず、ついに38歳で息をひきとった。みちは30歳で寡婦となり、3児が残された。

それからのみちの働きは涙ぐましいものがある。馬琴は73歳の時には視力を失い、みちの口述筆記に頼る。老いても姑はみちに嫉妬するのだが二人の作業は夜を徹して行われる。当時の女性は漢字は読まず、書かない。しかしみちは「八犬伝」第177回から筆記を続行、初集発行からまる28年、天保13年に完結した。まさに「世のためになる苦労」を完成させた物語。私は息づまる思いで今も読み続けている。

2013・10・30

358　日野原先生の長寿法

ゆっくりと齢とりませうやることがまだいつぱいの冬の入口

『2013年版現代万葉集』より　小林文子

前日に親戚の93歳翁のお弔いに出て、翌日102歳の日野原重明先生の講演を聴いた。松尾鉱山のふもとで「ようざん」（硫黄山）とともにあった暮らし。大正、昭和初期の東洋一の生産量を誇った全盛時代。まだバスも走らなかったころも、人々は鉱山に登った。1千メートルの鉱山に通う道筋はのちの車道とは別に幾筋もあり、今もその跡地が見える。

寒くもなくおだやかな日のさす座敷の二重サッシの戸窓には、カメ虫がいっぱいいる。「昔はカメ虫もヨガもいねがった」と誰かが言う。元山《もとやま》の木はみんな枯れて、川はまっ赤に濁っていた。沈殿池があちこちにあった。

この日の仏様には私も小さいころ大変かわいがられて育った。昭和47年、松尾鉱山閉山に伴い、会社側から再就職を斡旋《あっせん》された人々には首都圏に移転した人も多かった。今回は何十年ぶりに帰省して仏前で涙を流し、また再会の思い出話にひたる姿もあった。

こうして亡くなられると、あわてて元気だったころの面影を求めるのだが、なんでもっと頻繁に訪れて、話相手をしてあげなかったかと悔やまれる。昔はよく立ち話をした。用がなくてもフラッと立ち寄り、天気の話や子孫、畑仕事のことなど話したものだ。

日野原重明先生のご著書『こころ上手に生きる』を私は常に座右に置くが、医師の祈りとして先生は「相手の話を聴くこと」と書かれる。末期の患者に何かをしてあげるよりも、そばにいてあげることの重要性を説かれる。

その先生が11月1日、盛岡で講演なさった。演壇もない広いステージの中央に立たれて1時間余、「長寿のための健康法」を語られた。10月4日に102歳になられた由。淡いピンクのネクタイが明るく、やや左傾姿勢で手に何枚かの資料を持たれる。なんともいえぬ艶《つや》のあるお声でよく透《とお》り、音楽のように聴きやすかった。

「きょうは無料でいらした皆さんに、長寿法を惜しみなく伝授します」と笑わせて五つの項目を示された。①どう食べ②どう呼吸し③どう働き④どう休み⑤どう暮らすか―が重要。心も体も習慣が作るもの、人はよき出会いによって生き方を変えられるとのお声。「さあ、自分の運命をデザインしよう。それが老いを創《はじめ》ること」と結ばれた。深い恩を受けた93年の生を見送り、心が萎《な》えていた冬の入り口で、少し陽《ひ》のさす生き方に変えられそうな気がしてきた。

2013・11・6

359　週末婚

会ひすぎるほど会ひしかどしだいしだいに会はずなりいまはまつたく会はず　　安立スハル

内館牧子さんのエッセー集の中に「情報遮断による健康」という項がある。あれほど売れっ子作家で超多忙な方なのに、原稿はすべて手書きとのこと、信じられない思いだ。「鉛筆は三菱ｕｎｉの６Ｂ。使い始めて25年になる。ＮＨＫの大河ドラマや朝の連続テレビ小説は決定稿にするまでに、四百字詰原稿用紙で７千枚近く書く。大きな箱に削った６Ｂを４百本入れておき、芯が丸くなった物は空き箱に放り込む。」とある

氏にとって、決して機械オンチということではなく、パソコンのプラスマイナスを考えた結果、あまりの情報量の多さに、情報遮断が必要かつ大切なことと気付かされたという。

昭和23年９月10日秋田生まれの内館さん。パソコンデータではないその日の秋田魁新報のことを書かれている。「可愛い御嫁入前の娘様の必需品」として「電気裁縫鏝《ごて》」の紹介がある。

夫の仕事、妻の仕事はもとより、「家事は男女共同参画」の観念に至るまでの戦後の長い時代を経てきた。そんな中で、私は内館さんのなんともおもしろい小説『週末婚』を読んだ。「一人の異性と終生同居する」という結婚の形態に風穴をあける「週末だけ同居」型結婚。

平成14年初版のこの本は、陽子、月子という姉妹の成育から結婚の過程をリアルに、詳細に描き分ける。「同棲や非婚や内縁と違い、入籍した結婚は〝閉じられたドア〟だ。安定した落ち着く空間であるが、息もつまる。飛びだしたくもなる。しかしそのドアをガラスにすることが〝週末婚〟ではないのか。閉じられているのに夫婦は連続している。一人で居る時も相手の気配を遮断したくはない」

本書を読んでいると、よく「ありきたりの」という表現に出合う。世の多くの妻たちが「Ａさんの奥さん」とか「Ａくんのママ」とか、名前で呼ばれないのが耐えられない」という月子。また、たとえ成果が出なくてもいいから、これをやるために生まれてきたと思えるものが欲しいとも願う。このことは氏の「十二単衣を着た悪魔」の中でも「人はどんなジャンルでもいいから、しっかりと輪の中に居る場所を見つけなくてはいけない。それがあって初めて、ありきたりでない人生を生きているという実感が湧く」と主人公に言わせている。

巻末、月子はバルセロナの旅の終わりに、週末婚を解消する決心を固める。ガラスのドアの輝きは終生の魅力ではあるのだけれど――。

2013・11・13

360　ハッケヨイ

男の子どこからとなく砂が落ち　根岸川柳

一年納めの大相撲九州場所も中盤にさしかかった。「本場所も序盤を過ぎると気持がほぐれ、一日の長さを感じるのは中日までで、十日目あたりになればあとは千秋楽まで、するりとすぎていく」と、大相撲の世界を書いた鶴川健吉さんの小説『すなまわり』がおもしろい。作者は昭和56年生まれの元行司さんで、本作は第149回芥川賞候補作。

作者は中学生のころから相撲字の書体でしこ名を書くのが得意で、家ではラジオで相撲中継を聴いた。机の引き出しには相撲関係の新聞の切りぬきがいっぱい。そうして都立高校を中退して相撲部屋に入門したという。

まず土俵に上がったら、きょろきょろしない。まっすぐに、枡席《ますせき》中段あたりに視線をすえて、かかとを徳俵につけたまま、呼び出しが力士を呼び終えるまで待つ。「止まった相撲には『ヨイ、ハッケヨーイ、ヨイ』で力士を発奮させ、それでも動かない場合は『ススンデ』とうながす。動きだせば、まだ勝負はついてないよと『ノコッタ、ノコッタ』を連呼。行司はこの三つを使い分けて裁くのだと教わった」

勝つほどに上ってゆく力士の番付に比べ、行司番付はゆっくりだが、差し違えをしても落ちない。新米のころ、土俵上で力士のゆるんだまわしを締め直す場面。軍配を背中に回し、紐《ひも》は口にくわえて両手を使う。「しっかりと噛《か》みついた軍配の紐から、一緒くたに滲《にじ》み出てきた塩辛さと苦みのある唾《つば》を自分は飲みこんだ。こうして両者の背中に手を置き、ハッケヨイのかけ声と共に再開」の土俵が鮮やかだ。

さて、きょう（16日）は7日目。福岡国際センターに初めて「満員御礼」の垂れ幕が下がった。ぽつぽつと着物姿の女性客も見える。昨日は中入り後、元ビートルズのポール・マッカートニーさんが姿を見せ観客席が大いに沸いた。

このごろは平成生まれのお相撲さんも増えてきた。前頭7枚目、23歳の遠藤。ことし春場所初土俵、二場所で新入幕、まだ髷《まげ》も結えないスピード出世の初々しさに館内大声援。エジプトから来た大砂嵐は21歳。ひきしまった赤銅色の筋肉もたくましく日本語が上手だ。

今しも39歳の旭天鵬が平成生まれの高安を破り、通算勝ち星８６０勝を達成、寺尾と並び歴代6位となった。インタビューも輝いていた。二横綱安泰、松鳳山を下した白鵬に「背中に手形のひとつふたつ、はたきこみ！」と告げる藤井アナウンサーの声もはればれ。明日の土俵も楽しみだ。

2013・11・20

361　憂国忌

散るをいとふ世にも人にもさきがけて散るこそ花と吹く小夜嵐《さよあらし》
三島由紀夫

11月25日は憂国忌、三島由紀夫の43回目の命日だった。この月は一茶忌、近松忌、馬琴忌から一葉忌、八一忌、秋声忌、白秋忌など文人の忌日が多いのだが、私は今年も「三島」と目に付く記事や本に吸い寄せられ、かの日に思いをはせた。

『昭和45年11月25日』三島事件のその日をタイトルに「三島由紀夫自決、日本が受けた衝撃」をサブタイトルの中川右介さんの本書は２０１０年初版後増版中。あの日、当人がどこで何をしていたかが明らかなものを収録、「１２０人の１９７０年11月25日」を1冊としているものである。サンデー毎日、ＮＨＫ記者クラブ、月刊「新潮」「週刊現代」社には三島から当日取材の時間指定の電話があったという。

歌手の村田英雄は三島より4歳若い41歳。25日はＮＨＫ紅白歌合戦出場歌手が正式発表される日で、お祝いを言いたかったらしいのに本人には電話が直接つながらなかったという。

瀬戸内晴美さん48歳。文壇デビューは三島の方が先だった。この日10時ごろ、瀬戸内さんは探しものをしていて、ほこりだらけの袋を見つける。そこには手紙の束が入っていて、１９５４年に書かれた三島の手紙があった。今しも、自決のその時間に、自分のとった行動に、それが三島からの手紙という偶然の符牒《ふちょう》に、読む側もドキドキする。

総理大臣官邸に第一報が入ったのは、午前11時30分ころ。「市ケ谷の自衛隊東部方面総監部に暴漢数名が乱入」というものだった。佐藤栄作総理大臣は、商工会連合全国大会に出席中、11時50分に祝辞を述べる。

自民党田中角栄幹事長はこのとき52歳。「思想家が思いつめた結果の行為だろう」と語った。三島の妻瑤子の父である杉山寧画伯はこの日、藝術院会員に選ばれた。

同日、作家円地文子も藝術院会員に選ばれる。三島が評価する数少ない女性作家のひとりだった。

東京都中央区月島の古書店員、出久根達郎さんはこのとき26歳。外出中の店主から「三島の本をまとめておけ」と言われるが、その日のうちに売り切れた。氏が独立するのはその3年後だ。

坂東玉三郎20歳。事件後インタビューで、「三島さんがまた現れるような気がする」と言ったのはまさに舞台人の感覚。どんな劇的な死でも幕が下りれば役者は立ち上がる。「三島事件の本質を、玉三郎は鋭く見抜いている…」と書く作者の炯眼《けいがん》に感銘した。

2013・11・27

362　まだ昭和

大根に味しみてゆく十二月　　中川浩

「敬老の日のチラシ見る次を見る」と詠んだのはついこの間と思ったのに、もう師走。この分ではクリスマスセールも歳末大売り出しもあれよあれよと押し寄せてきそうだ。

「現代川柳」11月号に「昭和」と題する中川氏の50句を読んだ。「もう過ぎてしまった昼という時間」「E・Tに似てきた　老人に似てきた」「年とってみろ夕焼けがきれいだぞ」。

兵庫県明石市在住の中川さん(72)、父上は警察官で外地勤務、氏は台湾生まれの由。その後父の戦死、ぬきがたく戦争の影を帯びて戦後を歩まれる。50歳をすぎたころ、川柳とのご縁を得られて時実新子さんの「川柳大学」の会員となられた。

「次々と灯をあとにした前にした」で2004年、「川柳大学」優秀作品賞受賞。06年には「見上げると光あふれている一戸」で秀作賞。作者は自転車が趣味という。それもスケールが大きい。「マレー半島ピースサイクル」という集まりで、タイ北部からマレー半島を南下してシンガポールまで、現代版銀輪部隊を2年ごとに5回、10年でやり終えたという。この二句は生き生きと躍動感にあふれている。

「キャラメルのエンゼルここにまだ昭和」「隙間から光が漏れていた昭和」山本夏彦・久世光彦共著の『昭和恋々』を私はいつも側に置く。昭和28年東京千代田区の駄菓子屋。昭和11年、高円寺のカフェーや喫茶店の看板。ロングスカートの女性のうしろ姿。向こうから来るのは板前さんか、雪駄《せった》の爪先が軽やかだ。こたつの写真、今みたいに天板がなくて、やぐらに乗せた布団の上に、じかに針箱などを置いて足袋のつくろいをしているお婆さん。夜の明かりが障子に影を落としている。一粒300米のキャラメルに子供たちは目いっぱい笑い、明るい声が弾けていた。

「あたたかいうちに引き取り手をさがす」一連50句のなかで、はたと考えさせられた句。あたたかいうち？引き取り手？この句の前後にヒントらしき句は見えずミステリーだ。生まれたての犬か猫か。この句に鑑賞指名をされた方は「病院に勤務する身としてはドキッとさせられる句」と書かれ、読者もドキドキ。

「圏外という完璧な知らん顔」ケータイという新語にセットのように氾濫する「圏外」。平成の世にたちまちゆき渡ったケータイ文明に、「完璧な知らん顔」の不気味さ。でも、「モーニングコーヒー深刻にならんとこ」師走は光のページェント、煮物の湯気が窓にあたたかい。

2013・12・4

363 盛岡文士劇

主人公は死なないものと油断して読んでおったらあっさりと死ぬ

『角川短歌年鑑』より　竹村公作

11月30日、盛岡劇場にて「盛岡文士劇」が開催された。ことしは復活19回目、私は例年、楽日の夜の公演を観てきたが、今回はいい席が取れず初日の夜になった。初日の翌日が千秋楽というのも盛岡ブランドならではだ。10月のチケット発売日の時は某所に早朝から並んでいると、脚本家の道又力さんも走ってこられて私のうしろに並ばれた。

その道又さんの新刊『芝居を愛した作家たち』が実におもしろい。劇場のロビーで読んでいたら、かつらもメークもまだ途中のご本人が何かのご連絡にみえた。私はすかさずご署名をお願いして本のとびらに「天晴れ！盛岡文士劇」と書いていただき、いい記念になった。

文藝春秋社刊、昭和44年文春文士劇「弁天娘女男白浪」の表紙絵も明るく、当代30人余のエッセー、小説、対談、インタビュー、漫画などを集めた香り高いアンソロジーである。

半藤一利さんの「宮本武蔵」の苦心談。昭和31年、石川達三扮《ふん》する武蔵、巌流島決闘のシーン。佐々木小次郎のつばめ返しが決まらない。本番前に猛練習し、小次郎が物干しざおと称せられる長剣をエイッ！と切り上げた瞬間、コットンとツバメが落ちるはずだった。それがはずれ、先にツバメがコットン、エイヤッ、「お見事！」の掛け声に客席大爆笑…。小次郎、川口松太郎先生の怒りに怒った一幕とのこと。

わが盛岡文士劇でも、平成20年「宮本武蔵と沢庵和尚」が演じられた。こちらは巌流島ではなく、暴れん坊武蔵が寺の大木に吊《つ》るし上げられて沢庵和尚のお説教を聞く場面が山場。高橋克彦座長の説得力と利根川真也武蔵の渾身《こんしん》の立ち回りにしびれた。「たとえ心の中だけでも、妻と言って」と迫るお通役はマンドリンの清心さん。どこまでも武蔵を追い回すお杉婆さんは内館牧子さんだった。小次郎役はほれぼれする立ち姿の斎藤純さん。本位田又八・菊池幸見さん、吉岡拳法・谷藤市長。祇園藤次は北上秋彦さん。こう書きだしてみるだけで胸がふるえる。あれから6年、利根川アナウンサーははるか出雲の国に転勤された。

ことしの現代劇は「いっつもふたりで」、降って湧いた青年医師の転勤の話。時代劇「赤ひげ」はそれこそ重厚な芝居の神髄を見た思いだった。19年間の盛岡文士劇。座長さんはじめ本当に「芝居を愛した作家たち」の熱演に拍手、感謝。「やっぱり今回が最高！」とつぶやいて、「アレ、去年もそう言ったっけ？」と思い出した。

2013・12・11

364　国際交流

高齢者《エルダー》の男声合唱誇りかに「秋陣営の霜の色」とぞ

橋本喜典

久々に世界地図を見ている。「ザイストはオランダ中央部のユトレヒト州にある。アムステルダムやハーグから車で一時間ほど」と読み、私の持っている最大画面の地図をたどる。

12月1日、木村悌郎先生の『時空を超えた絆』出版祝賀会が開催された。山田町ご出身で、平成4年から8年間、同町教育長を務められ、教育界、音楽界はもとより、先生の幅広いご活躍の伺われるお祝い会だった。

終始、音楽の余韻にひたりながら、私は帰るなりこのご本を読み始めた。あまりにも浅学のはかなさ、私は江戸時代のオランダ船ブレスケンス号の海難事件を知らなかった。海に遠いとはいえ同じ県内のこと、無知蒙昧《もうまい》の自分が恥ずかしい。

その事件とは寛永20年（1643）6月10日、オランダ船ブレスケンス号（船長スハープ、乗組員60人）が大浦沖の沢に着船。将軍家光の鎖国の時代だが、大浦の人たちは水と食糧を求める異国の人々を手厚くもてなした。

時は流れて平成5年、山田町ではブレスケンス号入港350年の記念行事を開催することになった。ブレスケンス号事件は先人の残してくれた貴重な財産、それを21世紀の国際交流の足がかりとしよう。国際交流が進展すれば、夢と希望の持てる中学生を育むことができる。荒れる中学校から脱却できる。

こうして同年7月29日、山田町中央公民館にて記念式典が行われた。式は日蘭両国の国歌吹奏で始まり、オランダ島での植樹や記念碑の除幕式もなされた。オランダのローランド・ファン・デン・ベルフ駐日大使夫妻はじめ多数の出席者であふれ、友好文書の交換によって今後の日蘭交流の前途も見えた。

やがて平成7年、「山田町合併四十周年記念事業」としてオランダから19人の選手を招き「日蘭親善少年サッカー交流大会」が開催された。交流と費用の問題はいつも重い課題だが、それを乗り越えて平成12年、山田町・ザイスト市友好都市締結。12月には世界屈指の音楽の殿堂コンセルトヘボウの「ジャパンナイト音楽会」に山田中総勢53人出演、大喝采を受ける。

本当に感動歓喜に沸き立つ一巻。山田に育まれた師弟の絆に打たれる。今まで私には無縁の地だったオランダもぐっと身近に思えてきた。大事な式典を音楽で祝うすばらしさ、この日の祝賀会には木村先生の指揮によるエルダー伝統のメンネルコールの歌声が深くしみわたった。

2013・12・18

365　利休の茶室

利休めはとかく冥加《みょうが》のものぞかし菅丞相になると思へば　千利休

ことし最大の話題をよんだ映画『利休にたずねよ』の封切りを待って鑑賞、さらに感動確認をこめて再び映画館の椅子に座った。

利休切腹の、一畳半の茶室とは、どういうしつらえのものであろうか。「この狭さでは、首が刎《は》ねられぬ」「ならばごろうじろ、存分にさばいてお見せせん」切腹見届け役との会話。山本兼一さんの原作では「一畳半とよぶが、正確には一畳台目《だいめ》、一畳と四分の三の広さ。中柱を立てて袖壁でくぎり、下座に室床《むろどこ》をつける。わきに水屋洞庫を押し入れ式にして道具の出し入れに不自由はない」とある。

死なねばならぬ理由など何ひとつない。天正19年2月28日、利休切腹の朝。夜半から激しい雨、雷鳴もとどろいた。妻の宗恩が手燭《てしょく》を持ってつぶやく。「たいへんな嵐ですこと」「春に嵐はつきものだ。灯《あか》りを消しなさい」映画のファーストシーンの、利休・市川海老蔵と妻宗恩・中谷美紀の白装束のたたずまいは原作通りで美しい。

私は5年前、初版で本書を読んだときは「美は私が決めることです。私の選んだ品には伝説が生まれます」という利休茶の湯の極致、鮮烈な美意識に息をのんだ。戦国の武将たちとの確執、政治家と芸術家の三毒の焔《ほのお》の色におびえた。

さまざま頭の中で思い描く想念が、映画でははっきりと視覚で建物の構造も実感できた。利休の師、武野紹鷗役は今は亡き市川團十郎さん。「このたび、せがれ海老蔵の主演映画に、その相伴として出演させていただきました」と述べる右手には利休作の茶杓《しゃく》が握られていた。

画面では今しも、利休が初めて紹鷗の茶室に招かれた場面。二尺六寸の潜り戸を入って二畳の茶室。そこに紹鷗さんがハッと袖を払うシーンがあり、その両端がかたわらの壁に触れた。狭いといっても、目で見る空間を再発見し、芸道師弟の永遠性に胸が熱くなった。

黄金の茶室も、青天白日の北野天満宮の大茶会にも度肝を抜かれた。規模といい豪華さといい映画の醍醐味《だいごみ》を堪能させてもらった。「〝見届けのお役目、ごくろうさまでございました〟宗恩は茶道口にもどり頭を下げた。廊下に出ると宗恩は手を高く上げ、握っていた緑釉《りょくゆう》の香合をかたわらの石灯籠に勢いよく投げつけた。香合は音をたてて粉々に砕けた」（原作）

砕くことを知っている観客。宗恩がこの香合を投げようとキッと構えて二度三度…目を閉じ、ついに拳を静かに納めるシーンで映画は終わった。

2013・12・25

366　郵便番号

高架線工事の組める鉄骨に作業員の一人注連縄《しめなは》飾る　河上れい子

東京都武蔵野市在住の92歳の歌人の歌。若く、北原白秋の「多磨」より、宮柊二の「コスモス」へ、長い歩みを経てこられた。昭和59年刊の第一歌集『瑞鳳寺坂』は出生地仙台の伊達政宗公御廟《ごびょう》につながる格調高い一巻となっている。「帰省して正月迎へん男らが仕事場を浄む生き生きとして」「出稼の男ら去りし元日の飯場は昼の雨に静まる」等、生き生きと働く人々の、東京オリンピックのころの風景が描かれる。「飯場」「出かせぎ」の語もなつかしさを感じるようになった。

旧臘《きゅうろう》、年賀状を書きながら、河上さんの旧年の賀状を読み返してみた。毎年丁寧なお心映えの伝わるごあいさつを四半世紀も頂いている。それが何だかこの頃、郵便番号が筆圧薄くなられたようなので大冊の「ぽすたるガイド」を開いてみた。「平成10年2月2日から郵便番号が7ケタになります」と表紙に大書されてある。

さて、その「武蔵野市」のページに、同年1月24日の「天声人語」の切り抜きがはさんであり、読んで驚いた。「東京都武蔵野市は、郵政省が2月2日から始める郵便番号七桁化に協力しない。今の最大五桁（同市内は１８０の三桁だけ）の番号をそのまま使う。理由は七桁にしても自治体にとって利点はないから。逆にコンピューターのプログラム変更費用が大きく、〝あて名の市町村名を省略できる〟点もさほどの利便とは思えない。コンピューターに手を加える必要や、社会全体が支払う関連経費は膨大だ。実施直前になって、ようやく実感として問題点がわかってきた」とある。

7桁になってからでも16年の歴史、武蔵野市もさすがに今は7桁施行になっている。わが家では届く賀状の中に、おひとりだけ、ご自分の番号を書かない方がおられる。私もはじめのころは調べて書いていたが、これは「郵便番号書かない主義」を貫いておられるのかと判断し、この1枚だけ7桁空白のままで出している。（もちろんそれでも届く）

今回も小学生の孫が、届いた年賀状の仕分けをしてくれた。ア行からワ行までのカードを作り、てきぱきとまとめてくれて大助かり。ことしは滝沢新市の郵便番号が大幅改訂で住所録を更新しなければならない。

「初めてを会ふひまごなれどいとせめて髪ととのへむと美容室に来つ」とは河上さんの近詠。孫の産んだ子、新しい係累のめでたさ。私もあと10年もしたら孫に年賀状作成システムを作ってもらえるかと期待しつつ、二人の手作業を楽しんでいる。

2014・1・8

367 子規の初夢

うれしくものぼりし富士のいただきに足わななきて夢さめんとす

正岡子規

正岡子規随筆選『飯待つ間』の中に「初夢」の項がある。（座敷の真中に高脚の雑煮膳が三つ四つ据えてある。自分は袴羽織で上座の膳に着く。）「うまい、実にうまい、雑煮がこんなにうまかったことは今までにない。もう一つ食いましょう」すっかり元気な子規を見て、「あなた、もうそんなにお宜しいのでございますか」「病気ですか、病気なんかもう厭《あ》きあきしましたから、去年の暮にすっかり暇をやりましたヨ。今は手や足が急に肥えて、何でも十五貫位はありましょうよ」

「アラ、誰だと思うたら、のぼさんかな。サアお上り。お疲れつろ（でしょう）、もう病気はそのいに（そのように）ようおなりたのか」「おめでとう」「おめでとう」――松山なまりの会話が弾む。

明治34年1月の記、35歳で亡くなる前年の正月。脊椎カリエスで腰の痛み、背の痛み、脚の痛みに身動きもならぬほどだが、年末の非常に烈《はげ》しい痛みが少し薄らいだために新年はいくらか愉快に感ずると書く。そんなつかのまの小康のまどろみが魂を自由に遊ばせるのか。ずっとこの健康体の30代の男性の夢につきあっていたい思いにかられる。

白衣に着がえ、金剛杖《つえ》をついて、サア行こう。富士山の路は非常に険しいと聞いたがこんなものなら訳ないヨ。君、もう下りるか。アッ、アーッ、急いで下りるつもりが道を踏み外し、まっさかさまに落ちた……と思って目がさめた。

「夢さめて先づ開き見る新聞の予報に晴れとあるをよろこぶ」「あらたまの年の始めと豊御酒《とよみき》の屠蘇《とそ》われ飲みぬ病癒ゆがに」そして、「瓶《かめ》にさす藤の花ぶさみじかければたたみの上にとどかざりけり」の歌は明治34年詠。この歌に対する釈迢空の批評の「畳と藤の花ぶさの距離に注意が集って、そこに瞬間の驚異に似て、もっと安らかな気分に誘ふ発見感があったのである。常臥しの身の、臥しながら見る幽かな境地である」との一文に、山本健吉氏は「これ以上の評語を今のところ私は知らない」と述べておられる。

明治35年、結核のため35年の生涯を閉じた子規。夢さめたときも、たえまなく襲いくる痛みとの闘いはいかばかりか。

初夢――。私はことし、実にいい夢を見ていた。そして絶対に忘れぬようにと思いながら、再び眠ったらしい。翌朝、どんないい夢だったのか、いや、どこからどこまでが夢なのか、おぼろおぼろにかすんでしまった。

2014・1・15

368　老人ジュニア

人の詠む老の歌など身に沁みるやうになりしを老いといふらむ　　安立スハル

「いま老人たちが妙に元気だ。いま元気なのは、かつての高齢者、いわゆるご老人のタイプではない。これまでと全く違うイメージの老人たちが登場してきたのである。なんというか、従来あまり見られなかった突然変異的な種族が異常に増殖しつつあるのだ」そして、「超・老人大国の現実」を検証し、「とんでもないことになってきている」と説く本をかたわらに置いて越年した。

昨年12月10日発行の五木寛之さんの『新老人の思想』である。人が長生きすることは、はたして本当に幸せなことだろうか。人には「逝きどき」というものがあるのではないか。

人の一生のおよそ30歳までを第一世代とすると60歳あたりまでが第二、その後の60歳から90代後を第三世代とする。この大きなゾーンが高齢者層ということになる。第二世代は子供を養い老親の面倒も見る大変な年代だ。

著者五木さんはいま81歳。容姿といい旺盛な創作活動といい80代には見えないが、超高齢者の認知症をあげて長寿の恐怖を指摘される。

そんななか、102歳現役医師の日野原重明先生が「新老人の会」を立ち上げられた。ここでは75歳からを新老人、それ以下はジュニア、ウフッと笑えるネーミングだ。終戦子の私などは老人ジュニアとよぶという。

この本では、「新老人」とは、自分にその実感がないのに、機械的に老人扱いされるグループとして五つのタイプが紹介されている。

Ⓐ肩書き指向型の人は社会活動を積極的にするとよい。Ⓑモノ指向型とはカメラや時計、車や楽器などに凝るタイプ　Ⓒ若年指向型の若いファッションやジーンズの似合う人　Ⓓ先端技術指向型。古希すぎてパソコンの達人もいる　Ⓔ放浪指向型。妻子とは別行動の旅。これは大体男性型で、夢とロマンを求めて老女がデイパックを背負ってさまよう姿は絵にならない。林住期から遊行期への五木氏の著書もある。

長命長寿をことさらに美化するのはどうか。五木さんは、知力体力抜群の一部のスーパー老人を書くのではなく、ごく平凡な老の姿に目を注がれる。かつての老人たちはお寺参りやお遍路など、あの世へ行く稽古を重ね、それを余生ともいった。

しかしいまや延命治療が充実し、逝けない社会になり浄土も地獄もない無限の虚無が口をあけている——との巻末には心が痛む。小正月16日、老人ジュニアも神妙にお寺参りに行ってきた。

2014・1・22

369 入試センター試験

山里のあはれを添ふる夕霧に立ちいでん空もなき心地して

源氏物語

源氏物語54帖の中では割と長い「夕霧」の巻。光源氏の子夕霧は、病死した親友柏木の妻、落葉の宮を小野の山荘に見舞う。山里のもの寂しい霧の中で、帰りたくないという思いをこめる歌。これに返して「山がつのまがきをこめて立つ霧も心そらなる人はとどめず」と詠む落葉の宮。しかし、度重なるふみのやりとりは、夕霧の妻雲居雁《くもいのかり》に見つかり、とりあげられ「見給へよ、懸想《けさう》びたる文のさまか」と反論。妻が返してくれないので「その文よ、いづら」とさがしまわるさまが滑稽だ。

さて、ことしの大学入試センター試験国語は、この源氏夕霧の巻からの出題だった。「雲井雁の夫、夕霧は妻子を愛する実直な人物で知られていたが、別の女性（落葉の宮）に心奪われ、その女性の意に反して深い仲となってしまった。以下はこれまでにない夫の振る舞いに衝撃を受けた雲居雁が子をつれて実家へ帰る場面である」として設問が出ている。

私は古文が好きなのと、ことしも裸眼で読めるうれしさで挑戦してみた。それにしても「実家に帰らせていただきます」って、千年むかしの女性たちでも決めぜりふかと笑える。

純真な高校生たちとちがって少しばかり「世の中（男女の）」も知ってしまった世代としては雑念に振り回されて失敗ということもある。子を置いて出て行った妻と、残された子どもの心情など、正解を見るまで不明だった。

大体「もの懲りしぬべうおぼえ給ふ」の心情として「妻には出て行かれ、落葉宮は落葉宮で傷ついているだろうと想像されて、心労ばかりまさるため、恋のやりとりを楽しいと思っている人間の気が知れないと嫌気がさしかけている」なんて回りくどい表現が多い。

やがて父の居る一条の宮と母の住む三条邸に別れる段「いざ、給へかし」の解釈が5通り。①まあ、あれをご覧なさいよ　②そこにおりなさいよ　③好きになさいよ　④こちらへおいでなさいよ　⑤私にお渡しなさいな。正解は④。岩波日本古典文学大系でも「さあ、来給へよ」の意の慣用語とある。「姫君をお返し下さい」ではなく「同じところにてだに、見たてまつらん」（せめて同じ邸にてお世話申し上げよう）と、まるく収まったようだ。以前ずっと購読した源氏絵巻では、雲井雁の薄衣の悩ましさや垣間見の妙に打たれた。いつの世もきわどい恋の駆け引きは人を元気づけるようだ。

2014・1・29

370　軍人のふみ

うつし絵に口づけしつつ幾たびか千代子とよびてけふも暮しつ

山本五十六

「文藝春秋」2月号に「代表的日本人の新選・百人一首」が載っている。これは昨年の文藝春秋九十周年記念「近現代短歌ベスト100」の続編で、専門歌人以外の古今各界著名人の作品収載となっている。

永久保存版として私は常に座右に置くが、昨年版巻頭には百人一首天智天皇に倣ったように、明治天皇の「あさみどり澄みわたりたる大空の広きをおのが心ともがな」が置かれる。2冊とも読み始めたらやめられず、伊藤左千夫は牛飼の歌を、斎藤茂吉は「ゆふされば大根の葉にふる時雨いたくさびしく降りにけるかも」を、牧水は「酒はしづかに飲むべかりけれ」、啄木は「やはらかに柳あをめる」の歌。

さて、専門歌人以外の今年の百人一首は「ふたつなき道にこの身を捨て小舟波立たばとて風吹けばとて」西郷隆盛を巻頭に据える。そして山本五十六の掲出歌。誌上、岡井隆、馬場あき子、永田和宏、穂村弘の4氏が選出評言をしておられるが、皆さんこの歌には「度肝をぬかれた」「びっくりした」といわれる。「正直な人だ。人間的でいい歌だ」とは岡井氏。

さらにこの女性は、河合千代子という銀座の置屋の女将《おかみ》で、五十六の愛人とのこと。これは千代子に送った手紙に書かれてある歌で、昭和17年5月、五十六は連合艦隊司令長官として呉軍港にいたという。五十六58歳、千代子38歳の由。翌年、五十六戦死、千代子は手紙60通余を没収されるが、隠し持っていた中にこの歌があったという事実のすごさ。

一方、同誌去年の記念号の「激動の90年歴史を動かした90人」にも、軍人山本五十六の2ページにわたる記事がある。こちらは新橋の花柳界の女将との交流記。五十六が懇意にしていた新橋の料亭「和光」の丹羽ミチさんの娘丹羽政子さん（88）が語る五十六像。「母は芸者時代からのお付き合いですが二人は全く色恋抜きの関係でした」とある。「海軍の米内光政さん、井上成美さんがご一緒でした。米内さんはお酒がお好きでお強かった」と語られる場面には、ご近所の親しい旦那さん方のような、えもいわれぬ遠潮騒の趣が感じとれる。

代表的日本人百人の百通りの時間が過ぎていった。戦後70年、こうした直筆の手紙公開には、千代子さん側も丹羽さん方も大いなる逡巡《しゅんじゅん》をされたという。昭和17年元旦の五十六の手紙には「飛行機があれば大丈夫」と書く。東京の空は晴れていたとある。

2014・2・5

371　四温の午後

枯枝に初春の雨の玉円《まど》か　　高浜虚子

1月31日は旧正元旦、2月4日は立春と季節のはざまの寒暖差が続く。故江國滋さんの『きまぐれ歳時記』より。「いきなりこの句を示されて、季語はいつかと問われたら、とっさにうろたえてしまう。正解は〝じょしゅん〟歳時記の〝初春〟の項に載っている。ただし、たいした句ではない」

たいした句であるか否かはさておき、この「しょしゅん」と「はつはる」の読みは重要だ。「初夏があって、初秋があって、初冬があって、だから初春があるのは当然すぎるほど当然のことなんだけど、でもちょっと困るんだよなあ」と江國さん。春を初・中・晩春に三分割して、しょしゅんといえば現行暦の2月に当たる。はつはるなら新年の季語。いちいちルビをふるわけにもいかない。

「去年今年貫く棒の如きもの」いわずと知れた虚子の代表句。「虚子忌」についても、江國さんに教わった。明治41年9月14日、夏目漱石の『吾輩は猫である』の猫が死んだ。門下の俳人松根東洋城から〈センセイノネコガシニタルヨサムカナ〉との電報が届き、返信に虚子が〈ワガハイノカイミヨウモナキススキカナ〉としたためた。江國さんは「もちろん猫の戒名のことで〝吾輩は猫である。名前はまだ無い〟との有名な書き出しに呼応しているところが芸といえば芸である」と書く。

高浜虚子、昭和34年4月8日午後4時逝去、85歳。戒名は「虚子庵高吟椿寿居士」。今、虚子の流れをくむ結社で、主宰の交代が相次いでいるという記事を読んだ。朝日新聞1月27日付「俳句時評」に「四代目の挑戦」として、田中亜美氏の一文である。日本最大の俳句誌「ホトトギス」は昨年1400号を迎え、4代目の廣太郎氏へ引き継がれた。虚子の孫世代が全員女性であるのに対し、ひ孫の3氏は50～60代の男性陣という。

「文藝春秋」12月号にはそのひとり、「花鳥」主宰の坊城俊樹さんの「十三夜」7句が掲載されている。「秋の夜をスパンコールの嘘つきと」「銀漢を仰ぎあたしとぢやだめなの」「団栗を置き頬杖のカウンター」など、生き生きと、なんとも魅力的な句が並ぶ。「三人とも虚子が理念とした花鳥諷詠や客観写生の伝統を受け継ぎながら、どこかに現代人らしいエッセンスを盛り込んでいる」と評される田中氏に納得。江國さんなら何といわれるだろうか。「芳春の候と書こうか書くまいか」私の好きな（江國）滋酔郎さんの句。「四温の午後はうす曇りして」と付けてみた。

2014・2・12

372　鶴亀算

二と二では四だが世間はさうでない

近藤飴ン坊

2月4日、ことしは立春と初午《はつうま》が重なった。2月最初のうまの日、京都伏見稲荷や各地の稲荷神社では初午祭が行われた。そして私がおもしろいと思うのは、この日は江戸の寺子屋の入学日だったたという話で、今から200年ぐらい前の学童たちの姿に思いをはせた。

北嶋廣敏著『江戸人のしきたり』によると、「二月初午のこの日、小児、手習・読書の師匠へ入門せしむる者多し」として、始業時間はふつう朝の五ツ時（午前8時ごろ）で、昼の八ツ時（午後2時）までだった。休日は毎月1日、15日、25日。夏休みはなく、正月休みは1カ月ぐらい、他に節句休み、盆休みなど。

寺子屋で主に教えたのはなんといっても「手習い」である読み書き。初午の日に入学し、「いろは…」の7文字を一千字書く練習というからすごい。「一字千金」は七千両の重みか。この時代、6歳入学が多く在学期間は自由だった。

なかでもここでの傑作は「鶴亀算」と呼ばれる算術の問題。文化12年（1815）の算術書の孫引きだが「鶴と亀が合わせて100匹いる。足の合計は272本だが、鶴と亀はそれぞれ何匹ずついるか」と問うている。ワァー、高度だ。私など手指足指総動員しても混乱してしまうけど、寺子屋わらわたちはたちどころに分かったのであろうか。答えは鶴が64羽、亀が36匹である。

これには楽しいおまけがついていて、「鶏と犬と蛸《たこ》、合わせて24匹いる。足の合計が102本のとき、鶏、犬、蛸はそれぞれ何匹ずついるか」というものだ。おかしくておかしくて、答えは一つではなく、7通りあり。その一つは「犬が3匹、蛸8匹、鶏13羽」という。蛸は1匹と数えるものか疑問だが、私もはじめは真面目にあと6通りを考えたものの、犬が蛸に食いつく図がちらついてやめた。

寺子屋というと、4年前の歌舞伎座さよなら公演で観た「菅原伝授手習鑑」を思う。寺小屋を営む源蔵（仁左衛門）の女房戸浪を勘三郎、きょう入学した小太郎の母を玉三郎という最高の舞台だった。子どもの数より机が一脚多いこと、それを言い繕う戸浪の声音、しぐさが今も目に浮かぶ。あの場面の「涎《よだれ》くり与太郎」らの幼児ぶりに身をよじらせて笑った。

おかしくて、悲しくて――。川柳作家飴ン坊さんは本名近藤福太郎。明治10年東京日本橋生まれ。新聞記者、鶴亀算ではないけれど「計算が合はない夜更け汽笛鳴る」など、好きな作家だ。昭和8年2月没。

2014・2・19

373　千両花嫁

陶工もかたらずわれも語らざりろくろに壺はたちあがりゆく

『角川現代短歌集成』より　玉井清弘

「本物はちがうのよ。品格っていうか、風韻っていうのか。いくつも本物を見てたらわかるんやけどね」道具のことはいくら口で説明してもわからない。本物を手にとって見つめ、夢に見るほどに心に染みこませて憶えるしかない…。

ここは三条大橋のたもとに店開きしたばかりの「御道具　とびきり屋」の店内。真之介、ゆずの新婚世帯の手代たちは、まだ道具のことをほとんど知らない。今しも、ゆずのてのひらにあるのは長次郎の赤楽茶碗《わん》。長次郎といえば、そのむかし千利休に頼まれて茶碗を焼いた陶工で、本物なら何百、何千両も出す客もいる。ゆずは「いちおう長次郎――」と笑う。

これは2月13日に亡くなられた直木賞作家、山本兼一さんの『千両花嫁』の一場面である。氏の訃報を知ったときは本当に驚いた。肺腺がんのため、57歳の働き盛りで、亡くなる前日まで仕事を続けられたという。読書家の友人に薦められて『白鷹伝』を読んだのは3年も前であったか。『火天の城』も『利休にたずねよ』も原作、映画とも見ている。

ことにも『利休にたずねよ』は、山本氏が初めて利休の水指を見た時の印象から端を発しているといわれる。「天下に有名な茶聖とは、実は内なる情熱にあふれた人間」との氏の洞察はみごとに画面に反映し、市川海老蔵利休の名作となった。

この映画に、陶工長次郎役で柄本明さんが出ている。関白殿下の聚楽第建築のために大勢の瓦師《かわら》が集められた。その長次郎の工房を訪ねた宗易（利休）が茶碗を焼いてほしいと頼む。「わしは瓦師や。ろくろを使わへん。まんまるの茶碗はよう焼かんけど、それでええのか」と言う無骨な陶工の風貌が柄本さんにぴったりだ。

できたぞ、できたぞ。「世辞はにがてでしてな。ひとことで言えば、この茶碗はあざとい。こしらえた人間の心のゆがみがそのまま出てしまった」と宗易。長次郎、怒るまいことか。

彼はひたすら土を捏《つく》ねた。やがて「これはいい。媚《こ》びていなくてじつに軽い」と宗易に認められた。「茶が楽に飲めるように、苦しい重さはあの世に送りました」と応える長次郎。真に奥義を理解し合った者同士のまなざしだ。

今、ゆずは長次郎茶碗につくづくと見入る。本物を知っていればこそ、「そうだったらいいな」という夢を見る。一読者の私にも、常にそんな夢を見せてくれた山本作品を、もっともっと読みたかった。

2014・2・26

374 「なぜ」と問う間

「なぜ」と問う間もなく逝きし苦しみの一瞬なるはなぐさめなりや
小高賢

2月11日、第一線の歌人、小高賢さんが亡くなられた。昭和19年生まれの69歳、どの新聞でも「11日早朝、東京都千代田区の事務所で亡くなっているのが見つかった」とあり、「なぜ?」の思いがかけめぐった。のちに馬場あき子さんの追悼文で「急性の脳出血」と知ったが、あんなにお元気に歌や評論や、大震災後の歌人たちの行動、記録などのために全国を飛び回っておられただけに信じられなかった。

昨年の総合誌「短歌」2月号に「戦後論/兄の死」と題した氏の巻頭作品31首がある。ひとり暮らしだったらしい兄上の死。「死の訪れは昨夜と告げらるWOWOWのなすすべもなく流れるなかに」「言い遺すことのありしや硬直は口のあたりにあらわに見えて」「兄の子のふたり励ますそれぞれになんとかなると嘘も交えて」「六歳の差は死の後も真上から押しつけてくるじわりじわりと」他、つらい一連だ。

2011年10月には「第26回詩歌文学館賞贈賞式」が行われ、小高氏の記念講演「老いとユーモア」を拝聴し著書『老いの歌』も求め、今またひもといている。あれは震災の年で、本来5月の行事が10月になったのだった。人は老いると、小説などの構築はむずかしくなるが歌や俳句はできること。世界でも珍しい詩型で、ユーモアもあるとして斎藤茂吉の「税務所へ届けに行かむ道すがら馬に逢ひたりああ馬のかほ」をあげ、竹山広さんの「足の機嫌とりつつわれは歩まんになにとぞ先に行つてくだされ」を例に、豊かな笑いに導かれた。

そして小高さんは、まざれもなく「老い」とは対岸にいておびただしい詩歌老人たちの歌を検索検証しておられた。97歳の宮英子さんの「くすぶつてゐるこの気持あせりでも憧れでもないゆふぐれごころや」をとりあげて「じんわりと迫ってくる感情。若ければ行動に移せた。多くの高齢者が抱いていてなかなか言葉に表せられない領域がうまく詠まれている」と解説。大正乙女の「ゆふぐれごころ」をこんなに大らかにくみとられる「ますらおごころ」にしびれた。

快活に談笑する小高氏のもう一面は義憤、公憤の人だったともいわれる。「百字以内に違いを記せ 平成の認定死者と孤独死と餓死」「線量に日々をかこまれ福寿草ののぞくフクシマ三年目なり」など厳しい氏の震災詠。そして「われに来る遠からず来るこの世から魂《たま》うき上がり離陸するとき」まるで辞世のような歌。せめて余生長く、ゆったりと老いの歌を見せてほしかった。

2014・3・5

375　最悪の事態

線量計の針揺れている夢の中いつしかからだびしょ濡れの魚　　道浦母都子

「２０１１年3月11日午後2時46分。ゴゴゴゴゴ……異様な音とともに、突然、大地が揺れ始めた。〝地震だ！〟吉田はすぐに書類をおいて立ち上がった――」

福島第一原発には東電だけでなく、協力企業の社員たちを含め、6千人を超える人々が働いている。そのうち放射線管理区域内での作業者だけでも２４００人に達する。その人命と原子炉を守ること。吉田昌郎所長の地獄の日々は、この時から始まった。

門田隆将著『死の淵を見た男』を何度読み返したことか。地震、津波、全電源喪失、注水不能、放射線量増加、水素爆発…次々と「最悪の事態」が押し寄せてくる。

あの事故の時、福島原発の1号機から6号機までの原子炉建屋に隣接した中央制御室には、それぞれの当直長と運転員たちがいた。電気が失われた現場では、あらゆる手段を人力に頼るほかなかった。それは多くが地元、福島に生まれ育った人たちだった。

11日午後4時55分、現場の状況を確認のため最初の部隊が原子炉建屋に向かっている。二重扉の前に来た段階で放射線測定器は振り切れてしまった。地下には魚が死んでいた。３人で消火ポンプ室の確認作業をし、次々と交代で原子炉にポンプから水を入れるためのライン作りをする。夜11時以降は線量が高くなり撤退、このラインができていなければ原子炉を冷やす行為が不可能になる。この処置は緊対室からの指示ではなく現場の判断だった。

そもそも原子炉を安全に制御するためには第一に炉を「停める」、第二に「冷やす」、そして第三に「閉じ込める」が鉄則である。

３月12日、午後3時36分、突然1号機の原子炉建屋が爆発。リアクタービルの5階部分がなくなっていた。汚染測定上限値を示す。

爆発後は海水注入しかとるべき道がなくなった。しかし官邸は注入中止を命じ、それでも注入は続き、菅総理の現地視察の模様はテレビでも報じられた。電源喪失と冷却不能が続けば最悪の事態は「チェルノブイリ×10」だったといわれる。格納容器の圧力を下げるため、「早くベント（排気）をせよ」との指示の単語が疾風のように日本中を駆け抜けた。

「もう駄目かと何度も思いました」と語った吉田氏。事故後、食道がんのため11年11月入院。12年7月には脳出血で手術、自宅療養をされていたが13年7月９日逝去、58歳。

2014・3・12

376　大相撲春場所

賜杯受くる若さうるわし国技館ちかごろわれは涙もろくて
『角川現代短歌集成』より　森佐知子

「春場所が開催される大阪府立体育館は、難波駅のすぐ近くです。いわゆるミナミと呼ばれるところで、安くておいしい店が軒を連ねています。本場所の仕事が終わって、18時すぎに体育館を後にした私は、1軒のお鮨屋さんを訪ねます…」

大相撲春場所が始まった。私はことし1月12日発刊の「大相撲　行司さんのちょっといい話」を片手に初日からテレビ観戦をしている。著者は三十六代木村庄之助さん。「行司生活半世紀、土俵の舞台裏を初公開！」と銘打って、図解も豊富で実に楽しくてわかりやすい。

今回は国会中継のため、幕内力士土俵入りが終わってからのテレビ中継が多く、私のひそかな楽しみの某力士の「野火止クリニック」の化粧まわしは別の物と替えられたようでちょっとがっかり。15日間にぜひまた締めてほしいと願っている。

力士は「心技体」が大切といわれるが、行司さんには一に勘、二に敏速、三に気力とのこと。また「同体だなあ」と迷う場合は、技をかけた方の力士に軍配をあげ、「掛け手に六分の利あり」との見方という。観客とすれば「同体、取り直し、もう一番！」と喜ぶのだが、「物言い」はいやだし、行司泣かせのお相撲さんには苦労させられるという。「お客さんが見ていてつまらない相撲ほど、行司は楽」との冗談に、ちらと本音もうかがえる。

昭和39年1月、東京井筒部屋に入門。60年1月十両格行司、装束は正絹に足袋を着用。平成23年九州場所で、行司の最高峰である立行司、木村庄之助に昇進。烏帽子《えぼし》、軍配、飾り房、短刀、胸には菊綴《きくとじ》、袖口はくくり紐、白足袋、草履と格調高い絵姿である。

また行司さんの仕事のひとつの相撲字を書く作業にも興味を引かれる。作者は十両格行司に昇格と同時に番付の「書き手」助手を命じられた。畳1畳くらいのケント紙に1千名近くの名を書くとのこと。守秘義務、筆にかける集中力やいかばかりかと察せられる。

25年夏場所千秋楽、庄之助定年結びの一番は白鵬、日馬富士の対戦だった。万全の体勢から日馬富士を寄り切って25回目の優勝を飾った白鵬。1年前の土俵である。

さて今場所、5日目の番付（13日）は初日から横綱大関戦で4敗の前頭遠藤が大関稀勢の里に挑んだ一番。まっ向勝負で初白星を手にした若武者に、あすからの取り組みが楽しみだ。

2014・3・19

377　修証義の章

生き死にのあらぬ時間の中なりしか目覚むるきはのわれのうるほひ

森岡貞香

「毎年よ彼岸の入りに寒いのは」と語りつがれて久しいが、今年は記録的な大雪に見舞われた。仏事は小正月の16日、うちのあたりでは「地獄の釜の蓋《ふた》も開く日」ということでお墓参りをするが、墓守の務めもあれ以来だ。きょうは湿った雪が多く、ようやく自分の先祖の眠る場所を清めて造花を片付けて持参の生花を供える。

墓群を隔てて、にぎやかな人声が聞こえた。さっき、水おけを提げた人とすれ違ったが、あの若いお嫁さんかもしれない。今はみな外で働いているから、見かけない顔は、新しく地域に加わった嫁さんたちだろう。20年ぐらい前には中国からの花嫁もいた。もちろん今も立派に農業後継者として安定しているところも多いが、逆の例も聞くと、子連れの嘆きはいかばかりかと心が曇る。それにしても楽しそうな会話と思ったら、なんと携帯電話が相手だった。

「生き死にのあらぬ時間」といえば、平成2年に100歳で世を去られた土屋文明の、「終りなき時に入らむに束の間の後前《あとさき》ありや有りてかなしむ」を思い出す。森岡さんは平成21年1月、93歳にて亡くなられ「束の間のあとさき」の時の量感を思う。

掲出歌は平成15年「歌壇」1月号に掲載の新春作品の16首。作者87歳の感慨である。「鳴神《なるかみ》のとほさかりつつつるばらのつる揺れゐたり時の過ぐるか」「厨房は奥行を見す甘藍も水菜も大根も置きてゆふぐれ」「3Bのえんぴつのつと隠るるを物憂きに手をのばすなかりき」

私は常に4Bの鉛筆をダースで買っている。作者は使いなれている鉛筆をふっと見失うが、なんだか面倒で探す気にもならないと詠まれる。同じくキャベツも水菜も大根も、料理しないでいる間に、もの憂く時がすぎてゆく。あたかも「厨房は奥行を見す」のとらえ方に打たれた。春分の陽光は真東から射し、わが家の乱雑な厨でも怠惰な主婦を責める野菜たちの声が聞こえる。

雪は小止みになり帰る道々、なんだか小指の下あたりがひりひりする。そうか、さっき線香の灰がこぼれたのを知らずにいたのだ。去年、孫もそう言い、それにママが薬塗りましょう、抗ヒスタミンがどうのと騒いだのを思い出した。過保護と笑った愚かな祖母は今、熱い、痛いと眉をひそめる。

この時、不意に「生《しょう》を明《あき》らめ死を明らむるは佛家一大事の因縁なり」との修証義の章がよみがえった。自らの痛みを通してようやく「生き死にの時間」の尊さを知る思いである。

2014・3・26

378　ニッケル貨

ニッケル貨拾ひてくれて手の内に拭ひてわれの手の平に載す

橋本喜典

「四季の花の名札見ながらわが家へは煉瓦模様の道を来たまへ」と詠まれる昭和3年生まれの橋本先生。「短歌研究」2月号巻頭に「鼓動」20首が掲載されている。「いのちあるものの鼓動の緩急を思ひつつゆく落葉の道を」「理に適ふ呼吸をなして植物は彩りつくしやがて散りゆく」鼓動といい呼吸といい、先生は長く呼吸器系の疾患を抱えておられる。

理に適《かな》う呼吸をして鼓動の緩急に合わせて掲出歌を味わってみる。「ニッケル貨　拾ひてくれて　手の内に拭いて　われの　手の平に載す」ここは先生のご自宅に近い煉瓦模様の遊歩道か。「アラアラ、お金落としましたよ」と声がかかり、そのご婦人は丁寧に一円貨を手で拭いて「どうぞ」と先生のてのひらに載せてくれた。おだやかな陽光のなかで、老境のお二人の会話が聞こえてくるようだ。こまやかな動作が余すなく見えてくるようだ。

「改札口に手を振りたまふ視界よりわれは消えたらむエレベーターに」駅での見送り。私はホームで車両が動き出すまでの間のとり方も苦手だが、こんなふうにエレベーターであっという間に別れる場面も心が曇る。「われは消えたらむ」に、言いようのない寂しさがにじむ。一期の別れかもしれないのに「じゃあね、いずれまた」と幾度手を振ったことか。「〃大阪に明日帰ります〃と孫が言ふさうかこの子は結婚してゐた」離れ住む家族の「帰る」のは生家か婚家か。孫夫婦の若さがまぶしい。「晩年に蘇《よみがえ》らせむ若き日ぞかの焦土よりあゆみそめしを」敗戦時17歳だったという先生は今を「晩年」と思い、17歳の気持ちになってこれからを生き直そうと記される。

「拍手しても聞こえてくれぬ聾児らよさもあらばあれわれも手を拍《たた》く」「短歌」3月号に自選自註《ちゅう》の特集が組まれている。昭和23年ころ、まとまった歌ができると窪田章一郎先生に教えを受けておられた由。ある日、空穂先生がこの歌に「よくできているよ。この〈さもあらばあれ〉なんていいじゃないか」と言ってくださった。これが初対面の先生のことばであったという。

平成2年、解離性大動脈瘤《りゅう》で大手術。「生のをはりに死のあるならず死のありて生はあるなり生きざらめやも」を体験を通した先生の代表歌としてあげられた。

さて、4月1日から消費税が上がる。増税前かけこみ需要の宣伝がかまびすしいが、銀色に輝くニッケル貨を大切にしたいと思うことである。

2014・4・2

379　真白き眉

床屋にて白き眉毛の端切るを問はれて吾は戸惑ふしばし
石川稔

所属する短歌会では会員3千人の作品1冊の中から10首合評のコーナーがある。実力者が抽出した1首をA・指名者評、B・作者自解の弁、C・抽出者総評を述べるもの。

作者とすれば、出来たての作品はみな秀作に見えて「これぞ会心の作」とにんまりするのだが、他の人の評を聞くと思惑が異なっていて落ち込んだり喜んだりの繰り返しだ。

大正14年生まれの香川県の石川さんのこの歌に、神奈川県の昭和9年生まれの歌人が評を書かれた。「三国志の蜀志、馬良伝にいう白眉を思っての戸惑いと理解した。蜀の馬氏の兄弟五人はみな才名あり、特に眉の中に白毛があった馬良が最も優れていた。そのことを考えれば、たとえ端であっても切るには抵抗があるだろう」と三国志の世界へいざなわれた。

89歳の作者の弁「年金をうける齢となり、日頃やりたかった書道や俳句、短歌とわたり歩き今日に到っている。白い眉毛は長命の証と思っているものを、端とはいえ切ってもよいかなどと死神のささやきの如き声に肝をつぶした」とあって作者の憤懣《ふんまん》がしのばれる。

いや、作者はただ単に「白い眉毛は長命の証」と信じているだけで、別に三国志の英雄のことまでは思い及ばなかったのかもしれない。ただ、この評文が付いたことにより、ぐっと品格が増し、何か近付きがたい威厳が備わったように思われる。一つの作品に、例えば茶器の、壺であればそれを包む仕覆《しふく》の裂《きれ》を吟味したり、箱書きや箱の細工がとりもなおさず商品の価値につながってゆく。

「真白き眉」ではもう一つ、岩手のわが「北宴」誌にて「年一度の盆の集いに弟は真白き翁の顔になりたり・鈴江幸子」に出合った。この評に私は「真白き翁の顔、わかるけれど〝髪〟と入れたい思いがする。子が親に似る道理はほろりとあたたかい」と書いた。ところが後日、作者より「真白き翁の眉となりたり、の誤植です」と手紙が届いた。「久しぶりに会った弟は、真白な毛の長く太い眉でした」とあり、編集委員の一人としてゲラ校正を見逃してしまった悔いにさいなまれた。

本誌では今月、珍しく拙歌が10首合評に取り上げられた。「反射式石油ストーブに湯のたぎる人日ひと日人と話さず」というもの。A評者がちゃんと「じんじつひとひとと話さず」と読んでくれるかどうか。正月七日の日常詠、白眉の詠にはほど遠い腰折れである。

2014・4・9

380　デーモンの心臓

デーモンの心臓　メルトスルーして手のつけられぬウランの熾《おき》は
宮里信輝

東日本大震災から丸3年、3日11日発行の宮里信輝さんの第四歌集『デーモンの心臓』を読んでいる。「買ひ替へし地デジテレビの大画面　映せり津波に呑まるる町を」「オール電化オールダウンす気にもせず見しこともなき電気来なくて」記憶の新しさ、ノンフィクションの強み。平成22年から25年までの６３２首、作者還暦から3年間の作品を収めている。

「一般道が復旧したのを見て、3ヶ月後に〝自粛〟をせずに奥の細道行を決行し、仙台南部道路の今泉インターから高速道を降りて塩釜、松島を経て石巻まで最沿岸部一般道を走り、被災地状況を目の当たりにした」とあとがきに見えるが、その行動力に感嘆する。

「自粛せずみちのくへ発つ身の奥に棲むそぞろ神押さへきれずに」の心情はその後も被災地に赴き、福島の原発検問所から八戸まで三陸全ての津々浦々を目に映してきたという。

「日々慣れてゆく異次元語シーベルト、ベクレル、セシウム、ストロンチウム」「これからのながーい介護よメルトスルーしたる重症患炉が三基」そして「吉田昌郎食道ガンにて逝きにけり二〇一三年七月九日」と、福島第一原発所長の吉田昌郎氏を悼む歌。暗闇の中で原子炉建屋に突入していった男たちの思いは想像するだに胃が痛む。

溶けた核燃料が圧力容器から漏れる「メルトスルー」現象。核燃料が圧力容器の底に溶け落ちる現象が「メルトダウン」。識者の解説を読めば読むほど、高濃度汚染の恐怖がつのる。まさに「デーモンの心臓」を抱えているわれら、「杉花粉、紫外線予報に加はりて放射線情報の時代となりぬ」の現状。雨雲や風向きのように身体で感じ取れる天体の異変と違い、放射線測定器の針も振り切れるほどの汚染地域でも何も感じられず、被曝《ばく》の恐怖は深刻だ。

「春の野にふはふはひとり遊ぶもの蝶にはあらずコンビニ袋」震災後スーパーなどでもマイバッグ持参の客が増えてきた。「コンビニ袋くはへからすが空をゆくあ、ない、ベンチのわれのおにぎり」からすも資源協力しているつもりか。鹿児島県種子島生まれの作者は神奈川県厚木市在住、定年後思い通りのシナリオらしい。

「チェーンソー諸手でかまふ銃持たず国も守らずきたる諸手で」と、現在厚木市森林ボランティア協会副会長として目ざましい働き、「豊かな森林なくして人及び生物の存在はない」との信念が少年のように燃えている。

2014・4・16

381　おくのほそ道

あやめ草足に結ばん草鞋の緒

松尾芭蕉

芭蕉と曾良が塩竈神社を訪れたのは元禄2年5月9日（陽暦では6月25日）の午前6時ごろだった。神韻渺茫《しんいんびょうびょう》の陸奥一宮の社殿のたたずまいはいかばかりであったろうか。

現代版「おくのほそ道」をたどる思いに、三田完さんの小説『俳魁《はいかい》』を読んだ。「私は誰の息子なのか」「声を喪った俳壇の重鎮と、記憶の中の母、震災を機に二人の過去が露わになってゆく」と、煽動《せんどう》的なオビの文言。

2011年3月11日午後2時46分。人々はどこで何をしていたろうか。小説家、大友玄は渋谷道玄坂に近い某所で、出版社の女性編集者と会っていた。貴恵の勤める安曇野《あづみの》書房は俳句短歌の出版が専門で、22日には文化功労者窪嶋鴻海氏の祝賀会の予定だった。場所は丸の内の東京会館。それまでに地震の混乱が静まっていればいいのだけれど――。

地震の2日後、大友の家に薄型ハイビジョンテレビが届いた。7月でアナログ放送は終了だ。14日、福島第一原子力発電所では1号機に続いて3号機の建屋が爆発した。この日から関東各地では計画停電が始まった。枝野幸男官房長官の記者会見や菅直人総理大臣が東京電力本店で清水正孝社長らと危機対応に当たる事故対策統合本部の設置を決めた。

さて地震に恐れをなして外出を控えている人も多い中、窪嶋宗匠の祝賀会は華やかに開催された。その会場で、母大友冴の作品を知る老人と出会う。昭和37年ごろの俳句誌『朱夏』の句会や大会の写真も見せられる。美しい母、才知に満ちた作品群。しかし母は大友の高校2年の時に46歳で病死している。

そして父は「冴子遺品」と記した大きい箱を残して、この大震災の年の6月に88年の生を閉じた。母の生前には俳句など見向きもしなかった息子が遺品のノートを読むうちに、作品内容とその背後の文人たちとの関わりを知りたいと切望するようになる。

9月28日、大友玄は窪嶋宗匠と二人で、これから「おくのほそ道」の旅に出る。はたして若き母と宗匠の文芸の軌跡は明らかになるのか。この同行二人に加えて実に魅力的なタクシー運転手が登場する。筆談しかできない宗匠をいたわって男三人のちぐはぐ道中、グルメ場面もあり被災地石巻の活気が伝わってくる。

句会の丁丁発止のやりとりもいい。そして作中おびただしい俳句の羅列。これをすべて三田完さんが創られたのか。あまたのトリックの中できらめく俳句群が最大の魅力であり謎である。

2014・4・23

382　妻居た席

食卓の妻居た席に場所変えるどちらがテレビ見やすかったか　　片桐甚佐

昭和10年生まれ、千葉県在住の作者。平均寿命が延びたとはいえ、後期高齢者ともなればたいてい何らかの病気を抱えるようになる。「妻死して以来次第に仲間から外されて行く愚図に生きるに」の感慨は男性の群れを外れた思い込みかとも思う。未亡人たちならすぐ電話をかけたり食事に誘ったりと、だんだん自由を謳歌《おうか》して元気になる例もある。この「仲間から外されて行く」という心境が分かりにくいところ。つい引っ込み思案になるということだろうか。

そんな中、ひとりになって病気を得てしまわれたようだ。「天井がぐるぐるぐるぐる回ってる思わず見とれるこれが眩暈《めまい》か」「『名前言って』看護師叫ぶその声を面白く聞く酸素マスク着けて」決して楽観できる状況ではなかったようだが、「思わず見とれる」とか「面白く聞く」などご本人余裕の詠みぶりだ。それにしても「かたぎりじんざ」というお名前、古典芸能の役者さんかと思うような響き。さいわい「めまい」でも脳血管系や心臓といった重患ではなかったようで読む側もホッとする。

さて「妻居た席」の歌。今は茶の間の雰囲気も変わり、リビングはフローリングの明るいソファーでゆっくりくつろぐスタイルが多くなった。そこにいつも妻の定位置があり、お茶を飲み、会話をしていたふたり。ときにはテレビのチャンネル争いをしたかもしれない。今、そっと妻の居た席に座ってみる。「おお、テレビが真正面じゃないか」と、声に出しても応えてくれる者のない寂しさ。

そして今は「手を伸ばす範囲に要る品みなすべて置きて気に入るわが終《つい》の席」と詠む。まるで私の席のよう。卓上のほとんどは紙類。大事なものほど逃げ足も早く、新聞の切り抜きなどはよく図書館に駆け込んで探すはめになる。

衣食住、夫婦で協力し合ってこそ円滑に運ぶもの、「北国の雪の知らせでようやくに下着入れ替う一人黙々」「半袖のクールビズでもアイロンをかけるシニアの最後の見栄はる」など、こまごまとした心づかいが詠まれる。

身だしなみを整えて、「定食屋の隅で一人の食事取る肩に哀愁漂わせたい」というあたり、なんともいえない男の矜持が感じとれる。「もう一度東南アジアで起業する男の夢は夢のまた夢」に、元企業戦士の老いても心しなやかに、夢中になれるものを持つ尊さに打たれる。夢はかなえるためにこそ、作者の姿勢に学びたい。

2014・4・30

383　愛ふたたび

音たかく夜空に花火うち開きわれは隈《くま》なく奪はれてゐる

中城ふみ子

黄金週間も後半の5月5日、夜のニュースで渡辺淳一さんの訃を知った。「4月30日午後11時42分、前立腺がんのため、東京都内の自宅で死去、80歳」とのこと。「お医者さんでもがんになるんだ」との思いが押し寄せ、あんなに愛に満ちた本を次々と出版、映画化もされゴルフも旅もグルメも余裕の日々と想像していたのだが、限りある寿命に粛然とした。

氏の著書はたいてい手元にあるが、翌日書店で新刊『愛ふたたび』を買い、黒いカバーを付けてもらった。速水御舟の「炎舞」の表紙、燃え上がる炎に群れて飛び入る蝶《ちょう》の羽が美しい。銀色のオビには著者直筆の一文が添えられ、「歳を重ねた男には、一度は越えねばならない肉体的な峠がある。それをどうのり越えるか。それにぶつかっている男に、女性はどう接すべきかをこの小説で伝えたかった」とある。

主人公国分隆一郎は73歳、整形外科医で、65歳のとき医院「気楽堂」を開業。ところが長年連れ添った妻ががんで死亡。国分は自身の肉体年齢も考え合わせて、同年代の男性たちの抱える悩みに踏み込む。診療科目に「回春科」を加えたら続々患者が来るようになった。

女性の更年期は堂々と治療に行くのに、男性にだってその類はあると、元医師渡辺先生の見解は具体的で説得力に富む。後期高齢の域に入り、この辺りの、男性の下降線を究明してみたいと思われたのかもしれない。愛は衰えることはないのだけれど、身体機能とのバランスがうまくいかないというもどかしさを広く「人間愛」ととらえる見方に、今までの華麗な渡辺文学と少し違うような感じをもった。

今から4年前に刊行の『孤舟』も老境の男性をテーマにされている。大手広告会社を定年になった大谷威一郎の、妻との日常を描いたもので、実によく見える家庭の話がおもしろくてアッという間に読み終えた。夫婦ともに相手がいることへのストレスで心身不調に陥っていくのだが、まだ笑いも回復もあった。

長い作家生活、ふと初期の作品『冬の花火』を読みたくなった。昭和29年「短歌研究」4月号「乳房喪失」にて歌壇デビューの中城ふみ子の32年の生涯を書いたもの。札幌医大で乳がん手術のあと亡くなったときに、渡辺先生はその医学部の一年生であったという。その放射線科の病棟は歩いても、ふみ子との接点はなかった。ふみ子の恋と文学と生命力を書き上げた若き文学者の筆力に、半世紀前の感動を新たにした。

2014・5・14

384　緑の海・モンゴル

モンゴルを緑の海と喩《たと》へたり国を問はれて語る日馬富士

村上笑美子

大相撲夏場所、国技館に華やかな力士幟《のぼり》が揺れている。5月11日、初日には午前8時20分に満員札止めになったという。よびだしさんたちの着物も藤色の夏らしい装い、びっしり入った観客席も白っぽい夏服が目立ち、着物姿の女性客も多い。「和装デー」も設けたりしているようだが、大きい力士の浴衣の柄や行司さんの装束も目を楽しませてくれる。

今場所から横綱が3人だ。白鵬28歳、日馬富士29歳、鶴竜28歳、いずれもモンゴル出身。掲出歌は所属する短歌会の合評コーナーより。昭和12年宮城県生まれの村上さんの歌に、昭和36年生まれの山口県の鈴木千登世さんが評を書かれた。「海のないモンゴルから海に囲まれた日本へ。異文化の中で忍耐の日を送った日馬富士の、その人となりを伝えている」とある。作者自釈の弁でも、「モンゴルってどういう国ですか」と訊《き》かれて「緑の海のようです」と応えた横綱に「豊かな想像をかきたてる唯ひとことの凝縮された言葉に感動を覚えた」と、「緑の海」のキーワードが光る。

抽出及び総評の久保田智栄子さんは広島の昭和42年生まれ。相撲界には平成生まれの関取も続々活躍しているが、短歌界の高年齢化は進むばかり。久保田評「日馬富士は入門時、四股名《しこな》を〝安馬〟といった。祖国を〝緑の海〟に喩えた発言を考えると、壮大なモンゴルの草原を疾走する一頭の駿馬《しゅんめ》が目に浮かぶ」と相撲界の重責を担って闘う姿をたたえている。期せずして女流三氏の相撲談義、強くてきっぷのいい男前のお相撲さんは常に土俵の花だ。

さて、今や人気絶頂の前頭四枚目の遠藤への声援がすごい。昨年3月の春場所初土俵、異例のスピード出世にざんばら髪だったが、今場所から小さなまげを結って登場。初日は旭天鵬に正攻法の寄り切りで白星。出身地の隣富山県の松本京子さんの作品に「空と海にボラ待ち櫓《やぐら》の描かるる化粧まはしの凛々しき遠藤」があった。遠藤関の化粧まわしの意匠がよくわからないうちに画面が変わってしまうが、北陸の海を想像しながら眺めている。

4日目、新横綱鶴竜と対戦。14本の懸賞が回り大歓声の中、豪快に寄り倒し初金星。この前に大関琴奨菊を倒した安美錦がインタビューで「いい相撲でしたね」と言われると「遠藤ね」と応じて笑いに包まれていた。三横綱もベテランも新鋭も、「美しき勝負師たち」の夏場所はいよいよ折り返し点を過ぎた。

2014・5・21

385 ふるさとの伊予

日本の風土かもせる味噌蔵のような時間を体よろこぶ

玉井清弘

5月24日、「第29回詩歌文学館賞贈賞式」が同文学館にて行われた。詩部門は北川朱実氏の『ラムネの瓶、錆びた炭酸ガスのばくはつ』、短歌部門は玉井清弘氏の第八歌集『屋嶋』、俳句部門は昭和3年生まれの柿本多映氏の『仮生』だった。

私は今回、玉井清弘氏のご来県をお待ちしていた。2月26日のこの欄に、直木賞作家、故山本兼一さんの『千両花嫁』を書き、抽出歌に玉井氏の「陶工もかたらずわれも語らざりろくろに壺はたちあがりゆく」をお借りしたのだった。焼き物の内容に合う歌をと『角川現代短歌集成』から抽《ひ》かせてもらいながら短歌年鑑で調べればご住所も分かるのにそれもせず掲載紙をさし上げないで、うち過ぎていた。

その方が北上市にいらっしゃる。しかもその前日、月刊誌「短歌」6月号が届き、「第48回迢空賞」も受賞とのこと。『屋嶋』より50首掲載で写真と受賞のことばも載っていた。

氏は昭和15年愛媛県生まれ、皇紀2600年とことほがれて育った。大学卒業時から作歌。高校教諭を定年まで勤められ、歌集8冊ほか著書多数、数々の受賞歴に彩られる。

さて壇上では選考委員の花山多佳子さんが選評を述べられた。抽出の「味噌蔵のような時間の、体験の時間軸がいい。すきだらけのふわっとした味わいを〈体がよろこぶ〉と感じとる〈ゆるいもの〉がいい」と語られた。

この日配られた冊子には「木のにおい貰いだんだん川の香をもらいだんだんふるさとの伊予」「歩かねば至らぬ土地のみありし日の日本に吹きけん風なつかしむ」等、一読するりと海馬を潤す懐かしさに包まれる。「だんだん」は感謝を表す土地ことばとして今は全国に知られるようになったが、よそ者でも「だんだん」とほほえみたくなる場面だ。

「はこがまえかくしがまえを潜め持つこの世の大地淡雪の降る」「白村江《はくすきのえ》に敗れしのちに築く城半ばくずれて石組あらわ」「老いの首石に括りて沈めてんげり源三位《げんざんみ》頼政白髪の頭《かしら》」と、私の好きな「たたかいがまえ」の武将たち。宮中での鵺《ぬえ》退治で有名な源三位頼政の話は親昵《しんじつ》、裏切りないまぜに、終幕は「石に括りて沈めてんげり」と音読してハッとわれに返る。そして「老いゆきて歌に新かな使うこと不気味にあれど覚悟をきめつ」と、氏の歌集は健脚のお遍路さんのよう。この日、私にも「味噌蔵のような時間」が蓄えられたと喜んだ。

2014・5・28

386　上州の風

くさむらに忘れられたる鎌《かま》ありてその刃は土の色に近づく

古屋祥子

ほぼ7、8年おきに歌集を出しておられる古屋祥子さんの第四歌集『花信風』が5月20日に出版された。昭和5年生まれ、第三歌集『軽舟』までは「群馬県勢多郡富士見村原之郷」という地名、現在は合併で「前橋市富士見町」と改められた。赤城山を遠景に、ゆったりとした流れの利根川の写真が掲げられ、生地を離れることなく80余年の生と風土を丁寧に詠まれた一巻である。

巻頭に置かれた鎌の歌。続いて「寂びるとは錆びるに等し　人間が空気と同化してゆく過程」また第一歌集には「選びたる業にあらねど歳古りて手に馴染み来つ鎌と浅鍬《くわ》」もあった。「姓、住所変はることなく世事疎く過ぎたり　別の生なかりしか」との述懐は折にふれ誰しも「別の生き方」を考えたりもすることだけれど、作者の手になじんできた鎌、鍬は決して錆びることなくその用途に輝く。

「信風《しんぷう》と呼びて親しきカラッカゼ上州人の気質に通ふ」「赤城おろし榛名颪《はるなおろし》と呼ばはれて信風は哮《たけ》る上州の野に」等、どの歌集にも多い風の歌。第一集では「生れぐに上つ毛のくに風のくに風と暮らして風を手懐づく」とも詠まれ、音符をつけて歌ってみたいような世界。

集名の『花信風』は「二十四番花信風の略で、小寒から穀雨に至る八節気の各候に咲く花を知らせる風」との意味合いからつけられたと、あとがきにある。「上州の激しい季節風を日常とし、また移ろう季節や花々に心を寄せる日々に、花信風という語を知り、うれしく思い、題名とした」とも記される。

「日に一度乗りてやらねば淋しがるバイク撫《な》でをり雨止まない日」「坂道も風も怯《ひる》まずよく駆けて無事故、無違反五十年間」「旧式は速度が出ないことがいい　ゆとり心に夕日がまぶしい」赤いミニバイクでさっそうと！　無事故無違反で50年とは立派です。私は免許証ではマルだけどバイクは一度も乗ったことなし。

「老境といふは何時から　生まれ処にこころ幼きままに存《なが》らふ」「子もわれも母校同じき小学校鼓笛吹奏の校歌聴き入る」長い歳月、血脈の系譜、老境なんていっていられない。「鍛へるにあらず現状維持のためマッサージ、体操、足踏みその他」で昭和ひとけたとは見えない心身の若さを保たれる。それは「年甲斐も無しと思へどなほ残るがむしやらに走り出したい心」が核となっているように思われる。上州よりの「花信風」にがむしゃら心を見習いたい。

2014・6・4

387　大西民子全歌集

ひとすぢの光の縄のわれを巻きまたゆるやかに戻りてゆけり　大西民子

もうすでに伝説の人と思いこんでいる方の年譜を調べているうちに「エッ、まだ90代？」と驚くことがよくある。若くして華々しく才能を開花させた人や、生前の業績の完璧さに夭折《ようせつ》さえも才能の一つかと錯覚させるような運命のからくりに打たれて立ちすくむ。

北海道の歌人、中城ふみ子の生涯を読み返すうちに、わが岩手が生んだ一線の女流歌人大西民子と、たった2年しか違わない人生と気付き、不思議な感慨にとらわれた。ふみ子は、過日この欄でも触れたが、昭和29年乳がんのため札幌医大で32年の生を閉じた。先ごろ亡くなられた渡辺淳一氏の『冬の花火』に詳しい。

昭和29年――。終戦子の私たちは3年生だったか、いちばん小人数の学年で27人だった。ラジオはあったがテレビなど村の電気屋さんにもなく、電話も事業所や商店以外には引かれていなかった。男性は詰め襟服、女性の洋装も地味だった。　大正13年5月8日盛岡市八幡町生まれの大西（旧姓菅野）民子の少女期、また戦争はどんな影をもたらしたのであろうか。昭和16年、憧れの奈良女高師に入学したものの19年には6カ月の繰り上げ卒業。岩手県立釜石高等女学校教諭となる。20歳の先生だった。

昭和20年7月、釜石は艦砲射撃により壊滅。遠野市にて終戦を迎えた。22年、釜石工業高校の大西博教諭と結婚、作家志望の夫について上京、埼玉県に居住。この境涯については宇都宮市出身の俳人、川村杳平氏の綿密な調査研究に成る『無告のうた』の鴻筆《こうひつ》に打たれた。

民子は岩手生まれ、盛岡二高卒といっても後年血縁も絶え、戦後の歌人としての活躍は岩手を離れてからの年月だった。平成6年1月5日、埼玉県大宮市（当時）の自宅にて心筋梗塞のため逝去、69歳。私はこの年、岩手日報「詩歌の窓」を担当、その第1回で偉大なる先輩歌人の訃に接し暗澹《あんたん》たる思いに包まれた。

今年は民子生誕90周年、没後20年、そして上の橋のたもとに歌碑建立から5年たった。昨年8月には「波濤短歌会」20周年記念事業として『大西民子全歌集』が刊行された。695ページ、4897首を収載、圧巻だ。

歌碑はもう90年もそこに座り続けているように、辺りの風景にとけこんでいる。河原ではしきりにヨシキリが鳴いている。不意に一陣の風が立った。ゆらゆらと光の縄が揺れ、かつて私の目の前で掲出歌の色紙を書いてくださった歌人との邂逅《かいこう》が昨日のように思い起こされた。

2014・6・11

388　草々不一

前略、喜寿の祝ひをかぎりとし職退きました。草々不一

斎藤正

「会長さんなんぞと呼ばれ面映ゆしもとを質《ただ》せば労働者です」「富士山の茸の礼に猪《しし》の肉もらふ田舎に棲んでをります」とも詠まれる神奈川県相模原市在住の昭和9年生まれの歌人に、第三歌集『微光集』をいただいた。

昭和の激動期、長い歌歴の作者、自ら創業された金属加工業の職場詠に「磨きあげ黒びかりするステンレスわが吐く息に白く曇りぬ」「出荷待つステンレスタンク十五本立ちゐて冬の陽をはじきをり」「知事賞に添へて戴きし彫金の盾のブルーは神奈川の海」など、第二歌集の働き盛りのころの作品群には常に勇気を与えられた。

今、「二年後の新工場の完成を生きて見たしよ八十になる」と詠まれる会長さん。「職退きました。草々不一」の明るいあいさつ歌に打たれる。「こつぴどく社員叱りし口をもて丸干し食めばいやほろ苦し」「ひまはりの花のごとくに笑ひたり臨時賞与を渡したるとき」も現役なればこその歌。

一方、斎藤さんの博識漢学の妙味に接して辞林に踏みまどうこともしばしば。「熔接を見真似におぼえ生業としたり屠竜《とりょう》の技《ぎ》とは言へずも」「有漏《うろ》の身の裡《うち》をさらりと透過せりサハラ砂漠のあしたの風が」等々、非才を嘆き、有漏路無漏路の境をうろうろ。そんなときは私はやっぱり電子辞書より指でめくる本がいい。

ことばで言えば「聖とは清酒の異称、菩提寺の老いたる和尚ひじり好みき」「亡者とは魚の隠語、住職を交へいただく亡者の刺身」「アンタアホヤは友達の意ぞヨルダンで髭《ひげ》の男に手を握られつ」にも笑った。般若湯《はんにゃとう》（酒）や天蓋《てんがい》（タコ）などは在家でも使うが「亡者のさしみでひじりを飲もう」には度胸がいりそうだ。

1巻420首と長歌1首並びに反歌2首の中にはおびただしい海外詠がある。「オリーブの丘は浜までなだれゐて陸と海との接点ゆたか」「きのこ形の巨岩立ち並むカッパドキア妖精のごとき物売りがゐる」他、白夜を彩るオーロラも見て読者も想像力をかきたてられる。

夏到来、「こんなところに蟬の抜け穴開いてをり黄泉《よみ》を逃れし魂の出口か」「蟬穴のまはりに土は盛られゐず蟬は残土の処理をどうした」と、地元の寺役さんでもある氏の蟬の働きに寄せる歌。「残土の処理をどうした」なんて誰も思いつかない領域。「ゆふづつの光ましきて紫陽花《あぢさゐ》の葉かげにほたる点《とも》り初めたり」美しいほたるの微光をまなうらに読み進む巻末に、なんと奥様の訃が記され、本集入校直前に逝去の由、22首が追捕されている。

2014・6・18

389　夢の浮橋

春の夜の夢の浮橋とだえして嶺にわかるるよこ雲のそら

藤原定家

朝から暗い梅雨空、こんな日は目で楽しむ古典絵巻を開いてみよう。きょうはわが地区を流れ下る松川の水量も増していた。まずは17歳の若手貴公子、光源氏の「雨夜の品定め」のページを繰ってみた。「源氏物語図屏風」、狩野氏信の筆になる4人の男性たち。

さみだれの降りつづく夜、つれづれと降りくらしてしめやかなる宵の雨に、源氏の君の宿直所《とのゐどころ》も人少なく静かなたたずまい。光君は白地に夏草もようの涼しげな直衣《のうし》姿で片ひじをつき、すっかりくつろいでいる。かたわらにはいつも頭中将がいる。源氏の妻、葵の上の弟で、今しも源氏がしまい置く女人たちの恋文をひろげて語り合う。彼は黒の直衣に烏帽子《えぼし》、他の2人は狩衣姿。4人とも室内でもかぶりものを付けている。この部分、原文では「いみじく信じて頬杖《つらづゑ》をつきてむかひ居給へり」とあり、いにしえびとは「つらづえをついて」と言っていたのかと笑える。

左馬頭の体験談もおもしろい。彼女は最初のころはよかったがなんとも嫉妬深くて「かたみに背きぬべききざみになむある（互いに別れた方がいい）」と思うようになった。「女も、えをさめぬすぢにて、および（指）ひとつを引きよせて、食ひて侍《はべ》りしを…」いやはや、とんだ「指食い女」に出会ってしまったよと話す。血気さかんな男たちの実話特集、「それで?それから?」と問いかけ弾む声は昔も今も変わらない。

実は光源氏は、頭中将の語る夕顔の話にいちばん興味が引かれるのだが、じっと聞き役だ。左馬頭は中流貴族、藤式部亟は文官。女性は生まれのよしあしもさることながら、成り上がりや心ばえの貴賤に、上中下三品の味わいがあると話題沸騰する。そして中流階級にこそ魅力的な女性が多く「中の品」がいいと結論づけられた。

私はきょうは源氏54帖の巻末「夢の浮橋」を読むつもりで、ほんの道草に4人の若者たちにつきあったのだった。なにしろ光君が亡くなっても、大河の流れは淀《よど》むことなく、その孫世代まで綿々とドラマを紡いでゆく。源氏のむすめ明石中宮と今上帝の間に生まれた匂宮《におうのみや》と、源氏の妻、女三の宮の産んだ薫中将（実は柏木の子）との愛の板ばさみになって、入水を決意する浮舟の足どりが切ない。

「雨いたく降りぬべし。必ず救ひ給ふべき際なり」と一命はとりとめたものの、浮舟のその後は知らず、物語はここでふっつりと終わっている。

2014・6・25

389　駒形どぜう

君は今駒形あたりほととぎす

高尾太夫

「東京の浅草に〈駒形〉という地名がある。今はコマガタと言い習わされているが、土地の人はコマカタと言う」として、歴史時代小説『どぜう屋助七』の幕が開く。

おもしろいのなんのって、時は今、うなぎの夏、どじょうの夏。昨年12月刊行の河治和香著。嘉永7年（1854）16歳の伊代は、浅草で道に迷った。これから働く「駒形どぜう」は店の表に看板も屋号も出ていない。戸口にかけた五巾《いつはば》ののれんに「どぜう」とあるばかり。

田舎出の伊代の仕事は牛番。夜明け前から野菜を市場に運ぶ牛馬が行き交い、どぜう屋で朝食をとる習いで大忙し。つながれて待つ牛馬の排せつ物を速やかに片付ける専従の者を「牛番」といった。新参者の仕事だ。

この〈やっちゃ場〉帰りの男たちはみな腹を空かしている。湯気の立ったどじょう汁に薬味のネギを山盛り入れて、まずは汁をちょっとすすって、中のどじょうをおかずに飯をかっこむ。さらにおかわりで残ったみそ汁をフーフー言ってたいらげる。どじょう汁は16文、飯とセットで30文、ご酒一本24文だった。吉原帰りの客を運ぶ駕籠《かご》かきもいれば、ペリーと黒船のことを大声でしゃべる客もいる。

安政2年は天候不順に加えて妙な現象が相次いだ。江戸市中でナマズが大漁、店ではドジョウが異様にあばれだし、四斗樽からとび出す…。その時、ゴーッと地鳴りがした。10月2日、安政の大地震。店主元七（3代目助七）はすぐさま従業員総出で、たきだしを始める。あちこちで火の手が上がり、蔵前や浅草寺方面からも被災民が押し寄せる。この元七はじめ市民の言動は現在の支援活動も思わせる。

大地震の混乱から1カ月、11月1日には店を再開。江戸は火事が多いので、元七は店の座布団点検（ザブケンと呼んだ）を徹底し、たばこ火や鍋物などの注意を呼び掛けた。人が集まるところ、小説よりも奇なるシナリオがいっぱい。コロリ（コレラ）の発生や、江戸の幽霊の出番には青蚊屋の舞台も興を添える。

〈駒形どぜう〉210年の歴史の中で6人の歴代当主は、それぞれの才覚で店を守ってきた。現代は農薬によるどじょう不足も独自ルートの開発で乗り越えられた。「昨日に変らぬ今日の味、今日に変らぬ明日の味」の信条が今に受け継がれていると「あと書き」にみえる。私が初めて、どぜうのお店に上がったのはふたむかしも前だったろうか。履物をひもで縛って預かられたのが印象的だった。

2014・7・2

391　草刈り機

たくましき選手を眺めわが母は畑仕事をさせたしと言ふ

田浦将

サッカーのワールドカップブラジル大会は1次リーグ最終戦で敗退、上位進出の夢は叶わなかった。6月24、25日ごろのテレビはサッカー番組一色で、本当にたくましい選手たちと応援の熱気に、国内の会場かとまがうほどだった。アナウンサーやテレビ出演者たちも「サッカーで寝不足で」と当然のように話していた。

そんな6月の最終日曜日、盛岡市の県公会堂にて、わが北宴歌会が行われた。11人出席、掲出歌は現役の小学校の先生で中堅歌人の歌。本日の最高点歌だ。80代から30代まで、7対4と男性優位、蒸し暑いので扇風機が稼働中。

座のルールとして、無記名の詠草プリントから好きな歌を選び、集計して高点歌から合評に移る。この作品に私はまっ先に点を入れた。選んだ理由を述べなければならない。まるで、わが母のような歌。私はつい勉強の場ということを忘れてしゃべりすぎるので、精いっぱい自粛して感想を述べた。「毎日あんなにたくましいサッカー選手たちをテレビで見て、うちの母も、『ほんにいい体して、なにか稼いだらいいがんべな』というのが口癖でした。スポーツ選手なんて、相撲取りぐらいしか知らない明治の母を思い出しました」と言った。

壮年歌人田浦さんの母上なら昭和の方と思うが、それでもやっぱり筋骨隆々の男たちを見ると「畑仕事をさせたい」と思われるのかとなつかしい感慨にとらわれた。

もう一首「草刈り機使えぬ息子父として恥ずかしいよと溜め息つかれ・立花収慈」も話題に上った。働き盛りの40代の、なにか時流に乗れぬつぶやきのようなものをいつも抱えて、もう長いつきあいだ。ここでは、「草刈り機も使えねえお前みたいなの、恥ずかしいよ」とため息をつく父親のかたわらで、彼の表情を想像してみる。この「溜め息つかれ」と連用止めの終わり方がなんともいえない感情のせきとめ効果となって想像力を膨らませる。

母と息子、父と息子。期せずしてこの日の歌会には肉親の情が詠まれ、評された。「働く」意識の時代観のようなものも思われる。震災戦災、戦後の経済成長期まで、人々の働く姿とは体を酷使してものを生産することだった。

それこそ草刈り機も持っていない私は、まる一日シルバー人材さんを2人頼んで刈ってもらった。離れ住む息子には、草刈り機も使えねえことを恥とも思わず、むしろ危ないからなんて、これはいささか過保護母かと反省しきりである。

2014・7・9

392 蝉きいて

蝉きいて夫婦《めうと》いさかい果つるかな

井原西鶴

7月2日、初蝉を聞いた。ことしはわが家の古墓の高い木のこずえでほんのいっとき、全身で鳴いた。でもそのあと2日ばかり低温の日があり、またじっと枝葉の陰に潜んだようだ。

「夫婦喧嘩《げんか》と西風は夜になると止む」という。「壮烈でエネルギッシュな天下ご免の夫婦喧嘩。西鶴の句は蟬に、もののあはれを悟り神妙。滑稽は伸縮自在の生命体である」とは、磯貝碧蹄館さんのつけた解説文。この蟬は田舎での作業中か、それとも江戸の長屋のじりじりと暑い昼下がりの風景だろうか。

私の好きな時実新子さんも蟬の句をいっぱい詠まれた。「かなかなのかなかなかなと先知らず」もそう、この夏こそ、「ひとつ屋根をかぶって知った夫と私の過去の重さ。お互いの言葉に傷ついた日。なかなか本物の夫婦になれなくて焦った。さみしかった――」と書く。

時実新子さん、昭和62年、58歳で56歳の曽我六郎さんと再婚。平成8年「月刊川柳大学」創刊。平成12年刊の『おいしい老いを楽しむヒント』を今、また読み出し没頭してしまった。

秋田生まれの六郎さんが帰省すると追いかけてファクスが届くという。結婚して12年、本当に妻を愛しているかとの問いに返事の文面。

「新子が死ぬ　ぼくが死ぬ。新子がいなくなった世界など　あなたにはあっても　ぼくにはないのです。ぼくはときどき死にたくなります。死にたいという気持がときおりぼくを襲います。そんなぼくが生きているのは、新子が生きているからです」…。68歳のラブレター。

こんなふうに言われたら、新子さんは夫の愛に応えて生まれた喜びの句を十数句、たちまちファクスで夫の元へと送信したという。「秋田から神戸へ、神戸から秋田へと愛を走らせたあの日、私は世界でいちばん幸せだった。そのあとはまた淡々とした日常へと戻ったけど、愛に涙したあの日の記憶がある限り、私はずっと幸せな妻として生きて、死ねる」とある。

私ははじめ、西鶴の句から、新子さんも派手に夫婦喧嘩をされたと側近の方から伺い、いつの世も犬も食わない夫婦喧嘩の玄妙さをみてみたいと思ったのだが、いかんせん新子ドラマに強烈にひきずりこまれてしまった。

そして名編集長、六郎さんもまた平成23年、新子さんのもとへ旅立たれた。私の手元の新子全句集をはじめ著作集はすべて達意の署名入りで頂いたものばかり。暑さが戻り、また蝉が鳴いている。私は今度こそ、西鶴文学の森に出かけるつもりである。

2014・7・16

393　当マイクロフォン

あぢさゐや涙もろきは母に似て

中西龍

「こんばんは、中西龍《りょう》でございます。お変わりありませんか。…当マイクロフォンには娘がおりませんが、〈花嫁の父〉などという言葉を耳にするだけで、鼻の奥がつんとなるのを抑えることができません。〈日本のメロディ〉それではまた明晩、おやすみなさい」

中西節といわれた独特の語り口と美声で全国のファンを魅了した元ＮＨＫアナウンサーをモデルにした小説『当マイクロフォン』が実におもしろい。先年ＮＨＫを退職の三田完さんの作品。昭和20年代のテレビ界黎明《れいめい》期から現在に至るまでのＮＨＫの全貌が描かれるといっても過言ではない。全部実名で登場するアナウンサーたち。それも、エッ、そんなことまで書いて大丈夫？と、読者が気をもんだりして微妙に違う今の時代感覚とのずれに安堵《あんど》したりもする。これでも昨今の露出風潮に比べたら、はるかに良識の範囲内だ。

時は昭和28年5月。当時の熊本中央放送局の長濱昭麿は東京から到着する新人アナウンサーの出迎えに熊本駅の改札口に立っていた。すると目の前に、まぶしい白絣《しろがすり》の着流しの男が現れ、妻を伴っている。素人ではない、と独身の長濱は感じとり、黒塗りの自動車に案内した。

龍の仕事は多忙で、夕方のディスクジョッキーは大人気だった。しかしここでの暮らしはわずか一年で、妻とも別れ鹿児島に転勤になる。正午のニュースの下読みをしていると、「中西さんが読むとニュースもなんだか古代の伝説を詠誦《えいしょう》しているように聞こえる」と同僚たちに言われた。アクセントや発音などのあらを探そうとする先輩もいたが、彼は他のアナウンサーの何倍も下読みし、瑕疵《かし》がなかった。

昭和31年盛夏、中西は鹿児島放送局から旭川放送局への異動を命じられた。日本列島の南端から北の最果てまで、直線距離にして１７００キロ余りの転勤は協会創立以来の最長不倒新記録と当時のＮＨＫ職員の間で話題になったという。そして、どの土地でも言うに言えない人間ドラマがいっぱい。宮田輝アナのあとをついで「素人のど自慢」を担当したこともあり、鈴木健二アナ、生方恵一さん。山川静夫さん方とも、あの場面この番組でと読者も思い出を共有できる。「津軽海峡冬景色」や「涙の連絡船」って40年代の歌だったかと驚く。　この物語は平成10年10月に、70歳で亡くなられた中西龍さんの葬式場面から始まる。「当マイクロフォン」の一代記は、どのページを操っても、切ない男の情念がたまらない魅力となっている。

2014・7・23

394　被災の浜

地響きをたててダンプが押しよせる震災復興の工事現場に　薄葉茂

所属する短歌会の宮城支部より立派な支部報が届いた。60年の歴史を持ち、ガリ版からタイプ印刷を経て現在のパソコンへと、編集の方々の苦労がしのばれる。

3年前の震災では宮城県も甚大な被害をこうむった。全国誌で薄葉茂さんのお名前を目にするようになったのは今年1月号から。もちろん以前から文学活動はされていたろうが、まだ8月号までしか届いていないのに、常に特選らんに定位置を占められて驚かされる。

「暗闇とさざめく波にバカヤロウと叫びつつ行く午前零時半」「空港のサーチライトがかき混ぜる闇はあの日の津波のごとし」「そこのおまへ何に憤《いきどほ》り生きてゐる背後で笑ふ無数の人魂」幾万の命を奪い去った海。バカヤロウと叫ぶ生者、持っていきようのない憤り。波音も人の感情の振幅も、サーチライトにかきまぜられて己の立ち位置さえも見失いそう。「無数の人魂」といわれると本当に、想念のかたまりのようなものが青い火を噴いて漂うかのように思われる。

「春一番仙台平野に吹き荒れて乾きし海泥《かいでい》が家々を襲ふ」この作品に支部の評者が短評。「震災後の海がとても綺麗《きれい》だという。海底にあったものが津波で陸へ上げられたからだ。その海泥が乾いて、春一番が吹けば家々を襲うという。内陸に住む者には知らなかった事柄を教えていただいた」とあり、浜の人たちの体感をあらためて考えさせられる。

「自らをさだまさしと呼ぶさだまさし恐らく己が好きなのだらう」「被災地で短歌をつくる妻のためさだまさしからサインをもらふ」「さだまさしはマイ筆ペンを取り出して春の小川のやうな字を書く」なんとも楽しい作品群。そして、この「被災地で短歌をつくる妻」とは現在中央歌壇でも実力を発揮している斉藤梢さん。昨年第二歌集『遠浅』を発行、注目を集められた。7月号のこの歌に対して妻の歌「夫の書きし取材の記事の〈さだまさし〉明日はわが家の新聞となる」が誌面を飾る。奥さんの方が歌の先輩。

「七北田《ななきたかは》川流るる町に新しき姓さづかりて寒ぶりを買ふ」という梢さんのみずみずしい相聞歌に目をみはったものだったが、その「新しき姓」が薄葉さんと知り、ご両人の幸せに乾杯！

「海の砂ほどにささいなこの我と被災の浜が闇に溶け合ふ」みんなみんな砂の一粒のような命が被災の浜に溶け合って新しい明日を迎えようとしている。

2014・7・30

395　盆支度

死はそこに抗ひがたく立つゆゑに生きてゐる一日《ひとひ》一日
上田三四二

はいづみ

「七月三十一日　午前九時二十分東京着。福士、阿部出迎え。喜美子苦悶。痰がのどに詰りしため。夕方、薄闇の窓からはるかに住吉を思う。手紙出す」

これは作家佐藤洽六の大正6年の日記。佐藤愛子さんの『こんなふうに死にたい』の中に出てくる夏の日々。平成12年に出された『血脈』の佐藤家系図に明らかだが、このとき、長女喜美子の肺の病状が悪化したため、洽六が東京に帰ってきた。「住吉」とはのちに、愛子たちを産んだ母、三笠万里子の住んでいた大阪の住吉町。父は正妻ハルと子どもたちを置いて大阪で暮らしているが、日記には東京に着くなり「住吉を思う」と書く。しかも父は住吉から手紙が来ないというのでイライラ。

「八月二日、手紙来《きた》らず」「八月七日、郵便箱へ百度参りす。憤然、怨恨。彼女は余の精力の一半を減殺す」とまで書く。

大正12年生まれの愛子さん、昭和24年には父洽六死亡76歳。当時は食糧事情もまだ悪く、アイスクリームを買うために、世田谷から銀座のオリンピックまで、魔法瓶を持って電車に乗ったとある。看病といっても、時間が来たら薬を飲ませ、食事、あとは足腰をさするというようなものだった。

生涯を書きに書き、走り続けてきた愛子さんが昭和52年ごろから霊現象に襲われるようになった。自ら人生何度目かの転機と書かれるその前年、北海道に別荘を建て、それが発端だったという。

それから10年余にも及ぶ怪奇現象は氏の作品となって反響を呼んだが、「私はどこから来て、どこへ行くのか」との問いは古今の命題だ。ある通夜の席での僧の話がわかりやすい。「死んだらまず、幽界というところに行きます。そこは舞台でいうなら楽屋。死んだ人はその楽屋で次の出番を待つ。出番になると舞台、つまりこの世に生まれてきます。そのくり返し…」。

そして昔の人たちは「こんど生まれてくるときは」と、せめて畜生界などでなく、人間界にとの思いを託したものだ。

愛子さんはこれまでに多くの肉親、知人を喪われた。旧知の作家が癌《がん》と聞いたときは心が崩れた。「彼は死ぬ人であり、私が本当のことを言うのは私が癌になったとき」との述懐には心が抉《えぐ》られる。昨今「老い支度」は関心が高いが「死に支度」はなんとなく先送りのまま、今年も盆支度に心せかれることである。

2014・8・6

396　鎧が重い

けふまでもあればあるかのわが身かは夢のうちにも夢をみるかな　　平教盛

炎天下に車を止め、再び戻ってハンドルを握ると、その熱いこと。車中の熱気に頭がぼおっとして、すぐには行動に移せない。「日頃はなにともおぼえぬハンドルが、きょうは重うなったるぞや…」とひとりつぶやく。

ここは平成の文明の御代の駐車場。今しもくらくらと脳天を直射された媼《おうな》ひとり、ゆらめくかげろうの向こう側に、八幡太郎義家の末裔《えい》木曾義仲の声を聞く。治承4年（1180）秋、義仲は平家打倒の兵を挙げた。すでに源頼政、頼朝たちは先陣し、世は騒乱のただ中だ。

私は「平家物語」の生き生きと歯切れのいい文脈が大好き。義仲その日の装束には「赤地の錦の直垂《ひたたれ》に、唐綾《からあや》おどしの鎧《よろい》きて、しげどうの弓もって、きこゆる木曾の鬼葦毛《おにあしげ》といふ馬の、きはめて太うたくましきに、金覆輪《きんぷくりん》の鞍《くら》を置いてぞ乗ったりける」といういでたち。

「妻のともゑは色白く髪長く、容顔まことにすぐれたり。ありがたきつよ弓、せい兵《びょう》、うち物もっては鬼にも神にもあはむどいふ一人《いちにん》当千のつはものなり」（岩波日本古典文学大系）

義仲このとき31歳。勝利に酔い目もくらんだか、勢いに乗りすぎ、後白河法皇に翻弄《ほんろう》され、挑発に乗って院の御所・法住寺を焼き討ちしてしまった。たちまち朝敵となり、義経、範頼の軍に追われることとなる。なんのことはない源氏の白旗同士の戦いだ。

ここに今井四郎兼平という義仲の乳兄弟がいる。彼は木曾豪族、中原兼遠の息子。義仲は2歳のときから兼遠に育てられ、ふたりは終生の友だ。

あれほど勢いのあった木曾軍も、六条河原でほとんど玉砕してしまった。ついにうち従う者数騎のみ、ともゑに「おのれは女なればいづちへも行け。木曾の最後の戦に女を具せられたりけりと言はれん事もしかるべからず」とのたまへど男に劣らぬ働きをみせる。

やがて見渡せば、木曾殿、今井兼平、ただ二騎のみになって義仲の言葉「日頃はなにともおぼえぬ鎧が、けふは重うなったるぞや」そこで兼平、「御身も未だ疲れさせたまはず、御馬も弱り候はず。臆病でこそ、さは思し召し候へ」としきりに叱咤《しった》激励する。

多勢に無勢、ついに義仲は首を取られ、兼平は「太刀の先を口に含み、馬よりさかさまにとび落ち、貫かれてぞ失せにける」とある。昔も今も戦の悲惨さ。「鎧が重うなったるぞや」の男の嘆きには胸を抉《えぐ》られることだ。

2014・8・13

397　銀座の夏

わがために今宵は呑めり銀座うら迷路をなして貝の匂ひす

篠　弘

「母が聖路加に入院しているのを、幼稚園の帰りに、ばあやにつれられて見舞いに行った時、それまでには食べたことのなかった西洋菓子を母がくれた」という楽しいエピソードは、故池田弥三郎さんの『私の食物誌』に出てくる一大グルメ特集だ。

大正3年生まれの氏の幼稚園のころ――。周知のように銀座老舗のてんぷら屋さんのお坊ちゃまはこの日、「レディースフィンガー」という高級菓子を初めて食べたとのこと、その名前を確かめに家人が何度も「風月堂」に行き、それでもしばらく覚えられなかったという。

お中元は、ほとんど砂糖だったという話。2、3斤《きん》から15斤入りぐらいまでの茶色のボール箱が神棚にいっぱい積まれていた光景。

母上は銀座表通りの、砂糖や卵、のり、かつお節などの問屋「大黒屋」の娘さんなのでたいていそこの製品だった由。てんぷら屋では砂糖は使わないから母は60斤入りの大鉢に移し、それが何年も使い切れずにあったという。

以前、この欄で佐藤愛子さんが銀座オリンピックに、魔法瓶を持ってアイスクリームを買いに行ったと書いたが、「氷西瓜《すいか》」と名付けられたものを最初に売り出したのがオリンピックだったとのこと。弥三郎さんの父上が初めて西瓜を召し上がったのは42歳のときというから食の歴史は即、人間の生活史だ。ちなみに氷西瓜とは、西瓜を小片に切って皿に盛り、それに砂糖をかけ、かき氷をかけたもので、ストローが添えられた。

銀座のアイスクリームの始まりは、六丁目の表通りにあった函館屋であったというが、弥三郎さん宅では鍋町の風月堂のものだった。ここのアイスクリームは角のきちんとした短形で、上と下にウエハースがぴたりとはり付いていた。震災後は西五丁目に富士アイスができたのでよく食べた。これは1杯25銭だった。シュークリームは9銭だった。

池田家の食卓のトマトの話。弥三郎さんは北原白秋の随筆で「よく熟れたトマトは鶏肉の味がする」と読んだが、まだ食べてみなかった。日本人が誰でもトマトを食べるようになったのは関東大震災後10年も過ぎてからのこと。

身近な食品でも意外な歴史。そういえば明治の母は冷水につけたトマトに、たっぷり砂糖をまぶして食べるのが好きだった。お盆のスーパーの食品売り場で、白髪の母を思い、先立った人たちの好物を思い佇んだ。

2014・8・20

398　この世あの世

さりともと思ふ心にはかられて世にもけふまでいける命か

雨月物語

なんとも慌ただしく、この世あの世を行ったり来たり、お盆の日々が過ぎていった。盆棚をしつらえ、赤飯を炊き、生者の饗応《きょうおう》もこなしつつ、ふとした時間の隙間に読めるよう『雨月物語』を傍らに置いていた。短編だからいつ読んでも、どこを読んでも心にしみるものがある。

きょうは「浅茅が宿《あさぢ》」の章。時は室町時代、下総の国に勝四郎という男ありけり。百姓仕事よりも京へ行って商いをしようと計る。彼の妻「宮木《みやぎ》なるものは、人の目とむるばかりのかたちに心ばへも愚かならずありけり」とて、夫の出立を反対するが、秋には帰るからと行ってしまった。

しかし戦国時代のただなか、いつしかに「七とせがほどは夢のごとくに過しぬ」。京の内外では戦乱がいっそう激しくなり、疫病もまん延し、屍《かばね》はちまたにあふれた。勝四郎、今はすっかりおちぶれて故郷に帰ってきた。

されど村の風景は一変し、田畑は荒れ、川の継橋《つぎはし》も壊されて道も分からない。たまたま残っている家を訪ねると「誰？」ととがむる声、それは「いたうねび（老い）たれど、まさしく妻ぞと胸騒ぎ、くりごとぞはてしなき」。

ああ、よかった、再会できて。窓の障子の破れ目から松風が吹き込み、夜通し寒かったが長い旅路の疲れからぐっすりと眠った。そして夜明けごろ、それにしても寒いことよと寝具を掛けようと探る手に、さやさやと妙な音がして、顔にはひやひやと何かこぼれてくる。気がつけばそこに屋根はなし、戸もなし、壁には蔦《つた》や葛《くず》が伸び放題…さても共臥したる妻はいづちに行きけんや…との場面。

こはいかに、ちがや生いしげる野の宿に、むかし寝所なりし所の簀子《すのこ》を払い、土を盛って塚とし、木の端を削った面にまさしく妻の筆跡に、かの歌が書かれているではないか。「それでもいつかはお帰りになると思うその心にあざむかれて、よくも今日までこの世に生きながらえてきたものよ…」と解される。

別れ住んで七年、勝四郎はこれまで妻の生死に半信半疑だったものを、この塚は厳然と死の証明を示している。「さりとて何年何月に終りしさへ知らぬ浅ましさよ。涙をとどめて立ち出づれば、日高くさし昇りぬ」私はいつも、この末尾に感嘆する。

ふと、祭壇の灯《あかり》が呼吸のようにゆらめいた。わが家にも、あの世からの客人たちが来ているようだ——。

2014・8・27

399 愛球ノート

「感動」「勇気」そして「笑顔」を届けんと甲子園児の宣誓凛凛し　『現代万葉集』２０１３年版より　五味弘行

今年も甲子園高校野球が終わってしまった。私にとってはもう夏の終わり、胸にポッカリと穴が開き、何をする気も起きず風景も色あせて見える。きょうはそんなところに佐世保市の方よりお便りをいただいた。

長崎県立清峰高校といえば、平成21年センバツ高校野球で4月2日、わが岩手の花巻東との対戦校。怒濤《どとう》の勢いのまま決勝戦に臨み、1対0で敗れた相手校である。菊池雄星、千葉祐輔、佐藤涼平君たちの（本当は全員あげたいが）活躍が昨日のように思われる。

甲子園を語り出すと何年前であろうと、その時の決定打や監督さん方、解説の方々の表情もすぐ思い浮かぶ。まずはことしの話題から。私は、今回決勝戦に残った三重高校を初戦からよく見ていなかった。お盆中でもあり、ベスト8あたりでもじっくり見られずにいて、なんとなくなじみが薄いように思っていたが、ことし、センバツでは3月24日に智弁奈良と対戦。今井重太朗投手、中林健吾捕手のチームで7対2で敗れている。

「東は宇治の翠巒《すいらん》を　北は城址《じょうし》の鈴の屋をのぞみて古今学ぶ丘――」と高雅な校歌が流れ、この夏は攻撃、打撃のチームといわれて勝ち進んできた。バッテリーはセンバツと同じ顔ぶれ。

もちろん大会6日目、盛岡大附属対東海大相模も、遠藤君のレフトへのホームランに手が痛くなるほど拍手した。ことしはまた、久々にブルーのユニホームの近江高校（滋賀）にも注目。この学校は歌人木俣修さんの校歌が聞けてうれしい。八戸学院光星高校は、ことしこそ優勝旗を東北にとの期待を込めて、中井宗基監督の自信の笑顔に希望を託す。東北勢は頑張って11日目には聖光学院高校（福島）対近江高校。どっちにも勝たせたい。9回裏、思いがけないセーフティースクイズが決まり、サヨナラ、2対1で聖光が勝った。「9回って、何かが起こるものですね」との広瀬寛さんの解説がしみた。

私は、大阪桐蔭高校は5試合見た。11日の対八頭高校（鳥取）戦のとき、ネット裏に大阪桐蔭ＯＢの藤浪晋太郎君が見えて胸が震えた。アルプス席には以前ＮＨＫ盛岡放送局におられた酒匂飛翔アナが大阪の応援団の紹介で映った。

8月25日決勝戦。三重先攻で3対2の7回裏。満塁から逆転とめまぐるしい展開で大阪桐蔭4対3とし、2年ぶり4度目の優勝に結びつけた。西谷浩一監督は部員たちと野球ノートを書かれるという。私の手書きの愛球ノートはことしも感動ではちきれそうだ。

2014・9・3

400　若き兵士

物忘れしげくなりつつ携へて妻と行くときその妻を忘る　　宮柊二

　宮柊二というと戦場の歌がいくつも思い浮かぶ。「ひきよせて寄り添ふごとく刺ししかば声も立てなくくづをれて伏す」「死にすればやすき生命と友は言ふわれもしかおもふ兵は安しも」そして「中国に兵なりし日の五ヶ年をしみじみと思ふ戦争は悪だ」。かつて多くの人が引用し、「戦争は悪だ」と肝に銘じたこの一首は柊二最晩年の歌集『純黄』所収のうた。

　大正元年新潟県生まれ、27歳で召集され中国山西省での戦争体験が衝撃を呼んだ。私はことしも柊二の「晝間《ひるま》みし合歓《かうか》のあかき花のいろをあこがれの如くよる憶ひをり」の色紙レプリカを机上にお盆を過ごした。

　今回はことにも昭和61年5月刊行の『純黄』を熟読し、師の健康を害されてからの作品群に心が曇った。「リウマチが右の手首に再発し書くに苦しみ寒さを怖る」「歌なさむ気力いま無し置き捨ての路傍の石のごとく病み臥す」。

　こんなふうに病まれる前の、夫婦の会話がしのばれる場面のうたに「昨夜《よべ》ふかく酒に乱れて帰りこしわれに喚《わめ》きし妻は何者」がある。昭和23年作。「私、わめいたことなんかないわよ」と英子夫人が抗議。「いや、のんで帰ったときのおれの気持さ。詩的現実ってやつだよ」と、昭和39年版「アサヒグラフ」の会話を、柏崎驍二氏が紹介されている。

　芸術家の奥様はいろんな面で材料にされる。でもそのたびに「ナニ、詩的現実ってやつさ」とかわされると笑って収めるしかない。そして画家や文人の先生方には「あれは芸術ですから」とうまく飛躍させる名手が多いようだ。

　そんな日常のなかの掲出歌の平和な雰囲気にホッとする。「妻と行くときその妻を忘る」、私がお目にかかった昭和54年ころの先生は、水戸で鍼《はり》の治療を受けておられた。診療後の短い時間に面会を許されて、帰り、三人で廊下に出たところで私が傘を忘れてまた取りに戻り、ご夫妻をお待たせしてしまった失敗談が思われる。そののちにはもう先生は車いすを用いられるようになった。虎ノ門病院（東京）では明るく活発なヘルパーさんに付き添われていた。

「新聞に見なれぬ語が出づ日本の基盤的防衛力とは何か」ああ、私もつい「集団的自衛権とは何か」とつぶやくこのごろである。何という時のたつ速さ。戦場の柊二を知る人はほとんどなく、作品の上にのみ若き兵士の面影を見る。「たたかひは遠くなりたり兵なりし自《し》が歌読めばましてしのばゆ」平和よ永遠にと祈らずにはいられない。

2014・9・10

401　月はながめるもの

月みればちぢに物こそかなしけれわが身ひとつの秋にはあらねど
大江千里

9月8日は十五夜だった。東京の長女が電話をくれて「お月さま見える?」という。「今、彼から電話で、今夜はお月見だから、月餅買って帰るって、中国の故事来歴を語るのよ。長いからあとは帰ってから聞かせてってって言ったんだけどね」と笑っている。残念ながらうちの辺りでは雲が垂れ込め、輝く月の出は見られなかった。

でも、だんだん雲が切れ、11時ごろにはくっきりと晴れわたり、色濃く見事なお月さまが中天に浮かび上がった。うさぎか影か知らないけれど、月面をもやもやと這《は》う物体も見える。

「ああ、何用あって月世界へ――」と思わずつぶやく。この世でお目もじかなうなら、ぜひその謦咳《けいがい》に接したかった人、山本夏彦さんの一文を思う。「『何用あって月世界へ』これは題である。『月はながめるものである』これは副題である。そしたら、もうなんにも言うことがないのに気がついた。これだけで分る人には分る。分らぬ人には千万言を費しても分らぬと気がついたのである…」月に着陸したアポロに寄せて「神々のすることを人間がすれば必ずばちがあたる」と言い、「月はながめるものである」と結ぶ。

氏のおびただしい著書の中でも『世は〆切』のあとがきに打たれる。「私は古本のなかで、死んだ人の紹介で死んだ人を知ったのである。それは生きている人の紹介で生きている人を知るのと同じである。従って私は生きている人と死んだ人を区別しない」とある。それはそのまま『生きている人と死んだ人』というタイトルで一本にまとめられている。

このタイトルの名人と言われていることに対して「産経抄」の石井英夫氏とのやりとりがおもしろい。山本氏に対して石井氏いわく、「あんたはご自分の本に題をつけるのがうまいとお思いのようだが、『生きている人と死んだ人』ほかにどんな人がいますか」と笑った。

第40回菊池寛賞受賞の石井氏の祝詞を、32回受賞の山本氏が述べ、山本氏の『毒言独語』の解説を石井氏が書く。読者冥利《みょうり》とはこのこと。

平成12年刊の『百年分を一時間で』の中で対談相手に「一番好きなタイトルは?」と問われて山本さん「私がさがせば必ずない」「家はあれども帰るを得ず」をあげておられる。「生は死ぬまでのひまつぶし」とは氏の口ぐせ、文ぐせであったと、石井氏の解説。平成14年10月23日、87歳にて永眠。

2014・9・17

402　臨死体験

冷やかにぼくを見ているぼくが居る傘寿を越してそろそろのぼく

木山蕃

昨今「死後の世界」に関する話題が多い。文藝春秋10月号の巻頭随筆では、立花隆氏の「死後の世界」、またテレビでも9月14日ＮＨＫスペシャルで「死ぬとき心はどうなるのか」立花氏の出演で、75分間の放映だった。

自らも癌《がん》を病まれて退院したばかりというのに世界各地を訪れ、臨死体験の聞き取りに歩かれる。どの人も、自分が高い場所から、横たわっている自分を眺めているという話が多い。洋の東西を問わず、宗教思想を問わず、臨死体験というと、暗いトンネルをぐんぐん引っ張られていくと、パッと明るい花園が現れるというストーリーが語られる。立花氏はジャーナリストの耳目をもって丹念に収録。それらは個々の体験ではあるけれど、そこに何らかの脳内の神経細胞の働きがあるのではないかとの謎を追っていく。体外離脱とは、死の寸前の脳が見せる幻覚かと考えさせられる。

人生の終幕と語る木山氏は神戸市在住、昭和9年生まれ。著書多数、若い頃から多病といわれるがお医者さんの指示をよく守り食事運動ゆき届き優良患者さんの日常のご様子。そして今は何を思われてか「寝台車で斎場に入り並クラス霊柩《れいきゅう》車にて出棺予定」とか「親友を問われ女房《あなた》の悪口を言える人だとふたりを告げる」などと詠まれる。さながら臨死体験予想図か。

親友と、奥さんの悪口を言って盛り上がる図、よく分かる。もちろん言う方も聞く方も揺るぎない信頼関係あればこその話である。昔、宮柊二の側近の方々にも、よくそんな話を聞かされた。「奥さんご存命のうちは」といっていた語り手たちがいつの間にかいなくなり、卒寿すぎの英子夫人は今もってたおやかに新鮮な歌を発表されている。

卒寿の人、傘寿の人を思いながら、昨年刊『立花隆の本棚』をさまよう。地上3個地下2階のビルが全館本ばかり。10万冊ともいわれるその書棚を全て写真に撮って、持ち主が語る内容。

ネコビル1階の脳科学の書棚。「不思議なことに、脳の本というのは、ばかげた本ほどよく売れるんです」としてベストセラーのものが並んでいる。私がおもしろいと思ったのは、「内臓感覚　脳と腸の不思議な関係」で「すべての生物は腸から始まる」との医学的見地に、ぜひ読んでみたいと思っている。思えばやる気、元気、根気の根源は脳と腸の連繫の上のオモシロ世界かもしれない。卒寿、傘寿の人もまだ見ていないオモシロ世界が思われる。

2014・9・24

403　全日本短歌大会

円谷の喘ぎ潜りしゲート見ゆ解体ちかき五輪のスタジアム

齊藤守

9月20日（土）13時より明治神宮参集殿にて、第35回全日本短歌大会授賞式が行われた。拙作もささやかな栄に浴してご案内を頂いたが、あまりにもデング熱対策が厳しそうで、また恩ある方のご葬儀などもあり、明治神宮への出席はできなかった。本日（25日）その入賞作品集が届いた。

応募総数2174首、そのうちの入賞作品346首を1冊として構成されている。10人の選者により厳選され、掲出歌は文部科学大臣賞、青森市の方である。2首1組でもう1作は「ひっそりと学徒動員の碑は立ちて遠く若きらのこゑ湧く外苑」というもの。今井恵子選者の評文が大変詳しく分かりやすい。

「国立競技場は2020年の東京オリンピックに向け建て直される。明治神宮外苑競技場を前身として、1964年の東京オリンピック競技場として建設され、大小無数のドラマを生んだが、それは輝かしいものばかりではなかった。一首目はマラソンの円谷幸吉、二首目は学徒出陣式を思い起こす。現在の国家と個人について、また歴史の意味について、静かに思考を促す歌だ」とある。

短歌文芸はいつの世も、個人の生活史を色濃く映し出すものではあるけれど、東京オリンピックから50年、そこに円谷選手という時代のヒーローを登場させて、大きい社会現象を詠み込んだ力量に感銘する。「学徒動員の碑」の歌も、まぎれもなくそこで、戦地に赴く学徒たちの行進が行われたのだという事実に圧倒される。若き戦士やアスリートたちの心情を思うと、神宮の古木にしみこんだ声が聞こえてきそうだ。

日本歌人クラブ賞「元職場の解かれし平らに二千kWソーラーパネル光を返す・宮里勝子」島根県在住の作者。原発事故以来、注目されている太陽光発電の新工場の風景。時代のエネルギー革命の変遷期に、「ソーラーパネル光を返す」の語感が固い存在感を示す。

東日本大震災より三年半、「未曾有の災害を詠んだ歌は少しずつ変化している」との選評通り生々しい体験をこえて、今現在の営みが詠まれる。「五年後は古稀となる夫再び聖火ランナーにならん夢もつ・品村葉子」「介護不要百四歳へ歩み入る抱きいるもの落とさぬように・渡辺つぎ」。授賞式に行けば、介護不要のご長寿歌人にお会いできたのにと残念。「トントンと幾百万の人達が俎板《まないた》たたく夕暮となる・桜田一夫」静かで平和なきょうの夕暮れに感謝――。

2014・10・1

404　火山防災マップ

天よりはすなほになれと降らせども人は汚れて泥坊になる

江戸狂歌

宝永4年（1707）10月4日、江戸、東海、近畿に大地震発生、各所で甚大な被害。11月23日には富士山が大噴火、静岡県須走《すばしり》村では全75戸が倒壊または焼失した。火山灰は数日降り続き、20〜30センチ降り積もった。江戸では大噴火後、こんにゃくが飛ぶように売れたという。こんにゃくを食べると腹にたまった砂が取れるという俗信が流布していて、これは今でも信じられているようだ。

平成26年9月27日（土）「御嶽山噴火」の第一報を私は大相撲中継中の4時ごろのニュースで知った。その日はわが八幡平短歌会の例会日で、午後、市立図書館に集まり、帰宅して大変なことになっていると知ったのだった。夜のニュースは岐阜県側の下呂市から中継で、以前NHK盛岡放送局におられた比田美仁アナウンサーが実況放送で映った。休日の、快晴の、絶好の紅葉日和が暗転、悲報の連続だった。

岩手山火山防災マップの、火山泥流地帯に位置する私のところは焼走溶岩流から5・5キロ。松尾寄木地区にあるイーハトーブ火山局の資料によれば「岩手山は今から約70万年前にできたと考えられる。何度も噴火を繰り返し、縄文時代の噴火で現在の薬師岳山頂が作られた。貞享4年（1686）マグマ噴火。享保17年（1732）マグマ噴火で焼走溶岩流ができた。大正8年（1919）水蒸気爆発、大地獄谷、火口周辺に火山灰が10センチ余降り積もった」とある。

享保の大噴火の時は「お山ァ七日七夜燃え続けた」と誰もが村の口伝に聞き覚えて育った。わが家には宝暦以前の過去帳は不明だが、獣に荒らされぬよう屋敷内に葬ったといわれる江戸時代後期の石塔群がある。地域には噴火で飛んできたといわれる「叫び石」「いたこ石」「水石」（天辺に水をたたえている）などと命名された巨岩が鎮座している。焼走溶岩流の、流れを止めた崖っぷちを見るたび、よくぞここで止まってくれたと拝みたくなる。

大正8年の水蒸気爆発以来の沈黙を破り、お山の活動が観測されたのは平成7年9月15日。このころから要観察地域に入り、火山性微動が多くなり、平成10年9月には震度6を記録する地震にスワ、大噴火かとうろたえたことだった。入山規制も何年間かあった。

私はよく「焼走側は何合目まで車で行けますか」と問われるが「1合目から歩きです」と答える。お山の呼吸を汚さぬよう、怒りのマグマをためないでほしいと願うのみである。

2014・10・8

405　ひぐらしの声

年長《た》けてまた越ゆべしと思ひきやいのちなりけり小夜の中山　　西行

「山々に春霞が薄く棚引き、満開の山桜がはらはらと花びらを舞い散らせている。昨日まで降り続いた雨のせいか、道から見下ろす谷川の水量が多い。流れは早く、ところどころで白い飛沫《しぶき》があがっている」

これは2011年下半期直木賞受賞作、葉室麟さんの『蜩ノ記』の書き出し。このたびの映画化に伴い、また読み返してみた。元郡《こおり》奉行、戸田秋谷《しゅうこく》は城内で刃傷沙汰に及んだ末、即時切腹は免れたものの10年後の切腹を命じられていた。不意の災厄や病気と違い人為的に生命を区切られたとき、人はどんな思いに襲われるのだろうか。

私は10月4日の公開直後、映画館に向かった。やはり活字を追い想像するのと違い、直接小説の登場人物たちが視覚に訴えてくるから分かりやすく、遠野ロケーションという風景描写が何ともいえない味わいを醸し出す。

豊後羽根《ぶんごうね》藩の奥祐筆、檀野庄三郎（岡田准一）は今しも幽閉中の戸田秋谷（役所広司）の監視役として訪れた。秋谷の風貌はと見れば、筒袖にカルサンはかまの四十すぎか、額が広く眉尻が上がって鼻が高い。あごが張った立派な顔に、ほほ笑んでいるのかどうか分からぬ笑みが見える。

妻、戸田織江役は原田美枝子。原作では病身だが、武士の妻として村の娘たちに織物を教えたり、家刀自《いえとじ》の務めを明るく演じている。なかでも夫の死装束を整える場面には、近寄りがたい威厳が感じられた。

それとなく思いを寄せていた秋谷の娘、戸田薫（堀北真希）と庄三郎の祝言。同僚の祐筆水上信吾役の青木崇高の「高砂」が朗々として楽しめた。食事の場面も多いが、作法通り「ごはん、汁物、おかず」と順序だてて、正座で静かに箸を運ぶ。黒光りする床や建具が印象的。

剣の達人庄三郎の居合術を稽古してきた岡田さんの二本差し姿が目に焼き付いた。画面ではヒュッ、ヒュッと剣のうなる音が神秘的だ。

葉室さんの『いのちなりけり』の解説で、縄田一男氏が「美しい物語を読んだ人は、自らも美しい物語を書くものだ」と述べられた。藤沢周平、葉室麟の系譜、また黒澤明監督、小泉堯史監督につながる師弟愛といえようか。

映画の感想を葉室さんは「今は役所さんの秋谷、岡田さんの庄三郎にしか見えない」と語られる。ラストシーンの白装束で遠ざかる秋谷の後ろ姿に、私はワッと走って追い付き、正面から見てみたい思いにかられた。耳朶《じだ》ふかく、蜩の声が響いている。

2014・10・15

406　さんさ時雨

音もせで萱野の夜の時雨きて袖にさんざと濡れかかるらん

伊達政宗

先日姫神ホールにて、岩手もりおか会・民謡好成会によるチャリティー発表会が行われた。昨年は福田こうへいさんも出演されたが、今年も多彩な催しで丸1日大盛況だった。私は民謡が大好き。長年のファンには出演者にも顔見知りが増え、満員の客席が沸いた。

本日の80人の出演者のプログラムは「外山節」で開演。唄い手さん全員の歌と「福田会」ちびっ子連の踊りが花を添えた。幼児から小学生13人の中に福田こうへいさんの娘さんもいて「そっくりだね」との声が聞かれた。

「さんさ時雨か　萱野の雨か　音もせできて濡れかかる」圧倒的に多い南部民謡のプログラムの中で、本日歌われた「さんさ時雨」。私も憧れて、歌ってみたいと思うのだがとてもとても、短い歌詞に微妙な節調が格調の高さを示し、息継ぎを含めて非常に難しい。

この歌は旧伊達領で広く歌われ、伊達62万石の御城下仙台市はもちろん、福島の相馬、会津地方の山間へき地に入っても祝い事には決まって大勢で唱和するしきたりとされる。

そしてこの歌の由来を、池田弥三郎さんの本でさらに詳しく知った。そもそも天正17年（1589）、藩祖伊達政宗公が会津義弘と磐梯山の麓で戦ったとき、掲出の一首を詠まれたとのこと。それを陣中の将士に歌わせたのが元だというが「信じられない、どの道、あとから付会された説明であろう」と池田氏の弁。現に福島の方では「さんさ時雨」の本家はこちらだと主張。徳川中期以降は流行唄《はやりうた》として広く歌われたものと思われるが、いつどんな経路で伊達領一帯の歌になったかは不明。

さてこの歌の「さんさ」はおそらく中世近世流行の「ざざんざ」という囃子《はやし》ことばとつながりがあるだろうとの池田説。さらにここでの「さんさ」は「野に降る時雨のようにもとれるが、おそらく〝様さ〟の意味を囃子ことばから引き出したのであろう」と解説。

この「様さ」を生かして訳すと「わたしのあのいとしいお方は、萱野に降る時雨が音もたてぬほど静かに萱野を濡らすように、いつもこっそりと私の所に忍んでやってきていつくしんでくれる」という感じか。「濡れかかる」ってなんともいえぬ人肌のなまめかしさが感じとれる。

民謡っていいな、実りの大地、ハンドルを握りながら「雉子のめんどり　小松の下で　夫を呼ぶ声　千代千代と」と声に出して歌ってみた。

2014・10・22

407　草木の実の木版画展

ふゆ山に潜みて木末《こぬれ》のあかき実を啄《ついば》みてゐる鳥見つ今は

斎藤茂吉

「盛岡タイムス連載100回記念―八重樫光行―草木の実木版画展」が、ななっく4階ギャラリーヒラキンで26日まで開催された。私はこのコーナーが大好きで、水曜日のタイムス紙1面に載る原色の版画と、添えられている文章の妙味に打たれ動悸《どうき》しながら読んでいる。

ことし1月15日付はナツメの絵。「盛岡城公園から下の橋を渡り、明治橋に向かって自転車を走らせていたら、白い建物と駐車場、道路に枝が懸崖に下がり実が楽しく付いている」として、赤い実が三つ、まだ青い実も下がり右上に「なつめ」と彫られている。

3月26日はネムノキの版画。今回は花を終えた莢実の描写。「昼は咲き夜は恋ひ寝る合歓木《ねぶ》の花君のみ見めや戯奴《わけ》さへに見よ」と万葉集の一首を抽《ひ》かれている。「最近、区界峠近くの農家でむしろを敷いてカツラの木の葉を大量に干している人がいた。いい香りが山いっぱいに漂っていた。カツラは香の木、ネムの木はネブッタ香とも呼んでいた」とのこと。

しかし8月20日、わるなすびの項には驚いた。40年ほど前、鎌倉市腰越の一関市出身の菅原通斎の屋敷の坂の石垣に生えていた植物。触ると葉の裏まで鋭いトゲがあり、名前の通り悪なすび。今回の展示会場には淡いピンクの花が悪そうではなく彫られていた。

また、会場で私が求めたのは「とりはまず」とあるまっ赤な実の版画。花は白く、葉が3中裂しているのが特徴という。日本名肝木《かんぼく》、美しい紅実なので食べられるかと思ったら、「とんでもない、ヨメコロシというぐらいで有毒」と教わった。ちなみに「ヨメノコシ」なら毒はないがあまりうまくないドングリのこと、と八重樫先生の世界は限りなく深い。

クマイチゴの素朴な描写、9月10日付。「親グマが子グマと子別れするとき、クマイチゴが多くなっている場所に連れてきて、子グマが夢中で食べているうちにその場から去る」との解説文。じわっとこみあげるものがある。

9月24日付は第100回。「北上川に架かる都南大橋近くの道路脇の理髪店で植えられた山野の花を見ていると、店の奥さんがユスラウメの花を1枚摘んでくれた。家に帰ると西洋スグリの赤い実とユスラウメの小枝を誰かが玄関に置いていってくれた。やはり100番目はユスラウメであろう。私は制作してひと粒口に入れ、トロッとした甘さを味わった」。祝、100回連載、さらなるご活躍を祈ります。

2014・10・29

408 無事これ名馬

目に追ひて車のナンバー足してゆく信号待つ間のわれの脳トレ　秋山和子

走行中、前をゆく車やすれちがう車のナンバーを見て瞬時に足し算するくせを持つ。目的地までのひとりの運転席は気楽だ。もちろん標識、歩行者、対向車など怠りなく注意は払うが、ふっと自分のナンバーと似た車を見るとウフッと笑える。

先ごろ届いた短歌誌でこの歌と出合ったときは、本当に私のことかと思った。わが愛車のナンバーは大変気に入っているのだが、4数字足すと30になる。しかも二つ続きのラッキーナンバーで、これは以前に乗った車のものだった。買い替えのとき強引にこれを引き継ぎ今に至っている。ただ自分が覚えやすいものは他者にもいえることであり、あんまり目立つものは避けたいところ。

駄じゃれが好きなので語呂合わせもよくする。「ふみよむ」とか「じこなし」「よいはな」などとたわいなく読み取りアクセルを踏む。

五木寛之さんの本の中に「車を楽しむ」という項があり、すべて実録で具体的で何度読んでも新鮮な感動がある。「カーブでは私は左へ曲るのが好き。また鈴鹿サーキットや谷田部のすり鉢状のバンクなどを高速で抜けながら何度、車の運転をやっていてよかったと思ったことだろう」と書かれ、四十数年前には神奈川県警のパトカーと深夜に追いかけっこをしたとも告白。「かって南仏のアンティーブからコートダジュールへの道を、ニース、モナコ、マントンと抜けてサン・レモへ走ったことがあった。ガードレールはほとんどない。切り立った断崖の下は青く広がる南仏の海。常に悪魔が飛び出す機会を狙って爪を研いでいると思いながら運転するしかない」というあたりは世界地図で確認しながら読み進む。

私はめったに医者にかからないが数年前に通院したある科の先生は、南仏の景観、絵画、音楽、ドライブの楽しさを熱く語られた。やはり実体験の妙味はいいなと感じ入ったものだった。

かつては外車を5台も所有されていた五木さんが今は運転をやめられたという。一度も事故も、もらい事故もなく、「無事これ名馬」が終生のモットーの由。そして車に乗る時は絶対に事故を起こさないという決意の文言を声に出してから発進されるとのこと。

私にも外出時のおまじないがある。「ころばず、忘れず、うろたえず」というもの。忘れは始終だが、うろたえると注意確認が不十分になる。「無事これ名馬」を私も生涯のお守りにしたいと願っている。

2014・11・5

409　天人・深代惇郎さん

ふかくこの短き生を愛すべし面影曳《ひ》きて来り去る雲

橋本喜典

今生にまみえることができるなら、と私は幾度つぶやいてきたろうか。それは過去の邂逅《かいこう》であったり、あるいは一度も会う折がないまま境を異にしてしまった嘆きも含む。そんな慕わしい方の本が出た。『天人』――深代惇郎と新聞の時代――ノンフィクション作家後藤正治さんの渾身《こんしん》の一巻。

朝日新聞「天声人語」といえば深代さん、と私は心の深い部分でいつも感銘して読んでいた。天人さんが雪を愛でれば私もその日の日記に「私の米沢に、今宵は止むことを忘れた雪が降りつもる」と書き、氏の読まれた本を知るとすぐ本屋さんに注文して取り寄せた。

その一書、『斑鳩《いかるが》の白い道のうえに』が今、私の机上にある。昭和50年第1版、私はそのころ福島に住んでいた。「かぜで寝床にふせりながら上原和著『斑鳩の白い道のうえに』という本を読んだ。」との書き出しで聖徳太子の悲劇をあげ、この本が亀井勝一郎賞受賞とも書かれる。

49歳で世を去った太子の政争のことや、「権力に狂奔し、怨霊におののく古代人たち。いつかもう一度、法隆寺を訪ねてみたい」と結ばれる。しかしその「いつか」は永遠になく、この昭和50年11月1日付の「天声人語」が絶筆となってしまった。

私は個々に深代天声人語を文庫で読んできたが今回膨大な資料と精緻な人事、昭和の世相、世界観の網羅された本にジャーナリストのたぎる血潮がじかに伝わり、時を忘れて読みふけった。

深代惇郎、昭和4年4月、東京都台東区浅草橋一丁目、喫煙具の専門店「深代商店」の長男として出生。11年、二・二六事件の年に小学校入学。中学入学時には太平洋戦争が始まっていた。20年4月海軍兵学校78期生、長崎校舎に入学。

戦後復学、昭和28年東大法学部卒業、朝日新聞社入社。国内外諸々の部門を経て、昭和48年2月15日から「天声人語」を担当。この間、総理は田中角栄から三木武夫へ、石油危機、狂乱物価にトイレ紙買い占め騒動などが起きた。

深代天人さんの初仕事は、文藝春秋社池島信平社長の追悼文だった。文京区湯島の緬羊会館で心臓発作にて急死の報を得て、予定稿を差し替えて書かれたと聞く。まだファクスなどはなく、オートバイでゲラ刷りを届けたという。

歳月が過ぎた。昭和48年から2年9カ月のコラム。「一本の鉛筆で数百万の読者を魅了し、限りない敬愛を寄せられていた深代君は、新聞記者冥利《みょうり》につきる…」との弔辞が胸をえぐる。昭和50年12月17日急性骨髄性白血病にて永眠、享年46。

2014・11・12

410　弔辞特集

母に母と呼ばれせんなし梅は実に　　角川照子

「母のこの旬を読むと、ほんの少し切ない。自分を産んでくれた母親が老いて、娘を母と呼ぶ。まさに詮ないという気持であったろう」

これは3年前に亡くなられたノンフィクション作家であり、歌人でもあった辺見じゅんさんの『花子のくにの歳時記』の一節。

文藝春秋12月号は特別企画弔辞特集を組み、近年著名人30人の弔辞を載せている。写真の眼光はみな鋭く若く、他界の人と思えない。

私はこのところ辺見じゅんさんのものを読んでいたので、この企画に驚き、森村誠一さんの一文にひきつけられた。森村さんも、辺見さんも、角川源義さんはじめファミリーも、私にとっては何ら境界を感じない作品世界と勝手に思い込んで暮らしてきた。

さて掲出句は、源義氏夫人照子さんの作。その母上中井シズさんの物語がおもしろい。三重県生まれ、明治大正昭和と三代の世を生きて、9人の子を産み一族の会社の浮沈を見守り、80代でも働き、源義社長さんから給料をもらっていたというからたのもしい。さすがに家族の懇願で辞めてもらったが、娘（照子）さんの俳誌を手伝って、両手に五千枚もの封筒を扇型にしてたちまち数える手法などみごとだったという。

じゅんさんはこの祖母に、姥捨山の伝説を聞くのが好きだった。亡くなる直前まで、郵便物の開封と仕分けは自分の仕事といってやりとげたとのこと。そしてある日、うなぎを食べたいと言い、翌日は寿司《すし》一人前を食べ、最後は伊勢の赤福を、家族があきれるほど食べた。そのあと眠くなったと言い、のぞきこむと、もう息がなかった——という。

「娘の真理は遅れてこの世に生を得たので、大学を卒《お》へ嫁ぐ日まで生きながらへねばならぬと人生の計を立ててゐた。しかし真理の死によって、私は終着駅を失ひ、乗り換へ駅でまごまごし、別の目的地をさがし始めてゐる。」

なんと悲痛な源義氏の一文。53歳で大学に入学したばかりの娘さんを喪われた。そして5年後の昭和50年10月27日、自らも肝臓がんにて58年の生を閉じられた。

辺見じゅんさん、平成23年9月21日、私にとっては突然という感じで訃報を聞いた。72歳。現代の70代はまだ壮年の思いだ。

森村さんの弔辞は「遠桜いのちの距離と思ふまで花の形象崩れてゆけり」の一首を引き、「辺見さんは、いのちの距離をおいた天涯におられる秘友である」と結ばれている。

2014・11・19

411　笑いの名人芸

椎の実の降る夜少年倶楽部かな　　変哲

師走になれば小沢昭一さんの三回忌が来る。私はことしも立て続けに小沢さんの著書を読んでいて、読み始めるとやめられない。今回は『散りぎわの花』で、解説を書かれている辰濃和男さんのページにひきつけられた。

「小沢昭一さんの本の解説の話がくるなんて、まさかと思いました。だって私は、オカタイ、オカタイといわれる朝日新聞の論説委員室にいた男です。小沢さんはヤワラカイほうの親分ですからね。強いてまじりあうところを探せばほぼ同年輩で、周じ東京生まれで、少年のころは浅草をうろつくのが好きで、今は〝隠居〟の〝隠〟の字にひかれているといったところなどでしょうか」と書かれる。

昭和4年生まれの小沢（変哲）さんと5年生まれの辰濃さん。「少年倶楽部」の最新号を待ち焦がれていた少年時代って、想像するだけでもわくわくする。「背で囲み背で話し合う焚き火かな」東京の下町にも焚《た》き火の煙が流れていたようだ。

周知のように昭和50年11月からの「天声人語」を書かれた辰濃さん。著書『歩けば、風の色』の中で、小沢さんの話芸をとりあげておられる。「極論すれば、アガらないようじゃだめなんで、アガってはじめてふだんの感じと違った一段高い眩暈《めまい》の境地に、つまり遊びの心境に魂がワンランクこうポーンと浮く」との小沢説を引かれ、名人芸を述べられる。小沢さんは人生寄席、講芸、舌耕芸、しゃべくり芸というが、いずれも一気呵成《かせい》のみごとな芸だと絶賛。そして小沢芸の秘密が少しだけ分かったと告白。

ここまで読めばその秘密を知りたくなる読者心理。「小沢話芸で大事なことの一つは、自分を笑いものにする精神だろう」と種明かし。「笑われまいとつっぱって生きようとするその裏側には必ず自信のなさがあり、自信があって余裕を持たないと笑いは生みだせない」とのこと。でもフリートークが盛んになるにつれて練りこんで磨きあげる話芸は衰退するのみ。

小沢さんはあとがきで「もし死後一日だけ娑婆《しゃば》に戻ってこられるなら、子供のときの一日を頂戴したい」と希望。「ただ無心に遊ぶことが実は人生の宝物だということ、そしてそこにこそ創造の秘密があるということを、小沢さんは熟知しているのではないだろうか」と、辰濃さんの解説。

小沢さんの講演会では3分おきに笑いの波が立ったという。やがてお得意のハーモニカ演奏、私もナマで「小沢昭一的ココロ」を聴いてみたかった。

2014・11・26

412　殿上の猫

いかにして過ぎにしかたを過ぐしけんくらしわづらふ昨日今日かな

枕草子・宰相の君

天と地とけじめもないような暗く寒い日々。こたつから出られない自分を笑って「こたつ猫」とつぶやきながら、いにしえの物語にもおもしろい話があったことを思い出した。

それは私のような無位無冠の人間ではなく、猫といえども五位という昇殿を許された殿上猫のことで、「命婦《みょうぶ》のおもと」と呼ばれていた。時は一条天皇の宮廷サロン、中宮定子に仕えた清少納言の筆がさえる。うへにさぶらふ御猫にはなんと人間の「馬の命婦」という乳母《めのと》までついていたというから驚きだ。

この猫殿、御殿の端に出でてふしたるところ、日のさし入りたるに、ねぶりてゐたるをかの乳母がとがめる。「命婦のおもと、五位の方ともあろうものが、そんな端近くまで出るものではありません」と言ったかどうか。いや「扇もて、かんばせをお隠しなされ」と言ったのではないかと私など場面を脚色して楽しむ。

乳母「あな、まさなや（いけませんね）。入り給へ」と猫にも敬語で呼び掛ける。それでも眠そうな目をして動かない。なにも自分で出ていってつれてくればよさそうなものだが、女人が顔も隠さずに外へ出るのははばかられる。

じれったくなった乳母はびっくりさせようと犬を呼んだ。「翁丸、いづら。命婦のおとどくへ」このところの原文は読むたびに笑える。「おとど」は「おもと」同様婦人の敬称。ひらがなで「くへ」とあるのは「食へ」と合点がいくまでややしばらくかかった。自分が仕える主人（猫）に食いついておしまいというあたり、明るい使用人の本音が見える。

ああ、しかしタイミングが悪かった。清涼殿の一室では天皇がお食事の最中でいらした。日頃、大層かわいがっておられる猫がおびえて駆け込んできたため、天皇いみじくおどろかせ給ふ。すぐ猫をふところに入れさせ給ひて「この翁丸、うちてうじて（打ちのめして）犬島へつかはせ」とおほせらる。さらにけしかけた乳母もとがめられ解任させられた。この翁丸、さんざんこらしめられ追放されたのに、また勅命もはばからず帰ってきた。「あはれ、翁丸をいみじうも打ちしかな。さは翁丸か」と問へばひれ伏してなく。

ここのところがひらがなで「なく」。泣くと言えば犬の身分であまりに心情的だけれど、鳴くでは翁丸の気持ちが救われないか。「人などこそ、人にいはれて泣きなどはすれ」と、枕草子、清少納言の意味深長な一文が私を悩まし続けている。

2014・12・3

413 メンネルコール

層なせる陶酔のなかのフィナーレ指揮棒宙に一点を占む
『角川現代短歌集成』より　斉藤純子

11月30日、盛岡メンネルコール「創立60周年を祝う会」がホテル東日本にて開催された。この日は歴史と格式ある男声合唱団の一ファンにすぎない私まで、団員のご家族の皆さんとご一緒にすばらしいステージを拝見することができ、この上ない感動に包まれた。

第一部式典では、木村悌郎会長さんより、昭和30年メンネルコール発足からの活動の歴史が述べられた。戦後10年という社会情勢や合唱の練習場所、時間など指揮の先生方や家族の協力なしにはできなかったと語られ、功労者の方々には感謝状がささげられた。

ステージには東京芸大名誉教授、小林研一郎先生よりのお花が飾られていて「コバケンとその仲間たちオーケストラより」とお祝いのメッセージが贈られている。その前に立たれて、達増知事さんよりのご祝辞。メンネルコール創立のときはまだ生まれていらっしゃらなかったとのこと、会場から笑いが起こった。事務局の小西政義さんが撮影の古いスライドにはバリトンの父上と少年知事さんのほほ笑ましい場面もあり家族会の妙味に感じ入った。

岩手県合唱連盟理事長の山田靖了先生は、常に岩手の合唱界をリードしておられる活躍をたたえられ、歌うことは知力、気力、体力、財力、歌唱力の増進につながると話された。「財力」のあたりに反応して私も歌いたくなった。

第二部は合唱オンステージ。今宵男声合唱メンネルコールのクライマックスだ。整然とフォーマルスーツのダンディーな方々、尾形英夫さん指揮で「ヴォルガ下り」。指揮棒を見詰める一瞬の緊張感、地底の周波数のような発声の先端。一滴のしずくが大地に染みゆくように満ちてゆく男声の迫力、リズム。私はこの曲を、山田町のコンサートでも聴いた。あのときは東京六本木男声合唱団倶楽部との共催だった。2年前の時と変わらず、いやそれよりももっと若く、雄々しく熱いうねりが加わったように思われる。鍛え磨かれた声である。

宴なかば、女声合唱もりおかセンチュリークワイアーとの合唱「流浪の民」は圧巻だった。侘美淳さん指揮、ピアノ平井良子さん。また家族会の中から吉田晴音くんのボーイソプラノ「われは海の子」には思わず涙がこぼれた。小学6年生とのこと。メンネル会員の平均年齢は後期高齢と伺ったが、60年という歳月はこうして高齢著《エルダー》の歌う姿を確実に次世代に伝えているのだと感銘した。最高の記念式典ステージでした。平均年齢100歳までもすてきな歌声が聴かれますように。

2014・12・10

414　黒色の食物

出張の孫より土産何良きか問う電話あり涙滲み来

田畑建司

先日、わが地区の定例短歌会に会員の方がかりんとうを持ってきてくださった。少人数なので1人2首新作を提出することになっている。難しい話はなしで、歌評というよりも詠草の中に自分と似た体験のものがあったりすると次々と話題が発展して盛り上がる。

この歌では、出張先からお孫さんが「おみやげ何が良い?」と電話をくれたという場面。よく分かるけれど「涙滲《にじ》み来」とまで言わなくてもとの意見が多かった。でも作者は80代、3世代同居で、旅先からお孫さんが電話をくれるなんて、うらやましいと感じ入りながら、そのお裾分けの棒かりんとうを頂く。

かりんとうって、どうして黒色なんだろう。私は不意に、黒色の食物が気になりだした。食の話をいっぱい書かれている林望先生の本の中に「まっくろな味」という項がある。氏のイギリス留学のころの体験談で実におもしろい。

「イギリスのブラック・プディングという食品。その実態は豚の血に脂身などを切り加えて、塩やスパイスで味をつけ、腸詰めにしてボイルしてあるもので、これをソーセージのように輪切りにして、上にバターをちょっとのせてオーブンで焼く」という手順。固まって真っ黒になった豚の血って、想像するのが難儀だが非常に美味の由。

豚の血でなく真っ黒な熊の胆なら私も持っている。夫の実家から結婚のときもらったもの。夫はたまに服んでいたが、耳かき一杯ぐらいのかけらでも水に浸すと鮮血の色に変わる。ひっつみ汁の具の形ぐらいで、何十年も欠いて服むことなく原形を保っているので今ではわが家のお守りのような常備薬だ。

林望先生は、ブラック・プディングが真っ黒なのは、豚の血のヘモグロビンが固まってできた色であろうといわれる。洋の東西を問わず昔から人々は身近な動植物に薬効を求め、試しながら命をつないできた。

ことしも黒豆を煮る時期になった。反射式ストーブに黒豆の鍋を載せ、ひがな一日忘れたように放っておくだけで、ものぐさ主婦にはありがたい食材だ。いつであったか、鍋に黒豆と金時豆を混ぜて入れてしまい慌てたことがあった。一晩水に浸すときによく見なかったらしい。翌日、昼の光のもとで黒豆と赤豆をより分けるむなしさ。でも帰省の子らにはそんな失敗談は隠して「得意の黒豆!」と笑って供して一年の息災を祈ったことだった。

2014・12・17

415　満州体験

うつつにも雪降り出でぬ老い母が満州語る老人ホームに

朝長スミエ

輝くノーベル物理学賞受賞に世界中が沸いた師走11日、斬新浩瀚《こうかん》な本が届いた。黒澤勉さんの『オーラルヒストリー　拓魂』である。

氏は2011年岩手医大を定年退官後、盛岡タイムス紙に南部駒蔵のペンネームで多岐にわたり作品を書かれ、著書多数。今回は6年もの時間をかけて、聞き書き、考察された戦争、シベリア抑留、満蒙開拓の苦闘をつづる壮大な一巻となっている。

白地の表紙の両端を縁取るグレーの配色は、雪とツンドラの象徴かと解釈、中心に横文字のタイトル。そして「満州開拓殉難の塔」の前でのさんさ踊りの写真。達増知事の「推薦の言葉」、柳村滝沢市長の「発刊に寄せて」が本書の奥深い生命力を照射している。この満蒙開拓の犠牲者をしのぶ慰霊の塔が滝沢市砂込（国道4号、盛岡大学向かい側付近）にあるということも本書で知った。

近くて遠い国満州――。身の周りに満州を語り、関わりをもつ人は多い。しかし、どの例も戦争体験者として個々のものであり、集団を離れた戦後はむしろ語らずに年齢を重ねていった。

黒澤さんはそうした中で、平成20年ごろから中国黒竜江大学の張大生教授と親交され、同年「21世紀　日中東北の会」を設立。それからはほぼ毎月1回、年に10回の講演会を開き、そのつど会報を発行。その模様は盛岡タイムスに写真入りで詳細に紹介された。

満州体験とはどのようなものであったかを私は老いた語り手たちの口吻《こうふん》、聞き手の心情を思いながら読み手の世界を深めていった。今、改めてすさまじい生の記録集にたじろぎ、この大冊に言い知れぬ感動を覚えている。

一巻は6章から構成され、「山上忠治の満州」「田代寛の満州東北村」「田村博・高橋直治満蒙開拓少年義勇軍」「依蘭岩手開拓団物語」「岩手山麓開拓物語」「日本の近代史から」と、どのページも理想郷満州への愛と戦争の惨に満ちている。

岩手県から満州開拓民の送出についても、終戦子の私には全く知識が乏しいが、昭和7年から20年まで渡満した満蒙開拓少年義勇軍の青少年は2072人という。盛岡の公会堂で壮行式がなされた由、歳月の嵩《かさ》に気圧《けお》される。

掲出歌は本書プロローグより引用させていただいた。オーラルヒストリーという分野に、まさに記録文学の金字塔を築かれたと感銘。高齢化、体力記憶力の薄らぐ中での名聞き手による名著、多くの方々に読まれるよう祈ってやまない。

2014・12・24

416 遺稿集

身じろぎもせずに冬木にゐる禽《とり》が地上の人の去りゆくを待つ　　平尾一葉

暮れもおしつまってから追悼集を読むのは寂しい。今年も数え日となったころ、一冊の歌集が届いた。山形の、故平尾一葉氏の『光陰』である。なんとなつかしいお名前を聞くものだと、私はしばらく時間の谷間に佇んだ。

普通、遺稿集というと、遺族やお弟子さんたちの手によって、一周忌とか三周忌ぐらいまでにまとめられることが多い。出版界では「遺稿集なら早い」とも言われる。それは作品に対する希望も取捨選択もかなわぬ本人不在の作業だからスピーディーに進むということだ。

京都の永田淳氏の青磁社より出版の歌集。1ページ2行取りの4首組みで、古典的な歌集スタイルが手にしっくりとなじみ心地よい。1巻3章に分かれ、昭和28年から平成5年まで総数696首が収録されている。

作者は大正3年山形生まれ。昭和10年、北原白秋の「多磨」入会。昭和20年、巽聖歌創刊の「新樹」入会。昭和27年「多磨」解散、28年、宮柊二の「コスモス」創刊に参加。

日本の詩歌文学史上、昭和10年、20年代というのはどんな風が吹いていたのであろうか。私が入会した昭和40年初めごろはまだ「多磨残党」という語が聞かれた。何かそこには新しい時代の到来にも、まだ先師白秋への師恩と誇りのようなものが感じとれた。

巽聖歌の「新樹」は現在の「北宴」の母体であり、連綿と続く詩譜を継承して今に至っている。残党も末裔《まつえい》も少しく寂しいが、平尾一葉氏と語るとき、親近感は濃く密だった。

私が米沢市で暮らした12年間に、山形市や鶴岡市でよく歌会がもたれた。家中新町《かじゅうしんまち》の由緒あるご家老家のお座敷が印象的だった。そこの家刀自《いえとじ》も、また山形でクモの研究家として知られた方のことも、後年亡くなられたと知った。

「足なえて立てずなりたる七十路の媼《をうな》の五体に鍼灸《しんきゅう》をうつ」「しろがねの鍼《はり》もてさする幼子の手足腹背なべて熱しも」これは平尾氏の生業、鍼灸師のうた。「気うときまで春暖かきひと日なり患者なき昼われは居眠る」との一首もみえる。生涯現役の名師として評判だった由。

「最上川難所のひとつ碁点《ごてん》の瀬赭《あか》く濁りて波の逆巻く」最上川舟唄に、「碁点　隼《はやぶさ》　三ケの瀬もまめで下ったと頼むぞえ」という歌詞がある。はやしことばの延々と続く舟唄は、やはり土地の人でなければ出せぬ味わいがあった。平尾さん、平成15年、89歳にて永眠。本人直筆のあとがきも完璧で、没後11年目に刊行の本、なつかしく温かい。

2014・12・31

解説　鈴木比佐雄

「生きる力」に向けて書き続ける人

伊藤幸子エッセイ集『口ずさむとき』に寄せて

鈴木比佐雄

1

伊藤幸子さんは、岩手県生まれの歌人でエッセイストだ。結婚をされて二十四年間ほど福島・茨城・山形などで暮らしたが、母の介護で帰郷して母を看取った後も、粘り強く短歌とエッセイを書き続けている。一九九七年に刊行された歌集『桜桃花』は、一一八七首の短歌が収録されている。唯一の歌集『桜桃花』は四章「浜豌豆」「桜桃花」「紅花」「桔梗」に分かれていて、分量的には四冊分の歌集が収録されている。五十歳を過ぎたころに出されたこの歌集は、十六歳で短歌を書き始めてからの三十年間の集大成であり、読み通すと伊藤さんの生きてきた道程が影響を受けた人物と共に立ち上がってくる思いがする。本書に触れる前にこの歌集を紹介しておきたい。

一章の「浜豌豆」の次の十首は、伊藤さんがなぜ短歌を書くようになったかや伊藤さんの重要なテーマを示してくれている。

「後の世にふみ読む者の出で来よと辰巳の方に植ゑられし梅」では、父が本を読むことの尊さを日頃から語り、その願いを植樹にも込めていた。

「明けやらぬあしたにわが曳くリヤカーは重く軋みぬ死せる父乗せて」では、十六歳で父親を亡くし、亡骸をリカヤーで運んだことが、父の「ふみ読む者」という願いを背負う原点になったことを記した。

「機械油の匂ひ残れる夫の指みごもりしこと告げし夜に著《しる》く」では、労働者としての夫の指を慈しむように夫への愛情と子を孕んだ喜びを伝えている。

「水の色白く凝ると紛ふまで白魚の群寄する請《うけ》戸《ど》港《かう》」では、東日本大震災で多くの犠牲者を出した浪江町請戸について、昔の貴重な海辺の情景を描いている。

「低レベル放射性廃棄物とは何どこに捨てむか誰も答へず」と「サファイアの色にとろりと海碧し原発冷却水呑みこみながら」の二首では、伊藤さんが早くから原発の危険性を直観していたことが分かる。根本的な問いと福島の碧い海が放射能汚染水で破壊されていく恐怖を感じていた。

「美に殉じ金閣焼きし狂気かと三島の惨を文学を思ふ」では、一九七〇年の三島由紀夫の割腹自殺の衝撃の意味を語り、文学にとって美とは何かを問いかけている。

「風落ちの林檎拾ひて見放くれば阿仁川向ひ朝霧うご

く」では、秋田県内陸の阿仁川流域の光景が林檎を拾いながら、遠望（見放《さ》く）されていき、東北の素晴らしさを伝えてくれている。

「晩年の父の涙を見し昼の炉ばた寂けく火は消えゐたり」では、岩手で生きて死んだ父の姿を炉ばたの光と影に投影している秀歌となっている。

「歌壇良き〈岩手日報〉をとりくるる母は短き帰省のわれに」では、地元紙の短歌欄を娘に読ませたい母もまた言葉の尊さを娘に託していたのだろう。

「明確に意識分けつつ深層の部分はつひに酔ふこともなく」では、伊藤さんという表現者の特徴が、深層にのめり込んで行くのではなく、表層と深層との距離感や異次元にも配慮し、どこか醒めた批評意識を持ちながら書こうとしていることが理解できる。

二章「桜桃花」では、書名となった「桜桃花」は父が好んでいた花であり、山形にも住んでいたので、さくらんぼの花の「桜桃花」なのだが、同時に「応答歌」を掛けているとあとがきで触れている。伊藤さんの短歌は、自分に影響を与えてくれた人物や地域の事物などに呼応することによって、その場の臨場感が増してくる。

「桜より華やぎ淡き桜桃の花を好みて逝きし父はも」では、「桜桃花」を見ると父を偲び、父の思いが想起され、この短歌から書名が取られたのだろう。

「西行も芭蕉も詠みし歌枕漂ひながら帰らむか北に」では、歌を詠み続けることで北方志向に目覚めていき、帰郷することの予感を記している。

「伊藤律・ゾルゲを思ふ特高にわれの身内の関はりければ」では、伊藤さんの叔父に伊藤律を取り調べた特高警察官・伊藤猛虎がいて、戦中の国際スパイ事件の暗部に関わった親族への複雑な思いを記している。

「彫り深き道祖神の目に積む埃涙のあとをとどめしごとく」では、旅で見かけた道祖神に何か数多の人びとの平安を願う切ない思いに心を寄せている。

「啄木の文机照らせしほの明りランプのほやの曇りやさしき」では、盛岡市帷子小路に保存されている啄木の新婚の家にある文机から、短歌を生み出した現場の「やさしい光」を感受している。

三章「紅花」では、短歌の師である宮柊二の死や親族の死など多くの別れを記している。

「降りしきる雪野漂ひ寝ては覚めうつうつと思ふ先生の訃を」や「『山西省』また開き読む石灼くる熱き八月廻り来たれば」では、戦後の短歌の世界で歌集『山西省』や『日本挽歌』で、戦争体験をリアリズムでありながらも芸術性のある重層的な表現をした宮柊二への感謝と尊敬を語り、これからも読み続けて対話していく決意を語っている。

四章「桔梗」では、冒頭の「帰郷」三十首から始まり、長年の夢であった岩手に帰郷し母を介護する暮らしの作品が中心だ。

「水底のごとき寂けさ誰もゐぬ生家の闇に覚めつつをれば」では、生家を見届けることが伊藤さんの宿命であり、「生家の闇」の中に何かを探し始めている。

「うつつとも夢とも分かぬつかのまをおしら遊びに身を委ねつつ」では、遠野物語六九話の「オシラサマ伝説」の娘と馬の悲恋の物語だが、岩手・青森に語り継がれ「おしら遊び」などの「生家の闇」を甦らせている。

「重たくて逃げたくて母の生き甲斐は汝の他なしと聞きしひとこと」では、母の介護に逃げたくなる思いと格闘する赤裸々な内面が書き記されている。

〈「明けぬ夜はなし」と言ひける母逝きて眠れぬ吾にはや朝は来ぬ〉では、恐れていた母の命が尽きて朝が来てしまった現実に、母の言葉を想起し噛みしめている。

「桜桃花」の最後の短歌は「五十年更に余禄の一歳かわれに双親なき誕生日」で終わっている。母が楽しみにしていた伊藤さんの歌集を一周忌後に刊行した。この歌集「桜桃花」によって伊藤さんの短歌は、故郷に心惹かれる多くの人びとの心と「応答」し合う関係になったと感じられた。

2

本エッセイ集は、二〇〇七年から盛岡タイムスで毎週書き継がれてきた四一六編を時系列に四章に分けてまとめたものだ。伊藤さんのエッセイの特徴は短歌の魅力を歌人の生き方を通して身近に語っているところだ。生きている喜びや苦悩など人間の内面の格闘を短歌の調べで整えて言葉にしていている歌人たちを、伊藤さんは自己に引きつけながら親しく物語っていく。短歌の分かりやすい解説であり、短歌を生きる歌人への讃歌であり、読者の心にさりげなく秀歌を毎週、四一六回もプレゼントしてきたかのようだ。短歌以外に数は少ないが俳句や川柳も時々引用されている。各章の心に刻まれた何編かを紹介したい。

一章の冒頭「1　生きる力」は、敬愛する宮柊二の短歌「健やかに元旦をあれ歌詠むは力になると言ひたりし友」から始まる。宮柊二は一年の始まりに他者たちすべてが健やかであることを願い、それはまた自らの「力になる」と親しい友が語っている。その「生きる力」こそが、文芸やエッセイを読むことの重要な目的であると伊藤さんは再確認していく。

「3　大震十二年」では、神戸の木山蕃の「かの時刻過ぎたる薄明の竹筒の灯りが描く1・17」などを引用して、阪神淡路大震災の悲劇を短歌と写真で伝える作者を紹介している。「烈震列島」での大震災が決して他人ごとではないことを告げていた。

「100　牡丹の木」では、北原白秋の「須賀川の牡丹の木のめでたきを爐《かまど》にくべよちふ雪ふる夜半に」を引用し、吉川英治作の『宮本武蔵』風の巻「牡丹を焚く」などを想起しながら、牡丹の木の燃え上がる焔と芳香から人間の内面世界を重ね合わせている。

「107　牛の角もじ」では、『徒然草』第六十二段に出てくる延政門院の「ふたつもじ牛の角もじすぐなもじゆがみもじとぞ君はおぼゆる」を引用している。この短歌は父が囲炉裏の灰で文字を書き自然と覚えたという。〈ふたつもじは「こ」、牛の角は「い」、すぐなもじ「し」、ゆがみもじは「く」であり、幼児たちは鉛筆やクレヨンを力いっぱい握って喜んで書いたものだった〉そうだ。父から学んだ千年前の歌を伊藤さんは子供たちにも伝えてきた。

「188　戦争は悪だ」では、宮柊二の『山西省』から「中国に兵なりし日の五ケ年をしみじみと思ふ戦争は悪だ」を引用し、「宮柊二という名を知り、すさまじい戦争詠を目にしたときの衝撃は忘れられない」と語る。「ひきよせて寄り添ふごとく刺ししかば聲《こゑ》も立てなくくづをれて伏す」などの短歌は戦争の当事者でなければ他者を殺める悲惨さを伝えることは出来なかっただろう。

「238　震災歌人」では、宮古市田老地区の加藤信子の「号泣して元の形にもどるなら眼《まなこ》つぶれるまでを泣きます」を引用している。そのような震災短歌を『震災歌人をさがして』というルポにまとめた三上喬の「短歌という三十一文字の表現は、〝魂の言葉〟となる。絶望の淵に立たされた者の歌は、歌を詠む行為そのものが生きる営みとなる」という熱い言葉を伊藤さんは高く評価している。

「400　若き兵士」では、宮柊二の「物忘れしげくなりつつ携へて妻と行くときその妻を忘る」を引用し、宮柊二と英子夫妻の晩年の暮らしぶりを紹介している。そして〈「たたかひは遠くなりたり兵なりし自《し》が歌読めばましてしのばゆ」平和を永遠にと祈らずにはいられない〉と宮柊二や父母の世代から引き継いだ平和の精神を後世に伝えていこうと語っている。

この四一六編のエッセイの一編一編が短歌と歌人とその歌人を支える人びとが織りなす掛け替えのない暮らしの場所のように感じられ、このエッセイ集全体がこの激動の世界でも言葉を慈しむ人間に共感し合う人びとの目撃者であり証言者になっている。伊藤さんは「生きる力」に向けて短歌とエッセイを日々書き続けているのだろう。短歌や俳句に関心がある方だけでなく、「生きる力」を内面に感じようとしている多くの人びとにこのエッセイ集を読んで欲しいと願っている。

あとがき

平成十九年還暦の年に、何か新しいことを始めてみたくて小文を二、三書き出しました。それに当時の盛岡タイムス社の編集局長さんが「口ずさむとき」と命名して、毎週水曜日に掲載して下さいました。

以来八年、このほど四一六回を数えました。日々ただ読み書くことが楽しくて、八百字、震災後は一千字の升目を埋めてきました。「むずかしい」と言われるとがっかり、書き手の拙なさに身の縮む思いで「次回はもっとおもしろく」と今も自分に言いきかせております。

私は昭和三十九年「北宴文学会」入会、四十三年「コスモス短歌会」入会より現在まで、文学界のみならず多くの方々の限りないお励ましに支えられてきました。そのつど御礼のつもりで交信の日々を綴って参りました。

折しも昨年十一月、宮澤賢治の研究家、吉見正信先生の出版記念会の席上で、コールサック社の鈴木比佐雄社長さんにお目にかかりました。コールサック、「石炭袋」の豊かさに、拙エッセイ集刊行のお話をいただき、お願いすることに致しました。

現在も盛岡タイムス紙には毎週貴重な紙面を割いて連載させて頂いており、厚く御礼申し上げます。そしてここに私の初めてのエッセイ集出版の労をお取り下さいましたコールサック社の社長さんはじめスタッフの皆様に、衷心より感謝申し上げます。

伊藤幸子

平成二十七年五月五日

伊藤幸子（いとうさちこ）略歴

昭和21年2月24日生
日本歌人クラブ会員
コスモス短歌会同人
岩手県歌人クラブ幹事
北宴文学会編集委員
日本ペンクラブ会員

著作
第一歌集『桜桃花』（平成9年 短歌新聞社刊）

〒028-7113　岩手県八幡平市平笠6-51
TEL･FAX　0195-76-4635

石炭袋

伊藤幸子『口ずさむとき』

2015年8月18日初版発行
著　者　　　　伊藤幸子
編集・発行者　鈴木比佐雄

発行所　株式会社 コールサック社
〒173-0004　東京都板橋区板橋2-63-4-209
電話 03-5944-3258　FAX 03-5944-3238
suzuki@coal-sack.com　http://www.coal-sack.com
郵便振替　00180-4-741802
印刷管理　（株）コールサック社　製作部

＊章扉イラスト　杉山静香　　＊装丁　奥川はるみ

落丁本・乱丁本はお取り替えいたします。
ISBN978-4-86435-211-6　C1095　￥2000E